ŞEHNAZ & GÜLŞEN HAŞİMOĞLU

EMANET GELİN

DOKUZ

Emanet Gelin
Şehnaz-Gülşen Haşimoğlu

Türü Roman

Yayın Yönetmeni Ali Osman Başkuyu
Editör Şefika Aydın
Sayfa Tasarımı Ayhan Aslan
Kapak Tasarımı Naime Dönderici

1. Baskı Şubat 2015, Konya
9. Baskı Temmuz 2020, İstanbul

Yayınevi Sertifika No 23136
ISBN 978-605-4737-43-7

BASKI VE CİLT
MY Matbaacılık San. ve Tic. Ltd. Şti.
Maltepe Mah. Yılanlı Ayazma Sk. No: 8/F
Zeytinburnu / İstanbul
Tel: 0212 674 85 28
Matbaa Sertifika No: 47939

DOKUZ YAYINCILIK
Kartaltepe Mah. 49. Sokak No:10/A
Bayrampaşa / İstanbul
0212 640 00 35

Şehnaz & Gülşen Haşimoğlu

EMANET GELİN

DOKUZ

Bölüm 1

Başa Bela Bir Hayatın, Yanmaya Değer Geri Kalanı.

Bilinmeyenler havuzunda yüzmeyi henüz öğrenememiş çocuğun çaresiz çırpınışları gibi boğulmadan çıkmaya çalışıyordu. Lakin çıkacağı neydi? Bilinmeyen bir şehir, bilinmeyen bir ev, bilinmeyen bir oda… Yığınla, üst üste gelmiş darbeleri hiçbir fırça temizleyemezdi. Zaten buna yeltenecek kadar yüce ne vardı ki hayatında? Sadece hiçbir şey denilen *illet!*

Kaldığı odanın kapısı, ağır bir sessizliğe açıldı. Çaresiz kız, yatağın ucuna konmuş, yaprak gibi titreyen vücuduna bilinçsizce kollarını sarmıştı. Ecele faydası olmayan korkunun, genç kıza ne yararı dokunabilirdi?

Yan tarafına oturan kadının suratına dönüp bakmadı. Ancak göz ucuyla görüp görebildiği Yadê[1] Hezal'a çok benziyor olduğuydu. Bugünkü eksikliklerinden birisini daha, saçında gezen elin varlığıyla çözmüştü. Belki ikisini… Biri her gün taktığı yazmasıydı, diğeri yıllardır gördüğü ancak hep içinde hasret duyduğu *şefkatti…*

---

1. Anne.

"Bext nadım bı text keçkamın,"[2] sırma saçları müşfik tavırla okşadı, "Sana böylesi bir hayat nasip olmuşsa, şükredip yaşamaktan başka şansın yok. Sana bu hayatı sunan Yüce Rabbin bir bildiği var demektir." Tok sesinin kalınlığı, her bir cümlenin tınısının sertliği onu dinleyen kıza pek etki etmedi.

Kafasını sağına, hâlâ saçlarını okşamakta olan kadına çevirdi. Haftalardır boşluğa sürüklenen gözleri, bugün bir noktada durmuştu. Bu kadın aynı Yadê Hezal gibiydi, alnının tam ortasında bir ömürlük duruyordu. Kırışmış göz çevrelerine hapsolmuş bir çift su mavisi göz tecrübeyle bakıyordu. Tülbendin altından sıvışmaya çalışmış birkaç saç telinden anlıyordu ki kınalıydı saçları.

Yabancı bakan gözlerine Newroz Hanım anlayışla tebessüm etti. "Sen beni hatırlamıyor musun?"

Aldığı soruyla kaşları istemsizce çatılmış, yabancı gözlerine merak oturmuştu. Ne bu gözleri görmüştü daha önce, ne de bu sesi duymuştu.

"Ben Newroz kızım. Rahmetli oğlumla düğününüzde yanındaydım. Beni görmedin mi?"

O ağır sert ses, kurduğu cümleyle buruk çıkmıştı. Kafasını salladı usulca. O düğünde Alaz ve kocasının öldürüldüğü anlar haricinde hiçbir şeyi hatırlamıyordu ki. Ne geleni, ne de gideni...

Hayat on yaşındayken küsmüş, bahtına acıyı yol arkadaşı seçmişti ona. Bir gün içinde hayatının en değerli beş varlığını almıştı. Trafik kazasında kaybetmişti anne babasını ve üç ağabeyini. Yetim ve öksüz varlığıyla dayısı Afran'a emanet olmuştu ilk. On sekiz yaşında genç bir delikanlının koruması altına alınmıştı, on dört yaşına kadar.

Hem okuyan, hem çalışan gencin azmi Hezeroğlu Aşireti'nin büyüğü Raber Ağa'nın dikkatini çekmişti. Bu yüzden onu oku-

2. Bahtı, tahta değişmem.

maya yurt dışına göndermiş, küçük yeğenini yanına aldırmıştı. Nitekim küçük kızı evine aldığında, oğlunun tutulduğu kara sevdadan habersizdi.

Ciwan Hezeroğlu'nun daha küçükken tutulduğu aşk, gün be gün büyürken, yâri o evden ayrılma ve dayısının yanına gitme derdine düşmüştü. Ancak Amerika'ya gitmesi pekâlâ mümkün olmamıştı. Bir de orada mı yük olacaktı Afran'a? Yamacına gitme isteği yirmi yaşına bastığında, Ciwan Hezeroğlu'nun evlilik konusunu dile getirmesiyle bitmişti.

Yaz tatilinin bitişi Mardin'e dönen Afran'a hiç uzatmadan konuyu açmış, kızı istemişti. Berçem'in fikirleri alınmış, genç kız dayısına yük olmamak adına kabul etmişti. Afran Sözeri ise gözü kapalı kabul etmişti. Bu ölüm fermanından habersiz...

Gönülsüzce bu evliliğe rızasını veren kızın Ciwan'a karşı en ufak bir sevgisi olmamıştı. Kendini bildi bileli kaçardı Ciwan Ağa'dan. Kötü bir adam değildi tabii ama çok sinirliydi. Alaz ile okumasına engel olduğundan kızgındı ikisi de. Ağabey ve sinirli biri olmasından ötürü, kimse sesini çıkarmamıştı.

Herkesin ilgisini yakışıklılığıyla çeken Ciwan Ağa, bir tek sevdiği kızın gönlüne, gözüne değememişti. Düğün günü yolun ortasında kocası vurulduğunda, kayınbiraderinin koruması altına alınmıştı hemen. Başında silahlar patlarken, giydiği beyaz gelinlik kefeni olmuştu.

Ondan sonra asıl silah beyninde patlatılmıştı. Aşiretlerin çatışmasında, eli değmediği kocası ölmüş, bir ay sonra Raber Ağa tarafından diğer oğluyla evlendirilmişti. Hiç tanımadığı bilmediği Barzan Hezeroğlu ile. Kayınbiraderi her ne kadar evlenmek istemediğini, ağabeyinin karısı olduğunu söylese de ailesi kabul etmemişti. Onu sevmediğini defalarca yüzüne söylemiş, evi inletip durmuştu.

Nafile kavgaların sonucu şimdi Berçem Hezeroğlu olarak Barzan'ın karısıydı. Adam hayatı ona zindan edeceğini, darmaduman edeceğini söylemişti. Bundan pek şüphe etmedi. Keza hayatı zaten dağılıp gitmişti ellerinden. Öyle ki sabahın ilk saatlerinde, bir bavul hazırlamadan kolundan tuttuğu gibi uçağa bindirmiş, İstanbul'a getirmişti.

Barbarlığını onu sürükleyerek bir eve getirip, bir odaya def ederek bir kez daha göstermişti. Sonuç olarak şimdi, bilmediği bilemeyeceği bir hayatı yaşamaya mahkûmdu. Bu kadını da Barzan gibi acımasız bekliyordu lakin öyle değildi. Aslında Barzan ailesindeki kimseye benzemiyordu. Dış görünüşüyle babasına benzese de çok acımasız ve sert bir adamdı.

O koyu yeşil gözleri tüyler ürpertici derecede korkunçtu. Gazap dolu bakışlarını hep genç kıza göndermişti. Esmer teniyle, boyuyla, vücut yapısıyla aynı babası ve ağabeyi Ciwan'dı. Fakat Barzan geniş omuzlarıyla daha ilgi çekici, sesiyle daha büyüleyiciydi. Gümbür gümbür evi inlettiği çok gece, Berçem, gelip onu öldürür korkusuyla uyuyamamıştı.

Koyu kumral saçları gür ve şekilliydi. Geriye taranmıştı ve parmakların daldırılıp sevileceği kadar iştah açıcıydı. Ama Berçem bütün bunları anlayamayacak, hissedemeyecek kadar çaresizdi. Korkusunu en iyi anlayan kadındı Dayê Newroz.

"Korkma ben buradayım. Barzan sana bir şey yapmaz."

Güven veren sesi bir soruya itti Berçem'i, "Nerede o?"

"Şirkete gitti. İşi var, gelmez şimdi," diyerek bavulunu gösterdi. "Bak bavulun orada, hemen arkandan gelmiş. Banyonu yap sonra aşağıya in, yemek yiyelim."

Berçem yaşlı kadına baktı. "Yemek mi yaptınız?"

"Evet, kızım seni aç mı bırakacağım?"

"Teşekkürler," diyerek mahcup bir edayla cevap vermişti.

"Bak kızım, ben bu aileyle kendimi bildim bileli birlikteyim. Barzan ve rahmetli Ciwan'ı ben büyüttüm. Onlar benim oğlum gibilerdi. Barzan okumak için Mardin'den gidince, ailesi beni de gönderdi. On yaşından beri de İstanbul'da."

Dudaklarını birbirine bastırdı. Acımasız kocasının hayatını, onu yetiştiren kadından öğrenecekti, "Neden?" diye sordu.

"Okumayı çok istedi. Hayalleri ve hedefleri vardı. Mardin'de kalırsa okumayacağını düşündü ve İstanbul'a geldi. Okudu, okulunu bitirdi, kendine burada bir şirket kurdu."

Genç kızın sırma saçlarını okşamaya devam etti. "Gün be gün, o şirketi kendi tırnaklarıyla kazıya kazıya dünyaya açtı. Şu an oturduğu ev, altındaki araba daha doğrusu arabalar, hepsini kendi parasıyla aldı. Hiçbiri babasının parası değil."

"O yüzden babasına karşı gelebiliyor."

"Karşı gelmek değil. Ciwan'ım zaten babasının yanındaydı ve ağa o olacaktı. Annesine, babasına karşı gelmeyen bir adamdı. Hele annesine aşırı derecede düşkündü."

Kafası önüne düştü. Hissettiği suçluluk duygusu Ciwan öldüğünden beri vardı. O kurşuna kurban gidişi, kendisi yüzündendi. Kimseye söylemeyen genç kız, her gece bu vicdan azabıyla can çekişiyordu.

"Hezal Hanım çok yıprandı. Bir hafta odasından çıkmadı."

"En mutlu günlerinde oğlu öldü. Kolay mı?"

"Değil," boğuk sesini yutmuştu, "Acısını anlayabiliyorum."

Newroz Hanım kapı eşiğine bıraktığı iki bavulu gösterdi.

"Şimdi kalk güzel bir duş al, sonra aşağıya gel."

Nasıl hitap edeceğini bilmediği yaşlı kadına itaat edercesine kafasını salladı. "Tamam."

Kaldığı odanın içinde bir de banyo vardı. Adımlarını oraya yöneltti. Çekimser hareketleri sakarlaştırıyordu Berçem gelini.

Sarsakça kapıyı kilitleyip üzerindekileri tek tek çıkarttı. Ardından sıcak duşun altına girdi. Uçakta yanında oturduğu adamın delici gazap dolu bakışlarını unutamıyordu. Orman yeşili gözleri zifiri karanlığı anımsatıyordu bakarken. Kâbus gibi günlerin geldiğini hissediyordu. Bu rahatsız edici his, evden kaçmasını söylüyordu. Ancak kaçacak lüksü yoktu. Newroz Hanım'a sığınacaktı çaresiz. Elden ne gelirdi? Kendini korusa bile, gücü cehennemin iblisiyle pekişmiş zalim kocasına karşı ne kadar sağlam durabilirdi?

Duşunu aldıktan sonra banyodan çıktı. Newroz Hanım'ın, üşenmeden açtığı bavulundan çıkardığı kıyafetleri bir çırpıda üzerine geçirdi. Uzun siyah kumaş etek ve yarım kollu siyah bir bluz giymişti. Topladığı sırma saçlarını tülbendiyle örttü dikkatle. Hazır olduğuna göre aşağıya inebilirdi. Bu oda kendisine ait olacaktı belli ki. Üzerinden atamadığı gerginliğiyle odasından çıkıp merdivenleri indi. Yemek yiyeceğini anlamış olacaktı ki mide gurultusunun ses seviyesi doğa felaketi hortuma eşdeğerdi.

Salonun açıklığında biten merdivenler üç kapıya bakıyordu. En sağ köşede evin dış kapısı. Tam karşısında seslerin geldiği ve Newroz Hanım'ın olduğunu kanaat getirdiği mutfak ve yanında duran kapalı kapı.

Böylesi büyük bir eve, sadece bu kadınla yaşayan kocasının ne ihtiyacı vardı? İhtişamlı salonu geçip, sesin geldiği odaya girdi. Mutfağı gözleriyle taradığında, yeşil harelerine yemek dolu masanın takılması midesine bahar şenliklerini yaşatmıştı.

Newroz Hanım, Berçem'in geldiğini görünce sofraya oturmasını söylemişti. Sabırsız adımlarıyla sofraya oturduğunu görünce de tebessüm etmişti. Karşısına geçip oturdu. Güzelliği bir tarafa, masum bakan zümrüdî hareleri bir hapishane gibiydi. Gönül mahkûmu olmuş Ciwan bu güzele kapılmakta haklıydı.

Gözleri Barzan gibi yeşil, teni kocasınınki gibi yanık esmerdi. Siyah sırma saçları uzunluğuyla belinde dans ediyor, kıvrak hatları, giydiği eteğin altına bir günah gibi saklanıyordu. Altın hızması burnunda duruyor ancak gözlerinin mücevher ışıltısının yanında sönük kalıyordu. Ne yazık ki Barzan Hezeroğlu henüz bu zindanı keşfedememişti ki içine kendini atsın!

Yemeğini sessizlik içinde yemesinin ardından ev turu atılmıştı. Unutmayacağı bir dille açıklık getirmişti. O artık bu evin kadınıydı ve üstüne düşenleri yapmaya mecburdu. Kocası tarafından sevilmese de, istenmese de.

Son olarak iki kahve ile kendilerini ödüllendirmişlerdi. Yeni ikilinin birbirini tanıma süreci başlamıştı bu zamandan sonra. Akşam yemeğini evde yemeyi seven Barzan Ağa için kollar mutfakta sıvanmıştı.

"Neden sevmez dışarıda yemeyi?"

Newroz Hanım ihtiyatla baktı yeni geline.

"Çünkü midesi hemen bozuluyor."

Metanetle nefesini koyuverdi. Daha hakkında öğreneceği çok şey vardı. Ancak ondan defalarca nefret ettiğini fütursuzca dile getiren adamı kendisi değil, Newroz Hanım aracılığıyla öğrenecekti.

Dönen kapı kilidinin sesi kulağına doluştuğunda Berçem, oturduğu masadan fırlamıştı. Korkunun ecele faydası yoksa da Berçem geline vardı yazık ki. Yaşlı kadın ayıplar gibi bir bakış attı. Ancak genç kızın korkusu gülümsetmiş ve altın dişi dudakları arasından kendini sunmuştu.

"Korkma kızım yemez seni."

Oğlunu karşılamak için mutfaktan çıkmıştı. Korkma demek dile kolaydı. Terleyen ellerini eteğine sıkıntıyla sildi. Barzan Hezeroğlu'ndan korktuğu kadar çekiniyordu da. Mutfağın dışındaki konuşma Berçem'e kadar ulaştı.

"Oğlum hoş geldin."

"Hoş bulduk Yadê Newroz, yemek hazır mı? Çok açım."

"Evet oğlum."

"Üzerimi değiştirip geliyorum."

Genç kız konuşmaların kesildiğini duyunca Barzan'ın yukarıya çıktığını anlamıştı. Mutfağa ağır adımlarıyla giren Newroz Hanım başındaki tülbendi düzelterek yemeği ellerine aldığı gibi tekrar çıkmıştı. Zümrüdî hareleri, bilinmezlik içinde gidip gelişini izliyordu. Mutfak kapısından, "Hadi kızım," diyen kadına baktı aval aval.

"Nereye?"

"Yemek yiyeceğiz kızım, hadi."

Direten kadına tek cevabı, devreye giren ses tellerinin titremesi olmuştu.

"B-be-ben ge-le..."

Yaşlı kadın gözlerini bayıp otoriter edasını konuşturdu. "Berçem hadi!" İtiraz istemez ses tonuna itaat etti. Ancak sessiz suretinin altında zangır zangır titreyen ruhu kaçacak delik arıyordu. Kalbi ise durmaya teşebbüs etmişti. O zalim adamla aynı sofraya oturmak tüm Çin işkencelerine bir saat boyunca maruz kalmaktı.

Fakat her şey için çok geçti artık. Ölüm masasına çekimser adımları, yolun yarısında son bulmuştu. Barzan'ın Davudi sesinin taşıdığı sert sözler, birer kıymık gibi batmıştı kalbine.

"Senin yüzünü görmeye tahammülüm yok!"

Bariton sesi masanın üzerinden uçup genç kadının kulaklarına ulaştı. Geçiş yolunu bulan sözler hemen ardından kalbine oturmuş, kıymıklarına yardımcı olmuştu.

"Bir de seninle aynı sofrada yemek mi yiyeceğim? Geç mutfağa, gözüme gözükme!"

Donuk bakışları, acımasızlıkta arşa ulaşmış adamın sert çehresinde takılı kaldı. Kovmaktan daha ötesine giden adamı çileden çıkartmamak için topukları üzerinde döndü. Tiksinen bakışlara güzel gözlerini şahit etmek istememişti.

"Otur kızım," diye kızgın bir ses emir verdi.

"Benim soframda yeri yok onun. Def olsun gitsin gözümün önünden!"

Kazığa oturmak olurdu o sandalyeye oturmak. Arkasına bakmadan merdivenlere yöneldi. Sakin görünen adımlarının altından cehennem ateşi yayılıyordu saç uçlarına kadar. Odasına geçmiş, yatağın altına sıvışan bedeni gerginliğiyle kalmıştı. Ağlamamak için büyük savaş verdi kendisiyle. O zalim adama istediğini vermeyecekti. Ne ağlayacak, ne üzülecekti.

Ancak sözleri ağır bir bombardıman gibi hoyratça üzerine gelmişti. Savunmasız kızın kalbi bu sözleri kaldıracak kadar güçlü değildi bu yüzden hepsini misafir etti. Gözü gibi bakardı kalbine. Zira daha çok işitecekti. Kuşkusu olmadı. Sonsuzluğa kapatmak istediği gözlerini birkaç saatlik uykuya kapatabildi. Keşke diyebilmişti, keşke hiç açmasa. Rahmetli kocasının yanına gitse!

***

Devirdikleri bir hafta boyunca verilen emre uymuştu. Zalim kocası işe gitmeden odasından çıkmıyor, akşam yemeğini erkenden yiyip yeniden odasına çekiliyordu. İçi bir nebze rahattı, o asık suratı çekmektense odasında kendisiyle kalması daha mantıklıydı.

Barzan'ın çıkışıyla Berçem yine indi aşağıya. Hazır sofraya oturdu. Yaşlı kadın artık oğluyla değil genç kızla sofraya oturuyordu. O günden beri kızgındı. Yapmaması gereken bir şey yapmıştı. Hiç kimse yemeğe oturan bir insanı sofradan kaldıramazdı. Bu düşmanı bile olsa. Gerekirse onu görmezden gelecek, lakin sofradan kaldırıp bütün gece onun aç kalmasına sebep olmayacaktı. Yazıktı, günahtı. Genç kız hem yetim, hem de öksüzdü. Kocasını kaybetmiş, onun yasını tutmadan kardeşiyle evlenmişti. Ve daha evliliği kavrayamadan kendini bilmediği bir şehirde bulmuştu. Ona da hak vermeliydi. Burada suçsuz olan biri varsa o kesinlikle Berçem idi. Ama Barzan bunu anlamıyor, kabul etmiyordu. Onun için tek suçlu emanet kızdı.

"Afiyet olsun güzel kızım."

"Teşekkür ederim, size de."

Kaşları çatılınca alnının ortasındaki dek hafif buruşmuştu.

"Size de yoktu Berçem! Sen Hezal'a nasıl hitap ediyorsan bana da öyle hitap edeceksin. Yadê diyeceksin güzel kızım."

Mahcubiyetle baktı yeşil hareleri. "Ben Yadê Hezal'a o istediği için diyordum. Yoksa söylemek benim için kolay değil. Annemi kaybettikten sonra zor oldu."

Newroz Hanım'ın sürmeli gözleri buğulandı.

"Senin annen var iki tane. Ben ve Hezal."

Kesik sesi şefkat doluydu. Gülümsemesi bir annenin gülüşü gibiydi. Hiçbiri annesinin gülüşü gibi olamasa bile, bu sıcaklık ve yakınlık Berçem için her şeye değerdi.

"Olur yadê."

Keyifle edilen kahvaltı, Berçem gelinin kendini anlatmasıyla geçmişti. Newroz Hanım hakkında bilgi toplamıştı bol bol. Kahvaltı sonrası ev temizlenmişti. Berçem, dayısı Afran'ın aramasıyla odasına kapanmıştı. Bir saatlik sohbeti tutturmuşlardı. Ferahlayan kalbiyle aşağıya indiğinde bu sefer Newroz Hanım'ın telefonla konuştuğunu gördü.

"Merak etme Hezal, iyi bak kendine. Üzme kendini, ben güzel gelinine veriyorum." Telefonu genç kızın eline iliştirdi.

Çekingen tavrıyla telefonu almıştı. "Alo," derken sesi titriyordu Berçem'in.

"Kızım nasılsın?"

"İyiyim yadê, sen nasılsın?" Gözlerini karşısında duran yaşlı kadından kaçırmıştı. Tedirgindi soracağı sorular için.

"Oğlumun acısını unutmaya çalışıyorum. Barzan nasıl sana karşı?"

Berçem sessizliğiyle cevap vermişti.

"Bak kızım, Barzan çok sinirli bir adamdır. Kendine dikkat et ve sakın kendini ona karşı ezdirme. İnan çok karşı gelmeye çalıştım seni götürmemesi için ama…"

"Elinizden bir şey gelemezdi, lütfen kendinizi bir de benim için üzmeyin. Ben burada iyiyim."

Ne diyebilirdi ki? Onun için telaşlanan kadına, oğlunun yaptıklarını anlatamazdı. Ki anlatsa buradan Fizan'a türlü işkencelere maruz kalırdı.

"Merak etme, taziye bitsin baban oraya gelecek ve onu kontrol edecektir." Raber Ağa gelecek miydi?

"Peki."

"Söyle bakalım İstanbul'u beğendin mi, sevdin mi? Çok büyük değil mi?"

"Daha dışarı çıkmadım. Ama eminim çok güzeldir."

"Barzan seni dışarı çıkartacak merak etme. Sabırlı olmayı bil kızım. Her sabrın sonu selamettir. Bunu unutma."

"Hiç unutmadım!"

Yaşlı kadının tavsiyelerini biraz daha dinledi. Yaşayan kadınların nasihatlerini kulak ardı etmek olmazdı. Telefon kapanmış, genç kız kendini koltuğa bırakmıştı.

"Sabırlı ol Berçem, sabırlı ol," diye teskin etti kendini. Başka türlü çıkışı yoktu bu hayattan.

Akşam vakti çatınca, yemeğini yiyerek yukarı çıkmıştı. Yadê Newroz misafir haberi almıştı. O yüzden odadan çıkmamasını tembih etti. Genç kız dediğini yaparak kendine bir bardak meyve suyu doldurup odasında, her zaman yaptığı gibi resim çizmeye başlamıştı. Resim yeteneğini okulda keşfetmişti. Gün be gün geliştirmişti kendini. Fakat hiçbir zaman değerlendirememişti. Küçükken Alaz ile çizdiği resimleri saklardı. Hâlâ Alaz'da olduğuna, onları sakladığına emindi.

Bundan beş yıl önce çizdiği bir resmi, Alaz gizlice resim yarışmasına göndermiş ve Berçem yarışmayı kazanmıştı. Ödül olarak genç kıza hem burs, hem de para gelmişti. Bursu kabul edememişti ama gelen parayla Alaz ile her gün gizli gizli abur cubur alıp yemişlerdi. Genç kız geri kalan parasıyla bir sürü çiçek almış ve ailesinin mezarını çiçeklerle donatmıştı.

Boş bir kâğıt alıp yeni bir resim çizmeye başladı. Kurşun kalemi açılayıp beyazı kirletmeye odaklandı. Güçlü, sarsılmaz ve dik omuzları çizdi ilk önce. Bir aileyi taşıyacak kadar geniş ve sırtlayacak kadar güçlü. Hiç kırılmayacak, bağları çözülmeyecek bacakları çizdi. Devasa bir beden çiziyordu elleri. Sanki bu devasalığa ihtiyacı varmış gibi. Ama asıl gerekeni çizemiyor, yerine koyamıyordu. Çizdiği kafaya uygun yüzü bulamıyordu. Çizeceği yakışıklı yüz, güzel göz ve çekici gülümsemeyi resmedememek kalemini kırıyordu.

Geceye doğru kafasını kaldırdı çizimlerinden. Dışarısı zifiri karanlığa gömülmüştü. Tehlikeli ve camına vuran ayın huzmesi muazzam bir gecenin güzelliğini gözlerine vuruyordu. Gözü saate takıldı. On ikiyi geçiyordu, misafir gitmiş olmalıydı muhtemelen. Hangi misafir bu saate kadar kalırdı ki? Hem susamıştı da. Boşalan meyve suyu bardağını alıp, odasından çıktı. Bacakları felç geçirmişçesine tutulmuştu. Çıplak ayaklarıyla adımlarını attıkça uyuşmuş ayakları çözülüyordu.

Tırabzana tutunup soğuk granit taşları indi yavaş yavaş. Karanlığa gömülmüş evin içinde yabancı olduğu sesler duyuyordu.

Ne olduğunu anlayamasa da son basamaklara doğru emin adım ilerledi. Ta ki karşısında gördüğü tablo ile elindeki bardağı düşürene kadar!

Kocası duvar ile arasında sıkıştırdığı kadınla zevkin doruklarını yaşarken, Berçem'in attığı çığlık nihayetinde işine ara vermişti. Ara vermemesini yeğlemişti Berçem gördüğü haşin bakışlardan sonra. Titreyen elleriyle tırabzanlara sıkı sıkı tutundu. Tırsak kedi misali arasına sıkışacaktı.

Tehlikeli göz bebekleri kızın üzerinde gezindi kabaca.

"Kim sana odadan çık dedi?"

Hırlayan genç adamın sert sesi Berçem'i mıh gibi çakmıştı soğuk zemine. İşini yarım bırakmasına sebep olduğu için onu öldüreceğini düşündü.

Yutkundu. "Mis-misaf..." Ama kesik sesi konuşma yetisini kaybetmişti.

"Bu kız kim Erkut?"

Genç kadının ince ve merak dolu tınısı Berçem'in ona bakmasına neden olmuştu. Zümrüdî yeşil gözleri korku doluydu. Homurdanarak nefesini burnundan verdi. Sert çehresi bir an olsun kızın yüzünden ayrılmıyordu.

"Başıma kalan belalı emanet bu kız!"

Dilinden dökülen kelimeler tiksinti doluydu.

"Peki, âşık olduğun kadının ben olduğumu biliyor mu? Ondan boşanıp ikimizin evleneceğini biliyor mu?"

Berçem duyduklarıyla sadece Barzan'a bakmıştı. Bunlar doğru muydu? Ve ilelebet kırık bırakacağını bilmeden zehrini sözleriyle, haşin gözleriyle akıttı.

"Şimdi öğrendi!"

Ve öğreneceği daha birçok şey vardı... Hayatında hiç olmadığı bir adama dönüşmüştü. Hayatında hiç ezilmediği ve hor görülmediği kız kadar. Kaderin cilvesine, bahtın yazısına bir kalem de o çizmişti. Ancak yarının ne getireceği bilinmezdi. Dil savururdu öfke anında her şeyi ve geri getiremezdi hiçbir şeyi. Yarın da olsa, yıllar sonra da olsa izahı soyut bir gerekçeydi. Kalp bir kere kırılır, gurur bir kere yıpranırdı.

***

Bölüm 2

Acı Gerçekler Duyguları Bir Jilet Gibi Keser.

Cehennemin ortasında acılardan milim milim oluşturulmuş, adına *hayat* denilen acı süreci yaşamaya mecbur bırakılmış gibi yaşıyordu. Sevmediği bir adamla evliydi ancak boşanacağını ve adamın yiyiştiği kadınla evleneceğini öğrenmesi fazla olmuştu Berçem gelin için.

Tiksintiyle dolu, haşin bakışlarla arkasını dönüp merdivenleri koşarak çıktı. Geriye kendi enkazından cam parçaları bırakmıştı ve temizlemek umurunda bile değildi. Ayakta uyutulmaktı en çok zoruna giden. Yadê Newroz'un bundan haberi vardı. Neden, ne için suallerine cevabını kendisi veremeyecekti. Oysaki bir tek ona güvenmişti Berçem. Sırtına yediği hançerle yüzükoyun uzandı yatağa. Sabaha yaşıyor olursa sırtındaki yarayı annesi gördüğü kadına gösterecek ve cevaplarını alacaktı.

Uykusuz geçirdiği gecenin sabahı adlandıramadığı garip bir kızgınlıkla geçmişti. Üzerini hızlıca giyinmiş, kar beyazı oymalı tülbendi başına geçirmişti. Aşağıya inmek istemiyordu ancak öğrenmesi gerekenler vardı.

Zümrüdî harelerinde titreşen kızgınlığıyla odadan çıkıp, merdivenleri indi aheste aheste. Kendisini bekleyen elim sürprizden habersizdi. Kahvaltı masasından gelen seslere kızgın gözlerini dikince gördüğü suret zeminin üstünde bir süre kalmasını sağlamıştı. O kadın, dün gece duvarla kocasının arasında sıkıştırılan, boşanacaklarını pervasızca söyleyen keskin bakışlı kadın, Newroz sultan ile kahvaltı ediyordu.

Metanetini koruyan Berçem gelin, derin bir nefes vererek merdivenleri indi. Giydiği topuklu terlik, çıkardığı kışkırtıcı sesleriyle kafaların kendine çevirilmesine neden oluyordu.

"Günaydın kızım, gel hadi."

Newroz Hanım'ın otoriter sesi ve bakışları tereddüdünü yıkmaya yeterdi. Rahatsız edici bakışların eşliğinde yaşlı annesinin yanına kuruldu. Azra karşısındaki melekleri kıskandıracak güzellikte olan Emanet Berçem'i süzdü. Sevdiği adam kızdan o kadar çok umursamaz bir şekilde bahsetmişti ki Azra onun çirkin olduğunu düşünmüştü. Görünen o ki umursamazlığı hak etmeyen bir güzellik vardı karşısında. Dikkat çekici olması ayrı bir ironiydi. Gözleri Barzan'ın gözleri gibi kendine hapsediyordu.

"Ben Azra, umarım Erkut seni dün gece korkutmamıştır."

Geceyi hatırlatmak ister gibiydi, o benim der gibiydi ses tınısının altındaki anlam. Berçem kaşlarını çatarak sordu. "Erkut?"

Müstehzi bakışları kızın üzerinde gezindi, "Ah sanırım bilmiyorsun," dedi. Kelimeleri dilinin ucunda bastırıyordu. "Barzan burada Erkut ismini kullanıyor. Herkes onu Erkut olarak bilir. İkinci adını bilen çok nadir insan var."

Zümrüdî harelerinde ilgisizlik titreşse de Berçem gelin içten içe burun kıvırmıştı. Barzan olan adamın Erkut olması nasıl da yakışmıyordu. Üstüne geçirilmiş bir kılıf gibiydi. Zorla giydirilmiş, yakışmayan bir kıyafetti. Barzan daha çok yakışıyordu.

"Hayır bilmiyordum."

Azra'nın küçümseyici bakışları o an yüzünden rüzgâr gibi geçti, "Zaten beklemiyordum," dese de ancak kız için üzüldüğü bir nokta vardı ki bir yanda içini parçalıyordu.

"Bu arada başın sağ olsun. Eminim zor bir durumdur."

Evlendiği gün kocasını kaybeden ve bir ayın üzerinden geçmesiyle kayın biraderi bildiği adamla evlendirilen küçük kız zor zamanlar yaşamıştı. Lakin Azra sevgilisini kaptırmaya niyetli değildi. Çok yakında boşanacaklardı! Bunun sözünü sevdiği adamdan almıştı.

Berçem ise şaşkındı. Bu kadın nereden biliyordu? O şerefsiz adam anlatmış mıydı her şeyi? Azra onun bakışlarını fark edince, "Korkma canım Erkut benden hiçbir şey saklamaz," diye açıklamada bulundu. Berçem ifadesiz sesiyle soludu. "Fark ettim."

"Biz Erkut'la dört yıldır sevgiliyiz. Aslında beni bu yıl ailesi ile tanıştıracaktı. Fakat kısmet olmadı."

"Umarım tanışırsınız."

Yadê Newroz otoriter bakışlarını genç kızın üzerinden çekmiyordu. Bu kadar ilgisiz ve korunmasız nasıl durabildiğine şaşırmıştı. Berçem Hezeroğlu olarak varlığını inim inim inletmesi gerekti.

Azra suyundan bir yudum alıp kıza döndü. "Bak canım acın taze ve Erkut'a sığındın. O da sana acıdı ve seni..." Berçem sözünü bitirmesine müsaade etmeden "Ben kimseye sığınmadım!" diye hırladı. "Ve acınacak durumda değilim." Laflarını esirgeyebilir, suskunluğuyla bu kadını yerinde heder edebilirdi. Ancak kadının küçümseyici bakışları buna müsaade etmemiş, dilini konuşturmuştu.

"Burada acınacak biri varsa o da siz ve sevgilinizdir," diyerek sözlerini bitirip, gerçekleri yüzüne vurmuştu.

Afallayan genç kadın işittiği sözlere öfkelenmişti. Aralarına girdiği yetmezmiş gibi şimdi saygısızca konuşuyordu. "Kocası vurulan sensin!" diye dikine gitti.

"Sevdiğin adamla evli olan da benim!"

Yadênin, Azra'ya sözleri yüzünden vereceği sert tepki, gelin kızdan duyduklarıyla yok olmuştu. Bu az önceki sessiz, korkak ve cesaretsiz olan Berçem miydi? Yine de sessiz kalmadı. "Laflarına dikkat et Azra!" Oğlunun sevdiği kadın olması, uyarmayacağı anlamına gelmiyordu. Bir hata varsa ortada, yaşlı kadın bunu apaçık yüzüne vururdu.

Kızgın kadın karşısında hükmünü her daim konuşturan, bir nevi kaynanası sayılan kadının sinirini görmemişti Azra. "Siz karışmayın Newroz Hanım," diye ikaz etti öfkeyle, cevabını verip susturacaktı köylü güzelini. "Merak etme, o adam en yakın zamanda seni boşayıp, dayının yanına postalayacak."

Newroz Hanım'ın kaşları gittikçe çatılmaya başlamıştı. Sarf ettiği sözlerin haddi olmadığını en iyi o bilmeliydi. Ancak Berçem gelin yine konuşmasına mahal vermemiş, üstüne bir de onu ezen kadına yardım eli uzatmıştı.

"Çok tırsma, o boşanma davasını gerekirse ben açacağım."

Uykusuz geçirdiği vakitlerin ardından verdiği karara ulaşmıştı. Hiçbir şeyi takmayacak, açılan boşanma davasıyla bu evden de o zalim adamdan da kurtulacaktı. Ve sığınacağı tek limana demir atacaktı. Afran Sözeri kabul görürdü yanına yalnız yeğenini.

Kızgınlığı çoğalan kadın, merdivenlerden inen sevgilisini görünce vereceği cevabı rafa kaldırılmıştı. İçinde ukde kalacak sözler Azra'yı delirtecekti ancak sevgilisinin yanında tartışmak istemiyordu.

"Günaydın sevgilim."

Berçem'in gözü önünde, kocasını dudaklarından öpmüştü. Genç kız bu manzaraya daha fazla dayanamayacaktı. Kalkmak için hareket ettiğinde yaşlı kadının hınç dolu sözleriyle yerine mıh gibi çakılmıştı.

"Otur kahvaltını et!"

Barzan annesinin sesindeki kızgınlığı ve gözlerindeki öfkeyi alınca yanında oturan emanete baktı. O mu sinirlendirmişti annesini? Ehemmiyetle dile getirdiği uyarısı bu sabah çiğnenmiş, tiksindiği kız utanmadan kahvaltı masasında yerini almıştı. Bu ne yüzsüzlüktü!

Azra'nın yanında sesini çıkartmadı. Daha sonra zaten onunla konuşacaktı. Sandalyesine kurulup, kahvaltısına koyuldu.

"Sabah geleceğini söylememiştin," diyerek sevgilisine bakarken gözleri aşk doluydu.

"Seçil arkadaşlarına gitti. Tek başıma kahvaltı etmek istemediğimden, seni davet edecektim ama ulaşamadım. O yüzden buraya geldim," dedikten sonra şuh bir bakış attı.

Barzan, anladım dercesine kafasını salladı. Emanet kızın varlığını görmezden gelmek istese de elinde olmuyor ve onun bir an önce gözünün önünden def olmasını istiyordu.

Bu isteği Berçem gelin için de geçerliydi. Tiksinen midesi ve paçavra gibi atılan gururu bu masadan kaçıp gitme isteği uyandırıyordu. Bu sebepten hızlıca kahvaltısını etti.

"Kahvaltıdan sonra dışarıya çıkalım mı hayatım?"

"Nereye gidelim?"

"Bizimkilerle buluşuruz. Orhan ve Ömür çiftlikteydi."

"Çiftliğe mi gideceğiz?"

"Evet, sevgilim," dedikten sonra devam etti. "Yarın iş olmasaydı akşam orada kalırdık."

Sevgilisi ile baş başa ve uzun bir gece, bu Barzan için çok iyi olacaktı. İhtiyacı vardı yalnız kalmalarına. Hâlâ kızgın olan yaşlı kadına kısa bir bakış attı. "Yadê bana küçük bir çanta hazırla."

Azra büyük bir sevinçle ayağa kalkıp sevgilisine sarıldı.

"Akşam kalacak mıyız?"

"Evet, hayatım yarın işe biraz geç gelebiliriz."

"Erkut sevgilim, sen harikasın," derken dudaklarına bir öpücük kondurup geri çekildi.

"Bizimkileri arayıp haber veriyorum."

Genç kadın arkadaşlarını aramak için salondan çıktı. Sevgilisinin kıskıvrak süzülüşünü yok olana kadar açlıkla izlemişti Barzan. Yalnız kaldıklarına göre, uyarısını belasına yapabilirdi. Ancak gözlerini genç kıza çevirir çevirmez buğulu bir çift boncukla karşılaşması bir olmuştu. Ağlamamak için dolgun dudaklarını ısırıyordu. Bir kalp anca bu kadar sağlam kırılabilirdi. Bir müddet bakışan çiftin bu hali Berçem'in bakışlarını çekmesiyle son bulmuştu. Belki de o bakışların arkasında çok anlamlar vardı. Ama ikisi de göremiyordu.

Newroz Hanım kızın çektikleriyle kahroldu. Oğluna olan kızgınlığı katlandı ve içinde onu artık tanıyamadığı hissi büyüdü. Pişmanlık sardığında yakasını bir gün, çok geç olacaktı ve Barzan Hezeroğlu acısıyla kamburlaşacak, vicdan azabından elem içinde kıvranacaktı.

Berçem'in sofradan kalkma vakti çatmıştı. Usulca yerinden doğruldu. "Afiyet olsun."

"Yüzsüzlüğün, benim yüzümü kızartıyor. Hâlâ utanmadan bu sofraya oturacak kadar karaktersiz olduğun aşikâr."

Genç adamın sert çehresine bir de dilinden dökülen ateş topları eklenince belalı emanete düşen yanmak oluyordu. Can acısından zevk alan sadistin edasına karşın kızın donuk bakışları eşliğinde açıklaması eklenmişti.

"B-ben kalkacaktım ama Yadê Newroz izin..."

"Bahanelere sığınma," diye tısladı seğiren çenesi kasılırken. "Kimse seni oturtmamış, yüzsüzlüğünden kalkmak bilmiyorsun."

Zehri zıkkım olan kahvaltısına soğuk bir su içmesi niyetine buz gibi gözleriyle kütlelerini genç kızın boğazına dizmişti. Acı kör bıçaklarıyla Barzan'ı delik deşik ederken Berçem'i teğet geçmeyecekti. Dilini zapt edemedi. Tehlikeli orman yeşilliklerinin zifiri karanlığını genç kıza iliştirmekten geri durmadı. "Ve hâlâ burada yüzüme bakacak kadar rahatsın," derken küçümseyici bakışları zavallıya bakar gibiydi. "Sen tam bir baş belasısın."

Sabrı burnundan taşan kadın masaya elini hızla indirmişti. "Ben daha senden neler işiteceğim Barzan?" Gözlerinden gazap akıyordu. "Bir daha, bir daha bunu dersen giderim ve sana hakkımı helal etmem!"

Berçem gelinin bakışlarından geçen duygular belirsizdi. Ne Barzan görebiliyordu, ne Yadê Newroz anlayabiliyordu. Ama mutfağın kapısından süzüle süzüle gelen Azra'nın yüzünde mutluluk vardı. Alevli tartışma son bulmuş, Berçem daha fazla kimseyi görmemek için yukarı çıkmıştı.

Barzan Ağa giden kızın arkasından sadece baktı. Elinde değildi yaptıkları. Ona kötü davranmak istiyordu. Canı yandığı için, canı yansın istiyordu. Ağabeyinin acısı hâlâ yüreğindeyken, sevdiği kadını da kaybedecekti. Azra'yı delicesine severken, onunla evlenmeyi düşünürken; hiç tanımadığı, sevmediği bir kızla evlenmişti ve bu kız hiç kimse değil, ağabeyinin karısıydı.

Olayları Azra'ya ilk anlattığı zaman, sevdiği kadın tarafından bir hafta boyunca acıya maruz bırakılmıştı. Telefonun diğer ucunda "Ayrıldık, bitti," demesi sabahın erken saatinde genç kızı kolundan tutup İstanbul'a getirmesine sebep olmuştu. Sevgilisinin peşinden sürüklenip kendini affettirmeye çalışması uzunca vaktini almıştı. Azra zorluyordu adamı.

Berçem'den boşanacağını söylemişti. Evet, adetlerinde boşanma söz konusu değildi. Ancak Barzan Ağa sevdiği kadın için bozacaktı bu geleneği. Sadece şimdilik toparlanmak için bekliyordu. Berçem ile toparlanmaları gerekti. Yanağına bırakılan öpücükle genç adam derin düşüncelerinden sıyrıldı. Kulağına dolan sesin sahibine baktı.

"Konuştum sevgilim, bizi bekliyorlar."

"Yarım saate çıkarız Azra."

"Olur, ben yukarıya çıkıp küçük bir bavul hazırlarım sana."

"İyi olur."

Azra'nın gidişiyle Newroz Hanım oğluna döndü. "Bir daha Berçem'in yanında sevgilini öpme ve sarılma," diyerek uyardı oğlunu kızgınlıkla. Onca hakaretini sıralıyor üstüne gözü önünde aldatıyordu. Bunda Berçem'in de payı vardı illaki. Kabul etmediğini bir kere dile getirse, Barzan gözü önünde yapmayacaktı. Ancak ne oğlu, ne de kızı sandığı kadar akıllıydı.

"Neden Newroz Hanım? Yoksa güzeller güzeli karım kıskanıyor mu ya da aldatıldığını mı düşünüyor?"

Bu kendini bilmezlik epey sıkıyordu Newroz'un canını. Buz kristallerini andıran kızgın gözleri oğlunun üzerinde gezindi.

"Kızı yemeğe oturtmuyorsun. Bir de çok ağır sözler sarf ediyorsun. Yetmiyor gibi bir de gözü önünde aldatıyorsun. O bir kadın, onun bir gururu var."

Alayvari gülüşü yüzüne yayıldı adamın.

"İkimiz de birbirimizden nefret ediyoruz. İnan yaptıklarım onun hoşuna bile gidiyordur."

"Sen körsün Barzan. Bir gün çok pişman olacaksın," dediğinde buna adı gibi emindi. Oğlu sürünecek, derbeder olacaktı yaptıklarından.

"Benim tek pişmanlığım bu kızla evlenmek!" Kararlı duruşu sarsılmazdı. Bilmediği bir kızla evliliği, pişmanlık olarak görüyordu, lakin bunun sonrası vardı. Sonrasını düşünmeden hareket etmenin ceremesini layıkıyla çekecekti.

Yaşlı kadın güldü. "Ben seni uyardım oğlum. Ayrıca bir daha onu bu masaya oturtmazsan Allah şahidimdir giderim," diye apaçık tehdit etti oğlunu.

Barzan, Newroz Hanım'ı çok severdi. Kendi annesinden ziyade, bu kadının elinde büyümüştü. Nereye giderse gitsin peşinden hep gelmişti. Ne sesini çıkartıyor, ne de şikâyet ediyordu. Ve eğer giderse Barzan çökerdi, annesini kaybederse düşerdi. Ve bunun sebebi Berçem olmaya görsün, öldürmesine bahane çıkardı şüphesiz.

"Peki yadê, dediğin gibi olsun," dedikten sonra ayağa kalkarak yaşlı kadının şakağına bir öpücük kondurmuştu. "Beni sakın bırakma."

Yaşlı kadın omzundaki eli alıp öptü. Bir annenin, oğlunun elini öptüğü gibi... "Gitmeyeceğim," dedi sadece.

Azra'nın gelmesiyle beraber çift evden ayrılmıştı. Kahvaltı masası kaldırılmıştı. Yaşlı kadın Berçem'in yanına gitmek istiyordu. Fakat ağladığını görürse, nefes almadan Raber Ağa'yı arardı. Bütün olanları anlatacaktı tereddütsüz.

Barzan'ın ailesi Azra'nın ciddiliğinden bihaberdi. Evet, oğullarının sadece gönül eğlendirdiği bir kadın zannediyorlardı. Lakin Barzan ve Azra birbirlerine delicesine âşıklardı. Evliliğe adım atmaya, birbirlerini bırakmamaya ant içmişlerdi. Lakin kül duman olmuştu sözleri. Toz yığını gibi düşmüştü ellerine. Newroz Hanım, Hezeroğlu ailesine bu yalın aşkı anlatmamıştı elbette. Anlatmayacaktı, tabii eğer Berçem için yapmazsa.

Ciwan evlendiği gibi, Barzan sevdiği kadını alıp ailesiyle tanıştırmayı planlamıştı. Kader bu ya alınlarına evliliği yazmamıştı. Barzan'ın alnına Berçem gelini yazmış, kaderine mahkûm etmişti. Gelecek ise muammaydı. Çaresiz gelin, ağabeyinden emanetiydi belki. Onu seven, âşık olan Ciwan'dı ama gerçek göz ardı edilemezdi ki; Berçem ve Barzan birbirlerine çok yakışıyorlardı ve bunun farkında değillerdi.

Günün geri kalanında yaşlı kadın Berçem'i aşağıya indirmiş, onunla el işi yapmaya koyulmuştu. Bilmediğini sandığı gelin kız, birkaç yanlışını dalga geçerek göstermişti. Bu denli çalışmak ikiliyi çok eğlendirmişti. Geceye doğru yataklarına girdiklerinde yüz ifadeleri güzel tebessümlerle doluydu. Silinmemesi dualarıydı. Sessizce âmin dendi, yarına daha güzel bir başlangıç için.

***

Berçem sabah uyanıp kahvaltılarını ettikten sonra, salonda oturmuş televizyon izliyordu. Newroz Hanım bugün dışarıya çıkacaklarını söylemişti. Dışarı havası iyi gelecek, gökyüzünü görmek az da olsa içini ferahlatacaktı. Çalan telefonla gözlerini televizyondan ayırdı. Gördüğü isimle neredeyse çığlık atacaktı. Arayan sevgili görümcesi Alaz'dı…

"Alaz."

"Berçem'im, nasılsın canım?"

"İyiyim, sen nasılsın?"

"Ben de iyiyim. Oraya gittin unuttun beni, aşk olsun."

Ses tonunda kırgınlık vardı.

"Telefonum yok, biliyorsun. Utanıyorum Newroz Anne'den sürekli istemeye." Mahcubiyetle cevaplıyordu. O an karar verdi. Dayısı tekrar aradığında utansa bile ondan bir telefon isteyecek ve buna son verecekti. Dayısının yolladığı paralar çantasında duruyordu. Gelecek sefere para değil, onun yerine telefon göndermesini isteyecekti.

"Ağabeyim sana telefon almadı mı?"

Anlamsızca kaş çattı. "Hayır, alması mı gerekiyordu?"

"Tabii ki de. Hem kocan o senin. Konuşacak mesajlaşacaksınız, bazen mesajlarda cilveleşecek..."

"Alaz!" Utançla inledi. Barzan ile çifte kumrular modundan uzak, birbiriyle dalaşan kediyle köpek gibilerdi. Yapacakları ancak birbirlerine bağırmak, nefret ederek bakmak olurdu. Öbür türlüsü yasaktı.

"Ne var yengecim? Karı kocasınız artık, bunlar normal."

"Alaz bak biz Barzan ile senin bildiğin gibi karı ko.."

Duyduğu kapı sesiyle sözlerini yarıda kesti. Kimin geldiğine bakmasına gerek yoktu, anahtarla bu eve Yadê Newroz dışında Barzan Ağa gelirdi.

"Alaz, ağabeyin geldi."

"Ha bana diyorsun ki kapat kocamla ilgileneceğim."

"Hayır canım Ala.." Kulağına dolan bip bip sesleri ile telefonun suratına kapatıldığını anlamış, oflayarak bir kenara fırlatmıştı. Magazin haberi sunucusu misali, evi kendine kilitleyerek canlı yayın yapmıştı kesin. Şok şok şok. Barzan ağabeyim ve Berçem yengem evli...

"Oğlum hoş geldin."

Genç kız düşüncelerindeki magazin haberlerini erteledi başka zamana yayınlamayı. Koltuğa gömülmek, bir yastık niyetine oraya ilişmek istedi. Şimdi nasıl buradan çıkıp gidecekti? Barzan'ı görmek istemiyordu. Hem o geldi diye de gitmek istemiyordu aslında.

"Bana hemen nane limon kaynat, üşüttüm galiba."

Kısık ve boğuk sesinden anlaşılan, burnunun tıkandığıydı. Bavulunu bir kenara bırakıp kendini koltuğa uzattı. Karşısındaki Berçem'i görmemişti bile. Genç kız kalkıp gideceği sırada boğuk sesiyle emir vermekten çekinmeyen hasta adam direktifini verdi.

"Bana yukarıdan bir yastık ve yorgan getir!"

Berçem sabır çekti sessizce. Yukarıdan bir yorgan ve yastık alarak yanına dönmüştü. Barzan, uzattıklarını alamayacak kadar yorgun görünüyordu. Bu adam çiftlikte ne yapmıştı da bu kadar kötü üşütmüştü? Yorganı üzerine örttü. Geriye yastığı kafasının altına koymak kalmıştı. Verdiği derin nefesinin eşliğinde, boynundan tutarak kendine doğru çekmiş, yastığı kafasının altına yerleştirmişti.

Evlendikleri günden beri ilk defa birbirlerine dokunmuşlardı. Daha doğrusu Berçem genç adama dokunmuştu. Barzan'ın ilk dokunuşu Ciwan ile evlendikleri gece, çatışma sırasında kahramanca korumasında olmuştu. O zaman yengesi olan kadın, bugün karısı olmuştu, ne ironi. Sonucunda Ciwan ölmüş, Barzan da kolundan yaralanmıştı. Genç kız ise beyaz gelinlikle kanlar içinde kalmıştı. Düşüncelerini bir kenara bırakıp mutfağa geçti.

Newroz Hanım hazır olan nane limon suyunu genç kızın eline verdi. "Sen git, bunu ona içir. Ben de bir çorba yapayım. Bayağı kötü üşütmüş."

Berçem elindeki sıcak kupaya baktı.

"Be-ben içiremem."

"Hadi kızım!" diyerek pohpohladı yaşlı kadın salona doğru Berçem'i. Kocasına içirecek, onu iyileştirecekti ne vardı bunda? Berçem elindeki bardakla içeriye girerken, kendini teskin ediyordu. *'Hadi kızım zaten uyuyor, gözlerini bile zor açıyor. Seni görmez, hatırlamaz bile.'*

Seslice yutkundu. Kendini teskin edişinin ardından, aldığı güç ile genç adamın önüne diz çökmüş, tereddütle seslenmişti.

"Ba..Ba..Barzan!"

Sesi kısık çıkmıştı. Kendisi bile sesini zor işitmişti.

"Hıı..."

"Kalk, nane limon iç."

Kalkıp içmeyi bir kenara bırak, gözünü açmaya dahi hali yoktu. Sadece uzanıp uyumak istiyordu. Berçem kalkamayacağını anlayınca koltukta boş kalan kısma kalçalarını dayadı. İşini ehemmiyetle yapacaktı, eğer bu adama karşı duyduğu kırgın nefret yüzünden ve dokunmanın verdiği farklı histen ötürü elleri titremeseydi.

Metanetini korudu belalı emanet. Boynundan tekrar tutarak dikkatlice kaldırmış ve kaynamış nane limon çayından bir yudum almasını sağlamıştı.

"Doktor çağıralım mı?" diye sordu endişeli sesiyle. Genç adam ateşler içinde yanıyordu ve doktor çağırmaları gerekiyordu. Ayağa kalkacakken Barzan kolundan tutmuştu.

"Gerek yok, biraz dinlenirsem geçer," deyince yerine oturmuştu tekrar. Çayı bitirene kadar içirmişti. Üzerine yorganı düzgünce örtmüş, karşısına geçip oturmuştu. Gitmek istiyordu ama Yadê Newroz mutfaktaydı ve bir şeye ihtiyacı olursa çağıramazdı.

Oturduğu yerde kocası olan adamı seyre daldı. Biçimli burnunun ucu biraz kızarmıştı. Burnu tıkanmış olmalıydı ki ağzını hafifçe açmış öyle nefes alıp veriyordu. Gür saçları dağılmıştı. İnce mi giyinmişti acaba? Nereden bilebilirdi ki?

Annesi seslenince mutfağa döndü. Elinde bir tepsi, içinde de çorba ve ekmek vardı.

"Hadi kızım bunu da içir, eğer iyi olmazsa doktor çağırırız."

Yadê Newroz'a karşı çıkma lüksünün olmayacağını anlamıştı artık. Karşı koyma girişiminde bulunmayarak, tepsiyi aldığı gibi salona geçmişti. Koltuktaki yerini almıştı yeniden. Omzundan tutarak doğrulttuğu adamı, arkasındaki yastığa yaslamıştı. Tepsiyi kucağına oturttu. Kâseden bir kaşık alıp soğuması için dudağına doğru götürüp üfledi. Sıcak sıcak yediremezdi. Hasta adam üç kaşıktan sonra daha fazlasını içememişti.

"Rahat bırak beni, uyumak istiyorum."

Genç kız dediklerini yaptı ve mutfağa gitti.

"Yedi mi?"

"Pek değil."

"Ben alışverişe çıkacağım kızım, evde hiçbir şey yok. Sen Barzan'a bakarsın. Bir şey olursa beni hemen arıyorsun. Telefon numaram burada yazılı," diyerek ev telefonunda kendi numarasını genç kıza gösterdi. Daha sonra genç adamın yanına gitti. Saçlarını okşadı. "Ne yaptın oğlum kendine?"

Genç adam cevap veremezdi, zira uyuyordu.

Arkasında duran gelin hanıma seslendi.

"Ben çıkıyorum. Elimden geldiğince erken gelirim."

"Bir şey olursa sevgilisini arayayım mı?"

Yaşlı kadın ona ters bir bakış attı. "Karısı varken, sevgilisine mi düşmüş bakmak? Sakın öyle bir hata yapma!"

"B-ben.." Konuşamamıştı.

"Dikkat et kızım ona," diyen yaşlı kadın gereken uyarıyı yapmıştı.

Genç kız tek kalmanın verdiği sorumlulukla eski yerine geçti. Televizyonu açıp kısık seste kanallarda gezinmeye başladı. Arada genç adama bakıyor ve onu kontrol ediyordu. Geçen bir saat içerisinde Barzan daha da kötü olmuştu. Newroz Anne hâlâ gelememişti. Berçem onu aramasına rağmen telefonunu açmamıştı ve Barzan'ın ateşi yükseliyordu. Aklına gelen fikirle hemen telefona sarılmış, dayısını aramıştı. Aptal kız bunu nasıl unuturdu. Dayısı zaten doktordu.

Telefondan ses gelir gelmez soluğunu almadan lafa girmişti telaşla. "Dayı, Barzan hasta. Ateşi var ve bayağı da yükseldi."

"Sakin ol Berçem, doktor çağırdınız mı?"

"Hayır dayı, ben tekim evde ve kimi arayacağımı bilemiyorum."

"Tamam güzelim, önce sakin ol."

Sakin, huzurlu sesinin verdiği tınıya uydu. "Tamam," demeye kalmadan "Afran Dayı hızlı ol," diye konuştu. Sakin olmaya çalışacaktı değil mi? Çok sakindi.

"Üzerinde ne var."

Genç kız karşısındaki adamı inceledi.

"Kalın bir kazak ve battaniye var."

"Bak güzelim battaniyeyi kaldır ve üzerindeki kazağı çıkart."

"Tamam, bekle," dedikten sonra soluğunu kocasının yanında aldı. Hızlı hareketlerinde ölçüsüz bir endişe vardı. Kor içinde yanıyordu kocası. Telsiz telefonu hoparlöre verip, koltuğun kenarına bıraktı.

Üzerini örten polar battaniyeyi kaldırdı. Asıl mesele kazağını çıkartmaktı ve Berçem nasıl yapacağını bilmiyordu. "Lâ havle ve lâ kuvvete," dilinde döndü sessizce. Ucundan tuttuğu kazağa odaklandı. Başından çekip çıkarana kadar bin bir türlü takla atmıştı. Nefes nefese kalan kızı yoran hasta adam değil, yarı çıplak vücuduydu. Avuç içleri yanıyor, yanaklarına al al dalgalar halinde yayılıyordu. Derin bir nefes alıp dayısına döndü.

"Ta-ta-tamam dayı." Karşısındaki çıplak adama bakmamaya çalışıyordu.

"Şimdi birkaç bez ve ılık su al."

Dayısının söylediklerini yapmak için hızlı adımlarla mutfağa koştu. Küçük bir kaba su doldurmuş, bir damla sirke atmıştı. Bunu Hezal Anne'den öğrenmişti. Yukarıdan aldığı bezlerle beraber kabı alıp salona döndü.

"Tamam dayı."

"Şimdi alnına, koltuk altına, ayaklarına ve kollarına bezi ıslatarak koy. İzin vermeyebilir, dikkat et kendine."

Berçem ayağındaki çorabı çıkarttı. Bezi ıslattı ve ellerinde çevirerek suyunu kabaca sıktı. Barzan'ın alnına koydu önce. Soğukluğu alan genç adam irkilmiş, alnından çekmeye çalışmıştı.

"Dur Barzan, ateşin yükseliyor," diye kocasını payladı. Dayısının ıslatmasını istediği her noktaya suyu sıkılmış bezleri koymuştu. Barzan huysuzlanmaya başlamıştı. "Çocuk gibi.." diye fısıldadı telefona. Anlamaya çalışıyordu, keza ateşi yükselen her insan soğuk su ile cin çarpmışa dönerdi.

Dayısının güldüğünü duymuştu. Yarım saat boyunca bu şekilde talimatlarına uyarak geçirmişlerdi.

"Nasıl oldu?"

"Ateşi biraz düştü dayı, kendine geldi gibi," diyerek dayısına gözlemlerini iletti.

"Tamam, bak şimdi onu banyoya götür ve ılık bir duş aldır. Ardından ağrı kesici içir, sabaha kadar hiçbir şeyi kalmaz."

Genç kızın elindeki kap az kalsın düşüyordu. O mu Barzan'ı yıkayacaktı?

Koltukta uzanan adama baktı şaşkınlık içinde.

"Ben-ben mi dayı nas-nasıl yapacağım?" Kekeleme evresine girmesine ramak kalmıştı.

"Imm şimdi güzelim nasıl anlatayım. O..o senin kocan sen nasıl yapacağı.."

Kulaklarını sağır, gözlerini kör etmek istedi. Var mıydı bunu yapmak isteyen? Berçem seve seve kabul edebilirdi.

"Tamam dayı." Daha fazla dinleyemezdi.

"Bir sorun olursa beni tekrar ara olur mu?"

"Teşekkür ederim dayı," diyerek kızarmış bir suratla telefonu kapatmıştı. Sonra da "Barzan iyi misin?" diye kıpırdayan adama sormuştu.

"Ken-di-mi hiç bu ka-dar berbat hissetme-miştim."

"Şeyyy, sana bir duş aldırmalıyız. Bana yardımcı ol."

Yalvarıyordu adeta ağlamaklı sesiyle. Hiç bilmediği bir adamı yıkamak, ne denli kolay olabilirdi? Güçbelâ kaldırdığı adamı merdivenlere yöneltti. O kadar ağırdı ki genç kız nefessiz kalacağını zannetmişti.

"Barzan?"

"Hmm."

"Çok ağırsın."

Kendini bir arabanın altında ezilmiş, kedi yavrusu gibi hissediyordu. Ama sızlanması boşaydı. Barzan ne dediğini anlamıyor, sadece uyumak istiyordu. Başındaki ağrı katlanılamaz derecedeydi. Kulaklarında içeri giren en ufak sinek vızıltısı, gözlerini ağrıtan cılız bir ışık bile beynindeki merkezleri uyarıyor, maruz kaldığı her ses ve görüntü canını yakıyordu. Bedeni, üzerinden tır geçmiş kadar ağrılı ve yorgundu. Dizleri havası çekilmiş tekerlek gibi, kolları vidaları sökülmüş ayna gibi sağa sola dökülüyordu. Berçem olmasa yere yığılıp kalacaktı.

Kocasını yatağa oturtmuş, uzanmasını engellemek adına omuzlarından sıkıca tutmuştu Berçem. "Hiç yardımcı olmuyorsun Barzan," diye sitem etti narin sesiyle nefes nefese. Bir yolu olmalıydı. Bu eller bu adamı soyup, yıkamayacaktı. Aklına konan kuşun kanadından düşen fikir, genç kızın hoşuna gitmese de başka çaresinin olmadığını ötmüştü.

Kocasının cebinden alelacele telefonu çıkartmış, sevgilisi Azra'yı aramaya davranmıştı ki şifreyle karşı karşıya kaldı. Yatakta oturan adamdan çıt çıkmasa da Berçem seslenmişti.

"Barzan bana şifreni söyle," dese de genç adamdan ses yoktu. "Barzan bak sana duş aldırmalıyız. Şifreni söyle." Yine ses yoktu. Berçem dudaklarını alnına bastırdı. Dudakları hissettiği sıcaklıkla sızlamıştı. '*Allah'ım bana yardım et yalvarırım.*'

Ağlamaklı sesine nazaran gözyaşlarına hâkim olmaya çalışıyordu. Kapana kısılan fare gibi çırpınıyordu içinde. İnce, uzun parmakları kocasının kemerine tereddütle gidiyordu. Bu anı gören biri, yanlış anlayabilirdi. Zira kemeri çözen elleri bu yanlışlıklara mahal veriyordu.

Hayatın acımasızlığına bir kez daha kahretmişti. Karısı olarak görmeyen, kötülükte sınır tanımayan, boşanmakta ısrarcı olan sözde kocasına yardım ediyordu ve yaptığı yardım onu soymaktı. Üzerinde tek boxerını bırakıp, banyoya kadar yine cebelleşerek götürmüştü. Suyu ılık seviyeye ayarladı. Barzan'ın kolundan tutarak duşun ahizesinden akan suyun altına sürüklemişti. Sıcaktan yanan teni, su ile buluşunca Barzan cin çarpmışa dönmüş, bütün cinlerini küçük banyoda üzerine musallat eden, tehlikeli yeşil gözleriyle, biçare kızı duvara çarpmıştı.

Duvara zamk gibi yapışmanın verdiği acı, o an tarif edilemezdi Berçem gelin için. Acıyla iniltilerini kopartırken, elindeki ahize yere düşmüş, bu acının üzerine romantik bir an ekleyerek onları ıslatmaya başlamıştı ve su şimdi soğuktu!

"Se-sen ne yapıyorsun Barzan?" Kollarına asıldığı adama korku içinde sormuştu. Ilık suyun bu derece etkili olacağını düşünememişti. Onu ıslatan suyun verdiği his, biraz olsun sakinleştirmeye çalışıyordu. Fakat karşısında yeşil gözlü bir canavar vardı ve bu Berçem'i lal etmeye yetiyordu. Öyle bakışları vardı ki sanki suda boğacakmış gibi, boğup öldürecekmiş gibiydi.

Sahi öldürecek miydi? Hem de kimse evde yokken, Barzan çıplak ve Berçem ıslakken. Kurtarıcısı kendisiyken ve kendisi de bu kadar savunmasız ve güçsüz iken. İlah gibi gücünü ilan eden adama, savunmasızlığıyla karşılık veren kadını yalnız kaldıkları banyoda kimse kurtaramazdı. Kelime-i Şehadet getirdi sükûnetle. Bir huzura kapıldığını biliyordu içi. Bir sıkıntıya kapılan sureti hariç…

***

Bölüm 3

Acımasızlık Damardan Akan Virüs Gibidir Dolaştıkça Zarar Verir

Barzan'ın zifiriye boğulmuş haşin gözleri ne olduğunu çözmeye çalışıyor gibi etrafı kolaçan ediyordu. Bir çift yeşil gözün çekingen bakışlarına maruz kalmıştı. Bu banyoda ikisinin ne işi vardı?

Berçem ise bir art niyet beklemezken, yapmak istediği bir yardım iken, gördüğü muamele can acısından daha fazlasıydı. Acımasızlıkta sınır tanımayan adamın kolları arasında duvara yapışmıştı.

Barzan ne yaptığının farkına, genç kızın titreyen parlak yeşil taşlarından anlayabilmişti. "Be-ni öl-dürmek mi istiyorsun?" diye sordu. İnip kalkan göğsü, genç kıza hükmediyordu.

Berçem kafasını hayır anlamında şiddetlice sallayınca, Barzan çenesinden tutup, kafasını geriye iterek bir kez daha çivi çakar gibi duvara monte etmişti. "Çıkar beni buradan."

Altında ezme peynire dönen kız, bıraksa çıkaracaktı. Çenesi yamulmadan evvel kurtulmalıydı koca ellerinden. '*Zalim adam, canımı yakmaya bayılıyorsun!*' diye düşündü. Ah bu yüzüne söylemek isteyip, içinde biriktirdiği her cümlenin, canına verdiği ağırlık yok mu? Topyekûn Barzan'a fırlatmak istiyordu.

Kollarının esareti altında, sık kirpikleri arasından genç adamı süzdü uzun süre. "İyi misin?" diye sorarken, anlamsız gelmişti bu soru. İyi olsaydı, ona böyle davranmazdı. Göz kapakları henüz direncini kazanamamış vücudunun ağırlığını üzerinde taşıyormuşçasına ağır ağır kapanıyordu. Soğuk duşu almadan önce ayakta duracak hali yoktu. Şimdi ise genç kızı bırakıp, seramik duvara kollarını yaslayacak kadar güç kazanmıştı. Çenesi karısı Berçem'in omzuna değiyor, yeni çıkmış kirli sakalları elbiseye sürtünüyordu. "Evet, biraz kendime gelebildim," diyebildi ağır ağır.

Bir dakika daha ayakta kalırsa kocası zatürreye kadar yol alacaktı şüphesiz. Bin bir taklayla adamı küvetten çıkarıp, banyonun kapısına kadar getirdi.

"Sen burada bekle, havlu ve iç çamaşırını getireceğim."

Barzan kafasını sallarken kapıya yaslanmış, ayakta güçbelâ duruyordu. Hiç bu kadar kötü olduğunu hatırlamıyordu. Vücudu ayakta durduğu her saniye daha düşman kesiliyordu. Bir an önce uzanıp uyumak, tüm ağrılarından arınmak istiyordu.

Banyoya geri dönen genç kızın asıl işkencesi şimdi başlamıştı. Islak vücudunu havlu ile kurulaması baş edebileceği kadardı. Ancak üzerindeki boxerı ne olursa olsun kendisi çıkaramazdı. "Şey Barzan…" deyip yutkundu seslice, "Kendin giyebilir misin?" Yüzüne bakmadan iç çamaşırını uzatmıştı kocasına. Vücudunun sakıncalı yerlerinden itinayla kaçırıyordu gözlerini.

Kabullenişi ağzından çıkan tek homurtusuydu. Berçem eline bırakıp arkasını döndü. "Ben buradayım çıkmayacağım."

Olur da düşer ya da ani bir hareketle dengesini kaybederse müdahale edebilme şansı yüksekti. Ağasının giyinmesini bekledi. Bu haliyle ne kadar hızlı olacaksa?

Geçen beş dakikanın sonunda bitkin, nefes nefese kalmış sesi duydu. "Tamamdır…" Harap olmuştu kendi başına giyinmekten. Berçem soluk almadan kocasını omuzlamıştı yine. Yatağına yatırdığı adamı giydirmeden yorganı beline kadar çekti.

"Ben üzerimi değiştirip geliyorum. Hemen dönerim," diye sessizce konuştu.

Barzan'dan ses çıkmayınca odasına dönmüş, ıslak kıyafetler yerine kuru, sıcak tutan kıyafetleri bir çırpıda üzerine geçirmişti. Islanan saçlarını kurutup dağınık bir şekilde bağladı. Kocasının yanına gitmeden evvel aşağıya indi. Yeniden ısıttığı çorbayı ve ağrı kesiciyi tepsiye koyarak odasına döndü.

Barzan yatakta, açık ağzından aldığı nefesleri hırlayarak veriyor, bu gürültüde uyuyor gibi görünüyordu. Tepsiyi komodinin üzerine bıraktı ve yatağın kenarına oturdu.

"Barzan," dedi ama ince sesi uykuya dalmış adamı uyandırmaya yetecekmiş gibi gözükmüyordu. Mecburi istikamet ten teması! Omuzlarına titreyen ince elleriyle dokundu.

"Barzan."

"Hmm.." diyen sesi uyanık olduğunun tek belirtisiydi.

"Hadi kalk. Çorbayı iç, ağrı kesiciyi de al, hiçbir şeyin kalmaz."

"Canım istemiyor."

"Ama içmek zorundasın!"

Direnişi az sonra duyacağı ismi beraberinde getirmişti. Hasta hali bile sert çehresini yıkamıyordu. Olmayan bir kadına çıkıştı hırıltılı sesiyle. "İstemiyorum Azra!"

Berçem duyduğu isimden emin olamasa da çorba dolu kaşıkla oturduğu yerde kalakalmıştı. Sert duruşu, donuk bakışları,

Yunan heykellerini anımsatsa da esasında dokunsanız tuzla buz olacak kadar parçalanmıştı.

'Sen gel kahrını çek, ateşi düşsün diye soyup banyosunu yaptır ama hiç olmayan, olmaması gereken Azra zannedil.'

Dudaklarını ısırdı hıncından. Elindeki kaşığı Barzan'ın ağzına hızla tıkıp, dişlerini kaşıkta toplayası, sıcacık çorbayı bir dikişte içirip, ağzını yakası geliyordu. Hatta hazır kimse yokken ve de sevgili kocası hasta iken onu boğarak öldürmek istiyordu. Lakin Berçem suikast planlarının türetilmesine karşı çıkmadan işine devam etmişti. Çorbayı yedirip ilacı içirdikten sonra berjere attı bezgin bedenini.

Onu dokuz canlı kedi sanan zalim kocasına kırgınlıkla baktı. Bugün dokuz canından kaçıncısını almıştı. Sayma tenezzülünde bulunmamıştı hiçbir vakit. Ancak kocası pervasızca tenezzül ediyordu.

Göz kapakları ağır bir perde gibi iniyordu kırılmış zümrüdî taşlarına. Ateşi düşmüş kocası hırıltılarıyla uyurken, Berçem gelin biraz kestirse zarar gelmezdi kimseye. Birbirinden nefret eden karı koca aynı odada uyuyorlardı. Ne masum bir tehlike ama!

***

Odada bir takım sesler uyanmasına sebep olurken, günün bütün yorgunluğu gözlerini açmasına olanak vermiyor, tatlı bir tembellik yaratıyordu. Fakat gözleri kendiliğinden açılmış, etrafına anlamsızca bakıyordu. Bir şeyin üzerinde uzandığını fark etmesi çok zamanını almamıştı. Keza gazabıyla dikilen kocası, tatlı tembelliğini elinden almış, yatağın başlığına yapıştırmıştı.

"Sabah bir uyanıyorum, yatağımda bana sarılı bir şekilde uyuyorsun!" Katıksız öfke Berçem gelinin zayıf yüreğine zarar veriyordu. Ama Barzan bu lanet kadının kokusuyla bütün gece uyumuştu ve kahretsin ki kokusu harikaydı. Enfes bir pazar sabahının ilkbahar kokusu gibi, eşi bulunmaz nadide bir çiçeğin varlığı gibi. Daha fazla devam edemedi düşüncelerine.

Gözleri yuvalarından fırlamaya müsait kapısının eşiğinde sallanıyordu, "Ben-dün-gece..." Uyku mahmuru sesini yutarak güçlükle izahını yapmaya çalıştı. Ne çare; zebani olup başına çöken kocası yatağın üzerinden abanmıştı.

Keskin bakışları tek bir emir verdi. "Kekeleme."

"Tamam," diye itaat etti sessizce.

"Azra ne zaman gitti?" derken Barzan'ın çenesi seğirdi.

Berçem soru karşısında korkudan şaşıramamıştı bile. "Bilmiyorum," dedi. Azra buraya mı gelmişti? Genç kız onu hiç görmemişti ki.

"Dua et Berçem, seni yatağımda görmüş olmasın."

Berçem'in geceye dair hatırladığı tek şey o uyuduktan sonra, kendisinin de berjerde uyuya kaldığıydı. Azra'nın geldiğine dair tek bir ses, bir iz hatırlamıyordu. Ya da gelmişti de Berçem görmemişti? Yüzündeki korku dolu ifade geceyi hatırlayınca, yerini öfkeye bırakmıştı. Dün gece Azra zannedilmişti, şansızlığına tükürmek istedi. Tek kelime ile "Görmemiştir," diye geçiştirdi ses tınısını sakin tutmaya çalışarak. Burada olmayan bir kadın nasıl görebilirdi ki beraber uyuduklarını. İşin aslını merak ediyordu; bu yatağa nasıl oldu da gelmişti?

"Dua et öyledir, yoksa ölün çıkar bu evden," dedi Barzan tıslayarak. Savurduğu son cümle, gözünü kırpmadan yapacağı şeydi.

Berçem ters bir bakış atmıştı. Hiçbir şey söylemeden, hasta adamın iyileşip iyileşmediğine dikkat etmeden odayı terk etmişti. Hayvanlıkta sınır tanımaz bir unvana sahipti. Yaptığı onca yardıma rağmen, bir teşekkürü mazur görüyordu. Teşekkür bir kenara, bu kötü davranışlarını bile sergilemeye devam ediyordu. Zalim adam! Kendi aptallığına dert yanmayı erteledi şimdilik. Zaten dert yansa ne olacak, olan çoktan olmuştu.

Topuklu terliğinin tak tak sesleri kızgınlık doluydu. Merdivenleri inerken uçlarından tuttuğu tülbendi saçlarına geçirmeye çalışıyordu. Bu öfkeyle yuvarlana yuvarlana mutfağın kapısına fıçı gibi çarpıp ortalığa dağılmasa iyiydi. Ancak yuvarlanmadan yürüyerek mutfağa girmeyi başarmıştı. Kendisinin geldiğini gören Newroz Annenin sakin yüzüne yerleşen ifade Berçem'in öfkesini yok etmiş, yerini meraka bırakmıştı.

"Newroz Anne ne oldu?" diye sordu Berçem meraklı bir edayla. Bu keyfi neye borçluydu? Su mavisi gözlerinde tatlı bir yaz sabahı havası vardı ve Berçem o yaz sabahının kokusundan faydalanmak istiyordu.

Keyifli bakışları genç kızın üzerinde gezindi. Berçem'in anlamsız merakı karşısında, "Kocana bakan ellerin dert görmesin gelin kızım," diyerek otoriter tavrından uzak kısa bir gülme tutmuştu Yadê Newroz'u.

Bütün gününü kocasına adayan ve bundan bir an bile şikâyetçi olmadan sabaha kadar yanında kalan kızı tebrik edesi gelmişti. Olayların iç yüzünü görmeyen kadının dünyasında farklı bir kurgu vardı. Öyle ki bu sabah kapı arasından ikisinin birbirine sarılarak uyuduğunu gördüğünde ve dün gece kontrol amaçlı kapı önünde karı kocaya baktığında gördüğü vahşi tablo Newroz Hanım'ın tüm gece ağzında kocaman bir gülümsemeyle uyumasına vesile olmuştu. Aheste aheste gözlerindeki kara perdeyi indiriyorlardı. Şimdi olmaz sandığı yakınlaşma, yakın zamanda kucaklarına bir bebek bile verebilirdi.

"Dün gece ne oldu ki?" diye soran Berçem'in aptal bir ifade vardı yüzünde. Hasta kocasına bakmıştı sadece. Bunun neresi güzel geçebilirdi? Üstelik baktığı hasta adam paranoyak bir ayıydı. Hasta hali, normal haliyle kıyaslanamayacak kadar berbattı. Hele bir de sabah teşekkür yerine azar işitmek genç kıza fena koymuştu.

"Sen ve Barzan, siz..." Tekrar güldü yaşlı kadın. İyi ki onları evde tek başına bırakmıştı. Berçem hakkıyla üstesinden gelmişti hasta bakıcılığının. Bundan şüphesi olmamıştı dün evden bahaneyle çıkarken. Bir kadın her bakımdan kocasına eş olurdu.

Kaşları istemsizce çatılan gelinin sesi boğuk çıkmıştı.

"Biz ne?"

Bir şey yapmamışlardı ki; Barzan'ı yıkadıktan sonra yemeğini yedirmiş, yorgunluğun bedenine çökmesiyle berjerde uyuya kalmıştı. Sonuç yine aynı kapıya çıkıyordu: *O yatakta o adamın kollarında nasıl uyumuştu?*

Hafızasını yokladı genç kız. Dün gece olanları tekrar aklından geçirmeye çalıştı. Akabinde beynine dolaşan görüntüler utangaç bir inilti koparmasına neden olmuştu; gecenin bir yarısında uyandığı sırada, Barzan onu çağırıyordu. Bir şeye ihtiyacı olduğunu sandığı için yanı başına gitmişti. Beklediği olmamış, beklemediği hatta aklının ucundan geçirmediği başına gelmişti. Barzan kollarından tutarak yatağına yatırmış, sarılarak uyumaya çalışmıştı. İtiraz etmesine, kalkmaya çalışmasına Barzan izin vermemişti. *'Kokun çok güzel,'* demişti. O yetmezmiş gibi bir de üzerine öpmüştü. Barzan onu öpmüştü. Ondan nefret eden, onu boşayacağını söyleyen kocası onu öpmüştü.

"Yan-lış gör-müş-sündür yadê..."

Göğsü utanç ve yakalanmanın verdiği kızgınlıktan inip kalkıyordu. Görmüş olamazdı. Odaya girdiğinde Barzan dudaklarına yapışmış, onu öpüyordu. Lakin yaşlı kadın gerçekleri bilmiyordu.

"Kızım ben göre.." Sözlerini Berçem'in zehir gibi akıttığı cümleler yarıda kesti.

"Azra zannetti beni. Sabah yatağında biricik sevgilisi yerine beni kollarında görünce kızdı..."

Yaşlı kadın duyduklarını idrak etmeye çalıştı. Ne demek onu Azra zannetmişti? Bütün gün karısı yemeden içmeden ona bakmıştı, onu taşımıştı. Hatta banyosunu bile yaptırmıştı. Odada seramiklerin ıslaklığından ve Berçem'in banyoya rastgele attığı ıslak kıyafetlerden anlamıştı. Mutfaktan içeri Barzan'ın girmesiyle ikili susmuştu.

"Git hazırlan, işimiz var."

Kolundaki saati düzeltirken karısına gereken emri vermişti. Berçem kendisine değil de, Newroz Annesine söylediğini sandığı için ve biraz önceki bağırmaları, haksız kızmaları yüzünden ona bakmaya tenezzül bile etmiyordu. Kırgınlığını pekâlâ söylemiyordu. Konuştuğu kızın başka bir tarafa bakıyor oluşu, bariton sesinin evi inletmesine neden olmuştu.

"Kime diyorum ben?"

Berçem irkilerek kocasına dönmüştü. Kendisine bakan yeşil gözlü canavar, bir alev topu salmaya hazırdı. "Ben mi?" diye sordu hayretle. Beraber dışarıda yapacakları ne iş olabilirdi? Kapının önüne kadar geçiremediği, konuşamadığı adam ile dışarıda ne yapabilirdi?

Ben mi sorusuyla gazabı artmıştı Barzan'ın. Kokusu hâlâ burnunu dolduruyordu.

"Evet, sen aptal. Başka kim olacak?"

Sorusuna, sorusuyla üstelik hakaretle cevap verişi genç kızın asabını bozmuştu. Ne hakla aptal diyebiliyordu ona? Dün gece asıl aptallığı kendisi yapmışken, yatağına çağırması yetmezmiş gibi öpmüşken, nasıl Berçem'i aptal yerine koyabilirdi?

"Nereye?" diye çatık kaşları ve sesinin verdiği huzursuzlukla cesurca sormuştu. Onunla bir yere gitmek istemiyordu.

Barzan bu aptalca cesaret karşısında küçümseyerek baktı.

"Git hazırlan, beş dakika içinde aşağıda ol."

Gelin Hanım gitmek istemiyordu. Hırçınlığı omuz silkerken bile meydandaydı.

"Git odaya, hazırlan. Eğer beş dakika içinde gelmezsen, o odaya çıkar saçından sürükleye sürükleye seni buraya getiririm," derken gazabına uğramasını istemediğini belirten uyarı dolu bir ifade vardı yüzünde Barzan'ın.

Berçem bir de bu rezilliğe katlanamazdı. Yeterince çekmiyor muydu ayılıkta sınır tanımayan yeşil gözlü canavardan? Yukarıda elini çabuk tutmuştu. Giyinik ve hazır bir halde aşağıya indiğinde Barzan'ı görmemişti.

"Arabada seni bekliyor," diye tereddütle onu dışarı gönderen Newroz Hanım'a veda ederek evden ayrılmıştı. Son model, lüks bir arabanın ön tarafına ihtiyatla binmişti. "Nereye gideceğiz?" sorusu zalim kocası tarafından cevapsız bırakılmıştı. Bu sessizlikte Berçem geline kalan, sabah ertelediği aptallığına yanma seanslarını şimdi arabada sessizlikle yürütmekti.

Vicdanlı birileri derin sesli iç çekişini duysa ve yaşadıklarını dinlemeye koyulsa, yaptıklarından Barzan'ın alnının ortasını acı dolu kurşunlara dizer, kalbini alıp Haliç Köprüsü'nde ibreti âlem olsun diye ipte sallandırır, olan beynini kullanmadığı için bütün nöronlarını akıtarak asıl işkenceyi çektirirdi. Ama nerede, olsa olsa Berçem'e acısıyla yanmak kalırdı. Ki hâlâ yanıyordu.

Dün gece Azra'yı arasaydı, bütün bu tatsızlıklar olmayacak, emanet gelin kendi yatağında bir sabaha daha aynı seyirlikte uyanacaktı. Kocasının sevgilisi Azra'yı düşününce, aklından geçenlere mani olamamıştı. Kıskanmıyordu elbette. Aslında Erkut ve Azra olarak birbirlerini tamamlıyorlardı.

Azra, kocası Barzan'ı taşıyan bir güzelliğe sahipti. Kızıla kaçan kahve saçları, gün batımının o yanık havasını andırıyor, cam grisi gözleri bir buz kütlesinin rengini hatırlatıyor, biçimli burnu, küçük dudakları ve bembeyaz teniyle bütünleşen hoş vücut hatları, ortaya muazzam güzellikte bir kadını çıkarıyordu. Karakteri için tam olarak bir muazzamlık olduğu söylenemezdi. Zira Berçem geline göre egosu şişkin ve insanlara tepeden bakan bir kadın, merhamet sahibi olamaz, insanları anlayamazdı. Tepeden bakmak, kör ederdi insanı.

Arabanın durmasıyla düşüncelerini kovdu sessizce. Kocası arabadan inmesini bakışlarıyla işaret etmiş, genç kız yine emrine itaat ederek inmişti. Arabadan indiğinde bir site içerisinde olduğunu fark etti önce. Karşısında geniş, uzun katlarıyla lüks bir apartman duruyordu. Soruları yine beynini arşınladı.

Sesini çıkarmamayı kendine teskin ederek kocasını takip etti. Yanlarından geçen insanlar onlara yabancı gözüyle bakıyor, Barzan'ın bakışlarıyla karşılaşınca gözlerini kaçırıyorlardı. Barzan'ın iki adımı, genç kızın dört adımına değerdi. Yetişmeye çalışma, yanında yürüme gibi bir çabaya girişmedi. Ardı sıra yürüdü arkasında.

Otomatik şifreli kapı Barzan'ın girdiği numarayla açılmış, apartman girişinin şıklığı genç kıza sunulmuştu. Kokusunu içine çekti Berçem. Güzel kokusu, Barzan'ın evinin verdiği o sımsıcak kokuyu ve bütünlüğü vermiyordu. Burasını sevmemişti, hoşuna gitmemişti. İçgüdüleri arkasını dönüp yürümesini, bilhassa koşmasını söylüyordu.

Zemin katta bekleyen asansöre binmeleri bu kaçışı engellemişti. Zaten kaçsa ne olacaktı? Barzan hiç düşünmeden saçından çektiği gibi sürükler, nereye gidiyorlarsa bir ömür aç susuz oraya hapsederdi.

Yirmi dört katlı apartmanın ondokuzuncu katına çıkıyorlardı. Aralarında duyulan tek ses gergin ve meraklı nefeslerin dışa öfkeyle vuruşuydu. Berçem adlandıramadığı bir duyguyu yaşıyordu içinde. Sanki burası onlara iyi değilmiş gibi geliyordu. Sanki bir zararı dokunacakmış gibi. Sevmeyişini de buna bağlamıştı. Adama soru sorsa cevabını vermeyeceğini biliyordu.

Ondokuzuncu kata çıkan asansörün kapısı açılınca Barzan nezaketten uzak, genç kızdan önce çıkmıştı. Berçem'e yine Barzan'ı takip etmek kalmıştı. Cebinden çıkardığı anahtarla, beyaz çelik kapının kilidini açıp, içeri girmişlerdi.

Hol ambalajı açılmamış yerli yerinde eşyalarla soğuk ve buz gibi duruyordu. Barzan'ın işaret ettiği odaya doğru yürümeden önce kapıyı kapatmış, evin içine kısaca göz atmıştı. Yeni ve temizdi, toz kokusundan ibaret evde Berçem ne yapacağını gerçekten merak etmeye başlamıştı.

Salonun da holden farkı yoktu. Ambalajlı koltuklar, büfe, perdesi takılmamış manzaranın dışa vurduğu camlar emanet geline itici gelmişti. Kaçma düşüncesi hâlâ beyninde cilveleşiyordu. Barzan oturmasını isteyince Berçem karşısına geçip oturdu. Bir şey konuşacaklardı, genç kız bunu anlamıştı. Ama neden başka bir eve gelmişlerdi ki?

"Bu ev artık senin," diye Barzan uzatmadan konuya girmişti. "Biz boşandıktan sonra sen burada yaşayacaksın. Yanına güvenilir bir kadın göndereceğim ve her ay hesabına düzenli bir şekilde para yatıracağım. Gül gibi geçinip gideceksin."

Zalim kocasının pervasızca kurduğu planları anlatışını, gizlemeyi başardığı hayretle izliyordu Berçem. "Ben bunları istemiyorum!" diye karşı çıktı koruyabildiği sakinliğiyle. Nasıl duygusuz, nasıl vicdansızdı? Aşağılanıyordu şüphesiz. Sanki onun evine, parasına muhtaçtı. Berçem bunların hiçbirini istemiyordu.

Barzan'a ait iğne ucu kadar bir şey istemiyordu. Sadece dayısı Afran'ın yanında olmak istiyordu.

Barzan dudaklarını ısırdı. "Berçem, sevdiğim kadın dururken sevmediğim bir kadınla evli kalamam. İstesen de istemesen de boşanacağız. Ben seni sevmiyorum. Unutma, seni seven Ciwan'dı." Sesinde anlaşılmasını isteyen sakin bir tını vardı.

Dikleşen omuzları, acımasız tavırları, duygusuz bakışları görünürde genç kıza aitti. İçinde kıyametin buruk yelleri eserken, kimse bunu anlamazken, genç kız cebelleşiyordu. İstihza dolu gülüşünü kocasına gönderdi. Sesine küçümseyici bir ton ilave etti ek olarak.

"Senden kocam olmanı isteyen kim? Bırak evli kalmamızı, senin olduğun şehirde bile kalmak istemiyorum ben." Duygusuzlaşan ses telleriyle sözlerine devam etti. "Dayımın yanına gönder, başka hiçbir şey istemiyorum. Sanma ki seni sevdiğim için seninle evlendim. Senin beni boşayacağını bildiğim için kabul ettim."

Barzan şaşırsa da açığa vermedi. "Bu işimizi kolaylaştırır. Yakında boşanma davasını açacağım. Eminim babam gelip bizi kontrol edecektir. O gelip gittikten sonra hemen boşanacağız ve ben seni dayının yanına göndereceğim," derken sesine memnun olduğunu belli eden bir tını yerleşmişti.

Berçem gelin ve Barzan Hezeroğlu bugün yer değiştirmişti kişilik olarak. Kızın duygusuzluğuna istinaden adam sakin ve rahattı. Dün gece olanların faciası, bu sabah tam bir felaketi getirmişti ve şimdi hiç yaşanmamış gibi davranıyorlardı. Ses çıkarmayıp, onayını kafa sallamakla veren karısını, telefonun çalmasıyla odadan çıkarak yalnız bırakmıştı.

Birkaç dakika telefonla konuşan adam gülümseyerek içeriye girdi. Azra'nın varlığı her an gülümseme nedeniydi. Öyle bir ruh haline girmişti ki onu görmesiyle kalkan kıza tebessümle konuşmuştu. "Kalkma otur, birazdan Okan gelip seni alacaktır."

Kırgın karısını koca soğuk evde, yalnız başına bırakarak çıkıp gitmişti. Zalimlikte sınır tanımaz unvanına yaraşır bir haraketti yaptığı. Berçem gelin yadırgamadı. Bütün gün bu evde aç susuz bıraksa yine yadırgamayacaktı.

Dün yaptıklarının mükâfatı olarak bugün muazzam bir sürprizle ödüllendirilmişti. Acımasızlığa oruç tutmuş adam, merhamet iftarına girip açmıyordu bir türlü orucunu. Bu eve getirip bundan sonra burada yaşayacaksın ne demekti?

Ölüsüne saygısı olurdu insanın. Ölüsünden geride kalanlara değer verirdi. Ancak bu adam emanetine değil değer vermek, merhametinden zırnık koklatmıyordu. Bugün ise koklatmayacağını kanıtlamıştı kesinkes.

Berçem ondan hiçbir şey istemiyordu, merhametini de istemiyordu. Boşanacakları güne kadar sabredecek ve bekleyecekti. İtham ediyordu hayatını. Ailesi yalnız bıraktığından beri kendine gelememişti. Hezeroğlu ailesinde, Barzan Ağa haricinde herkesin sevgi ve saygısını kazanmıştı. Hem de olduğundan daha fazlasıyla. Ancak evlilikte basireti bağlanmıştı.

Onu seven Ciwan, evlendikleri ilk gün yalnız bırakmıştı. Barzan Ağa ise sevgi kelimesinin bir harfini bile taşımıyordu. Tahta değişmeyeceği bahtı, kara yazma bağlamıştı. Bu yüzden kendine gelemiyordu. İçi ürperiyordu kızın. Evde yalnız olmasından mı, evin boş olmasından mı, yoksa soğuğun etkisinden mi bilinmez, iliklerine kadar titriyordu. Oturduğu yerden ağır ağır doğrulttu vücudunu.

Kalmak istemediği evin bir odasında duran ambalajlanmış eşyalara kabaca göz attı. Barzan Ağa bu evi hazırlarken nasıl bir mantık yürütmüştü, merak etti. Evin içini gezdi. Soğuk gittikçe artıyordu ve tozlu ev nefesini daraltıyordu. Bir balkona attı kendini. Soğuktan üşüyen bedenine sarıldı. Sabahın seyrinde, gökyüzü grilere bürünmüş, dumanlarıyla insanın yüreğini sıkıyordu.

Dudaklarını ısırdı. Okan gelene kadar üşümeye mahkûmdu. Üstelik kahvaltı etmeden çıkmıştı. Bir yudum su bile geçmemişti boğazından. Kuru bir dal parçasına dönmüştü boğazı. Sıra sıra apartmanların içinde, koca bir bahçenin ortasında en yüksek katlardan önüne serilmiş İstanbul'u izliyordu. Burası neresiydi, semti neydi? Hiç tanımadığı bir şehirde rehberi olmadan takılıyordu yalnız başına. Bunun neresi adildi?

İçeri döndü tekrar. Midesini dolduracak bir şey, üşüyen bedenini ısıtacak bir ısıtıcı bulmalıydı. Bir battaniye, yorgan... Hiç fark etmezdi. Mutfağı umduğu gibi bulamamıştı. Zira buzdolabı paketinden hâlâ çıkarılmamış, süs niyetine duruyordu bir kenarda. Bir umutla tezgâha yürüdü. Musluğu açması hayal kırıklığını beraberinde getirmişti. Bir damla su bile akmıyordu. Genç kızın bir damla umudu da beraberinde yok olmuştu. Şimdilik aç susuz kalacakmış gibi gözüküyordu.

Lakin yatak odasının dolabında yahut bir yerlerde battaniye bulacağı umudu hâlâ içindeydi. Bu yüzden hızla odaya yürüdü. Her şeyin ambalajlı olması genç kızın gözyaşlarıyla suyu akıtmasına sebep olacaktı. Kapağını açtığı dolabı boş görünce acı dolu bir inleme koyuverdi. Haykırsa yeri, ağlasa hakkı, kaçsa sırasıydı. Lakin bilinmezlik içinde yüzen kadının rotası nereye dönse kuru bir ada parçası olacaktı. Bu yüzden kurtaracak bir gemi bekledi. Sığınacağı limana kadar!

Dakikaların saatleri kovaladığı zamanlarda beklemek tam bir işkenceye dönüşmüştü. Üşümesine bir çare bulamıyor, kuru boğazından zoraki öksürükler çıkıyordu. Okan gelmemişti, elinde arayacağı bir telefon yoktu. Barzan'dan geriye ses seda yoktu. Ramak kalan ağlaması boş evin içinde küçük bir çığlığa dönüşmüştü. Karanlık çökmek üzereydi. Berçem gelin, koca sessiz rüzgârın uğultusunu taşıyan evde bir başına duruyordu. Aklını kaçırmak üzereydi.

Lanet etti Barzan Hezeroğlu ile evliliğine. O eve girdiğine, bu evliliği sırf dayısına yük olmamak için kabul ettiğine bin pişman oldu. Ancak pişmanlığı eline istediğini veremiyordu. Berçem aklına aniden düşen fikirle ağlamasına son verdi. Yere çöken bedeni güçlükle dikilmişti ayağa. Evet, karşı komşudan yardım alabilirdi. Yadê Newroz'un numarasını ezbere biliyordu. Hemen arayıp Okan'ın neden gelmediğini soracaktı.

Tereddüt etmeden biçare haline son vermek adına karşı komşunun kapısına gitti. Tir tir titreyen kız kapıyı tıklattı bir kere. Vereceği rahatsızlık yüzünden duyacağı utanç silinemeyecekti. Fakat başka çaresi de yoktu. Sesin gelmediği evin kapısı genç kız tarafından bir kez daha, bu sefer daha şiddetli tıklatılmıştı. Yine duvar olmuştu kapı.

Eve döndü yeniden. Aşağı ya da yukarı katların kapılarını vursa ne diyecekti? Üstelik yalnız başına olduğunu bilen birileri olursa ne yapacağını kestiremezdi. Bu tehlikeye atamazdı kendini. Bezgin bedenini balkona sürükledi. Yaşadığı kırgınlık ve şaşkınlık midesini ve üşümesini unutturmuştu.

Kocasının zalimliği aşmış, caniliğe evre atlamıştı. Hiçbir yeri bilmeyen bir kızı, koca bir evde aç susuz bırakmak hangi vicdana sığardı? Meylettiği, bu evde ölümü müydü? Öyle ise meyline niyeti gerçekleşiyordu. Zira bu saatten sonra kimse gelmezdi onu almaya. İçindeki boşluk gittikçe büyüdü.

Koca bir boşluğa sürüklendi. Gözü karardı emanet bedenin. Dizlerinin kendisini taşıyamayacağı düşüncesi bir an yok oldu ve bedeni yere gürültüyle düştü. Koca evde meyledilen ölüme yakınlaşmıştı. Kara bahtına yalnız bir ölüm de eklenmişti. Sebebi; Zalim Hezeroğlu idi!

***

Bölüm 4

Acımasızlığa Son Verince, Vicdan Konuşur!

Akıbetine bugün bir sonuç veren zalim adam, annesi Newroz'dan aldığı telefon ile dehşete düşmüştü. Müthiş bir vicdan azabı ve korku yüreğine oturmuş, canından can alıyordu. Tek ümidi genç kızın evde olmasıydı. Kırmızı ışıkta durmaksızın, son sürat lanet olası yeni eve sürdü.

Mutluluğundan dolayı unuttuğu karısının başına bir şey gelmişse ömür boyu affetmezdi kendini. Sırf kendi geleceğini düşündüğünden, emanetinin geleceğini tehlike altına sokmuş olabilirdi. Site önüne bir yere çarpmadan varmıştı. Ağzından eksik etmediği dualarla koşuyordu eve doğru.

Ondokuzuncu kata çıkana kadar kalbi bir korku çığlığı doğurabilirdi. Asansör ölüm yavaşlığında çıkıyordu katları. Kalbi on dokuz katın ağırlığı kadar korku ve endişe taşıyordu. *'Ne olur Berçem'e bir şey olmuş olmasın. Yalvarırım Allah'ım koru onu!'* diye dua ediyordu. Asansör kapısı açılır açılmaz Barzan fırlamıştı. Elindeki anahtarı kilide soktu. Kapıyı çarparak açmış, içeri koşmuştu.

"Berçem... Berçem..." diye endişeyle bağırıyor, sesini duyacağı anı bekliyordu. Nafile, rüzgârın uğultulu sesi dışında evden çıt çıkmıyordu. Bu soğukta nasıl bırakmıştı kadını? Aramadığı tek nokta kalmıştı evde. Ta ki aklına gelene kadar; balkon! Koşarak balkona geçmişti. Yerde hareketsiz yatan kadını gördüğünde, genzinden kopan ismi, herkes duymuştu. Her tene, her kulağa değen ses acı doluydu.

"Berçem!"

Belki korktuğu başına gelmişti. Bir boşanmayla kurtulmak istediği kadın son nefeslerini bu evde vermişti...

***

Soğuktan buz kesilen bedenini hastaneye taşıdığında çoktan tükenmişti. Defalarca seslendiği kızdan tek bir kelime çıkmamıştı. Soğuktan morarmış dudakları tek bir an kıpırdamamıştı. Nefes alıyor oluşu Barzan Ağa'ya yetmişti. İyileşecekti, iyi olacaktı bunu biliyordu.

Aç ve susuz halde, dondurucu soğukta bıraktığı Berçem, yine bir güçle ayaklanacaktı. Zaten ailelerine gelin olarak katıldığından beri güçlü davranmıyor muydu? Yaptığı onca kötülük ve hakaretlere sessiz kalıp, bir an önce boşanmayı bekleyerek Barzan Ağa'yı alt etmiyor muydu? Yapardı, buna inanıyordu.

Berçem'i İstanbul'a getirdiği günden beri, yüzüne doğru dürüst bakmıyordu. Onu gördüğü yerde bağırıyor ve kovuyordu. Ondan boşanacağını söylerken bile acımasızdı. Bütün bunların farkına şu an varıyor olmak, Barzan'ın kendisinden nefret etmesine neden olmuştu. Acıdı kendine, ne ara bu kadar kör ve zalim bir adam olmuştu?

Acilde müşahede altına alınan genç kızın, açlıktan ve soğuktan baygın düştüğü ortaya çıkmıştı. Bünyesi bunları kaldıramayınca genç kızın kan şekeri düşmüş ve Berçem gelin durduğu balkonda düşüp bayılmıştı. Koluna takılan serum ile odaya alınmıştı. Barzan kaldığı odaya girdiğinde Berçem'in uyuduğunu görmüştü. Dudakları eskisi gibi mor değildi. Kendi rengine dönmüştü. Kırmızı...

Odadaki koltuğun kenarına oturup genç kızı seyre daldı. Düşünceleri yine peşini bırakmamıştı. Yirmi yaşında genç bir kız olmasına rağmen, olgunluk ve sabırla olanlara göğüs germişti. Sessiz kaldığı her anı hatırlayınca kendine olan kızgınlığı büyüyordu. Aslında Yadê Newroz haklıydı. Burada tek suçsuz Berçem idi.

Bir anda evlenen oydu. Evlendiği gece dul kalan oydu ve hiç tanımadığı ölen rahmetli kocasının kardeşiyle evlenip, bilmeyen bir şehre getirilen de oydu. En büyük acıyı yaşayan oydu. Peki, Barzan bunu neden yeni yeni görüyordu?

Neden insanlar kötü olaylar karşısında bulanmış akıllarını sallayıp, olaylara karşı her açıdan bakmaya çalışıp, yeniden anlıyordu?

Kızgın mıydı? Ağabeyinin ölüp gitmesine çok kızgındı. Onun başına küçük bir kız çocuğu bırakmasına ve bu kızla nasıl baş edeceğini öğretemediği için çok kızgındı. Evvela ailesine kızgınlığı daha fazlaydı. Bu evlilik bir arpa boyu kadar ilerlemelerine yarar sağlamamıştı. Ama Barzan ikisini de bu ateşten kurtaracaktı. Hem kendini hem Berçem'i.

Kafasını geriye atıp gözlerini sımsıkı kapattı. Vicdanı ağır geliyordu. En büyük yüküydü insanın vicdanına kulak astığı anlar!

***

Uykuya doyan gözleri açıldığından beri koltuğa oturmuş ve kafasını geriye atan zalim kocasını seyre dalmıştı. Sert çehresi, gergin köşeli çenesi ve gözlerine bastırdığı kalın parmakları. Vicdansızlıkta sınır tanımaz yüreği ne zaman titreyecek ve yaptıklarına ne zaman bir son verecekti? Sonu yoktu bildiği üzere. Bu sağır vicdan duymayacaktı çığlıklarını. Acısını anlamayacaktı taşlaşmış kalbi.

'Sırf yatağında seninle, senin zorunla uyuduğum için bana bu cezayı verdin. Senin zalimliğin, vicdansızlığının en kadim dostu... Sen iflah olmazsın Barzan Hezeroğlu!' diye düşünen Berçem diline mukayyet olsa da içinde yankılanan sesi haykırışına bir ukde daha ekledi. Daha ne ukdeler taşıyacak ve kambur kalacaktı yüreği…

Yanına çağıran oydu, izin almadan öpen oydu, aynı yatakta uyumaya zorlayan oydu ama bilmediği soğuk evde aç biilaç bekleyerek cezasını çeken Berçem'di. Akla mantığa sığmayan bir şeydi bu.

Kocasının parmaklarını çektiğini görünce kafasını hızla çevirip gözlerini kapadı. Onu görmek istemiyordu. Nefret ettiği hatta tiksindiği adam ile aynı ortamda bir saniye bile daha nefes almak istemiyordu. Verdiğin nefesi solumak bile onu vicdansız yapardı. Gergin nefesini duydu. Uzun soluklu sesli bir nefesti.

"Uyanık olduğunu biliyorum Berçem!"

Ancak genç kızdan çıt çıkmamıştı. Yüz ifadesi aynı ve bedeni hareketsizdi. Hafifçe inip kalkan göğsü dışında...

Yine de "İyi misin?" diye sormaktan alıkoyamadı kendini. Ne iyi ama! O kadar iyiydi ki cevap bile vermiyordu.

Kötü olmakta üstün bir gaye sergileyen genç adam, "Ben Okan'ın gelip seni aldığını sandım," diye açıklamada bulundu. Okan'ı aradığını sanmıştı.

Berçem bundan sonra ne muhatap olacak, ne de konuşacaktı. Bir an önce boşanma davasını açmasını isteyecekti. Kendisinden bu denli nefret eden adamla aynı evde nefes almak, yüzsüzlüğün ta kendisiydi ve Berçem yüzsüz değildi.

Genç adam sadece onu izledi. Yaptığı her şeyin pişmanlığını içinde yaşıyordu. Bugün vicdan muhasebesinden geçirmişti taşlaşmış kalbini. Berçem ile ne yapacağını düşündü. Nasıl bir bok çukurunun içine düştüğünü hâlâ bilmiyordu. İkisi de boşanmak, yollarını ebediyen ayırmak istiyordu. Ancak yarın ağabeyinin emanetini nasıl bırakacaktı? Gerçekte o emanet karısıydı ama Barzan koynuna ve kalbine alacağı kadın gözüyle bakmıyordu. Onun kalbinde sadece Azra vardı.

Gözünü açmayan kızın kendisiyle konuşmayacağını anlayınca pes etmişti. Ne derse desin, bugün yaptığı affedilir gibi değildi. Bir sigara içmeye ihtiyacı vardı. Aklını toparladığında tekrar yanına dönecekti.

Ayak seslerinin odadan çıkışı ve kapanan kapı sesi Berçem gelinin zümrüdî harelerine inen perdeleri kaldırmasına fırsat vermişti. Gözleri kapıda asılı kaldı. Bir açıklama yapsa ne olacaktı ki? Hiçbir şey değişmeyecekti, hastanelik yaptığı gerçeği görmezden gelinmeyecekti hiçbir vakit!

Koluna takılı seruma baktı. Kısa bir süre içinde bitecekti. Doğruldu yerinden temkinli hareketleriyle. Ayakkabısını ayağına geçirdi. Yatağın askılığına takılı serumu alıp ağır ağır yürüdü pencereye doğru.

Barzan Ağa bahçeyi kat ediyordu hücum eden adımlarıyla. Berçem gelinin gözleri ayrılmıyordu ondan. Hızlı hareketleri başını döndürüyordu. Dışarıdaki soğuk rüzgârdan gelen tat Barzan'ın delice öfkesiydi.

Düşünmeden edemedi. Bu adama ne yapmıştı ki bu kadar nefret görüyordu? Ne sevgilisiyle arasına girmişti, ne de ondan kocalık istemişti? Bu kin gereksizdi! Sigara paketini cebinden çıkarışını adım adım izledi. Dudaklarına yerleştirdiği bir dal sigarayı haşin rüzgâra karşı avuç içleriyle kapayarak çakmağıyla yakmıştı.

Gecenin karanlığına bulanan gri dumanı havaya üfleyişi Berçem'in nefesini kesmişti. Bir nefes verilirken, bir nefes kesiliyordu. Kalp sıkıntısı bir dumanla geceye üflenirken, bir yürek sızısı içindeki gecede kaldı.

Gazap dolu çehresi gecede bile hükmünü sürdürüyordu. Hastanenin bahçesinde dolanan insanların içinde farkını koyan adam gergin ve öfkeli görünüyordu. Havaya üflediği her duman bir izmaritte son buluyor, ayakları altında ezilenler oldukları yerde kalıyordu. Tıpkı acıları gibi…

Paketinden çıkardığı kaçıncı dal sigarayı dudaklarının arasına yerleştirirken, Berçem biten serumu için hemşireyi çağırmıştı. Evi olmadığı ve yaşamaya şimdilik mecbur kaldığı yatakta uyumaya can atıyordu.

***

Serumu çıkarıldıktan sonra bir doktor onu kontrol etmişti. Sonra da doktorunun tavsiyelerini dinleyip hastaneden çıkmıştı. Barzan'ı umduğu yerde bulmuştu. Zoraki sürüdü ayaklarını yanına. Ayağının altında sayamadığı kadar izmarit vardı. Bir paketi bitirmiş olmalıydı.

Genç kızı görünce çatılmış kaşlarıyla sordu. "Ne oldu?"

Berçem yüzüne bakmadan cevaplamıştı. Sesi kışın soğuk rüzgârını anımsatıyordu. "Serum bitti. Eve gidebilirim, iyiyim."

Kaşlarını çattı Barzan. Onu baygın halde bulduğunda iyi değildi. Bir serumla iş bitmiş miydi yani?

"Doktor ne dedi, beni neden çağırmadı?"

Ayakkabısına bakan kız soğuk sesiyle cevapladı.

"Seni aradılar ama bulamadılar. Ben de eve gitmiştir dedim."

"Saçmalama, seni nasıl burada bırakıp giderim?"

"Sabah bırakıp gittin!"

Gerçeği okkalı bir tokat gibi yüzüne vurdu Berçem. Bir ceza vererek bırakıp gitmişti. Onun söylediklerinden tatmin olamayan genç adam, maruz kaldığı laf sokma seansının ardından hastaneye girip doktorla konuşmuştu. Durumunu bizzat öğrenmesi içini bir nebze rahatlatmış, bu sayede genç kızın kolundan tuttuğu gibi eve götürmesine olanak vermişti.

Sessizliğin bozulmadığı eve geçiş süreci, gerginliği misafir edinmişti her zamanki gibi. Ancak Barzan Ağa, bu sessizliği konuşmasıyla bozdu.

"Aç mısın?"

"Hayır."

"Açsan söyle, çekinme."

"Benimle aynı sofraya mı oturacaksın? Seni zor durumda bırakmak istemiyorum," diye alayla cevapladı Berçem hiç tereddüt etmeden. Kızmaya hakkı yoktu, bilakis özür dilemesi gerekti. Fakat özür dilese de tek yaptığı bu olmadığı için Berçem bunu gereksiz gördü. Kocasından ses çıkmayınca cevabını tekrarlayarak kestirip attı.

"Aç değilim!"

Barzan genç kıza bağırmamak için zor hâkim olmuştu kendine. Avuç içlerindeki direksiyon biraz daha sıksa paramparça olacaktı. "Bana bulaşma Berçem, sabırlı değilimdir."

Genç kız alaylı üslubunu sürdürdü. "Bulaşmak istediğim en son insan bile değilsin." Hayal kırıklığı barınıyordu sesinde.

Bu son konuşmaları olmuştu. Eve adım atana kadar seslerini çıkarmamışlardı. Berçem kapı açılana kadar bekledi. Saat gecenin ikisiydi ve yaşlı kadını uyandırmak istemiyordu. Barzan'ın açtığı kapıdan içeri girdikten sonra nefes almadan soluğu odasında almıştı. Newroz Anne'yi yatağında ağlarken bulmayı beklemiyordu.

"Yadê..." diye endişeyle soludu. Newroz Sultan duyduğu sesle hemen ayağa kalkmış, dibinde endişeli haliyle biten genç kıza sarılmıştı. Kalbine inme inecekti neredeyse. Onun kaybolduğunu sanmıştı!

"Neredeydin sen?" diye iç çekerek sordu.

"Hastanedeydik."

Geri çekildi yaşlı kadın, genç kızı kontrol etti.

"Neyin var, ne oldu?"

"Sabah anlatsam olur mu?" Yalvardı bezgin haliyle.

"Şimdi iyi misin?" diye sordu. İyi olduğundan emin olursa izin verecekti.

"Evet evet, korkma iyiyim," diyerek elini öptü, "Ama çok yorgunum bir duş alıp uyumak istiyorum."

Yaşlı kadın alnını öpüp saçlarını okşamıştı. Bir annenin şefkati gibiydi. Berçem mayıştı şefkatli dokunuşuyla. "Tamam güzel kızım, sen gir banyoya. Ben sana temiz ve sıcak kıyafetler hazırlarım." Berçem onun kızıydı, bakmaktan beklemekten asla gocunmazdı.

"Tamam, teşekkür ederim," diyerek elini bir kez daha öptükten sonra banyoya girmişti Berçem. Yıkanıp, dişlerini fırçaladıktan sonra odasına dönmüştü. Yaşlı kadın hazırladığı kıyafetlerle yine yerinde oturuyordu.

"Niye gidip uyumadın? Saat çok geç oldu."

"Seni ıslak saçlarla uyutur muyum?"

Genç kız gülümseyerek hazırladığı kıyafetleri alıp tekrar banyoya girdi. Giyindikten sonra çıkıp yaşlı kadının yanına, yatağın üzerine oturdu. Annesi saçlarını güzelce kuruttuktan sonra ördü. Daha sonra kızı yatağına yatırıp üzerini örttükten sonra odasına gitti. Yarın sabaha olanları öğrenecekti. Bu gece Newroz Hanım'a uyku yoktu.

Oğlunu arayıp geç saate kadar ne yaptıklarını sorması, telefonun yüzüne kapanmasına neden olmuştu. Ondan sonra Barzan'ı her aradığında telefonu reddedilmiş, geri dönmemişti. Sabah öğreneceği gerçekleri, sıkıntılı kalbiyle bekledi. Bu evlilik sağlam duracak gibi değildi. Ne Barzan, ne de Berçem savaşıyordu bunun için!

Savaşırsa kıymeti bilinirdi kaybın. Galibiyeti alırsa, değerdi her savaşa verdiği alın teri için. Hezeroğlu çifti tek bir ter dökmemişti kavgadan başka!

***

Newroz Hanım, sabah Berçem'den öğrendikleri ile soluğu oğlunun yanında almıştı. Kahvaltı masasında kahvaltısını yapan adama baktı.

"Ben hasta olduğun gün sana baktığı için, kızı teşekkür amaçlı dışarıya çıkarttığını zannetmiştim oğlum."

Yaşlı kadın sabah uyandığında hemen Berçem için güzel bir kahvaltı tepsisi hazırlayıp odasına götürdü. Genç kız iştahla kahvaltısını ederken yaşlı kadına olanları bir bir anlattı. Newroz Sultan duyduklarının şokunu bir süre üzerinden atamadı.

Demek Barzan, ona bakanın Azra olduğunu sanmıştı ve genç kızı yeni evine götürmüştü. Orada boşanacağını söyleyip bir de genç kıza gece yatağına girdiği için ceza vermişti. Yaşlı kadın bu olanlara bir türlü inanamıyordu. Barzan bunları yapmış olamazdı. Kızın kahvaltısını bitirdiğini gördükten sonra dinlenmesi için tekrar yatağa yatırmış ve odadan çıkmıştı ve şimdi Barzan'la masada kahvaltı edip bir gün öncesi hakkında konuşuyorlardı.

"Ne?" Barzan elindeki çatalı bıçağı tabağına bıraktı. Duyduklarıyla bir müddet yaşlı kadını izledi. Hastalığıyla ilgilenen Berçem değildi. "Newroz Sultan ateşlendiğim gün bana o kız değil, Azra baktı. Beni iyileştiren sevgilimdi."

"Oğlum sen aklını mı kaçırdın? Ben kendi gözlerimle şahit oldum. Sana nane limonu içiren oydu. Çorbayı içiren oydu. Hatta banyonu yap..."

Gözleri öfkeli gazabıyla parlayan Barzan "Ne saçmalıyorsun sen?" diye bağırmıştı.

Annesi "Saygı sınırını aşma Barzan!" diyerek öfkesine karşılık verdi.

"Bana o kız bakmadı," diye itiraz etti. Azra bakmıştı, bunu konuşmuşlardı.

"O kız dediğin senin nikâhlı karın ve sen o gece nikâhlı karını öptün," diyen yaşlı kadın öfkeyle sarf ettiği son cümlede utançla kızartmıştı. Genç adama sert bir bakış attı. "Bana bunu söylettiğine inanamıyorum."

Barzan bir hışımla yerinden kalktı. "Sırf o kızı boşamayayım diye, bana yapmadığı şeyleri yapmış gibi gösteriyorsun. Sana inanamıyorum." Kafasını salladı hayretle. Annesi bile o kız için onu kandırıyordu. Evde daha fazla kalamayarak çıkıp gitti.

Yaşlı kadın şaşkınlıkla, çıkıp giden oğlunun arkasında bakakalmıştı. Bu adam aklını kaçırmıştı. Bu kabullenmemek nedendi, bu ukalalık niyeydi?

***

Geçen üç gün içerisinde; ne Berçem ne de Barzan göz göze gelmiş, aynı odada nefes almamış, bir kere bile karşılaşmamıştı. Üç gün boyunca aynı evde yaşamalarına ve odaları karşılıklı olmasına rağmen hiç karşılaşmamışlardı. Berçem karşılaşmamaya özen gösteriyordu. Ayı diye nitelendirdiği kocası evden çıkmadan aşağıya inmiyor, eve gelmeden önce odasına çıkıp hemen uyuyordu. Tıpkı Barzan'ın istediği gibi, daha ilk gün yapması gerektiği gibi.

Genç kız saate baktığında Barzan'ın çıktığını anlamıştı. Dün Newroz Sultan ile dışarıya çıktığında görüp, beğendiği elbiseyi, yaşlı kadın gizlice almıştı. Eve gelip akşam yemeğini yedikten sonra Berçem elbiseyi yatağında bulmuştu. O kadar çok mutlu olmuştu ki. Koşarak odadan çıkıp aşağıda gülümseyerek kollarını hazır bir şekilde açan kadına sarılmıştı.

Elbise dizinin biraz üstünde bitiyordu. Hayatında ilk defa kısa bir elbise giymişti. Mardin'de kızlar açık ve kısa giyinmezdi. Genç kız aslında almayacaktı ama sonuçta Barzan bütün gün işteydi ve onu görmüyordu. Evde de başka erkek yoktu. Giymeye karar vermişti. Dekoltesi yok denecek kadar azdı. Dolgun ve dik göğüsleri bakana kısaca göz kırpıyordu. Elbise siyah ve düz kesimdi. Elbise gibi siyah, sırma saçlarını omuzlarında salık bırakmıştı. Gözlerine sürme çekti. Zümrüt yeşili gözleri, bakanı hapsedecek kadar derin ve manalı bakıyordu. Burnuna yeni bir hızma taktı. Altın hızmaları görümcesi ile hep benzer olurdu. Bu da benzerlerden bir tanesiydi. Ortasındaki küçük mavi taş ve üç pulu hokka burnunda hoş duruyordu.

Newroz Hanım'ın şıklığını tamamlaması için aldığı kırmızı babet ayakkabıyı ayağına geçirdi. Normalde her zaman taktığı halhalı, giydiği uzun eteklerden dolayı gözükmüyordu. Şimdi ise bileğindeki şıklığı da kendisini gözler önüne seriyordu.

Aynada kendisine baktığında, olduğundan çok daha farklı bir kız görmüştü. Hiç alışık olmadığı Berçem'i... Bir an önce annesine göstermek istiyordu. O kadar çok mutluydu ki odasından çıkarak, merdivenlerden indiğinde kahvaltı masasında oturan ve gazete okuyan Barzan'ı görmemişti.

"Günaydın yadê," diye neşeli bir kuş gibi cıvıldamıştı sabahın en tatlı saatlerinde. Bugün soğuk havayı kıran güneş, ondan izinsiz odasına girmiş, perdeleri arasından yüzünü göstermişti. O sımsıcak hava salonun yemek masasına da vuruyordu.

Berçem kocaman gülümsemesiyle ışığı takip etti. Güneşin kendisinden başka ısıttığı bir yüz daha görünce put gibi yerinde çakılı kalmıştı. İşe gittiği sandığı ağası tam karşısında duruyor ve onu baştan aşağı süzüyordu.

"Be-ben-çık-tığını.." diye kekeledi. Kocasının kanını donduran bakışları, konuşmasını epey zorlamıştı.

Barzan sevmediği karısını süzdü hiç çekinmeden. Bu gerçekten Berçem miydi? Kısa siyah elbiseyi güzel vücudu hakkıyla taşıyordu. Gözlerine çektiği sürme, iri taneli yeşil boncuklarını ortaya çıkarmıştı. Peki ya siyah kömür karası, gün ışığı gibi parlayan saçları... Genç adam ellerini daldırıp okşamak istedi. Dolgun dudaklarına bakmak bile istemedi. Bu kız gerçekten güzeldi hem de çok güzeldi…

Newroz Hanım kızını beğeniyle izledi. "Kızım gel hadi."

"Ben-yuka..."

"Geç otur," diye sert sesiyle emri verdi Barzan. Genç kıza itaat etmek düştü. Yadê Newroz'un yanına geçip oturdu.

"Çok güzel olmuşsun kızım."

Aldığı iltifata doğru dürüst gülümseyememişti bile.

"Teşekkür ederim."

Ses tınısının utangaçlığına Barzan tebessüm etmişti. Kendisinden utandığını anlamıştı.

"Zaten çok güzelsin. Ah o gözler yok mu?" Berçem yaşlı kadının sözleriyle dudaklarını ısırdı. Barzan ise söyleyecek kelime bulamadığından sadece hayranlıkla izlemişti. Annesinin iltifatları üzerine gazeteyi bırakıp, utana sıkıla oturan sevgili emanet karısını izlemeye koyuldu.

"Bu arada ikiniz de fark ettiniz mi bilemem ama," diye devam eden kadın, onları kulaklarına varan içten gülüşüyle izledi. Karı koca merakla söyleyeceği şeyi bekliyordu. "Gözleriniz aynı," dediği an karı kocanın bakışları karşılaşmıştı. Bir süre kilitli kaldı yeşil gözler birbirlerine. Manalı bakışmalar geçti aralarında. Farkında değillerdi ama benzerliklerinin oluşu ne gelini, ne adamı rahatsız etmişti.

Barzan zümrüdî harelerinin doyumsuzluğunu ilk defa fark etmişti. Ürkek ve utangaç oluşu, bakışlarını çekmesini zorlaştırıyordu. Altın hızmasına takıldı gözleri. Bir şeyi daha ilk kez fark etmişti. Bu kız olağanüstü güzel, olağanüstü çekiciydi.

O anda olağanüstü hal ilan edildi orman yeşili gözlerinde. Acilen toparlanmalıydı.

Bakışlarını ilk çeken Berçem olmuştu. Barzan'ın kendisini açıkça süzen zifiri gözleri, genç kızın hoşuna gitmemişti. Afallayan adamın toparlanması güç olmuştu. Hiç görmediği bir güzelliğe şahit olmuştu bayramlık gözleri, "Newroz Sultan yarın aile toplantımız var, hazırlıklı olun," dedi. Konuyu ancak böyle kapatabilirdi. Evet, daha önce fark etmemişti. Gözleri gerçekten benziyordu. Fakat Berçem'in gözleri daha sıcaktı.

Yaşlı kadın Berçem'in tabağına kahvaltılıklardan koyarken genç adamın söyledikleriyle büyük bir keyifle ona döndü. "Üçümüz mü gideceğiz? Öyleyse bugün alışverişe çıkmalıyız. Berçem'in gece için giyeceği kıyafeti yok." Heyecanla konuşmuştu. Berçem ise nereye gideceklerini bilmiyordu. Üstelik gece kıyafeti konusu geçmişti. Giymesi mümkün değildi.

Barzan bakışlarını tekrar genç kızın üzerine dikmişti, kafasını önüne eğmiş, kahvaltısını ediyordu. Vereceği tepkiyi merak ettiğinden, gözlerini üzerinden çekmeden "Berçem gelmeyecek," diye yanıtladı. Kelimeleri sakin ve ağır ağır söylemişti.

Genç kız başını kaldırıp bir parça peyniri ağzına atmadan önce alayla gülmüştü. Barzan onun sakinliğini görünce içinden sıkıntıyla küfrederek, konuşmasına devam etti.

"Her zamanki gibi ben, sen ve Azra."

Newroz Hanım inatla karşı çıktı.

"Berçem'i evde tek başına bırakmam!"

"Gelmek zorunda olduğunu ve Berçem'i götürmeyeceğimi biliyorsun," dedi annesinin tavrına sabırla.

Newroz Hanım gitmek zorunda olduğunu bildiği halde istemiyordu. Berçem'i evde tek başına bırakmaya gönlü el vermiyordu.

"Berçem'i evde tek..." Geç kız elini omzuna koyarak gülümsemiş ve sözünü kesmişti.

"Ben kalırım evde. Akşam zaten erkenden uyurum."

Yaşlı kadın "Asla!" diye diretince, Barzan itiraz kabul etmez bir iradeyle kalktı sandalyesinden.

"Beni ilgilendirmez Newroz Hanım, yarın hazır olacaksınız." Newroz son sözü söyleyip, salonu terk eden adamı kızgınlıkla izledi. Bu adam, neden bu kadar anlayışsız davranıyordu? Daha birkaç gün önce kıza neler yapmıştı?

"Merak etme kızım, seni de götüreceğim," diyerek teselli eden anne, kızının başını okşayıp, sevinç çığlıkları atmasını isteyen bir vurguyla söylemişti sözlerini.

Lakin Berçem ne sevinmiş, ne de çığlık atmıştı. Bilhassa reddetmişti. "Ben gelmeyeceğim, ısrar etme."

"Neden gelmeyeceksin kızım?"

Omuz silkti fütursuzca. "İstemiyorum; herkes benim kim olduğumu sorduğunda ne diyeceksiniz? Emanet olan karısı mı?"

Cevapsız sorularını tabağına bırakarak, masadan kalkıp gitmişti. Odasına girdiğinden beri bozuk plak gibi takılmış, kendisine saydırıyordu. Barzan kısa kıyafetini ve açık bıraktığı saçlarını görmüştü. Onunla aynı masada kahvaltı yapmıştı.

"Allah seni bildiği gibi yapsın Berçem," diyerek kendini yüzüstü yatağa attı, avuç içlerini yüzüne kapadı. Biraz aptal hissediyordu kendini, biraz da utanmış. Bir daha asla aşağıya inmeyecekti. Bu hatayı yapmayacaktı. Ona ceza veren bir adamla bir daha aynı sofraya oturmayacaktı.

Alışverişte iken kendine aldığı birkaç kitaptan bir tanesini çekip çıkardı dolabından. Yatağına uzanmış, kitabın ilk sayfasını çevirmişti. Yeni bir kitaba başlamanın heyecanı anlatılmazdı. Berçem çocuklarıymış gibi seviyordu kitapları.

***

Saatler akşamı bulduğunda kitap sonlarına doğru geliyordu. Hiç ara vermediğini fark edince kendine kızmıştı. Newroz Annesi ne durumdaydı bilmiyordu. Ayracını, kaldığı sayfanın arasına sıkıştırarak, salına salına çıktı odasından. Merdivenleri inerken duyduğu kahkaha sesi, tebessüm etmesine sebep olmuştu.

Salonun açıklığında televizyon karşısında oturan annesinin kahkahasını bir kez daha duydu, "Hayırdır Newroz Sultan, seni bu kadar güldüren nedir?" diye sorarken, televizyonda bir program izlediğini görmüştü.

"Bebek videoları veriyorlar kızım, o kadar tatlılar ki onlar güldükçe ben de gülüyorum."

Berçem koltuğun kenarına kalçalarını dayamış, Newroz Hanım'ın omuzlarına elini koymuştu. Yaşlı kadın "Kitapkolik kızım hayalhanesinden çıkmayı başarabilmiş," diyerek tebessüm etti.

"Hayalhanem mi?" diye hayranlıkla tekrar etti kelimeyi. Ne kadar da güzeldi. Ama o hiç hayal kurmuyordu ki?

"Evet, odadan çıktığın yok."

"Ama ne yapabilirim ki? Hiçbir iş yapmama da izin vermiyorsun," dedikten sonra oflayarak koltuğun önünden geçip uzandı. Başını dizlerine yatırıp Newroz Annenin saçlarını okşamasına izin verdi. Ne kadar da güzeldi. Anne şefkatini bu kadında daha samimi hissediyordu.

"Sabah çok güzeldin," dedi. Yaşlı kadın. Hâlâ o halini unutamıyordu. Barzan'ın da genç kızın o halini beğendiğini bakışlarından anlamıştı. Oğlu bazı duygularını saklamakta ne kadar ketum olsa da Newroz Hanım anlardı hemen.

"Bugün bunu en az on kere söyledin."

"Az bile söylemişim," dedikten sonra uzanıp saçını öptü. Parmakları sırma saçlarının arasında geziniyordu.

"Barzan hastalandığında ona bakanın Azra olduğunu sanıyor." Kederliydi bu yanlış anlaşılma yüzünden. Barzan'ın bilmesini istiyordu, nankörce davranıp, bu kızı bir kenara atmasını istemiyordu.

"İstediğini sansın o adam, umurumda bile değil."

Saçlarını okşayan elleri yumuşak olsa da sesi sertliğini koruyordu. "Berçem kocana bakan sendin. Yemeğini yediren, ilacını içiren sendin. Sabaha kadar uyumayıp ona baktın. Öyle ki kocanı yukarıya kadar taşıyıp duş bile aldırdın. Barzan bunları bilmeli, Azra yapmadıysa, Azra diye bilmeyecek!"

"Newroz Anne, ben o kötü olduğu için yaptım, beni görsün diye değil. Hem ben onu sevmiyorum. Sevdiği kadın sansın, inan umurumda bile değil." Umursamıyordu, sadece verdiği ceza için kızgın ve bir o kadar da kırgındı.

"Neden ona kırgınsın peki?" Saçlarını okşarken, fark ettiği şeyi direk olarak sormuştu. Kırgındı bunu görüyordu.

"Ben ona kırgın değilim. Değer vermediğim insanlara kırgınlık beslemem."

Yaşlı kadın konuşacağı sırada başka bir ses duyuldu.

"Newroz Hanım, bizi Berçem Hanım ile yalnız bırak."

Baskın sırasında duyulan bir ses sakin çıkıyorsa, sonrası 3. Dünya savaşının habercisiydi. Barzan'ın sesi savaş çanlarını çalmıştı. Aynı anda ikisi de kalkmıştı koltuktan. Newroz Anne oğluna bakarken, Berçem elleri ensesinde, annesi bildiği kadına bakıyordu. Yalvarırım kurtar diyordu. *'Hayır hayır, Allah'ım lütfen duymamış olsun,'* diye içten içe dua etti.

"Oğlum ne yapacaksın?" diye sordu Newroz Hanım. Hiçbir şey olmamış gibi davranmak tarzı değildi elbette.

"İçeriye gir dedim. Hatta yukarı, odana çık."

"Oğlum!"

Otoriter kadının sesi gayriihtiyarî paylarcasına çıkmıştı. Şimdi de annesi bildiği kadına mı emir veriyordu?

"Odana çık."

Baran bir kez daha direktif verince Berçem, yaşli kadının elinden tutarak gitmemesini istemişti. Kendisi yüzünden Barzan'ın ona kızmasına müsaade etmezdi. Ayı kocasının ayarının olmadığını bildiğinden, mecbur kabul ediyordu. Newroz Hanım adama ters bir bakış atıp, mutfağa girdi.

Barzan genç kıza doğru adım attı. Tehlike arz ediyordu. Berçem izlediği korku filmlerinde her an çıkan hayaletlerin, çekilen bıçakların, kırmızı gözlerin burada olmayacağını biliyordu. Lakin karşısında bütün bunları aratmayan bir adet Barzan Hezeroğlu vardı. Bütün başrolleri kapan bir tehlike vardı azametinde. Berçem üzerine doğru yürüyen adamdan kaçmak için, gerisin geriye yürümeye başlamıştı.

"Nereye?" diye tek kaşını kaldırarak, kısık gözlerini arasından tehlikeyle sordu Barzan.

"Hi-Hiç..." Yine korkuyla bir titreme evresi geçiriyordu.

"Dur!"

Genç kız onu dinlemedi. Hâlâ geri adım atmaya devam ediyordu. Arkasında ne olduğuna bakamıyordu. Zira kafasını çevirdiği salisede kendini Barzan Ağa'nın pençeleri arasında bulurdu.

"Durmak istemiyorum," diye belirtti.

"Neden Berçem?"

"Seninle konuşmak istemiyorum," diyerek aksi bir edayla cevapladı sorusunu. Bu baskının ardından konuşmak istemiyordu.

"Ama ben istiyorum."

Genç kız geri adım atmaya devam ediyordu.

"Birazdan kaçacağım ve konuşmayacağım."

Genç adam tatlı bir çocuk ile konuştuğunu sandı bir an. Bu çok sevimli gelmişti.

"Kaçacak yerin kalmadı zaten."

Lafını bitirdiği an genç kızın sırtı duvara çarpmıştı. Barzan tam önünde durduğunda ellerini her iki yanına koyarak kaçışını engelledi.

"Ne-ne konuşacaksın benimle?" Barzan onun dibindeyken, aralarında birkaç santim varken nasıl konuşabilirdi ki?

Hiç uzatmadan "Sen mi bana baktın?" diye sordu. Çehresi tehlike taşıyordu. Yanaklarına hücum eden öfke şakaklarına vuruyor, damarları kan yerine öfke pompalıyordu. Bunun cevabını hemen almalıydı ve sevgilisinin ona bakıp bakmadığını bilmeli, Azra'nın yalan söylemesi hakkında düzgün bir fikre sahip olmalıydı.

Berçem ne diyeceğini bilemiyordu. Evet mi diyecekti? Evet derse o zaman onu öptüğünü de bilecekti. Yanakları kızarınca, "Bana yalan söylersen anlarım," diye uyardı karısını.

“Yalan söyleyip söylemediğimi nereden bileceksin?” Kavgaya hazır hali yoktu bugün Berçem’in. Kaçmak istiyordu.

“Denersen görürsün, anlayıp anlamadığımı!”

“Evet, ben baktım.”

Bir çırpıda dilinden dökmüştü cevabı. Kulaklarını kapattıysa da bir sonraki soru çoktan gelmişti.

“Ben, seni mi öptüm?”

Peki, buna nasıl bir cevap verecekti? Evet mi? Olanaksız gibi görünen cevaplar belki bir çırpıda dökülürdü ancak arkası nasıl olurdu kestiremiyordu. Metaneti onu bırakıp gitmişti ve Berçem gelin kendisine tutundu. Öptün dese ne yapacaktı?

***

BÖLÜM 5

Bırakıp Gidişler Cana Ve Kalbe Kıyar

Kapana kısılan farenin özgürlüğünü elinden alan sadece kafeslerdi. Berçem gelini ise orman yeşili gözler kapana almış, alelade kaslı kollar kafese tıkamıştı ve bunun hiçbir özgürlüğü yoktu!

"Benim sorularımı ikiletme!" diye tısladı kelimeleri fısıldayarak.

"Hayır."

"Bütün gece başımda sen…" genç kız daha fazla duymak istemedi ve sözünü keserek doğruları söyledi.

"Evet, sana baktım ama sen beni öpmedin," diyerek duymak istemediğini sorunun cevabını vermişti. Yanlış mı yapmıştı?

Bakışları karanlıkla perçinleşti. "Kimi öptüm o zaman?"

"Sen hiç kimseyi öpmedin," diye karşı çıktı. "Rüya görmüşsündür." Kaçak bir ruh hali sergiliyordu. Geçiştirmesi boşaydı.

"Bana yalan söyleme!" diye hırladı kocası.

Aralarında milim kadar mesafe vardı. Bir santimlik daha yakınlaşma olursa burunlarının uçları birbirine değecekti. Korkusunu üzerinden atamayan genç kız titriyordu.

"Yalan söylemiyorum."

"Yalan söylüyorsun," diye bağırdı genç kıza. Tüm nefesini yüzüne öfkeyle vermişti. Ona bakan, banyo yaptıran Berçem'di. Kollarının arasına aldığı ve öptüğü de karısı Berçem'di. Kafasını kuma sokan deve kuşu gibi, burnunu Berçem'in saçları arasına sokmuş sabaha kadar çıkarmamıştı.

"Beni öpmene izin verir miyim sanıyorsun?" Korkak halinden sıyrılmış, hırçın bir güzele dönüşmüştü. Atın şaha kalkışı gibiydi mağrur çenesini dikişi.

"Zor mu seni öpmek?" diye oyunbaz bir tavırla takıldı hırçın karısına.

"Sen öpeceksen zor, hatta imkânsız!"

Kesin dille konuşmasını Barzan'ın hınzır bakışları deldi.

"Öpersem bir daha beni bırakamazsın."

Baştan çıkarıcı bir uyarıydı. Gözleri genç kızın kırmızı dolgun dudaklarındaydı. Nasıl da iştah açıcı...

"Sevgilin için geçe..." cümlesini bitirememişti. Tekrar bir öpme vakasıyla karşı karşıya kalırsa bir karı koca polemiği çıkacaktı aralarında. Beni öpemezsin kavgası Mardin Ağalar gazetesine bomba gibi düşerdi.

"Senin için geçerlidir belki," diyerek göz kırptı karısına. Ayartıcı bakışları çileden çıkardı emanet kızı.

"Asla. Asla geçerli olmayacak!" diyerek dikleştirdiği mağrur çenesi inatla karşı çıktı.

"Demek öyle..." sözlerini ağzında yaya yaya sarf etmişti. Genç kızın dikleştirdiği çenesini dakikalardır kıvrandığı arzuyla, dudaklarına kapanarak indirmişti. Çektiği acıyı, iştah açıcı dolgunlukları öperek, ağzında hoyratça gezinerek, diline savurarak çıkarmıştı.

Sazan gibi açılan iri tanesi yeşil boncukları, dudaklarını istilası altına alan adam görmüyordu. Dokunuşları genç kızın içini gıdıklıyordu. Şaşkınlık bu ya, cevap veremiyordu. Düşecekti biraz sonra.

Genç kızın düşeceğini fark etmesiyle, kollarını sarmaşık gibi doladı beline. Açlıkla sarıldı dudaklarına, kılını kıpırdatmadığı her saniye genç adamın öfkesi büyüyordu. Büyüdükçe açlığı depreşiyordu. Barzan bu tadı biliyordu. Evet, o gece Berçem'i öpmüştü. Bu büyüleyici tadı unutması mümkün değildi.

Berçem kendini kaptıran adamı tüm gücüyle itmiş, dudaklarından acımasızca koparmıştı. Kocasının öfkesini hiçe sayan sert sesi boğuk ve kesik kesik çınladı kulaklarında.

"S-en be-ni nasıl ö-persin?" Elinin tersiyle nemli dudaklarının ıslaklığını sildi.

Gayriihtiyarî yaptığı hareket genç adamı kızdırmıştı. "Seni o gece de öpmüştüm!" Üstüne basa basa söylemişti.

"Beni öpmedin," dedi. Karşı çıkabildiği kadar çıkacak, kabul etmeyecekti. Gözleri yaşlarla doldu.

"Hâlâ yalan söylüyorsun Berçem."

"İnanıp inanmamak sana kalmış, ısrar etmeyeceğim." Hâlâ öfke saçıyordu göz bebekleri. Yeşil renkte bombalar hazırlıyor, bir kelime, bir bakış fitilleri çekiyor, gür kalın kirpikleri arasından gönderiyordu. Barzan'ın dudaklarını ilk hissettiğinde yaşadığı heyecan ve şaşkınlık tarif edilemezdi. Kalbi dörtnala koşturan atın hızı gibi, ritmini kaybetmişti. Hayatında ilk defa bir erkek onu öpüyordu ve bunu yapan da onu istemeyen kocasıydı.

Çenesini parmakları arasında sıktı. Bütün vücuduyla duvara hapsettiği kadına yüklendi hiç acımadan.

"Bir daha bana yalan söylersen..."

"Konuşmadığın birinden yalan duymazsın, korkma," diyerek azarlar şekilde sözlerinin devamını getirdi Berçem.

Barzan bu hırçınlıkla nasıl baş edeceğini bilmiyordu.

"Canına susama! Beni delirttiğin an, bir çocuğa hamile kalırsın. Bu çocuk öpmekten daha fazlasını istiyor unutma."

Çenesini parmakları arasında sıktı. Bu son bir uyarıydı. Uyarısını yapmanın verdiği rahatlık, içinde depreşen arzuların alt bölgelerine verdiği rahatsızlıkla beraber küfürlerini de alıp yanından ayrılmıştı hızlı adımlarıyla.

Bağıra bağıra konuşan kızı duymazdan geldi, gelmek zorundaydı. Yoksa öldüresiye çocuk yapacaktı.

"Öleceğimi bilsem seninle çocuk yapmam," derken hınçla yere ayağını vurdu genç kız. Sevgilisi varken, sevmediği, sevilmediği halde koynuna girip, onun çocuğuna hamile mi kalacaktı? Kocası çok hayal kuruyordu. Ağzında bir dolu küfür ve hakareti saydırarak mutfağa geçmişti.

"Zalim adam, pislik herif, öküz, hayvan, ayı, angut..."

Newroz Hanım, Berçem'in sesini duyduğunda arkasını dönüp bakmıştı. "Kızım sakin ol," diye teskin etti, ne çare. Berçem gelin o kadar çok sinirliydi ki hâkim olamıyordu kendisine. Geldiği ilk günlerde kocasından korkmuş ve çekinmişti. Şimdi ise çekingenlik kabuğunu yaralı vücudundan kaldırmıştı. Fakat korku kan gibiydi. Kanlı bir hastalık gibi yapışmıştı, Berçem ondan kurtulamıyordu.

"O hayvan beni öptü!"

Newroz Hanım ettiği hakarete kızmayacak kadar keyiflenmişti öptüğü için. "Ne güzel işte, yakında çocuk da yaparsınız."

Bunun için bir adak bile kesebilirdi. Umudu vardı, yakın zamanda bir bebek bu evi şenlendirecekti. Birbirlerini fark ettikleri an, çocuğun boynuna sarılacaklardı.

Genç kız yaşlı kadına öfkeyle baktı.

"Gitsin sevgilisiyle çocuk yapsın. Ben onu boşayacağım."

Newroz Hanım karşısında öfkeden kuduran genç kıza ters bir bakış attı. "Boşanacağınızı kim söyledi?"

"Ben o adamdan boşanacağım ve dayımın yanına gideceğim," diye diretti yeniden.

"Bizim aşiretimizde, bizim topraklarımızda ve bizim adetlerimizde boşanma diye bir şey yoktur. Sen artık Berçem Hezeroğlu'sun, sen de Barzan da isteseniz de istemeseniz de boşanamazsınız. Bunu o kalın kafana sok!" diyerek sert sesiyle uyarmış elindeki sıcak yemeklerle salona doğru yürümüştü.

Peşi sıra giden Berçem, kocasını masada bulunca ters bir bakış atarak dönmüştü. Merdivenlere yöneldiği sırada kocasının sözleriyle yerinde durdu.

"Geç sofraya, otur!"

Omzunun üzerinden arkasına baktı. Yüzünde şaşkın bir alay ifadesi vardı.

"Beni sofrasından kovan adam, bugün mü çağırıyor?"

Barzan sabır çekti. "Dilin çok uzamış senin, geç otur."

"Aç değilim."

"Saçından sürükleyerek mi getireyim seni sofraya?"

"Kendim gelirim. Yeter ki bana dokunma!"

Berçem'e ters bir bakış atıp yemeğine döndü. Sofraya oturduğu sırada Newroz Hanım'dan ters bakışlarını almıştı.

"Newroz Sultan kıyafetini Azra sipariş etti, yarın gelir," dedikten sonra çiğneyerek lokmasını midesine indirmiş, annesinin yemeğine doyamayan organları bayram etmişti.

"Gerek yok oğlum kıyafetim var." Kaşları davet konusu açılır açılmaz çatılmıştı. Gene o kanı bozuk, sahte insanların arasına girecekti. Tabii hepsi öyle değildi ama sonuç olarak çoğunluk onlardandı.

"Sana bu sefer daha açık bir şeyler seçtim. Makyaj da yap. Yüksek topuklu ayakkabılarını giy. Yanımda iki mükemmel kadınla oradaki herkesi kıskandırırım."

Apaçık yaşlı kadınla dalga geçiyordu. Aslında Azra'ya kızgındı. Ona bakan Berçem iken Barzan'a yalan söylemişti. Yalandan nefret ettiğini bile bile. Ve genç adam bunu onun yanına bırakmayacaktı.

"Kalsın, senin o açık göndereceğin kıyafetlerini Azra Hanım giysin!"

Newroz Hanım ayak bileklerine ve elinin bileklerine kadar uzun kıyafetler giyerdi. Saçlarını ise şal takarak örterdi Hezal Hanım gibi. Ağır parçaları seçer, memleket havalarından vazgeçmezlerdi. Fistan kumaşları ise Mardin'e gittiği zamanlarda giyerdi.

"Sen çok güzel bir kadınsın. Eminim o açık kıyafetlerinle birçok adamın gönlünde taht kurarsın."

"Ben ancak rahmetli kocamın kemiklerini sızlatırım. Sakın bunu bize yapma." Birbirleriyle yaptıkları şakalaşmayı seyreden Berçem, farkında olmadan gülümsüyordu.

"Bence sen benim dediğimi yap."

"Neyi yapayım sultanım?" diye soran Barzan'ın keyfi yerindeydi.

"Benim yerime öyle bir kıyafeti Berçem'e giydirip yanında götürürsen o zaman haklı olursun. Tabii katil olmadan eve dönebilirsen... Şüphesiz Berçem birçok erkeğin hayalindeki ideal kadın."

Berçem yaşlı kadının kurduğu cümlelerle utançla kızardı. Farkında olmadan bakışları Barzan'la kesişti. Gerçekten onu götürür müydü? Pek ihtimal vermiyordu. Azıcık tanıyorsa kocasını, böyle bir şeye izin vermeyeceğini biliyordu.

"Burada senden bahsediyorum başkasından değil."

"O başkası dediğin karın. Hazır masada konu açılmışken bu konuyu tekrar açmak istiyorum. Biliyorsun Mardin'dekiler çocuk yapmanızı istiyor. Ve baba..."

Barzan sözünü kesti. "Bu konu açılmasın bir daha."

"İstesen de istemesen de bu konu açılacak. Senin karını hamile bırakman gerekiyor." Aynı anda itirazlar sertçe döküldü karı kocanın dudaklarından.

"O benim karım değil."

"Ben onun karısı değilim."

"Barzan, sen Berçem'in kocasısın. Ve sen kızım, bu adamın karısısın, aksini iddia edemezsiniz. Evlilik cüzdanınız var. Ha bir de yakında anne baba olacaksınız. Zira baban buraya geldiğinde ilk soracağı şey torundur."

"Newroz Anne boşanacağımızı biliyorsun," diyen Berçem'in ağlamaklı sesi, titremekten kelimeleri doğru düzgün söyleyememişti.

"Ben hiçbir şey bilmiyorum kızım." İkisini de dolu dolu düşüncelerle yalnız bırakarak yemeğine döndü.

Berçem daha fazla sofrada kalamayacağını anlayınca, "Afiyet olsun," diyerek odasına çıktı ve kendini hemen yatağına attı. Yeşil gözleri, karanlığa perde gibi inen göz kapaklarının altına gömüldü. Dilerdi ki huzurlu ve mutlu bir uyku çeksin ve dilerdi ki sabah sevimli bir yüz onu karşılasın, böylece günü keyifli geçerdi. Ancak böyle bir evde, böyle bir kocaya sahipken gelin hanıma kalan sadece azaptı.

Acısı hiç dinmeyecek ve bitmeyecek bir azap!

***

Gözlerini açtığında kendini yorgun ve uykusuz hissetmişti. Sanki dün gece hiç uyumamış, uykusu gözlerinden çalınmış gibiydi. Bir hırsızı barındırıyordu yatağında ve bedeninde. Ondan aldıkça alan ve bir daha vermeyen!

Huysuzluğu üstünde olan genç kız üzerini değişerek aşağıya inmişti. Kahvaltıyı hazırlamaya yetişememişti ve Newroz Anne yine tek başına kalmıştı. Ne var ki huysuzluğu yüzünden dikkatlice bakmadığı sofrada, kocasının iri cüssesini görmemişti. Kocasının orada olmayışıyla yanakları bir gül goncası gibi açmıştı. Huysuzluğu silinmiş, iri tanesi yeşil boncukları şevkle sandalyeye odaklanmıştı. Keyifle sandalyesine kuruldu.

Mutfaktan çıkan kadın onun gülümsediğini görünce, "Hayırdır kızım?" diye sordu. Barzan bir şey mi demişti de karısı gülüyordu?

"Yadê bana kızacaksın ama Barzan yok diye sevindim. Şimdi rahat bir şekilde kahvaltımı edebilirim!" diyerek attığı sevinç naraları kahvaltı masasını keyfe boğmuştu. Ta ki gök gürültüsünü andıran istihza dolu sesi duyana kadar!

"Benim evimde, benim soframda, benden şikâyetçisin!"

İçine sığamayan sevinci, kocasını masanın başında görünce yerle bir olmuştu. Elindeki çatalı tabağına gürültüyle düştü. Aklını başına getiren ses, yüzünü kızartan gerçeği de kulağına fısıldamıştı.

"Sence bu normal mi Berçem?" diye soran Barzan, tek kaşını kaldırmış genç kıza bakıyordu. Ah yavaş yavaş kızarıyordu. Bu Barzan için muazzam bir sahneydi. Bu sabah da kahvaltıyı ona zehir edecekti.

"İkinize de afiyet olsun!"

Yaşlı kadın tartışmamaları için araya girerek güzel bir gülümsemeyle onlara baktı. Barzan cevabını almayacağını bildiği için sandalyesinde kahvaltısına keyifle döndü.

Berçem ıstırap dolu bir kahvaltı edecekti. Çatalını önüne ilk gelen şeye uzattığında yeşil zeytine denk geldi. Gayriihtiyarî buruşmuştu yüzü.

Kaç günlük gözlem ve analizleri genç adama, sevgili karısının yeşil zeytin yemediğini söylüyordu. Çekingenliği, elini rahatlıkla kahvaltı tabaklarına uzatmasını engelliyordu. Zalimce sırıttı kimseye belli etmeden. Şimdi Berçem hiç sevmediği yeşil zeytini yiyecekti ve genç adam keyifle onu izleyecekti. Tabii yaşlı annesi araya giren reklamlar gibi en heyecanlı yerde çıkıp keyfini bozmazsa.

"Kızım sen yeşil zeytin sevmiyorsun!" Vakit kaybetmeyen annesi oğlunun hain planını fark etmiş gibi en heyecanlı yerde reklamını vermişti. Barzan kendi içinde homurdandı. Tabağına aldığı yeşil zeytinlerin yerine bolca kahvaltılık doldurup, genç kızın önüne bıraktı. Berçem özellikle kendi köyünde, kendi yaptıkları peyniri severdi. Doğallığından ve lezzetinden ödün vermeyen otlu peynirler.

Kahvaltıya dönen Newroz Hanım oğluna sakin sesiyle seslendi. "Barzan diyorum ki Berçem'e de şöyle güzel bir telefon al. Dayısıyla konuşmak için onun aramasını bekliyor. Telefonu benden istemiyor."

Daha lafını yeni bitirmişti ki Berçem sert bir üslupla haykırdı. "Hayır!" Bakışlar üzerine yönelince "Yani istemiyorum," dedi.

Genç kızın ani tepkisi ikisini de şaşırtmıştı.

"Kızım bir telefon şart. Gördün o gün başına gelenleri."

"Bugün gönderirim."

Sakin ifadesiyle göndereceğini belirtmiş, kahvaltısına dönmüştü.

"Gerek yok, dayım bana gönderdi. Yoldadır, yakında gelir," diye yalan söyledi. Daha dayısından istemeden telefonu yollara bile çıkmıştı. Ah bir de Barzan'a yalan söylemeyecekti, değil mi?

Kafasını kaldıran genç adamın yüz ifadesi dehşetin ötesinde gazap doluydu. "Sen benim evimde, dayından telefon mu istedin?" Ses tonundaki kızgınlık ölçülemeyecek kadar yüklüydü.

"Bana zaten alacaktı…" diye cılız sesiyle cevapladı.

"O telefon, bu evden içeriye girmeyecek."

"Ben senin hiçbir şeyini istemiyorum."

"Evimdesin ama."

"Mecburum."

"O zaman aldıklarımı kullanmaya da mecbursun," dedikten sonra cebinden çıkarttığı telefonu genç kızın önüne bırakarak, "Şimdi dayını arıyorsun ve o telefonu iptal ediyorsun. Anladın mı beni?" diye çıkıştı.

"Hayır!"

Genç adam kafasını arkaya atarak, "Ya sabır," demişti. Bu kızın dili hangi ara açılmıştı. "Seni döverim Berçem."

"Boşanacağız zaten. Senin, bana hiçbir şey almanı istemiyorum."

"Öyle mi?"

Cebindeki cüzdanından kredi kartlarından bir tanesini çekip çıkarmış, masaya koymuştu. Genç kız ne yapmak istediğini bir türlü anlamıyordu.

"Yadê birazdan bu kızı alıyorsun ve bu karttaki limiti bitirene kadar alışveriş yapıyorsun. Akşam geldiğimde hiçbir şey bulamazsam ikiniz de kendinizi kapı önünde bulursunuz," diyen bariton sesiyle tehditlerini savurduğu gibi telefonunu ve sigara paketini alarak evden çıkmıştı...

"Senin yüzünden bir gün evden atılacağız." Yaşlı kadının şikâyetçi yüz ifadesi her ikisineydi. Bir türlü geçinemiyorlardı.

"Newroz Anne, ben o alışverişe çıkmayacağım."

"Evden mi atılmak istiyorsun? Bak kızım, ben Barzan'la uğraşmak istemiyorum."

"Ben onun parasıyla alışveriş yapmam."

"Çık yukarı hazırlan, birazdan temizlikçi kadın gelecek sofrayı o kaldırır."

Haftanın dört günü temizlik yapan bir kadın gelir ve evi baştan aşağı temizledikten sonra giderdi. Barzan evinde sadece Newroz Sultanı istiyordu. Başka hiç kimseyi istemezdi. Tabii artık Berçem de vardı.

Hazırlanan anne kız şirketten gönderilen arabayla alışveriş merkezinin yolunu tutmuştu. Yol boyu dilinden dökülmeyen cümleler, annesinin aklında dolaşan tilkileri sayesinde boşa çıkmıştı. Kurnazlık yapan kadın, iki parça alacağız diyerek kızı alt etmiş, baştan aşağı her şeyi almıştı.

"Hayır, bunu ölsem de almayacağım." Yaşlı kadının eline aldığı jartiyere, genç kız pörtlemiş gözleriyle bakıyordu. Hem bunu alsa ne için giyebilirdi ki?

"Alacağız kızım, alacağız."

Onları takip eden görevli kadına verdi. Alışveriş boyunca genç kız aldıkları ne kadar elbise, iç çamaşırı, ayakkabı, çanta ve makyaj malzemeleri varsa hepsine karşı çıkmıştı. Ama yaşlı kadın onu dinlememiş, gözüne kestirdiği ne varsa almıştı.

"Benden daha iyi biliyorsun bunları Newroz Anne."

"Barzan gibi bir adamı büyüttüm. Çok sevgilisi oldu. Beni çok yerlere götürdü. Eh biz de biraz bilelim artık."

"Nasıl yani?"

Yorgunluğu daha arabada üzerlerinden atmışlardı. Bu akşam Yadê Newroz'un katılacağı bir ev partisi vardı ve Berçem kendisi yüzünden yaşlı kadını yorduğunu düşünüyordu. Ancak bu alışveriş Newroz Hanım'ı epey eğlendirmişti.

Bu keyifle eskileri anlattı. "Kızım Barzan lisedeyken hep kız arkadaşlarını eve getirirdi ve eve getirdiği ne kadar kız varsa hepsiyle tanıştırırdı. Hepsi beni çok severdi. Mesela dergilerde bana kıyafet gösterirlerdi, makyaj malzemeleri bildiğin ne varsa."

"Ve sen de hepsini aklına kazıdın."

"Tabii ki. Azra çok şey öğretti. Beraber çıkarız bazen alışverişe. Ne alıyorsa, ne seçiyorsa bana danışır önce."

Berçem son sözlerini duymazdan geldi. O kadına ısınamıyordu. Sevmemek için diretmiyordu ancak bir bağ da kurmayacaktı.

"Modacı kadınlara taş çıkartırsın. Gerçekten zevkine hayran kaldım."

"Ama sen de çok şey biliyorsun kızım."

Berçem ve Alaz ortaokulu bitirince Ciwan bir daha onları okula göndermemişti ve ikisi evde, kendi aralarında çalışarak kendilerini eğitmişlerdi.

"Bazen gizlice Ciwan'ın laptopunu çalardık Alaz'la. O zaman oradan modayı takip ederdik. İnternetten kıyafetlere bakar bir gün biz de bunları giyer miyiz, diye hep hayal ederdik. Biliyorsun Raber Ağa çok iyi bir adam ama kızını açık giydirmeyi sevmez. Ve haliyle bana da kızıyordu."

"Raber Ağa seni öz kızından ayırt etmezdi. Eğer öyle olmasaydı en büyük oğluna ağa kızlarından bir gelin alırdı. Ama o seni kabul etti. Çünkü seni çok seviyor. Öyle ki Ciwan vefat edince seni öylece bırakmadı. Barzan'la evlendirdi."

"Bunu biliyorum. Ve o benim böyle açık kıyafetler aldığımı görse bana çok kızar."

"Tamam işte, evinde giyersin bunları kocan gelince," deyince, genç kız utançla inledi. Barzan eve gelince bu elbiseleri değil üzerine geçirmek, dolaba fırlatıp üzerine kilidi çakacaktı.

"Asla giymem bunları!"

"Giyersin giyersin. Hem eminim Alaz bir an önce İstanbul'a gelip seninle böyle kıyafetler giymek istiyordur."

"Barzan izin vermez, sanmıyorum."

Newroz Hanım'ın bakışları kurnazca bir ifade içeriyordu.

"Kocasını nasıl da tanıyor!"

"Ondan değil," diyerek annesi gibi gördüğü kadına gözlerini baydı. "Düğünde Alaz'ın elbisesi hafif diz üstü olduğu için, ona bağırıp hemen o kıyafeti çıkartmasını istemişti."

O günü hiç unutmuyordu. O kadar sert bir adamdı ki Berçem hiç kimseden bu kadar çok korktuğunu hatırlamıyordu.

'İyi ki evlendiğim adam bu değil!' demişti. Ama kocası o adam olmuştu. Hoş yakında o da olmayacaktı ya.

"Barzan, Mardin'e gelince çok sert bir adama dönüşüyor. Kan çekiyor herhalde, ağa sonuçta."

"Ama burada o kadar sinirli değil."

"Bak mesela Azra'ya da o kadar açık kıyafet giydirmez."

Genç kız o kadını iki kere görmüştü. Nasıl giyindiğine hiç bakmamıştı.

"Bana karışamaz," demişti umursamaz bir sesle.

Eve vardıkları vakit Okan'ın, Berçem'in odasına taşıdığı poşetleri hiç duraklamadan genç kızın dolabına yerleştirmişlerdi. Newroz Hanım yerleştirme işinden sonra Berçem'i banyoya göndermiş, kendisi de odasına dönmüştü. Azra'nın akşam için gönderdiği kıyafeti incelemişti. Yine her zamanki gibi hoş bir seçim yapmıştı. Kendisi de banyoya girdi.

Odasında ise Berçem aldığı duşun ardından banyodan çıktığında yatağının üzerinde gördüğü kıyafetlere bakıp ofladı. Bunları giymeyecekti. Dolabına yöneldiğinde odasının kapısı açıldı. Newroz Hanım küçük bir kız çocuğunu okula hazırlar gibi, Berçem'i kocasına hazırlamıştı.

Berçem aynada gördüğü aksine hayretle baktı. Yine kısa bir elbise giymişti. Şeftali rengi elbise, genç kızın yeşil gözlerine kıyasla Berçem'e tatlı bir hırçınlık kazandırmıştı. Omuzlarına bıraktığı sırma saçlarına Newroz Hanım ustalıkla dalgalar vererek yeni bir canlılık vermişti. Sade makyajı ve dolgun dudaklarına sürdüğü şeftali rengi ruj ve Barzan'ın en sevdiği kadın parfümü.

"Bana ne yaptın böyle?"

"Seni olması gerektiği gibi bir kadına dönüştürdüm," dedikten sonra genç kızı hayranlıkla izlemeyi bıraktı. Biliyordu ki Barzan bu güzellikten kendini alamayacaktı.

"Bak kızım sana aldığımız her şeyin faturaları burada. Barzan gelince ona verirsin. Ben şimdi odama girip hazırlanacağım."

"Hepsini mi?"

"Evet kızım, bak burada kart, senin çantanda zaten."

Faturaları genç kızın eline verip odadan çıkmıştı. Genç kız eline verdiği tüm faturaları ve çantasından çıkarttığı kartı alarak aşağıya indi. Koltuğa kurulduğu an kapının açılan sesini duymuştu. Barzan olmalıydı gelen. Kafasını çevirip bakmadı adama.

Berçem eline aldığı kumanda ile kanallarda gezinmeye başladı. Müzik kanalında durup, elindeki faturaları incelemeye koyuldu. Bu kadar şey almışlardı ama adamın limiti hiç bitmiyordu. Aldıklarını toplasa Orhun Kitabesi çıkacaktı ortaya.

İç çamaşırı aldığı mağazanın faturasını görünce onu ayırdı. Bunu Barzan'a vermese de olurdu. Zaten nasıl iç çamaşırı almışsa harfi harfine adları yazılıydı. İsmini sakin tınıda yakışıklı bir sesten duyunca, omzunun üzerinden merakla arkasına bakmıştı.

"Berçem!" Karşısında gördüğü yakışıklı adamla yutkunmak zorunda kaldı. Lacivert takım elbisesi üzerinde mükemmel duruyordu. Geniş vücudu, kaslı kolları kumaşı patlatacak derecede sıkıyordu. Berçem gözlerini almakta zorlanmıştı.

Barzan karşısındaki kızı görünce bir kez daha yutkunmak zorunda kalmıştı. Üzerindeki şeftali rengi elbise yeşil gözlerini dışa vuruyordu. Genç adam bu güzellikle ne yapacağını bilmiyordu. Berçem diri göğüslerinin üst kısmını seren, yarım kollu elbise ile güzelliğini kat kat ön plana çıkarmış, nefes kesici bir hale gelmişti. O uzun gür saçlarını omuzlarına bırakmış, bukleleriyle Barzan'ın o saçlara elini gömme isteğini uyandırmıştı. Makyajsız, doğal görünümüyle sevse de sade makyajıyla güzel gözlerini ve dudaklarını ağız sulandırıcı hale getirmişti.

Konuşma yetisini kazandığında genç kıza döndü.

"Al bu telefon senin. İçinde hepimizin numarası var."

Kocasının boğuk sesini duyan Berçem, gözlerini kırpıştırmıştı. Bu ses tınısı bile içindeki alevleri dalgalandırıyordu. Karşısına oturan adamın uzattığı telefonu alıp almamak arasında kararsız kaldı. Onun gelişiyle ayağa kalkan genç kız, karşısına oturan adama tereddüt içinde bakıyordu.

"Berçem şu telefonu al. Beyaz aldım, umarım senin için sorun değildir."

Elinden telefonu alıp bakmadan masaya bırakmıştı. Sorun değildi, beyazı severdi emanet gelin. Kartı ve faturaları genç adama uzatan Berçem, "Aldıklarımın hepsi burada, kartın da," demişti.

Uzatılanları almadan "O kart artık senin," dedi Barzan.

"İstemiyorum," dedikten sonra orta sehpaya bıraktı elindekileri.

Barzan "Bir daha söylemeyeceğim," derken karısının bir elini arkasında tutması şüpheyle onu süzmesine neden olmuştu,

"Ayrıca arkanda ne saklıyorsun sen?"

Arkasında tuttuğu elinde, aldığı iç çamaşırlarının faturası vardı. Utangaç edasıyla "Hiçbir şey," diyerek kafasını salladı.

Genç kadının kızarması şüphelerini arttırdı.

"Elinde ne varsa hemen ver."

"Bir şey yok," dese de ayağa kalkan genç adam ona doğru yürüdü. Nedense bu sahneyi Berçem çok iyi hatırlıyordu.

"Gelme sakın!" Sehpanın etrafında dönüyorlardı.

"Arkanda ne sakladıysan çıkar, göster."

"Görmemen gereken bir şey…"

"Bak şimdi daha çok merak ettim."

"Sakın Barzan." Ayağındaki topuklu ayakkabı hızlı koşusuna en büyük engeldi.

"Ne yaparsın?"

Bir adım atamadan kocasının pençeleri arasında bulmuştu kendini. Bedenleri yapışmıştı bir anda. Bu ne hız!

"Bırak beni!" Eli hâlâ arkasında, kâğıdı saklıyordu. Barzan elini arkaya, sakladığı şeye atmaya çalıştı ama Berçem geri çekilmeye çalışarak izin vermedi.

"Beni delirtme, ver şunu."

Yeşil gözleri kızgınlıkla parlıyordu. Bu kız kocasından nasıl bir şey saklardı?

"Görmemen gereken bir şey işte! Ne diye bu kadar ısrarcısın almakta?" Barzan elini tekrar arkaya atacakken Berçem hızlıca geri çekilince kendini bir anda koltukta ve Barzan'ı da üzerinde bulmuştu. Bir müddet sadece birbirlerini izlediler.

"Kalk üzerimden," dedi, lakin genç adam kalkmadı. Aksine, onu süzmeye devam etti. Kokusu en sevdiği kadın parfümüydü. Dolgun dudakları aralıktı, adeta Barzan'a sunulmuş gibi.

"Barzan!"

Genç adam ona yaklaşarak aralarında küçücük bir mesafe bıraktı. Berçem öpmemesi için elini göğsüne koyarken kâğıt yere düşmüştü ve Barzan gülümseyerek kağıdı hemen eline aldı. Güç olmuştu ama almıştı ne saklıyorsa. Genç kızın üzerinden kalkmadan faturada yazanlara tek tek baktı.

Utancından vücudunu alevler sarmış, kıpkırmızı kesilmişti. Yüzünü avuçları ile kapattı. İç çamaşırları arasında gözüne çarpan yazı şeytanca sırıtmasına sebep olmuştu.

"Demek jartiyer aldın ha?" Kızardığını görmek keyif veriyordu. "Hem de kırmızı, küçük kediciğe bak sen. Bir kaplan kadar vahşiymiş!"

Türlü türlü, utanç verici söze maruz kalmamak için Barzan'ı itmeye kalkıştı. Lakin kolları bir santim dahi itmemişti ki. Barzan bileklerinden sıkıca tutarak başının üstüne koymuş, tek eliyle genç kızı sabit tutmuştu. Bacak arasını açarak olması gereken yere kaydı.

Gözleri büyüdü. "Sakın yapma."

"Ben senin kocanım."

"Sen benim," cevap vereceği sırada genç kız bacak arasında bir sertlik hissetti ve utançla inledi. "Barzan lütfen." Ona dokunamazdı.

"Bundan zevk alman gerekirdi. Ben senin kocanım bunu unutma."

"Sen Azra'nın kocası olacaksın, benim değil!"

Utancı yok olan kızın haşin zümrüdîleri, orman yeşili gözleri delip geçti. Gerçeği ansızın savuran dile işkence etmesini iyi bilirdi Barzan. Eğer kapı çalmasaydı.

Kocasını üzerinden neredeyse itmişti. Güçlü olmasa, yerle öpüşüp işkenceyi kendisi görecekti. Berçem hızlı adımlarla merdivenlerden çıkarken Barzan arkasından sadece bakmakla yetindi.

'Beni etkilemeyi başarıyorsun ve bu hiç hoşuma gitmiyor.'

Tekrar çalan kapıyla bıkkınlık dolu bir nefes verip kapıyı açtı. Sevdiği kadın, tüm şıklığıyla karşısında duruyordu. Geri çekilip içeri girmesi için yol verdi. Fırsatı bulan kadın sarılmaya kalkışmış, ancak Barzan Ağa bir adım daha gerileyerek sevgilisini kendisinden gazap dolu bakışlarıyla itmişti.

Bugünkü tartışmaları, söylediği yalan ile ortaya harlanmış bir nefret katmıştı. Barzan kelimenin tam anlamıyla nefret etmişti Azra'dan. Her şeye kabulü olan adamın, yalana kabulü yoktu.

Yılmayan kadın elinden tutmaya çalıştı ancak öfkeli adam izin vermedi.

"Azra dokunma, kötü olur!" diyerek yüzüne kızgın bir nefesle hırladı.

"Yapma sevgilim, bunu konuşmuştuk."

"Yalancı bir kadın olduğunu unutamıyorum."

Sinirli ve öfkeli sesi genç kadını korkutmuştu. "Evlenen sen, başka bir kadınla çocuk yapacak olan sen, benim bir yalanıma kızdın şimdi ha. Başka biri olsa seni bırakıp giderdi."

Kızgın sesiyle genç adamı yanıtlamıştı. Sığındığı bir gerçeklik vardı. Ne yapsa adamın evliliğini yüzüne vuruyordu.

"Üste çıkmaya çalışma. En azından ben sana yalan söylemedim. Sürekli bu bahaneye sığınma."

"Ben hiçbir şeyin arkası..."

"Kes sesini Azra!"

İsmini tıslayarak fısıldamıştı. Tehlikeli sesi kadını susturmuştu. Yaşlı kadının aşağıya inmesiyle tartışmalarına son vermişlerdi.

"Ooo Newroz Sultan bu ne güzellik." Azra yanına giderek yaşlı kadının yanaklarına bir öpücük kondurdu.

"O senin güzelliğin kızım. Çıkacak mıyız şimdi?"

"Evet, çıkalım geç oldu."

"Berçem," diye genç kıza seslendi. Merdivenlerden inen kız, Azra'yı görünce gözlerini başka bir tarafa çevirdi.

"Kızım biz çıkıyoruz. Telefonumu odama bıraktım."

"Gerek yok Newroz Anne."

"Neden kızım?" diye sorarken kaşlarını çattı kızgınlıkla. Nasıl gerek yok?

"Ona bir telefon getirdim. Bir şey olursa bizi arar. Hadi çıkalım." Kısaca bilgilendirdikten sonra iki kadın ile evden ayrılmıştı. Azra sevgilisinin koluna girmeye çalışmış fakat genç adamdan reddi almıştı.

Berçem Hezeroğlu, koca evde, akşamın vaktinde, kadın başına yalnızdı. Yalnız ve kimsesizdi. Tıpkı içi gibi...

Onların evden çıkmasıyla mutfağa giren Berçem, dolabı açarak kendine bir sandviç hazırladı. Büyük bir bardağa meyve suyu doldurduktan sonra salona geçip koltuğa kuruldu. Kumandayı eline alarak kendine bir film açan genç kız, sandviçini afiyetle yemeye başladı.

Filmi izlerken gözüne takılan telefonu eline aldı. Beyaz telefon kadın elinde zarif dururdu ki Berçem'in ince ve uzun parmaklarına yakışıyordu. Dokunmatik tuşu açarken özelliklerini tek tek incelemeye başladı. Daha sonra rehbere girdi.

"Bakalım Barzan Bey kimleri eklemiş?" diye kendi kendine söylendi.

"Hmm Afran Dayı, Azra, Barzan, Yadê Hezal, Newroz Sultan, Okan, Raber Ağa. Demek bu kadar kişi var." Kafasını salladı, "Sevgilini ne diye rehberime ekliyorsun? Hayırdır, onunla konuşup, mesajlaşacak mıyım?" diye hırçınlaştı kadın yeniden.

"Ya da iyi oldu aslında. Tekrar hastalanırsa ya da başına bir şey gelirse Azra Hanım'ı ararım!" Bir daha hastalanmamasını ümit etti. Boşanana kadar!

Telefonla biraz daha oyalandıktan sonra koltuğa atıp filmine geri döndü. Geçen bir saat içerisinde filmini bitiren genç kız, sıkılarak kendini koltuğa uzatmıştı. Onsuz ne yaptıklarını düşündü. Yadê Newroz kesinlikle sıkılmıştı. Onu götürmeyişlerinin zoruna gittiğini apaçık itiraf etmişti kendine. Yanında götürmemelerinin sebebi yakıştıramadıkları mıydı? Ya da Azra Hanım kızacaktı. Onun için mi götürmemişti?

Kendi kendini teselli etmeye başladı. 'İyi ki gitmedin, hem o iki suratsızı görüp ne yapacaktın? İyi ki evdesin.' Yüzünü buruşturdu. 'Nemrut Azra, ayı Barzan! Tatlı Newroz Anneme yazık. O yaşlı kadını peşinizden sevmediği yerlere sürüklüyorsunuz.'

Kulağına ayak sesleri gelen genç kız, yerinden fırlatmıştı. Bahçeye çıkan sürgülü kapıyı açık mı bırakmıştı? Evde biri mi vardı? İçgüdüleri telefonu eline almasını söylemişti. Harekete geçti genç kız. Kendini teskin edişiyle beraber temkinli adımlarını mutfağa sürüdü. Kendini korkutmak istemiyordu, ancak duyduğu bir takım sesler bunun sadece açık bıraktığı kapı olmadığını söylüyordu.

Yutkunan genç kız, kafasını yavaş bir şekilde mutfağa uzattı. Kan akışı bozulan kalbinden kulağına gelen bozuk ritimleri duydu. Karanlık mutfağın sürgülü kapısında gördüğü suretin gölgesi, neredeyse bağırmasına sebep olacaktı. Avuç içini dudaklarına bastırdı kendini engellemek adına. İçerideki her kimse ondan ürken Berçem, yakalanmamak için merdivenleri koşarak arşınladı.

Az önce çiseleyen yağmur gibi akan gözyaşları, şimdi sele kapılmış gidiyordu. Korkudan kararan gözleri bir kapıyı bulmuştu. İçine girdiği odanın kapısını kilitleyip, dibine sığındı. Yere çöken genç kız kendini nasıl koruyacağını bilmiyordu.

Tırnaklarını avuçlarına geçirdi. Evde yine yalnızdı, yine tek başınaydı. Lanet olasıca hırsız girmişti eve. Ayağının dibine düşen telefona gözleri takıldı. Şuurunu daha kaybetmeyen kızın ilk yaptığı Barzan Ağa'yı aramak olmuştu. Ama cevap alamadı. Kahrolası kocası, sevgilisiyle eğlencesine düşmüş, onu bu evde, hırsızların ellerine bırakmıştı.

"Hepsi senin yüzünden Barzan, hepsi…"

Açılmayan telefona bağırmak istedi. "Aç-yalvarırım-aç." Burnunu elinin tersiyle sildi. Evdeki gölge genç kızın kalp krizi geçirmesine neden olacaktı.

"Berçem?"

Duyduğu sesle ağlama krizi yükselmişti. "Bar-Barzan koş ev-de biri var." O kadar çok ağlıyordu ki sesi aşağıya gitmesin diye ağzını kapatıyordu.

"Sen ne diyorsun Berçem?"

"Koş yalvarırım, biri var evde," diye hızlıca soludu. Birileri hemen gelmezse düşüp bayılacaktı.

"Sakın korkma ve telefonu kapatma hemen geliyorum."

"Ta-tamam hızlı ol."

"Odana gir, kapıyı kilitle ve dolabına saklan çabuk."

Genç adamın sesi endişeli geliyordu. Korkmuş muydu onun için?

"O-dam-dayım." Barzan'ın dediğini yapıp dolaba saklandı.

"Ağlama!"

"E-lim-de değil."

"Ağlama, korkma birazdan oradayım."

"Sen beni tek bıraktın evde Barzan." Sesi azarlar tondaydı. Başına bir şey gelirse Barzan'ı hayatı boyunca hiç affetmeyecekti.

"Aptallık ettim, biliyorum."

"Ben senin emanetindim, bana iyi davranman gerekiyordu ama sen…"

"Büyük bir aptallık ettim, karımı çok üzdüm."

Genç kız, gözyaşlarını elinin tersiyle sildi.

"Bana hep kötü davrandın, sanki ben isteyerek seni kabul etmişim gibi..." Belki de her şeyi söylese daha iyi olacaktı. Bu son konuşmaları bile olabilirdi.

"Beni de anla Berçem..."

"Seni anlamaya çalıştım. Ama izin vermedin. Hep kötü davrandın. Beni koca evde bir başıma bıraktın."

Sesi yüksek çıkmıştı.

"Sakin ol güzelim, yetişeceğim sana."

Karanlık dolabı aydınlatan telefonun ışığı, genç kızı yatıştıramıyordu. Barzan'ın sesi yetmiyordu.

"Bana güzelim deme." Koluyla burnunu sildi bir kez daha.

"Sen benim güzelimsin."

"Ben senin hiçbir şeyinim."

"Olacaksın merak etme." Güldüğünü anladı genç kız.

"Seni hiçbir zaman affetmeyeceğim."

Yetişemezse öldürürdü kendini.

"Merak etme yetişeceğim ve o korkudan titreyen dudaklarından öpeceğim."

Genç kız korkusunu almak için onunla böyle konuştuğunu anlamıştı.

"Seni öldürürüm. Yemin ederim beni bir daha öpersen seni öldüreceğim."

Kahkaha atan Barzan'la o da farkında olmadan gülmüştü. "Pek sanmı..." Karısının çığlık atmasıyla sözleri yarıda kesilmişti.

"Berçem!"

"Elektrikler kesildi Barzan."

Bağıra çağıra ağlaması kocasının sesini duymasını engellemişti. Bitmişti işte, birazdan hırsız içeri girecek, hayatını mahvedecekti. Dolabın içine saklanan kızın kulağına dolan gelen tıkırtılar onu susturdu. Sesin nereden geldiğini çözdüğünde dehşetle inledi.

"Barzan-Barzan balkonda bir-bi-ri var..."

Yüreği ağzına gelmiş, dilinin üstünde atıyordu. Delirmiş vaziyette, ne yapacağını bilmez bir halde duruyordu. Balkona kadar gelmişti.

"Kahretsin... Berçem... Berçem beni dinle... Korkma güzelim... Korkma az kaldı. Bak odandan çıkabilirsen çık."

Kocası sakinleşmeye çalışsa da Berçem onun da endişelendiğini biliyordu. "Hay-Hayır yapamam."

Dışarıda kapı önünde onu bekliyor olabilirlerdi.

"Kapıya çık ve kendini dışarı at. Ben birazdan oradayım."

Ona güveniyordu. Bu kapıdan çıktığı an Barzan onu kurtaracaktı. Hiçbir şey olmayacaktı. Kendini telkin edişi biraz cesaret tozu yutturmuştu. Dolabın kapağını açtı. Gözlerindeki yaşları sayısız kez elinin tersiyle sildi. Ayın pencereye vuran huzmeleri yol gösterici pusula gibi olmuştu. Pusulasından yararlandı. Koşar adımları kapıya ulaştırmıştı çoktan tükenmiş bedenini.

Felç geçiren parmakları güçlükle kilidi çevirdi. Bu kapının sonrasında ne vardı, bilmiyordu. Lakin Barzan'ın verdiği güvene inanmıştı. O geleceğini söylemişti.

'Allah'ım sana sığınıyorum, beni onlardan koru!'

Dualar dilini sardı. Ne biliyorsa söylemişti. Bir dua yeterdi belki kurtulmaya. Açtığı kapıdan önünü dikkatle izledi. Karanlık oluşu önünü görmesini zorlaştırıyor, karşına kimin çıkacağını bilmeyişi nefes almasını imkânsız hale getiriyor ve kurtuluş uzak gibi geliyordu. Elini atsa tutacağı, tutsa kurtulamayacağı bir ipe bağlıydı şimdi.

Telefonun ışığıyla önünü aydınlattı. Kulağında atan kalbini bir kenara bıraksa da gümbürtüsü evi inletecek gibi geliyordu genç kıza. Telefonda kendisiyle konuşan endişeli kocasını duymuyordu. Tek isteği önünü aydınlatan cılız ışığın sonrası aydınlığa kavuşmaktı. Kurtuluşun olduğu, zararı görmeyeceği...

Merdivenlere doğru adımlarını attı. Bu adımların sonu ferahlıktı. Tabii karşısına birileri çıkmazsa... Karanlığı yok eden ışıklar yeniden aydınlanınca mıh gibi yerine çaktı biçare kızı. Önceleri titreyen diz bağları şimdi felç geçirmiş ve ayakta tutamayacak kadar güçsüzdü. Korku müthiş bir baş ağrısı yaşattı o an. İrkilen kız içgüdülerine göre hareket etmek istemiyordu. Zira arkadan rüzgâr fısıldıyordu tehlike diye.

Stabil ten rengi, beyaza doğru yokuş sürüyordu. Omzunun üzerinden arkasına bakması felç geçirmiş çene kaslarını harekete geçirmiş, boğazını yırtan delici bir haykırışı bağrından koparmıştı. Şuurunu yitiren kızın yapabildiği, delice bağırmak ve merdivenleri tepetaklak olmak pahasına üçer üçer inmekti. Yere düşen telefonunda bağıran Barzan'ı hiç duymadı.

Adeta bir sele dönüşmüş gözyaşlarına, gök gürültüsünün azametini anımsatan haykırışları karışıyordu. Kapıya ulaştığında çarptığı sert beden, yolun sonunda olduğunu hissettirmişti.

Bedenine gelecek tek zarar Barzan Hezeroğlu'nun gözü önünde canına kast etmesine neden olacaktı. Gözünü kırpmadan silahı alnının ortasına dayayacak ve alnından vuracaktı kendini. Hem de evde tek başına bırakan zalim kocasının gözü önünde. Bu acıya mecbur bırakacaktı. Çektirdiği bütün acıların bedelini bu şekilde alacaktı. 'Başka yolu yok. Bu beden kurtuluşu olacaktı yahut da sonu!'

***

Bölüm 6

Sevilen Sahiplenince Değeri Anlaşılıyor

Bildiğini okuyan adamın, kendini ahmak olarak görmesi ne ironiydi. Bedenine çarpan zarif suretin her an yığılacak gibi durması Barzan Ağa'nın kendisinden bir kez daha nefret etmesine sebep olmuştu. O soğuk evdeki yere yığılmış baygın bedenle, kollarındaki bedenin bir farkı yoktu. Sonuç yine aynıydı; yine suçlu Barzan Hezeroğlu!

Nefesini kontrol altına alamayan adam, yüzünü avuçladığı güzelin kendisine bakmasını sağladı. Ancak zümrüdî harelerine gözleri değememişti.

"Berçem… Berçem… İyi misin?"

Boğuk sesi kelimeleri yutmuştu.

Genç kızın sımsıkı kapattığı gözleri, duyduğu sesle kirpiklerini kaşlarına fırlatmıştı. Bu beden kurtuluşuydu. Kurtarıcısına bodoslama sarmıştı kollarını. Güven verici kollarda olunca gerdiği bedeni gevşemiş, neredeyse onlara yığılmıştı. "Ba-Barzan," diye boğuk boğuk fısıldadı adını. Oksijene ihtiyaç duyan her canlı gibi, güven ve sıcaklığa ihtiyacı vardı Berçem gelinin. Bu güveni anca bu adam verebilirdi. Görünen o ki verecekti de kuşkusuz…

Yitik beden canına kasttı. İkinci kez kast etti her iki beden birbirine. Berçem zarar görerek, Barzan zarar vererek. Kucağındaki kadınla koltuğa oturdu. Pençelerinden sıyırmadığı her saçın teli korkuyla dalgalanıyordu. Barzan Ağa beklenmedik bir adama dönüştü o vakit. Merhametini saçlarını okşayarak gösterdi. Yatıştırıcı buselerini sırma saçlarına bıraktı.

"Özür dilerim, özür dilerim Berçem, seni tek bırakmamalıydım."

Şuurunu henüz kazanamamış kız, kocasının öpücüklerine, dokunuşlarına kanmıştı. Sığındı gücüne içinden geldiğince. Boynuna doladığı kollarını daha sıkı sarıyordu şimdi. Kokusunda, çok sevdiği ve doyamadığı kokusunda boğulabilirdi.

"Ama... Ama bıraktın… Hiç düşünmeden," derken ağlamaktan kesik kesik çıkan sesini yuttu.

Pişmanlık sardı her yanını adamın. Her gözeneğinden pişmanlık kanıyordu. "Benim aptallığımdı." Saçlarına bir buse daha kondurdu.

'Keşke Seçil'i yanına bıraksaydım, keşke Okan'ı başına dikseydim,' gibi söylemler şimdi havada asılı kalıyordu. Geç kalmıştı, çok geç. Nefret fidanını kendisi eken adam, filizlerini Berçem için veriyordu. Hem de hiç gecikmeden. Bu nefreti filizlendirmek Barzan'ın hiç hoşuna gitmemişti ama.

"Hiç korkacağımı… Düşünmedin… Sadece… Sadece eğleneceni… Düşündün." Acı gerçek hıçkırıklarıyla birlikte dökülüverdi Berçem'in dilinden.

'Sen kendini düşünen, bencil herifin tekisin Barzan Hezeroğlu!' diye geçirdi içinden. Düşmanları olduğunu rahmetli ko-

cası defnedildikten sonra bağıra çağıra evi inleten, bu öfkeyle düşmanlarını öldüreceğini söyleyen, hiçbirini yaşatmayacağına yemin eden, zalim Barzan Hezeroğlu'ndan duymuştu sevgili görümcesiyle birlikte.

Ve bu düşmanların geri gelecekleri o gece kanıtlanmıştı. Zira gözüne kestirdikleri sadece Ciwan değildi. Berçem gelin Barzan'ı da gözüne kestirdiklerini anlamıştı. Ama kendisinin de bu tehlikeli köşe kapmaca oyununda sadece bir piyon olduğunu bilmiyordu.

Barzan, pişmanlıktan boğulan sesiyle konuşmaya çalıştı.

"Ben seni düşündüm, düşünü…"

Kafasını geri çeken genç kız ona bakarak sözünü kesti.

"Sen beni düşünmüyorsun. Sadece kendini ve sevgilini düşünüyorsun." Kıpkırmızı olmuş gözlerinde korku, endişe, kızgınlık her türlü duygunun harmanlandığı titreşimler vardı. Barzan akan gözyaşlarını parmaklarıyla silip saçlarını geri çekti.

"Sana bir şey olsaydı, kendimi asla affetmezdim."

"Ben de seni affetmeyeceğim."

Karısına cevap vermeden önce alnına bir öpücük bıraktı genç adam. "Çok şükür bir şey olmadı."

Berçem müsaade etse başına bir bela gelmediği için rahat bir nefes verecekti ancak karısının korkusu taze bir bahar çiçeği gibiydi. Yeni sulanmış ama kurumamış toprağın, hâlâ kirlenmemiş ve güzelliğini koruyan taze gelinciği. Olabilirdi; dokunabilir, zarar verebilir daha fazlasını yapabilirlerdi.

"Hırsızın…"

Genç kız, omzuna yasladığı kafasını kaldırıp, kızarmış gözleri ve burnuyla Barzan'a bakıp sözünü kesmişti.

"Onlar hırsız değildi. Ciwan'ı öldüren adamlardı!"

Barzan istemeden de olsa kaşlarını çattı. Berçem nereden biliyordu. "Onlar gelemez buraya!" diye çıkışıp katlanan endişesini öfkesiyle örttü.

"Ben aptal değilim! Kafasında maske olsa da üzerinde takım elbise vardı. Hangi hırsız takım elbiseyle bir eve girer? Onlardı biliyorum."

Genç adam, karısının gözyaşlarını parmaklarıyla sildi. Ardından ceketindeki mendili çıkartıp burnunu sildi. Berçem'in yoğun zümrütleri, kızgınlıkla harmanlanmıştı. Ama genç kız tek kelime edemeden Barzan'ın peşine taktığı Okan'ın açık kapıdan girişiyle kocasının kucağından fırlamasına neden oldu.

Bu ani kalkışa şaşıran adam boşluğu hissetmeye vakit bulamamıştı ki Okan'ın suretini yanı başında gördü. Diğer tarafta Berçem koltuğun ucuna gömülüp, üzerindeki kısa eteğiyle çıplak bacaklarını örtmeye çalışıyordu. Kahrolası tülbendi de başında değildi.

Ama Barzan onun bu halini göz ardı ederek anlat dercesine kafasını sallayınca, genç adam karşısındaki kadına kısaca bir göz atıp anlatmaya koyuldu.

"Üç kişiydiler sanırım. Sadece korkutmak için geldiler."

Barzan karısının söylediklerinden kuşku duymuyordu ancak olmamasını istedi.

"Miran'ın adamlarıydı," diye devam eden Okan onun isteklerini bertaraf etti.

Sıkıntıyla homurdandı. "Yakaladınız mı?"

"Hayır."

"Kahretsin."

Genç adamın gidişiyle Berçem gelin yerinden kalkmıştı. Tanımasa da onların olduğunu anlamıştı ve peşlerini bırakmayacağını da.

Karısının kalktığını gören adam kaşlarını çatmıştı. "Nereye?"

"Uyumaya," dedikten sonra sanki az önce hiçbir şey yaşanmamış gibi soğuk ve mesafeli sesiyle devam etti. "Sen de partine dön!" Odasına gitmeye cesareti yoktu. Kendine bir battaniye getirip koltukta uyurdu Newroz Anne gelene kadar. Bu süreçte Okan'ın evde kalmasını isteyecekti.

"Bitmiştir şu an, bizimkiler eve geliyordur."

Berçem bir şey söyleme gereği duymadan, arkasında onu izleyen adamı sıkıntısıyla baş başa bırakarak altın varaklı tırabzanlara tutunmuş, beyaz seramikleri zorlukla çıkmıştı. Üzerini değiştirmesi dakikalarını aldı. Bedenen ve ruhen yorgunluk çökmüştü üzerine. Saçlarını arkaya doğru tarayıp uçlarını bir tokayla bağladı. Uzanacağı için toplamamıştı.

Dolabından aldığı yastık ve polar battaniyeyle hızlıca aşağıya indi. Bundan sonra gün içinde bile evde yalnız kalamayacaktı. Bu ev kâbus gibiydi.

Camın önünde bahçeyi izleyen kocasına kısa bir bakış atıp, koltuğa uzandı. Battaniyeyi başına kadar çekmişti. Hiçbir şey duymak, görmek, konuşmak istemiyordu. Barzan'ın o erkeksi kokusu hâlâ burnundaydı.

Ona çarpıp, sesini duyduğu an sarılmıştı. Güçlü kolları onu kucaklayıp sakinleştirmişti. Kalın, tok ve çekici sesi, Berçem'i başka diyarlara götürüyordu. Bunu kabul etmek istemese de Barzan onu etkiliyordu ve bu, genç kızın hiç hoşuna gitmiyordu. Ondan hoşlanmak bir kenara, artık yüzünü görmek istemiyordu.

"Ben de yanına uzanabilir miyim?" Genç kız duyduğu sesle dudaklarını ısırmıştı. Telefonda konuştuklarını unutmuyordu. Ne kadar korkmuşsa Barzan bir o kadar korkusunu almıştı da.

"Bana bir daha dokunursan seni öldüreceğimi söylemiştim," dese de koltukta bir hareketlenme olduğunu hissetti. Ayaklarının ucuna Barzan oturmuş olmalıydı.

"Bunu sınayalım bence, ne dersin?"

"Uğraşma benimle!"

"Canım sıkkın Berçem."

"Daha düne kadar yüzüme bakmayan adam bugün..." Gerisini getiremedi. Beni öpüyor mu diyecekti. Ah ne felaket!

Barzan düşüncelerini okumuş gibi devamını getirdi.

"Beni öpüyor mu diyecektin?"

"Hayır," diyerek kararlı bir tınıyla reddetmeye çalıştı.

"Evet."

"Hayır!"

"Evet!"

Başındaki yorganı kaldırıp meraklı ama bir o kadar kızgın göz bebekleriyle genç adama baktı.

"Sevgilin olduğu halde, neden beni öpüyorsun?"

Barzan saçı başı dağılan karısına baktı. Bu hırçın çekicilik baş edilecek gibi değildi. Güçlükle hâkim oldu kendisine.

"Newroz Sultanın dediği gibi, sen benim karımsın." Son kelime baskın çıkmıştı bütün bir cümlenin içinde. Kocasını seyre dalan hırçın güzelin düşünceleri buğulanmıştı.

"Azra Hanım beyaz, ben siyah mıyım Barzan?"

Afalladı adam. Sevgilisi ve karısı arasında bir gidip, bir gelen kendisiydi ve Berçem siyah beyaz örneğiyle genç adamı özetlemişti.

'Sen siyah değilsin,' diyemedi. Hiçbir şey diyemedi. Çaresiz yüzüyle sadece karısına baktı. Aslında beyaz bir pamuğun masumiyetini taşıyordu hırçın karısı. Berçem Hezeroğlu! Yumruk olmuş ellerini battaniyenin üzerinden uzatıp, yüzünü avuçlamak istedi. Lakin ne diyecekti, onu da bilmiyordu. Evin dış kapısında dönen kilidin sesiyle karı kocanın bakışması son bulmuştu. Birbirinden koparılmış, bir daha bağlansa da sağlam olamayacak ipin hüznü gibiydi.

Berçem uzandığı yerde doğruldu. Ayaklarını koltuktan aşağı saldı. Barzan bir uçta otururken, kendisi bir uçta oturuyordu.

Azra ile içeri giren Newroz Hanım, Barzan'ı görünce şaşırmıştı. Koca evde yalnız kalan çifte biri sevinirken, bir diğeri bozulmuş ve kendi içinde kıskançlık fırtınalarını koparmıştı.

Barzan niye eve gelmişti, niye aradığında telefonlarına cevap vermemişti, Berçem ile ne yapıyorlardı?

Yaşlı kadın soluğu genç kızın yanında aldı. O da en az Azra kadar, Barzan'ın neden geldiğini merak etmişti.

"Güzel kızım nasılsın?" diye sorarken anne şefkati baş göstermişti. Alnını öpüp, saçlarını eliyle taradı.

"İyiyim, sen ne yaptın, eğlendin mi?" diye dinç tutmaya çalıştığı sesiyle sordu.

"Sana daha önce de söyledim. Sen evde tek iken, nasıl eğlenebilirdim ki? Bütün gece aklım sendeydi."

Barzan anne kız gibi duran iki kadını izlemekten alıkoyamıyordu kendini. Yanına oturan Azra yanaklarına bir öpücük kondurunca, genç adam gözlerini baydı. Onu affetmeyecekti ve hâlâ kızgındı.

"Nereye gittin öyle? Seni aradım ama cevap alamadım." Gözlerini Berçem'den ayırmıyordu. Sevgilisine olan bakışlarını, hareketlerini kontrol etmeye çalışıyordu.

"Acil bir işim çıktı," diyerek az önceki sorusunu cevaplayan sevgilisine döndü. "Seçil gitti mi?"

"Hayır sevgilim, yarın gidecek."

"Kaç gün kalacak?"

"Bir hafta hayatım."

Azra'nın kız kardeşi Seçil, okul gezisine gidecekti ve o ne zaman okul gezisine çıksa Azra bu eve gelirdi. Kız kardeşi dönene kadar, sevgilisinin evinde ve yatağında kalırdı.

"Bu akşam bana gelsene."

Barzan ona bakmadan cevap verdi.

"Yarın akşam sen buradasın zaten."

Berçem kocasıyla konuşan kadını izledi. Barzan ona yüz vermedikçe, daha çok sokuluyordu. Gözü önünde yapılan bu ahlaksız hareketler, ikisinden de tiksinmesine neden olmuştu.

Yaşlı anne, genç kızdan negatif enerjiyi fark edip kalkmasını istemişti. Bu yapılanlar Barzan'ın değerini düşürüyor, Berçem'in nefretini büyütüyordu. Katiyen izin veremezdi.

"Biz uyuyoruz oğlum. Size iyi geceler!" diyen sesine, azarlama tınısını eklemeyi unutmamış, güzel kızı ile salonu arşınlayıp merdivenlere doğru yürümüştü.

Berçem basamakları çıkmadan önce omzunun üzerinden arkasına baktığında kocasını kucağındaki vahşi kadınla öpüşürken bulmuştu. Bu görüntü adlandıramadığı bir acıyı kalbinden boğazına düğümlemişti.

Bu adam yaşananlardan ne kadar pişman olsa da asla değişmeyecekti. Değişmeyecek ve ıstırap vermeye devam edecekti.

***

Berçem, herkesten önce uyanmanın verdiği keyifle kahvaltıyı hazırlamıştı. Mutfakta kendi başına takılmak hoşuna gitmişti. Ama bu durum çok uzun sürmedi. Büyük salonun rahat, şık koltuklarına oturunca, gözü bir gece önce hoşuna gitmeyen görüntülerin yaşandığı koltuğa kaymıştı. Bu ev o kadar çok şeye şahitti ki dili olsa edepsizlik ve hayasızlığı anlatmaya varamazdı.

Derin bir ah etti kocasına. Ahını alıyordu Barzan Hezeroğlu. Oysaki kim olsa bir kızın, bir kadının ahı, vebali boynuna ağır gelirdi.

Telefonunu eline alarak dayısını aradı. Amerika'da saat kaçtı bilmiyordu, işin aslı umursamamıştı. Dayısıyla konuşmalı ve içini ferahlatmalıydı. Numarasını tuşlayıp ahizeyi kulağına götürdü. Ağzından çıkacak bir kelimeye bile o kadar ihtiyacı vardı ki. Birkaç çalıştan sonra dayısının sesini duymuştu.

"Efendim."

"Dayıcım, benim Berçem."

"Güzelim."

"Uyuyor muydun?"

"Hazırlanıyordum," diye cevaplayan dayısının yorgun nefes verişini duydu.

"Çok mu yoruldun?"

"Hastalarla uğraşmak zor güzelim, hele inatçı hasta yakınları. Sen iyi misin, beni bu saatte aradın?"

"Saat şimdi kaç bilmiyorum ki. Seni özledim, sesini özledim ve konuşmak istedim."

"Canın sıkkın galiba, bir şey mi var?"

Neler yoktu ki; onu sevmeyen ve istemeyen, hatta karısını gözü önünde aldatan bir koca.

Lakin dün gece de onun hayatını kurtarıp, onunla dalga geçen bir kocası vardı. Peşlerinde olan düşmanlar. Daha neler neler…

"Ben sadece dayımı özledim."

"Ben de seni çok özledim. Fırsat bulursam, iki günlüğüne yanına gelirim."

"Bizde mi kalacaksın? Bu çok güzel olur..."

"Hayır güzelim. Bir otelde kalırım ama yanına gelir seni alırım, bol bol gezeriz."

İşte şimdi genç kızın içi mutlulukla dolmuştu. Dayısının sesini duyması bile ona mutluluk veriyordu.

"Ama bu olmadı."

"Çok güzel oldu. Hem sana bir şey aldım. Bu arada, bu kimin numarası Berçem?"

"Barzan bana aldı."

"İyi oldu. Seni rahat rahat arayabilirim."

"Ben de dayı. O zaman ben seni daha fazla tutmayayım sen uyu, çok yorgunsundur zaten."

"Tamam güzelim. Selam söyle herkese."

Telefonu kapatan genç kız gülümseyerek dayısının numarasına bakıyordu.

"Neye gülüyorsun öyle?"

Genç kız duyduğu sesle kafasını kaldırıp gelen yaşlı kadına baktı. Ancak o cevap veremeden "Oo, hamarat kızım sofrayı da kurmuş," diyerek gözünü hazırladığı sofradan çekip, güzel kızına baktı.

"Dayımla konuştum."

"Hmm, demek mutluluğunun sebebi bu."

"Evet, bu arada size selamı var."

"Sen de selam söyleseydin. Çayları koy kızım, Barzan gelir şimdi. Genç kız mutfağa girecekken çalan kapıyla yönünü değiştirip kapıya gitmişti. Açtığında karşısında bir bavulla Azra'yı gördü.

Duygusuz sesiyle sabahın hayrını vermişti genç kıza.

"Günaydın Berçem."

Berçem ondan aşağı kalmayan soğuk nevale tavrıyla "Günaydın," diyerek cevaplamıştı.

Genç kadın başka bir şey demeden bavulunu alıp yukarıya çıktı. Berçem şaşkınca ardından bakarken yanındaki bavulun neyin nesi olduğunu düşünüyordu. O sırada seramik çaydanlıkla mutfaktan çıkan yaşlı kadın sofraya oturdu.

"Azra mı geldi?"

Berçem "Evet," diyerek kısaca cevapladı.

"Kızım, Azra bir hafta bizde kalacak, haberin olsun."

Newroz Hanım gece Barzan ile konuşmuştu. Ancak oğlunun son sözleri bir daha konuşmasına izin vermemiş, yaşlı kadını kızdırmıştı.

Nevroz Hanım *'Oğlum artık bu evde bir karın var, hareketlerine dikkat et,'* dese de Barzan *'Bana karışma, o kız gidecek yakında. Ve Azra yarın bu eve gelecek,'* demişti.

"Sorun değil yadê, beni ilgilendirmez," diyerek omzunu silkti. "Hem merak etmeyin, ben odamdan çıkmam. Onlar gelmeden yemeğimi de yerim."

Başka vukuatlar çıkarsa, Barzan bu kez kesin onu öldürürdü. Hem onların vıcık vıcık aşkını izlemeye hiç gönlü yoktu. Dün gecenin anısı taptaze beyninde duruyordu.

"Kızım beni yanlış anladın. Ben..." Aşağıya gülümseyerek gelen çiftle susmak zorunda kaldı.

Herkes masaya oturduğunda, Newroz Hanım çay fincanlarını doldurdu. Berçem kendi tarafına geçip kahvaltısını etmeye başladı.

"Hayatım, bugün reklam ajansıyla anlaşacağız."

"İstediğim modeller geldi mi? Büyük teklifler göndermiştik."

"Evet, bugün onlar da gelecek ve firmamızın reklamı yapılacak. Büyük bir reklam olacak biliyorsun."

Barzan'ın sorusunu yanıtlayan Azra, sevgilisinin gönlünü nasıl alacağını bilemiyordu ve bu onu korkutmaya başlamıştı. Berçem ve Barzan...

"Newroz Sultan, akşama hazırlık yapın. Belki onlara evde bir yemek verebilirim. Bizim yörenin yemekleri farklıdır, çok severler."

"Gene o yabancı adam mı gelecek?" diye sordu yaşlı kadın. Adını hep unutuyordu.

"Evet, onlar gelecek. Güzel bir sofra kurmanı ve güzel yemekler yapmanı istiyorum."

"Peki oğlum."

Berçem kendi halinde kahvaltısını ediyordu. Arada Barzan'ın göz hapsine takılsa da başı önünde olduğundan görmüyordu. Sadece bir çift yeşil gözün hapsinde olduğunu hissediyordu.

Azra'nın "Berçem yemekte olacak mı?" diye sormasıyla kafasını ilk defa kaldırmıştı. Kocasına bakmadan ve cevap vermesine müsaade etmeden sertçe "Korkmayın, ben odamda olacağım," dedi. Zehir gibi dökmüştü kelimeleri.

"Bu işlerde aile önemlidir Berçem. Tehlikeye atmak istemeyiz." Berçem konuşan Azra'ya bakarak güldü.

"Ben zaten aileden değilim. İçiniz rahat olsun."

Azra genç kızın laf çarpmasına deli oluyordu. Saf ve sessiz halinin altında hırçın bir dil vardı ve istediği zaman bu dili savuruyordu. Hazırcevap hali canını sıktı.

"Sen bu ailenin gelinisin Berçem," diyen otoriter kadının su mavisi gözleri kararlılıkla bakmıştı.

Barzan genç kızın kırıldığını anlamıştı. Lakin onu iş ortamının içine atamazdı. Kim olduğunu sorarlarsa ne cevap verecekti. Karım mı diyecekti?

"Herkes konuyu kapatıp, kahvaltısına dönsün," diyerek itiraz istemeyen bir tonda konuştu.

Azra da konuyu değiştirmek istiyordu elbette. Bu evin gelini kendisi olacaktı yakında. Berçem dayısına gidecek ve genç kadın sevgilisiyle mutlu mesut bir evlilik yaşayacaktı.

"Yurt dışındaki programını ne yapacaksın?"

"Daha ileri bir tarihe aldım. Şimdi gitmeyeceğim." Dün gece olanlardan sonra, Berçem'i tek başına bırakıp gidemezdi.

Ailesine ve karısına musallat olan piç Miran Kara, yalnızlığını fırsat bilip başına üşüşürdü. Şükür ki bu tehlikeyi göze alamayacak aklı hâlâ yerindeydi. Tabii önce Miran'ı bulup öldürmeliydi. Ağabeyinin kanını yerde bırakmayacağına yemin etmişti ve yemin ağızdan bir kere çıkardı!

"Kızım çayını doldurayım mı?"

Yaşlı kadının sorusuyla genç kız kafasını kaldırıp ona baktı.

"Yok, doydum zaten." Annesine kısa bir tebessüm etti.

"Bu arada Berçem, sen okulunu bitirmiş miydin?"

Genç kız Azra'nın sorduğu soruyla bakışlarını ona çevirdi.

"Eğitim durumum ortaokul." Soğuk hareleri Azra'nın küçümseyen bakışlarını üzerine çekmişti.

"Oralarda kızlarını okutmayanlar hâlâ var mı?"

Sinirlenen kız açığa vermedi. "Hayır, çoğu aile hatta artık herkes kızlarını okutuyor ve kızlarımız çok çalışkan, geleceğin kurtarıcıları diyebilirim."

Yaşlı kadın araya girerek gelin kızına yardımcı oldu.

"Rahmetli Ciwan'ım Alaz ve Berçem'in okumasına izin vermedi. Yoksa iki kızım da çok çalışkandı."

"Ciwan'ı tanıyordum. Kaç kez buraya geldi. Ama öyle geri kafalı bir adam değildi."

"Siz oraları bilmiyorsunuz. O yüzden yorum yapmazsanız daha iyi olur." Hırçın edasına bürünmüştü Berçem. Azra ise onun bu sözlerine sinirden delirmişti. Hangi hakla onunla böyle konuşuyordu.

Ama Azra tek kelime etmeden Barzan "Azra bizim bölgeyi çok iyi tanır Berçem, onu her konuda bilgilendirdim," diye genç kıza sert bir dille cevap verdi.

"Yirmi yıldır Mardin'de yaşamayan siz, oraların âdetini unutup yanlış bilgiler vermiş olmalısınız."

İkisi bir olsa da karşılarındaki genç kızı yenemezlerdi. Barzan bunu anlamıştı. Uzun, çok uzun bir dili vardı. Kahretsin ki o uzun dil çok tatlıydı.

"Erkut kendi adetlerini unutmaz, bunu biliyor olmalısın."

"Kendi adetlerini unutmasaydı Barzan kalır, Erkut olmazdı!"

"Berçem kes sesini."

Sert çehresi, uzun dilli karısına gram etki etmemişti. .

"Afiyet olsun."

Bol bol laf soktuktan sonra, şimdi gönül rahatlığıyla odasına çekilebilirdi. En çok istediğini, yani Barzan'a adının yakışmadığını söylemişti. İçindeki buzlar erimişti.

Basamakları tırmanan kadınsı vücut hatları Barzan'ın boğazındaki yemeği yutkunmasını zorlaştırıyordu.

Odasına çekilince hemen masasına oturdu. Telefonuna indirdiği şarkılardan 'Hozan Aytaç – Nalîna Te Me' şarkısını açtı ve kulaklıkları kulağına taktı. İçini parçalayan şarkı biraz onu anlatıyordu. Garipti, yüreği yaralıydı, halsizdi. Uzun süredir üzerinde çalıştığı kafasız adamın resmini çizmeye başladı. Evet, bugün bu adamın kafasını çizecekti.

Tüm nefesini içine çekip bir anda bıraktı ve kalemini eline aldı. Çizimine başlayan elleri o kadar özenliydi ki beğenmediği her çizgiyi özenle siliyordu. Olmuyor, bir türlü yapamıyordu. Bu vücudu taşıyan uygun yüzü çizemiyordu.

***

Belirsizlik içinde geçen süre birinin onu dürtülmesiyle sona ermişti. Kulaklığını çıkartıp ona gülümseyerek baktı. Yaşlı kadın önüne düşen saçını kulaklarının arasına sıkıştırdı.

"Hadi kızım başlıyoruz."

Su mavisi gözleri şefkatli, sesi bu şefkate istinaden gür ve kalındı. Berçem yaşlı kadının alnının ortasında duran dövmeye hayrandı. O ve Yadê Hezal hakkıyla taşıyordu. Yerinden doğruldu dikkatle. Sandalyede ne kadar oturmuşsa, tutulmuştu her yeri.

"Başlayalım yadê, gittiler mi?"

Adlarını ağzına almak istemiyordu.

Newroz Hanım kapıya doğru yürüdü ağır ağır.

"Evet, çoktan gittiler iki üç saat oluyor."

Afallayan kız işittiği saatten emin olmaya çalıştı.

"O kadar çok oldu mu?"

"Evet kızım."

Yaşlı kadın odadan çıkacakken Berçem'e baktı. Gözü hâlâ resmindeydi. "Oraya yeşil gözlü bir adam çiz. Yani Barzan'ın kafasını çiz. Eminim çizmek istediğin kişi oydu." Genç kızı, itirazlarıyla baş başa bırakmış, tebessümle odadan ayrılmıştı.

"Newroz Sultan!" diye ofladı. Onun aklına Barzan gelmemişti. Gelmişti aslında ama genç kız kabul etmemişti. Resmi başladığı gibiydi. Hâlâ kafasını çizememişti. Bir kez daha oflayarak odasından çıkıp aşağıya indi. Annesi dolaptan çıkarttığı malzemeleri yıkıyordu.

"Ne yemek yapacağız?"

"Listeyi hazırladım, bak orada."

Berçem tezgâhın üstündeki çerçeveli kara tahtaya göz attı. Newroz annesinin yamuk yazısını görünce yine bir gülme tutmuştu. "Senin yazıya bir çekidüzen verelim yadê. Güzelim yazı tahtasına yazık ediyorsun," diye takıldı yaşlı kadına.

Newroz Hanım elindeki su bardağını hızla tezgâha vurdu. "Barzan yetmedi, sen de mi kızım?"

Berçem sinirlendiğini anlayınca konuyu değiştirmeye karar verdi. Yoksa bu güzel yemekleri yemeden toprağın altını boylayacaktı.

"Bu akşam bize ziyafet var desene. İçli köfte yiyeceğiz, senin güzel ellerinden çıkan tel şehriyeli pilavı yiyeceğiz, güzel çorbanı içeceğiz. Daha bir sürü yemek var, tatlın var, sen varsın. Bu akşam midemiz bayram edecek." Gözlerini tahtaya dikip, yaşlı kadının kızgın bakışlarını görmemek için kaçmıştı.

Newroz Hanım kısık gözleriyle genç kızı izledi. Kendini bu şekilde kurtarmaya çalışmasına kanmamıştı.

"Hiç kurtulmaya çalışma. Barzan da bunu yaptığında ne yaparım biliyor musun Berçem?"

Soruyu duymazdan geldi Berçem. "Bir an önce akşam olmasını istiyorum," diyerek konuyu kapatmaya çalıştı. Yaşlı annesine yardım etmeye çalışsa da kurtulamamıştı.

"Ben Barzan'ı ıslak odunla döverim."

Berçem, onun ciddi ses tonuna inanmak istemedi. "Bence ona kıyarsın ama bana kıymazsın," diyerek yaşlı kadına baktı. Kıyar mısın diyen bakışlarını Newroz Hanım'ınkiler cevapladı.

"Yanılıyorsun."

Berçem dudaklarını büzüştürdü. "Çok acımasızsın."

Yadê Newroz gibi bir kadının damarına basılmazdı. Yoksa bir bakışıyla kurbanı şah damarından kesilirdi. Berçem sinirlendiği zamanlarda anlamıştı bunu.

Yemeği yapmaya takındığı sahte alıngan tavrıyla başladı. Yaşlı kadın ile geçen saatler eğlenceli ve hızlıydı. Yemeği ağır ve rahatlıkla yapıyorlardı. Akşama yetiştireceklerini biliyorlardı.

Söz misafirden açılınca Berçem dayanamamıştı. "Gelecek adamı çok merak ediyorum. Adı ne?" diye sordu.

Annesi tebessüm etti. "Çok yakışıklı bir adam, Barzan gibi uzun boylu ve renkli gözlü. Valla kızım adını bir türlü ezberleyemedim. *'Ers'* gibi bir şeydi. Kocan geldiğinde sorarsın." Yaşlı kadın geçiştirince daha çok merak etmeye başladı genç kız onu.

Yüzünü buruşturarak yaşlı kadına sözlerini çürüten bir ifadeyle baktı. "Barzan yakışıklı mı?" diye alaylı bir ses tonuyla sordu.

Yaşlı kadın, açtığı sarımsı top gibi hamurun içine sebzeli, baharatlı kıymayı koydu. Islattığı avuç içiyle açık ağzı birleştirip, elinde çevirerek ağzını kapattı. "Yakışıklı bulmasaydın resmini çizmezdin kızım," diyerek yuvarlak şeklini verdiği içi dolu kurabiye şeklindeki köfteyi tepsiye bıraktı.

"Ben onun resmini çizmedim!" diyen Berçem'in tepkisi ani olmuştu.

"Hadi kızım hadi, anneni kandırmaya çalışma," diyerek kafasını salladı yapma dercesine. Çalan telefon, konuşmalarını yarıda kesti. Yaşlı kadının eli yemeğin içinde olduğundan Berçem telefonu yaşlı kadınına uzattı.

"Barzan arıyor."

"Aç kızım."

Omuzlarını silkti ben konuşmam dercesine. Ne münasebet, onunla ne konuşacaktı? Yaşlı kadın bıkkın bir nefes verdi. "Oğlum?" Berçem telefonu kulağında sabit tutarken aynı zamanda köfteyi yapan ellerini izliyordu. İç harçtan birazını alıp ağzına attı. Kıymayı güzel pişirmişlerdi. İçindeki kuyruk yağı ve baharatlarla mükemmel olan tadı, ince ince doğradıkları maydanozla daha bir güzelleştirmişlerdi.

"Evet, yemek yapıyorum."

"Evet, Berçem yanımda. Tamam bekle."

"Al kızım, kocan seninle konuşmak istiyor."

Mahsustan kocan dediği aşikârdı.

Genç kız telefonu tereddütle kulağına götürdü. Ne konuşacaktı? Genç adam ilk defa onu arayıp konuşmak istediğini söylemişti.

"Berçem."

"Efendim."

"Nasılsın?"

"İyiyim teşekkürler." Bu da neydi şimdi?

"Korkun hâlâ var mı?" diye sorunca genç kız anlamıştı. Korktuğunu zannediyordu. Ve onu merak mı etmişti? Heyecanına anlam veremese de engel olamamıştı. Orada konuşmayacağını anlayınca mutfaktan çıktı. Yaşlı kadının kahkahalarını duymazdan gelmişti.

"Hayır korkmuyorum. Newroz Anne var."

"Evin etrafına birkaç adam koydum. Hiç kimse gelemez."

"Tamam."

"Newroz sultan hiçbir şey bilmesin. Yoksa babama anlatır."

"Merak etme anlatmadım."

Sessizlik, aralarına uzandı uzun bir süre. Çıt çıkmadığı anlarda, dil sohbet tutturmak istiyordu. Ancak sohbeti tutturacak bir konu henüz akıllara nail olamamıştı.

"Berçem."

"Barzan."

İkili aynı anda isimlerini söylemişlerdi.

"Söyle Berçem."

"Ben-beni eğer merak ediyorsan-yanii-merak etme korkmuyorum-diyecektim." Sesine ne olmuştu? Kendini ilk defa sevgili yapmış, telefonda konuşamayan heyecanlı ergenler gibi hissetti.

"Korkmanı istemiyorum Berçem."

"Korkmuyorum zaten, bu sefer gelirlerse onları deşerim."

Genç adamın kahkahasını duyunca elinde olmadan gülümsemişti.

"Dün geceki korkak kadını nereye gönderdin?"

Genç kız dudaklarını büzdü. Barzan göremiyordu, görseydi hiç düşünmeden kapanırdı. O korkak değildi. Sadece tek olduğu için ona bir şey yaparlar diye korkmuştu.

"Ben korkmadım."

"Öyle mi?"

"Evet öyle."

"Dün geceyi hiç unutmadım Berçem."

"Unutmalısın," dese de içinden *'Bu konuşmada ne böyle aptal Berçem, ne uzatıyorsun, kapatsana!'* diye kendine söyleniyordu.

"Emrin olur."

"Uyarsan sevinirim, telefonu kapatıyorum."

"Peki."

Telefonu kapattıktan sonra genç kız yüzünde açılan tebessümle mutfağa girdi. Üzerindeki şüpheli bakışlarını görünce aptal gülümsemesi silindi.

"Bakma öyle, hiçbir şey söyleme," diyerek kadının karşısına oturdu.

Sultan sesini çıkarmadan keyifle gülmüştü. Karı koca olmaya başlıyorlardı. *'A benim aklı bir havada aptal çocuklarım. Birbirinizin farkına varsanız, ayrı geçirdiğiniz bir saniyeniz için bile yüreğiniz dağlayacak.'* diye geçirdi içinden. Yine iyilerdi bir bakıma. En azından Berçem hakaret etmemiş, aksine tebessümle girmişti içeri.

***

Akşamı bulan saatlerde mutfak işi bitmişti. Yaşlı kadının imaları olmasaydı Berçem daha çok eğlenecek, yemeklere odaklanacaktı. Newroz Hanım kahvaltıda Barzan'ın sürekli ona baktığını söylüyordu. Fakat genç kız buna inanmıyordu. Öyle bir şey olsa onun gözü önünde Azra'yla olmazdı.

Misafir için salondaki sofrayı kurmuş, kendileri mutfakta yemişlerdi. Kapının açılmasıyla Berçem mutfaktan çıkmıştı. Barzan ve Azra gülüşerek içeriye girmişlerdi.

"Söyle lütfen, çatlarım."

"Sürpriz dedim hayatım."

"Ya Erkut, sabırsız bir kadın olduğumu biliyorsun lütfen."

Genç adam dudaklarına bir öpücük kondurdu. Berçem bunu kendine hakaret sayıyordu artık. Boşanmaya kadar gözü önünde bunları yapmasa olmuyor muydu?

"Sabırlı olmayı bileceksin."

Salona giren genç adamın önünden geçip merdivenleri çıktı. Bir hoş geldin demek bile ona fazlaydı. Fakat Barzan'ın buna bozulduğunu bilemeyecekti hiçbir zaman.

Odasında yarım bıraktığı kitabı, yatağına uzanarak okumaya devam etti. Berçem duyduğu kahkaha sesleriyle kafasını yastıktan kaldırdı. Barzan'ın odası karşı tarafta olmasına rağmen sesleri kapının önündeymiş gibi geliyordu.

"Erkut sakın yapma."

Ardından tekrar kahkaha sesleri. Sevgilisiyle eğleniyordu yumuşak Erkut Bey.

"Yumuşak Erkut," diye söylendi kendi kendine. Şimdi de o gülüyordu. Çok iyi olmuştu. Hem ismini ilk duyduğunda da yakıştıramamıştı, ona yakışan tek bir isim vardı. Sertliğini taşıyan tek isimdi, Barzan Hezeroğlu...

Odasının kapısı açılınca genç kız kafasını kapıya çevirdi. Yaşlı kadın elinde bir tepsiyle içeri girdi.

"Bu ne?" Yataktan doğruldu.

"Sana meyve suyu ve kurabiye getirdim. Resim çizerken ya da kitap okurken atıştırırsın."

Berçem minnetle baktı yaşlı kadına. Tepsiyi alıp elini öptü,

"Teşekkür ederim. Misafirler geldi mi?"

"Evet kızım," diyen yaşlı kadının onların yanına dönmesi gerekiyordu. Telaşla çıkarken kapıyı kapatmayı ihmal etmişti. Berçem ise kitabına geri döndü. Ah bu kitaptaki erkek karakter şu an yanında olsaydı. Çok mu şey istiyordu?

'Çok şey istedin Berçem. Sana gele gele Barzan gibi bir ayı geldi. Gerçi o da gidiyor yakında!' diye söylendikten sonra kitabın içine daldı.

Kendini kitaba o kadar çok kaptırmıştı ki kahkaha atarak okuduğunun farkında değildi. Kitaptaki karakterlerin atışmaları o kadar keyifliydi ki onları izliyormuş hissine kapılmıştı. Yüzüstü uzanıp ayaklarını havaya kaldırdı ve hafifçe oynatarak okumaya devam etti.

Aşağıdaki yemek, her iki taraf için de çok keyifli geçiyordu. Yemekler yeniliyor, güzel sohbetler ediliyor ve kahkahalar havada uçuşuyordu. Güzel, keyifli sohbetin ardından Barzan iş konusu açmıştı. Zaten yemeğin amacı da işti.

"Modeller geldi Ernest, reklam çekimine ne zaman başlayacaksın?" diye sordu Azra ciddi sesiyle. İş konuştukları zaman genç kadının sesi tok ve sert çıkardı.

Hezeroğlu Holding, tekstil ticaretinde Barzan Hezeroğlu yönetiminde yıllardır adını yurt dışına duyuruyordu. Hollanda, Fransa, Azerbaycan, Almanya gibi dünyanın dört bir tarafına fabrikalarını kurmuştu. En büyük ve tek ortağı, Ernest Anderson idi. Barzan iş yapmak isteyen herkesi geri çeviriyordu. Bu iş sayesinde herkesin gerçek yüzünü görmüştü. Kolay kolay kimseye güvenmiyordu.

"Bir sorun çıkmadığı takdirde, hemen yarın başlamak istiyorum Azra."

Genç kadın "O zaman yarın başlayacağız. Peki, tahminen kaç gün sürer bu reklam?" diye sorduktan sonra ağzını peçeteyle silmişti.

"İki gün sürer, en güzel modelleri seçmişsin Erkut," diyerek çapkınca ortağına sırıttı.

Azra kıskançlık dolu bir sesle Ernest'e "Hepsini tek tek inceledi ortağın," dedi.

"İş için Azra, biliyorsun," diye araya giren Barzan gülümsedi. Ağızlarının tadıyla güzel yemekleri yemiş, kahvelerini içmek için koltuğa geçmişlerdi. Erkut ve Azra çifti olarak yan yana oturmuş, birbirlerine sarılmışlardı.

"Müsaadenizle ben bir lavaboya gidebilir miyim?" diye sordu Bay Anderson. "Tabii yerini biliyorsun zaten," diyen Barzan, merdivenleri işaret etti.

Yalnız kalınca genç kadın sevgilisine döndü. "Şu reklam işini de üzerimizden atsak çok rahatlayacağım Erkut."

"Ben de hayatım."

Yaşlı kadın yanlarına gelince Barzan ona bakmıştı.

"Kahveleri şimdi yapayım mı oğlum?" diyen Newroz sofrayı tek başına kaldırıyordu. Barzan'a göre Berçem'in ortada dolaşması tehlike arz ettiğinden yaşlı kadın yalnız kalmıştı.

"Evet, Newroz Sultan."

Azra karnını sıvazladı. "Bu arada ellerinize sağlık Newroz Sultan. Yemekler harikaydı, sizin yörenin yemeklerine bayılıyorum," diyerek içtenlikle gülümsedi.

"Afiyet olsun kızım, yemekleri Berçem yaptı," dedikten sonra yüzünde kocaman gülümsemeyle mutfağa girdi.

Azra "Hamarat kızmış," diyebildi sadece. İçten içe bir kıskançlık hissetse de kendini ele vermedi. Erkut'un yemekleri beğeniyle yemesini, sürekli övmesini de kulak ardı etti.

"Bizim orada kızlar, daha küçükken yemek yapmayı öğrenirler."

"Ve sonra da böyle harika yemekler yapıyorlar. Ben de öğreneceğim merak etme."

"Eminim yaparsın. Hırslı bir kadınsın."

Genç adam burnunun ucunu öpmüştü.

Ernest yanlarına heyecanla gelmişti. Eli ayağı birbirine dolanmış vaziyette, ışıldayan gözleriyle çifte bakarken bir an önce konuşmak isteyen bir hava vardı yüzünde. Erkut ve Azra göz göze gelmişti. Bu heyecanın sebebi neydi?

Elini kalbine götüren adam az önce üst katta kahkahasını duyduğu kadına hayran olmuştu. Yatağında uzanarak kitap okuyuşu bile hayran olmasına yetmişti.

"Erkut yukarıda bir tanrıça var, beni mest etti."

Ağzından çıkan her kelimede hayranlık ve heyecan vardı.

Barzan anlamsızca kaşlarını çattı. "Tanrıça mı?" diye sorarken adamın neden bahsettiğini düşünüyordu.

Ernest "Yukarıda banyoya girerken, odanın birinde tanrıça gördüm. Yatağında gülüyordu," dedikten sonra elini kalbine götürdü. "Kalp spazmı geçireceğimi sandım."

Azra, Barzan'ın öfkesinin ilk kurbanı olmuştu. Barzan Hezeroğlu, gazap dolu bakışlarıyla karşısındaki adamı izlerken, sevgilisinin kollarını sıkmaktan kangren geçirmesine sebep olacaktı. Bu adam karısına tanrıça mı diyordu, karısına vurgun mu olmuştu? Kimseye değil Barzan'ın karısı Berçem'e.

"Na-sıl gördünüz?"

Azra kolunu kurtarmaya çalışmaya bile yeltenemedi korkudan. Sevgilisinin yüz ifadesi ölümün azametini taşıyordu.

"Erkut bu kızda, tam da benim aradığım yüz var. Lütfen beni onunla tanıştır."

Yalvardı hâlâ heyecanından kaybetmediği ruh haliyle.

"Olmaz Ernest," diyen genç adam bir kerede kestirip attı. Bu tanıştırma asla olmayacak, Ernest'in gözü bir daha karısına değmeyecekti.

"Neden? Lütfen bana bu kızın kim olduğunu söyle. Onunla tanışmak için sabırsızlanmaya başladım. Erkut," dedikten sonra yutkundu heyecanlı nefesini seslice verirken. “Sen bu kadını bana gönder, çok farklı reklamlarda oynayacağız.”

Barzan sinirinden kuduruyordu. ‘O benim karım, sen karıma göz dikemezsin,’ diyemiyordu. Ne dediğini bilmeyen bu adamı, boğsa yeriydi. “Olmaz dedim sana, kapat konuyu,” diye sert çıktı gür sesiyle. Berçem’den geriye tek bir kemik parçası bile bırakmayacaktı.

Ernest kestirip atmasına üzülmüştü.

“Net olarak görmedim, ama gülüşü harikaydı. Lütfen beni o kadınla tanıştır lütfen rica ediyorum.”

Koltuğun kenarı da gazabından nasibini almıştı. Sevgilisinin kolunu morarttığından habersiz, şimdi koltuğun kumaşını yırtma isteğiyle cebelleşiyordu. Onun karısına harika diyordu. Gülüşünü beğenmişti. Aptal karısı ortağıyla konuşmuş muydu? Ona gülmüş müydü?

Azra “Ernest-canım-olmaz o kız...” derken çektiği acıyı belli etmemeye çalıştı. Nasıl devam edeceğini bilemiyordu. Zira sinirden yüzü kızaran sevgilisine korkudan bakamıyordu.

“Yeter Ernest. O benim emanetim. Görmeyecek, tanımayacak, gözlerine bakmayacak, gülüşüne hayran olmayacaksın. Sil aklından onu. Kimse ona o gözle bakamaz,” diyen Barzan’ın alev saçan gözleri, her bir kelimeyi havada yakalayıp yakıyordu. “Kimse!” diye tısladı sonunda.

Emanet karısı, başka gözlerde hayranlık bırakmıştı. Gözün, gönlün değmesini istemediği hırçın karısına, başkaları göz dikiyordu. Hangi deli buna kalkışırdı? Barzan Hezeroğlu yaşatmazdı. O kalpleri, gözleri söküp ellerine verirdi.

***

Bölüm 7

Aşkın Değdiği Kalp Yitirir Gücünü

Dilden dökülemeyen her kelime cehennem azabına bir katman daha yaklaştırırdı. Yakın değildi Barzan Hezeroğlu. Cehennemin ta kendisiydi şimdi. Yanan, aynı zamanda yakan!

Karısı olduğunu söylemek istemişti. O benim karım demek istemişti. Sadece emanetim diyebilmişti. Sadece emanetim. Bir kuşun, yemini sahiplendiği kadar sahiplenememişti karısını. Bir kedinin, yumağına dolanıp sevdiği kadar sevmemişti Berçem'i. Onu karısı olarak görmüyordu. Sadece emanet gözüyle bakıyordu.

Peki, emanet ise neden onu öpmek istiyordu? Göremediği zamanlarda, karşısına aniden o zümrüdî gözleriyle çıkıp, hırçınlığa bürünmesini istiyordu. Sırf hırçın hallerini sevdiği için yanında kalıp uğraşmak istiyordu. Bütün bunları isterken, istemiyormuş gibi bir çırpıda söylemişti emaneti olduğunu. Çünkü emaneti yakın zamanda gidecek ve Barzan Ağa sevdiği kadınla evlenecekti.

Bütün sebep bu muydu? Hiç böyle bir saçmalık görmemişti.

"Olmaz dedim Ernest o kız olmaz." Hırıltılı bir nefes verdi. Bu adam laftan anlamıyor muydu?

Azra susması için araya girmişti. "Ernest, o kız emanet, Raber Ağa'nın emaneti, olmaz anlayacağın."

"Bu kız Mardinli mi?"

Ernest çalıştığı adamın her şeyini biliyordu. Barzan'la çok uzun yıllardır çalışıyordu. Şirketin reklamını hep kendisi yapardı ve bu nedenle doğduğu yeri ve kurallarını biliyordu. Babasını, ölen abisini, her şeyini biliyordu. Ancak asıl bomba, evlilikten bihaberdi. Hayatına emanet bir bela aldığından habersizdi. Azra ile evleneceklerini biliyordu.

"Evet, o yüzden olmaz," diyerek tebessüm etti Azra. Biraz toparlarlarsa olayı, kolundan olmadan kurtulacaktı.

"Onunla tanışmak istiyorum, lütfen Barzan," diyen Ernest, ısrarcıydı tanışmakta. Kahkahası ilham verici bir güzelliğe sahipti. "O kahkahası bana ne ilhamlar verir, biliyor musun?" dediğinde bir hışımla Barzan'ı yerinden fırlatmıştı son kelimeleri. Hiç kimseye bir şey demeden merdivenleri üçer üçer çıktı.

İkinci odaya denize dalar gibi dalmıştı direk. Hatta açık kapıyı duvara çarparak girmişti. Tehlike saçan bir çift göz, sıska bedeni kestirmişti. Yerinden korkuyla sıçrayan genç kızı kolundan tuttuğu gibi duvara çarpmıştı... Can acıtacağını zerre kadar umursamayan taş kalbi, hâlâ kulaklarında çınlayan cümlelerin öfkesini taşıyordu.

"Ben-sana-o-adama-görünmeyeceksin-demedim-mi?" diye sorarken nefes nefese kalmış, kelimeleri aniden dökülmüştü ağzından. Tehlike keskin bakışlarında cirit atıyordu.

Berçem'in ne olduğunu anlaması, imkânsızdan da öteydi. Odasına aniden girmiş ve kurduğu belirsiz cümlelerle onu duvara fırlatmıştı. Pençeleri arasında nefes almaya çalışan genç kız, başının ve sırtının acısını korkudan hissetmemişti. Buğulanan bir çift yeşil boncuk yerinde titriyordu. "Barzan ne oluyor?"

Barzan duvara yapıştırdığı kızı boğmamak için cebelleşiyordu kendiyle. Gazap dolu, orman yeşili gözleri karanlıklarda dolaşan tehlikeyi andırıyordu.

"Sen nasıl kendini o adama gösterirsin aptal?" diye bağırdı kulağının içine doğru. Gür sesi adeta kulak zarını yırtmıştı. Koca parmakları boğazına duruyordu.

"Ben kendimi kimseye göstermedim Barzan," derken boğuk sesine gözyaşları karıştı. Kendini kimseye göstermemişti ki. Odasından bile çıkmamıştı.

"O adam seni nasıl görebildi?" diye hırladı sinirle.

"Bil-bilmiyorum Barzan, ye-yemin ederim kendimi kimseye göstermedim."

Barzan sıska bedeni, kolundan tuttuğu gibi yatağa fırlatmıştı. Bir çuvaldan ibaretti şimdi. Yatağın üzerine düşen genç kız acı çeken göz bebekleriyle genç adama baktı. "Canımı acıtıyorsun."

"O adam gittikten sonra canını daha çok yakacağım!"

Savurduğu ölümcül tehdidin ardından kapıyı çarparak çıkmıştı Barzan. Berçem, yatakta dövünmeye başladı. Kocası hayatı gittikçe zehir ediyor, durmak bilmiyordu.

Darmaduman bir halde çıktı yataktan, önce altın varaklı beyaz kapıyı kilitledi. Ardından banyosuna girip, kapısını kilitledikten sonra kendini soğuk mermerin üzerine bırakıp sessizce ağlamaya başladı.

Bu evde nasıl davranacağını bilemiyordu. Aşağıya inse suç, inmese suçtu. Attığı her adım hesaba çekiliyordu. Bahsi geçen adamı görmemişti bile. Nasıl kendini gösterirdi? Aptaldı Barzan, tam bir geri zekâlıydı. Artık kime sinirlenmişse ne yapacağını bilemiyor, gelip acısını ondan çıkartıyordu.

Ama Berçem buna dur diyecekti. Hayır, daha fazla bu evde kalamazdı. Ya kendini ya da onu öldürecekti. Katlanılabilir gibi değildi Barzan Hezeroğlu. Sağı solu belli olmuyor, en ufak bir olayda ateşiyle ilk onu yakıyordu.

Sürekli ondan boşanacağını, onu sevmediğini söylüyordu. Üstüne sevgilisini eve getirip gözü önünde onunla ilgileniyordu. Kıskandığından değil, gururunun kabullenememesinden rahatsız oluyordu. Sonuçta Berçem de onu sevmiyordu. Ondan boşanacağını her defasında söylüyordu. Ama her ne olursa olsun Barzan kocasıydı ve onu aldatıyordu. Sonuçta onu öpmüştü ve…

Berçem kabullendi. Azra'yı deli gibi kıskanıyordu. Kendi kabul etmek istemese de Barzan'dan hoşlanıyordu. Onu öptüğünde hiç bıraksın istemiyordu. Ama bırakacaktı. Onu boşayıp gönderecekti. Bu düşüncelerle daha çok ağlamaya başladı Berçem. Gitmek istemiyordu. O burada kalmak istiyordu.

Ölen kocasına kızdı. Hepsi onun suçuydu. Ne diye onu tek başına bırakmıştı ki? "Seni hiç affetmeyeceğim Ciwan beni böyle bir durumda bıraktığın için," diyerek gözyaşları arasında konuştu. "Sen beni elin zalimine bıraktın, kız başıma mücadele etmemi istedin. Çok zor Ciwan, kardeşini zapt etmek çok zor. Ona bu kadar alışmışken, yakın zamanda bırakıp gitmek çok zor." Gözyaşlarını silme gereği duymadı.

Barzan'ın hareketleri ve kızgın yeşil gözleri aklına geldikçe öfkesi ve korkusu büyüyordu.

"Seni ve Barzan'ı hiç affetmeyeceğim!"

Banyonun kapısı kırılarak açıldığında genç kız çığlık atarak kafasını dizlerine gömdü. Gözlerini sımsıkı kapattı. Duyduğu müthiş korku ağlamasını kesmişti. Bıçak kadar keskin bir ses banyoda yankılandığında, kendini germekten bir hal olmuştu.

"Ne yaptığını zannediyorsun aptal?" diye soran sesi duyduğunda irkildi. Kafasını usulca kaldırıp başında dikilen adama baktı. Kızarmış burnu palyaçoları anımsatırken, gözleri aç kalmış bir bebeğin ağlamaktan harap olmuş hali gibiydi. Lakin bir bebek yemeğe açken, Berçem gerçek bir sevgi ve ilgiye açtı. Bu açlık ise hiçbir zaman doldurulamayacaktı. Barzan'dan çektiği masum, acı dolu yüz ifadesini kırık kapıya çevirdi.

"Kızım iyi misin?" diyen endişeli sesin sahibi Newroz Hanım'a baktı. Arkasında duran Azra da en az onun kadar endişeli görünüyordu.

Dilini yutmuş gibi Barzan'ın gazap dolu gözlerine baktı.

"Ev-evet..."

"Yarım saattir odanın kapısını çalıyoruz açmadın. Kendine bir şey yapmandan korktuk. Erkut kapıyı kırıp odana girdi. Banyonun kapısını da çaldık, ses gelmeyince de sonuç ortada. İyi misin?" diye soran Azra gerçekten korkmuştu. Erkut'un yukarıya birden çıkması onu endişelendirmişti. Şimdi ise endişesinde haklı çıkıyordu, kim bilir sevgilisi ne demiş, neler yapmıştı?

"Ben.."

"Ne diye kendini odalara kapatıyorsun."

Barzan'ın öfkeli sesini duyunca bakışlarını Azra'dan ona çevirdi. Dolabından destek alarak kalkmaya çalıştı. Ona yardım eden Newroz Hanım'ın avuçlarından elini çekmişti hızla. Kimsenin yardımını istemiyordu.

"Yapmadığım bir şeyin acısını sürekli çekecek miyim ben?"

Sessizce sorsa da tınısı göğe haykırmaya eşdeğerdi. Kendi içinde haykırıyordu bir nevi. Boğazından çıkıp, diline dökülene kadar haykırışı fısıltıya dönüşüyordu.

Barzan'ın "O adam seni nasıl gördü o zaman?" diyen bariton sesi gümbür gümbür yankılandı banyoda.

"Ne bileyim ben," diye cevaplayan Berçem'in sesi hâlâ sakindi. Yorgunluk akıyordu paçalarından. Kırgınlığını ucundan tutsa, paramparça olacaktı.

Berçem'in sakinliği, karşısında hiçbir şey olmamış gibi davranması, öfkesini körüklerdi.

"Seni görmüş, kahkahanı duymuş lan, bana yalan söyleme," derken gözleri koyu yeşilden siyaha döndü. "Yoksa konuştun mu onunla?"

Berçem'in sakinliği son soru ile yok oldu. Genç adama doğru bağırırken, neredeyse üzerine atlayacaktı.

"Sen aklını mı kaçırdın be adam? Elin yabancısıyla ne konuşacağım ben? Beni kimseye anlatmak zorunda kalma diye odama hapsoldum. Suçlu yine ben oldum. Bu kadar nankör olma!"

Azra ve Newroz Hanım nefesini tutmuştu. Bu kavgadan bir ölü çıkacaktı. Görünen o ki Berçem boşanmadan toprağın altına gidecekti.

Barzan banyodaki iki fazlalıktan kurtulmak için yan tarafına baktı. Sesini çıkarmadan sadece bir baş işaretiyle çıkmalarını emretti. İkisi de çıkmaya niyetli değildi.

"Oğlum sakın," diye uyaran annesine tek kaşını kaldırdı.

"Erkut lütfen. Bilerek kendini göstermez Berçem," diyen sevgilisine tehlikeli gözlerini dikti.

"Bu mesele seni ilgilendirmez, çıkın şimdi."

Azra kızgınlıkla banyodan çıkarken, Newroz Hanım baş edemeyeceğini bildiği için gönülsüzce çıkmıştı.

Baş başa kalmaları Berçem gelini korkutmuştu. Sarf ettiği sözler için dayak atmasını dahi bekliyordu. Yerinde durup omuzlarını dikleştirdi. Ne yaparsa yapsın ezdirmeyecekti kendini. Teskin seansları Barzan'ın attığı belirsiz yüz ifadesiyle askıya alındı. Kendi içinde bocaladı, şimdi ne yapacaktı?

Barzan üzerine doğru yürüdü. Berçem bir adım atmamaya gayret etti. Korktuğunu belli etmeyecekti. Anlamsız bakışları ve azametiyle üzerine yürüyen bir adet yeşil gözlü canavar bunu imkânsız hale getiriyordu. Barzan tam dibinde durduğunda geri adım atmadığı için kendisiyle gurur duydu.

Yüzüne bakan kızın gözlerinde ufak bir korku görmesi, dik omuzları, mağrur çenesi ve geri adım atmayan cesareti... Bütün bunlar genç adamı yapacağı kötülükten alıkoyuyordu. Bu hırçın zümrütle baş etmek olanaksızdı.

"Bir daha ben bile evdeysem aşağıya inmeyeceksin," diye belirsiz ses tonuyla alacağı cevaplardan habersiz kurallarını sıralamaya başladı.

"Ben de seni görmeye bayılmıyordum."

İkinci kural yeniden başa sardı evli çifti. "Sofraya oturmayacaksın. Odana kapanacaksın ben gidene kadar."

Sert bir cevap daha döküldü Berçem'in dilinden.

"Bana verilen bir ödül bu."

Üçüncü kural ise ne derse karşı koyamayacağı kadar tehditkârdı. Çenesini parmakları arasında sıkıp, aşağı çekti. Açılan ağzından dilini alıp parmakları arasında sıktı. "Keserim bunu," diye başlayıp çektiği acıyı umursamadan fütursuzca dilini sıktı iki parmağının arasında. Berçem'in gözyaşları akana kadar bırakmadı.

"Boş konuşup canımı sıkarsan bir daha, keserim bunu aptal kız." Dilini bırakıp tükürüğüyle ıslanan elini yumruk şekline soktu. Duvara geçirse yeriydi. Berçem'in hâlâ ayakta duran hali, genç adama kendini güçsüz hissettiriyordu.

Berçem seslice yutkundu. "Bana dokunamazsın, dilimi kesemezsin, sen bir hiçsin," diyen kızın gözlerinden yaşlar akarken güçlükle konuşuyordu. Korkusu uğradığı hakaret karşısında yok olmuştu. "Sen benim hiçbir şeyim değilsin, sen artık bana istediğini yapamazsın, bana dokunamazsın."

"Ben senin kocanım Berçem, bunu o aptal beynine iyi kazı," diyerek parmağıyla şakağına iki kez vurdu.

"Sen benim kocam değilsin. Bana kocalık yapmayan bir adam, benim kocam değildir."

Barzan Ağa'yı çaresiz kılan, her seferinde gerçeği savuran diliydi. Çaresizlikten garaz doğuran. Garazdan, gazabı başına salan... Gazabını üzerine salmak için onu tiksinerek izleyen kadını aldığı gibi banyodan çıkarmış, çift kişilik yatağın üstüne fırlatıp, üzerine abanmıştı. Kollarını başının üstünde tutmuş, bacaklarının arasında yerini almıştı.

"Sana kocalık yapmamı mı istiyorsun ha? Seni soyup koynuna mı gireyim? Seni becerip çocuk mu yapalım, bunu mu istiyorsun?" dedikten sonra derin bir nefes aldı. Öfkesine hâkim olmalıydı yoksa bu kızı öldürüp bin bir parçaya ayıracaktı.

"Sen bana hiçbir şey yapamazsın. Yemin ederim bana dokunursan seni öldürürüm."

"Seni burada becerirsem gıkın çıkmaz!"

Avuçları arasındaki eli sıktı.

"Sen bana dokunamazsın. Sen bana dokunamazsın. Seni istemiyorum, senden tiksiniyorum!"

Sinirden güldü adam. "Unutma Berçem, seni ben istemedim. Seni hiçbir zaman istemedim ve istemeyeceğim. O çok istedikleri çocuğu seninle değil, sevdiğim kadınla yapacağım. Sen de tıpış tıpış dayının yanına gideceksin."

Üzerinde duran adam ile kavgalarını biri görseydi eğer, gülse mi, üzülse mi karar veremezdi.

"Beni hemen şimdi gönder."

"Merak etme hemen yarın biletini keseceğim. Senin gibi bir belayı başımdan atıp, eski güzel hayatıma döneceğim. Evimde olmadığın, gözümün önünden geçmediğin, soframa oturmadığın her günü keyifle geçireceğim."

Acıları nefes oluyor, genç kız metanetle soluyordu. Ne sabırlı ve acıya dayanıklı bir kadındı. Zalimliğini her an sergileyen, acıyı durmadan yaşatan adamın ellerinde hâlâ sağlamdı. Bedenen!

"Senin gibi bir bela hayatımdan çıktığı için her gün şükredeceğim. Sen dayanılmaz bir kızsın. Çekilecek gibi değilsin."

Sözleri kör bıçak olup saç diplerinden tırnak uçlarına kadar saplandı. Kör kurşun değildi yediği. Vicdanı kör bir adamın darbeleriydi. Apaçık soldan vuruyordu. Ağlamaklı duran yüz ifadesi Barzan'ın öfkesini arttırdı. Yeterince acı çektirdiğine kanaat getirince genç kızı darmaduman bir kalp ile odada birbaşına bırakarak çıkıp gitti. Duyduğu son sözler gidişini engellese de hâkim olmuştu kendine.

"Sen bir zalimsin. Sen bir canisin Barzan!"

Hiç onu düşünmüyordu, sadece kendisini düşünüyordu. Barzan kendisini düşünen bencil herifin tekiydi. Uslanmaz kalbi unutacaktı zalim adamı. Aptallığı kendine hedef edinmiş kalbine küfretti. Neden ondan hoşlanıyordu ki? Neden onu görüyordu? O da Barzan gibi nefret etse olmaz mıydı?

Yorganını kaldırıp içine girdi. Yanına gelen yaşlı kadınla konuşmadı. Sadece kendisine kızdı. Sabaha kadar gözünü kırpmadan depreşen acısını boşaltana kadar küfretti.

***

Barzan akşamdan kalma gibiydi. Çalışma odasından hiç çıkmadan sabaha kadar düşünüp durmuştu. Dün gece sinirinden ne dediğini bilemiyordu. Hepsi o uzun dilli kızın yüzündendi. Kahretsin, Ernest gidene kadar ondan bahsetmişti. Sürekli güzelliğinden bahsedip durmuştu. Onun emanetinden, onun karısından bahsedip durmuştu ve Barzan hiçbir şey yapamamıştı.

Odanın kapısı çalınıp içeriye Newroz Hanım girince Barzan kafasını başka bir tarafa çevirdi. Şu an ne kimseyle görüşebilir ne de konuşabilirdi.

"Git bir duş al sonra da kahvaltıya in."

"Rahat bırak beni, aç değilim!"

"Azra üzgün bir halde tek başına kahvaltı masasında, hadi kalk." Yaşlı kadın bilerek Berçem dememişti. Pişman olacağı günü iple çekiyordu.

Barzan 'Berçem nerede, o kahvaltı etti mi?' diye sormak istedi. En çok onu merak ediyordu. "Aç değilim," dedi sadece.

"Ya sevgilini bu eve getirmeyeceksin. Ya da getirdin mi ilgilenmesini bileceksin!"

"Newroz Sultan uğraşma benimle." Yaşlı kadın ne yapsa onu bugün bu odadan çıkartmayacağını biliyordu. En iyisi gitmekti.

"Berçem'in bavulunu hazırlıyorum. Bugün gönderiyorsun nasılsa."

"Hayır," diye kestirip attı. Berçem'i bu evden göndermek, onu bir daha görmemek, bu fikir neden hoşuna gitmemişti? Neden sevinemiyordu? Sebebi çok açıktı; Berçem'in gitmesini istemiyordu.

Yaşlı kadın sessizce odadan çıktı. Genç adam yalnızlığıyla tek başına kaldı. Berçem'e dün akşam sarf ettiği kelimeleri, yatağa atıp yapacaklarını sıralaması, yaptığı affedilemez hataları için bütün gece kendisine küfretmişti.

O kızı üzmek istemiyordu ama elinde değildi bu. Onunla kavga etmek istemiyordu. Bağırıp çağırmak istemiyordu. Sürekli belalı biri olduğunu dile getirmek istemiyordu. Fakat getiriyordu. Onun acısını hiçe sayıp dile getiriyordu.

Dün gece geçirdiği sinir krizini hayatı boyunca geçirmemişti. Resmen can damarına basmıştı Berçem. Sen benim kocam değilsin, kocalık görevini yapmıyorsun ne demekti? Ona kocalık etmesini mi istiyordu? Ondan bir çocuk mu istiyordu?

Kendisinden nasıl nefret ettiğini biliyordu. Dün gece ondan tiksinen zümrüdî göz bebeklerinden sabaha kadar kurtulamamıştı. Sevmiyorsa, kocalık görevlerini neden yapmasını istiyordu ki? Bu gidişle delirecekti. Daha fazla bu odada kalamayacağını anlayınca ayağa kalkıp odadan çıktı. Kendi odasına girip bir duş aldı. Üzerine rahat bir şeyler giydikten sonra aşağıya indi.

Kahvaltı masasında Azra ve Newroz Annesi vardı. İkisi de asık suratlar içinde öylesine oturuyorlardı. Hiçbir şey demeden oturan genç adam Berçem'in sandalyesini boş görünce öfkeyle homurdandı. Kahvaltı etmiş miydi? Kendini aç bırakırsa, midesini sökecekti o zaman.

"Şirkete gelmeyeceksin sanırım bugün?" diye sordu soğuk ve mesafeli bir ses.

"Hayır."

Azra "Reklam peki?" diye sorunca sofraya oturmasıyla kalkması bir olmuştu. Bugün şirkette olmalıydı. "Hazırlanıp geliyorum, birazdan çıkarız." Merdivenleri verdiği hırıltılı nefeslerle çıktı. Odasına girmeden önce çaktırmadan Berçem'in açık kapısından içeri baktı.

Düzenli yatağında narin, kırgın bir beden bulamamıştı. Kaşlarını çatarak odayı aradı. Newroz Sultan'ın odasında da olabilirdi. Adımlarını onun odasına doğru çevirdi. Kapıyı yavaş bir şekilde açıp kafasını içeriye soktu.

Berçem yorgana sıkı sıkı sarılmış uyuyordu. Uyurken bile ağlayacak gibiydi. Bir müddet genç kızı izledi. Canını çok yakmış mıydı? Evet, çok yakmıştı. İçeri doğru yürüdü. Adımları yere sessizce basıyordu. Yanı başında durana kadar yürüdü. Küçük savunmasız bir kız çocuğu gibiydi. Barzan gözlerine düşen bir tutam sırma saçı parmakları arasına almak istedi. Fakat dokunmaya cesaret edemedi. Uyanırsa, ne yapıyorsun derse, ne cevap verecekti?

Göğsü düzenli aralıklarla inip kalkıyor, kapalı gözleri her an açılacakmış gibi geliyordu Barzan'a. Dün gece nankör demişti. Aklını kaçırdığını bile düşünmüştü. Ernest'in yorumlarını, bakışlarını hatırladıkça yaptıklarının az bile olduğunu düşünüyordu.

Okkalı bir küfür daha savurarak odadan çıktı. Niye buraya gelmişti ki, hatırladığı her seferde kıskandığını kabul etmiyordu. Fakat gerçek buydu. Kabul etsin veya etmesin kıskanıyordu onu. Üzerini değiştirerek takım elbisesini giydi. Hazırlandıktan sonra dosyalarını da alıp, aşağıda onu bekleyen sevgilisi ile evden ayrıldı.

Yaşlı kadın onlar gittikten sonra masayı kaldırıp mutfağı temizlemişti. İşi bitince Barzan'ın kırdığı iki kapıyı yaptırmak için gönderdiği işçilerle ilgilenip, arada bir Berçem'e bakıyordu. Dün gece sabaha kadar uyumayan genç kız şimdi uyuyordu. Hiçbir şey yemeden bütün gün uyumuştu.

***

Aradan geçen iki gün boyunca Berçem odasından hiç çıkmamıştı. Newroz Hanım yemeğini odasına getirdiğinde, iki lokma yiyip sonra da bırakıyordu. İştahı kapanmış gibiydi. Azra sabah gelip genç kızı yatağından çıkartmaya çalıştığında bile genç kızın tepkisi sert olmuştu. Barzan'ın istediği gibi odasından hiç çıkmadan sadece uzanıyordu. Belki böyle ölüp giderdi. Kim bilir?

"Barzan çıktı, hadi gel biraz dışarı çıkalım."

Genç kız tıkanan burnunu çekerek açmaya çalıştı. "Hiçbir yere gitmek istemiyorum."

"Kızım böyle yapma bak, bu yaşlı anneni de üzüyorsun."

"Ben sizin kızınız değilim Newroz Hanım. Siz de benim annem değilsiniz. Çok yakında o zalimden boşanıp buralardan gideceğim. Hepinizden kurtulacağım."

"Öyle deme kızım, ben senin annenim. Hem bak, seninle beraber ben de çöktüm."

Kızın yanına oturup saçlarını okşadı. Onu böyle gördükçe kahroluyordu. Raber Ağa'yı aramak istiyordu. Her şeyi anlatmak ve bu iki gence çözüm bulmak istiyordu. Ama arayamıyordu. Her şeyi daha kötü bir hale sokabilirdi. İkisini tehlikeye atamazdı.

"Beni düşünmeyin."

"Yapma böyle. Bak Barzan'a, o da çökmüş durumda. Doğru dürüst hiçbir şey yemiyor bile."

Genç kız daha fazla dayanamayarak başını yaşlı kadının dizlerine bıraktı. "Çok acı çekiyorum Newroz Anne, canım çok yanıyor."

"Biliyorum kızım inan, onun da canı yanıyor."

"Yanmıyor canı, benden nefret ediyor, beni sevmiyor. Ben onun için bir belayım, başka hiçbir şey değil."

"Kızım canı çok yanıyor. Sanma ki öyle değil. Hele bir içini aç bak, o zaman neler olduğunu görürsün."

"Benden kurtulmak istiyor," derken bile canı yanıyordu.

'Beni istesin, benden nefret etmesin. Bana kötü davranmasın. Bana acıdığı zaman merhametli bir adama dönüşüyor. Bana acımasın, merhametini saygısıyla etsin Newroz Anne,' diye içinden geçirse de dudaklarından başka bir kelime dökülmemişti.

"Hadi kalk biraz dışarı çıkalım. Hava da güzel, açılırsın biraz."

Çıkmak istemiyordu. Sadece uyumak istiyordu. Fakat yaşlı kadının ısrarı ve çabası inadını kırmıştı. Hazırlanarak evden ayrılmışlardı koruma gibi başlarına dikilen Okan ile beraber.

Akşamı bulan saatlere inat, hâlâ oturduğu bankın önündeki maviliği izliyordu. Kimler bu sahil kenarında, ne dertler dökmüş, ne huzurlar bulmuş, ne anılar yaşamıştı. Lakin mavi deniz yine güzelliğinden ve bakınca verdiği huzurdan bir şey kaybetmemişti. İçini dökmesi, üzerindeki yükten biraz olsun hafiflemesini sağlamıştı. Yaşlı kadın onun biraz kendine gelmesiyle eve gitme vaktinin geldiğini anlamıştı.

Okan ile eve döndüklerinde, Barzan'ın arabasını bahçede gördüler. "Barzan evde galiba," dedi Newroz Anne. Genç kız kocasının arabasına baktı. Hiçbir yorumda bulunmadı.

"Akşam yemeğinde sofrada otur."

Yaşlı kadının emrini "Hayır," diyerek tek bir kelimede reddetti.

"Bana karşı mı geliyorsun?" diyerek çıkıştı Yadê Newroz kızgınlıkla. Bu küslüğe son verilecekti bugün. Bu kadar sabır ve metanet yeterliydi. "Oturacaksın kızım," diyerek son emri verdi.

Berçem gelin sustu. Ne kadar kızarsa kızsın oturmayacaktı sofraya. Yadê Newroz arabadan inmeden önce, "Okan gel evde ye yemeği," diye davet etti genç adamı. Dikiz aynasından gülümsedi genç adam.

"Hanım bekler Newroz Abla, kıskanıyor ben senin yemeklerini ona methedince."

Newroz Hanım güldü.

"İyi o zaman sen kıskandırma güzel karını. Yiğidi öldür hakkını yeme. Yeşim güzel yemekler yapıyor."

"Doğru söze ne denir? Hadi hayırlı akşamlar sizlere."

Newroz Hanım gülümseyerek el sallamış, selamını iletmesini istemişti karısına. Genç kız ile eve dudaklarında tebessümle girmişlerdi. Kapanan kapıyla birlikte mutfaktan çıkan Barzan'la burun buruna geldiler.

Newroz Hanım bir şey demeden mutfağa kaçarken, Berçem dönüp merdivenlere yürüdü.

"Telefonunu niye götürmedin?"

Berçem basamakları çıkmayı sürdürdü.

"Sana bir soru sordum!" Sırtı dönük kızın onu gördüğünde kaybolan tebessümünü geri istiyordu. Ernest budalası gibi kahkahasını duymamıştı ama en azından tebessümüne, kulaklarına varan gülüşüne şahit olmuştu gözleri. Onlara bile razıydı. Fakat sırtını dönüp gidişini kabul edemezdi.

Merdivenleri tek tek çıkan Berçem "Sana ait bir taşı dahi bulundurmak istemiyorum yanımda," dedi. Soğuk, ifadesiz sesiyle, genç adamın yüzüne bakmadan cevaplamıştı.

Barzan derin bir nefes aldı. İki gündür ilk defa yüzünü görüyordu. Çökmüş halini görmek direncini bir kez daha kırmıştı.

"Benimle konuşurken yüzüme bak," derken saçını ucundan yakalayıp, yüzüne bakmak isteğiyle tutuştu. Yine canilik, yine canını yakma isteği. İki gündür çektiklerinden ders almıyordu.

"Bir daha dışarı çıkarken o telefon evde kalırsa..."

Berçem ağır ağır arkasına döndü. Merdivenlerin ortasında duran narin bedeniyle "Dövecek misin beni?" diye alayla sordu.

"Evet, döveceğim."

Kaşlarını kaldırdı anladım der gibi. "Tam da sana göre."

Barzan'ın öfkesinden çenesi seğirdi.

"Sen sınırını aşıyorsun Berçem."

Cevapsız kalışı üzerine "Sabrımla oynama," diye uyardı. Berçem yine yukarıya çıkacak, odasına kapanacaktı. Etrafta olmasını istiyordu, yine televizyon karşısına geçip televizyon izlesin, o da karısını izlesin istiyordu. "Git annene yardım et," diyerek başıyla mutfağı işaret etti.

"Şimdi yapacağım işe de mi karışacaksın? Gitmiyorum hiçbir yere!" Mağrur çenesi dikleşti yeniden. Kendini ezdirmemeye kararlıydı. Ancak karşısında kötü bir adam vardı ve kötü adam üç adımında merdivenleri aşmış, tam dibinde durmuştu. Yine yerinden kıpırdamamıştı genç kız. Metanetini korudu. Vakur tavrından uzak, hırçın bir dalga gibi süzüldü. Ancak Barzan'ın öfkesi bu hırçınlığı ezip geçti.

Çenesini parmakları arasına aldı. Yakın zaman içerisinde okkalı bir operasyondan geçecekti gelinin çenesi. Zira Barzan Hezeroğlu'nun tutuşu tutuş değildi.

"Benim canımı sıkıyorsun, çeneni kırarım Berçem. O uzun dilini keser eline veririm. Bön bön bakarsın!"

Çenesini kurtarmaya çalışan kızın canı acısa da pek belli etmedi. Bu gidişle öyle bakacaktı.

"Aşağıya insem canın sıkılıyor, yukarıya çıksam canın sıkılıyor. Sofraya otursam sıkılıyor, oturmasam sıkılıyor. Gitsem sıkılıyor, gitmesem sıkılıyor. Sendeki de ne canmış!"

Gözleri kısılan genç adam karısının üzerine gitti. Tuttuğu mağrur çene parmakları arasında eziliyor, aradaki mesafeler inatla kırılıyordu.

"Benim canım sıkılırsa, senin de canın sıkılır. Şimdi çok konuşma, in aşağıya!" O dolgun iştah açıcı dudaklara kapanmadan gözünün önünden gitse iyi olacaktı.

Berçem iki gündür yardım etmediğini, bir işe dokunmadığını biliyordu. Bu yüzden ses etmedi. Kocasına gözlerini baydı. Sanki o bir şey söylememiş gibi davranarak merdivenlerden inip mutfağa gitti. Newroz Hanım çıkardığı malzemeleri yıkıyordu.

"Otur kızım sen oraya."

"Sevgilisi nerede?"

Genç kızın imalı tınısına Newroz Hanım gülmüştü. "Bilmem, belki yukarıdadır. Görünmüyor ortalıkta," diyerek genç kızın eline tencereyi verdi.

Berçem aldığı tencereyi ocağın üstüne koyarken hâlâ alaylıydı. "Kucağında olmadığına göre, evde değil yadê."

Annesi ayıplarcasına bakıp güldü. Kafasını da bıkkınlıkla salladı. Bu kız uslanmayacaktı. "İstersen seni kucağıma alayım," diyen alaylı sesi duyan iki kadın birbirine baktı. Ne ara gelmişti bu adam? Genç adam şaşkınlıktan susan karısını kışkırtmaya karar verdi. "Hatta yemeğini de yedireyim?"

Genç kız dudaklarını yaladı. Yakalanmanın verdiği utancı saklayarak genç adama sakin yüz ifadesiyle döndü.

"Boğulmaya niyetim yok. Senin ellerinde ölmeye razıyım tiplerinde değilim ben."

Barzan dudaklarını ısırdı. Tehditkâr gülüşünün altında bir hınzırlık yatıyordu. "Koşa koşa gelirsin." Gür, bariton sesi genç kızla konuşurken sertliğinden sıyrılmıştı. "Newroz Sultan, Orhan yemeğe gelecek. Azra, Ömür'ün yanında." Gözlerini güzel karısından ayırmadan haber vermişti.

Berçem kızgın bir nefes verdi. 'Zaten kalbimi öldürdün acımasız adam daha ne istiyorsun?' diye bakışlarıyla sordu Berçem.

"Peki, oğlum ne zaman gelecek?"

Barzan onun bakışlarındaki soruyu cevaplamak yerine Newroz Annesinin sorduğu soruyu yanıtladı.

"Birazdan gelir," demesiyle birlikte Berçem ocağın önündeki işine son verip, elini havluya sürdü. Anne oğul, onun sessiz hareketlerini izledi.

Barzan "Nereye gidiyorsun sen?" diye sorarken yanından geçip giden kızın kolundan tutarak durdurdu.

Berçem kolunu kurtardı. "Odama çıkıyorum, zor durumda kalma diye. Merak etme, bu sefer kapıyı kilitlerim."

"Geç otur yerine. Orhan seni biliyor zaten."

Onunla uğraştığı anı mahvetmesine gerek yoktu.

Berçem "Hayret, başkalarına anlatabilmiş," diyerek kısık bir sesle konuştu.

"Kendi kendine konuşup, bana oradan laf atma."

"Kendi kendine konuşmak da mı yasak?"

Bu adama artık yetişemiyordu.

"Berçem git yemeğini yap. Ağzın değil ellerin çalışsın ve Orhan geldiğinde onun yanında boş konuşma."

Sert bakışlarını genç kıza atarak mutfaktan çıkmıştı.

"Kızım o senin kocan. Ters cevaplar verme."

"O benim kocam değil."

"O senin kocan, bunu kabul etsen iyi olur."

Yemekler hızlıca yapılmış, sofra güzelce kurulmuştu. Trafiğe takılıp, geç kalacağını bildiren Orhan'ı beklemeye karar veren aile, salonda oturmuş televizyon izliyordu. Barzan önündeki tabletten e-postalarını kontrol ederken, Berçem yaşlı kadının açtığı programı izliyordu.

Newroz "Sen bu evlilik programına çıkarsan ne teklifler alırsın," diyerek ortaya laf atmıştı. Berçem'in vereceği cevabı, Barzan'ın tepkisini merakla bekledi.

"Aman yadê, başka bir koca kaldıracak gücüm kalmadı. Boşandıktan sonra bir daha evlenmeyeceğim."

Barzan genç kızın dedikleriyle gözlerini tabletten çekip karısına dikti. Boşanmakmış... "Boşanacağını kim söyledi?"

"İstesen de istemesen de boşanacağız ve ben çok istediğim özgürlüğüme kavuşacağım," diye dikine gitti inatla.

"Kafese mi tıkılısın burada?"

Duyduğu sesle derin bir nefes aldı. Onu unutmaya çalıştıkça Barzan inadına kendini gösterip kalbine tekrar girmeye çalışıyordu. Ona bakmadan cevap verdi.

"Seninle aynı evde olmam, özgürlüğümün elimden aldığını apaçık gösteriyor."

"İstediğin gibi dışarı çık, gez dolaş, seni kısıtlayan yok burada."

"Aman kalsın senin evine girdiğimi gören bir arkadaşın, ortağın, iş arkadaşların beni sorduğunda ne cevap vereceksin?" İstihzaya aldığı kocasına, öldürücü darbelerini pervasızca indirmişti.

"İleride öldüreceğim karım diyeceğim."

Zira uzun dilini kesip, şu anda onu boğazlamak istiyordu.

"Buna memnun kalırım." Ölseydi belki bu acıdan kurtulurdu.

"Yakında katil bir koca yapacaksın beni, ramak kaldı Berçem, ramak." Oflayarak kafasını salladı. Çok yakında, çenesi düşük karısının dilini kesen cani koca olarak haberlere düşecekti.

Berçem umurunda olmadığını, omuzlarını silkerek belirtmişti. Newroz Hanım hiç sesini çıkarmadan onları izlemişti. Kapı çalınca sessizliğini bozmadan kapıya yürüdü. Berçem, Barzan'a bakmadan hâlâ televizyon izliyordu. Gözlerini üzerinde hissediyor ve bu rahatsız edici durumdan bile hoşlanıyordu.

"Erkut Bey bizi karşılamayacak mısınız?" diye soran tok ve güzel bir ses salonda yankılanınca Berçem gelen adama baktı. Kocasıyla tokalaşan adam ile göz göze geldi. Fakat Berçem'in gözlerinde parıldayan bir kızgınlık vardı. O da Erkut diyor, zevksizliğini ortaya koyuyordu. Berçem'e göre bu adama yakışan tek isim Barzan idi.

"Sana kızgınım. Açlıktan geberdik burada," derken payladığı dostuyla tokalaştı.

"E ben size beklemeyin demiştim."

Gözleri ona kızgınlıkla bakan kıza kenetlenmişti. Neden böyle bakıyordu, gelişinden rahatsız mı olmuştu?

"Sanırım rahatsızlık verdim Hanım Ağam."

Zümrüdî yeşil gözleri ardına kadar açılmıştı. Hayır der gibi kafasını salladı. Öyle bir şiddetle sallamıştı ki boynunu kırmaya kadar gidecekti, Barzan uzanıp çenesinden tutana ve kafasını sabitleyene kadar.

Genç kız kocasına kaş çatarak kafasını geri çekti. "Burası Erkut," derken genç adamın ismini bastırarak söylemiş, buruşturduğu burnuyla beğenmediğini bir kez daha genç adamın yüzüne vurmuştu. "Beyin evi, ne haddime onun misafirlerinden rahatsız olmak," diyerek Orhan'a mahcup edasıyla gülümsedi.

"Hoş geldiniz. Ne rahatsızlığı, şeref verdiniz."

Orhan genç kıza gülümsedi. Ne diyeceğini şaşırmıştı açıkçası. Erkut'a bakan gözleri bunun açıklamasını istiyordu.

Genç adam güldü sessizce. "Hanım Ağa, Erkut ismimden haz etmiyor," diye açıklamada bulundu Barzan. Orhan kahkahasına engel olamadı. Erkut'un karısına olan bakışları, karısının ikinci ismini kabullenmeyişi genç adamı eğlendirmişti.

Kahkahasına son verdiğinde, ciddi bir tavra bürünüp Berçem'e baktı. "Bağışlayın Hanım Ağam bundan sonra Barzan Ağa diyeceğiz. Siz yeter ki gülümseyin. Gülmek size yakışıyor."

Gül goncası yanakları taç yaprakları gibi açılmıştı gülümseyince. Kırmızılığa bürünmesi de cabasıydı. Barzan karısının miskin halini sevse de hırçın halini, haşin gözlerini daha çok seviyordu. "Ben Erkut'a alışığım Orhan," diyerek genç kızın gülüşünü yok etmiş, o hırçın halini yeniden alevlendirmişti.

Orhan ona istediğini vermemişti. "Barzan'a da alıştırırız seni dostum. Asıl ismine dönme vakti."

Berçem genç adama teşekkür eder gibi baktı.

"Hadi geçin sofraya, Barzan oğlum aç."

Araya giren kurtarıcı ses ile Berçem iki adamın bakışlarından kurtulmuş, mutfağa geçmişti. Yemek dolu tencereler taşınmış, salonda yerlerini almıştı. Yemekler tabaklara doldurulmuş, afiyetle mideye indirmeye başlamışlardı.

"Ömür gelmek istiyordu ama Azra bizde olunca gelemedi. Yoksa o da seninle tanışmayı çok istiyor. Çok merak ediyor seni."

Berçem tebessüm etti. "Karınız beni biliyor mu?" diye sordu. Bu bir nevi Barzan'a göndermeydi.

"Tabii ki."

Anladım dercesine kafasını salladı. "Ben bilmiyor sandım. Malum buradan hiç çıkmayınca." Kocasına bu kadar laf yetiştirmek hiçbir kadına yakışmaz ve hoş görülmezdi. Berçem canı yandığı için Barzan'ı kızdırmak istiyordu. Hatta canını yakmak istiyordu, fakat bunun için elinde bir şey olması gerekti.

"Orhan oğlum biliyorsun Berçem'i kimse bilmiyor. Barzan kimseye göstermiyor emanet olan karısını. O yüzden şaşırdı biraz."

Bıkkın bir nefes verdi Barzan. İki kadının birleşiminin sonucu olarak, genç adama ağır bombardımanlar halinde laf sokuşları geliyordu. Berçem utangaç ve çekingen haliyle daha hoştu. Genç adam o an karar verdi. Hırçınlaşınca laf sokmaktan öteye gitmiyordu. İşte o zaman utançla ısırılan dudakları öpmemek için zoraki hâkim oluyordu kendisine. Berçem'i özlediğini bir kez daha fark etti. Bu hırçın kadın her iki yanıyla da zorluyordu adamı.

Orhan dostunun çektiği zorlukları tahmin edebiliyordu. Şimdiden şanslar dilemişti. Yarın bu kızla boşanırsa, arkasından gelecek bir pişmanlık hissediyordu.

"Türkçeyi nasıl öğrendin? Çok güzel konuşuyorsun?"

"Okulda öğrendim."

"Mardin'de hep Kürtçe mi konuşursunuz?"

"Evet, kendi ana dilimizi konuşuruz." Barzan karşısındaki meraklı dostuna baktı. Berçem'le yakından ilgileniyordu. Aslında bu hoşuna gitmişti. Onu sevmeyeceğini sanmıştı.

"Barzan bana da öğretti. Az çok biliyorum. Ben İstanbulluyum ama biraz kavradım. Fakat diliniz çok zor."

Berçem hoş sohbetli ve samimi adama sımsıcak gülümsedi. Normalde insanlarla çabuk kaynaştığı söylenemezdi Berçem'in. Her daim mesafeli ve saygılı bir duruşu vardı. Fakat Orhan'ı ağabeyi gibi görmüştü. Bu yüzden biraz rahat konuşabiliyordu.

"Her dilin bir zorluğu vardır elbette. Ama öğrenmek imkânsız değil. Biz gırtlaktan konuştuğumuz için sizlere göre zor."

"Barzan da öyle söyledi. Ben başardım, bir şey söyle bakayım anlayabilecek miyim?"

"Kolay mı söyleyeyim yoksa zor mu?" diyerek gülümsedi Berçem.

"Güzelim, ilk önce kolay kelimelerden başla." Göz kırparak genç kızı bekledi.

Barzan tek kaşını kaldırarak dostuna baktı. Güzelim ve göz kırpmak? Hayırdır der gibi bakıyordu. Bu kadar yakınlık fazlaydı. Hele Berçem'in ona göstermediği ilgiyi Orhan'a gösterip, rahat konuşması damarına basmıştı.

Barzan "Na[3] Orhan nabe[4]," dedi. Anlayacağını bildiği kelimeleri sert bir şekilde söylemişti.

Orhan dostuna hayretle baktı. İzin vermiyordu demek. "Çıma[5] Barzan?"

Genç adam tehlikeli bir ifadeyle gülümsedi. "Ben sana kolay, zor her şekilde öğretirim."

Berçem kocaman gülümsemişti kocasını izlerken. Kürtçe konuştuğunu ilk defa duymuştu. Gırtlaktan konuşan sesi o kadar hoş ve karizmatikti ki genç kız ona daldığının farkına varamamıştı.

Barzan, Orhan'a kızgınlıkla bakmaktan karısının bakışlarından bihaberdi. Dostu karısını işaret edince bakışlarını genç kıza

3. Hayır.
4. Olmaz.
5. Neden?

çevirdi. Yüzündeki kocaman hayran dolu gülümsemeyi son anda yakalamıştı. Heyecandan eli ayağına dolaşan genç adam, terlemeye başlamıştı. Bir kadın gülerken bu kadar mı güzel ve doğal olurdu?

Orhan bile bile dostuna acı çektirmek istedi. Berçem'in dikkatini üzerine çekerek dostunu bu güzel tablodan mahrum bıraktı. "Madem Barzan Ağa bana öğretmeni istemiyor. Artık sen de Ömür'e öğretirsin, o biraz geç öğreniyor. Azra az çok biliyor da Ömür hiç bilmiyor."

Berçem hayranlığından sıyrılarak konuşan adama döndü. "Olur, benim için büyük bir zevk olur," diyerek tebessüm etti.

Barzan seğiren çenesiyle dostuna baktı. Nasıl bunu yapardı? Nasıl bu güzel anı mahvederdi? İlk defa ona böyle gülüyordu. İlk defa hayranlıkla bakıyordu. "Doğru, gidene kadar öğretsin karına. Ben de sana öğretirim. Pekiştirirsiniz karı koca." Elindeki çatal bıçağı sıkmaktan, ağzından çıkanların farkına bile varamamıştı.

Kırık birer cam parçasına döndü yüreği Berçem'in. Barzan Hezeroğlu ufak ufak kırdı âşık kalbini. Yine git demişti, yine gidecek demişti. Söndü dudaklarındaki tebessüm tüm dillere küser gibi. Hiçbir dil, hiçbir ırk anlatamazdı tebessümün güzelliğini. Sadece göz görebilir, kalp hissedebilirdi. Barzan Hezeroğlu karısının bu güzelliğinden mahrum bıraktı kendini.

***

Akşam yemeği bir tatsızlıkla son bulmuştu. Herkesin yüzünde birer kırgınlık, kendini patavatsız gibi hisseden Barzan da ise kızgınlık vardı. Her şeyi kendi elleriyle berbat etmişti.

Sofra kalkmış, iki adam salonda oturmuş konuşuyorlardı. Newroz Hanım ile mutfakta işi biten Berçem, Orhan'a iyi geceler dileklerinde bulunarak odasına çekilmişti. Yatağına üzerini değiştirmiş bir halde bıraktı yorgun, kırgın, paramparça bedenini.

Yarın için konuşmasını hazırladı. Onu göndermeye çok niyetli olan kocasını bu yükten kurtaracaktı. En kısa zamanda bu evle, bu adamla bağını koparacak, geride kendisine dair hiçbir şey bırakmayacaktı. Nasılsa beladan kurtulduğuna şükredeceğini söylemişti. Şükretme vaktine az kalmıştı. Çok az…

***

"Misafir mi var?" diye sordu yaşlı kadına. Yaşlı kadın şık kıyafetler giymiş, altınlarını takmıştı. Berçem yukarıda hazırlanırken, o da hazırlanmış, ondan önce inmişti aşağıya.

"Yok kızım, canım istedi öyle."

Berçem şüpheyle süzdü annesini. "Altınlarınızı takmışsınız Newroz Sultan." Bu şüphenin altında neden sorusu vardı.

"Sen de takılı altınları görünce benim de canım çekti, takmak istedim kızım."

Berçem "Gözüm ışıldıyor," diyerek tebessüm etti. Altınları olduğundan çok daha fazlaydı. Mardin'de kalsaydı daha çok takardı, gelen gidenler yüzünden. Şimdi ise küpelerini, kolyesini, bileziklerini ve yüzüklerini takıyordu.

"Seninki kadar yakışmadı."

"Daha çok yakıştı bence," diyerek yanağına dokundu anne şefkatiyle. Dün geceki hali aklından çıkmıyordu. Adı gibi emindi, Barzan bile isteyerek söylememişti gideceğini.

"Orhan seni çok sevdi," diye fısıldadı genç kızın kulağına.

Berçem tebessüm etti. "Tam bir ağabey gibi." Dün gecenin kötü anılarını zihninden uzaklaştırmaya çalıştı. 'Gidene kadar' sözleri aklından çıkmıyordu.

Dış kapı açılmış, içeriye gülüşme sesleri gelmişti. Berçem elindeki kumandayı sıktı. Bu kahkahalardan kurtulmasına az kalmıştı. Nasılsa Barzan Ağa onu sürgüne gönderiyordu. Lakin bilemediği şey, önce kalbinden sürgün etmesi gerektiğiydi.

"Newroz Sultan bu ne güzellik yoksa misafirimiz mi var?" Yaşlı kadın oğlunun gelişiyle ayaklanmış, kapıya kadar gitmişti. Yanaklarını öpüp geri çekildi. "Her zamanki halim oğlum."

"Bence bugün çok şıksınız." Hınzırca gülümsedi Azra yaşlı kadınla uğraşırken.

Yaşlı kadın "Sizinle ilgilenemeyeceğim," diyerek koşar adımlarıyla kaçtı ikisinden. Yine uğraşmalarına katlanamazdı.

Azra sevgilisine dönüp dudaklarına bir öpücük kondurdu. "Banyoya gireceğim gelecek misin?" diye şuh bir sesle sordu.

"Hmm güzel fikir, birazdan gelirim." Berçem'i takmadan konuşmuşlardı. Sevgilisini tekrar öpüp genç kadın yukarıya çıktı. Barzan ceketini çıkartıp kanepeye attı. Berçem'e baktı, varlığının farkında değilmiş gibi televizyonu izliyordu. Genç kız konuşmanın tam da zamanı olduğunu düşündü. Karşısına oturan Barzan'a baktı. Kocası ona bakıyordu.

"Seninle konuşmak istediğim bir şey var."

Uzatmaya niyeti yoktu. Hemen konuşup bitirecekti.

"Sonunda fark edebildin bizi." Sert sesiyle çıkışmıştı karısına. Onu görmezden gelmesine katlanamıyordu.

Berçem de gözlerini baydı genç adama. Dudaklarını yaladı ağır ağır. Konuşmaya hazır hissetti kendini.

"Ben çok düşündüm, babanı beklemek hata."

Barzan kaşlarını çattı. Duyduğu cümleyi tam olarak anlayamamıştı, "Ne demek bu şimdi?"

"Ben artık bu evde kalmak istemiyorum."

İstemiyordu daha fazla kalmayı.

"Gideceksin zaten."

Berçem evet dercesine kafasını salladı. "Ben şimdi gitmek istiyorum." Yutkundu boğazında toplanıp, acı çektiren kırgın duygusunu.

"Boşanmadan hiçbir yere gidemezsin Berçem, bunu bilmiyor musun?"

"Biliyorum, yarın boşanma davasını aç. Aileni bekleyemem ben." Dimdik duruşu Barzan'ın kendisine doğrultulan yaydan ok gibi fırlamasıyla kaybolmuş, Berçem korkuyla beraberinde kalkmıştı koltuktan.

"Bana emir verme." Çenesini parmağı arasında sıktı yine.

"Seni istemiyorum!"

"Sen ne saçmalıyorsun?"

"Ben seni daha fazla görmek istemiyorum."

Ayağını yere hızla vurdu hırçın kız.

"Ben de sana bayılmıyorum Berçem."

Alay dolu imasının altında sarılıp öpme isteği yatıyordu. Koca bir yalandı istemiyorum haykırışları. İki gereksiz harf kaçmıştı aralarına. Berçem birini, Barzan diğerini kovarsa başaracaklardı. Berçem sıkıca sarılacak, Barzan delice öpecekti.

"İstemiyoruz madem aç yarın davayı. Aileni beklemeye gerek yok," diye diretti genç kız. Dün gece söylediklerinden sonra bu evde yaşaması bile başlı başına ihanetti duygularına.

"O dava babam gelip gitmeden açılmayacak."

"Ben seninle, sevgilinle daha fazla bu evde kalmayacağım anlıyor musun beni? O boşanma davasını hemen yarın açmazsan inan ben açarım."

Saldırısı karşısında ürkekçe izledi kocasını. Bütün öfke gözlerine ve kaşlarına hücum etmişti.

"Sen beni tehdit mi ediyorsun?"

Çenesini koca parmakları arasında sıktı acımadan. En çok bundan çekiyordu ya, çektirmek istiyordu.

Burunlarının ucu birbirine değdi, bu amansız kavgaya son vermek ister gibi. Barzan o kısa mesafeyi kapatsa, hemen öpecekti. Buna niyetlenmişti. Lakin aniden açılan kapıyla niyeti yerle bir olmuştu.

Beklenilen misafir beklenildiğinden de erken gelmişti. İstenen boşanma davası görünen o ki bir süreliğine ertelenecekti. Raber Ağa ve ailesi varken boşanmak kimin haddine, kimin işineydi?

***

Bölüm 8

En Tatlı Sabahlar, Karı Kocanın Gülüşüyle Başlar

Bazı tablolar vardır, insanoğlunun görmeye can attığı. Utançla kızarmaları bir tarafa, bu mutlu ve görülmeye can atılan an resmedilmeliydi. Bir fotoğraf karesi gibiydi ileride ah çektirecek.

Yüz kızartıcı tabloyu daha fazla görmek istemeyen Raber Ağa tüm heybetiyle sırtını çocuklarına dönmüştü. Hanımı Hezal'a bakan gözlerinde çok nadir bir keyif vardı. Yüzü her daim sertliğini ve metanetini koruyan Raber Ağa bu duruma pek sevinmişti. Kızının gözlerini kapatan Hezal Hanım'ın kocasından aşağı kalır yanı yoktu. Vakur tavrında gözle görülür bir sevinç vardı.

Karşısında gördüğü ailesiyle afallayan genç adam, kollarını karısına doladığından habersizdi. Bir nevi ona sığınıyordu. "Baba!" derken bile hâlâ kendine gelebilmiş değildi.

Gelişlerinden nasıl haberdar olmazdı? En olmadık zamanda çat kapı gelen ailesine sevinse mi, üzülse mi bilememişti. Kocasının sesi, genç kızı kendisine güçlükle getirmişti. Şaşkınlık evresinden sıyrılmak, şuurunu kazanmak pek kolay olmamıştı. Zira heybetli adamın dönük sırtı, gözleri annesi tarafından kapatılmış görümcesi ve keskin bakışlarında hafif bir muziplik olan kayınvalidesi şuurunu kazanmasını zorlaştırıyordu.

"Barzan!"

Yadê Hezal'ın sesi kocasının kollarından çıkmasını sağlamıştı. Barzan Ağa'nın etkisinden çıkmak Berçem'i yalnız ve savunmasız hissettirmişti. Her ne kadar kızıp bağırsa da Barzan'ın yakınlarında olduğu zaman kendini daha iyi hissediyordu. Dün geceki ağır hakaretleri bu hissi kırmıştı. Şimdi gelen misafirler az önce verdiği kararını yok etmişti.

Paytak adımları, sürpriz misafirlerine doğru sürüldü. Renkten renge giren yüzü konuşmayacağını ilan etmişti. Seslice yutkunup kendine gelmeye çalıştı. "H-hoş geldiniz..." Yanlarına doğru gelen kadına belli belirsiz bir bakış atmış, "Yadê Newroz geleceğinizi söylemedi," diyerek topu yaşlı kadına atmıştı. Bu çok zalimce bir hareketti, ne halde yakalatıp, mahcup etmişlerdi gelini.

"Newroz Annen sürpriz yapmaya bayılır Berçem," diyen kocası soluğu karısının yanında almış, yine yalnız bırakmamıştı. Anne babasına sarılmış, kız kardeşini kollarının altına almıştı. "Mardin gibi kokuyorsunuz," derken tebessüm doluydu gözleri. Alaz'ın saçlarını öptü. Ciwan'ın ölümünden sonra bir tek kız kardeşi kalmıştı. Şimdi ise onu kaybetme korkusuyla yaşıyordu.

Berçem, Raber Ağa'nın elinden öptü ve mahcubiyetle geri çekildi. Kocasının benzediği adamın bakışları, bakanı sırra gömer ve ne düşündüğü anlamayı hep ertelerdi. Zira keskin bakışları duygularını ve düşüncelerini saklamakta usta bir ifadeye sahipti. Kırlaşmış saçları yaşlandığını gösterse de yüz ifadesi ve heybetinden kaybetmediği duruşu, dik duran omuzları hâlâ güçlü bir adamı yaşatıyordu. Berçem oldu olası hayrandı Raber Ağa'ya.

Sert ve kızgın bir adam olsa bile merhametini, insanlığını ve mertliğini hiçbir vakit kaybetmemişti. Dürüstlüğü ve doğruculuğu herkesçe bilinirdi. Haklı ve haksız karşısında karakterini oturtmuş bir adamdı. Küçük büyük, zengin fakir, insan ve ırk ayrımına girmeksizin herkesle konuşan ve üstten bakmayan, aynı saygı ve sevgiyi gösteren bir adamdı.

Ve böyle bir adama Barzan'ın kollarına bayılan kadın gibi yakalanmıştı. Bunun utancını atlatamayacağı su götürmez bir gerçekti.

Raber Ağa, Berçem'in utancını yüzünden okudu. Bu güzel kızın terbiyesine her zaman hayrandı. Onu on beş yaşında evine aldığı günden bu yana, bir kere olsun yüzünü kızartacak, utandıracak ve kızdıracak bir harekette bulunmamıştı. Böylesine terbiyeli yetiştirdiği için Afran'a hep teşekkür ederdi.

"Nasılsın kızım?" diye hatırını sordu babacan şefkatiyle.

"İyiyim teşekkür ederim, sizler nasılsınız?"

"Elhamdülillah iyiyiz kızım."

Genç kızın gözleri Raber Ağa'nın yanında duran Hezal Hanım'a takıldı. Elini öpmesi için vakur edasıyla uzattığında, Berçem de bekletmeden alıp öpmüş, alnına yaslamıştı. Yıllardır yaşadığı kadına karşı çekingenliği, tükenmek bilmemişti. Şimdi onun gelini olması, bitmesi gereken çekingenliği zirveye taşımıştı.

Sarıldığı kadını hasretle süzdü. Mardin'den geldiği için fistanı ve tülbendini başına geçirmişti. Kadife kumaştan fistanı zümrüt yeşiliydi ve esmer kadına yakışıyordu. Katran karası gözleri alabildiğine haşin, sürmesi vakur çehresini sertleştiriyordu. Alnında ve kırışmış gözünün çevresinde dövmeler sert çehresinin mücevheriydi. Hezal Hanım Ağa bakana hayranlık katıyordu. Çünkü hâlâ güzeldi. Hâlâ asi bir genç kızın güzelliğini taşıyordu.

Yanında annesinin ve babasının güzelliğini taşıyan Alaz Hezeroğlu'na döndü. Yegâne dostu ve kız kardeşiydi. Mardin'de arkasında bıraktığı en büyük özlemi ve tesiriydi. Karşısında tebessümle duruyor olması, Berçem'i katıla katıla güldürmeye götürecekti. Keza bu duruşların altında birbirlerine sarılmaya, deli gibi bağırmaya ve ağlamaya meyilli iki deli ruh duruyordu.

Raber Ağa ve Hezal Hanım'ın varlığı deli ruhlarını bastırıyordu. Görümcesine, biricik dostuna sıkıca sarıldı. Huzur yanıydı Alaz. Küçüklük yanıydı. Berçem yanıydı. Bu yanına kısa sarılmalarında sığındı. Ardından koltuklara geçen ailenin karşısına oturdu. Yanına oturan kocasının varlığına bir yanı sığınsa da bir yanı onu inatla reddediyordu. Barzan Hezeroğlu'nun havası zapt edilemez derecede çekiciydi.

"Taziyeler bitince yanınıza gelelim dedik. İyisiniz değil mi?"

Dudaklardaki tebessüm kısaca elveda demiş, hüzün misafir olarak yanlarına kurulmuştu. Ciwan Hezeroğlu gibi bir adam asla unutulmayacaktı. Küçüğünden büyüğüne, herkesin gönlüne taht kuran adam, ebediyen varlığını hatırlatacaktı geride kalanlara.

Özellikle Berçem onu asla unutmayacak, yüreğinde o güzel adamın varlığını taşıyacaktı. Çünkü Ciwan'a minnet borçluydu. Ona değer veren ve değeriyle üstte tutan adamı içinde hep yaşatacaktı. Ancak onu affetmeyecekti bir yanı. Zalim bir kardeşe bırakıp gittiği için bu kırgınlık son nefesine kadar devam edecekti.

Berçem üzerindeki kısa elbise yüzünden rahatsızlık duyuyor, başı açık olduğu için yüzlerine bakamıyordu. Kendini yarı çıplak hissettiğinden, ona bakanların gözlerinde bu ifadeyi görüyor gibi hissediyordu. Newroz Annesine kızacak, hatta haşlayacaktı. Onların geleceğini biliyordu madem, neden daha uygun bir kıyafet giymesini söylememişti?

Kocasının yanına oturması işini daha da zorlaştırıyordu. Zira Raber Ağa ve Hezal Hanım oğullarıyla konuştuklarından sürekli genç kızı süzüyorlardı.

"Berçem, Barzan sana iyi davranıyor mu?" diye sordu Hezal Hanım, biraz hesap soran, biraz merak eden bir edayla. Yanında oturan kocasıyla kısa bir süre bakıştılar. İyi davranmak ne kelime, el üstünde tutmaktan yorgun düşmüştü artık!

Hezal Hanım'a döndü. *'Oğlunuz bana sürekli bağırıyor, demediğini bırakmadı. Sürekli bela olduğumu söylüyor. Beni boşayacağını da söyledi. Ve boşanacağız, boşandıktan sonra beni gönderecek ve sevdiği kadın olan Azra ile evlenecek,'* diye içinden geçirse de gerçekleri söylemek yerine yalanın koynuna girdi utanmadan. "Evet, iyi davranıyor."

Barzan'ın karısına olan istihza dolu gözleri, aklına gelenlerin şokuyla büyüdü. Yukarıda Azra vardı ve banyoda onu bekliyordu. Her an üzerinde bornoz ile merdivenlerin başında belirip 'Erkut sevgilim, neden gelmedin?' diye bağırabilir, burada aile katliamına neden olabilirdi.

Yerinden ok gibi fırlayıp, uçarcasına yukarı çıkmıştı. Raber Ağa oğlunun ani kaçışıyla bakakaldı. "Oğlum ne oldu?"

"Şey... Şey telefonunu unutmuştu. Önemli bir telefon bekliyordu." Bulduğu ilk yalanı söyleyivermişti. 'Aptal Berçem sana ne? Karışma, sana kötü davranan adama ne diye yardım ediyorsun ki? Aptal kız.' Kendine kızması neye yarardı ki. Çoktan yardım etmişti kocasına.

"Sen neden böyle zayıfladın güzel kızım?" diye soran Hezal Hanım'ın mustarip bakışları zayıflamış bedenin üzerinde gezindi. Mardin'de iken böyle değildi.

"İstanbul havası ona yaramadı Hezal Hanım, ondan."

Ne diyebilirdi ki Newroz Hanım? Dilinin ucuna gelen kelimeleri kovdu sessizce.

Hezal Hanım "Ben eski kızımı istiyorum," diyerek isteğini söyledi gelir gelmez. Zayıf düşmesini istemiyordu. Belki de hamileydi, bu yüzden zayıflıyordu.

Alaz babasının yanında pek konuşamıyordu. Sessizce oturuyor, sohbeti dinliyordu. Yengesini çok özlediğinden, yarını iple çekiyordu. Şimdi konuşmaya fırsat bulamazlardı. Bulsalar da doya doya hasret gideremezlerdi.

Newroz Hanım, yukarıda Azra olduğundan kaygı içerisindeydi. "Yemeğe geçelim mi? Açsınızdır şimdi," diyerek yemek ile oyalayarak bir şekilde şüphe etmelerini engellemek istedi.

"Bir elimize, yüzümüze su çarpalım Newroz," diyen Raber Ağa otoriter havasıyla kalktı yerinden. Yaşlı adam heybetle yürürken, Berçem kocasının arkasından babasına benzediğini fark etti o an. Yürürken ki ağır havası, ben buradayım diyordu. Yadê Newroz onları mutfağa yönlendirmişti. Ellerini yıkamalarının ardında hepsi sofrada yerini aldı. Berçem oturmadan evvel Hezal Hanım gelinine döndü.

"Barzan nerede kızım?"

Berçem gelen soru karşısında aval aval baktı kaynanasına. Banyodaki sevgilisiyle uğraşıyordur, demekten son anda alıkoydu kendini. "Gelir şimdi," diye geçiştirdi.

"E git bak, bir ihtiyacı vardır."

Neye bakacaktı? "Ben-ben mi?" diye sordu boğuklaşan sesiyle. Hiç kocasına bakmaya alışkın bir kadın değildi ki, Hezal Hanım bu gidişle alıştıracaktı. Nedense bundan hoşlanmadı.

"Berçem iyi misin?"

"Ben iyiyim," diyerek yarım yamalak tebessüm etti. Topukları üzerinde dönüp, merdivenlere yürüdü. Tereddüdü gözlerinden okunuyordu. Sakin kalmaya çalışarak merdivenleri çıktı.

***

Deminden beri odanın kapısı önünde, bir o yana bir bu yana gidip geliyordu. Azra ve Barzan'ın tartışma seslerini duyuyor, korkuyla dudaklarını ısırıyordu.

"Sen o kızdan boşanacaksın Barzan, yoksa ben giderim," dedi Azra.

"Azra, seni mahvederim!"

"O kadın, bu akşam senin koynuna girecek!" diye gece olacakların haberini verdi genç kadın.

"O benim karım. Bir şey olsaydı çoktan olurdu. Yapma artık, bu hareketlerin canımı sıkıyor."

"Onu beğeniyorsun değil mi? Ondan hoşlanıyorsun?" Azra'nın sorusu karşısında küçük dilini yutuyordu az kalsın.

"Saçmalamayı kes. Babamlar gittikten sonra zaten boşanacağız Azra, bunu biliyorsun. Daha fazla konuşma ve aşağıya in." Kapı gürültüyle açılmış, saçlarını örten siyah bere ile dolu gözleriyle Azra çıkmıştı.

"Çok yakında defolup gideceksin Berçem!"

Nefretle dilinden dökülmüştü gerçekler. Berçem suskunluğunu korudu. Boşanacağını biliyordu. Barzan içinde azıcık oluşan umut birikintisini yok etmişti sağ olsun.

Barzan'ın "Ne işin var burada?" diyen sert sesi neredeyse bağırıyordu genç kıza. Aşağıdakilerin onları duyma olasılığı çok yüksekti.

"Annen kocana bak deyince..."

"Def ol gözümün önünden. Senin bakımına ihtiyacım yok, Azra bana bakıyor."

"İyi," diyerek aniden hırçınlaşan ifadesiyle kocasını sertçe cevapladı. "Annene Azra'nın sana baktığını söylersin."

Sırma saçları öfkeyle dönmesiyle savrulmuş, uçları genç adamın göğsüne vurup kaçmıştı. Aşağı indi hiç nefes almadan. Azra yemekte oturan Hezal Hanım ile konuşuyordu. Genç kadının düştü düşecek hali Berçem'in, Barzan'dan daha çok nefret etmesini sağladı. Tek bir adam, iki kadının hayatını mahvetmişti.

"Evet, biz Erkut Bey ile yukarıda çalışıyorduk," diyerek saygıyla cevapladı. Yakında kayınvalidesi olacak kadının onu süzen bakışlarında rahatsız ve kızgın bir ifade vardı. Görümcesi olarak bildiği küçük kızın şüpheli bakışları Azra'yı kasmıştı. Hemen burada gerçekleri onlara anlatabilirdi. Fakat bunun sonucunda sevgilisini sonsuza dek kaybetmesi olağandı. "Yemeğe kal kızım," diye teklifte bulundu mesafeli ses tonuyla.

Hezal Hanım kadını baştan aşağı süzdü. Bu kadını sevmiyor, gözü bir türlü tutamıyordu. Oğluna çok yakın davrandığından, gözlerinin içine rahatlıkla bakarak konuşmasından dolayı onu ne bu evde, ne de oğlunun şirketinde bulunmasını istiyordu. Bir ara ilişkilerinin olduğunu duymuştu. Bu ise, isteğini hakkıyla körüklüyordu. Keza Barzan artık evli bir adamdı. Eskilerin etrafında olması tehlike arz ediyordu.

"Teşekkürler Hezal Hanım. Siz de yeni geldiniz yorgunsunuz, şimdi ben rahatsızlık vermeyeyim," diyerek hüznünü örttüğü bakışlarını Raber Ağa'ya çevirmişti. Heybetli duruşundan her daim hayranlık duyduğu adam, yine otoriter havasından bir şey kaybetmemişti.

"Başınız sağ olsun, oğlunuzun ölümü bizi de çok üzdü," diye başsağlığı dileğinde bulundu pürüzlü sesiyle. Raber Ağa ile konuşurken, sesi ister istemez kısılıyor, canlılığını kaybediyordu.

"Dostlar sağ olsun Azra Hanım."

Daha fazla konuşma gücü olmadığından, hiçbir şey söylemeden evden ayrılmıştı. Kapıdan çıkarken içerideki aile hayatına göz attı. Yaşlı gözlerini gören Berçem'in yüzünde mahcup bir ifade vardı ve genç kadın ondan daha çok nefret etti. Yerini o almıştı, isteyerek istemeyerek, ne şekilde olursa olsun çalmıştı. Berçem bir hırsızdı Azra'ya göre.

Azra'nın gidişinin ardından kocasının karşısına oturdu. Gözlerini kocasından dikkatle kaçırıyor, kayınpederi ve kayınvalidesiyle sohbete dâhil oluyordu. Newroz Hanım'ın uyarı dolu bakışlarını ise acımasızca es geçiyordu. Her şey şimdi ortaya dökülse zerre kadar üzülmezdi.

"İşler nasıl gidiyor oğlum?"

"İyi gidiyor baba, siz ne yaptınız?"

"Bunun için geldim zaten oğlum, seninle konuşmam gerek."

"Olur baba, konuşuruz."

Hezal Hanım gelini izledi. Hâlâ aynıydı kızı. Hâlâ utangaç ve mahcup, hâlâ saygılı ve terbiyeli, hâlâ hüzünlü ama güzel.

"Eee kızım, bebek yok mu?" diye soran Hezal Hanım herhalde en uygun zaman bu diye düşünmüştü. Lakin emanet gelin için asla faaliyeti beklenmeyecek ve cevabı alınmayacak bir soruydu. Yemeği boğazında kalan Berçem şaşkınlıkla Barzan'ı izledi.

"Hay-hayır yadê." Lanet olası bir titreme sarmıştı.

"Newroz hâlâ utangaç mı bizimki?"

Newroz Annesi güzel kızına sımsıcak gülümsedi.

"İlk başta biraz çekiniyordu. Şimdi çok şükür açıldı biraz. Hem bana karşı, hem kocasına karşı, hem de eve karşı."

"Şikâyetin var mı kızım?" diye sordu ihtiyatla. Varsa hazır gelmişken, bir güzellik yaparlardı.

"Yok yadê, olur mu öyle şey?" dedi mahcup bir edayla.

Raber Ağa'nın bakışları altında konuşmak ne kadar kolay olabilirdi ki? Şimdi dilinin üzerindeki kilidi açabilir, sandığında ne kadar kırık mücevheri varsa dökebilirdi. Barzan'ın her bir kelimesini, her bir hareketini kalbinde taşıyordu. Dili her an bu sırrı ifşa edebilirdi.

Barzan "Benim şikâyetim var," dedi ağır ağır lokmasını yutarken. Zümrüdî gözlerinin ta içine bakıyor, içine işliyordu. "Dili çok uzun. Böyle bir gelin nereden bulmuşsanız?" Yüzünü ekşitti ciddi tavrıyla. Bunu söylemeden geçemeyecekti. Onun ötesinde harika bir kızdı. Harika ve güzel...

Alaz inanamıyormuşçasına ağabeyine baktı. "Hiç inanmam ağabey, Berçem çok sessiz bir kızdır," diye sakin sesiyle yengesinin savunmasını yaptı. Birbirlerine olan bakışlarından çıkardığı tek anlam, mesafe ve kaçıştı.

Barzan yanında oturan kardeşinin burnunun ucundan yakaladı. Sıkarken acımasız bir hava verdi yüzüne.

"Senin yanında kala kala dili uzamış Alaz Hanım."

Genç kız burnunu kurtarabildiğinde, acı dolu ifadesini yok sayarak dudaklarını büzdü. Bir kere onun dili uzun değildi.

"Benim kızlarım nerede nasıl davranacaklarını bilirler. Hep bildiler, hiç tanımamışsın onları Barzan," diyen Hezal Hanım kızlarının savunmasını vakur bir tavırla yaptı.

Barzan karısına kısık gözleriyle baktı. Daha annesi bu hırçın gelini tanımamış besbelli.

"Berçem çok güzel gösterdi yadê, hiç merak etme."

Keyifli sohbet, Barzan'ın bakışları altında kıvranan Berçem ile yemekten sonra kahve içtiklerinde de devam etmişti. Hâlâ kocasının göz hapsindeydi. Niyeti neydi bu adamın?

Hezal Hanım kızından istediği çantadan bir mücevher kutusu çıkarmıştı. Kutudaki yüzüğü yanında oturan gelinin parmağına taktı.

"Biliyorsun Barzan ile evlendikten sonra sana hiçbir şey takmadık..."

Sonrasını ise kulakları duymadı Berçem'in. Sol elinin yüzük parmağı kabul etse de sol yanına Barzan kabul etmemişti. Bu yüzüğü kısa süre sonra Azra'nın parmağına takacaklardı. Ve o zaman Erkut mutlulukla kabul edecekti.

"Gerek yoktu anne. Zaten diğer altınları Mardin'de bıraktık, burada takmıyorum ki."

Zoraki gülümsemeye çalıştı. Elinin üstüne kapanan ele baktı. Hezal Hanım, anneliğinden vazgeçmiyordu hiçbir zaman.

"Olur mu kızım? Sen Barzan'ın karısısın artık. Bu da evliliğinizin alyansı... Birbirinize olan saygınız, sevginiz ve bağınız sizin avuçlarınızda. Sakın sırtınızı birbirinize dönmeyin. Kaderde sizlerin birleşimi varsa, yukarıda Yüce Yaradan bunu sizin hayrınız için istemiş."

Bu gerçeklerin Barzan'ın bir kulağından girip, bir kulağından çıktığına o an yemin edebilirdi Berçem. Sadece tebessüm etti.

"Hadi oğlum gel biz çalışma odana çıkalım. Berçem kızım çaylarımızı oraya getir," diyerek yerinden kalkan Raber Ağa'ya oğlu eşlik etmişti. Baba oğul yukarıya çıkarken kadınlar baş başa kalıp sohbet etmeye başladılar. Berçem, Raber Ağa'nın istediği çayı götürmeyi ihmal etmemişti.

"Dayınla konuşuyor musun?"

"Evet, geçen gün konuştuk."

"Birkaç gün sonra buraya gelecekmiş, bu senin için çok iyi olacak." Dayısını herkes çok severdi.

"Evet, benim için çok iyi olacak," dedi ağırbaşlılıkla. Dayısını gördüğü an boynuna atlayacak, bütün sıkıntılarından, acılarından kurtarmasını isteyecekti.

"Neden bebek yapmıyorsunuz?" diye aniden gelen soru Berçem'i şaşırtmıştı. Neden mi yapmıyorlardı? Oğlu ile birlerini sevmediklerinden dolayı olabilir miydi? Boşanacaklarından dolayı olabilir miydi? Azra Hanım'la bebek yapacağından dolayı olabilir miydi?

"Zamanla Hezal Hanım, zamanla olacak inşallah," diye araya girmeyi ihmal etmedi Newroz Hanım. Buna yürekten inanıyordu.

"Bir an önce torunumuzu da kucağımıza alsak, çok mutlu olacağız."

Sessizce sohbeti dinleyen Alaz sonunda yerinden kalkmış, "Anne bunu sonra konuşursunuz, hadi Berçem biz başka bir odaya geçelim," diyerek yengesinin elinden tuttuğu gibi ayağa kaldırarak oturma odasına kaçırmıştı. Genç kızı koltuğa oturtup kendisi de hemen yanına oturmuştu. Parıldayan gözleri, enerjisi düşük yengesinin üzerinde geziniyordu. "Anlat hadi, neler yapıyorsun?"

Berçem uzun süredir bu anı bekliyordu. Birilerine anlatıp, ona yardım etmesini istiyordu. Bir akla, bir yönlendirmeye ihtiyacı vardı. Lakin bunu anlatacağı, akıl alacağı kişi Alaz değildi.

"İyi gidiyor güzel, mutluyum."

"Bana yalan söyleme, Barzan ile göz göze gelmiyordunuz bile. Sen ona bakmamak için neler yapıyordun?" Sofrada ikisini de izlemişti. Aralarında bir şey vardı. Çok farklı bir şeyler vardı ve bu Alaz'ın canını sıkıyordu. Berçem muzsuzdu, ağabeyi mutsuzdu.

"Biz biraz tartıştık, ondan canım."

"Neden tartıştınız?"

"Evlilik içinde oluşabilecek tartışmalar, canım benim."

"Anladım Berçem," diyerek konuyu geçici bir süreliğine rafa kaldırdı. Nasılsa buradaydı, ne yaptıklarını bir şekilde öğrenecekti. Tek hissettiği kız kardeşi gibi olan Berçem'in mutsuz ve kırgın olduğuydu. Saatlerce oturan iki kız dedikodunun dibine vurmuşlardı. Her yerden bir konu alıp konuşuyorlardı.

Geç saatlere doğru odanın kapısı açılıp Hezal Hanım içeriye girdi. "Hadi kızım sen kocanın yanına git. Alaz sen de git uyu."

Berçem ne yapacağını bilemedi. O Barzan ile hiç uyumamıştı ki. Hasta olduğu gece dışında, şimdi nasıl odasına girebilir, beraber uyuyacağız diyebilirdi?

"Ben-bu-bu-gece Alaz'la uyusam?" diye sorarken yine bir titreme evresi geçirmişti.

"Olur mu öyle şey kızım? Kocan kızar, hadi odana."

Berçem ayağa kalktı. "Alaz benim oda..." Benim odamda kalacak demekten son anda dilini sıyırmıştı. Hezal Hanım'ın anlamsız bakışlarını görünce paçasını kurtarmaya baktı.

"Yani Barzan ile odamızın karşısındaki odada kalacak."

Daha fazla oyalanmadan odadan çıktı. Arkasından gelen yaşlı kadın ile merdivenleri çıkarak Barzan'ın odasına girdi.

"Newroz Anne ne yapacağım, tüm kıyafetlerim odamda kaldı. Alaz orada kalacak, görecek, sonra Hezal an..." Hızlı hızlı konuşmasını, "Merak etme kızım sen banyodayken her şeyini aldım. Barzan'ın dolabında," diye kesen Newroz Hanım, kaygısını biraz olsun yok eden bir açıklamada bulunmuştu.

"Ah Newroz Anne." Başını olumsuz yönde salladı. Birazdan Barzan gelecekti ve o, ne yapacağını bilemiyordu.

"Kızım Barzan banyoda birazdan çıkar, hadi size iyi geceler." Arkasını dönüp kıkırdayarak odadan çıkacakken tekrar genç kıza dönüp, "Sakın odadan çıkma, Raber Ağa kızar biliyorsun," diyerek uyarısını ihmal etmeden ayrılmıştı odadan. Genç kız soyunma odasına girip kıyafetlerine baktı. Hepsi buradaydı. Sahi bu kadın hangi ara almıştı onca kıyafeti?

Uzun eşofmanını aradı. Fakat paçalarından dahi eser yoktu. Barzan'ın dolabını didik didik aradı ama bulamadı. "Kahretsin kısa geceliklerden başka bir şey yok," diye söylendi. Ağlamaklı sesiyle bağırmak üzereydi neredeyse. Delirmek, ağlamak hatta kendini öldürmek üzereydi.

Hızla eline aldığı bir geceliği üzerine geçirdi. Soyunma odasından yatak odasına geçti. Bir kulağı banyodaydı. Üzerine geçirdiği geceliğe bakmamıştı bile. Dışarı çıktığında gözleri karşısında duran aynaya yapışmıştı şaşkınlıktan. Kendini çizgi film karakterinin şoka uğramış hali gibi hissediyordu. Çenesi yeri süpürüyordu. Göğsü meydanda, gözler önüne serilen iki portakal gibi duruyordu. Bununla nasıl Barzan'ın karşısında dururdu? Saçlarını açıp hemen önünü kapatmaya çalıştı.

Yok olmuyordu. Acaba gömleğini mi giyse? Ah hayır… O zaman yatağından çıkmış gibi olacaktı. Hem onu Azra yapıyor olmalıydı. Burnunu buruşturdu, ne iğrenç bir görüntüydü. Acaba onun eşofmanını mı giyseydi? O zaman da kesinlikle onu odadan kovardı. Sonra da çek Raber Ağa'nın ceremesini. Oflayarak üzerindeki geceliğe baktı. Bu felaketi ne zaman atlatacaktı acaba? Bir çığlık koparmak istedi.

Kafasını kaldırdığında gördüğü adam ile neredeyse küçük dilini yuttu. Barzan beline sarılı havlu ile ıslak saçlarıyla karşısında dikiliyordu. Dudağında alaylı bir gülümseme mevcuttu. Berçem boynundan akan su damlacıklarını takip etti. Susamıştı sanki. O damlalar, hafif tüylü göğüslerinden aşağı inerek, baklavalarını geçti. Berçem'in takibin son bulduğu, havlunun kapattığı bölgeyi gördüğünde derin bir yutkunma ile nefesi kesildi.

"Haremime mi geldin?" diye hınzır bir ifadeyle sormuştu, onu süzen kızın dikkatini dağıtarak. Genç kız gözlerini kaçırdı sakıncalı bölgeden. Ürkek bakışlarıyla genç adamı izledi. Islak saçlarından dökülen damlalar, onu daha bir susatıyordu. Onu izleyen bakışlardan kaçmak için yatağa girdi hızla. Yorganı çenesine kadar çekti. Nefesini kontrol altına almaya çalıştı.

"Ben sana yatağıma gir dedim mi?"

"Beni öyle izlemene izin mi vereyim?"

"Yatağıma girmeyi iyi biliyorsun."

"Mecburum."

"Ben geceleri rahat bir adam değilimdir."

"Bana bulaşma, seni öldürürüm."

Aralarında hız kesmeden atışma başlamıştı. Beline sarılı havlu ile yatağa girdi Barzan. Sataşmayı özlediği kız ile uğraşmak için eline bir fırsat geçmişti. Şimdi onu bol bol utandırabilirdi. Gerçi ona kızgındı, boşanalım demişti.

"Yatağa böyle giremezsin," diyen Berçem'in gözleri büyümüştü.

"Ben yatakta böyle uyuyan bir adamım," diyerek genç kızın kulağına doğru yanaştı. "Ben geceleri çıplak uyurum, sen bilmezsin."

Berçem genç adama ölümcül bir bakış attı. 'Tabii Azra Hanım ile sürekli yediğin halttan dolayı giyinmeye fırsat bulamıyorsun,' diye geçirse de içinden "Bu gece böyle uyuyamazsın," diye diretti.

"Kusura bakma."

Genç kız dehşetle baktı. Hayır, bu gece böyle uyuyamazdı. "Barzan bu gece böyle uyuyamazsın. Ya-ya hav-lu kahretsin."

Gayriihtiyarî güldü Barzan. "Havlum açılacak zaten."

"Barzan bak zaten bu odaya zor geldim. Lütfen giyin," diye yalvardı dili döndüğünce.

Genç adam göz bayarak yataktan çıkıp soyunma odasına girdi. Berçem onun gelmesini bekledi. Zaten konuşacaklardı. Berçem'in düşünceleri çalan telefonla dağıldı.

Genç adamın telefonunun çaldığını görünce çaktırmadan arayana baktı. Zaten bu saatte Azra'dan başka kim arayabilirdi ki? Barzan üzeri giyinmiş bir halde soyunma odasından çıkınca

Berçem nefesini tutarak onu izledi. Eşofmanlı haliyle bile yakışıklıydı bu adam.

"Hayatım."

Genç kız duyduğu kelimeyle gözlerini başka bir yöne çevirdi. Bu adam berbattı. Ah hayır yakışıklı falan değildi. Karakteri sağlam olmayan adamın yakışıklığı bir şey kazandırmazdı çünkü.

Odadan çıkan adam balkona gidip kapıyı kapattı. Berçem ise yataktan fırlamıştı. Soyunma odasında eşofmanını ararken bulduğu nevresim takımlarından birini çekip çıkardı. Eline geçen siyah saten takımı döndüğü odada yatağa hızlı hızlı serdi. Yastığı yumuşatan elleri pat pat vuruyordu.

İki sevgilinin yatağında uyuyacaktı. Nevresimleri değiştirecek raddeye gelmişti. Kahretsin maruz kaldığı duruma inanamıyordu. Kaldırdığı nevresimi banyoya götürüp kirli sepete attı. Keşke Barzan'ı da buraya atabilseydi. Makinede evire çevire yıkasaydı temizlenebilirdi belki. Hatta aklı başına gelirdi.

"Ayı, hayvan, canavar, duygusuz, hatta katil." Söylene söylene çıktı banyodan.

"İnşallah orada kalırsın da soğuktan donarsın."

İlk geldiği gün ne kadar da güzeldi. Barzan ona bakmıyordu. İkisi birbirinden nefret ediyordu. Birbirlerini görmüyorlardı bile. İşler değişmiş, tersine dönmüştü. Berçem onu görmek istiyordu. Konuşmak, gülmek, eğlenmek ve sarılmak istiyordu. Barzan'la bunları yapmak istiyordu. Gururuna ihanet etmek istiyordu. Yediği milyonlarca hakareti çürüten bir kalbe sahipti. Güçsüzdü artık. Barzan ondan nefret ediyordu. Daha fazla ondan nefret etmemesi, hatta Berçem'in de ona bağlanmaması için boşanıp gitmeliydi.

Balkonun kapısı açılıp içeriye sinirli bir şekilde giren kocası genç kıza kötü bakışlar atmaya başladı. Berçem, Azra'nın iyi şeyler söylemediğini düşündü. Zaten giderken de ağlıyordu. Sanki onun sevgilisine bayılıyordu, bütün gün peşinden koşuyordu. Aslında bayılıyordu ama peşinden koşmuyordu. Her neyse sonuç olarak Barzan onundu, gariban Berçem'in değil.

"Senin yüzünden acı çekiyoruz Berçem!"

Öyle nefret dolu bir sesle konuşmuştu ki genç kız kendini bir an suçlu buldu. Zaten iki sevgiliye göre tek suçlu Berçem'di. 'Ben de zorlandım, beni de zorladılar,' demek istedi. Fakat sustu. Susmak en iyisiydi.

"Nereden başıma bela oldun? Kahretsin neden sen ölmedin o gün, neden ben ölmedim?"

Kalbi bin bir parçaya bölünüp hepsi bir yere dağılmıştı. Adamın sözleri o kadar çok ağırdı ki parçalar odada bile bulunmadı. Bir daha dönmemek üzere kaçıp gitmişlerdi Berçem'i tek başına bırakarak.

Sırtı ona dönük olan Barzan'a baktı. Kafasını yukarı kaldırıp dudaklarını ısırdı. 'Ağlama ağlama ağlama Berçem. Onun yanında olmaz. Başka bir şey düşün ağlama. Yukarı bak ağlama. Kahretsin değmez ağlama, bu hatayı yapma... Ağlama!' diye teskin etti buruk kalbini.

"Bir bela gibi yapıştın. Bıraksam olmuyor, bırakamasam da olmuyor."

Genç kız artık dayanamayacağını anladı. Kendi kendine tesellisi bile boşaydı.

"Artık dayanamıyorum," dedi dolu gözlerin ardından.

Barzan duyduğu sesle genç kıza döndü. Yorganı boğazına kadar çekmiş, dolu gözleriyle ona bakıyordu. "Neye dayanamıyorsun?" diye umursamaz bir tınıyla sordu.

"Benim de canım acıyor. Beni biraz düşün Barzan, evli olduğumuz halde sürekli beni istemediğini söylüyorsun. Benden nefret ettiğin, bir bela olduğum sürekli dilinde. Gözümün önünde sevgilinle..." dese de daha fazla dayanamamıştı. Avuçlarıyla yüzünü kapatıp hüngür hüngür ağlamaya başladı. Elinde değildi işte.

"Berçem!"

"Ben de sizin evlenmenizi isterim. Sonuçta aranıza giren benim ama bunu sanki benim suçummuş gibi konuşma, gerçekten artık kaldıramıyorum."

Çehresi sertleşti. "Konuşma!"

"Baban gittiği an boşanma davasını ben kendim açacağım. Ve boşandığımız an buralardan gideceğim, bir daha hiçbiriniz beni görmeyeceksiniz." Genç adamın söyleyeceklerini dinlemeden yorganın altına sığınarak ağlamaya devam etti.

Barzan "Berçem ağlama," dese de o ağlamaya devam etti. Tek bir gözyaşına dahi sebep olduğu için kendisinden nefret ediyordu. Azra bir yandan, Berçem bir yandan ağlayarak genç adamın feleğini şaşırtmışlardı.

"Ağlama dedim sana, bak tüm sinirimi senden çıkartırım."

Berçem yorganı hızla kaldırıp ona baktı. "Yeterince çıkartmadın mı?" Yüksek çıkan sesiyle sordu.

"Uyu," diyerek tek kelimeyle susturmak istedi genç kızı.

"Bana emir vermenden nefret ediyorum."

"Ha bunu bilmem iyi oldu."

"Ne yapacaksın, inadına emir mi vereceksin?"

"Evet."

"Yapmayacağım... Söylediğin hiçbir şeyi yapmayacağım."

"Yapacaksın Berçem."

"Senin söylediğin hiçbir şeyi yapmayacağım."

Barzan karşısında ki vahşi güzele baktı. Azra'nın sinirini ondan çıkartıyordu. Hâlbuki Berçem'in bir suçu yoktu. Ama sevdiği kadının söylediklerini unutamıyordu. 'Berçem ile uyursan seni mahvederim!' demişti. Aklından çıkmıyordu bir türlü. O kim oluyordu ki? Her ne kadar inkâr etse de Berçem onun karısıydı. Karşısında, melekleri kıskandıracak güzelliğe sahip olan kız, gecelikli haliyle duruyordu ve Barzan ona dokunmayacaktı. Ne kadar da aptal bir adamdı.

"İstesen de istemesen de yapacaksın güzelim."

"Bana güzelim deme."

"Çok konuşuyorsun."

"Sana ne?" demesiyle Barzan bir hışımla yatağın üstüne çıktı. Genç kızın üzerine eğildi. Korkudan geri çekilen Berçem'in kafasını yatağın başlığına çarptığında kaçacak hiçbir yerinin olmadığını anladı. Çenesinden sıkıca tutarak buz gibi bir sesle konuştu.

"Az önce ne dedin sen?" Genç kız kocasının parmakları arasında sıkışan çenesi yüzünden dolayı zar zor cevap verdi.

"Ba-bana emir verme..."

"Ondan sonra ne dedin?"

"Ba-bana güzel..."

"Aptal benimle oyun mu oynuyorsun?"

Genç kız kafasını hayır anlamında sallayınca Barzan daha fazla dayanamayarak dolgun dudaklarına sert bir şekilde yapıştı. Enfes dudaklarının tadını bir kez daha aldı, hiç unutmamıştı. Karısına olan saldırısı kalben yıkmıştı onu. Zayıflıyordu iyice Berçem'e karşı. Dokunduğu an kendini kaybediyor, âşık bir adama dönüşüyordu. Karşılık almıyordu karısından.

"Beni öp," diye sık nefesleri arasından soludu. Durmadan dudaklarına küçük küçük öpücükler bırakıyordu.

"Karşılık ver bana."

"İstemi.." Barzan konuşmasına izin vermiyordu. Küçük işkencelerine devam ediyordu.

"Bir kere karşılık ver," diyerek tekrar dudaklarına yapıştı. Önce nazik davrandı. Sımsıcak dudaklarını öptü. Bir zehir bedenine girdi sanki. Berçem utana sıkıla karşılık verdi. Kocasının ürperten dokunuşları içine işliyor, dişi ruhunu ortaya çıkarıyordu. Derin bir iç çekişle daha sıkı sarıldı genç adama. Elleri kendiliğinden hareket etmeye başlamıştı. Onun vücudunun her bir zerresini ezberlemeye çalıştı. Gerinen kasları gücü simgeliyor, Berçem onların çekiciliğine daha fena kapılıyordu.

Genç adam aklını kaybetmek üzereydi. Hiçbir şey bilmeyen kadının ona sarılması onu mahvetmişti. Hırlayarak genç kadının üzerine abandı. Doyamayacağını bildiği halde doyuma ulaşana kadar tadını aldı.

Berçem aniden aklına gelen görüntüyle kendine geldi. Bu yatakta, daha dün gece Azra'yla beraber olmuştu. Onun gözü önünde defalarca onu öpmüştü. Şimdi bu yatakta onların anıları varken, bu adam ona sahip olamazdı. İtti deliren genç adamı. Nefes nefese birbirlerine baktılar. Barzan'ın dudakları kırmızı ve hafif şişmişti. Acemiliğinden çok kez dudaklarını ısırmıştı.

"Ne... oldu?" diye sorduğunda karanlık göz bebekleri genç kızı korkuttu. Biraz önce gözleri böyle değildi. Onu yiyecekmiş gibi bakmıyordu.

"Sen dün gece, sevgilinle, bu odada beraber oldun. Her gün gözümün önünde onu öpüyorsun. Ben sana ait değilim. Beni artık öpemezsin."

İçi kan ağlaya ağlaya söylemişti. Barzan bir şey söyleyemedi. Genç kızın üzerinden kalkıp, yan tarafa yuvarlandı. Gerçekleri söylemişti. Ne diyebilirdi ki. 'Ben seni istiyorum,' diyemezdi.

Bir süre sessizce aynı yatakta yan yana uzandılar. İkisinden de ses çıkmıyordu. Konuşacak bir şey yoktu. Ya da vardı çekiniyorlardı açmaya. "Babam çocuk konusunu açtı." Sessizliği ilk

Barzan bozdu. Genç kız kocasının konuşmasıyla gözlerini ona çevirdi. Bu konuyu açacağını biliyordu. "Annen de benimle konuştu. Konuyu kapatmaya çalışıyordum..." dese de devamını getiremedi.

"Nasıl olacak bu iş bilmiyorum. Boşanmak istiyoruz desem buradan bir daha hiç ayrılmazlar." Sıkıntıyla ofladı. 'Boşanmayalım biz de,' diye geçirdi içinden genç kız. "Oyalarız, onlar gittikten sonra hemen boşanırız."

Barzan bakışlarını genç kıza dikti. Berçem'den boşanmak istemiyordu. Azra vardı ve Azra'yı seviyordu. 'Madem seviyorsun, neden Berçem'i öptün? Neden öpmek istiyorsun, neden onunla olmak istiyorsun?' diye soran beyninin sorularını cevapsız bıraktı. Zaten bir cevabı da yoktu.

"Çok mu istiyorsun boşanmayı Berçem?"

"Senin kadar çok..."

"Az kaldı biraz daha dayan."

"Dayanıyorum, sabırlı biriyimdir."

Boşanmazlarsa belki Barzan'ın ona gelmesini beklerdi. Fakat imkânsızdı. Azra gibi güzel ve çekici bir kadın varken kocası neden onunla olsun ki? Sırtını Barzan'a dönüp uyumaya çalıştı. Onunla aynı yatakta, yarı çıplak ve öpüştüğünü hatırlamamaya çalışarak uyumaya çalıştı. Ah bir de Barzan'ın ona öğrettiği öpücüğü unutmaya çalışıyordu. Bu bir kere olmuştu, bir daha olmayacaktı.

"Allah rahatlık versin. İyi geceler."

"Sana da Berçem."

***

Sabaha kadar uyumadan, aynı yatakta, aynı şeyleri düşündüler. Boşanmayı istemiyorlardı. Ama aralarındaki bağa, bir isim de istiyorlardı. Berçem'i gönderme fikri Barzan'ı korkutuyordu ve Barzan'dan ayrılma fikri genç kızın canını acıtıyordu. Bu gidişle acısı daha çok büyüyecek, canını daha çok yakacaktı.

Uyandığı ilk saniyelerde yine ilk günün şaşkınlığını yaşamıştı. Kollarında uyumuştu bütün gece. Yine sabahında bilemediği bir gülümsemeyle ve huşu içinde uyanmıştı. Kocasını bir süreliğine izlemenin keyfini yaşadı. Ne kadar güzeldi göz kapakları. Dün gece öptüğü dudakları ne kadar güzeldi. Neler neler yapmıştı ona? Hatırlayınca yanakları kızardı. Ama yasaktı ona. Barzan'ın canından çok sevdiği kadını vardı. Berçem onu severken Barzan, Erkut olarak o kadının kocası olacaktı.

Ve Berçem, dul Berçem olarak hayatına devam edecekti. Yalnız başına. Onu izlemeyi bıraktı, yataktan çıkmaya çalıştı. Güçlü kollar çıkmasını engellemiş, kendine hapsetmişti.

"Daha erken." Uyku mahmuru sesi kısık çıkmıştı.

Uyanık mıydı, onu izlediğini anlamış mıydı? "Aşağıya inmem lazım," diyerek kollarından çıkmaya çalıştı Berçem.

"Daha erken Berçem."

"Aşağıya inmeliyim. Bu evin gelini olarak erkenden aşağıya inmem, kahvaltı sofrasını hazırlamam lazım."

Barzan bacaklarını bacaklarına hapsederek, üzerine çıktı. Gitmesini engellemek için üzerine biraz ağırlık verdi.

"Bunu bir daha yapma, istemiyorum."

"Senin isteklerine göre gitmiyoruz zaten."

"Senin isteklerine göre de gidemem artık. Bırak beni."

"Bırakmasam?"

Genç kız ne yapabilirdi ki? Hiçbir şey! Lanet olsun elinden hiçbir şey gelmiyordu.

"Boşanacağız, bana dokunmanı istemiyorum."

"Sen benim karımsın. Sana istediğim gibi dokunurum."

Boşanacağız demesiyle bencilliği baş göstermişti.

"Ama beni boşayacak bir adamsın. O yüzden bana dokunma artık," diyerek itmeye çalıştı genç adamı. "Bana ancak severek evleneceğim bir adam dokunabilir, sen değil!" Sabah sabah bu cesaret hapını nasıl aldıysa ağzı olmayacak cümleleri savurmuştu.

Yeşil gözler gazapla yüklendi genç kıza. "Akşam eve gelince ben sana dokunmayı da, sevgiyi de göstereceğim!" dedikten sonra kızgınlıkla üzerinden kalktı.

Berçem çarşafı üzerine iyice doladı. Soyunma odasına koştu. Üzerini hemen giyinmişti. Ardından Barzan girdi. Genç kız önce banyoya girdi. İhtiyaçlarını giderdikten sonra odadan çıktı. Yatağı düzenleyip etrafı toparladı. Bir dakika daha onunla kalmak istemiyordu. Barzan aynanın önünde, üzerine çeki düzen veriyordu.

Genç kız ona bakmadan kapıya yöneldi. Kapıyı açıp, dışarı çıkacağı sırada Barzan'ın sesiyle yerine çakıldı.

"Hazırlan Berçem, bu gece kocanın koynuna gireceksin!" diyerek genç kızın açtığı kapıdan çıkıp gitti. Geride sersemleşmiş bir kadın bırakarak!

***

Bölüm 9

Üşüyen Kalbi Isıtır Bazen Sımsıcak Bir Tebessüm

Elde avuçta güç varsa kullanması gerekirdi insanın. Zira geç kalmış olmak, pişmanlık hissini kalpten doğurur ve evlat yetiştirir gibi o pişmanlık büyür gün be gün. Tıpkı Berçem ve Barzan gibi!

İlk başta kabul etmeyip ikisi de sırtlarını dönselerdi, belki de şimdi bu durumda olmaz, ikisinin de bambaşka bir hayatı olurdu. Berçem dayısının yanında, Barzan sevdiği kadının kollarında yaşam serüvenlerine devam ederlerdi.

Alaz, yengesinin düşünceli halini görünce sordu sıkılmış sesiyle. "Ne düşünüyorsun?"

Duyduğu soruyla hüzünlü gözlerini genç kıza çevirdi. "Çocuk meselesini düşünüyorum."

Homurdanarak nefesini verdi vahşi görümce. "Bunu nasıl yaparsınız anlamış değilim." Kafasını esefle sallıyordu.

Alaz ikisinin tartışmasını duyunca, ağabeyi çıkar çıkmaz odaya koşmuştu. Berçem'i sararmış bir ifadeyle gördüğünde de her şeyi sormuştu. Baskı sonucu da bu evde dönen dolapları öğrenmişti, her kapının kırığını, ardındaki hüznü ve kavgaları öğrenmişti.

"Boşanacağız işte Alaz. Bunun başka açıklaması yok," diyen bezmiş gelin, çaresizce vurmuştu oturduğu koltuğa.

Yengesine ters bir bakış attı. "Saçmalama, ikiniz de boşanmanızın mümkün olmadığını biliyorsunuz!"

"Senin ağabeyin Erkut olarak boşanacak merak etme."

"Ağabeyim hiçbir şey yapamaz. Sanki boşanacağım deyince boşanacak!"

"O kararlı, ben kararlıyım. Azra'yı çok seviyor ve beni beladan başka bir şey olarak görmüyor." Hararetli bir tartışmaya tutuşmuşlardı.

"Hiçbir zaman o Azra'ya ısınmamıştım zaten. Bir keresinde gelmiştim buraya, rahmetli ağabeyim beni getirmişti. O zaman ağabeyimle çok ilgileniyordu. Sana anlatmadım ama o zaman çok şey bakıyorlardı birbirlerine. Şüphelenmiştim!"

Sakinleşti Berçem gelin, "Yok, Azra iyi bir kadın ve unutma onların arasına giren bendim. Birbirlerini çok seviyorlar," derken içi yana yana konuşmuştu. Barzan'ın onu sevmesini ne çok isterdi.

"Bu bir şeyi değiştirmez. Barzan'ın kaderinde sen varsın. Erkut var olmadığı için, Azra da olamayacak."

Acı dolu bir gülümseme geçip gitti dudaklarından. Kahkaha ve neşe küsmüştü Berçem geline. Ciwan ile evlendikleri günden beri mutluluk hayatına uğramaz olmuştu. Neden diye soruyordu zaman zaman. Onu terk etmekte mi mutluluk vardı? Terk edildiği için mi mutluluk bırakmıştı onu?' İrdelese de cevabını bulamayacağı sorulardı bunlar. Müstehzi bakışları görümcesinin üzerinde gezindi. "Göreceğiz Alaz. Boşandık diye haber vereceğim sana."

Bu kaçışı, bu hızlı vazgeçişi kabullenemiyordu bir türlü Alaz. Berçem'in ağabeyine olan duygularından tam olarak emin olamasa da, hoşlandığını sezinliyordu.

"Sen de akıllıysan, ağabeyimi avucuna alırsın. Bebek dedi sana değil mi? Yapın gitsin, o zaman boşanamazsınız."

Berçem alayla güldü. Boşanacağı adama nasıl kendini verirdi? Ona nasıl bağlanabilirdi? Bir geceliğine kadını olacaktı. Ondan sonra, bir daha hiç görmeyeceği bir adama nasıl parçalarını bırakırdı? Fıtratına tersti bir kere!

Hazırladıkları kahvaltıya Hezal ve Newroz Hanım beraber inmişlerdi. Berçem ve Alaz onları görünce ayaklandılar. "Günaydın!" diyerek kendilerine doğru gelen kadınlara gülümsemişlerdi. Kahvaltı masasına beraber oturmuşlardı. Oğlunu göremeyen Hezal Hanım gelinine döndü.

"Barzan nerede kızım?"

Berçem duyduğu soruyla dudaklarını birbirine bastırdı.

"İşi vardı, erkenden çıktı. Sizinle kahvaltıya kalmak istiyordu ama iş beklemiyor." Tartıştıklarını duymamaları bir nevi işine gelmişti. Bu rezalet hayatı öğrenirse çökerdi Hezal Hanım.

Keşke her şeyi bilselerdi. Belki o zaman boşanmak daha kolay olurdu. Tabii bu Barzan'la bağlarının kopması anlamına geliyordu. İyice alışmıştı ona. Ama kopacaktı en sonunda. Kendi elleriyle onu Azra'ya verecekti. Ne kadar da aptaldı.

"Babam nerede?" diye sordu genç kız. Kayınpederini masanın başında görememek onu boşlukta hissettirmişti. Şimdiden varlıklarına sarılmıştı.

"Sabah Barzan'dan önce işe gideceğini söylemişti. Kontrol amaçlı."

"Barzan kızar şimdi ona anne."

Yaşlı kadın kızına baktı. Oğlu kızardı ama yapacak bir şey yoktu. Oğlunu kontrol etmeliydi. "Baban bu Alaz, karşı çıkabilir misin?" diye sorduğunda kızı cevap verememişti.

Kahvaltı keyfine dönen hanımların sohbeti dillerinden eksik olmamıştı. Genç kız pek katılmasa da arada bir konuya dâhil oluyordu. Her şeyiyle şu an Barzan'ı düşünüyordu. Akşam gerçekten de yapacaklar mıydı? İstemediği halde o çocuğu yapacaklar mıydı?

"Kızım dün gece baban da sordu."

Genç kız neyi der gibi baktı. Ancak iç sesi çocuk konusu olduğunu söylüyordu. 'Lütfen çocuk konusu olmasın,' diye dua etti sessizce.

"Torun kızım."

"Şeyy... şeyy olacak ama…"

"Anne, Berçem'i utandırıyorsun."

"Annesiyim ben kızım utanmasın," diyerek genç kızın ellerinden sıkıca tuttu.

Berçem onun kızı gibiydi ve çok da seviyordu. Yüzünü yere eğmeyen bu kızı en çok oğlu Ciwan'ına yakıştırıyordu. Hüzünlü düşüncelerini bir kenara bıraktı. Ciwan'ın, Berçem'e olan sevdasını en çok o biliyordu. Berçem'i gördüğü anlardaki heyecanı, gözlerini çekmekte zorluk yaşaması, birçok kez yemeğinin boğazına takılması. Bütün bunları hatırladıkça oğluna olan özlemi büyüyordu. İçi hâlâ kor bir ateşti. Bu yüzden gelininin gözünün önünde olmamasına bir nevi seviniyordu. Ne zaman o gözlere baksa, Ciwan'ı hatırlıyordu.

'O korkak, kırılgan bir serçe anne,' deyişini unutamıyordu hiçbir zaman.

Kahvaltı Alaz ve Berçem'in küçüklüğünden bahsedilerek geçmişti. Alaz'ın başının altından çıkan her oyuna Berçem'i dâhil edişinden yakınıyordu Hezal Hanım. "Aslında bunları Barzan'a anlatmak lazım. Bakalım o sizlerin yaramazlığına neler diyecek?" diyerek iki genç kıza takılmıştı.

Alaz'ın gözleri ardına kadar açılırken, Berçem elindeki peçeteyi açıp yüzünü sakladı. Berçem "Ben masumum anne," dediğinde annesinin üzerine bir darbeyi de yengesinden alınca hayal kırıklığıyla ikisine baktı Alaz. "Sizlere inanamıyorum. Ben ki o kadar iyi, terbiyeli, saygılı, mükemmel, kendi halinde bir yavrucak..." diyordu ki sözleri Newroz Hanım tarafından kesildi.

"Seni bilmesem bu duygu sömürüne inanacağım Alaz."

Alaz bir darbe daha alınca, "Sen de mi Newroz Anne? Kaynana, gelin bir olup beni vurdular, sen öldürdün. Şu an çok kırgınım sizlere," diyerek alıngan bakışlarını atıp kahvaltısına döndü. Onu kırgınlığıyla baş başa bırakarak kahvaltılarını bitirmişlerdi. Sofrayı kaldırırken bile Alaz'ın alınganlıkları devam etmişti.

Kahveleri fincanlara tek tek doldurup tepsiyi alarak salona geçti iki genç kız. Berçem gelin ilk önce kayınvalidesine uzattı kahveyi. Daha sonra Newroz Annesi, ardından Alaz'a uzatıp kendi kahvesini alarak oturdu.

Kahveyi ilk tadan Hezal Hanım "Ellerine sağlık güzel kızım," diyerek keyifle baktı yüzüne. Berçem "Afiyet olsun," demişti kocaman gülümsemesiyle.

"Eee arada bir kocanı yoklamaya gidiyor musun?"

Dudağına doğru götürdüğü fincan, aniden kaybolan gülüşünü örtbas etmişti. 'Evde Azra ve Barzan'ın aşkını çektiğim yetmezmiş gibi, bir de gidip şirkette mi göreyim vıcık vıcık aşklarını? Kocam beni herkesten saklarken hem de,' diye geçirse de içinden, yine sustu yine sustu. Kısa bir cevabı yeterli buldu.

"Hayır."

Hezal Hanım rahatsız bir ifadeyle baktı. "Neden kızım?"

"Hiç fırsat bulamadık anne," diye geçiştirdi.

***

Gün içinde Hezal ve Newroz Hanım'ın öncülüğünde bahçe ile uğraşmışlardı. Yadê Hezal çiçek ekmeyi ve bakmayı çok severdi. Kış yüzünden harap olan bahçede temizliğe girişmişlerdi. Tırmık ile sararmış yapraklar yerden toplanmış, rüzgâr ile uçuşan çöpler kıyıdan köşeden alınmış, masa ve sandalyeler branda naylon ile iyice örtülmüştü. İş sonrası akşam yemeği için mutfağa giren Berçem ne yapacağını düşünüyordu. Kaynanası çağırınca üzerindeki önlüğü çıkartmadan salona girmişti.

Elindeki telefonu kendisine doğru gelen gelinine uzatmıştı. "Kızım gel, kocanla konuş." Genç kız eline bırakılan telefonla kadına baktı. Onunla ne konuşacaktı ki? Ona ne diyebilirdi ki? Hele sabah tartışmışken...

Hezal Hanım'ın memnun bakışları altında peynir gibi ezildiğini hissetti. Mutfaktan içeri girdiği zaman bile bu utanç yüzündeydi. Dudaklarını birbirine bastırdı. Kocası ile en fazla sabahki kavgayı konuşurlardı. Telefonu kulağına götürdü. Titreyen ellerini görmezden geldi.

"A-alo."

Karşıdan bir gülme sesi duydu.

"Hasretimden tutuşuyorsun, değil mi karıcım?"

Sesindeki alayı fark etti. Dişlerini sıktı, özlemekmiş…

"Hayır," diye fısıldadı. Hayır, çok özlemişti. Kalbinde yaşadığı korkuya rağmen çok özlemişti.

Gözü kapıdan ayrılmıyordu. "Beni çok kırdın. Hâlbuki gece seninle..." diyen kocasının sözünü kesti. "Değil seninle çocuk yapmak, kapının önüne kadar eşlik etmem sana." Kısık sesinde acımasız bir tını vardı.

Barzan'ın bir müddet sesi çıkmamıştı. Sarf ettiği ağır sözler, bu adamın gururuna dokunmuşsa, genç kız bir oh etmeliydi çektirdiği onca ahtan sonra.

"Kötü bir adam mıyım ben?" Kocasının belirsiz tınısı Berçem'in aklını karıştırdı.

"Sen vicdansız, kalpsiz bir adamsın. Emanete hıyanetten hapse tıkmalılar seni..." Tıkabilirlerdi. Berçem Hezeroğlu'na bir ömür ıstırap çektirebilirlerdi.

Kocası "Gönül hapsine tık beni o zaman. Yanmaya razıyım ben," dese de onu duymadı. Çünkü kapıdan gelen ayak sesleri yüzünden telefonu kulağından çekmiş, eğilerek kapıya bakmıştı. Kimsenin olmadığını görünce telefonu kulağına götürdü tekrar.

Son cümleye varmak bile şans sayılırdı genç kız için.

"Artık bakacağım, gözlerimi açtın Berçem."

"İstemiyorum," diye resti çekerken bile kurduğu cümlenin manasını çözememişti.

"İsteyeceksin ve yapacağız."

"Ailene her şeyi anlatırım yemin ederim."

"Sen beni tehdit mi ediyorsun?" diye tısladı dişlerinin arasından. Tıslayışı Berçem gelinin içini titretmişti. "Sen ölmek mi istiyorsun kadın?"

"Ha-hayır," dese de bu onu kurtaramazdı.

"Evdekilerle vedalaş, geldiğimde o gırtlağını keseceğim senin," diye öfkeyle bağırdıktan sonra telefonu yüzüne kapatmıştı. Yemek yerine kendi helvasını kavursa daha makbule geçerdi. Zira bu gece kesinlikle öldürülecekti. Renkten renge girişini mutfağa giren Alaz fark etmişti. Telefona öcüymüş gibi bakıyordu.

"Bir sorun mu var canım?"

Duyduğu sesle irkilerek kendine geldi. "Yok... Yok... Canım... Sadece gece Barzan beni öldürecek." Silik bir gülüş geçti dudaklarından.

"Neden?"

"Onu tehdit ettim."

"Hak etmişsin," diyerek güldü.

Ağabeyinin kör bir aptal olduğunu düşünüyordu. Berçem gibi bir kızı nasıl görmüyordu, anlam veremiyordu. Birbirlerine olan duygularının depreşmesini bekledikçe, aralarına bir çığ düşüyor gibiydi. Bebek meselesinde belki Berçem haklıydı ama o da ağabeyi kadar aptaldı. Bebeği yaparsa boşanma olmayacaktı. Mecburi yollarını sevgilisiyle ayıracak ve karısına dönecekti. O zaman gözleri açılacaktı. Fakat Azra engeldi. Oflayarak yemek malzemelerini çıkarttı.

Berçem'in dalgın bir şekilde telefona baktığını görünce, "Gelince hasta numarası yap. Aybaşı tatlım," diyerek göz kırptıktan sonra "Anlarsın ya," dedi ve işine geri döndü.

İşittiği cin gibi fikriyle küçük nara koparan gelincik, genç kızın yanına giderek sıkıca sarıldı. "Sen bir tanesin." Bunu nasıl düşünmemişti. Ah aptal kafam, diye söylendi.

"Yemeği yapalım ayaküstü bir şeyler ye. Sonra hemen odana gir kocan gelmeden önce."

Birbirlerine olan yardımları hep doğru yönde olmuştu. Bu akşam da doğru olacağı ümidine kapılarak akşam yemeğine dönmüşlerdi. En güzel yemekleri yapan iki genç kız ayaküstü bir şeyler atıştırıp Barzan gelmeden önce yukarıya çıkmışlardı. Yanlarında ağrı kesici, bir çay bardağı şerbet ve sıcak su torbası vardı. Berçem yatağa girdi doğruca.

Alaz ağrı kesiciyi ve şerbeti başucundaki komodine bırakıp, sıcak su torbasını da genç kıza verdi. Alaz yengesinin çaprazında duran berjere geçip oturdu. Sıcak su torbasını karnına bastırmak canını yakmıştı. Kasılarak soludu. "Annem üzüldü galiba."

Alaz ona hak verircesine kafasını salladı.

"Hamile olamadığını anladı kadın."

"Sevseydim," ah hayır yanlıştı, "Sevilseydim şimdiye kadar hamile kalırdım. Ama ikimiz de birbirimizden nefret edi..."

Alaz benimle dalga geçme der gibi bakarken sözünü kesti. "Düzeltelim canım, sen Barzan'dan hoşlanıyorsun."

"Öy-öyle bir şey yok." Büyüyen gözleriyle inkâr etti.

"Var canım, hadi inkâr etme."

"Gerçekten yok öyle bir şey, hem öyle olsa neden boşanayım ki?"

"Çaresizsin ondan."

Genç kız gözlerini Alaz'dan çekti. Doğruydu, çaresizdi. Tek kişilik aşkların en kadim dostları acı ve çaresizlik olurdu. Ki bunu Barzan Hezeroğlu ile öğrenmişti. Lanet olası bir bilgiydi.

Çalınan kapıyla Alaz hızla ayağa kalktı. Berçem sıcak su torbasını yorganın altına koyarak, yüzünü biraz daha büzüştürdü. Acı çekiyormuş gibi duran yüzü pek inandırıcılığını ortaya koymuyordu ve kız bunun farkında değildi.

Alaz "Sakin ol," diye tembihledikten sonra "Girin!" demişti.

Barzan kapıyı açıp içeriye girdi. Ayakta dikilen kız kardeşine bakıp göz kırptı. Kolunu açıp, genç kızı altına hapsederken formalite icabı sordu.

"Yengenin nesi var Alaz?"

Alaz ağabeyi Ciwan'a yalan söylerken, anında kendini ele verirdi bir zamanlar. Çünkü Ciwan onu iyi tanırdı, en ufak bir sıkıntısının olduğunu bile hissettirmese anlardı. Fakat Barzan'ın onu tanımadığını biliyordu. Buruk yanı, ucu tutuşan kâğıt gibi yakıp kavurdu içini. Çenesini yukarı doğru kaldırıp ağabeyine baktı.

"Hasta Barzan ağabey, kendini iyi hissetmiyor."

Soğuk ve bir o kadar tavırlı bir sesti. Ağabeyi ile arasında olan mesafeyi sevmiyordu. Onu tanımasını istiyordu.

Barzan dudaklarını yaladı. Anladım dercesine kafasını sallarken, bir gözü karısının üzerindeydi. İçinde şüpheler fink atıyordu. "Demek hasta? Hastaneye götürelim o zaman Alaz, yengenin acı çekmesine benim gönlüm el vermez."

Alaz karışmayacağını belli eden bir omuz silkme hareketi sergiledi. "Sen bilirsin ağabey, iyi olmazsa götürürüz," diyerek kolundan nazikçe çıktı. Yengesine döndü hürmet edercesine, "Geçmiş olsun yengecim, bir şey olursa seslenirsiniz," diyerek ağabeyinin yanından geçip gitti. Çıkmadan önce Berçem'e bakıp ağzını oynatarak iyi şanslar dilemişti...

Barzan kız kardeşinin soğuk tavrına anlam veremese de kafasını yormayı sonrasına bıraktı. Şimdi oyuncu karısıyla meşguldü.

"Neyin var Berçem? Annem hasta olduğunu söyledi."

Gözlerini kocasından kaçırıp, sımsıkı kapattı. Sözde acı çekiyorum numaraları sergiliyordu. "Karnım ağrıyor."

"Kalkabilecek misin, hastaneye gidelim." Genç adam kız kardeşinin az önce oturduğu berjere oturmuştu.

"Hayır, hayır hastaneye gerek yok. Dinlenirsem geçer," dediğinde genç adam kafasını salladı. Bir müddet karşısındaki kızı süzdü. Yalan söylediği nasıl da anlaşılıyordu. Gözlerini kaçırması zaten onu ele veriyordu. Komodinin üzerindeki çay bardağını ve ağrı kesiciyi görünce bakışlarını tekrar genç kıza çevirdi.

"O çay bardağındaki ne?"

Berçem gözlerini açmamakta ısrarcıydı. Kaşlarını çatıyor, yüzünü buruşturuyordu.

"Şe-şerbet."

"Ne için?"

"Benim için."

"Karnın ağrıyor ve sen şerbet mi içiyorsun."

"Ev-evet."

"Bazen aptal olduğunu unutuyorum."

Genç kız öfkeli bir nefes verdi. Zümrüdî yeşil gözlerini kocasının şüpheli göz bebeklerine dikti.

"Be-ben benim öz-özel günüm..."

"Regl oldun?" diye sorunca genç kız kızaran yüzünü saklama gereği duymadı. Nasıl bu kadar rahat olabiliyordu.

"Çok incesin Barzan."

Utancından hasta numarası çekmeyi bile unutmuştu.

Kaşlarını tekrar alayla kaldırdı ve dilini dişlerinde gezdirdi, gülmemek için kendini tuttu. "Demek hastasın?"

A-ah inanmadı mı yoksa ama hastaydı... "Evet."

"Şansa bakar mısın? Tam da çocuk yapacağımız gün?"

Bakışlarını görünce pervasızca yastığa gömüldü. "Allah beni seviyor Barzan," derken çıkan düz sesini son anda pürüzlü hale getirmişti. Sıcak su torbasının verdiği ısı tüm bedenine yayılınca, yanaklarını hafif kızartmıştı. Çok kızarmış bile olsa, esmer teni bunu gölgeliyordu.

"Sen beni aptal mı sandın Berçem?" diye sorunca genç kızın kaşları hayretle kalktı. Ama inanması gerekiyordu. "Hâşâ Barzan." Fısıldadıktan sonra yutkundu. Daha ne numaralarla kocasını kandıracağını bilemez halde, karnına bastırdığı sıcak su torbasını çıkartıp genç adama farkında olmadan gösterdi.

Yorganın altından çıkardığı baklava desenli bordo siyah renkleriyle örtülü sıcak su torbasını görünce ciddi bir merakla sordu. "Ne yapıyorsun onunla? Üşüyen beynini mi ısıtıyorsun?"

"Hayır, karnım için," diye pürüzlü sesiyle zoraki soludu. Hasta numarası yapmak ne kadar da zordu. Hele Barzan'ın karşısında ve onun keskin bakışları arasında. Bir akbabanın avını süzdüğü gibi süzüyordu ve sanki parçalayacakmış gibiydi.

"Hastaneye gidelim."

"Gerek yok dediğimi hatırlıyorum."

"Senin söylediklerini yaptığımı hatırlamıyorum."

Ah bu adam kesinlikle ölüm sebebiydi.

"Lütfen uğraşma benimle, hastayım zaten."

"Hasta numarası yapan birisin sadece. Hasta değil."

"Neden numara yapayım? Manyak mıyım ben?"

"Aptal olmasaydın daha inandırıcı bir yalan bulurdun."

"Bak Barzan.."

"Daha fazla yalan söylersen yatağına girer, beraber test ederiz, ne dersin?"

Genç kız dehşetle inledi. Sorması bile büyük bir mucizeydi.

"İstemiyorum, anlamıyor musun?"

Üstten baktı karısına. Çarpık gülüşü yüzünde asil bir edayla yerini korumuştu. "Sen istemedikçe, benim isteme arzum yükseliyor Berçem."

Berçem bu asilliğe hayran kalmıştı. Öyle ki hastalık numarasını bir kenara bırakmış, hipnotize edilmiş edasıyla sormuştu kocasına. "Hamile kaldım diyelim, Azra ne olacak?" Ne olacağı asıl Berçem gelini merakta bırakıyordu. Kocası bu bebeği yaptıktan sonra sevgilisiyle ne yapacaktı? Akıbetleri ne olacaktı?

"Sen orasını karıştırma," diye geçiştirdi Barzan.

"Ben hamile kaldıktan sonra beni boşayacak mısın?" Bu soruya ise cevap gelmemişti. "Eğer öyle bir şey yaparsan çocuğunun yüzünü dahi göremezsin. Giderim buradan." Ateşten gömleği giydi duyguları. Elem doluydu ruhu, bunu yaparsa şüphesiz boğarak öldürecekti kendini.

"Saçmalama Berçem," diye çıkıştı sert sesiyle. Ne olacağını henüz kendisi de bilmiyordu. Tek bildiği Berçem ile boşanmayacağıydı.

"Saçmalayan sensin."

Aldığı cevap karşısında karısına ters bir bakış attı.

"Kocanla düzgün konuş." Genç kız duyduklarıyla gayriihtiyarî gülümsedi. Sanki o karısıyla çok güzel konuşuyordu.

"Sen de karına aptal deme!"

Barzan'ın engelleyemediği neşe dolu gülümsemesi tüm yüzüne yayılmıştı. Görenin içini yakan bu gülümseme Berçem'in nefesini kesmişti. İnci gibi dizilmiş bembeyaz dişleri ortaya çıkarken, dolgun dudakları her an sönecek korkusu yaratmıştı. Uzanıp yanaklarına dokunmak istedi.

Kendisine doğru gelen kocasına baktı sesini çıkartmadan. Üzerindeki ceketi çıkartışını izledi. Salyalarının yatağı ıslatmasını istemediği için ağzını sıkı sıkı kapattı. Açmayacağını tembihledi kendine garip bir şekilde.

Kocasının sert vücudunu seyre daldı. Geniş omzunda biraz yük olmak istedi. Hani taşımaktan bıkmayacağı, bakmaktan usanmayacağı, hevesle taşıyacağı yükü olmak istedi. Adının aşk konulduğu…

Ve yakışıklı yüzü, sert çehresi ürkütse de bir kere o gözlere hapsolan bir daha çıkamıyordu. Zifiri yeşil gözleri kısık, gür kaşları çatık, çenesi katıydı. Derin bir nefes alarak bakışlarını zorlukla çekti. Var iken yok gibiydi ellerinde, kocası gönlünde vardı sadece.

Sıcak su torbasını komodinin üzerine gelişigüzel bırakırken, kırgınlığının üstüne kapatacak bir şey aradı, ne çare. Hiçbir şey yoktu kapatacak, ta ki kocasının ona kalben dönmesi dışında. Bu ise imkânsızdı.

Yatakta oluşan hareketlenmeyle kocasının yatağa girdiğini hissetti. Bakışlarını çevirip kocasını pörtlemiş gözleriyle izledi. Aman Allah'ım yoksa bebek mi yapacaklardı? Kocaman açılan yeşil harelerde her şeyi gördü. "Korkma Berçem bir şey olmayacak," diyen kocası içine bir ferahlık katarken, yığınla sıkıntıyı daha yüreğine taşıdı. Yatağa uzanıp yorganı beline kadar çekti. Yorgun bir nefes dolgun dudaklarının arasından uçup gitti.

"Bir şey mi var?" diye soran genç adam, bakışlarını güzeller güzeli emanet karısına çevirdi. Neler yoktu ki…

"Her şey üst üste geliyor Berçem, bilmem farkında mısın?"

"Evet, istediğimiz hiçbir şey iyi gitmiyor."

Tükenmişlik sendromu yaşıyordu Barzan. Onu tüketen her şeyi ezip geçmek istedi. Bunun yerine kafasını karısının omzuna yasladı. Belki Berçem'in omuzları biraz alırdı yükünü. Her şeyden daha çok o zorluyordu.

Berçem'in kalbi heyecandan yerinden çıkacaktı. Şu an kocası ona yaslanmış ve sohbet ediyordu. Bu güzeldi. Gerçekten çok güzeldi. *'Heyecanlanıp, nefes almayı unutma. Yoksa ölürsün…'* diye teskin etti heyecandan pır pır eden yüreğini. Barzan'ın kulakları gümbür gümbür kalp ritimlerini duyacak diye ödü kopuyordu.

"Babam sabah şirkete benimle konuşmak için gelmişti," diye söze girdi hiç pişmanlık duymadan. Berçem ile paylaştığı anlarının olmasını istedi, o an verdiği kararla.

"Ne dedi?"

"Ciwan'ın kalan tüm işlerini bana bıraktı,"

Genç kız parmaklarını gür saçlarının arasına daldırmak istedi. Okşayıp onu rahatlatmak istedi. Ama yapamadı. Çekindi…

"Zor olmalı senin için."

Dinlendirici ses tonu genç adamı uyuşturmuştu.

"Kaldıramıyorum Berçem, yüküm çok ağır."

"Farkındayım, ben en büyük yükünüm zaten." Genç adam derin bakışlarını Berçem'e çevirdi. Eğer onu yük olarak görüyorsa; neden şimdi huzurlu bir şekilde duruyordu, neden ağzından dökülen dertleri için bir pişmanlık duymuyordu, neden hatıraları olsun istiyordu, neden yükünü Berçem'in biraz olsun hafifleteceği inancına varmıştı, neden özellikle kokusuna asılı kaldı?

"Ciwan beni hiç düşünmedi."

"Beni de hiç düşünmedi."

"Yüküm çok ağır."

"Merak etme yükünü hafifleteceğim."

Kısık sesini yuttu bir kez daha. Yük olmak istemiyordu, lakin gitmek de istemiyordu. Çekine çekine parmaklarını gür saçların arasına daldırdı. Titreyen narin parmakları, kedinin sırtını sevip okşar gibi, kocasının saçlarını okşayıp sevdi.

Barzan karısının şefkatinden cesaret alarak kafasını göğsüne yasladı. Bu hiç tatmadığı duygu, kalbini rencide etmişti. Aptallık bu ya inatla hep reddetmişti karısını. Ama artık kırgınlıkları iyileştirme vaktiydi.

"Bu aralar ne yaptığımı bilmiyorum. Seni çok kırdım."

"Sorun değil... Ben alınmadım," diye dolu dolu gözleriyle konuştu. Canı çok yanmıştı ama işte... Aması yoktu, canı çok yandı ve Barzan'ı seviyordu. Onu sevmeyen kocasını seviyordu. Şu an ki tek gerçek buydu.

"Alındın Berçem, canın çok yandı." Bakışlarını saçlarını şefkatle okşayan, onu mayıştıran karısına çevirdi. Dolu gözlerini görmesi, katlettiği anları gözlerinin önüne getirdi.

"Gideceğim zaten, boş ver!"

Saçlarını okşamayı bıraktı çaresizlikle. Gitme eylemi ne kadar saçmaydı. İnsan sevdiğini bırakıp gider miydi? İncinen ruhuyla alıp başını götürür müydü uzaklara? Hasret yakmaz mıydı yüreklerini? Gitmeyi sevmiyordu Berçem.

Genç adam karısının yüzünü avuçlarının arasına aldı. Başparmağıyla yanağını okşadı, pürüzsüz tenini okşadı, bir müddet öpülesi dudaklarını izledi. Barzan'a özel yapılmıştı sanki dolgun kırmızı dudaklar... Uzanıp dolgun dudaklarına bir buse kondurdu. "Gitmeni istemiyorum Berçem."

Afallayan Berçem anlamsız bakışlarıyla kocasını izledi. Önce öpücüğü, ardından gelen itirafı uçup giden aklını bulmaya çalışarak tarttı. Gerçekten gitmesini istemiyor muydu?

Durup düşündü; gitmesem ne olacak?

***

Bölüm 10

Acının Kepenkleri İndirin Mutluluğa Koşun

İnsanlar bir şeylerin farkına geç vardığı zaman, kaybı hâlâ elindeyse en azından ucundan tutup yine geç olan birçok şeyin telafisini edebiliyordu. Barzan Hezeroğlu ipin ucundan son anda yakalamıştı belki de. Belki hâlâ farkına varamadığı noktalar vardı. Basarsa noktalara, bulacaktı…

Ufak dokunuşlarla başladığı öpüşleri, arzuyla hırslandı. Karısından karşılık alamayacağının düşüncesiyle içini kaplayan umutsuzluk, dudaklarının altında hareket eden sıcak ve istekli dudakları ayırt etmesiyle yok oldu. Heyecan, bütün bedenini sarmıştı.

Ellerini yüzünden çekip, saçında gezinen ellere götürdü. Yukarı başının üstünde tuttu ve ellerini kendininkine kenetledi. Barzan Ağa karısıyla mücadele etti. Ağzının tadını çıkardı. Onu öpme azmini sevdi. Berçem'in her şeyini sevdi. Hoşlandığı kadın cehennem ateşinde yakıyor, cennetten en güzel köşeyi yeniden ayırıyordu. Bu saklı cennete kendini bıraktı. Doğallığıyla arındı ve kendini buldu. Berçem Hezeroğlu kelimenin tam anlamıyla Barzan Hezeroğlu'ydu!

Dudakları, onunkilerden koptu. Berçem bu kopuştan rahatsız olmuştu. Öpmenin tadına ilk defa bu kadar varmıştı. Saf duygular tutkuya sarıldıkça, masumiyetini kaybediyordu. Berçem kocasını öpmeyi sevmişti. Barzan şişen kırmızı dudaklarını izledi. Keyifle burnunun ucunu öptü. Boğazına değen sıcak nefes, yaktı genç adamı.

Sabırsızca çenesinden boğazına indi. Boynuna, burnunu gömdü. Boynunun o muhteşem kokusunu içine çekti. Sıcak dudaklarını bastırdı. Berçem'in kasıldığını hissedince boynuna bir öpücük daha bıraktı. Kasılan bedeni vücuduna değiyordu. Gerdanına geçti genç adam. Sayısız öpücük bıraktı. Tuttuğu ellerini saldı sonra. Ona dokunsun istiyordu. Onun dokunuşlarını hissetmek istiyordu.

Berçem adaleli kollara dokunup, düştüğü girdapta zevkle boğulurken, fark ettiği bir gerçek öldürmüştü emanet gelini. Başka bir kadına aitti o. Bu yatakta, defalarca sevdiği kadına sahip olmuştu. Berçem kapanan gözlerini hızla açtı. Arzusu sönmüş, yerini kırgın hüzünler almıştı. Genç adamı göğsünden tutarak itti.

Ne olduğunu anlamayan genç adam, karısına baktı verdiği sık nefeslerin arasından.

"S-en, başka bir ka-kadını seviyorsun, başka bir kadınla bu-bu yatak-ta oldun." Gerçekleri kendi ağzıyla söylemek neden daha çok insanın canını yakardı ki? Belki de çok sevdiklerimizin bize ait olamamasındandı. Sen benimsin demek yerine sen benim değilsin demek.

Dün gece de aynısı olmuştu. Berçem bunu bilerek mi yapıyordu? Barzan artık ondan şüphelenmeye başlamıştı. Genç adam derin bir nefes verdi. Yine başlamışlardı.

"Başladık yine..." diye sıkıntıyla ofladı. Kasıkları sertleşmişken, bu kadın onu getirdiği halden habersiz, işi yokuşa sürüyordu. "Berçem beni sinirlendiriyorsun. Beni sinirlendiriyorsun ve ikimize de zarar veriyorsun!"

"Ben bu yatakta seninle olamam. Biz boşanacağız, sen başka bir kadını seviyorsun."

Sakin kalmaya çalıştı. Boşanma konusunu kapatmak ve ortadan yok etmek istedikçe bu uzun dilli karısı otomatikman programlanmış gibi en güzel anlarını mahvediyordu. Seslice yutkundu ağzındaki tadı. "Gerçekten istemiyor musun?" diye sordu. Zoruna gidiyordu artık Berçem'in onu istemediğini bilmek. Her defasında istemediğini yüzüne vurması. Eden bulur misali daha başında genç kıza ne çektirmişse, şimdi kendisi çekiyordu. Berçem'in neler hissettiğini anlamıştı. Kırgınlık...

Daha fazla sözü israf etmedi. Ne olursa olsun aynıydı, aynı olacaktı. Karısının üzerinden kalkıp banyoya girdi. Ona iyi gelecek tek şey buz gibi bir suydu. Belki, aklını da başına getirirdi.

Genç kız giden kocasının arkasından sadece bakmıştı. Bunu kendine itiraf etmese de Barzan'ı istiyordu. Onun kadını olmak, onun sevdiği kadın olmak istiyordu. Fakat zordu. Hatta imkânsızdı...

Yorganı kafasına kadar geçirip gözlerini kapadı. Barzan'ı görmek istemiyordu. Güzel geçen konuşmalarına dudak uzatmasaydı, şu an hâlâ dertleşiyor olacak ve belki birçok gerçeği daha itiraf edeceklerdi. Gitmesini istemediğini söylemesine söylemişti ama neden? Azra'ya delicesine âşık olup, onu hiçe sayan adamdan ne bir aşk bekliyordu ne de bir hoşlanma. Onu istemediğini defalarca belli eden, belalı olduğunu söyleyen adamın yanında kalmak istemiyordu. Gidecekti genç kız pılını pırtısını toplayarak. Kendisinden geriye tek bir şey bırakmayarak...

***

Kocası gelmeden uyuyakalmıştı, yeni bir yarına kendini hazırlamak için. Yatağın üstünde yine kocasının kolları arasında uyandığını fark eder etmez, onun da uyanacağını akıl etmeden saate bakmak için doğrulmuştu. Geç kalkmışsa kaynanasına karşı çok ayıp olacaktı. Saat 7.30'du. Hazırlanıp kahvaltı hazırlamaya inmeliydi. Yataktan çıkmaya yeltenmesi kendini tekrar kocasının kolları arasında göğsünde yatarken bulmasına sebep olmuştu.

Kafasını kaldırıp, kapalı gözleriyle saçlarını koklayan kocasına baktı.

"Ne oldu Barzan? Ben Azra değilim, karıştırdın galiba."

"Konuşma Berçem."

"Bırak, aşağıya inmem lazım, annenlere ayıp olacak," diyerek diretti kollarından çıkmak için.

"Kocam izin vermedi dersin." Onun gitmesini istemiyordu. Bütün gün böyle kalmak istiyordu. Odadan hiç çıkmadan, sadece böyle Berçem'in kokusuyla yalnız kalıp, anın tadına varmak istiyordu...

"Kocam neden izin vermiyor?"

Ne kadar da güzeldi. Tek dileği bu anın bozulmamasıydı.

"Bütün gün böyle kalmak istiyorum Berçem. Ve ikimiz bu yataktan çıkmayacağız."

"Annenlere ayıp olacak ve ben kalkmak istiyorum."

"Ben kalkmanı istemiyorum. Yerinden kalkma, sesini de çıkartma."

Berçem emrine sessizce uyarak sevdiği adamın kollarında olmanın keyfini çıkarttı. Kocasına belli etmeden...

"Üzerine bir şey giy."

Kocasının üst tarafı çıplaktı ve bu Berçem'i zorluyordu.

"Ben böyle rahatım. Daha önce de söylemi..."

"Çıplak yatarsın," diyerek sözünü tamamladı Berçem.

"Sen de soyunabilirsin," demesiyle gelin hanımın ağzından usulsüz bir çığlık kopmuştu. Barzan'ın kahkahası odaya dolup şen bir ortam yarattı. Eşyalar canlı olsaydı kesinlikle ona hayran kalırlardı. Ve iyi ki canlı değillerdi. Yoksa Berçem kıskançlıktan çatlardı.

"Kapat konuyu lütfen."

"Aslında Berçem sana sormak istediğim birkaç soru vardı. Gerçekten cevaplarını merak ettiğim sorular. Madem bütün gün odadayız. Bugünü birbirimizi tanıyarak geçirebiliriz."

Genç kızın ne diyeceğini merak ediyordu Barzan.

"Sen bütün gün bu odada kalacağımız konusunda ciddi misin?"

"Şaka yapar gibi bir halim mi var Berçem?" diye soran ses tonu ifadesizdi. Genç kız kafasını kaldırıp kocasına baktı. Yüz ifadesi de ses tonu gibi ifadesizdi. Bu adamı gerçekten çözemiyordu.

"Ciddisin," diyebildi.

Barzan huşu içinde saçlarına bir öpücük kondurdu ve tekrar göğsüne yasladı. Böylesi daha güzeldi.

"Aileni kaç yaşındayken kaybettin?" Genç kız bu soruyu beklemiyordu. Kısa bir sessizliğin ardından konuşmaya başladı.

"Ben on yaşındaydım. Annemi babamı ve üç ağabeyimi kaybettim. On dört yaşına gelene kadar dayım bana baktı. Sonra baban beni aldı." Sesi cılız ve acı doluydu. Harika geçen bir çocukluğu yoktu. Elinden tutan bir babası, saçlarını ören bir annesi yoktu. Onu erkeklerden koruyan ağabeyleri de yoktu. Lakin bütün bunları yapan bir dayısı vardı. Afran Sözeri.

"Bizim eve ilk geldiğinde ne yaptın ya da neler hissettin?" Sesindeki merak Berçem'i almıştı. İstemeden de olsa gülümsedi. Omuz silkti. "Fazlalık... Kendimi sadece fazlalık olarak gördüm."

"Ailem sana iyi davranmıştır."

Genç kız kollarını beline doladı. Dün gece saçlarına dokunup şefkatle okşamıştı. Bugün ise sarılmak istiyordu. Bu hareketi Barzan'ın da çok hoşuna gitmişti. Birbirlerine sarılıyorlardı.

"Raber Ağa, annen, kız kardeşin ve Ciwan hepsi bana o kadar iyi davrandılar ki anlatmam mümkün değil. Ama..."

"Ama sen yine de kendini fazlalık olarak gördün."

"Evet."

"Peki, sevdiğin biri var mıydı? Mardin'de hani küçük..."

"Sevdiğim hiç kimse yoktu," diyerek kocasının lafını kesmişti. O hiç kimseyi sevmemişti. Yeni sevmeye başlamıştı. O da zaten şu an kolları arasında olduğu adamdı.

"Ciwan, peki onu sevdin mi?"

Barzan bu sorunun cevabını gerçekten merak ediyordu.

Berçem duraksadı bir süre. "Ben Ciwan'dan hep kaçtım," diyebildi. Kaçamak cevabını vermesiyle kafasını kocasının boynuna gömdü deve kuşu misali. Utançtan kızaran yüzünü saklamanın en iyi yoluydu. Bu kaçış Barzan'ı delirtmişti. Sıcak nefesi boynuna çarpıyor, nefesine nefes katmamak için kendisiyle büyük bir savaş veriyordu.

Boğuk sesiyle sordu. "Neden kaçtın?"

"Korkardım," derken hâlâ yüzüne bakmamakta ısrarcıydı. Tenini değip, alev gibi yakan nefeslerinin, kocasına çektirdiği acıdan habersiz hâlâ konuşuyordu. "Bilmiyorum bazen Alaz ile onu sinirlendirirdik." Ciwan'ı özlemişti. Aşkla sevmemişti Ciwan'ı. Konağa geldiğinde evi inleten gür sesini, misafirleri geldiğinde mutfağı birbirine katışını, en ufak bir olayda bile hep Alaz ve Berçem'i suçlayışını, Alaz ortalıkta dolanırken yanında Berçem'i bulamayınca yapışık ikizini soruşunu, katıksız öfkesini, sinirlendiği zaman insana kaçacak delik aratan gözlerini bütünüyle özlemişti Ciwan'ı. Barzan, o da Ciwan'ı özlemişti. Ağabeyinin yokluğunu yaşıyordu.

"Çok çekmiştir o zaman."

"Fazlasıyla. Özellikle onun laptopunu çok çalar, gizli gizli ders çalışırdık."

Genç adam güldü. Burada kalarak çok şey kaçırmıştı.

"Düğünlere gitmemize izin vermezdi."

"Gitmek istiyor muydunuz?"

"Tabii ki, özellikle Alaz çok isterdi."

"Sen de ona ayak uydururdun."

"Onu yalnız bırakamazdım. Bu yüzden Ciwan adımızı yapışık ikizler koymuştu. Ceza konusunda çok kötüydü. Bir kere bize arabasını yıkattırdı. Çamur içinde kalan arabayı temizleyene kadar canımız çıkmıştı."

Hâlâ o günün yorgunluğunu taşıyor gibiydi.

Kocası 'yapışık ikizler' lakabına takılı kalmıştı. Kıs kıs gülerken, "Yapışık ikizler mi?" diye sordu. Verdiği ceza için ayriyeten sevinmişti. Ağabeyine olan özlemi ve muhtaçlığı gün gittikçe büyüyordu.

Dudaklarını ısırdı, bunu Barzan Ağa bilmeyecekti sözde, nasıl ağzından kaçırabilirdi? Biraz daha devekuşu gibi takılsa fena olmazdı. Âşık olunası, erkeksi kokusundan olsa gerek, ağzından çıkan bu gizli itirafın sonradan farkına varmıştı. 'Ah Barzan Hezeroğlu nasıl da akıllara zararsın!'

"Imm... Şey... Evet.." Gevelemekte üstüne olmayan Berçem'in kaçışı kocasına sabahın keyifli anlarını yaşatıyordu.

"Güzel bir yakıştırma. O kadar yakın mısınız birbirinize?" Sormasına gerek yoktu aslında. İkisinin gözlerine baktığında birbirlerini gerçekten sevdiklerini görüyordu. Ne Berçem'in, ne de Alaz'ın bir kız kardeşi vardı, bu yokluklarını birbirleriyle paylaşıyorlardı.

Berçem, aldığı soruyla tüm utancını kaybetmiş, kafasını gömdüğü boyundan çıkarmış, gözlerinde parıldayan neşe tomurcuklarını kocasının gözlerine serperek, "Alaz benim kız kardeşim, ablam gibi. Biz Ciwan'ın dediği gibiyiz. Hiç birbirimizden ayrılmadık, kopmadık. Hatta ebelerimiz bile aynı kadın. Beraber büyüdük, aynı sokaklarda oynadık, aynı yemekleri yedik. Onun da ağabeyleri vardı, benim de. Onlarla konuşamadıklarımızı birbirimizle konuşuyorduk," dedi.

Yüzündeki engel olamadığı gülümseme, Barzan'ın içinde bir kıskançlık hissi yaratmıştı. Alaz'ı mı yoksa Berçem'i mi kıskanmıştı bilmiyordu ama bu bağa derinden etkilenmişti.

"Peki, başka kimden korkardın?"

Kıskançlığından mıdır bilinmez daha fazla sevgi gösterisi izlemeyecekti. Bu yüzden konuyu değiştirmişti. Kaybettiği utangaç ifade yeniden vücudunu sarmıştı. Cevap vermekte kararsız kaldığı soru, çok emindi ki Barzan Ağa'nın cidden hoşuna gidecek ve hatta bunun için dalga bile geçecekti.

"Gülmek yok ama."

Gözlerini kısarak karısını izledi. Bu utangaçlık hayra alamet değildi. "Bekliyorum," dedi. Çok merak etmişti.

"Gülersen konuşmam haberin olsun," dediğinde tebessüm etti Barzan. Kocası "Tamam, tamam, hadi." dediğinde içinde kalan cesaret kırıntısına tutunarak, "Sen," diye yüzüne vurmuştu al yanaklarıyla. "İlk gördüğümde senden çok korkmuştum. Özellikle Alaz'a bağırdığın gün deli gibi korkmuştum. Hatta... Hatta..." Hayır, bunu söyleyemezdi.

"Hatta ne Berçem?"

"Yok bir şey."

"Söyle Berçem."

"Yok bir şey dedim ya."

"Söyle dedim sana." Israrcıydı, bu utangaçlık duymaya zorluyordu cümlenin devamını. Genç kadın gözlerini kaçırdı. Nasıl söyleyebilirdi ki?

"Seni bekliyorum Berçem,"

"Ben... Ben demiştim..." Derin bir soluk alıp kocasının yüzüne üfledi. "Demiştim ki; iyi ki bu adam kocam değil." Hızla sarf ettiği kelimeleri Barzan'ın göğsüne kapanana kadar söylemiş, genç adama iç ferahlatan uzun soluklu kahkahaları hediye niyetine vermişti. Bugün ne kadar da çok gülmüştü Barzan.

Berçem ruhuna huzur getiriyordu. Yeşil gözlerine hapsolduğu an, huzurdan daha ötesi, hâlâ adlandıramadığı duygular yaşıyordu. Aslında duygu olduğunu bile bilmiyordu. Yerinde biraz doğrulup kafasını yatağın başlığına yasladı. Atik bir hareketle Berçem'in kollarından tutup kucağına oturttu. Böylesi daha güzeldi.

Berçem onun hızına yetişemiyordu gerçekten. Fark ettirmese de bu hoşuna gitmişti.

"Ne yapıyorsun?"

"Karımı kucağıma oturtuyorum."

"Ben senin karın değilim."

"Nesin o zaman?"

"Sadece emanetim, gidecek olan emanet."

Genç adam sesini çıkartmadı. Sadece Berçem'i izledi. "Gerçekten öyle dedin mi? Bu adam iyi ki benim kocam değil dedin mi?" Yine konu değiştirme taktiği, Berçem bunu sevmişti. "Evet, dedim. Ve boşanacağız." Lakin bu oyunlara Berçem gelin kanmazdı.

"Kes kesini."

Ne bir kızma, ne de bir çıkışma vardı sesinde. Sadece karısıyla hoş sohbetine odaklanmasını engelleyen bir şey vardı ki elinden geldiğince aklını vermeye çalışıyordu.

"Okumayı istiyor musun? Okulunu bitirmek istiyor musun?"

Genç kız evet manasında kafasını salladı, çok istiyordu.

"Alaz ile çok istiyorduk. Derslerimiz çok iyiydi. İngilizcemiz bile var."

"Ciddi misin?" Barzan bunu beklemiyordu.

"Evet, ciddiyim," diyerek güldü.

"Seni ve Alaz'ı açık liseye yazdıracağım. Alaz Mardin'de sınavlara katılır. Sen de burada gidersin. Olur mu?" Genç kızın gözleri parlamıştı. Okulunu bitirmek, bunu çok istiyordu. Alaz bunu duyarsa sevinçten havalara uçardı.

"Gerçekten yapar mısın bunu?" Heyecandan sesini yutmuştu.

"Evet ama bir şartla," afacan gülümsemesini sundu.

"Nedir o?"

"Kocana güzel bir öpücük verirsen kaydınızı yaparız. Tabii gecikmemişsek." Genç kız öpmek yerine boynuna sarılmıştı. Kokusunu içine çekti. Bir ömür böyle kalsa sıkılmazdı. Aksine mutlu olurdu.

"Öpücük istemiştim, yoksa okulu unut."

Berçem kafasını boynundan çekip bakışlarını Barzan'a sabitledi. Aralarında çok kısa bir mesafe vardı. Bu kadar oyunbaz bir kocaya sahip olmak genç kızın gözünü korkutmuştu. Nasıl da öpücük karşılığında okul sözü veriyordu. "Söz mü?" diye sormadan edemedi.

"Barzan Ağa sözü," diyerek burnunun ucuna bir öpücük kondurdu. Derin bir nefes alan Berçem yutkunmaya çalıştı. Onu kendi isteğiyle öpecekti. Gözlerini kapattı ve biraz daha yaklaştı. Tam öpecekken çalan telefonla Berçem gözlerini açıp Barzan'a baktı. Ama kocası istifini hiç bozmamıştı. Karısını ve güzel öpücüğünü bekliyordu.

"Seni bekliyorum," dese de genç kız doğrulup telefona baktı. Azra'nın ismini görünce gene hayal dünyasından uyanmıştı. Aptal gibi onunla sarılıp sohbet ediyordu. Onu okutacağı için sevinip, teşekkür niyetine öpüyordu. Kucağından kalkacakken Barzan belinden tutup tekrar oturttu. Kimin aradığını biliyordu. Fakat o açmamıştı. Berçem'i beklemişti. Önemli olan bu değil miydi! "Berçem!"

"Bırak beni," derken sesinin tınısı biraz yüksek çıkmıştı. Belini genç adamın güçlü parmakları arasından kurtarıp, soyunma odasına girdi. Beş dakika içinde hazır bir halde odaya dönmüş, Barzan'ı yatakta bulamamıştı. Büyük ihtimalle balkonda sevgilisiyle konuşuyordu. Banyoya girip elini yüzünü yıkadı. Odayı toparladıktan sonra odadan çıkarken Barzan'ın kollarından tutmasıyla girişimi yarım kalmıştı.

"Çocuk gibisin Berçem farkında mısın?"

Kocasına bakan gözleri şimdi kızdırılmış demir gibiydi, acısını sakladığı her halinden belli oluyordu. "Ben boşanacağımızı unutmuşum. Ve okul işini de boşandıktan sonra dayım yapar, o beni okutur." Kolunu kurtarıp odadan çıktı. Aşağıya indiğinde herkes salonda oturuyordu.

Bu saate kalan evli çiftin indiğini görünce tebessüm etti Hezal Hanım. Oğlunun kahkaha seslerini duyunca, Raber Ağa'nın varlığından utanmıştı. Zorlama evliliğin getireceği her türlü zararı ve acıyı göze alarak kabul etmişlerdi. Bu zorlu süreci erken atlatmaları, kalbine ferahlık veriyordu. Araları tam bir karı koca gibi değildi. Fark ediyordu ne durumda olduklarını. Berçem'in gözlerini kaçırışını, Barzan'ın düşünceli duruşunu... Temennisi, yakın zamanda hepsini atlatmalarıydı. Berçem en az oğlu kadar mutluluğu hak ediyordu.

"Nihayet yüzünüzü gördük," derken otoriter havasına eğlenceli mizacını eklemişti. Berçem'in kızaran yanaklarına bakarken, arkasından rüzgâr gibi geçen oğlunu anlamsızca izlemişti. Biraz önce kahkahaları aşağıya kadar gelen oğlu, şimdi niye sinirliydi de hiçbir şey demeden mutfağa girmişti?

Berçem'in Raber Ağa'ya bakmasına engel mahcubiyeti, "Hadi mutfağa geç kızım," diye kurtaran melek kayınvalidesi ile son bulmuştu. Kafasını sallayarak mutfağa girdi. Barzan dolaptan çıkarttığı meyve suyunu bardağa dolduruyordu.

"Aç mısın?" diye sorarken kızgınlığını yine içine atmış, sakin tınısıyla sormuştu. Kocasının harabeye dönmüş surat ifadesini görünce, geri bir adım atmamaya zorladı kendini.

"Açım Berçem ama neye açım biliyor musun?"

Genç kadın hayır manasında kafasını salladı.

"Birilerini pataklamaya açım. Sinirimi birilerinden çıkartmalıyım. İki kadın hayatımı mahvettiniz. Lan sizin yüzünüzden kendimi unuttum." Kısık sesiyle patlamıştı genç kıza. Yine hakaret ediyordu.

Berçem'in zümrüdî yeşili gözleri çakmak çakmak olmuştu.

"Bana lan deme!"

Alayla güldü. "Özür dilerim Berçem Hanım."

"Benden kurtulmana az kaldı. Dişi..."

Barzan sözünü tamamlamasına izin vermedi. "Kes kesini Berçem. Yoksa hiç düşünmeden senin o dilini keserim. Senin, o tatlı dilini, keserim."

Genç kız kafasını tekrar sallayınca, "Bana öyle kafanı sallama," dedi.

Berçem aldığı uyarıya yine kafasını sallayarak cevap vermişti. Gözlerinin büyüdüğünü görünce hemen durmuştu. "Tamam," diye geçiştirmişti.

"Kahvaltıyı hazırla."

Ters bakışlarını cesurca gönderip dolaba yöneldi. Kahvaltılıkları özenle mutfak masasına yerleştirdi. Barzan'ın baskın bakışları altında elini çabuk tutamıyordu ve her an bir şeyi düşürüp kıracakmış gibi hissediyordu. Donattığı masaya en son sıcak çayı koyup kocasına çevirdi ilk defa gözlerini. Yoğun bakan yeşilliklerden fırtınanın hırçınlığı geçiyordu.

"Otur." Berçem dediğini yapıp masaya oturdu. İkisi ilk defa baş başa kahvaltı ediyorlardı. Genç kız aslında heyecanlıydı ve kahretsin ki gene önünde olan, elini rahatça uzatabildiği tek şey vardı: Yeşil zeytin…

Barzan karısının bakışlarını fark edince gülmemek için dudaklarını ısırmıştı. Ah kaç gündür bu anı bekliyordu. Ne reklam gibi araya girecek bir Newroz Sultan vardı, ne rahatça elini uzatabilecek bir Berçem. İntikamını güzel bir şekilde alabilirdi.

Bu utangaçlığın en çok zorladığı anlardandı. Kocasından çekinmesi yüzünden elini uzatamıyordu kahvaltılıklara. Gerçekten Barzan'ın önünde yemek yerken çok utanıyordu. Barzan keyifle önündeki kahvaltılıkların hepsinden, biraz biraz tabağına doldurdu. Berçem'e inatla bakıp, güzel peynirlerden yiyordu. Genç kadın çok açtı ve yeşil zeytin ile baş başa kalarak bir müddet bakıştı.

"Şirkete gitmeyecek misin?"

Barzan çayından bir yudum alıp alayla Berçem'e baktı. "Bugünü kendime ve güzeller güzeli karıma adamıştım. Fakat karım aptallık edip günümüzü mahvetti. Birazdan çıkacağım." Alaylı sesi yüzünden ciddiliğini anlamadı. Barzan onu güzel buluyor muydu gerçekten? Hoşuna gittiğini inkâr edemezdi, hatta yüzünde istemeden de olsa beliren sırıtışını da. Kocası tarafından beğenilmek her kadının hoşuna giderdi. Barzan fark etmesin diye kafasını tabağına eğip dudaklarını ısırdı. 'Allah'ım kahkaha atasım var,' diye düşündü. İçten içe çıldırıyordu sevinçten.

Kafasını yan tarafına yatırıp gizli gizli gülen karısını izledi. Güzel bulduğu için sevinmiş olabilir miydi? O çok güzel bir kızdı, bunu görmeyecek kadar kör müydü? İlk başlarda kabul etmese de Azra'dan, hatta hayatına giren tüm kadınlardan güzeldi. Onu izleyen gözleri yeterdi Barzan Ağa'ya.

Aç kalmasına seyirci kalamadı daha fazla. Tabağını kahvaltıyla doldurup önüne bıraktı. Genç kız bu hareketi ile o kadar çok mutlu olmuştu ki parıldayan gözleriyle kocasına baktı.

"Teşekkür ederim."

"Yemekteyken rahat ol Berçem, istediğini yiyebilirsin."

"İlk gün beni istemeyince... Ben belki rahatsız olursun..."

Barzan "O ilk gündü, çekinmene gerek yok. Hadi kahvaltını et. Sonra seninle dışarı çıkacağız," diye sözünü kesti. Genç kız inanmayarak Barzan'a baktı. Dışarı çıkmak mı?

"Alaz için Berçem."

Sebebi öğrenince kendini kaptırmanın ucundan dönmüştü.

"Eğer baban için götürüyorsan beni, ben bir bahane bulurum. Ya da beni o eve bırakırsın. Siz gezersiniz belki Azra da gelmek ister, üçünüz gezmek istersiniz."

"Ben senin de gelmeni istiyorum Berçem. Bu babam için değil, kendim istediğim için." Yüzü asılsa da belli etmemişti. Azra'nın değil, kendisinin gelmesini istemişti.

"Teşekkür ederim," derken kocaman gülümsedi ağasına. Tabağındakileri yemeğe başladı. Geldiğinden beri ilk defa Barzan'ın karşısında bu kadar rahattı. Ve gülüyordu. Bu iyi bir gelişmeydi.

"Merak ettiğin bir yer var mı?"

Erkeksi sesi daha sakin bir tınıyla çıkmıştı. Alaz bir yönde bahanesiydi, özellikle Berçem'le çıkmak istiyordu. Kız kardeşinin bahane edip, bütün gün onunla beraber olabilirdi.

"Bunu bana değil, Alaz'a sormalısın."

"Ben sana sordum."

"Newroz Anne beni gezdirdi. Ama benim görmek istediğim bir yer var."

"Neresi?"

Barzan büyük bir merakla Berçem'i bekledi. Kocasının şirketini çok merak ediyordu. Newroz Sultan'ın anlattığına göre çok büyük bir şirketti ve Berçem kocasının kendi tırnağıyla kazıya kazıya büyüttüğü şirketi fazlaca merak ediyordu. Ama Barzan'ın onu götürmeyeceğini biliyordu.

"Boş ver, belki dayım gelirse götürür."

Bu cevap biraz yanlış olmuştu. Dayısının yanında şirketine nasıl gidecekti? Bir yönde konuyu kapatmaya çalışmıştı. Kocasına şirketi merak ediyorum diyemezdi.

"Bugün zaten dışarı çıkacağız Berçem. Hem oradan şirkete de uğramak zorundayız." Israrcı davranacaktı. Zira nereyi istiyorsa oraya götürmek istiyordu. O zaman Berçem daha mutlu olacaktı ve onu mutlu görmek istiyordu.

Berçem'in gözlerinin içinde sevinç parıltıları oynaştı. "İnanmıyorum, sen ciddi misin?" diye sorarken gülüşüne engel olamamıştı.

"Evet, merak ettiğini biliyorum. Alaz da çok merak ediyor. Herkes çıktıktan sonra gideriz." Genç kız, buna bile razıydı. Barzan "Yoksa gitmek istediğin yer orası mıydı?" diyerek yüzündeki memnun ifadeyle sormuştu.

"Evet, orası. Yani senin kendi emeğinle, dişinle, tırnağınla kazıya kazıya büyüttüğün şirketi çok merak ediyorum." Masanın üzerinden eğilerek Barzan'ın yanağına bir öpücük kondurdu. Öpücükle genç adamın yüzündeki gülümseme büyümüştü.

"Çabuk ol o zaman, gezecek çok yer var," diyen kocasının isteğini emir görüp, başı üstüne aldı. Olmadık bir heyecanla ayağa kalkarak Barzan'ın ellerinden tutmuştu kaldırmak için.

"Doydum hadi çıkalım."

Barzan fark ettirmeden itaat etmişti isteğine. Beraber vakit geçirecekleri bir ana bu denli hazır oluşu ve tutuşu, içinde serpilen umuduna su damlaları değmiş gibi geliyordu. Ellerinden tuttu sıkıca, sahiplenen bu tutuşu Berçem sevincinden anlamamıştı.

Mutfaktan çıkmadan kapı ağzında, "Okula bile bu kadar çok sevinmemiştin," dedi Barzan. Muzır gülüşünü aydınlatan ipeksi sesi, hayranlık dolu bir iç çektiriyordu. Üstüne bir de kulağına eğilerek söylemişti tüm bunları.

Gayriihtiyarî bir şekilde, "Sonuçta boşanacağız ve uğraşmanı istemiyorum. Gittikten sonra dayım ile yaparız gerek yok," diye farkında olmadan söylediği sözleri Barzan Ağa seğiren çenesiyle dinlemişti. "Ne olacağımızı biliyoruz zaten, bu kadar kaptır…"

Gözlerinden bir fırtına huzmesi geçip gitti. Elini karısının ellerinden çekerken "Boşanacağın bir adamla dışarı da çıkmazsın o zaman değil mi?" diye sorarken kelimeler dilinden dökülüp kaçmaya yer aradı.

Hevesi kursakta bırakma dalında aday gösterilecek karısı; ödül alacaklar arasında birinci olabilecek, hatta rakiplerini üfleyerek yok etme kabiliyetine sahipti yazık ki. Ellerini ateş parçasından kurtarır gibi çekti. Mutfaktan çıkarken karısına attığı bakış, acı doluydu. Öfkenin yanı sıra ona acıyarak bakıyordu.

Sözlerini idrak etmesi çok zamanını almamıştı ama gecikmişti. Gerçekleri her zaman söyleyen bir kız olmasına rağmen, bugün hata yaptığını anlamıştı. Aptallık bu ya, geç kalmıştı işte. Kendisine kalan mutfakla uğraşıp kızgınlığını attı. Atmış gibi görünse de atamıyordu, zira kocasının bakışlarını fark etmişti. Elinden tuttuğunda, gözünde pırıldayan neşeyi kendi gözleriyle görmüştü.

Mutfaktan çıkacağı sırada Alaz'ın sesini duydu.

"Yengem de gelse daha güzel olmaz mı ağabey?"

Kendi elleriyle mahvetmenin verdiği azabı içinde yaşayarak, mutfaktan çıktı. Alaz yengesini görünce diretti büzdüğü dudaklarıyla. "Berçem neden gelmiyorsun? Ben beraber çıkarız sanıyordum ama."

"Yengen hâlâ rahatsız..." derken son kelimeyi imayla vurgulamıştı Barzan Ağa. Berçem bu imadan 'kafadan kontak' manasını çıkarıyordu ki çok da haksız sayılmazdı. "Hasta olduğu için gelemez Alaz. Giyin üzerini çabuk." Bu acele, kızgın olduğu karısını daha fazla görmemek içindi. Zira kızgınlığının yanına zamk gibi yapışan kırgınlık kalbine batıyordu. Berçem son zamanlarda canını kalben olsun, bedenen olsun çok yakıyordu. Hoşuna gitmediğinden olsa gerek görmek istemiyordu. Salonda sadece kendilerini bulmak bir soruya itmişti gelin hanımı.

"Diğerleri nerede?"

"Annemler gezmede, babam Okan ağabeyle işi olduğu için çıktı ve sen evde teksin. Hadi gel hem gezerken karnının ağrısını da unutursun," diye teklif etti tekrar. Barzan'ın sinirli oluşundan, Berçem'in gözlerini kaçırışından anlamıştı ki yeni bir tartışmaya tutuşmuşlardı. Adı gibi emindi ki, Berçem başlatmıştı.

"Uyuyacağım Alaz," diyerek reddetti bitkin bir sesle. Kapıdan uğurlamayı bile es geçerek altın varaklı merdivenleri aheste aheste çıktı. Hazır evde kimse yokken eşofmanlarını bulmalıydı. Daha kendi odasına adım atamadan, giriş kapısının sertçe kapanmasıyla Barzan'ın ona gönderdiği mesajı almıştı. Beyefendi hâlâ sinirliydi. Akabinde eve el attı gelin hanım.

Baştan aşağı aradığı evde eşofmanına dair tek bir iz bile bulamamıştı. Çareyi görümcesinin dolabından bir eşofmanını almakta buldu. Eşofmanı giyindikten sonra keyifle aşağıya inmişti. Mutfakta kendine hazırladığı atıştırmalık tatlılarla salona geçip uzanmıştı. Sesine, varlığına hasret duyduğu yegâne dayısını aradı.

"Dayıcım."

"Berçem, güzelim nasılsın?"

"Çok iyiyim dayı, sen nasılsın?"

"Ben de iyiyim güzelim. Raber Ağa'lar gelmiş, ben de dün gelecektim sana sürpriz yapmak için ama ev kalabalık diye biraz erteledim gelişimi."

Geleceğini duymak, yüreğine sevinç tohumları serpti. "Dayı sana inanmıyorum neden gelmedin!" Bir kızgınlık belirtisiydi bu. "Evdekiler çok sevinecekti." Sona doğru yumuşamıştı sesi.

"Güzelim geldiğimde sürekli yanımda görmek istiyorum seni. Onlar olduğu için pek gezemezdik, hem Alaz da var. Seni dışarıya çıkarttığımda onun da gelmesi gerekiyor. Ayıp olur ve belki Barzan onu dışarı çıkartmama sevinmeyecektir."

"Haklısın dayı."

"Hayat nasıl gidiyor, alışabildin mi? Bak seninle bu konuları pek konuşamam bilirsin. Teyzen falan olsaydı belki ama neler yaptığını merak ediyorum."

"Hamile olup olmadığımı mı soruyorsun dayı?" dedi çekingen edasıyla.

"Evet güzelim."

"Hayır… Değilim..."

"Anladım. Peki, Barzan nasıl sana karşı?" Genç kız birkaç saniyeliğine durdu. Barzan ona karşı nasıl mıydı? Bir öyle, bir böyle oluşunu nasıl anlatabilirdi ki? Saniyesinde gülen adam, öldürecekmiş gibi bakıp genç kızın yüreğine defalarca indiriyordu.

"Çok iyi dayı, bana karşı çok çok iyi," diyen Berçem, yalan söylemeyi sevmez, Afran ise duymaktan katiyen haz etmezdi.

"Buna sevindim. Ben aslında kendimi suçlu hissediyorum. Ciwan'ı sevmediğini biliyordum. Ama Berçem seni gerçekten kollayacak ve gerçekten seven bir adam varsa, o Ciwan'dı. Ama kader, onu değil de kardeşini yazmış alnına. Ve istesem de sesimi çıkartamazdım. Sen o ailenin geliniydin. Onlar sana soracaklardı; *'Barzan'ı istiyor musun istemiyor musun?'* diye..."

"Dayı için rahat olsun. Ben gerçekten çok mutluyum. Ve... Ben kocamı nasıl söylesem..." Sustu. Kendi yörelerin aileleriyle bu konuları rahat konuşamazlardı gelinler. Utangaçlık ve çekingenlik bunu engelliyordu. Evet, kız kıza konuşulurdu. Fakat dayısıyla konuşmak ikisini de utandırıyordu.

Dayısı "Onu seviyorsun," diye tamamlasa da Berçem sevmiyordu, sadece ondan hoşlanıyordu. Azra'yı kıskandığını bile kendine itiraf eden bir kızdı ki Barzan'a olan duygularını yalanlayamazdı.

"Evet dayı ve mutluyum, rahat ol sen."

Gülümsediğini görmese bile, dayısının hissettiğini biliyordu.

***

Uzun bir süre dertleştiği telefonu kapatalı çok olmuştu. Sıkılmaya başlamıştı kendi yalnızlığından. Salonun dışarıyı gözler önüne seren camından bahçeyi izledi. Barzan Ağa çok güzel bir eve sahipti. Daha dün temizledikleri bahçe, yine sararmış yapraklarla dolu doluydu. Yapraklardan ziyade bir de siyah takım elbiseleri içindeki korumalar da vardı. İçini rahatlatan korumaların verdiği cesaretle, bahçede oturabilirdi. Dışarıdaki soğuğun direncini bugün güneş kırmıştı ve Berçem'e dostluk ediyordu...

Odasından bir şal ve yarım bıraktığı kitabını, mutfaktan kahvesini alarak bahçede kurulan salıncağa oturdu. Branda ile koruma altına aldıkları salıncağa kendisi için yer açmıştı. Kitabını açıp kaldığı yerden okumaya devam etti. Böylece hem sıkılmazdı, hem de günü boş geçmezdi.

Akşamı bulan saatlerde hâlâ kitabın başındaydı. Aklı sürekli kocasına takılmasa, okuduğu bir paragrafı defalarca okumaz, böylece üç saate bitirirdi. Lakin Barzan'ın istilası altına alınmış aklı, bir türlü kendini kitapla bütünleştirememişti. Eğer uzun dili kesilseydi konuşmaz ve şu an kocasıyla şirketinde olurlardı. Ne kadar da çok istiyordu gitmeyi. Kendi kısmetine mani olmuştu sanki.

Soğuk esen havada, buz tutmuş yanaklarına sıcak bir ten temas edince irkilmişti. Birisi yanağına öpücük bırakmıştı ve bu öpücüğü iyi tanırdı. Alaz hep onu sulu sulu öperdi. Kafasını hafif yana çevirdi. "Kızım hasta olacaksın ne işin var dışarıda?" diye soran görümcesi endişeli görünüyordu.

"Sıcak kahvem ve kitabım ah bir de şalım, beni yeterince ısıttı. İyi yani, endişelenme," diyerek göz kırptı. Yalnız olduğunu görünce Barzan nerede diye sormak istese de caydı. Omzunun üzerinden eve baktı, yine de merak ediyordu kocasını. Hâlâ kızgın olduğunu düşünüyordu.

Alaz gelmeden önce anlatmamaya karar vermişti, lakin merakı anlatmasına kanaat getirmişti. Yengesi biraz akıllı davransa fena olmazdı. "Erkut Bey ve Azra Hanım gitti," derken kızgın çıkan sesine engel olamamıştı. Azra'nın ona Erkut demesinden hoşlanmamıştı. Ağabeyi özbeöz Barzan Hezeroğlu idi. Bu ikinci ad da nereden çıkmıştı? Yorgunluktan bitap düşmüş bedenini salıncağa bıraktı.

Berçem'in "Azra da sizinle mi geldi?" diye sorarken yüzü düşmüştü.

"Yolda ağabeyimi aradı. Sonra Barzan onu çağırdı. Erkut diyor ağabeyime. Alıveriş yaptık Azra Hanım hep gittiği mağazalara götürdü beni." Eksik anlatmıştı aslında. Bütün gününü gezmenin yanı sıra ağabeyi ve Azra'nın ortasında kara kedi misali takılarak geçirmişti. Yan yana gelmelerine bir an olsun izin vermemişti. Zaten kafası sürekli düşüncelerde olan ağabeyi fark etmemişti ne yaptığını. Azra ise başta Alaz ile savaşsa da sonunda pes etmişti. Barzan'ı eve gelmesi için ikna etmişti fakat ağabeyi sevgilisiyle gitmişti.

Berçem zoraki gülümsedi. "Ne güzel işte yengene şimdiden alışmaya çalış, güzel güzel kaynaşın."

Alaz genç kıza ters bir bakış attı. "Saçmalama Berçem, benim bir tek yengem var o da sensin!"

"Azra olacak."

"Bak Berçem, kimsenin hakkını yemek istemiyorum. Azra gerçekten çok iyi, çok güzel ve sıcakkanlı bir kadın. Ağabeyimi de çok seviyor, bunu fark ettim. Ama Barzan'la evli olan sensin. Ve bizim aşiretimizde boşanma diye bir şey yok. Hele de bir ağanın oğlu boşanacak, Barzan Hezeroğlu karısını boşayacak öyle mi? Güldürme beni."

"Son gülen ben olacağım, merak etme."

"Aptallığı bırakıp da kocanı kendine bağlamaya çalışmaya başlasan çok iyi olur. Mesela çocuk yaparak başlayabilirsiniz." Bunu yapsa Barzan ister istemez ona dönecekti. Azra'yı hayatından çıkaracak ve çocuğuna, karısına dönecekti. Sürmeli yeşil gözlü güzel Berçem'in farkına varacaktı.

Berçem "Ben istemiyorum çocuk," diyerek bir kez daha yalan söylemişti. Oysaki Barzan'dan bir bebeği olsun isterdi. Babasına benzeyen yakışıklı bir oğlan çocuğu.

İnce sesiyle sertçe çıkıştı yengesine.

"Berçem çıldırtma beni."

Berçem aldırış etmeden eşyaları alıp bahçeyi arşınladı. Salondan içeriye girdi.

"Seni bu akşam haz..." Arkasından peşi sıra gelen küçük görümcesine öyle bir bakış atmıştı ki Alaz yerine mıh gibi çakılmıştı. Hiddetle dönmüştü Alaz'a. Gözlerinden çıkan ateş şöminede duran odunlara sıçrayabilir ve hatta evi bile yakabilirdi. "Senin ağabeyin ve sevgilisi ne yapıyor şimdi biliyor musun?" diyen keskin sesi bir bıçak gibiydi.

Alaz arkadaşını ilk defa bu kadar öfkeli görüyordu. "Berçem..." diye titreşen göz bebeğiyle konuşmaya çalıştı.

"Onlar kim bilir, kaçıncı mercimeği fırına veriyorlardır. Sen ve ailen kabul etse de etmese de ben boşanacağım, anlıyor musun beni," diye bağırdı amansızca. "O kadar da gurursuz değilim. Yeterince ezilip hor görüldüm, artık daha fazlasına müsamaha gösteremem. İster kusura bakın ister bakmayın. Hiç mi hiç ilgilenmiyorum!" Bağıran sesi evi gümbür gümbür inletti.

Alaz istemsizce ağlamaya başladı.

"Bana bağırma Berçem, ben bir şey yapmadım."

Haklıydı, Alaz bir şey yapmamıştı. Arkadaşı ile ilk defa tartışıyorlardı. Onca yıl yan yana kalmışlardı. Bir kere olsun kötü bir laf bile söylememişlerdi birbirlerine. Ama şimdi...

"Bana karışma Alaz, senden istediğim bu. Aldatılıyorum, gözümün önünde sevgilisiyle öpüşüyor. Aynı odada kalıyorlar. Ağabeyin benden utanıyor, beni kimseye göstermiyor. Burası bana ev değil, hapishane," diyen cılız sesi, acınası halini aktardıkça daha da gücünü kaybediyordu. "Misafirleri geldi mi beni saklıyor. Bıktım artık! Ben de bir insanım, her şeyden önce kadınım ve bir onurum, kahrolsun ki kalbim var. Yeterince çekiyorum, sizler de üstüme gelmeyin!"

Gözyaşlarına daha fazla engel olamadı ve arkadaşını orada bırakıp Barzan'ın odasına gitti.

Üzerini değiştirdiği gibi, iğrenç anılarla dolu yatağa tiksinerek girdi. Ağlamaktan ağırlaşmış gözkapakları sonunda uykuya teslim olmuş, ıstırap dolu rüyaları beraberinde getirmişti.

***

Kötü geçen gecenin yarısında uyanmıştı. Aralık perdeden zifiri karanlığı görebiliyordu. Telefonu eline alıp saate baktığında gecenin üçü olduğunu gördü. Midesinde hissettiği boşluk açlıktı. Ya kalbindeki boşluğa ne demeliydi? O da aç mıydı? Yan tarafında yatması, belki de göğsünde uyuması gereken adamın sevgisinden mahrum olduğu için kalbi aç mıydı? O her türlü açlığını sevgilisiyle gideriyordu ve karısı Berçem'i yalnızlığa mahkûm ediyordu.

Genç kız bu konunun üzerinde durmayarak aşağıya inmek için odadan çıktı. Işıkları açamazdı. Gözlerini karanlığa alıştırdı. Ardından merdivenlerden yavaş bir şekilde indi. Mutfağa girdiğinde ışığı yakıp dolaptan sandviç için kahvaltılıkları çıkarttı.

Kendine güzel bir sandviç hazırladı. Büyük bir bardağa portakal suyu da doldurdu. Masaya geçip oturdu. Aç midesini güzel bir şekilde doyurdu. Şimdi güzel güzel uyuyabilirdi. Mutfağı toparlayıp ışığı kapattı. Yavaş bir şekilde tekrar merdivenlerden çıkarken dış kapının açılan sesini duydu. Lanet olası kocası gelmişti.

Önünü pek görmese de merdiven korkuluklarına tutunarak hızlı hızlı granit basamakları çıktı. Yüzünü görmek istemiyordu. Odasına girdiği gibi lavaboya girmiş, ihtiyaçlarını karşıladıktan sonra banyodan çıkıp yatağa yürümüştü. Yorganı kaldırdığı sırada Barzan kapıyı açıp odaya girdi.

"Uyumadın mı daha?" diye soran hafif sesine cevap vermedi genç kız. Yatağına girip yorganı üzerine kadar çekti. Ona cevap verirse Alaz gibi olacaktı. Zaten doluydu. İçindeki her şeyi ona doğru kusacaktı ve ailesi her şeyi duyacaktı, o yüzden susmak zorunda kaldı.

"Sana bir şey sordum!"

Fakat yine ses yoktu. Berçem onu duymamak ve cevap vermemek için, hem kulağını hem de gözünü sıkı bir şekilde kapattı. Açarsa bir daha susmazdı. Gerçekten susmazdı.

"Berçem bir daha sormayacağım!"

Genç kız yorganı hızla kafasından çektikten sonra hızlı bir şekilde doğruldu. Karşısındaki adama ağzının payını verecekti. Fakat dağınık saçı ve boynundaki morlukları görünce susmak zorunda kalmıştı.

Onun koynundan çıkıp gelmişti işte. Konuşsa neye yarardı ki? Tomarla cümle yerine dilinden onlara yetecek tek bir kelime çıktı. Kararlı, sarsılmaz, itiraz kabul etmez tek bir kelime…

"Boşanıyorum!"

***

Bölüm 11

Dil Savurursa Kelimeleri Geri Dönüşü Olmaz

Ağzına kadar öfke ve kızgınlık doluydu. Bir banyo yapıp uyumak, aklını kurcalayan sorulardan kaçmak, Berçem'in sabahki saçmalığını hatırlayıp öfkenin ucundan sıyrılmak istiyordu. Anlaşılan güzel karısı isteklerini bir kenara atıp, kavga etmek istiyordu.

"Uyu Berçem, tartışmak istemiyorum," diye kesin bir kararlılıkla konuştu.

"Tartışmıyoruz zaten, artık son. Yarın babanla konuşacağım, bu işi halletsin. Ben artık onlara yalan söylemek istemiyorum," derken sesinde, yüzünde en ufak bir sinir ya da üzüntü belirtisi yoktu. "Ve-ve bu iğrenç yatakta daha da kalmak istemiyorum," dediğinde bile ifadesiz yüzünü korudu. Oysaki kör bıçaklar ardı ardına kalbine iniyordu. Kocasının boynundaki morlukları gördükçe, dağılan saçları, yarısına kadar açık gömleği, bütün bunlar kırgınlık veriyordu. Evet, boşanmak en sağlıklısıydı. Yoksa kahrından bu evde ölecekti.

"Berçem sabrımla oynama. Gerçekten eskisi gibi olmak istemiyorum o yüzden bana bulaşma."

"Sen hiç değişmedin." Ağlamamak için kendisini sıkıyordu.

"Berçem ne oldu?" diye endişeli bir sesle sordu. Bu bakışlardan anlıyordu ki bir şey olmuştu. Boynundakileri görmemişti. Ve Berçem'in neye kırıldığını bilmiyordu. Az sonra görecekleri cevabı olacaktı.

"Hiçbir şey... Hiçbir şey yok," derken kafasını salladı donuk bakışlarıyla. Seyirci kalamıyordu kırgın göz bebeklerini dolduran tiksindirici morluklara. Kocasını nasıl sömürdüğünü düşünmek bile midesine kramplar sokuyordu. Yataktan çıkıp soyunma odasına girdi. Kendine bir yorgan ve yastık aldı. Odaya döndüğünde Barzan odada değildi.

Yaklaşık yarım saattir banyoda, ayna karşısında kendi görüntüsüne bakıyordu. Boynundaki morlukları görmesiyle öfkeyle dolması bir salisesini bile almamıştı. İsteyerek beraber olmamıştı. Kaçışını Azra engellemişti. Baştan çıkarma girişimleriyle onu yatağına atmıştı. Sıraladığı birçok şikâyet, yanından ayrılırken de devam etmişti. Kalmasını istemiş, karısıyla uyuduğu için yeni bir kavga çıkarmıştı.

Ancak fark ettiği bir şey gök gürültüsü gazabını getirdi. Azra bilerek boynunu bu hale getirmişti. Azra'nın böyle bir oyuna kalkışması bir yana, o nasıl böyle bir oyuna izin vermişti?

'Kahretsin… Kahretsin...' Düşündüğü tek şey buydu. Berçem görmüştü. Kahretsin ki görmüştü.

Boşanıyorum deyişi boşa değildi elbette. Bu durumu hangi kadın kabul edebilirdi? Kocası başka bir kadının yatağından, onun yatağına dağılmış, zevkten dört köşe olmuş bir halde geliyordu. Parmaklarını saçlarının arasına daldırıp çekmeye çalıştı…

Aklı Berçem'deydi bütün gün. Aklını, ruhunu, bedenini dağıtan küçük kız, mahvetmişti onu. Kız kardeşiyle İstanbul turunu karısı özellikle yanındayken yapmak istemişti. Lakin dilinden düşmek bilmeyen boşanacağız zırvalığı bugün planını bertaraf etmiş, aklından bile geçmeyen Azra'yı yanlarına almasına sebep olmuştu. Burada kendisi kadar karısı da suçluydu, tak etmişti artık!

Üzerindekileri çıkartıp duşun altına girdi. Dün geceden beri çok mutluydu. Sabah da öyle, konuşmuşlardı, sohbet etmişlerdi. Beraber kahvaltı bile etmişlerdi. Onu gezdirecekti. Beraber akşam yemeğini bile yiyeceklerdi. Fakat Berçem ve uzun dili her şeyi berbat etmişti. Kısa bir duş alıp havluyu beline sardı. Boynuna sardığı havluyla saçlarındaki damlaları savuştururken, gergin bedeniyle banyodan çıktı. Gözleri direk olarak yatakta sırtı dönük karısını aradı ama yatakta karısını göremedi.

Homurdanarak, karanlıkta parlayan yeşilleriyle odayı taradı. Aradığı sureti yerde sırtını dönük bir halde buldu. Genzinden kopan hırıltı, bir kurdun tehlikeli saldırısından önceki haberi gibiydi. Ama Barzan Ağa, bir saldırı düzenlemedi. Aksine istikametini soyunma odasına çevirdi. Üzerindeki havludan kurtulup, boxer ve alt eşofmanını giydi.

Odasına dönüşü az öncekinden çok daha beter bir haldeydi. Bir müddet aptal olduğuna kanaat getirdiği karısını izledi. Yıpranmıştı ellerinde, hâlâ da yıpratmaya devam ediyordu pervasızca. Kafasını sallayarak narin bedeni kucağına aldı. Bu akıl, nasıl yerde uyumayı düşünebilmişti, hayret ediyordu.

"Bırak beni," diyen boğuk sesi, konuşurken bile titriyordu. Soğuktan mı, yoksa kocasının temasından mı bilinmez, bedeni titreme dalgasına tutulmuştu. Oda sıcak olduğuna ve kocası odadan daha da sıcak olduğuna göre, tensel temastan ötürü titremişti. Lanet olası eşofmanları dalgınlığı ve kırgınlığı yüzünden giymeyi unutmuştu. Üzerindeki satenden krem gecelik en usturuplusuydu. Ancak uzunluğu bir karış olan geceliğin, yırtmacı da çıplak tenini ortaya çıkarıyordu.

"Sus Berçem!" diye sert bir şekilde ikaz etti Barzan. Karısının kırgınlığına o kadar dalmıştı ki üzerine geçirdiği geceliği fark edemiyordu. Kızı yatağa yatırırken beraberinde uzanmış, güçlü kolları arasına zarif bedeni almıştı.

Yüzüne bakmayan kız, onu göğsünden iterek kendinden uzaklaştırmıştı. "Dokunma bana!" Teninde hâlâ sevgilisinin izleri varken, hatta hep olacakken dokunmasına tahammül edemezdi.

Barzan aldığı sert ikaz üzerine itaat etmiş, usulca çözmüştü kollarını. Ne kadar bırakmak istemese de, sıkıca sarılıp kokusunda uyumak istese de kendisinden iğrenen karısının isteğini yerine getirmişti sessizce. Çareyi arkasına dönmekte bulmuştu, zira iki büklüm olmuş kadını izlemeye devam ederse hiç düşünmeden, ne ikazlarına ne de isteksizliğine uymadan göğsüne hapsedecekti.

Sıkıntılı nefeslerini uzun soluklarıyla bıraktı. "Babamlar iki gün sonra gidiyor. İki gün daha dayan. Boşanmak istiyorsan onların gitmesini bekle," diyerek gerilmiş sesiyle verdiği kararı dile getirdi. Artık bu boşanma gerçekleşecekti. Yüreğinde kırılan sesleri, kulağına dolan haykırışları yok sayarak, kulak ardı ederek verdiği kararı acı acı söylemişti.

"Sadece iki gün, yoksa söylerim."

"Beni tehdit etme! Beni tehdit etme! Olacaklardan sorumlu olmam. Sen böyle konuştukça eski Barzan'ı tekrar ortaya çıkartıyorsun." Davudi ses kısıkken bile haykıran bir tınıya sahipti. Gazap dolu sözleri, birbirlerine sırtı dönük iki küs insanın kulaklarına dolarken, garip ve kırıcı istekler kalplerini bir kenara itmişti.

"Ben eski Barzan'ı istiyorum. Benimle konuşmayan beni istemeyen adamı..."

"Seni istemiyorum Berçem."

Barzan'ın darbeleri üzerine yapabilecek tek şey uyumak olmuştu Berçem için. Kalp kırgınlığından uyuyamamış, kulak duyduklarından sıyrılamamış ve dil döktüklerinin pişmanlığını içine kadar işleyerek, acıyla iki savunmasız bedeni sabaha kadar kasıp kavurmuştu.

***

Berçem sabah kalktığında geceki halinden ustalıkla sıyrılmıştı. Kalbindeki acıyı görmezden gelmek zordu ama imkânsız da değildi en azından. Evin kadını olmanın verdiği görevi keyifle yerine getirmişti. Çok sevdiği ve değer verdiği sevgili kayınvalidesi, kayınpederi ve küs olduğu görümcesi, bir de Newroz Sultan'a enfes bir kahvaltı hazırlamıştı.

Ah bir de unutmak istediği zalim kocası vardı değil mi? Onu istemediğini söyleyen ayı kocası! Evet evet, Barzan Hezeroğlu kesinlikle ruhsuz bir ayıydı! Kocası aklına gelince somurtan yüzüyle mutfaktan salona geçti. Tek başına salonun şık koltuğuna kurulurken aklı hâlâ kocasındaydı. Boşanmanın olmayacağını söyleyen, işi bebek yapmaya kadar götüren adam, dün gece zalimce boşanacaklarını haber vermişti. Ona da uymak düşüyordu elbette. Başından beri bunu istiyorlardı nasılsa.

"Güzel kızım hamaratlığını konuşturmuşsun yine."

Duyduğu sevecen ses, irkilmesine sebep olmuştu. Yüzündeki kederli hüzne hiçbir üreticinin yapsa da başaramayacağı keyif dolu güzel bir perde çekerek sahte tavrıyla omzunun üzerinden arkasına baktı.

Hezal Hanım ve Newroz Sultan yan yana iniyorlardı aşağıya. Yüzleri olmasa da giyim kuşamlarıyla birbirlerine fazlasıyla benziyorlardı. Başlarına çektikleri iğne oyalı kar beyazı tülbentler, ağır ve işlemeli bodyler, uzun ve kaliteli kumaştan etekler ve bu şıklığa, şıklık katan altınlar. Güzel yüzleri ve sürmeli gözleri, dudaklarındaki sıcak gülümseyişle, bir ayrı parlıyordu.

Beğeniyle onları izlerken takındığı sahte gülümseme farkında olmadan gerçeğe dönüşmüştü. "Günaydın," diyerek sakin sesiyle konuştu.

Günaydın dileklerini almıştı. Hezal Hanım oğlunu etrafta görmeyince kızına döndü.

"Barzan uyanmadı mı daha?"

Aldığı soruyla yüzü düşse de toparlanma gayretinde bulundu.

"Yok hayır."

"Dün dışarıya mı çıktınız?" diyen yaşlı kadın gülümseyerek gelinini izliyordu.

Cılız sesine zoraki can katmıştı, "Barzan ve Alaz çıktı. Beni çağırdılar ama gidemedim biraz sancım vardı," derken yine onu koruyordu. Onu boşayacak olan adamı, hâlâ koruyordu. Endişeli bir çift göz üzerinde gezindi. "Hastaneye gidelim istersen."

"Yok anne, endişelenme iyiyim ben," derken merdivenlerden gülen kayınpederinin sesini işitti. Üç hanımın da gözleri merdivenlerin başına çevrilmişti. Raber Ağa önde ağır ve iri cüssesiyle inerken, dudağında utangaç tebessümüyle Alaz ve kardeşinin ardında özellikle karısına bakmayan Barzan görünmüştü.

Hezal Hanım bu keyfin sebebini merak etti. "Yine neye gülersiniz Raber Bey?" diye sorarken gözleri arkasında duran çocuklarına takılmıştı. Raber Ağa hanımına gülümsedi. "Senin kız yarın Mardin'e döneceğiz diye havalara uçacak, İstanbul'u sevmemiş. Barzan Efendi paylıyor sevmedi diye." Sesindeki tını eğlenceden ibaretti.

Raber Ağa arada Alaz'a takılır, kızını gülümsetir, Berçem'i de oyuna alet ederdi. Ki bu anlar çok nadirdi. Diğer baba kızlara nazaran, Alaz ve Raber Ağa'nın arasında saygılı bir mesafe vardı.

Hezal Hanım utançtan bayılmak üzere olan kızına kısa bir bakış attı. "İstanbul güzel memleket kızım. Bu vatanın her karışı güzel. Memleketi ise ayrı güzel gelir insana," diyerek oğluna döndü. "Sen niye kızıma kızarsın Barzan Efendi?"

Barzan şaka kaldıracak durumda değildi. Berçem'e olan kızgınlığını, Alaz'dan çıkartmıştı. Kız kardeşine bir kez daha kızgın bir bakış attı. "Alaz Hanım nereyi seviyorsa orada kalabilir, başımız üstüne." Kahvaltıya oturan babasının ardından masaya yerleşirken can sıkıcı ifadesi evdeki herkesin dikkatini çekmişti. Berçem gözler kendisine çevrilmeden mutfağa sıvışmıştı. Barzan Efendinin böyle olmasına tek sebep kendisiydi. Öyle ya, moruk boynunu görünce verdiği kararın ardından, o da boşanacağını söylemişti. Onu istemediğini söylemiş, zindan acıları vermişti kalbine. Emanetine sahip çıkmayan bu adam, gün be gün hıyanete uğratmıştı!

"Çayı getir kızım," diyerek içeriye ansızın giren Newroz Anne kızını bir müddet süzdü. İyi olmadığını görüyordu, ters giden her neyse yakında öğrenecekti ama "İyisin değil mi kızım?" diye sormaktan alıkoyamadı kendini.

Endişeli annesinin sorusu üzerine, çaydanlığa bakan gözleri alayla gülümsedi. Çok iyi, bir o kadar da mükemmeldi. 'Boşanacağız ve o zaman iyi olacağım,' demek istese de, "İyiyim Newroz Sultan, hadi gidelim," dedikten sonra güç bela yukarı kıvırdığı dudaklarıyla elinde seramik çaydanlık ile çıkmıştı. Ekmeği unuttuğunu fark eden Newroz Hanım sıkıntı içinde kafasını salladı. Barzan, içinden çıkamayacak bir hale getiriyordu bu kızı. Salonda kahvaltı masasına geçmişti. Hezal Hanım'ın yanına oturan Newroz Hanım, Berçem'in kocasının yanına oturmasını sağlamıştı. Çay servisi bitince Berçem kocasının yanına tereddüt etmeden oturmuştu.

Yüzünden ve suretinden akan gerginlik genç kızı çaresiz hissettiriyordu. Alaz ağabeyine nazaran kırgın ve mahcup görünüyordu. Ayı kocası, kızın kalbini kırmaktan daha öteye gitmiyordu. Karısı ve kız kardeşini lanet olası diliyle mahvetmişti. Kendisinden ayrı hareket etmeyen öfkesi, hazıra durmuş bir halde en ufak bir olayın içine atlıyordu.

Berçem'in "Afiyet olsun," diyen cılız sesi masaya dahi ulaşamazken, ne yapacağını bir kez daha bilemez bir halde önüne dönmüştü. Şimdi nasıl kahvaltı edecekti? Kocası negatif enerjisini kendisine yükleyerek, içinde trafoları patlatacak raddeye getiriyordu. 'Ayı kocam. Zaten burada gerginim, açım ama nasıl yiyeceğimi bilemiyorum. Sen yanımda böyle gergince oturuyorsun ve beni geriyorsun,' diye düşünürken kendi içindeki öfke patlaması, gördüğü akıl almaz manzara karşısında taraf değiştirmişti. Ayı dediği kocası, babasının varlığını göz ardı ederek, karısının tabağına kahvaltılık doldurmuştu.

Etkilenmiş, hatta şaşkın bakışlarını kocasına çevirmişti. Barzan Hezeroğlu, ebedi düşmanı, çatık kaşlarıyla önüne bakıyordu. Berçem sevgi dolu kalbine dur demek istedi. 'Dur! Bunlar sadece bir oyun. Seni kandıran, seni tavlayan küçük tatlı oyunlar,' diye hatırlattı kalbine.

"Te-te-te" dese de gevelemesini tamamlayamayacağını anlayınca boş vermişti. Hangi kadın, böylesi bir adama âşık olmaz, duygusuz kalırdı! İmkânsızlık, sözü ve hükmü burada geçendi. Barzan Hezeroğlu'na duygusuz kalmak imkânsızdı! Hiçbir kadın, bu sert adama hayır diyemezdi. Bilakis kadınların kalbini nasıl kazanacağını iyi bilen çapkın kocası, inanılmaz bir yatıştırma potansiyeline sahipti. Sinirlenen karısını sakinleştirmeyi ne denli iyi biliyordu. Zaten her şey Miran'ın adamlarının onu korkuttuğu gün başlamamış mıydı? O zaman Berçem gelin tutulmamış mıydı kocasına?

Şaşkınlıktan hayranlık evresine atlayan gözleri, kocasından ayrılmaya güç bulamıyordu. Hareli tonun en ihtiraslı halini taşıyan gözleri, ısırmalık dolgun dudaklara, insanda ellerini arasına daldırma isteği uyandıran siyah saçlarına dalmışken, kocası her an saldırısına maruz kalabilirdi. Genç kız en kısa zamanda içindeki vahşi Berçem'i öldürmeliydi. Sonuç olarak Barzan Hezeroğlu, onu boşayacak ve sevdiği kadın olan Azra'sı ile evlenip Erkut olacaktı.

Bu düşünceye sarılan Berçem, kahvaltısına döndüğünde Raber Ağa dışında kalan üç kişi, dudaklarında tebessümle onları izliyorlardı. Berçem yanaklarının kızarmasına engel olamamıştı o an. Kocasını yiyecekmiş gibi duran aç dolu bakışlarını üçü de fark etmişti kesin. Öyle ki Alaz'ın bakışları bile yumuşamıştı. Ağabeyine kırgın değil, az sonra bir kahkaha tufanına tutulacakmış gibi bakıyordu. Alaz'ın aniden değişen ruh hallerine Berçem alışıktı, lakin içten içe kırgın olduğunun da bilincindeydi.

Raber Ağa, babasına küsmüş, yerinde sessizce oturan bir çocuğa benzeyen oğluna uzun uzun baktı. Bugün öfkeli görünüyor ve çatık kaşları düzelmek bilmiyordu. Gözleri tek bir noktadan ayrılmıyordu inatla.

"Akşam Mahmut Bey'in davetine sen ve karın gideceksin oğlum," derken otoriter, kalın sesi sessiz ortamda inledi. "Biz yarın gideceğimiz için bu akşam Eşref Amcanlara davetliyiz," diyerek emir tonunda tuttuğu sesiyle kararını oğluna bildirmişti. Karısını götürüp herkese tanıtmasını istiyordu. Evli olduğunu ilan etmesini istiyordu. Zira şirketi dâhil daha kimse evlendiğini bilmiyordu ve bu bilinmezlik, canını sıktığı gibi onlar hakkında şüpheye de sevk ediyordu.

Berçem, kayınpederinin sözlerini duyduğunda, az kalsın ağzını dolduran çayı masaya püskürterek boca edip güzelim kahvaltıyı zehir edecekti ki Barzan avucunu karısının ağzına kapayarak engel oldu. Berçem çayı yutana kadar elini çekmemişti. Bu sırada babasını cevapsız bırakmamıştı.

Karısına bakmamaya dikkat ederek "İşim var baba, gitmeyi düşünmüyorum," deyivermişti aksi sesiyle.

"Gitmeyi düşünmüyorum değil oğlum, gideceksin!"

Bu emir yüklü ses tınısı Barzan Ağa'yı kızdırmıştı.

"İşim var dedim!" Zor hâkim oluyordu kendisine. Babasına karşı saygısız bir üslup takınmak istemiyordu.

Otoriter tavrından ödün vermeyen Raber Ağa, "Neden öfkelisin?" diye sordu ağır ağır.

Karısının ağzını kapayan eli gerildi ve Berçem'in yanaklarını sıkarak kafasını geriye doğru itti. Hâlâ ellerini çekmiyor, çekemiyordu, *'Şaşkınlıktan her an başıma iş açacak ve sürekli boşanacağız diyerek en güzel anımızı mahvetmeye gönüllü gibi davranan, hiç susmayıp beni delirten karım yüzünden,'* demek istedi ancak tek cevabı sıkıntıyla dilinden dökülen gösterişsiz bir cümleydi.

"Öfkeli değilim, sadece yorgunum."

"Sana söyledim, bir haftalığına Berçem'i al ve bir yerlere tatile gidin. Kabul etmemekte ısrarcısın."

Genç kız, ağzını hâlâ kapatan kocaman ellere rağmen, kocasına dönmeyi başarmıştı. İri yeşil tanesi boncukları merakla kocasını süzüyordu. Akabinde aklına doluşan gerçek meraklı gözlerini kederli bir hüzünle doldurmuştu. Barzan Ağa sadece sevgilisi Azra ile giderdi tatile.

Elini en sonunda karısının ağzından çekmiş ve yüzüne bakmamakta ısrar etmişti. Bu çirkin hal ve hareketler ailesi tarafından fark edilmişti. Homurdanarak babasına söylendi.

"Sana neden gide..."

Raber Ağa hak verircesine bir kere kafasını sallayarak sözünü kesti. "Miran için hiçbir yere gitmiyorsun," dedi. Bunu zaten biliyordu. Berçem tehlikedeydi, "Miran'ı bana bırak."

"Ağabeyimin kanını yerde mi bırakacağım?"

Öfkeli sesi herkesi korkutmuştu, babası dışında.

"Ben Miran'ı yokluyorum zaten."

Sakin ve kendinden emin tavrını hiç bozmadan konuşuyordu. Fakat toy bir delikanlı gibi davranan oğlu her neye öfkeliyse, babasından çıkarmaya çalışıyordu anlaşılan. Ama ona bağırarak canını sıkmayacaktı.

Babasının neden sakin kaldığını bilmeden, onun bu rahat tavırları karşısında kat be kat artmıştı öfkesi. Sanki buna hazırmış gibi, "Keşke oğlunu uyarsaydın. Uyarsaydın da şu an burada olsaydı," diye bağırdı bariton sesiyle.

Raber Ağa, "Bana bağırma," diye ciddi sesiyle oğlunu ikaz etti. Bu saygısızlığa müsamaha gösterecek değildi.

"Sen de olanları bildiğin halde rahat davranmayı bırak," diye cevapladı Barzan. Çatık kaşları, öfkeden koyulaşmış göz bebekleri babasının üzerinde geziniyordu. Berçem'in öfkesi bir yana şimdi de Miran başına dert olmuştu. Hayatta herkes ona karşı geliyordu ve bu Barzan'ı delirtiyordu.

Annesi çıldırmış oğluna hayretle bakıyordu. Babasına bu denli sesini yükseltmesi, saygısızca davranması hoş değildi. Hem de herkes varken ve bir sofrada oturuyorken. Çatık kaşlarına eşlik eden kızgın göz bebekleri ve tavrından ödün vermeyen ağır hükmüyle, "Barzan sakin ol," diye sert bir şekilde oğlunu ikaz etti.

Delirmiş gözleri annesine döndü, "Bana sakin ol deme Hezal Hanım. Her şeyi bilmenize rağmen sustunuz," dedi. Sert sesi annesine karşı hâlâ bir tık yüksekti. Ağabeyi kendi toprakları üzerinde ihaleye girerek düşmanların fitilini ateşlemişti. Ancak işin perde arkası vardı.

"Oğlum, ağabeyin böyle olacağını biliyordu. Yarın böyle bir şey olursa ben kabulüm dedi. Hazırlıklıydı, engel olamadım Ciwan'a. "

Barzan babasının sözlerini sert bir sesle kesti.

"Ciwan böyle olacağını bilmediği için karısını bana emanet edip gitti. Başıma emanet bir bela çıktı."

Son kelime haykırır niteliğindeydi. Bela kelimesini baskın bir üslupta söylemesi, yamacında oturan karısına bir balyoz darbesi gibi inmişti.

Newroz Hanım oğlunun sarf ettiği kelimelerle şaşkınlıktan kalakalırken, Alaz bir ağabeyini, bir Berçem'i izliyordu. Olaylardan haberdardı ancak ağabeyinin bu kadar ileriye gideceğini kestirememişti yazık ki!

Bu zamana kadar yediği onca laf, hak etmediği tonlarca aşağılanma ve hatta şiddetle bir taraflara savrulması karşısında kırılan kalbi, şu anki kadar paramparça edilmemişti hiç. Tüm bunların yanında hissettiği eziklik duygusu da cabasıydı. O belalı bir emanetti anca! Barzan Hezeroğlu'nun asla istemeyeceği, sevmeyeceği, sadece belalı bir emanet!

"Ne diyorsun sen Barzan?"

Raber Ağa, Barzan'ın kurduğu cümleler üzerine sükûnetini bozmuş, hükmeden ağır sesiyle oğluna çatmıştı. Gözlerinden çıkan hiddet, herkesi yakmaya yeterdi. Ancak oğlunun da karşılık verecek kadar gözü dönmüştü.

"Ne dediğim gayet belli. O bana sadece bela!" diye tısladı son sözlerini bir kez daha.

Gururu paçavra gibi bir kenara atılmış, yerle yeksan olmuştu. Eski Barzan oluyordu istediği gibi... Canını yaktıkça zevk alan sadistin teki!

"Onu bırakamazdık, o bizim kızımız."

Bu gerçekti. Berçem bu evin kızıydı.

Barzan buna katlanamıyordu.

"Dayısına gönderecektin. Bakardı yeğenine, sonuçta gitmek istediği tek yer orasıydı!"

Hayır, yanlış söylemişti. Berçem'in gitmek istediği tek yer cehennemin dibiydi!

Raber Ağa'nın öfkesi an be an yükseliyor, engel olamadığı hiddeti gözlerinden taşıp etrafı yakıp geçiyordu. "Bizim âdetimizde gelinimiz kendi isteğiyle evine dönmediği sürece onu bırakmayız. O artık bizim kızımızdır. Bunu bilmez misin?" derken sorudan ziyade ateş gibi püskürmüştü. Oğlu adetlerini mi unutuyordu, yoksa bilmezlikten mi geliyordu? Bilmiyordu fakat artık damarına bastığı kesindi.

Barzan "Berçem belki..." diye başlasa da babası sözünü kesti.

"Berçem hep bizim kızımızdı."

"Madem kızındı, Miran'a verseydin. Benim başıma bırakmasaydın, o adam istiyordu senin kızını!" Sözleri ağzından çıkarken, bir kalbi ne denli yıktığının bilincindeydi ve bu bilinçle, bile isteye, hak ettiğini göz önüne alarak söylemişti. Boşanacağız diyen kızın canını daha çok yakacaktı. Bununla sınırlı kalmayacağına o an yemin etti.

Masaya çöken ölüm sessizliği içinde, adeta tek bir yaprağı bile kımıldamayan bir ağaç gibi kalakalmıştı *Belalı Emanet!* Gözünün feri kaçarken, aklı da mantığı da derinliklerde sıkışıp kalmıştı. Kalbi bin parçaya bölünmüş, cam kırıkları içinde acıyla debeleniyordu. Böylesi hayal kırıklığını ömründe ilk defa yaşıyordu. Barzan Hezeroğlu kelimenin tam anlamıyla suretine yapıştırılmış bir acıydı!

Başı önüne düştü utancından. Ailesi önünde düştüğü utanç verici durum kendini öldürme isteği uyandırdı. Buradan kaçma isteğini bir kenara, sandalyesinden kalkacak gücü bile bulamıyordu. Bir kızın gururu ancak bu kadar ayaklar altına alınabilirdi. Barzan Ağa ezdikçe başkalarına da fırsat tanıyordu.

Öfke nedeni ile ağzından çıkan kelimelerin farkında olmadığını düşünmüştü. Ta ki 'Miran'a verseydin,' dediği ana kadar. Bu öfke değil umarsız kalbinin, ruhsuz bir adamın ağzından çıkan gerçekleri idi. Miran, kocasını öldüren adam! Ona verselerdi bu kadar acı çekmezdi. Bu kadar küçük düşürülmez, hayal kırıklığı yaşamaz, gururu hiçe sayılmazdı. Kalıbını basardı ki sevilip sayılırdı.

Barzan, kendi hayatını küfür yağmuruna tutarken, daha fazla sofrada oturamamış ve öfkeli patırtılarıyla evden fırlamıştı.

Berçem, yıkılmış bedenini sandalyeden kaldırırken onu izleyen dört çift göze bakamamıştı. Dudağı milim oynamıyordu kalkmak için izin almaya. Sürüdü bedenini aheste aheste. Odasına kadar çıkarken gerisinde kırık cam parçaları bırakmıştı. Her birinin üzerine kazılmış Berçem duygularıydı.

Odasının kapısını kapatmasına bir el engel oldu. Gözyaşları bile akmaya utanıyordu. 'Niye, niçin ağlayacaksın,' diye sorguluyordu. Başından beri hoyratça ezilen, fütursuz bir kalbin emri altında hor görülen bu beden artık tükenmişti. Yatağın ucunda yere oturdu. Dizlerini kendine çekerken, duyduğu tek ses kapının kapanan kilit sesiydi.

Donuk gözleri tek bir noktaya odaklanmıştı.

"Gördün mü Alaz, sen kalkmış bana çocuk yapın diyorsun. Beni Miran'a bile vermeye bu kadar gönüllüyken."

Sesi cansız, yüz ifadesi belirsizdi.

Alaz hâlâ şaşkındı. Babasının yanında şuurunu kaybetmiş ağabeyinin bu kadar ileriye gittiğine inanamıyordu. Boşanıyoruz demesini bile beklemişti. Şükür ki ağabeyi o kadar aptal davranmamıştı. Ancak Berçem'in kalbini un ufak etmişti sözleriyle. Kızın bir daha kendine gelemeyeceğine her türlü bahse girerdi.

"Ben ağabeyimin bu kadar zalim olduğunu bilmiyordum," derken kafasını salladı. "Pişman olacak Berçem. Hatta şimdi kızıyordur kendine. Nasıl bunları söyledi, nasıl kendini bu kadar kaybetti? Özellikle Miran'a verseydin dediği için kendini paralıyordur." Biraz olsun tanıyorsa ağabeyini, o günkü bakışlarından anladığı gibi gerçekten Berçem'e karşı boş değilse şimdi delirmişti kesin.

"Dilerim Allah'tan öyle bir sürünür ki Berçem. Kahvaltıdan önce babamın yanında bana nasıl kızdı."

Berçem acı dolu bir gülümseme gönderdi.

"O sadece kendini düşünen bencil adamın teki. Bildiğin ruhsuz ayı. Asıl ben nasıl evlenmeyi kabul ettim hâlâ inanamıyorum. Keşke, hayır dayımın yanına git..."

Alaz çatık kaşlarıyla omzuna vurup sözünü kesti. "Sus. Keşke, meşke duymak istemiyorum. Dayının yanına gitseydin seni bir daha bulamazdım. Afran Efendi götürürdü seni buralardan..."

Dudağını büzüştürdü lakin bunu genç kız görmemişti. Berçem'in hâlâ evlerinde olmasına seviniyordu. Barzan Ağabeyi gibi bir acımasızla evliydi ancak düzeleceklerine inanıyordu.

Berçem göz ucuyla yanına kurulan kötü gün dostuna baktı. Üzüldüğünü biliyordu. "Keşke babanların yanında bunu yapmasaydı. Beni o kadar ezmeseydi. Yeterince maruz kaldım onun beni küçük düşürmesine ama bu kötüydü..." Gözyaşı akmaya çekiniyordu. Ağlamak bile Barzan Hezeroğlu'na ödüldü.

Alaz saçlarını okşadı şefkatle. Kafasını göğsüne hapsederken ablalık vazifesini üstlenmiş gibi çekinmeden yerine getiriyordu. "Ben inanıyorum, bütün bunlar geçecek. Barzan senden özür dileyecek, sen de onu affetmeyeceksin. Karısı değil misin, süründür onu!"

Berçem gülmek istedi. Görümcesinin verdiği gaza gelirse bırak boşanmayı, iki gün içerisinde kapının önünde bulurdu kendini. "Biz boşanacağız Alaz. Sok artık kafana bunu, biz bo-şa-na-ca-ğız!" Son sözleri bu olmuştu. Kararından kimse döndüremeyecekti. Evvela kayınpederinin Mardin'e dönmesi gerekecekti. Sonra yasal işlemler yapılacaktı ve boşanma gerçekleşecekti. Ancak yasal işlemler kalbi tarafından reddedilecekti. Zira kalbinin Barzan'ı boşaması imkânsızdı!

Geçen saatler içerisinde evde dönen oyundan habersiz kendi odasında oturmuştu. Akşamüzeri Raber Ağa'nın isteği üzerine hazırlanmış ve onlarla çıkmıştı. Berçem gelin kuaföre bırakılırken, Hezeroğlu Ailesi Eşref Bey'in akşam yemeğine gitmişti.

Hâlâ hiçbir şey anlamayan genç kız kendisini hazırlamakla görevli iki kadının ellerinde sürpriz bir dönüşüme girmişti. Saçı ve makyajı şık bir şekilde yapılırken, kıyafeti de giydirilmişti. Soyunma odasından anlamsız bakışlarıyla çıktığında taşları hâlâ yerine oturtamamış, aksine hepsini kaybetmişti.

Zira Orhan tam karşısında takım elbisesi içinde duruyordu.

"Partiye gitmeye hazır mısın Hanım Ağam?" Sorusunu duyduğunda her şeyi anlamıştı. Bütün bu hazırlıklar parti içindi. Kayınpederinin kocasıyla gitmesini istediği ve beraberinde kızılca kıyameti kopartan parti…

Hazır bir şekilde arabaya atlayıp parti mekânına gidene kadar Orhan'dan direktiflerini almıştı. Ne yapacağını, ne söyleyeceğini, nasıl davranacağını, hepsini aklına bir bir kazımıştı.

Şık mekândan, genç adamın kolunda içeri girdiğinde, tüm gözler kendisine çevrilmişti. Orhan'ın kollarında karısının yerine kendisinin olmasının bu bakışları üzerine çektiğini sanmıştı ancak onu izleyen gözlerin altında yatan anlam çok çok farklıydı.

Gözleri kalabalıktan kaçınmıştı. Tanıdık bir suret fark ettiğinde Orhan'ın koluna daha çok asılmıştı. Kocası herkesi gölgede bırakacak bir çekiciliğe sahipti. Gazabı yine üzerinde, çatık kaşlarıyla tam karşısında duruyordu. Nefes almayı unutan genç kızın aklından sadece 'Hayatımda gördüğüm en yakışıklı ve zalim adamsın Barzan Hezeroğlu,' cümlesi geçmişti.

***

Bölüm 12

Kıskançlık Kavurucu Bir Hastalıktır!

Zalimliğiyle kalbini bin parçaya ayıran adam, tüm yakışıklılığıyla karşısında duruyordu. Bakışlarından türlü anlamlar geçerken, içinden bir tanesini seçip aldı: *Öfke!*

Arabada sevgili akıl hocasından aldığı bütün direktifleri, tek tek, atlamadan uygulayacaktı. İlki, Barzan Ağa'yı görmezden gelmekti. Bu yüzden gözlerini öfkesinden yerinde sayan kocasından çekti. Kendini izleyen gözleri es geçip, koluna girdiği adama bakıp içten bir tebessüm sergiledi.

"Başlıyoruz, değil mi?"

Oyun oynamaya hevesli hali Orhan'ı güldürse de, bugün olanların kırgınlığı yüzünden Barzan'ın canını yakmak istediğini içten içe biliyordu ve bunun için, bu oyunu sonuna kadar götürmeye kararlıydı. Barzan'ın pişmanlık duyduğunu ve hislerinin gün geçtikçe yerine oturduğunu bilmek, Orhan'ı buna teşvik ediyordu.

Öğleden sonra yaptığı kısa görüşmede Raber Ağa, davete karısı yerine Berçem'i götürmesini rica etmişti. Orhan hiç düşünmeden, karısına bile sormadan kabul etmişti. Tüm hazırlıkları yapıp genç kızı kuaförden aldığında, ne kadar doğru bir şey yaptığına bir kez daha hak vermişti. Berçem'in güzelliği, bu yeni oyun için Orhan'ı da heveslendirmişti.

"Başlıyoruz!"

Kapıdan bir çift gibi kol kola giren arkadaşını ve karısını görmek, Barzan'ın hesapları arasında değildi. Böylesine hain bir plan karşısında savunmasız bırakılmak pek de adil değildi. Hiçbir oyun gizli kapaklı oynanmazdı. Oynanırsa adil olmazdı. Hayatı zaten yeteri kadar adil değilken, etrafındaki insanların sırtından vuruşunu kabullenemiyordu. Ya da bu kabullenemezlik, kor gibi içini yakan kıskançlıktan geliyordu. Lanet olası emaneti güzelliğiyle nefesini kesmiş, öfkeli yanını ortaya çıkarmıştı.

Kravatını tek bir hareketiyle hafifçe gevşetti. Allah biliyor ya, kravatını çözdüğü gibi Berçem ve Orhan'ı boğarak öldürmek istiyordu.

"Bu kızın burada ne işi var?"

Kadınsı bir kıskançlıkla dolu, iğneleyici sesiyle konuşan Azra'dan kendi düşüncelerinin yankısını duymak, Barzan'ın öfkesini katlamıştı. Genç kadının beline doladığı koluyla, Azra'yı kendine getirmek ister gibi sarstı. Karısını, sevgilisi dahil kimse küçümseyecek hakka ve hadde sahip değildi. Ancak daha en başından beri buna müsamaha gösteren kendisiydi.

Barzan, onların kendilerine doğru gelişlerini sabırsızlığını dindirmeye çalışarak bekledi. Ağır adımlarla ve keyifle sohbet ederek gelmeleri, kontrol altına almaya çalıştığı öfkesini de salıvermişti. Parıltısı attığı her adımla genişleyen karısı, geriye kalan her şeyi karanlığa gömüyordu. İzleyenler karısının güzelliği karşısında büyüleniyor, adeta mest oluyorlardı.

"Güzel bir parti vermiş Mahmut Bey. Birazdan hepsiyle tanıştıracağım seni Berçem, rahatsızlık duymazsın değil mi?"

Mesafeleri tüketmelerine rağmen, sohbetlerine ara vermemişlerdi.

Berçem utangaç gülümsemesini takındı. "Uygun gördüklerini tanımak isterim."

Barzan kaşlarını kaldırmış, hayretler içerisinde karısını ve arkadaşını izliyordu. Bunu kocasına değil, kocasının arkadaşına söylüyordu. Hem de tanışmak için izin almadığı halde, buna cüret ediyordu!

"İki saniyen kaldı Orhan," buz gibi sesiyle hırlayarak konuştu. Dikkate alınmamak ise canını sıkmıştı. Gözlerini Berçem'den bir an olsun ayırmıyordu. Kahrolası karısının güzelliğine çarpılmış, aşkından vurulmuşa dönmüştü.

Orhan gözlerini masumiyetini, sarsılmaz dik bakışlarının altına gizleyen karısından ayırıp, fırtınalı denizlerin hırçınlığını taşıyan adama çevirdi. "Neye Erkut?" diye anlamazlıktan gelen tınısıyla sordu. Erkut demesindeki kastı Azra anlamasa da, karı koca anlamıştı. Berçem, Erkut ismini duymaya gelemiyordu.

Seğiren çenesi, gazap dolu ifadesiyle birleşince, Barzan'ın elinde olan tek şey, dostunun ağzını burnunu dağıtmaktı. Orhan açıklamasını geciktirdiği her saniye, Barzan'ın yüzünde açacağı yaralara bir yenisini ekliyordu.

Partinin ev sahipliğini yapan Mahmut Bey'in ansızın gelişi hesap verme işini rafa kaldırmıştı.

"Hoş geldin Orhan," diyerek tokalaşmışlardı. Gözü koluna girdiği kadına takılı kalmıştı. Endişesini saklama gereği duymadan ve açık bir merakla sordu.

"Hayırdır inşallah, Ömür'e bir şey olmadı, değil mi?"

Orhan anlayışla tebessüm etti.

"Yok Mahmut Bey, Ömür iyi."

"Şu an herkes kolundaki güzel bayanın kim olduğunu merak ediyor. Ömür böylesine güzel bir kadınla gelmene nasıl izin verdi?"

Farkında olmadan söylediği kelimelere ilk cevap, Barzan'ın öfkeli hırıltısıyla gelmişti. Mahmut Bey'in anlamsız bakışlarını üzerine çeken Barzan ise çatık kaşlarıyla çekinmeden öfkesini karşısındakilere hissettirdi. Hiç kimse karısının güzelliğini diline dolayamazdı. Bu saatten sonra ipler kopsa da, dünya yıkılsa da Barzan bu gece Berçem'i gizlemeyecekti. Karısına yönelen bakışları izlemeye hangi adam katlanabilirdi?

Orhan dostunun kızıştığını görünce, asıl bombayı patlatmaya yeltendi. Azra'nın kıskançlığı engel olmasa kendisine bunun için teşekkür bile edebileceğini biliyordu.

"Kolumdaki güzel kadın, Erkut'un karı-"

"Erkut'un emaneti!"

Mahmut Bey hiçbir şey anlamamış halde bir Orhan'a, bir Azra'ya bakıyordu. Azra sözlerinin devamını getirdi. Orhan'ın niyetlendiği cümleyi tam zamanında kesmişti. Zira karısı olduğunu söyleseydi, burada herkesin içinde rezil olacak, küçük düşecekti.

"Rahmetli Ciwan'ın karısı, Agit Ağa'nın kızı. Erkut için çok değerlidir yengesi."

Her bir kelimesi kıskançlığı doğuran nefretinden besleniyordu. Sevgilisinin gözlerini bir an olsun Berçem'in gözlerinden ayırmaması sabrını tüketmişti.

Ancak bu sözleriyle ölümcül bakışları üzerine çekmiş, yetmezmiş gibi bir de azarlanmıştı. Barzan sevgilisinin kulağına eğilerek buz gibi sesiyle, "Bu soru sana sorulmadı. Cevabı vermek sana düşmez. Bir daha sakın karışma!" demişti. Belindeki ellerini, genç kadını sarsarak çekmişti.

Mahmut Bey, gözlerini rahmetli Ciwan'ın güzel karısına çevirdi. Yüzüne acı ve keder inmişti. "Başınız sağ olsun. Ciwan gibi bir adamı kaybetmek hepimizi üzdü," dedi.

Berçem kafa sallamakla yetindi. Kendinde bu konuda konuşacak gücü bulamıyordu. Herkes üzgünken, kendisi kırgındı rahmetli kocasına. İnsanlıktan nasibini alamamış, zalim kardeşine bırakıp gittiği için kalbi gücenmişti Ciwan'a.

Beli mengene görevini üstlenmiş bir kolun hapsi altına alınmış, narin bedeni sıcak bir vücuda hapsolmuştu. Berçem kolun sahibine bakma tenezzülünde bulunmadı. Barzan Ağa yokmuş gibi davranacak, varlığını inatla reddedecekti. Burnuna dolan erkeksi kokusuna, sahiplenici kollarına, sağ kolunun altında bozuk bir ritimle atan kalbine elinden geldiğince aldırış etmeyecekti.

"Kocana bir açıklama yapmayı düşünüyor musun karıcığım?"

Barzan alaylı, buz gibi sesiyle sorduğu sorusuna bir tepki alamayınca sinirle homurdandı. Berçem'in sessiz kalışını sevmiyordu. Bugün söylediklerinin pişmanlığını ve vicdan azabını hâlâ çekiyordu. Bu konuda kendisini asla affetmeyecekti.

Berçem belini saran ele fütursuzca tırnaklarını batırmış, genç adamın kolunu kazandığı güçle hızla itmişti. Kocasının yanından ayrılmadan önce, "Ben senin karın değilim," demişti. Fısıldayan sesinin altında kırgın bir haykırış vardı.

Başına şimşek düşmüş gibi serseme dönüşmüştü Barzan.

Berçem önce kolundan kurtulmayı başarmış, akabinde 'Ben senin karın değilim!' haykırışında bulunmuştu.

Mahmut Bey ne zaman aralarından ayrılmıştı bilmiyordu. Karısını beğeniyle izleyen gözleri ise hâlâ yerini koruyordu. Orhan'ın Berçem'i piste doğru götürmesi karşısında son sabır kırıntılarını da tüketmişti. Bunlar haddini aşan hareketlerdi. Haddini aşan aşka ise çoktan tutulmuştu zaten.

Hoşlandığı kız, dostu bile olsa yabancı bir adamın kollarında dans edemezdi. Yumruk yaptığı elleri birilerinin suratına inmeden buradan gitmek istiyordu. Barzan'ın öfkesinden aşağı kalmayan Azra, Orhan ile dans eden kızı nefretle süzüyordu. Bu kız yüzünden Erkut'tan azar işitmişti. Karısı olması, Azra için bir şey ifade etmiyordu. Emanetti ve yakında boşanacaklardı. Bu kızdan kurtulacak ve sevdiği adam ile evlenecekti. Erkut'un duygularının yönü değişmeden, bu kızdan kurtulmalıydı. Keza bu bakışlar, 'Yetiş Azra! Sevgilin elinden gidiyor,' diye haykırıyordu.

"Beni azarladığına inanamıyorum Erkut."

Barzan'ın alev alan gözleri hışımla yan tarafında duran kadına dönmüştü.

"Sen de haddin olmayan sorulara cevap verme."

"Orhan, Berçem'in karın olduğunu söyleyecekti. Benim düşeceğim rezil durumu düşünsene. Sen de rezil olacaktın. Ağabeyinin karısıyla evlenmiş, buraya getiriyor diyeceklerdi. Karısı başka adamın kollarında ve elinden tuttuğu kadın sevgilisi Azra diyeceklerdi. Düşeceğimiz durumun rezilliğini düşünsene! Buna göz yummamı mı bekliyorsun?"

Pire için yorganı yakan alev, Barzan Hezeroğlu'nu saçlarından ayakuçlarına kadar tutuşturmuştu. Yeşil hareleri titreşiyordu.

"Sen benim ağabeyimin karısıyla evlenmemin ayıp olduğunu nasıl söylersin? Sen kimsin?"

Bakışlarında artık çıldırmış bir adam vardı. "Erkut," diyen gözleri şaşkınlıkla irileşmiş kadını, küçümseyen bakışlarıyla ezdi.

"Ben senin ne için öyle dediğini biliyorum, sen canını sıkma. Niyetini biliyorum! Kendine çeki düzen ver artık."

Sevgilisini tek başına bırakarak, dans eden karısı ve dostuna doğru ilerledi. Güç bela takındığı tebessümle diplerinde bitiverdi.

"Müsaade edersen Orhan Bey, karımı alacağım."

Tehdit eden tınısı sertti.

Orhan istediğini almanın verdiği keyifle geri çekilmiş, "Hay hay," diyerek Berçem'in elini Barzan'ın eline tutturmuştu. Yanlarından geçip gideceği sırada, "Partnerime zarar verirsen, Raber Ağa'ya bırakmadan ben seni İstanbul'dan Mardin'e kadar süründürürüm," diyerek asıl tehdidi bu oyunbaz tavrıyla kendisi gerçekleştirmiş, karı kocayı yalnız başlarına bırakarak, yanlarından ayrılmıştı.

Barzan karısını kolları arasına aldı. Bildiği, tanıdığı Berçem'den çok daha farklı bir kadın duruyordu karşısında. O güzel sırma saçlarının ortasına taktığı takı, alnı ve saçı arasında bitiyordu. Su damlası şeklindeki takının tam ortasında, gözlerinin renginde bir zümrüt duruyordu. Lal ve zümrütten oluşan üç damla daha bulunuyordu. Zümrüt yeşili gözlerine çektiği sürme ise güzelliğini ortaya çıkarmak için yeterliydi.

Ancak Barzan, bu güzelliği örten soğuk bakışlı gözlerde sıkışıp kalmıştı. Bu, o kız değildi. Böylesine yabancı olan, vurdumduymaz bakan bu kız, karısı değildi. Kuracak uygun bir cümle bulamıyordu.

Berçem dans etmeyi bilmediğinden telaşlıydı. Barzan onu böyle süzerken ne yapacağını iyice şaşırıyordu.

"Bırak, dans etmeyi bilmiyorum. Rezil olacağım."

Gözlerinin soğuk ve mesafeli ifadesi ses tınısına da yansımıştı.

"Kendini bana bırak karıcığım," dedi. Kollarına hapsettiği narin bedenden gelen koku baş döndürücüydü. Berçem 'karıcığım' kelimesiyle bütün endişelerini, korkularını unutmuş; bir çift alev almış yeşil gözle genç adama bakmıştı.

"Ben senin karın değilim, ben senin emanetin değilim, ben senin belan değilim. Kısacası ben senin hiçbir şeyin değilim."

Bu duygusuz serzenişler, Barzan'ın yüreğini parça parça yakmıştı. Sarf ettiği her bir kelime ecele yazılan bir fermandı. Bugün defalarca kendi katili olmuştu. Kendi yüreğiyle beraber Berçem gelinin de katili olmuştu. Oysa sabahleyin bu katli bilerek gerçekleştirmişti. Ancak Barzan Ağa şu anda pişmanlık ve geç kalınmışlık hissiyle sarmalanıyordu.

Karısını kendine sıkıca çekip gözlerinin içine baktı uzun uzun. Anlatılması güç olan her şeyi bir çift orman yeşili ile anlatıyordu. Görebilene!

"Sen benim karımsın, sen benim emanetimsin, sen benim belamsın, sen benim her şeyimsin!"

Karmakarışık ruh hali, bir gerçekle darmaduman olmuştu.

"Ben senin hiçbir şeyinim ki beni kocamın katiline göndermek istedin!"

Öfkeli gözleri hırs doluydu. Bu adamın canını yakmak istiyordu, ancak elinde canını yakacak hiçbir şey yoktu. Evlilikleri canını yakan en büyük nedendi. Genç kadın yakında buna bir son vererek adamın can acısını iyileştirecek, onu çok sevdiği gudubet sevgilisine kavuşacaktı.

"Neler çektiğimi bilmiyorsun Berçem."

"Sen hiçbir şey çekmiyorsun, sen sadece bir zalimsin."

Barzan aralarındaki mesafeyi en aza indirerek yakınlaştı. Sıcak nefesi boğuktu.

"Evde görüşeceğiz seninle..."

Berçem'i baştan aşağı ürperti içinde bırakarak, nefesini yüzüne üfledi.

Kahretsin ki Berçem, Ciwan'ın aşkıydı. Ağabeyi âşık olduğu kadınla evlenmişti. Barzan bu aşkı bilirken, Berçem'e o gözle bakmayacağını kendisine defalarca telkin etmişti. Hisler beslememek için kötü davranmış, hırpalamış, emanet gözüyle bakmış, en başından boşanma kararını bildirmişti. Berçem'in bu evlilikten bir beklentisi olmaması için yapmıştı tüm kötülükleri. Duyguları yön değiştirdiğinde bile inatla reddetmişti. Ancak şimdi tüm kötülükler, tüm reddedişler, koca bir hisle yüreğine oturmuştu. Evet, Berçem Hezeroğlu'na karşı hisleri vardı ve bu hisler gün geçtikçe büyüyor, yıkılmaz oluyordu.

Berçem genç adamın kollarından sert bir hareketle çıktı. Kendilerini seyreden gözleri zerre kadar umursamamış, Barzan'ı hayretler içerisinde yerine mıhlamıştı.

Sabırsız ayakları Orhan'a doğru yürüdü. Bir dakika daha kalamazdı burada. Boğum boğum olmuştu nefesi. Elleri Orhan'ın koluna dokundu. "Gidelim mi?" diye sordu zoraki bir tebessümle. Etrafında duran arkadaşlarını gözleri görmemişti. Terk etmek istiyordu bu mekânı.

Orhan genç kızın gözlerine bakınca, sımsıcak bir gülümseme sundu.

"Tabii, gidelim."

Şefkat dolu sesi ve tutuşu, Berçem'in kendisine gelmesine yetmedi. Barzan'a gideceklerini haber vermişti. Dostlarıyla kısa bir vedalaşmanın ardından genç kızla beraber çıkmıştı.

Barzan sesini çıkarmadan sevgilisiyle birlikte arkalarından çıkmıştı. Geride şüpheli birçok dost ve dedikoducu bir topluluk bırakarak ayrılmışlardı. Hoş, Barzan'ın bunu taktığı pek söylenemezdi ya.

Berçem kiminle geldiyse, yine onunla gidecekti. Şimdi hasta numarası yapan karısı Ömür'ün yanına, geçmiş olsun demeye gideceklerdi. Sürücü koltuğunda oturan adamın aşkı gözlerinden okunuyordu. Genç adam Ömür adı geçtiği an adeta kuş olup gökyüzüne uçacak, özgürce sevgisini haykırarak karısının kalbindeki yuvasına konacak gibiydi.

"Ben karın olduğunu söyleyecektim ve Barzan buna sesini çıkarmayacaktı. Ama Azra engel oldu."

Berçem kendisini izleyen adama o kadar çok dalmıştı ki, son sözlerine doğru ancak duyabilmişti. 'Azra engel oldu.' Çünkü Azra kıskanç ve Barzan'ın karısı olmasını kabul edemeyen bir kadındı.

Alaylı bir ifade yüzünden geçip gitti. "Kendisi bilir, boşanıyoruz nasılsa. Yarın Erkut'una kavuşacak ve tüm bu saçmalıklar bitecek. Ben de o zaman..." Kalbi inatla haykırdı. Ayrılığın ağır darbesiyle işkencelerin en büyüğüne maruz kalacak, bu acıyla derin üzüntülere boğulacaktı.

Orhan bıkkın bir nefes verdi. "Kendi adetlerinizi benden daha iyi bilmenize rağmen inatla boşanacağız diyorsunuz." Küçümseyen yüz ifadesi, Orhan'ın acımasız yüzünü ortaya çıkarmıştı.

"Ben Barzan'a da defalarca söyledim, sana da söylüyorum," yoldan gözlerini ayırıp kaşlarını çatmış emanet güzele baktı. "Siz boşanmayacaksınız. Sen, Hezeroğlu Aşireti'nin tek gelinisin. Azra dahil, hiçbir kadın hayatınıza dahil olamayacak. Hepiniz bunu kabullenmek zorundasınız."

Davudi sesi, sert ve öfkeli çıkmıştı. Berçem'in ilk defa bunları duyduğunu bildiğinden, üzerine çok vardığını o an fark etti. Ancak daha önceleri fark ettiği kaçınılmaz bir gerçek vardı ki o da, Barzan ve Berçem'in birbirlerine karşı hissettikleriydi. Artık isteseler de boşanamazlardı. Sıkılmıştı bu kelimeden.

Afallayan genç kızın sözleri idrak etmesi uzun sürmüştü. Beynine balyoz yemiş gibi hissetmişti. Azra'nın dostu onun yanındaydı ve boşanmayacaklarını söylüyordu. Sessiz kaldı sadece. Yabancı eve varana kadar kafasını camdan çevirmemiş, tek bir kelime etmemişti.

Evin önüne park edilen arabadan Orhan'ın yardımıyla inmişti. Eve geçmeden önce adamdan birkaç uyarı almıştı. "Ekşittiğin yüzünü görmek istemiyorum Berçem. Gülmek sana çok yakışıyor. Ömür seni böyle üzgün görürse çok üzülecektir."

Berçem 'güçlü dur' oyunu için yeni kılıfını üzerine geçirdi. Barzan Ağa'ya karşı güçsüz durmayacaktı elbette.

"Sen hanım ağasın!"

Bugün defalarca duyduğu kelimeyi Orhan gülerek söylemiş, keyfini yerine getirmişti. Dörtlü evin kapısına doğru yol aldı.

Kapı önünde toplanmışlardı. Barzan ve Azra'nın arası kötü iken, Berçem kocasını görmezden geliyor, Orhan ile birbirlerine gülümsüyorlardı.

"Ömür rahatsız olmasın habersiz geldiğim için?"

Kendi adına mahcup ifadesiyle konuşmuştu.

Orhan yan bir bakış attı saçmalama dercesine. "Ne rahatsızlığı hanım ağam, aksine onur duyarız seni ağırlamaktan." Sözlerinin mizacı, yüzünün ciddi ifadesine en büyük tezattı.

Barzan homurdanmaya devam etti. Karısı kendisini görmezden gelirken, dostuyla gülüp eğlenebiliyordu. Bundan daha büyük ceza var mıydı?

Kapıyı anahtarıyla açıp karısına sürpriz yapmak istemişti. Ancak kapı açıldığında Ömür'ü oğlu Günay'ın peşinde elinde yemek dolu tabakla koşarken bulmuştu. "Günay, bebeğim anneyi üzme," diye sitemli sesiyle soluyan kadının hali perişandı.

Berçem naif sesiyle ayakta zor duran kadını izledi tebessümle. Kendini yabancı hissediyor, gülümsemeye bile çekiniyordu.

"Ömrüm?"

Kocasının sesini duyan genç kadın, kapıya bakmadan önce elinde duran tabağı antrede duvara dayalı konsolun üzerine bıraktı. "Orhan hayatım, bu çocuk beni tüketti. Verem edecek beni." Oğlunu şikâyet ettiği kocasına baktı. Tek sandığı adamın yanındaki güzel kadın ile Erkut ve Azra'yı görünce duraksamıştı.

"Or-Orhan.." Soran gözleri, yanında duran güzel kadına çevrilmişti. Bu kadın Erkut'un karısıydı. Gözleri büyümüş, ağzı şaşkınlıkla açılmıştı. Kocasını bu güzel kadınla mı göndermişti? Kocasının eşlik ettiği kadın, Berçem, bu kadar güzel miydi? Birazdan cemiyetten arkadaşları telefonunu çağrı ve mesaja boğacaktı. Kocanı nasıl yalnız gönderebildin gibi türlü sorulara maruz kalacaktı.

"Erkut'un karısı." Hayretini üzerinden atıp, genç kıza doğru yürürken kuş gibi cıvıldadı. "Seni burada görmek ne güzel, hoş geldin." Kollarını dostane bir tavırla genç kıza sardı. Samimiyeti karşısında çekingenliği az da olsa kırılmıştı.

"Merhaba. Kusura bakmayın, böyle çat kapı geldim ama Orhan..."

Geri çekildi Ömür. "Evet ya..." Yüzünde dehşet dolu bir ifadeyle kocasına baktı. "Şu halime bak sevgilim ya, beni Berçem'in karşısına nasıl çıkardın!" İçin için ofladı cılız sesiyle.

Berçem gülümsedi. "Bence gayet şık ve güzelsiniz." Gerçek düşüncesini belli eden samimi gözleri, heyecanla parıldıyordu. Ömür ile tanışmak gelin hanıma iyi gelmişti.

"Teşekkür ederim." Gözlerinin içi gülerken bir anda kıskançlıkla dolmuştu. "Ben kocamı böyle güzel bir kadınla mı gönderdim?" Naif sesinden hırlama çıkmıştı.

"Ben istemedim. Orhan zorla, yani Raber Ağa'nın zoruyla götürdü."

Genç adam Berçem'e bakıp gülümsedi. "Ben gayet keyifle götürdüm seni. Çok içtensin, çok eğlendim!" Gerçekten eğlenmişti. Ömür'ün yanlış anlamayacağını biliyordu. Tek derdi, Barzan'ı kudurtmaktı.

"Kapıda mı bırakacaksın bizi Orhan?"

Barzan'ın sert sesi tüm kulaklara dolmuştu.

Orhan istediğini almanın keyfiyle kapıdan çekilmişti. Salona doğru yürümüşlerdi. Ömür kocasının kollarında, yanında duran kadını süzüyordu. Berçem, sürmeli gözleri bir tarafa, orantılı vücut hatlarıyla da güzelliğini kanıtlıyordu. Azra ile yarışabilirdi. Hatta Berçem'in kırılgan ve mahzun duruşu, Azra'nın güzelliğini gölgede bırakıyordu. Azra ona nazaran güçlü ve tutkuluydu.

Ömür misafirinin yanına oturdu.

"Ee Berçem, anlat sevdin mi burayı? İstanbul'a ısındın mı?"

Kafasını salladı. "Evet, güzel bir şehir..."

"Ama memleket bir başka?"

"Tabii ki. Mardin benim için bambaşka."

Ömür genç kızın zümrüt yeşili gözlerinde takılı kalmıştı. Bir girdap gibi bakanı kendine çekip hapsediyordu. *Tıpkı Erkut gibi*, diye geçirdi. "İkinizin gözleri birbirine benziyor, fark ettiniz mi?"

Fark etmiş olmalılardı kesinlikle. Berçem'in iri yeşil hareleri en dikkat çekici özelliğiydi. Berçem ve Barzan bir kez daha göz göze gelmişlerdi. Nevroz Hanım bilerek söylemiş, Ömür ise farkında olmadan söylemişti. Azra tek kaşını kaldırmış, Ömür'ü süzüyordu. Bu kadın bugün aklını kaçırmış olmalıydı.

Gözlerini kocasından çekerken metanetle soluklandı. Azra'ya sarılan adamın kocası olması ne ironiydi. Bunu kendisine hakaret olarak algılamıştı. Barzan ile benzer hiçbir şey istemiyordu.

Azra bu benzetme ile içten içe kıskançlığının büyüdüğünü fark etti. Birbirine benzeyen iki gözün hapsoluşunu yedirememişti kendine. Erkut'un onu bırakacağı korkusu o kadar sarmıştı ki ruhunu, genç adamı nefessiz bırakacak kadar sarıldığını fark edemiyordu.

Kollarında duran kadın bir yana, Barzan'ı zorlayan Berçem'di. Zümrüt yeşili hareleri kendisine o kadar yabancı, o kadar hissiz bakıyordu ki, Barzan inanamıyordu onu bu hale getirdiğine.

Orhan karısına bakıp gülümsedi. Söylenecek şey miydi bu şimdi? Ömür mesajı alınca yerinden kalkmıştı.

"Ben kahvelerimizi getireyim,"

"Ben de sana yardım edeyim."

İki kadın da yanlarından ayrılınca Berçem kendini savunmasız hissetmişti. Azra'nın varlığı bariz canını sıkıyordu. Barzan'a duyduğu nefretin yarısını Azra'ya duyuyordu. Hayatında kimselere duymadığı nefreti ikisine duyuyordu. Tencere misali, birbirlerini iyi bulmuşlardı.

"Ömür çok tatlı," dedi.

"Senin kadar."

Berçem ayıplayan bakışlar attı.

"Dalga geçme lütfen."

Orhan kendine hak verircesine kafasını salladı. "İkiniz de tatlılığınızla olsun, güzelliğinizle olsun kıyasıya bir mücadeleye girebilirsiniz," diyerek afacan bir gülümseme sundu. "Baştan söyleyeyim ikiniz de birincisiniz!"

Berçem sahte bir kaş çatışla baktı genç adama. Bu kadar rahat davranması, ağabey gibi olmasından kaynaklanıyordu. Üstelik bugün Orhan ile konuşmasaydı, o partide Barzan'a demediğini bırakmayacaktı. Kocasının hırlayışını duymasına rağmen gülüşü bozulmamıştı. Görmezden geliyordu ya, duymazdan gelmek de dâhildi oyununa.

Keyfinden bir şey kaybetmemiş bir edayla yerinde doğruldu.

"Mutfak nerede acaba?"

"Salondan çıktığında sağdaki ilk kapı..."

Klasik tarzda döşenmiş salonun hoş havasından, antrenin şıklığına aheste adımlarla varmıştı. Sağdaki ilk kapı tarifi olan mutfağa geldiğinde, duyduğu tartışma sesleri içeri girişini engellemişti ve daha birçok şeyi duymasına olanak vermişti.

"Sen aklını mı kaçırdın Azra? Nasıl Berçem'i göndermemi istersin? Ben evime gelen düşmanı mı kovmam. Kaldı ki, Berçem'i... Erkut'un..."

"Erkut'un karısı mı diyeceksin?"

"Evet karısı!"

Sert bir çıkış olmuştu. Berçem dudaklarını ısırdı ağlamamak için. Bu aşağılanma daha ne kadar devam edecek, istenmediği daha nerelerde nefes alacaktı?

"Benden böyle bir şey isteme Azra. Asla Berçem'i göndermem. O imada bile bulunmam. Aklımı kaçırmadım daha!"

"Sen ve kocan çok benimsemeye başladınız onu. Bakıyorum pervane oldunuz hemen etrafında."

Duymak istemiyordu hiçbir şeyi. Bu evi terk etmek istiyordu hemen. Topukları üzerinde döndü. Az önce çıktığı salona bitik bir halde girmişti. Tereddütsüz Barzan'a doğru yürümüştü. Çatık, anlamsız bakışlarıyla onu izleyen kocasının elinden tuttu sıkıca. "Lütfen gidelim," dedi cılız sesiyle.

Bu ani gitme isteği genç adamı şüphelendirmişti. Yerinden kalktı hızla. Kafası önüne düşmüş genç kızın çenesinden tutup kendisine bakmasını sağladı.

"Neyin var Berçem? Bir şey mi oldu?"

Kafasını salladı Berçem. "Ha-hayır bir şey yok, gidelim lütfen." Yalvaran sesi yüreğini acıtmıştı genç adamın. Elini sımsıkı tuttu. Biraz önce çıktığında böyle değildi. Mutfakta bir şey mi söylemişlerdi?

Orhan şüpheyle salon kapısına çevirmişti gözlerini. Karısı bir şey söylemiş olamazdı. Bu kızı kıracak herhangi bir söz, Ömür'ün ağzından çıkmış olamazdı. Çenesini okşadı parmaklarıyla.

"Berçem, Ömür bir şey mi söyledi?" diye soran dostuna uzun uzun baktı. Ömür'den ziyade, Azra'dan şüpheleniyordu.

Berçem, Orhan'a bakacak yüzü bulamadı kendinde. "Yok hayır, olur mu öyle şey? Ben sadece gitmek istiyorum," diye cevapladı. Düz sesi incinmiş kalbinin yankısıydı. Yalvaran zümrüt yeşili hareleri parıltılarını kaybetmiş gibiydi.

Barzan bu yalvarışlara sessiz kalamamıştı daha fazla. İncinmiş kızın elinden sahiplenircesine tuttu. Hiç beklemeden çantasını aldığı gibi kapıya yürümüştü. Mutfağın önünden geçerken davudi sesiyle gümbür gümbür inletti evi.

"Azra! Gel, gidiyoruz."

Duydukları ses üzerine iki kadın da mutfaktan çıkmıştı. Yüzlerinde anlamsız bir ifade vardı.

"Nereye, ben daha kahve getirecektim?"

"Gidelim biz Ömür, başka sefere!"

Çelik gibi erkeksi sesi genç kadını ürpertmişti.

Azra el ele tutuştuklarını görünce, sorgulayan iri ela gözlerini sevgilisine dikmişti. Ne demek oluyordu bu!

Barzan Ağa sorgulayan bakışlarına, çatık kaşlarıyla hükmetmiş, genç kadını çıldırmış bir vaziyette bırakmıştı. Sesi hiç çıkmayan, ortalıkta görünmeyen küçük çocuk annesinin arkasından çıkıp Berçem'in yanına gitti.

Berçem bir şey söyleyeceğini anlamış, zoraki tebessümüyle ensesinde biten dalgalı saçlarıyla yakışıklı duran küçük çocuğa bakmıştı. Ancak sorduğu soru ile neredeyse bayılacak raddeye gelmiş, elini tutan adamın ellerinden ellerini hızla çekmişti.

"Sen teyzemle amcamın arasını bozan bela mısın? O sen misin?"

"Küçücük çocuk bile anladı!"

Alayla gülmüştü Azra. Kıskançlık genç kadını acımasız bir kişiliğe büründürüyordu. Bu rencide edici sözleri desteklemesi, ne kadar kıskanç bir kadın olduğunun kanıtıydı.

Berçem ellerini kurtarırken, kopacak kadar hızlı çektiğini fark etmemişti. Gözüne inen kara perde bir yerlere tutunmasını söylese de, Berçem yine ayakta kalmayı başarmıştı. Küçücük çocuğun diline pelesenk olmuştu.

Barzan, Berçem'in bayılacağını anlayınca, özür sözlerini duymadan genç kızı kolundan sürükleyerek arabaya doğru götürmüştü. Bu beş yaşındaki bir çocuğun idrak edemeyeceği, büyüklerin kendi arasında konuşacağı bir mevzuuydu ve bu mevzu nasıl Günay'a kadar ulaşmıştı, hayret ediyordu!

Arabanın ön kapısını Berçem için açmıştı, ancak Azra kız daha bindirilmeden yerini almıştı. Berçem'e duyduğu öfke partiye gelip, gecelerini mahvetmesinden kaynaklanıyordu. Öbür türlü içi biraz olsun rahatlamıştı.

Barzan karısını arka koltuğa dikkatlice bindirdi. Can acısı yeşil harelerinde oynaşıyordu. Ne Ömür, ne de Azra'nın yanına kar kalmayacaktı. Karısı hakkında bu kadar rahat konuşmaları, küçücük çocuğa bile bu yanlış fikirleri empoze etmeleri nevrini döndürmüştü. Yine suçu kendisinde buluyordu. Tüm bunların sebebi kendisiydi.

Yola çıkan arabada tek ses, sessizce alıp verilen derin nefeslerdi. "O çocuk daha Berçem, takma!" Demoralize olmuş genç kıza en fazla bu kadar destek verebilirdi. Gerçeğin üstünü örtmek, kaçmaktan başka bir şey değildi. "Kıskançlık ve kin, insanoğlunu öldüren zehirli bir hastalıktır." Gözünü yoldan ayırıp, yan tarafında oturan kadına kararlılıkla baktı. "Bunu bil!"

Sessizlik havada asılı kaldı, kimse bir şey söylemedi. Azra konuşacak yüzü bulamazken, Berçem konuşacak heveste değildi. Küçük çocuğun sorusu üzerlerine çığ gibi çökmüştü. Lime lime doğranmış gururu, paçavra gibi savrulmuş; onuru el âlemin alayına konu olmuştu. Hiçliğin içinde debeleniyordu ruhu.

Barzan önce Azra'yı eve bırakmıştı. Sessizliği açılıp kapanan kapı sesleri bozmuştu. Eve dönüş yolunda da dostları olan sessizlik yalnız bırakmamıştı karı kocayı.

Genç kız yatak odasına mecburiyetten geçmişti. Yaşam enerjisini kaybeden bedeni zorlukla üzerini değiştirmişti. Banyoda ihtiyaçlarını giderdiği gibi, kendine yer yatağı düzenlemeye koyulmuştu. Yatağın ayakucuna yorganı katlayıp koydu. Şişme yatak arayacak hali yoktu.

Banyonun açılan sesini duyduğu halde yatağı düzenlemeye devam etti.

"Yatağa geç!"

Kocasının kükreyen aslan gibi kulaklarını dolduran ikazı, kedinin miyavlaması gibi gelmişti ona. Dikkate alacağı bir adam değildi zira.

Barzan, Berçem'den tepki alamayınca bir kez daha kükredi.

"Yatağa geç!"

Berçem yastığı elleriyle şişirip yerine bıraktı. Genç adamın duymak istemediği sesi susturmak için, boş bakan yabancı harelerini arkasında duran adama çevirdi.

"Seninle muhatap olmak istemiyorum. O yüzden sus!"

Yabancı gözleri görmek, sesinin ruhsuz tınısını duymak; en az Berçem kadar, Barzan'ı da yaralıyordu. Bezgin bir nefes verdi dudakları arasından. "Yatağa geç dedim Berçem." Kükreyişine nazaran sesi şimdi sakin çıkıyordu.

Kulağına hayali tıpasını takmıştı. En ufak bir kelime daha duymayacaktı. Kulağı da, yüreğiyle beraber dolup taşmıştı. Dokunsa birileri, kapakları patlayan baraj gibi döküverecekti her şeyi. Rabbine sığınarak sustu.

Barzan yere uzanıp, başına kadar yorganı çeken kıza baktı. Yatağa doğru yürüdü. Kendi yastığını aldığı gibi, karısının yanına uzanmıştı. Serdiği tek kişilik yer yatağına çift kişilik olarak uzanacaklardı. Barzan kollarını beline dolayıp, sırtını göğsüne hapsederek tek kişilik yer yatağına uyum sağlamıştı. Kalpleri de kimliklerinden sıyrılıp, tek bir benliğe uyum sağlasaydı; o zaman hayatı düzene girecek, bu acılar son bulacaktı.

"Her şeyi yoluna koyacağım Berçem."

Asılsız bir sözdü bu Berçem için. Mengene gibi saran kollardan usulca kurtuldu. Dizlerini kendine çekmişti. Kırgındı herkese. Hayatını mahveden herkese gücenmişti.

Barzan küfretti. En masum kız harap olmuştu ellerinde. Bakmayı bilmiyordu emanetine. Ne yapsa ucu acıya dayanıyordu. Hayat ağabeyini elinden aldığı gün bozuk atmıştı. Şimdi ceremesini çekiyordu. Bir değil, iki değil, herkes... En çok da, suçsuz olan Berçem!

Tan ağarırken, yorgun bedenler alaca karanlığa hapsolup uyuyakalmıştı: *Huzursuz ve kırgın...*

***

Ev ailenin gidişiyle boşalmıştı. Berçem misafirlerini yolcu ederken, ağlamaktan doğru düzgün vedalaşamamıştı. Newroz Sultanı da yanlarında götürmeleri, içindeki yalnızlığın ateşini körüklemişti. En çok ihtiyacı olduğu zamanda gitmişti. Koca evde iki kırgın düşmanı bir başına bırakarak, pervasızca Mardin yoluna düşmüştü!

Merdivenleri aheste aheste çıktı. Çarpılarak kapanan kapı, korkuyla yerinden sıçratmıştı. İnlemeyle çığlık arası bir ses dudaklarından dökülmüştü. "Gel buraya çabuk!" Kocasının itiraz kabul etmeyen, bariton sesi yankılandı evin içinde.

Berçem dehşete düşmüş yüzüyle kocasına döndü. Salonun açıklığına doğru yürüyen adamın gergin kaslarından anlıyordu ki, bir kavgaya tutuşacaklardı. Çıktığı basamakları indi acele etmeden.

Barzan Hezeroğlu tüm öfkenin, kızgınlığın, sinirin azametini üzerine yüklemiş; fitili çekilmiş bir bomba gibi karşısında duruyordu. Dönen gözleri korkunç olsa da, Berçem pek etkilenmiyordu.

"Bana böyle davranma!" Çatallaşmış sesinin bu kadar güçsüz çıkacağını kestirememişti.

Kahırlı gözleri kocasının üzerinde gezindi. "Birbirimize gerektiği gibi davranıyoruz, hak ettiğimiz gibi." Cılız sesinden yorgunluk akıyordu. Karşısında onun için üzülen adamı görmüyordu gözleri. Hoş üzülse ne olacaktı? Barzan kendisine neler çektirmişti!

"Bu hak ettiğimiz değil." Karşı çıktı, böyle olmaları gerekmiyordu. Daha iyi olabilirlerdi bundan sonra.

Müstehzi bakışları titreşen yeşil harelerin içinde gezindi. "Doğru, sen bunu hak etmiyorsun," Kafasını salladı. "Bunu ben hak ediyorum. Ezilmeyi, hor görülmeyi, sevilmemeyi, kırılmayı... Tüm bunları hak eden benim!"

Bir şeylerin farkına geç varmak, Barzan Hezeroğlu'nun yaptığı bir şey değildi. Ancak karısına yaptıklarını fark etmesi çok zamanını almıştı.

"Geldiğimden beri boşanacağını söylüyorsun. Benden nefret ettiğini, bela olduğumu, hayatını mahvettiğimi sürekli dile getiriyorsun. Ben çok mu istedim hayatına dâhil olmayı, hem senin hayatını hem kendi yaşamımı alt üst etmeyi?"

Bu sorular cevapsızdı. Fakat ona da hak vermesi gerekti. Yaşadıkları kolay değildi. Düşüncelerini okumuş olacaktı ki, cevabı eksik olmamıştı.

"Hakkın var elbette. Ağabeyini kaybettin, hiç tanımadığın, bilmediğin, istemediğin bir kızla evlendin. Sevgilinle evlenemiyorsun, kavgalarınıza sebep oluyorum. Ama bu senin bana zulüm yapabileceğin anlamına gelmiyor. Beni herkesin içinde rezil edeceğin anlamına da gelmiyor. Küçücük çocuk ya… Küçücük çocuk…" Son kelimelerini bastırıyordu dilinde.

"Ben küçücük çocuğun dilinde sakız oldum. Azıcık bir gururum kalmıştı, o gururumu da yok etti. Beni dostlarının arasında bile ezdin. Öyle bir ezdin ki, onlar bile bela olarak gördüler beni. Benden utanıyorsun, benimle hiçbir yere gidemiyorsun. Beni insan içine çıkartmak istemiyorsun." Kırgın sesi gerçekleri dile döktükçe tınısını kaybediyor, güçten düşüyordu.

"Keşke beni anlasaydın Berçem." Çaresizce kafasını salladı. "Keşke anlasaydın..." Gözlerini sımsıkı kapattı.

"Ben seni anlıyorum zaten. Ama sen beni anlamıyorsun."

Yutkundu Berçem boğazına düğümlenen acıyı. Göğüs kafesinde tekleyen o 'kalp' denilen organ kabul etmedi acısını. 'Yeterince doluyum Berçem!' diyen haykırışlarını duyurdu.

"Ben seni anladığım için kendimi bir köşeye çektim. Ne senden beni sevmeni istedim, ne evli bir adam olmanı istedim, ne çocuk istedim, ne sevgilinden ayrılmanı istedim. Ben senden seninle ilgili hiçbir şey istemedim. Sadece hayatımız normale dönsün diye, senden beni dayıma göndermeni istedim. Sen onu bile bana çok gördün. Sen beni dayıma göndermedin!"

Konuştukça kırgınlıklar ortalıkta fink atıyordu. Berçem iyice halden düştü. Ayakta duracak hali yoktu.

Barzan dinledikçe omuzlarına çöken yükle kamburlaşıyordu. Gerçekleri duymak ağırdı. Berçem Hezeroğlu güçlü bir kızdı. Bu da fark ettiği bir ilk olmuştu.

"Burada acınacak bir kişi varsa o da bendim. Acınacak haldeyim Barzan. Ailesi olmayan benim, bir ailenin başına bela olan benim! O ailenin büyük oğluyla evlendim. Evlendiği gün, gelinliği kefen olan benim. Kocası ölen benim. Kocasının ölümünden bir ay sonra, bir ay sonra hiç tanımadığı bilmediği bir adamla evlendirilip elin memleketine gelen benim. Burada kocam olan adamdan eziyet gören benim. Aynı evde hem barınan, hem de sevgilisiyle cilveleşen adama şahit olan benim."

Sesi cılızlığını kaybetmiş, acısıyla haykırıyordu. Evi inleten bağrışları değil, gerçekleri konuşuyor oluşuydu. Enkaz altında kalmışlardı sanki.

"Gitmek isteyen ama bir türlü gidemeyen benim. Bütün bunlar benim ve sen beni anlamıyorsun. Ben seni anladığım için gitmek istiyorum ama sen beni anlamıyorsun."

Yorgun bir nefes verdi. Düğüm düğüm olmuştu nefesi, sanki birileri gırtlağını sıkıyormuş gibi. Kalbi bu konuşmaya itiraz ederken, aklı haykır diye bağırıyordu. Kaldığı ikilem arasında delirmek üzereydi.

"Sen emanetine iyi bakmadın, bakmıyorsun. Sen aslında ne istediğini bilmiyorsun!" Çatık kaşlarının altında canlılığını yitiren zümrüdî hareleri sel baskınına uğramıştı. Tuzlu gözyaşları dudaklarında birikiyordu.

Barzan gözlerini sımsıkı kapattı. Gözyaşları arasında çektiği onca acıyı güçlükle dile getiren kızı dinlemek kalbini acıtmıştı. Oysaki ondan hoşlandığını itiraf etmek istiyordu. O yüzden onu bırakamadığını, bırakmak istemediğini söylemek istiyordu. Ancak Barzan Hezeroğlu'nun hoşlanma sandığı duygularının alenen aşka dönüşmesi, ona da zamansız bir sürpriz olmuştu. Madrabaz davranmıştı duyguları.

"Berçem..." Elleri her iki yanına düştü ne yaptığını bilmez bir halde. Gitmesini istemiyordu, bu kadar netti.

"Berçem bana da hak ver. Seni çok üzdüğümü, kırdığımı biliyorum ama engel olamıyorum. İki kadın arasında kaldım. Hangi birine yetişeceğimi bilmiyorum."

İçinde kaynayan kararsızlık yüzüne vurmuştu.

"Ciwan'ı en mutlu gününde kaybetmek canımı yakarken, sevdiğiyle bir evliliğe mecbur bırakıldım. Ağabeyimin sevdiği kıza karşı durdum. Benden bir şey beklememesi için kötü davrandım, canını yaktım, küçümsedim... Sevdiğim, evlenmek istediğim kadın evliliğimi kabullenemeyip beni terk etti. Terk edişi senden nefret etmeme neden oldu." Son cümleyi kurduğuna inanamıyordu. Gerçekleri dile getirirken her şeyiyle ortaya seriyordu. Lakin bunun sonucunda, zaten kırgın olan kadını parçalara ayırma niyetinde değildi.

"Sizlerin yanı sıra işlerim var. Ciwan'ın başıma kalmış işleri var. Yurt dışı programlarım var. Peşini bırakmayan Miran şerefsizi var. Senin için şu evden çıkamayan çaresiz ben varım. Sıkışıp kaldım her şeyin içinde ve herkes bana ayak uydurmaya çalışırken, tek sen bana karşı çıktın, hâlâ çıkıyorsun." Onu yenen, öfkelendiren, kızdıran, güldüren, eğlendiren bütünüyle her türlü ruh haline sürükleyen bu kızdı!

"Ben sana Barzan olma seçeneği sunmadım. Sen hep Erkut'tun hep Erkut kalacaksın. Beni dayıma gönder, bu saçmalığa son ver. Sana karşı çıkan bir bela da olmaz."

"Gitmeni istemiyorum Berçem. Gitmeyeceksin, burada yanımda kalacaksın. Seni ne dayına, ne başkasına göndermeyeceğim. Sakın bunun ümidine kapılma." Müstehzi bir bakış attı. Yaptığı onca şeyden sonra bir de göndermeyecekti.

"Bu eve Azra'yı getirmemin sebebi, birbirimizden hiçbir şey beklememememiz gerektiğini göstermek içindi. Kendimi öyle kandırmıştım ama öyle değilmiş!"

Zümrüt gözler, karanlıklarla dolu orman yeşili gözlere kararlılıkla baktı. "Sen istediğini düşün, ben buradan gideceğim. Beni bu eve getirdin, beni yatağına attın. O kadın ile kirlettiğin iğrenç yatakta bana sahip olmaya çalıştın, çocuk istedin. Benden nefret ederken, beni istemezken, canın istedi diye beni kirletmek istedin. Sevgilinle gözümün önünde neler yaptın. O yemekte gülüştünüz, gözümün önünde öpüştünüz. Bir gururumun olduğunu hiç düşünmediniz. Ben senin karındım, ne kadar istemesek de, o kadınla..."

Sözleri tükendi. İnanamıyormuş gibi baktı. Kırgınlıkları gün yüzüne çıktıkça, adımları daha da uzaklaşıyordu.

"Sen Ciwan'ın aşkıydın, sen ağabeyimin karısıydın. Sana karşı özel duygular beslememek içindi bütün bu yaptıklarım!" Alabora olmuş bir gemi gibi batıp çıkıyordu duyguları. "Emanetime göz dikmemek içindi. Ağabeyime karşı utanacağım şeyler yapmamak içindi. Yine de oldu, yine de seni hissediyorum Berçem. Engel olamadım kendime bir türlü." Metanetle nefesini verdi. Emanetine kötü gözle bakmasa da, ona iyi davranması gerekirdi.

"Çok hor görüldüm ben. Hiçbir şey istemiyorum." Kafasını salladı hiddetle. Hiçbir şey istemiyordu. "O boşanma davasını aç. Yollarımızı ayır, kurtulalım artık! Hazır Newroz Sultan da yok!"

Alaylı bakışları öfkeyle harmanlanıp, karanlığa bürünen gözlerinden, diline taştı. "O boşanma davası açılmayacak. Bekleme hiç!"

Berçem sessiz kaldı bu sefer. Nasıl olsa boşanacaklardı, ne olursa olsun! Çıldırmış adamı bir başına bırakarak yukarı çıktı. Odasına nihayetinde kavuşmuştu. Son günleri olacaktı burada. Bavulunu hazırlama düşüncesi sardı bir tarafını. Bir tarafı ise inatla reddediyordu. Gitmek istemiyor, onun yanında kalmak istiyordu. Bu kadar kırgınlıktan, bu kadar sözden sonra ise bu imkânsızdı. Küçücük çocuk bile yüzüne vurmuştu bela olduğunu. Kalmak neye yarayacaktı?

Akşamı bulan saatlerde hâlâ odasında oturuyordu. Barzan aşağıda olduğunu çarptığı kapılarla belli etmişti gün boyu. Hâlâ kızgınım diyordu aklı sıra. Berçem, Barzan'ın yön değiştiren duygularını itiraf edişini aklından çıkarmaya çalıştıkça, Barzan kalbine doğru bağırıyordu. İnanılması güç gibiydi. Allah biliyor ya Berçem hâlâ inanmıyordu.

Kapısı çalınmış, Okan elinde bir tepsiyle içeri girmişti. Berçem yattığı yerden kalktı. "Ne vardı Okan?"

Genç adam gülümsedi. "Yemek getirdim. Barzan Bey size gönderdi. Eğer yemezseniz, kendi elleriyle size yedireceğini söyledi." Erkut Bey özellikle söylediği için, Barzan demişti.

İri gözleri yuvalarından tepsiye fırlayacaktı neredeyse. O mu yedirecekti, daha neler! Elini uzattı. "Ver tepsiyi." Aksi gibi konuşuyordu.

Okan gülümsemesine engel olamadı. Böyle masum bir kızın, Erkut Bey gibi bir adamın karısı olması ne kadar da garipti. Tepsiyi genç kıza uzattı. Berçem adamın odadan çıkmadığını görünce Okan'a döndü.

"Başımda mı dikileceksin?"

"Tepsiyi almak için..."

"Gerek yok, ben getiririm."

Okan bir şey söylemeden çıkıp gitmişti. On dakikaya kalmadan dolu tepsi boşalmıştı. Berçem hiç bu kadar acıkmış hissetmemişti kendini. Tabii işin bir de Barzan ile uğraşma kısmı olduğundan, tepside kırıntı bile bırakmamıştı. Barzan Ağa'ya görünmeden mutfağa bırakmalıydı tepsiyi.

Kapıdan çıktığı sırada, kocası da çalışma odasından çıkıyordu. Tepsiyi, fark ettirmeden yana kaydırdı. Kapısını kapatıp merdivenlere yöneldi. Barzan tepsiyi saklamaya çalıştığını görünce arkasına geçti. Omzunun üzerinden tepsiye bakmaya çalışıyordu.

Berçem o bakmaya çalıştıkça, tepsiye daha da kapanıyordu. Ne yaparsa yapsın görmeyecekti. Barzan kafasını kollarının altına kadar eğmiş, tepsideki boş tabakları görünce seslice gülmüştü.

"İstersen bir tabak daha dolduralım güzelim. Kurt gibi acıkmışsın!"

Berçem mesafeli, kızgın bakışlarını gülümseyen adama dikti. Tepsiyi gördüğü için saklamanın bir manası kalmamıştı. Omuzlarını dikleştirerek genç adamı arkasında bırakıp merdivenleri indi. Kırgın bir kız olmasına rağmen, kadınsı yürüyüşü karşısında Barzan'ın kalbi teklemişti. Kesinlikle boşanmayacaktı ondan.

Berçem mutfağı toparlayıp odasına dönmüştü hemen. Barzan'ı etrafında bulmak istemiyordu. Yatağına uzandı. Barzan'ın 'güzelim' deyişi kulaklarında çınladı. Çok güzel söylüyordu. Bazen onun canını yakan şeyleri bir sözüyle silebiliyordu ama bu sefer başaramamıştı!

Uykuya teslim etti soluk kırgın parçalara ayrılmış gözlerini. Kalbi bir süre kış uykusuna yatsın istemişti. Acı çekmek istemiyordu ayrıldıklarında. Sabahın ilk ışıklarında gözlerini açmıştı. Gece boyu gördüğü kâbuslar üzerinde nahoş bir hava yaratmıştı. Barzan'ın evde olmayışı iyi hissettirmişti. Böylelikle işini bugün halledebilecekti. Kararını vermişti, yardım alarak bu işe son verecekti.

Tek bir isim vardı aklında. Telefonu eline aldı, numarasının olduğunu biliyordu. Zaten tanıdığı kim vardı ki rehberi dolu olsun. Kısa bir bekleyişin ardından telefon açılmıştı.

"Aa Berçem," karşıdakinin şaşkın tınısını duydu önce. "Ben de seni arayacaktım ama utandığım için arayamadım. Müsaitsen..."

"Hiç önemli değil, ben gücenmedim," dedi. İyi yalandı, dili yalan söylemeye alışmıştı artık. "Eğer müsaitsen buraya gelebilir misin? Ben dışarı çıkamıyorum. Bir şey konuşmak istiyorum da."

"Kapıyı açarsan içeri geleceğim."

Afalladı genç kız. Kapıda mıydı şimdi? "Tabii tabii..." Şaşkınlığını gizleyemeden kapıyı açmasıyla, Ömür'ü kocaman gülümserken bulması bir olmuştu. "Berçem," diyerek sımsıcak sarılmıştı genç kadın. Berçem karşılığını fazlasıyla vermişti. Orhan'ın karısı olduğu her halinden belli oluyordu.

"Hoş geldin,"

"Sen çağırmasaydın da geliyordum. Seni çok merak ettim, ne durumda olduğunu." Geri çekilerek yüzünü inceledi. Saklayamadığı bir şey de dünden kalan kederi ve hüznüydü.

Ömür'ün anlaması anlık saniyesini almıştı. "İyi misin Berçem?" diye sordu endişeyle. Dün oğlunun terbiyesizliği yüzünden bu halde olduğunu biliyordu. Bunun yanı sıra, Barzan yanına gitmesini istemişti. Zaten Berçem telefon etmese de bugün bu eve gelecek ve Berçem'den özür diyecekti.

Berçem dudaklarını dişleri arasında ezdi. Istırabı batan Güneş'in verdiği acı gibiydi. Bakanın gözlerini kör ediyordu.

"Hadi içeri girelim, ayakta kalma."

Ömür hak verircesine kafasını salladı. "Doğru ayakta mı konuşacağız? Ben seni tanımayı çok istiyorum. Gel, kendini anlat bana. Orhan seni çok övdü." Heyecanlı ruh hali yüzüne ve hareketlerine yansımış, genç kızı elinden tutarak salona sürüklemişti. Yan yana oturarak vücudunu ona döndürdü.

"Orhan çok iyi biri, bir ağabey gibi," dedi. Bundan şüphesi yoktu. Karı koca olarak birbirlerine karakteriyle benzerlikleri Berçem'in içini rahatlatan bir gerçekti.

Kocasının adı kulağına dolunca, genç kadın aşk dolu bir gülümseme sundu. Kahverengi hareleri neşeden oynaşıyordu. "Orhan, ah o adam benim ömrüme ömür katan... Kocam diye demiyorum ama Berçem, Orhan mükemmel bir adam."

Berçem aşkla dolu kadına baktı sadece. Barzan da mükemmel bir adamdı emanetine sahip çıkmayı bilseydi eğer. "Biliyorum. Kısa zaman oldu ama çok iyi tanıdım. Özellikle dün çok yardımcı oldu bana. Senin davete katılmana engel oldum ama..."

Ömür elinden sıkıca tuttu. "Şşt sakın öyle düşünme. Ben aksine çok mutlu oldum." Hiç darılmamış, kızmamıştı. Sosyetenin dedikoducu kadınları, magazin programlarını ustaca sunarak Ömür'e bu sabah keyif vermişlerdi. Berçem ile kıskandırma çabalarına hâlâ gülüyordu. Berçem'in kim olduğunu bilselerdi bu kadar rahat davranırlar mıydı, merak konusuydu.

Yeni tanışmış iki kadından, ziyade kırk yıllık dost gibiydi tavırları. "Ben kahve yapayım."

Biraz muhabbet ettikten sonra yardımını isteyecekti.

"O zaman mutfağa geçelim. Orada kahve içer, sohbetimizi ederiz." Ömür, genç kız ile birlikte mutfağa geçmişti. Kahveyi pişirirken, aynı zamanda sohbet ediyorlardı. Keyifli bir sohbeti kahve ile geride bıraktıklarında, Ömür merakla Berçem'e döndü.

"Anlat bakalım, benimle konuşmak istediğin nedir?"

Berçem suyundan bir yudum aldı. Yardım edeceğini umuyordu. Onu yarı yolda bırakmazdı. Derin bir nefes verdi. Kem küm etmeden lafa girdi.

"Ben boşanmak istiyorum."

Doğru ve üzerinde durulmuş bir karar olduğuna inanarak dile getirmişti ve bunu ne olursa olsun yapacaktı. Berçem Dağdelen, bundan sonra hayatına dul bir kadın olarak devam edecek, tüm sıkıntılarından sıyrılıp, mutluluğa erecekti.

***

Bölüm 17

Geçmişin Hataları Geleceğin Yakasından Düşmez!

Hayal kırıklığı gün gibi ortadaydı. Sarılması gereken yaraları hâlâ kanıyor, telafi edileceğini düşündüğü anıları bir bir yıkılarak hayal kırıklığına uğratıyordu. Zaten kim yıkacak, kim yok edecekti?

"Ne boşanması?" Ömür'ün çatlamış sesi, hayret doluydu.

"Bildiğin boşanmak, yolları ayırmak Ömür," diyerek anlamadığını varsaydığı kadına açıklamıştı. "Ben Barzan'dan boşanmak istiyorum. En kısa zamanda, hatta hemen şimdi. Bana yardım et ne olur."

Ömür'ün yüzündeki kan çekilmişti.

"Bunu benden isteme Berçem, lütfen. Bunu yapamam."

"Yalvarırım sana Ömür. Ben tek başıma yapamam. Kimseyi tanımıyorum bu koca şehirde, hiçbir yeri bilmiyorum."

"Özür dilerim Berçem ama sana bu konuda yardımım dokunamaz. Bunu Barzan'a yapamam, beni öldürür!"

Dehşete kapılmış bir edayla kendini anlatmaya çalışıyordu. İşin özü, Barzan'a olan korkusundan daha çok boşanmalarında parmağı olsun istemediği için kabul etmiyordu.

"Kocamın katiline beni vermek isteyen bir adamla evli kalamam." Dilinin ucunda toplanan gerekçesini Ömür kaldıramaz diye yutmuş ve bir başka gerekçeyi sunmuştu. "Ben kimsenin mutluluğuna müdahale etmek istemiyorum. Barzan ve Azra birbirine âşık ve ben olmasaydım evleneceklerdi. Bunu bildiğim halde evli kalmamı bekleme. Üstelik Barzan da benim kadar çok istiyor boşanmayı. Benim de bir gururum var Ömür. Ne kadar sevmesem de, sevgilisiyle gözümün önünde oynaşmasını daha fazla kaldıramam. O kadar onursuz bir kadın değilim ben!" Kızgın sesini bastırdı. "Geçici bir evlilikti zaten ve bitiyor."

Bir kadın duyguları söz konusu oldu mu gurur ister istemez devreye giriyor ve yardım eli uzatılıyordu. Berçem'in yaşadıklarını yaşamamıştı, ancak neler hissettiğini az çok tahmin edebiliyordu. Orhan'ı bu kadar çok severken, kocasının başka kadınla gözü önünde cilveleşmesini elbette kaldıramazdı. Bunu hiçbir kadın kabul edemezdi. Yardımını edecekti, fakat habersiz değil.

Gözlerini sımsıkı kapattı. "Tamam, sana yardım edeceğim," dedi. Berçem'in hüzünlü gözlerinde bir nebze mutluluk yer edinmişti.

"Yani yapacağız, değil mi?"

"Evet, bugün avukatımla görüşüp, boşanma dilekçeni vereceğiz."

"Gerçekten mi? Bu çok iyi!" Minnetle gülümsedi.

"Bu kadar çok mu istiyorsun boşanmayı?"

"Evet, bu kadar çok istiyorum Barzan'dan boşanmayı!"

'Her şey daha iyi olabilir,' sözü yavan bir çelişki gibi geliyordu artık. 'Hiçbir şey iyi olmayacak,' anlamı yatıyordu altında. Daha birçok cümle uydurulabilirdi; hayal kırıklığı yaşayacaksın, hep üzüleceksin, umduğun hiçbir şey olmayacak…

Umduğu hiçbir şey olmamıştı ki zaten. Hayat küstüğüne mutluluğu vermezdi. Mutluluk dedi genç kız… Elinden bastonu alınmış bir ihtiyarın yere düşüp bastonu istemesi gibi peşinden koştuğumuz fakat gerçekte bir türlü sahip olmadığımızdı.

Avukat ile görüşme kısa sürmüştü. Boşanma dilekçesi, bir husumete dayanarak hazırlanmıştı. Gerisinde onca gizi barındıran yaşanmışlıkların üstünü örtbas eden genç kız, hafiflemesi gereken yüküne bir on kat daha yük yükleyerek eve dönmüştü. Yarın boşanma dilekçesi Barzan'ın eline geçecekti. Korkuyorsa da, bir tarafı heyecandan kavruluyordu. Zira kocasının tepkisini çok merak ediyordu. Ömür gibi…

'Berçem ne istiyorsa onu yap, ben hallederim' diyen kocasına güvenerek Berçem'i yakın bir arkadaşına götürmüştü ve boşanma davasını açmışlardı. Orhan'ın ne yapacağını bilmiyordu ama kocasına güveni tamdı. Tek isteği bu dilekçe vesilesiyle başlarına bir zararın gelmemesiydi. "Barzan beni öldürecek!"

Sabah kahve içtikleri mutfakta şimdi yemek yapıyorlardı. Beraber olmaları iki adamın işine gelmiş olmalı ki, Barzan karısını arayarak güzel yemeklerini yapmasını istemişti. Orhan'ın özellikle istediği yemeklere hayır demiş, kendi listesini sıralamıştı. Ancak Berçem, misafirinin istediklerini yeni arkadaşıyla birlikte yapıyordu.

"Korkma, şimdiye kadar bana bir şey yapmamışsa sana da yapmaz."

"Kalıp savaşabilirdin."

İnanamayarak baktı. "Bunu Azra'nın dostu mu söylüyor?"

Ömür ihtiyatla nefesini alıp verdi. "Bak canım… Azra ve Barzan'ın bildiğin üzere dört yıllık bir beraberlikleri var. Evlenmeyi bile düşündüler, ciddiyetleri o dereceye vardı. Sevdiği adam başka bir kadınla evlendi ve olmadı. Bunun için ikisine de üzüldüm," yaptığı yemeğe ara verip Berçem'e döndü. "Azra'ya hak veriyorum bir yönde. Kendini kandırılmış hissediyor ve sevgilisini geri istiyor. Barzan en başından bizde boşanma yok diyerek yollarını ayırsaydı bugün hiç…"

"Erkut bunu diyemezdi, çünkü Erkut Azra'ya âşık!" diye cevapladı Berçem, ses tınısının sert çıktığından bihaber.

"Barzan ise bu evlilikte hep Berçem'i suçlu buldu, Barzan olarak kalamadığı için... Şimdi Berçem gerekeni yapacak ve Azra'ya istediğini verecek."

Tatmin olmayan Ömür genç kıza cevap verdi. "Burada suçlu Barzan, ancak kaderinize yön veren hiçbir şeye sırtınızı dönemezsiniz. Bir kere olmuşsa olmuştur." Derin bir nefes alıp verdi. Doğru cümleleri kurmaya çalışıyordu. Berçem'i yaralamayacak, kırmayacak ve yolundan mecburi caydıracak… "Oraların âdetini iyi bilirim. Orada büyümedim, yaşamadım. Ama Barzan ve Nevroz Abla bize en ince ayrıntısına kadar her şeyi anlattı. Sizde boşanma diye bir şey yok ve sen bir ağanın gelinisin. Bu boşanma imkânsız yani…"

"Ben âdetimi biliyorum. Ama benim kocam öldü ve ben onun kardeşiyle yapamam. Anladım kaderimde bu varmış ama bazen kaderini de kendin belirleyebilirsin."

"Senin kaderinde Barzan var canım, eninde sonunda o adamın olacaksın. Kocan vurulduğunda sen Barzan'ın yanındaydın. Bir de bu açılardan bak. Bazen kaderde hoş tesadüfler vardır."

"Kocamı kaybetmem hiçbir zaman hoş bir tesadüf olmayacak Ömür. Barzan'la evliliğim de buna dâhil!" Ateşten bir gömlek giymiş gibi, kızgınlıkla tutuşmuştu bedeni. Hayatın ona ettiği ihanetti kör kurşunun kocasını vurması. Barzan'ın kolunu sıyıran kurşun geçip tam kalbinden vursaydı, kimse bugün hayatından bir memnuniyetsizlik yaşamayacaktı.

Ömür elini yıkadı usulca. Doldurduğu bir bardak suyu son damlasına kadar içmişti. Kuruyan boğazına ancak su iyi gelebilirdi. "Kader nedir Berçem?" diye sordu düşünceli ifadesi yüzüne oturmuştu. "Anne rahmine bir fasulye tanesi kadar düşmemizden tut da, nefesimizi son kez verip gözlerimizi fani dünyaya kapatana kadar yaşadığımız her şeyin adı. Bak Berçem, ben kadere inanırım. Şerrimde hayrın olduğuna; hayrımda şerrin olduğuna inancım var. Yaşadığım her şey kaderimde var, amenna der, şükrederim. Orhan benim kaderim, oğlum Günay benim kaderim. Sen bile benim kaderimsin. Hayatıma iyiliğiyle kötülüğüyle giren her insan kaderimin bir parçası... Parça parça yaşıyoruz hayatı tatlım. Bazı parçalar bizi kırıyor, bazı parçalar bizi yaralıyor ama ne olursa olsun yine mutlu oluyoruz. Çünkü bizi mutlu edenler var. Bazen farkına varmıyoruz ama bu gerçek."

Ömür dudaklarını yaladı. Can kulağıyla onu dinleyen, hak verişini kafasını sallayarak belli eden kızın anladığını görmek iyi hissettiriyordu. Asıl mesele Barzan'ın hayatına girişiydi ve Berçem'in kaderi buydu. Anlamasını istediği buydu.

"Sen aileni kaybettikten sonra bu Hezeroğlu Ailesi'ne dâhil oldun. Barzan'ı hiçbir zaman görmedin. Ta ki düğüne kadar... Sence bu kaderin bir cilvesi değil mi? Seni bilen, sana âşık olan adamın değil; seni hiç bilmeyen, seni sevmeyen bir adamın karısı oldun. Ciwan sana dokunmadan, senin gözlerinin içine bakmadan göçtü bu dünyadan. Şimdi Barzan'ın karısısın ve âdetlerinizde boşanma yok. Yani boşanmaya çaren yok. Dayının yanında kalsaydın bir başka adamla evlenecek, onunla belki boşanma fırsatınız olacaktı. Ama kader sana Barzan'ı verdi. Kaderine yön verme şansın, onunla evliliğin olup olmayacağı sorusu sorulduğunda vardı. Sen şansını bu şekilde kullandın. Farkında olmadan... Azra'ya içim yanıyor, yalan değil. Onun üzüldüğü her saniye ben kahroluyorum. Ama Barzan, Azra'ya kısmet olmadı. Ben eminim, bu boşanma olmayacak. Sen de iyice düşün lütfen.

Yaşadıklarınız hazmedilecek gibi değil anlıyorum ama yolunuza temkinli adımlarla devam edin artık. Bilmiyorum yarın neler olacak, hayat size neler verecek. Velhasıl fırsatınızı iyi değerlendirin ve pişman olacağınız hiçbir şeyi yapmayın. Bundan sonra geri dönüşünüz olmayabilir!"

Ensesini kaşıdı düşünceli bir halde. Savunma mekanizması devre dışı kaldığında ve ne yapacağını bilemez bir duruma düştüğünde ilk yaptığı hareket ensesini ovuşturmak olurdu. Eğer kararından biraz olsun caydığını hissederse, muhakemesini yalnız kaldığında yapacaktı. Ancak dilekçe yarın kocasının eline geçecekti ve her şey bitecekti. Yemeğinin başına döndü usulca.

Yapılan yemeklerin ardından kurulan sofra, kocalarının gelmesini beklerken bir sohbete sürüklemişti iki kadını. Oturduğu koltuğa sırtını yaslamış, bedenini dinlendirirken heyecanla Berçem'i soru yağmuruna tutmuştu Ömür.

"Ciddi ciddi geldiğin ilk günlerde Barzan seni masaya oturtmuyor muydu?"

"Evet, beni görmek istemezdi."

"Sen ne yapıyordun? İnadına otursaydın."

"Deli misin, beni öldürürdü. O zamanlar çok kızgındı bana, nefret ederdi. Şimdi iyi biraz," diyerek omzunu silkti. Sabahları kahvaltı tabağını doldurduğunu dikkate alırsa, evet çok iyiydi, hakkını yemeyecekti. Hınzırca sırıttı Ömür. "Kocanı nasıl da tanıyor, neler yapacağını nasıl da iyi biliyorsun. Bir de kalkmış, bana boşanmadan bahsediyorsun. Kendinizi kandıran aklınızı seveyim."

Berçem genç kadına ters bir bakış attı. Aralarında bunca husumet geçmişti.

"İzin ver de tanıyayım artık. O kadar şey yaşadık."

Ömür şüpheli bakışlarını gizlemeyi başarmıştı. Ancak öğrenmek istediği, Berçem'in itiraf etmesini beklediği bir nokta vardı ki; Ömür parmağını o noktaya basmıştı. "Berçem," diye seslendi sakin ses tınısıyla. "Barzan çok farklı bir adam. İlk onunla tanıştığımda çok korkmuştum. Mesafeli dururdu. Kaşları hep çatıktı. Gözleri çok yabancı, karşısındakini öldürecekmiş gibi bakardı." O günleri hatırlamanın verdiği korku vardı yüzünde. "Yaşadığınız bunca olaydan sonra içinde hiç mi bir kıpırdanma olmadı. Anlıyorum ki... Ciwan'a karşı hiçbir duygu beslememişsin ama Barzan'ın cazibesine hiç mi kapılmadın? Kocan çok yakışıklı ve adam gibi bir adam... Gözlerine hiç mi kapılmadın? Sesini hiç mi sevmedin? Sana hiç mi gülmedi de, gülüşüne ölmedin?"

Kocası Orhan'a karşı hissettiği duyguları, Berçem'in de hissetmesi gerektiğini düşünüyordu ve yanılmamıştı. Berçem 'Güzelim' deyişine, karanlık pusuya yatıran orman yeşili gözlerine, bir ah çektiren gülüşüne, güçlü kişiliğine; o adamın saçlarından, tırnak uçlarına kadar her şeyine hayrandı. Hayranlığı zümrüt yeşili harelerinde parıldamış, şapşal bir gülümseme dudaklarında yer almıştı. Ömür bu gülüşü yakalar yakalamaz haykırmıştı zevkle.

"Yakaladım işte, ondan hoşlanıyorsun!"

Âşık halinden sıyrılmış, yakalanmanın verdiği utanç dolu ifadesiyle genç kadına dönmüştü. "Ha-hayır n-ne hoşlanması..." İtiraz eden ses tınısı şaşkınlıktan güçsüz ve yetersiz çıkmıştı. Bu kadın yamandı gerçekten.

Ömür ise istediğini almanın gururuyla göğsünü gerdi. "Evet evet, hoşlanıyorsun," dedi, omzuna vurdu. "Hadi söyle, eminim seni öpmüştür. Doğruyu söyle. Karşılık verdin mi?"

Aklını başından alan soru Berçem'i sarsmıştı.

"N-ne diyorsun Ömür? Canım, saçmalama..."

"Davet gecesinde seni çok kıskanmış, Orhan söyledi."

Berçem'in yeşil gözleri büyüdü. "Yok öyle bir şey..."

"Berçem güven bana, konuşmamızın hepsi burada kalacak." Güven veren bir gülümseme sundu.

"Sadece Azra'yı seviyor ve onu kıskanıyor."

"Azra'yı seviyordu. Ama sen duygularını değiştirdin. Karısı olarak, kocanı kendine bağlamaya başlamışsın. İnan bana Berçem, Barzan'ın sana karşı duyguları çok derin. Hisleriniz karşılıklı."

Cevap verecek zamanı olsaydı bile, Berçem söyleyecek bir şey bulamazdı. Duyulan kapı sesi ve içeri giren Barzan ile Orhan'ın sesleri, iki kadını yerinden kaldırmıştı. Ömür kocasına doğru koşar adımlarla yürüdü. Kocasının güvenli kollarına bıraktı kendini. "Hayatım," derken nazlı bir edayla sardı kollarını. İkilinin aşk kokan hareketlerini, Barzan ve Berçem tebessümle izliyordu.

"Ömrüm, kocanı çok mu özledin?"

Karısının sevgisini ilgisiz bırakmayan bakışları arzuyla üzerinde gezindi. Ömür kadar özlemişti Orhan da. Telefonda sesini duyduğu her saniye yanında olmayı istemişti.

"Çok çok çok..." Daha sıralayacak kadar konuşabilir, yerlere göklere sığdıramadığı sevgisini kocaman kalbinde nasıl taşıdığını haykırabilirdi. Yanaklarına uzun soluklu öpücüklerini bıraktı. Özlemlerinin büyüklüğüne nispeten sarmaş dolaş bir kavuşma gösterisi yapıyorlardı. Zira iki çift yeşil gözün onları seyrettiğinin farkındalardı. Belki bir gün biz de böyle oluruz düşüncesi geçti akıllardan. Belki olurlardı… Kim bilir…

Ömür Orhan'ın kollarından ayrılmadan onları izleyen genç adama dönmüştü. "Sen de hoş geldin Barzan," demişti. Hiçbir şey olmamış gibi davranmak kolay değildi. Sonuç olarak kendi arkadaşına karısını götürmüş, boşanma dilekçesini vermişlerdi. İçi ürperdi bir an. Bugün bu kadar sakin olan adam yarın nasıl olacaktı acaba?

Berçem'e dalan genç adam, karısının Orhan ve Ömür'ü seyrederkenki ifadesini fark etmişti. İmrenen bakışlardı bunlar. Hatta istekli bakışlardı. Ya da Barzan bunu o kadar çok istiyordu ki, öyle gördüğünü varsayıyordu. "Hoş bulduk," diyebildi sakin ses tınısıyla. Salona geçip oturana kadar Berçem'den bir ses, bir bakış beklemişti. Ancak karısı onu görmezden geliyordu. Orhan ile konuşup gülmüştü fakat kafasını bir kez olsun genç adama çevirmemişti. Karısının dikkatini çekecek, konuşmasını sağlayacak bir şey bulmalıydı. Görmezden gelmeye devam ederse yalnız kaldıkları an bu evi karısının başına yıkacaktı.

"Her şey hazır mı Berçem?"

Karısı cevap vermek yerine yerinden kalkıp mutfağa geçince Barzan hayretle dostlarına döndü. "Ben onun canına okuyup geliyorum," diyerek yerinden ok gibi fırladı. Orhan ve Ömür hayranlıkla evli çifti izliyorlardı. O tatlı kaçamak bakışlar yok mu, ikisini de öldürüyordu.

Mutfaktan içeri kızgınlıkla giren adam, yalnız kalmanın verdiği huzurla kollarını sarıp, genç kızı kendine çevirmişti. "Karıcığım, canına susamış olmalısın!" Oyunbaz sesi tehdit doluydu.

"Sen de bu evlilik oyununa kendini fazla kaptırmış olmalısın," diye cevaplamıştı Berçem onu.

"Kaptırmadım!" diye tısladı Barzan dişlerinin arasından. "Biz evliyiz ve bu evliliği sürdürüyoruz," diyerek boynunu örten sırma saçlarını parmakları arasına aldı. Karısının güzel yüzünü özlemle izledi. Parmakları kavisli kaşlarının üzerinde gezindi. Parmak uçlarında hissettiği yumuşaklıkla vücudu arzuyla yanmış, baştan çıkarıcı bir his genç adamı zayıf bırakmıştı. Berçem'in sessizliği, dokunuşlarıyla kendinden geçişi cesaret vermişti genç adama.

Aralanmış dudaklarını seyre daldı. Kırmızı dolgunlukları öpülmeye müsaitti.

Müsaadesini almaksızın kapanmıştı dolgunluklarına. Kana kana içer gibi öpmüştü karısını. Nazik dokunuşları, korkutmak istemeyen öpücükleri şefkat doluydu. Her an düşecek gibi olan bedenini kollarıyla sarmaladı.

Berçem'in uçup giden aklı, bedenini savunmasız bırakmıştı. Barzan'ın öpücükleri öyle etkileyici, öyle baştan çıkarıcıydı ki... Titreyen dizleri bedenini taşıyamazken, kocasının güçlü kolları düşmekten son anda kurtarmıştı.

Öpücükleri derinleşip, tehlike sınırına vardığında Barzan güçlükle geri çekilmiş, alnını alnına yaslamıştı.

"Bu evliliği sürdüreceğiz, aksi imkânsız!" Bir öpücük daha bırakmıştı dudaklarına.

Berçem sözlerin tesirinde kalmıştı. 'Bu evliliği sürdüreceğiz.' Yarın bu sözleri çürütecekti. Genç adamı göğsünden iterek, kendinden uzaklaştırdı. "Bir daha beni öpme," diye parmağını salladı. Aptal kız deli cesaretine yakalanmıştı.

Barzan tek kaşını kaldırarak karısının tehdit eden parmağını izledi. Sözlerindeki emir yetmezmiş gibi bir de tehditle parmağını sallıyordu. İnadına bir kez daha öptü. İsyan dolu iniltisini duyunca genç kızı birden bıraktı.

Berçem arkasındaki tezgâha yaslandı. Zalim kocası, onu ne hale getirdiğini umursamadan uçurumun kenarında bırakıyordu. Kapıya doğru giden genç adamı kızgınlıkla karışık bir hayranlıkla izledi. Her şeye rağmen bu zalim canavardan hoşlanıyordu. Yalan söyleyemezdi, öpücüğüyle mest olmuştu. Bu eve geldiği ilk gün kaybettiği aklını arama gereğinde bile bulunmamıştı. Görünen o ki, aklını başına toplamaya da niyeti yoktu.

Barzan çıkmadan önce usulca karısına döndü. Bilmiş bir ifade sert hatlı yüzüne yayılmıştı.

"İkimiz de biliyoruz ki, kapıda bunu yapmayı istedik." Bu sözlerinden o kadar emin duruyordu ki... Berçem'in öfkeyle homurdanması üzerine bir uyarıyı uygun buldu. Aksi halde geceyi berbat edeceklerdi.

"Saatler sonra koca evde ikimiz yalnız kalacağız. Şimdi misafirlerimiz var diye boş boş konuşursan, o sivri dilin bana değerse, gittiklerinde seni parçalarım!"

Sözlerinin sonunda az önce öfkeyle homurdanan kadın, şimdi korkuyla inildemişti. Bu daha iyiydi!

Kocasının mutfaktan çıkıp gitmesi, Berçem'e durup düşünmesi için olanak sağlamıştı. Evvela yemekleri koymuştu tabaklara. Barzan'ın boşanmamaktaki ısrarı genç kızı zorluyordu. Başından beri boşanma konusunda direten adamın evliliğe ısınıyor olması, Berçem'in duygularına birer saldırıydı.

Salona doğru taşıdığı sıcak yemeklerin kokusu eve yayılmıştı. Elini yıkayan Orhan masaya taşınan tabaklara yutkunarak baktı. "Sırf bunun için akşam olmasını dört gözle bekledim hanım ağam. Ömür de öğrensin, bana yapsın."

Barzan seslice güldü. "Her akşam nasibimi alıyorum karımın güzel yemeklerinden. Ömür öğrenmesine öğrenir de..."

"Berçem'in elinin tadını veremem, değil mi? Onu mu diyeceksin?" Sözlerini tamamlayan Ömür'ün yüzünde meydan okuyan bir ifade vardı.

"Lafı ağzımdan aldın Ömür," diyen genç adam da inadına gülmüştü. Ömür'ü kızdırmak kolay değildi. Ancak Orhan'ın yanında konuşulmasından hoşlanmadığı tek tük konular vardı. Ki her kadın bu konulardan rahatsız olurdu. Bir başka kadının yemeğini karısının yanında övmek gibi!

"Almaz olaydım Barzan," diyen genç kadın kısa bir tebessüm sunup masaya geçti. "Ömür'ün hakkını yemeyin, bana yardım etmeseydi bunlar yetişmezdi. Üstelik yemeği o yaptı. Bu yemekler güzelse Ömür'ün maharetli ellerinden çıktığı için."

Ömür hakkını savunan Berçem'e minnetle baktı.

"Keşke kocan da bunu anlasa Berçem'ciğim. Barzan kadar kimse hakkımı yememiştir."

Masanın başında yerini alan Barzan, yan tarafında oturan kıza inanamayarak baktı. "Ömür üzülecek diye, senin ellerinden çıkan yemeği onun yaptığına inanmayacağım karıcığım. Ömür sadece çene çalmıştır."

Berçem burnundan öfkeyle nefesini verdi. Siniri masanın altından kocasına bir tekme savurmasına sebep olmuştu. Kahkaha atan genç adamın eğlenen ifadesi, yerini öfkeye bırakmış, kısılan gözlerini genç kıza dikmişti. "Seni parçalarım dedim," demişti. Hiç tereddütsüz gerçekleştirebileceğini söylüyordu gözleri.

Sessizliği bozmak farz olmuştu Orhan'a. "Dudağındaki ruj iziyle mi yapacaksın Barzan Ağa?" diye sormuştu alayla. Karısına laf eden adamın yaptıklarını elbette ki yanına bırakmayacaktı. Ömür'ün yemeklerini hep takdir ederdi ki, annesininkinden sonra damak tadına uyan tek yemekler karısının yemekleriydi ve şimdi de Berçem'inkilerdi.

Didişen ayaklar işittikleriyle dehşete düşmüş, ikili şaşkınlıkla Orhan'a dönmüştü. Ömür zafer dolu gülümsemesiyle kocasının yanağına teşekkür öpücüğünü kondurmuştu. Berçem yerin dibine geçtiğini hissetmişti. Gerim gerim gerilmiş, tırnaklarını avuç içlerine batırmıştı. Orhan'ın bunu söylemiş olmasına bir yanı hayret ediyordu. Bu çok ayıptı.

Barzan başparmağıyla dudağının üstünden geçti kontrol etmek için. Bulaşmış kırmızı ruj izleri, elinde olmadan gülümsetmişti. Silmeyi unutmuştu. Orhan bunu başka bir zamanda, Berçem ile araları böylesine kötü değilken söylemiş olsaydı, Barzan arkadaşının suratını dağıtmış olurdu.

Orhan istediğini almanın keyfiyle karısına döndü. "Şimdi yemeği yiyebiliriz Ömrüm!" diyerek karısının doldurduğu yemekleri yemeye koyulmuştu. Barzan halinden memnunken, Berçem hiç kimseye bakamayacak halde, sadece yemeğini yemişti.

Yemek sonrası da bu utangaçlık devam etmişti. Arkadaşlarının sohbetine adam akıllı kendini verememiş, evi saran neşeli kahkahalara Berçem iştirak edememişti. Barzan'ın kendisine sürekli sözlü saldırılarda bulunması da cabası olmuştu.

Orhan ve Ömür çifti, oğulları Günay'ı bahane ederek ayaklandıklarında, Berçem derin bir nefes vermişti. Sabahki boşanma dilekçesinden itibaren yorgunluk çökmüştü üzerine. Barzan'dan ayrılacağı gerçeği, Berçem kabul etmek istemese de yüreğine oturuyordu. Barzan'a karşı hislerinin farkındaydı, kimsenin söylemesine gerek yoktu. Ancak kocasının âşık olduğu bir kadın vardı. Üstelik ilk kocasının katiline gönderilmesine pozitif bakan bir zalimin karısı olmak istememesi de bu boşanma için sebeplerinin başında geliyordu.

Mutfaktan, kendisine doldurduğu bir bardak süt ile çıkmıştı. Salonun koltuğuna uzanmış televizyon izleyen kocası, "Bana da bir bardak süt getir Berçem," diyerek dikkatini dağıtmıştı.

Berçem kocasına doğru yürüdü, elindeki bardağı usulca uzattı. "Temiz, dokunmadım," dedi.

İçmiş olsa bile Barzan'ın kabulüydü. Berçem emanet değil, karısıydı. "Sorun değil, gel buraya," diyerek kollarını açmıştı. İşin aslı, süt içen bir adam değildi ve sevmezdi. Ancak karısının elinde görmesi bir etki yaratmış olmalıydı ki, sağlıklı bir yakınlık kurmak adına kendisine de bir bardak istemişti ve Berçem de ona istediğini vermişti.

Afallayan genç kız bir müddet kocasını izledi. Yanına mı uzanacaktı yani?

"Gel buraya dedim sana."

"Uykum var, odama çıkacağım."

"Bir daha tekrarlamayacağım Berçem."

"Uykum var, uğraşma benimle."

Sabrı sınanan genç adam, "Üçe kadar sayıyorum, geldin geldin gelmedin," diyerek yeşil harelerini Berçem'in saçlarında dolaştırmıştı. "Uzun saçlarından çekerek yanıma uzatacağım seni."

Tehdidini savurduktan sonra saymaya başlamıştı.

"Bir... İki... İki çeyrek..."

Ayakta dikilen genç kız kollarını göğsünde kavuşturmuş, muzır gülüşüyle kocasını izliyordu. Oyununa kanmayacak, yerinden kıpırdamayacaktı.

"İki buçuk... İki yetmiş beş... İki seksen beş... İki doksan beş..." Sabrı tükeniyordu. Berçem'in gülüşünü fark etmesiyle davudi sesi evi inletmiş, Berçem'i kollarının arasına çekmişti.

"Üççç!"

Karısı ölmemek için kucağına atlamıştı hiç düşünmeden. Ölmeden önce çekeceği işkenceleri düşününce, kocasının isteklerini yapmak daha mantıklı geliyordu.

"Akıllı karım..."

Aldığı takdir sonrası, başında şefkatli bir öpücük hissetmişti.

"Ne istiyorsun?" diye sordu gözlerini kaçırmadan. Parmak boyunu geçmeyen mesafeyi Barzan isterse kapayabilir, Berçem ise konuyu uzatabilirdi. Ancak ikisi de durumlarından rahatsız değildi.

"Film izleyeceğiz."

"İkimiz beraber mi?" diye sordu Berçem. Müstehzi gülüşü yüzüne yayıldı, sesine yansıdı ve uzun dili yine yaptı yapacağını. Parçalanacağını bile bile, "Boşanmak istediğin, bela olarak gördüğün kızla oturup neyi izleyeceksin Allah Aşkına?" diyerek yaptıklarını yüzüne vurdu. Kızgınlığı asla dinmeyecek, affı olmayacaktı.

Barzan ihtiyatlı nefesini koyuverirken dudaklarını yaladı. "Berçem… Bunu, bizi düzeltmeme izin ver," dedi. Çatık kaşları altındaki orman yeşili gözleri zifiri karanlığa gömülmüştü.

Berçem aralarındaki mesafeyi açtı. "Biz diye bir şey yok Barzan. Düzeltebilecek hiçbir şey bırakmadın geriye." İşkencelerle ölmese bile, bu ayrılık rüzgârları öldürecekti Berçem'i.

"Sen ki beni düşmanına göndermeyi istemiş adamsın. Seninle yapacağımız hiçbir şey bir tat vermez bana."

"O, sinirle ağzımdan çıkmış koca bir saçmalık. Seni başkasına vereceğimi nasıl düşü.."

"Zaten sinirle ağzından çıkar bu kelimeler. Tek düzgün bir kelime etmezsin bana." Hayıflanıyorsa, hakkı olduğunu bildiği içindi. Yine de gecelerini mahvetmek istemiyordu. Yarın dilekçe sonrası hiçbir şey bu kadar iyi olmayacaktı. Barzan ile bu geceyi mutlu bitirmek istiyordu.

"Neyse… Ne izleyeceğiz peki?" Ağzı durmamış, söyledikleri ile geceyi zehir etmişti. Aklını kaçırmamıştı ki Barzan, karısını Miran'a göndersin… O anki öfkesi ile ağza alınmayacak kelimeler savurmuştu belki. Ama Berçem'i değil kimseye, Miran'a göndermek kesinlikle aptallık olurdu. Bu denli kaybetmemişti kendini. Dayısına göndereceğini söylüyordu, karısına karşı duygularının değiştiğini fark etmeden önce. Ancak karısı yapacağını yapmış, duygularını hâkimiyeti altına almıştı.

Gergin sesiyle soludu. "Bakalım, bahtımıza ne çıkarsa!" Yarım saati bulan film arama girişimleri başarısız çıkmıştı. Berçem'in seçimleri Barzan'dan onayı almıyor, Barzan'ın seçimleri Berçem tarafından tasdik edilmiyordu.

"Niye benim seçtiklerimi beğenmiyorsun?" diye aksi sesiyle payladı kocasını Berçem. Barzan bıkkın ifadesiyle karısına döndü. "Neden olabilir sence karıcığım?" Sorgulayan bakışları alaycıydı. "Belgesel izlemek istediğin için olabilir mi?"

Berçem alayına karşılık ters bir bakış atmıştı.

"Sen de savaş filmleri istiyorsun. Belgesel senin silah seslerinden daha iyi ve daha bilgili..."

"Senin bir kadın olarak romantik dram ya da romantik komedi istiyor olman gerek. Benden belgesel istersen, sana savaş filmleriyle karşılık veririm."

"Neden romantik istiyor olacakmışım?"

Sesindeki şüphe yüzünden de okunuyordu. Adı gibi emindi, bunun altından bir şey çıkacaktı.

"Gecenin sonunu güzel bitirebilmem için. Filmin sonuna gelebilirsek, güzel şeyler yapacağız. O yüzden romantik istemen gerek!"

"Evliliğimizin hiçbir zamanı güzel geçmedi ki, gecenin sonu güzel bitsin. Niyetin neyse o olmayacak Barzan Ağa. Aç düzgün bir film. Bu gidişle hiçbir şey izleyemeyeceğiz!"

"Hay hay hanım ağam, sen yeter ki emret." Dudağına bir buse kondurup genç kızı kucağında döndürdü. "Al sütü eline," diyerek önüne ilk çıkan romantik filmi seçip başlattı.

Berçem sırtını kocasının geniş, sıcak, güven dolu göğsüne yaslamış, kafasını omzuna bırakmıştı. Barzan'ın bir eli karnının üzerindeydi. Sütü sevmeyen genç adam, sırf karısı için içiyordu.

"Bence suçlu olan kadın!"

İlk düşüncesini belirten Berçem olmuştu.

"Neden öyle düşünüyorsun? Daha filmin ortasına bile gelmedik."

"Kadının hareketlerini görmüyor musun?"

Karısına hak verircesine kafasını salladı.

"Rahat bir kadın değil, haklısın."

Berçem elindeki bardağa baktı. Sütün yarısını ikisi birlikte içmişti. Bir yudum daha aldıktan sonra kocasının eline tutuşturdu. Barzan da bir yudum aldığı bardağı karısının eline bırakıp, burnunu saçlarına gömdü tekrar. Aralarını düzeltmek için film izlemeyi teklif etmişti. En azından Berçem'in de gönlü vardı. Karısının ayaklarına ayaklarını dolamış, genç kadını sımsıkı hapsetmişti.

"Kadın güzelmiş." Karısının vereceği tepkiyi merak ederek sormuştu. Ancak ava giderken avlanmıştı.

"Kocası da çok yakışıklı bence. Kadın adamı hak etmiyor," demişti Berçem. Barzan'ın hırıltılı nefesi karısının boynuna vurmuş, bedeninde bir elektrik akımı gezinmesine sebep olmuştu.

"Neresi yakışıklı o adamın?"

"Gözleri mesela..."

"Benim gözlerim daha güzel."

Tabii ki öyleydi. Buna ne şüphe...

"Sesi çok etkileyici… Hani her kadının ilgisini çekebilecek bir ses. Boyu çok hoş, çok güçlü duruyor. Hele gülüşü..." Görüntü aniden yok olmuş, televizyon karanlığa gömülmüştü.

"Kes kes," öfkeli, davudi ses Berçem'in kulaklarını doldurmuştu. "Kapatıyoruz filmi."

"Neden?"

Barzan kızgınlıkla cevapladı.

"Adamı izlemekten filme odaklanamıyorsun."

"Zaten adamı izlemem gerek. Seni izleyecek değilim."

"Öyle mi Berçem Hanım?"

"Evet, öyle Barzan Bey."

Genç adam peki der gibi kafasını salladı. Elindeki kumandayı ve süt bardağını bırakmış, karısını kollarında döndürmüştü.

"Ne oluyor?"

"Beni izleyeceksin."

"NE?"

"Sağır değilsin karıcığım, beni izleyeceksin. O televizyonda gördüğün, tipinden zırvalık akan çocuk yerine yakışıklı kocanı izleyeceksin."

"Yorum yapmak serbest mi?"

"Güzel yorumlar geldiği sürece."

"Haksızlık bu."

Sitem dolu ince sesi Barzan'ın karısına takılı kalmasına sebep olmuştu. Bir gülüşü vardı ki, kalbini 'Barzan sen körsün' diye inletiyordu. Yeşil harelerinde oynaşan parıltılar güzelliğine güzellik katıyordu. Kahkahasını kulaklarından değil, kalbinden duyuyordu adeta... Böylesi bir güzelliği bu kadar geç fark etmek, ne kadar büyük bir kayıptı.

"Çok güzelsin Berçem..."

Yeni bir afallama dalgası sardı Berçem gelini. İşittiği iltifatın gerçekliğini bilmiyordu, ancak duymak harikaydı. Baştan aşağı bir kızarıklığa büründü. "Teşekkür ederim," dedi çatallaşmış sesiyle.

Barzan karısının dudağına bir öpücük kondurmasaydı, içinde kalacaktı. Berçem'i konuştuğu her saniye daha sıkı sarmak istiyordu.

"Gözlerimiz benziyor gerçekten."

Yeşil hareler birbirine kenetlendi.

"Evet, daha dikkatli bakınca..."

Kabul etti benzerliklerini. Berçem daha sıcak bakarken, Barzan daha soğuktu. Berçem gözlerinin içinde gün ışığı parıltılarını taşırken, Barzan gecenin zifiri karanlığını taşıyordu. Berçem gözlerini kaçıracak kadar utanırken, Barzan gözlerini sabitleyen iradeye sahipti. Gözlerinin içine uzun uzun baktı hiç çekinmeden!

"Gözlerimden başlayabilirsin güzelim."

Berçem diliyle dudaklarını yaladı aheste aheste. Barzan o dolgun dudakları öpmek için delice bir istek duydu.

"Gözlerimiz güzel," diyerek sırıttı kendini beğenmiş bir ifade takınarak Berçem. Barzan beklemediği bu saldırı karşısında sadece kahkaha atmakla yetinmişti.

"Yakışıklı bir yüze sahipsin. O kadar abartılacak derecede değil tabii. Sonra sert hatların insanı korkutuyor. Bakışların çok karanlık, insanı kendinden uzaklaştırıyorsun. Sesin güzel ama sadece sakin konuştuğun ve kahkaha attığın zaman... Güçlü bir adamsın, ancak beni duvardan duvara savurmadığın sürece iyi ki güçlüsün. Boyun iyi hoş da, insanın üzerine vardığın zaman cüssen çok devasa duruyor. Bak yolumuz yine korkuya çıkıyor."

Kocasının kaybolan gülüşü yerini hayal kırıklığına bırakmış, Berçem fark ettiyse de devam etmişti.

"Çok hoş bir kokun var. O da kullandığın parfümden geliyor zaten. Hmm, başka ne kaldı?" diye sordu genç adama.

Barzan konuşacak yetisini henüz kazanamadığından cevaplayamamıştı.

"Ha, ten rengin esmer ve yeşil gözlerine yakışıyor. Başka bir şey kalmadı. Takım elbiselerin sana çok yakışıyor."

Barzan karısının belinden tutarak uzandığı yerde oturur pozisyonuna geçti. Karısına bakan bakışlarında belirsizlik vardı ve Berçem ne yapacağını merak ediyordu. Barzan öksürerek boğazını temizledi. Ciddi yüz ifadesi Berçem'in anlattığı gibi zifiri karanlığa gömülmüştü.

"Şimdi sen bana iltifat mı ettin, hakaret mi ettin onu anlamadım güzelim. Önce bir açıklığa kavuşturalım."

Berçem'in tembel gülümsemesi yorgun sesine yansımıştı.

"Gerçekler acıdır Barzan Ağa. Ben sana her şeyi gerçeğiyle söyledim."

"Ama bir şeyi unuttun!"

Zifiri gözlerinin parıltıları kutup yıldızının ışıltısını yansıtmıştı bir an. Hınzır bir bakış ifadesine takılı kaldı. Barzan Berçem'i tutsak etmişti gözlerinde. Kaşlarını çatan genç kız ne unuttuğunu merak etti. Her şeyi söylemişti ki.

"Nedir?" Sorusu üzerine dudaklarına bir öpücük daha almıştı. Ensesinden tuttuğu kızı yüzüne yaklaştırdı. "Dudaklarım nasıl?" Gayriihtiyarî dudaklarını yalamıştı. Aldığı soru Berçem'in utanmasına sebep olurken, arsız düşünceler beynine üşüştü. Kocasının öpücüğü güzeldi. Tadı etkileyici ve hoştu. Belki de son olduğu içindi. Bu veda öpücüğüydü Berçem gelin için. "Güzel," diyebildi sadece.

Genç adam yeni bir hayal kırıklığıyla sarsılmış, savaşmayı bırakmıştı. "Pes güzelim!" demişti. Berçem'in bu konuyu geçiştirebilmesi için tek bir yol vardı. "Hadi hadi, sıra sende..."

Barzan oyunbozanlık etmeyecek, hatta karısına güzel bir ders verecekti. Eleştiri ise eleştiri, övgü ise övgü!

"Gözlerin bana baktığın zaman güzel. Saçların ben kokladığım zaman güzel. Sesin bir tek benimle konuştuğun zaman güzel… Ellerin ben tuttuğum zaman güzel."

Söylediği her noktaya parmağını değdirmişti. Gözlerinden saçlarına, saçlarından ellerine… "Ama o dilin yok mu Berçem, o dilin…" Barzan kafasını salladı. "Çok konuşuyor, çok sivri. Dilin bana öpüşürken değerse güzel Berçem. Onun ötesinde o dil çok uzun ve kesmek lazım."

Dudakları aralandı yavaşça. İnci gibi sıralı beyaz dişleri, dolgun dudakları arasından bir selam çaktı.

"Dilinin aksine dudakların… Kahretsin, çok tatlı Berçem. Çok sıcak ve beni delirtiyor. Seni öperken…"

Berçem bir inilti koyuverdi. "Yeter… Yeter..."

Barzan zaferini kutladı kendi içinde. Berçem'i en çok utanırken seviyordu. Utandığı zaman yeşil harelerini kaçırmasını seviyordu. "Daha bitmedi," dedi. Azara yakın sesi, genç kızın kızgın bir bakış atmasına sebep olmuştu.

"Yeterince duydum," diyerek kollarından çıktı. Madrabazlığına gönlü kanmışken, aldanmaya müsamaha göstermeyecekti daha fazla. Kollarından çıkma girişimi saniyesinde önlenmiş, kendisini yeniden sıcak kolların arasında buluvermişti.

"Nereye? Daha konuşacağız seninle. Karımı tanımak istiyorum."

Berçem yüzüne savrulan saçlarını öfkeyle çekti.

"Sana karım demek hiç yakışmıyor biliyor musun? Hele böyle kaba bir adamken..."

"Kocanı kaba haliyle de kabul et Berçem. Karım deyişim boşuna değil, anlamıyor musun bunu?"

"Yok, anlamam mümkün değil. Karın olduğum gün belan olduğum için!"

Barzan'ın haşin bakışları karısının gözlerinde gezindi.

"Boşa söylemiyorum karıcığım. Dilin çok uzun!"

Berçem gözlerini kaçırdı. Bundan rahatsız olması gerekti ancak Barzan'a acı çektirmek, canını acıtmak istiyordu. Dili buna sebepse susmayacaktı.

"Ben senin karın değilim!"

"Sen benim ebediyen karımsın!" diyerek alnına bir öpücük bıraktı. İhtiyatlarından vazgeçmiş olması, Berçem'i korkutuyordu. Yarın dilekçenin eline geçeceği anı şimdi düşünecek olsa, tabanları yağlayıp evden kaçacaktı. Ancak bu kollar milim kıpırdatmıyordu. Allah biliyor ya hiç bırakmasını da istemiyordu. Tek gayesi kocasının sevdiği kadın olmaktı. Kalbi sadece Barzan Hezeroğlu'nu istiyordu. Ancak yarın, yeni bir gün doğduğunda amacı sadece hayatından çıkmak olacaktı.

Uykunun tatlılığını hissetmişti yeniden. Kaç gündür böyleydi. Bir veda uykusuna gözlerini kapadı. Kocasının kollarında uykuya teslim oldu. Bir dudağın tebessümü mutluluk iken, bir dudağın tebessümü ise hüzündü.

***

Sabahın ilk ışıklarında aldığı telefon Berçem'in mutluluğunu yerine getirmişti. Dayısı Afran yarın burada olacaktı. Dayısının hasreti dineceği için seviniyordu. Öte yandan Ömür'den telefon almıştı. Dilekçe kocasının eline geçmişti. Korku ve heyecan arasında gidip gelen duyguları nefesini kesiyordu. Ancak üzüldüğü su götürmez bir gerçekti. Fiyasko evliliği son bulacak ve Berçem sevdiği adamdan ayrılacaktı.

Kendini, sevdiği kadın ile aralarına giren kara kedi gibi görse de, işin aslı öyle değildi. Barzan bu evliliği daha başından kabul etmeyecek ve Berçem'i dayısına göndereceklerdi. Kader bu ya, nasip etmemişti ayrı gayrı düşmeyi.

İki hayat yaşayan kocası, kaldığı ikilemden bugün atacağı imzayla kurtulacaktı. En azından Berçem öyle umuyordu. Üstlendiği iki rol genç adamı darda bırakıp boğazına ilmik gibi dolanıyordu. İki kadının yanı sıra işleri, Miran ve dahası ile uğraşan kocasına ferahlığı verecekti.

"Bitiyor artık Barzan, az sabret." Bu telkini kendisine miydi bilinmez, ancak önce bunu kendisi kabullenmeliydi.

Çarpılarak açılan kapının çıkardığı gürültü koca villada deprem etkisi yaratmıştı. Berçem oturduğu koltuktan fırlamıştı korkuyla. Kontrolünü kaybetmiş kocası, karşısında öfkeli orman yeşili gözleri ve gerilmiş vücuduyla duruyordu. Elinde tuttuğu yazılarla dolu kâğıt bu öfkesinin tek açıklamasıydı.

"Sen… Sen kadın… Ölmek mi istiyorsun!" Davudi sesi bir aslanın kükreyişi kadar sert ve yüksek çıkmıştı. Omuzları verdiği öfkeli nefeslerinden dolayı bir inip kalkarken, gerilmiş kasları boğum boğum oynaşıyordu.

"N-ne yap..."

Elindeki kâğıdı gözüne sokarcasına havaya kaldırdı Barzan. Öfkeyle sallarken, "Bu ne aptal kadın, bu ne?" diye gümbür gümbür inletti evi bir kez daha.

Berçem cesaretini kazanmaya, güçlü durmaya çalıştı. İlk günkü suskun, kabullenmiş kız gibi durmayacaktı. "Boşanma dilekçesi. Eline geçtiğine göre, imzala sana zahmet. Kurtar bizi bu sefalet evlilikten."

Gururla dik tutmaya çalıştığı ifadesi Barzan için cinnet sebebiydi. Kâğıdı karısının gözleri önünde onlarca minik parçaya böldü. Bu evlilik bir kâğıtla son bulmayacak, bu boşanma gerçekleşmeyecekti.

Berçem'in yeşil hareleri gür kirpikleri arasında irileşti.

"Sen… Sen ne yaptın?"

"Sana boşanma olmayacak demiştim!" Genç kızın üzerine varan ayakları sabırsızdı. Barzan karısını omzundan tutarak sarsacak, Berçem'in kendine gelmesini sağlayacaktı. Ancak o zaman idrakine varacak, bir daha boşanmayı ağzına almayacaktı.

Berçem, Barzan'ın bu halinden ürkmüştü. "Sen zalimin tekisin. Başka bir kadını seviyorsun ve beni istemiyorsun. Aptal kafama hep bunu monte ettin. Şimdi sen istemiyorsun diye boşanma isteğimden vazgeçecek değilim." Fütursuzca döktü kelimeleri sivri dilinden. Zalimdi Barzan Hezeroğlu. Ağabeyinin katiline verilmesini istediği ilk gün zalim ve duygusuz kimliğine şahit olmuştu. Artık bu adamın karısı olarak kalmayacaktı.

"Seni öldürürüm!"

Aldığı tehdit evin içinde koşarak dolanmasına neden olmuştu Berçem'in.

"Bana hiçbir şey yapamazsın."

Berçem kaçan, Barzan kovalayan olmuştu.

"Gel buraya beyinsiz kadın!" Masanın etrafında dönen kadının peşine takılmıştı genç adam. "Bizim aşiretimizde boşanma diye bir şey yok. Hele bir ağa karısını boşayacak, öyle mi?"

"Bence sen aklını kaçırmışsın," dedi Berçem. Gayriihtiyarî ağzından dökülen sözler ölümüne neden olacaktı.

"Beni boşamak isteyen sendin!"

Zifiri karanlığa gömülü gözleri, korkunç bir alacakaranlığın uğultularını taşıyordu. Tehdit dolu sesi cinayete meylini gösteriyordu. "Bu gidişle seni boşamadan öldüreceğim Berçem. O diline hâkim olmazsan, Allah şahidimdir ki keserim o dili!" Aklını kaçırmış olan karısı sarf ettiği sözlerinin farkında değildi.

Yutkundu genç kız. Merdivenlere yönelen ayakları bedenini taşıyamayacak kadar zayıftı. Dizlerinin bağı çözüldü çözülecekti. Ya yere düşecek, ya da kendisini kocasının pençeleri arasında bulacaktı. "Dayım her şeyi biliyor ve yolda, beni almaya geliyor." Durması için söylediği yalan, aksine Barzan'ın ateşini harlamıştı.

"Değil Afran, Ciwan çıkıp gelse seni benim elimden alamaz. Seni benim hayatımdan alamaz!"

Berçem merdivenin korkuluğuna dayandı. Nefes nefese kalmış bedeni kocasına dönüktü.

"Az kaldı Barzan, bitiyor işte…"

Kederli bakışları, cılız ses tınısı havada asılı kaldı. Genç adam kendini toparlayarak karısına baktı. Yorulmuştu. Nefes nefeseydi. Ve harikaydı… Ve her zaman ki gibi çok güzeldi.

"Git hazırlan, yurtdışına çıkacağız. Aklını başına devşirmek farz oldu."

Yurt dışı fikri genç kızda içten içe kahkaha atma isteği uyandırsa da belli etmedi.

"Değil seninle yurtdışına çıkmak, kapıya kadar bile gitmem. Sen git Azra ile yurtdışına çık. Hatta bir daha gelme!"

Kavurucu bir kıskançlık o an dalga dalga bedenine asıldı. Boşanmak istemeyen ama aslında o kadını seven kocasını kendi elleriyle o kadına gönderiyordu.

"Ben de sensiz hiçbir yere gitmem aptal kadın! Sen de bunu anla. Şimdi git hazırlan, gideceğiz."

"Gelmiyorum."

"Gelmiyor musun?"

"Hayır."

"Emin misin?"

"Evet."

"Bunu sen istedin!"

Ne yapacağını anlayan genç kız çığlıklarıyla merdivenleri arşınlarken, kocası bir boğa gibi köpürerek üzerine atılmıştı.

"İmdat! Zalim koca, gariban karısını öldürüyor!"

Geçmişte yaşadıkları, bugün istediği noktaya getirmişti onları. Ancak Barzan Hezeroğlu boşanmak istemiyor, aksine Berçem Hezeroğlu'nu nikâhına aldığı gibi kalbine de ebediyen almak istiyordu.

***

Bölüm 14

Bir Ayrılık Binlercesi Kavuşmaya Nasiptir Belki De!

Her zaman düşünerek hareket eden, davranışlarının sonucunu hesaplayarak adımlar atan genç adam, ilk defa aldığı bir karar konusunda bu kadar yanılıyordu. Boşanmak ne demekti!

Dilekçenin ilk satırlarını okuması, Barzan Hezeroğlu'na yapılan bir suikasttı. Âşık sakınırdı sevdiğini gözünden, Barzan sakınmamıştı Berçem'i hiçbir zaman. Şimdilerde zulmünün cefemelerini çekiyordu. Hak ediyor muydu? Sonuna kadar!

"Berçem gel buraya."

Gözüne kestirdiği ilk odaya kaçmıştı Berçem. En fena, en beter odayı seçmişti farkına varmadan; Barzan'ın odasını... Korkuyla pencereye doğru koşturdu.

"Uzak dur benden."

Barzan odanın kapısını kapattı.

"Buraya gelişin kasten mi karıcığım?"

Berçem ahşap pencereyi açtı. Bir kalçasını pencere pervazına dayadı ve kocasına döndü. "Bu odaya gelişim değil ama pencereye gelişim kasten Barzan Ağa. Gelme sakın!"

Tehlikenin farkında değil miydi bu aptal kadın? Acımasız bir gülüş yüzünde yer edindi Barzan'ın. "Gelirsem ne yapacaksın?"

Tek kelimelik hızlı bir cevap verdi Berçem. "Atlayacağım!"

"İntihar hiçbir şeye çare değildir güzelim."

"İntihar etmiyorum Barzan Ağa."

Konuşarak üzerine doğru temkinli adımlar atıyordu Barzan.

"Ya ne yapıyorsun Berçem?"

"Senden kurtulmak için kaçıyorum ve bu atlamamı gerektirirse atlarım."

"En fazla bacağını kırarsın, sonra ben seni yakalarım. Aklının eremeyeceği, güzel vücudunun kaldıramayacağı işkenceler yaparım. Sen de gerektiği gibi katlanırsın!"

Kalçasıyla biraz daha geriye itti vücudunu. Elleri pencere pervazlarına sıkıca tutunsa da, dengesini kaybedip düşmekten korkuyordu. Allah biliyor ya, korktuğu başına gelirdi. "Sen bana dokunama diye balıklama atlarım. Kafamı çarpar, beynimi bile patlatırım. Uzaklaş benden, seni istemiyorum Barzan!" Ne yalan ama... Delice bir istek duyuyordu kocasının kollarında olmaya.

Barzan büyük odanın açıklığını geçmişti. Kalbi ağzında atıyor, kulakları duyduklarını reddediyor, gözleri ısrarla kapanmak istiyordu. Karısının atlama fikri bile iliklerine kadar acı verirken, faaliyete geçirmesi adamı ölüme götürürdü.

"Ben seni istiyorum ama lanet olası kadın!"

Berçem kocasının gözlerinde titreşen korkuyu fark etmişti. Barzan, kendisinden uzak durması için oynadığı oyunu ciddiye almıştı. Bir duygu ilmeği düğümlendi boğazına. Yeşil gözlerine asılı kaldı zümrüt gözleri. Buğulu bakışlarının tesiri Berçem'e ne yaptığını unutturmuş, karanlığa hapsetmişti.

Gözlerinin buğusu Barzan'ı yakıp geçmişti. Karısını ansızın kollarından tutmuş hışımla çekerek kaya gibi sert bedenine hapsetmişti. "Seni öldürürüm kadın. Aklımı mı sınıyordun ha!" Kükreyen sesi güzeller güzeli karısını korkutmuştu.

"Hayır." Titreşen gözleri kocasına asılı kaldı. Taş gibi sert, lakin bir güneş kadar sıcak bedenin kuytusu altında şefkatle sarılmıştı. "Ben sadece..."

Parmaklarını karısının sırma saçlarının arasına daldırdı Barzan. Saçlarını savurdukça burnuna dolan gül kokusu mest etmişti. Baktı uzun uzun gözlerine. Tadını çıkarmayı kendine hak gördü. Yeşil harelerinde belirsizlikler uçuşurken, narin bedeninin kendisine asıldığının farkındaydı.

"Lan ben sana tutuklu kalmışken, sen nereye gidiyorsun?"

Sert sesinin tınısı isyan içeriyordu. Aptal karısı gönlüne Berçem rüzgârlarını estirmiş, Barzan fırtınasını koparmışken nereye gidiyordu Allah aşkına!

"Sen beni gönderiyordun..."

İmalı sesinde titreşen kırgınlığı hissediliyordu.

"Gözüm de, kalbim de kördü o zaman. Sen gidersen, bu adamla beraber gidersin. Sen bu dünyadan göçersen, bu adamsız gidemezsin. Sen bensiz hiçbir yere gidemezsin!"

Vurgulu kelimeleri, genç kızın kederini bertaraf etmişti.

Berçem afallamıştı. Nefretini gün be gün aşılayan genç adamın bu sözleri sarf ediyor olması gülünç geliyordu aslında. Berçem gülmeyi bile beceremeyecek kadar şuurunu yitirmişti. "Soluklanmama izin ver," diye hayretle soludu kelimeleri.

Barzan avuçladığı narin yüzü kendine çekti. Bu eve ayak bastığı ilk günden itibaren acımasızlığıyla Berçem'in masumiyetine kastetmişti. Emanetim deyişinin altında bile nice zulüm barınıyordu. Hâlâ yaptıklarına inanamıyordu. Ağabeyinin bu kadına âşık olması, yolundaki tek engeldi. Berçem'e karşı hisler beslemeyeceğine o zamanlar adı gibi emindi ve şüphesi Berçem'in bir şeyler bekleyeceği yönündeydi. Ancak karısı istediğini hiç düşünmeden vermişti. Akıllılık ile aptallık arasında ince bir çizgi vardı ki, Barzan çizginin üstüne basmış; hayatını karmaşıklaştırmıştı.

"Seni bırakmayacağımı bil Berçem. Sensiz yapamayacağımı da..." Bir öpücüğü daha tertemiz alnına bıraktı. Adını bilemediği bir güç hissediyordu. Allah biliyor ya, çok da hoşuna gidiyordu.

Berçem kocasının sözlerinin romantikliğine, keskin bakışlarının ah çektiren güzelliğine kanmak istedi. Kanmak ve ömür boyu kollarında kalmak... Ancak, 'Sensiz yapamayacağım' sözlerine anlam verememişti. "Azra varken, neyin bensizliğini yaşıyorsun Barzan? Sen bensiz değil, Azra'sız yapamazsın!"

Gerilim çığ gibi büyüdü yeniden aralarında. Ansızın sensiz yapamayacağım itirafları bomba bir soruyla ortadan bölünmüştü. Barzan sessizliğini bozacak ne bir söz, ne bir hamlede bulundu.

Kalbi Azra için atıyordu sadece; ta ki Berçem bu eve ayak basana, gönlüne el değip adını yazdırana kadar... Duygularının yön değiştirmesine bir dur diyememişti. Ki değiştiğinden bile haberdar değildi. Berçem Hezeroğlu gizli bir sevda yaratmıştı.

Sert çehresi karısının üzerinde gezindi.

"Biliyorum inanılması güç..."

Sözleri bir soruyla daha kesildi.

"Azra ne olacak?"

Müstehzi ifadesi sertleşti bir an.

Sessizlik nefes olup düştü aralarına. Soruların cevapsız kaldığı anlar, ölümün kıyısından geçirirdi adeta insanı. Soran kişi cevapsız kaldığına, sorulan kişi cevapsız bıraktığına pişman olur, elem içinde kalırdı. Berçem cevapsız kalacağına kanaat getirince, "Kendini zorlama Barzan," deyiverdi tok çıkan sesiyle. İçinde depreşen acı kıyamet gibiydi. Yine de saklamayı başarmıştı.

Bakışları birbirlerine kenetlendi. Sessiz dakikalar araya girmiş, diller susmuş, gözler çığ misali döküvermişti her şeyi. Azra'yla ne yapacağını Berçem kadar Barzan da bilmiyordu. Ancak bildiği tek bir şey varsa o da bu evliliğin bozulmayacağıydı. Şimdi ne söylerse söylesin boş gelecekti. 'Azra kabul etmese de bu evlilik yürüyecek ve sen karım olarak kalacaksın!' sözleri dilinin ucuna geliyor, serbest kalmayı bekliyordu. Onun yerine Barzan hiç alakası olmayan bir soru sormuştu.

"Yemekte ne var?"

Berçem, 'Boğazıma düğümlenen cevapsızlığın var. Çok acı!' demek istediyse de, "Şimdi yaparım bir şeyler," diyebilmiş ve cam kesikleriyle dolu hayal kırıklıklarını beraberinde toplayarak mutfağa gitmişti. 'Azra ne olacak?' sorusu cevapsız kalmıştı...

***

Berçem'in yemeği yapması bir saatini aldı. Barzan'ın arada kokusu burnuna kadar gelen yemeği sorması Berçem'e illallah getirmişti. Sofraya yemekleri koyduğu sırada masadaki yerine oturan adama döndü. Kızgınlığını saklayan hayreti emanet gibi duruyordu yüz ifadesinde. "Bir insan 20 dakikada yetmiş defa, 'Yemek olmadı mı Berçem?' diye sorar mı?"

Barzan'ın dudağının kenarı kıvrıldı. Orman yeşili gözleri hınzırca parıldadı. "Sen de o kadar güzel yemek yapma."

Barzan'ın kızgınlığını eriten bakışları, alevin erittiği mum gibi sımsıcaktı. Elinde olmadan gülümsedi.

"Abartılacak kadar güzel yapmıyorum."

"Sen her şeyi güzel yapıyorsun."

Kati konuşması Berçem'i sevindiriyordu. Barzan tarafından beğenilmek, bu düşünceye sahip olmak müthiş bir duyguydu.

"Afiyet olsun," diye geçiştirdi. Boğazından geçen yemeğin lezzetli tadı dillerine hoş bir sohbet katmıştı. Barzan'ın karısıyla uğraşıyor olması, Berçem'i kızdırsa da bir nevi sevindiriyordu.

"Sana yemek kitapları alalım. Çok çeşit yok elinde."

"Sana bir yemek kitabı çıkartırım Barzan, şaşar kalırsın!"

Kulaklara şenlik gür bir kahkaha döküldü genç adamın ağzından. Karısını nihayetinde kızdırmıştı. Zümrüt gözleri öfkeyle parlıyordu. Barzan'ın baktıkça bakası geliyordu.

"Güzel yaptığını kabul etmiyorsun, ben beğenmeyince de kızıyorsun. Sana bildiklerini söyle diyorum, bilinen yemekleri sayıyorsun. Saysam beş parmağı geçmez. Çok bildiğin halde adını söylemiyorsan ben de sana yemek kitabı önerisinde bulunurum güzelim."

Berçem dudaklarını ısırdı. Sükûta ermiş dili sabır çekiyordu içinden. Kocasının kızdırmakta üstüne yoktu.

"Ben sana sinirliyken bana güzelim deme!"

Gülmekten lokmasını yutamamıştı genç adam. Karısının konuyu saptırmasına hayran kalmıştı.

"Sen en çok sinirliyken güzelsin."

Sözlerine kanıp yumuşamayacaktı Berçem.

"Gerçek sinirimi görmek istemezsin gibi klişeleri sıralamayacağım Barzan. Ama uyarıyorum seni, benimle uğraşma."

"Israrla söylüyorum sana. Şu dilin seni bir gün öldürecek."

"Senin elinden mi?"

Küçümseyen bakışlarıyla kocasını izledi. Zaten öldürmüştü. Duygularını lime lime etmiş, bedenine yöneliyordu.

Barzan midesini tıka basa doldurmanın verdiği keyifle gülümseyerek, "Evet," demişti. Karnını ovuşturmuş, birkaç gün içinde büyüyen göbeğini fark etmişti.

"Çok kilo aldım Berçem. Kocanı zayıflatman gerek!"

Berçem Barzan'ın aniden başka konulara atlıyor olmasına kızıyordu. Öldüreceğini kısaca geçiştirmesi canını sıktı. "Git spor salonlarına, koca göbeğini erit. Senin için spor aleti olacak halim yok. Gülle gibi savuruyordun beni zaten!"

Yerinden usulca kalkmış, sözlerinin kocasını ne denli öfkelendirdiğinin farkında olmadan masayı toplamıştı.

Spor salonuna gitmeden önce, bu kızın cevaplarıyla zaten öfkesinden eriyecekti. İnsanlar usul usul sinirlenirken, Barzan karısı sayesinde bir anda sinirlenebiliyordu. Karısının diline bir çare bulmalıydı.

Cevapsız kalışı içine oturmuş, dert olmuştu Berçem'e. Azra'nın akıbeti belli olmadan bu eve gelin, kocasına eş olarak kalmayı düşünemiyordu. Başından beri bahsi geçen boşanma konusu bugün kesinkes kapanmıştı. Ancak kapanmayan başka konular vardı ki; can sıkıntılarını, yürek acılarını beraberinde getirecekti.

Mutfakta işlerine son vererek, doldurduğu çaylarla salona döndü. Barzan'ın zaman geçirmek istediğini biliyordu. Çay, muhabbetlerine eşlik eden sıkı bir dosttu.

Kocasının önüne tepsiyi yanaştırdı. Barzan bardağı eline alırken, gözlerini bir an olsun ayırmadı karısından. Göz teması kurmak bile içinde arzunun derin sızısını uyandırıyordu. Berçem için duyduğu bu arzuyu uzun süredir bastırıyordu. Elleriyle koltuğa pat pat vurdu. "Yanıma otur."

Berçem sessizce itaat etti kocasına. İtiraz etmemesi şaşırtsa da, ses etmedi. Çayını eline alıp, kocasının yanına oturdu. Aralarına otuz santimlik bir mesafe bırakmıştı ki, kocası yanına oturmasını söylemişti.

Barzan'ın gözleri aralarındaki boşluğu süzdü bir süre. Sessiz kalışı bu yüzdendi demek…

"Yanıma dedim Berçem."

İtiraz istemez sesi gür çıkmıştı. Berçem de itaat etti yine sessizce. Bu sessizliği utanmasından kaynaklanıyordu. Barzan'ın bunu göremiyor olması gülünçtü.

Kolunu omzuna atarak kendine hapsetti karısını Barzan.

"Barzan çay dökülecek üzerine." Dehşete düşmüş ifadesiyle kocasına seslendi.

Barzan saçlarına burnunu gömdü. Boğuk sesiyle, "Mühim değil, sen iyileştirirsin..." dedi.

Ilık bir sıvı kalbine aktı Berçem'in. Kocasının sesinin boğukluğu kulağına dolunca mayışmıştı. Kendinde kalmazsa gerçekten çayı dökecekti.

"Saçlarını kesme hiç," diyen boğuk ses belki rica, belki emir, belki de istek doluydu.

Titreyen elleri çay bardağını zoraki tutuyordu.

"Kesmem..." diye fısıldadı titrek çıkan sesiyle. Barzan genç kızın zorlandığını fark edince şakağına bir öpücük bırakıp geri çekildi. Bir şeker attı çayına. Aheste aheste karıştırdı.

"Ömür ile iyi anlaştınız."

Duyduğu isimle Berçem'in dudakları gülümseyerek genişlemiş, yeşil hareleri neşeyle oynaşmıştı. "Evet. Mükemmel bir kadın... Çok sıcakkanlı, düşünceli, samimi... Orhan ile birbirlerine çok benziyorlar. Çok iyi anlaştık."

Karısının heyecanla ardı ardına kurduğu cümlelere adamın yanıtı sert olmuştu. "Belli zaten. Öyle ki, boşanma davasını açman için avukatına bile götürmüş seni."

Ancak Berçem'in tepkisi hiç beklemedik oldu. İnce sesi kahkahasıyla bütünleşince Barzan'ın gönlü şenlenmişti. Berçem'in kahkahası bülbülün ötüşü gibi sevimliydi. Arzu köpürdükçe köpürdü içinde.

Elindeki bardağı sehpaya bıraktı Barzan. Karısının çayını da elinden alıp sehpaya bırakmıştı. Hâlâ gülmeye devam eden kadını kolları arasına aldı. “Seni ondan başka kimse götüremez zaten.”

Gülmesine son vererek kocasına bakmıştı Berçem. “Onu ben zorladım.” Masum gözlerini belertmişti. Barzan arkadaşını koruyan masum karısını izledi bir süre. Zaten Barzan Hezeroğlu’nu masumiyetiyle fethetmemiş miydi Berçem Hezeroğlu?

“Ona ne şüphe, kuvvetli bir dilin var.”

Bir kez daha gülmüştü Berçem. Kocası dilinden fazlasıyla şikâyetçiydi. Biraz kısaltmasında yarar vardı gibi. Yoksa bu şikâyet soğukluğa dönüşebilirdi.

“Ömür çok sevecen bir kadın...”

“Konuyu geçiştirmeyi de iyi biliyorsun.”

Yine katıla katıla gülebilirdi. Ancak suskunluğunu bozmadı. Dudakları tebessümünü korudu.

“Çok güzel bir kadın… Orhan’a çok yakışıyor.”

Hak veren bir ifade vardı yüzünde Barzan’ın.

“Sıkı dost olacaksınız anladığım kadarıyla.”

Gül goncası gibi kızardı yanakları.

“Eğer kimse rahatsız olmazsa kaynaşırız.”

Barzan saçlarını okşadı. “Kimin, ne haddine rahatsız olmak? Ömür seninle tanışmayı çok istiyordu. Tanıştı ve yakanı bırakmaz artık.”

Barzan Berçem’in kimden söz ettiğini biliyordu. Azra rahatsız olursa, Ömür’e yanaşmayacaktı. Ancak bu akılsızlıktan başka bir şey olmazdı.

“Burada Newroz Anne yokken, Ömür Hızır gibi yetişti. Yoksa sıkıntıdan patlardım.”

“Tek arkadaşın şimdilik Ömür... Yakında çevreni genişleteceksin. Newroz Anne komşularla iyi geçiniyor. Sevip sayarlar onu. Sen de tanışırsın.”

Berçem kocasının erkeksi kokusunu içine çekti. Gözleri kendiliğinden kapanıyor, burnu boynuna haince yaklaşıyordu.

"Eğer ikisi kadar iyi olacaklarsa, tanışırım elbette."

Genç adam karısının koştuğu şart karşısında gülmüştü.

"Akıllı olduğunu söylemiş miydim?"

Genç kız kaşlarını kaldırarak sorusunu cevapladı. "Yok, aptal olduğumu söylüyordun."

Dudaklarını ısıran genç adam, bu hazır cevaplık karşısında Berçem'i bir süre izlemişti. Bir kadın diliyle bir adamı ancak bu kadar bezdirir, köşeye sıkıştırırdı.

"Sen akıllı ol!" Emir dolu sesine, Berçem de itaat etmişti.

"Emrin olur, Barzan Ağa!"

Barzan gül kokusunu soludukça, uzaklaşmak zulüm gibi geliyordu. Koltuğa uzanıp, Berçem gelini kolları arasına aldı. Yine sessiz kalışı Barzan'ı şüpheye sürüklüyordu.

"Çayını soğuttun."

"Bahane olduğunu benden daha iyi biliyorsun."

Kızarıklık narin vücudunu esiri altına almış, Berçem'i deve kuşu misali Barzan'ın boynuna gömmüştü. Ah, anlamıştı işte lanet olası yakışıklı kocası! Bu akıl Berçem'i cezp ediyordu.

Güçbela toparlanarak kafasını gömdüğü mis kokulu boyundan gönülsüzce çıkardı. "Senin hiç Mardin'de arkadaşın yok mu?" Boğuk sesi bu işten yırtma peşinde oluğu için kesik kesik çıkmıştı.

Zorlayabilir, hatta üzerine varabilirdi. Ancak istediğini verecek, muhabbeti şimdilik kapatacaktı.

"Var tabii. Çok sıkı dostlarım, ağabeylerim var."

"Peki, küçüklük arkadaşların var mı?"

"Kimse yok. İşin aslı, küçüklük arkadaşlarımın hiçbirini hatırlamıyorum." Aniden aklına gelen kişiyle çarpık bir gülüş sundu. "Aslında bir kişiyi hatırlıyorum."

Berçem kim olduğunu fazlasıyla merak etmişti.

"Kim, belki benim de arkadaşımdır?"

"Kınalı Ayşe vardı. Saçları ve elleri kınalıydı hep. Yaşı küçük olmasına rağmen annesi sürerdi." Hatıralarında sadece kınalı küçük kız kalmıştı. Anımsayınca tebessüm etmişti. O zamanlarda 'Kınalı' diye çağırırlardı arkadaşını. Çalışkan ve azimli bir kızdı. Bir yerlere geldiğini duymak isterdi.

Kocasının kimseyi değil de mahallenin en güzel kızını hatırlıyor olması, apaçık Berçem'in zoruna gitmişti.

"Gözleri ela olan Ayşe mi?" diye sordu imalı sesiyle.

"Evet," diyen kocasına müjdeli haberi vermişti. "O da evlendi, amcasının oğluyla. Çok güzel bir kız olmuş." Ne kadar kıskanırsa kıskansın, gerçeği asla söylemezlik etmezdi.

Barzan karısının çenesini parmakları arasına alıp, kendisine doğru çekti. Berçem söylemesini umduğu kelimelerin yerine, kaldıramayacağı kelimeleri duyunca çenesini parmaklarından kurtarmıştı.

"Ayşe hep güzeldi Berçem. Elleri kınalı, saçları kınalı, gözleri ela. Ben çok beğenirdim onu."

Gerçekleri söylemekten ziyade, karısını kıskandırmaktı niyeti. Berçem çatık kaşlarıyla çenesini kurtarıp uzaklaştığında, gayesine ulaşmanın zaferini gülerek kutlamıştı.

"Ayşe'yi kıskandığını söyleme bana karıcığım!"

"O evli!" Bastırdı kelimelerini kızgınlıkla.

"Sen de evlisin." Çenesini sıkarak kendisine çekti.

"Dikkatini çekerim güzelim, benimle evlisin. O yüzden kıskanılacak tek kadın sensin!"

Gayriihtiyarî ısırmıştı dolgun gül kırmızısı dudaklarını Berçem. Dudakları engel olunamaz bir heyecanla kulaklarına varmıştı.

Kıskanılacak tek kadın olmak, Barzan Hezeroğlu'nun karısı olmak… Müthiş bir duygu yoğunluğu sardı her tarafını.

Sessizlik içinde huzurla dinlenmişti bir olan bedenleri. Barzan Ağa, gelinini kolları arasında uyuturken kıskançlığın verdiği sertlikle uyarmıştı.

"Dayın geldiğinde kocanı unutma Berçem!"

***

Gün doğumunda evin kadını olarak işbaşı yapmıştı. Sabah kocasından iznini almıştı dayısını karşılamaya gitmek için. Öncesinde evi yardımcı kadın ile baştan aşağı temizlemiş, Afran dayısının en sevdiği yemekleri yapmıştı. İşi bittiğinde Barzan gelip kendisini almış, havaalanına gitmişlerdi.

Barzan, dayısına ahtapot gibi sarılan karısını zoraki izlemişti. Berçem kocasına hiç böyle sarılmamıştı. Dayısına sunduğu sevgiyi Berçem'den hiç alamamıştı. Bir yerlerde aramasına da gerek yoktu. Suç Barzan Hezeroğlu'nun kendisindeydi.

Sıcak bir karşılamanın ardından eve geçmişlerdi. Berçem'in bitmeyen soruları dayısını da yormuştu. Barzan merakına anlayışla gülümsemişti. Afran, yeğeni Berçem'in dünya üzerindeki tek bağıydı.

Afran Sözeri, haddinden fazla yakışıklı bir adamdı. Boyu uzun, iri cüsseli adam karizmatik bir yapıya sahipti. Koyu kumral saçları, balı anımsatan çarpıcı ela gözleri genç adamı çekici kılan en belirgin özelliğiydi. Karakteri, duruşundan daha sağlam bir adamdı. Barzan ilk tanışmalarında bunu anlasa da, o zaman hayli mesafeli davranmıştı. Ancak bugün tüm mesafeleri öldüren bir yakınlık vardı.

Berçem yeşil gözleri ve esmer teni hariç, dayısına benziyordu. Tanımayanlar dayı-yeğen değil; ağabey-kardeş sanabilirdi.

Yemek sırasında Barzan sohbetlerine düşüncelerini belirterek katılıyor, onun haricinde susup karısını izliyordu. Berçem; esmer güzeli, zümrüt yeşili hareleriyle güldükçe arzusunu depreştiren, kömür karası parlak uzun saçlarıyla parmaklarını dolama isteği uyandıran, kadınsı vücut hatlarıyla boğazını kurutan, güzel dudaklarıyla arzusunu kabartan, eskiden sadece emaneti; şimdilerde karısı olarak gördüğü yegâne kadın... Çok güzeldi...

Berçem yemekten sonra kahveleri pişirmiş, ikram etmişti. Barzan ve dayısı koyu bir muhabbetin demini tutmuştu. "Mardin'e gideceğim tabii, Raber Ağa'yı görmeliyim," diyen Afran'ın sesi, Barzan'ın sesinden daha gür, daha kalındı. Bir kalabalığı yatıştıracak bir güç akıyordu sesinden. Barzan bu kendine güvenini takdir etti.

"Kaç gün kalacaksın orada?" diye sordu.

Uzatılan gümüş tepsiden dumanı üstünde tüten bol köpüklü kahve fincanını aldı Afran.

"İki gün kalacağım." Berçem'in kahvesini hep sevmişti. Ondan uzaktayken en çok da bunun özlemini çekmişti. "İnsan en çok da yemekleri ve kahveyi özlüyor."

Barzan iş için yurtdışına gittiği zamanlarda, Afran gibi kendi yemeklerinin özlemini çekiyordu. Ancak kendisi bir iki hafta dayanamazken, Afran yıllar yılı bu özlemi çekiyordu.

"Newroz Sultan sayesinde Mardin'in sıcak yemekleri soframızı şenlendiriyor."

"Berçem de yemek yapmasını bilir."

Afran'dan dolayı karısının methiyelerini dizememişti ancak "Hamarattır evet," derken sesi övgü ve gururla yükselmişti.

Çat kapı gelmişti yalnızlık vakti. Dayı-yeğen rahat sohbet edebilsinler diye onları tek başlarına bırakacaktı. Ayağa kalkarak Afran'a döndü. "Benim yukarda biraz çalışmam lazım. Daha sonra tekrar aranıza dönerim." Sakin sesiyle açıklamasını yapmış, kahvesini alarak yukarı çıkmıştı.

Yeğeninin emin ellerde olduğunu bilmesine rağmen, içi sıkıntılardan daralıp büyüyordu Afran'ın. "Berçem," derken sesi gergindi. "Mutlusun, değil mi güzelim?"

Berçem dayısının endişesini anlıyordu. "Evet dayı, mutluyum," diye cevaplayan sesi keyifli çıkmıştı. Mutluluk bugün aralarında olsa da, yarını bilmiyordu.

"Bunu telefonda da konuştuk kaç kez. Umarım mutlusundur Berçem. İyi bir hayat yaşayacağını, huzurda kalacağını bildiğim için kabul etmiştim Ciwan'ı. Gel gör ki sana Ciwan değil, kardeşi koca oldu." Buruktu sesi. Dost bildiği adamı toprağa vermişti.

Uzanıp elini sımsıkı tuttu Berçem, dayısının. "Dayı vicdanın rahat değil biliyorum. Ama inan çok mutluyum." İnkâr çabası, bir nevi bugünlerde yaşadığı mutluluk ve yarınlarının böyle olacağı umudunu taşımasındandı. "Telaşlanacağın, pişman olacağın bir şey yok ortada!" Koca bir yalan söylemişti düşünmeden.

Bal rengi gözleri tedirginlikle titreşiyordu Afran'ın. "Barzan'ı çok tanımam. Sana değer veriyor, iyi davranıyor. Seni korur, kollar, kimseye bırakmaz."

'İyi hallerine denk geldin çünkü,' demek istedi Berçem. 'Bana neler yaptığını hiç görmedin, hiç bilmeyeceksin,' demek istedi. Ancak sustu sadece. Kocasından kaçarken uyguladığı taktiği, bugün Afran'da da uygulayacaktı. "Ee dayı, gönlünü çalan kimse yok mu?" diye meraklı sesiyle yanaştı hınzır bir ifadeyle.

Afran ise istediğini vermeyecekti. "Bu konuları seninle konuşmayacağım," diyerek tebessüm etti.

"Büyüdüm artık."

Şefkat dolu gözleriyle süzdü kendisi için hâlâ küçük olan yeğenini. "Benim gözümde hâlâ küçüksün. Seni ben büyüttüm Berçem."

"Hem annem oldun, hem de babam." Minnet doluydu sesi.

"On dört yaşına kadar güzelim. Sonra Raber Ağa baktı sana." Yeğenini emanet edebileceği tek bir aile vardı: Hezeroğlu Aşireti.

Mertçe sözlerinde durmuş, kızları Alaz'dan farklı görmeksizin büyütmüşlerdi. Büyüyüp gül goncası gibi serpildiğinde Ciwan talip olmuştu. Afran, gözü kapalı kabul etmişti evliliği. Gel gör ki kader Barzan'ı nasip etmişti yeğeninin hayatına. Şimdi bir nebze mutluysa, bugün Barzan'da gördüğü kıymet ve değerdendi. Babası Raber Ağa gibi... Haklarını ödeyemeyeceklerini, hep minnet duyacaklarını biliyorlardı.

Hak veren bir ifade vardı yüzünde Berçem'in.

"Evet minnettarız."

"Bebek var mı güzelim?"

Gözlerini kaçırdı genç kız, "Yok, dayı..."

Utangaçlığına anlayışla gülümsedi adam.

"Hayırlısı Berçem, ne diyebilirim ki..."

Gecenin geç saatlerine kadar sohbet etmişlerdi. Dışarıda zifiri karanlığın sessizliği hakimken, içerisi gökkuşağı renklerinin cıvıltısıyla şenlenmişti. Saat çok çabuk geçmişti. Afran'ın uykusu geldiğinde yataklara geçme vakti gelmişti.

Dayısına misafir odasını hazırlayan genç kız, kendi odasına girmek için kapının önüne geçmişti. Ancak kapı kolunu indiremeden, kendini ansızın kocasının kucağında buluvermişti. Son anda çığlığını dudaklarına kapadığı avuçlarıyla engellemiş, dayısına rezil olmanın eşiğinden dönmüşlerdi.

Ah, zalim Hezeroğlu... Yüreğine indirecekti Berçem'in!

Kucağına aldığı karısını odasına götürmüş, kapıyı ayağıyla kapatmıştı Barzan. Berçem'i yatağa atıp, bacaklarının arasına yerleşmişti.

"Bütün gün bu anı hayal ettim Berçem!"

Anlamsızca baktı genç adama genç kız.

"Dayımın gelmesini mi?"

"Hayır güzelim, seninle bu yatakta yaramazca şeyler yapmayı."

"Ah, kesinlikle yapmayacağız!" Utancından cılız çıkan sesi, dört bir tarafa dağılan sırma saçlarının çekiciliği, günaha davet eden aralık dudakları ve baştan çıkarıcı kadınsı vücudu... Barzan elbette bütün gün karısını hayal edecekti.

Afacan gülümsemesi dudaklarında asılı kaldı.

"Yapacağız karıcığım. Sen de zevk alacaksın benimle!"

Günahına girdi masum bakire dudaklarının. Karısıydı, ancak kadını olamamıştı henüz. Sahip olacaktı karısına. Bu gece değil, ancak müsait bir gecede sahibi olacaktı. Geri çekildi nefes nefese. Alnını alnına yasladı, nemli dudaklarına doyumsuz bir bakış attı. "Kadınım ol, Berçem!"

Gözleri aniden açılmış, kapalı gözleriyle acı çeken adamın yüz ifadesine mıhlanıp kalmıştı genç kız. Berçem kocasında uyandırdığı şehvetten bihaberdi. Berçem'i istemesi, ona sahip olamamasındandı.

"Ş-şimdi mi?"

Geri çekilip zümrüt hareleri hayretle titreşen kıza baktı. Kahkahasına o an engel olamadı. Berçem avucunu ağzına kapadı, "Şşt, dayım uyanacak. Sesini duymasın, ayıp!" diyerek payladı kocasını.

Ancak ne ikazı yetmişti kocasını susturmaya, ne de Afran'ın uyanacak olması. İkazına nispet eder gibi gür kahkahası devam etti. Boğuk sesi Berçem'in duvarlarını yıkmış, nedenini bilmediği halde, sırf kocası güzel güldü diye ona eşlik etmişti. Ancak elini kocasının ağzından çekmemiş, dudaklarını eline yaslayarak kendi kahkahasını engellemeye çalışmıştı. Gülmek güzeldi. Yuvayı bülbül gibi öttüren, sevginin gücüydü. Hezeroğlu çifti iyi anlaşıyordu...

Barzan sırf Berçem'in dokunuşlarından mahrum kalmamak için bile sabaha kadar gülebilirdi. Şimdi olmasını beklemesineydi bu gülüşün sebebi. Bu özel geceyi dayısı Afran evdeyken geçirmeyeceklerdi.

Kahkahasına güçlükle son verdiğinde, karısı ellerini gönülsüzce çekmişti. "Hayır güzelim, Afran Dayın buradayken olmaz. Bu özel geceyi başka bir zamana saklıyorum." Alnına bir öpücük bırakıp geri çekildi.

"Hadi üzerini değiştir gel, uyuyalım."

Genç kız üzerini değiştirmiş, banyoda ihtiyaçlarını gidererek yatağa dönmüştü. Üstü çıplak yatağa giren kocası kızı görünce gülümsemişti. "Haremime gel hatun."

Gür sesi çocuk haylazlığını taşıyordu. Berçem'in krem rengi geceliği esmer teninin mücevheri gibiydi. Barzan çarşafı üzerinden kaldırıp yer açtı karısına. Karısı esmer tenine inat kızarmıştı. Çekine çekine kocasının yanına kıvrılmıştı.

Sükûnete ermenin vakitleriydi gece, kollarında zümrütten daha asil bir kadınla. Gözleri huşu içinde kapandı. Berçem de kocası gibi huzurluydu. Uyku, sevdiğinin kollarında güzeldi.

***

Sabah kahvaltısından sonra kocasını işe uğurlamış, dayısı ile İstanbul turu yapmışlardı. Berçem'in evlenmeden önceki hayaliydi dayısıyla gezmek. Mutluluğun kendisini terk etmesinden korkuyordu. Sırtından vurup ihanetini edecek, bu mutluluğunu boğum boğum boğazına dizecek, yeşil harelerini söndürecek diye ödü kopuyordu.

Azra'nın yokluğu dikkatini çekiyordu. Varlığına o kadar alışmıştı ki, hiç evine gelmeyişi, kocasını aramayışı Berçem'i şüpheye sokuyordu. Asıl korkutan da buydu ya. Azra sessizdi!

Eğlenceli gezileri akşam yemeği davetiyle son bulmuştu. Berçem evine, Afran yakın bir dostunun akşam yemeğine gitmişti. Berçem, eve geldiği gibi yemeğini yapmıştı. Kocasının sevdiği yemekleri Newroz Sultan'ı arayarak öğrenmişti. Sofrayı kurmuş, aşağıdaki işlerini bitirerek, kocasının odasına uçmuştu.

Hızlı bir duş aldı. Uzun saçlarını kurutması hayli zamanını almıştı. Ancak hızından kaybetmeyen genç kız, gözlerinin yeşiline tezat gece mavisi, günlük bir elbise giymişti. Dizinin üstünde biten elbise, göğüs dekoltesini çapraz bir parçayla örtüyordu. Gözlerine sürme çekip, dudaklarına kırmızı ruju sürmesi ile hazır olmuştu. Saçlarını Barzan seviyor diye açık bırakmıştı. Omuzlarına dökülen ipeksi saçları güzel kokuyordu. Altınlarını yeniden takmıştı. Ayağına topuklu terliğini geçirdi. Gelin hanım hazırdı kocası için.

Barzan gelmeden aşağıda olmak istiyordu. Merdivenleri indi dikkatlice. Her bir adım yüreğini ağzında hissettiriyordu. Yalnız geçirecekleri bir akşam yemeği... Son basamağa adımını atar atmaz dış kapı kilidi açılmış, tüm ihtişamıyla kocası içeriye girmişti.

Berçem kapıya doğru ilerledi. Güzel karısı tarafından karşılanmak genç adamı mesut etmişti. "Hoş geldin." Berçem kocasının evrak çantasını elinden almış, kapıyı kapatmıştı. Erkeksi koku burnuna hücum etmişti. Berçem gecelerdir bu kokuyla uyuyakalıyordu.

"Hoş buldum Berçem, kocana öpücük yok mu?"

Cevabı arkasını dönüp mutfağa girmek olmuştu.

Berçem sıcak yemekleri masaya bıraktı. Kocası merdivenlerden indi hızlı hızlı. Berçem elini yüzünü yıkayan adamı hayranlıkla izledi. Gömleğinin kollarını dirseklerine kadar çekmişti. Kaslı kolları gömleği germişti. Sert kolları Berçem'de dokunma isteği yaratıyordu.

Barzan fark ettiği bakışları kurnazlıkla izliyordu. Sesini çıkarmadan yerine geçip oturdu. Berçem'in bugünlerden daha âşık, daha hayran, daha hevesli gözlerini de görecekti. Umut etmek güzeldi. Yarını yaşatan umudun kendisi değil miydi?

"Ellerine sağlık Berçem!"

Tok sesi karısını kendine getirmek içindi.

Berçem dalgınlığından kocasının gür sesiyle uyandı. "A-afiyet olsun." Çıtkırıldım sesiyle kocasının sağına geçip kuruldu.

"Dayın akşam geç gelecek galiba."

"Evet, seni de çağırdılar. Gitmemişsin?"

Tabağı doldurup, kocasının önüne bıraktı.

"Güzel karımı evde tek bırakmak istemedim Berçem, ondandır." Ağzına attığı lokmayı zevkle çiğnedi. Beğeni dolu iniltisi genç kızı gülümsetmişti. "Neden gitmedin?" diye diretti.

"Orada sevmediğim biri var. Gitseydim bir tartışma çıkardı. Dayın yeni geldiği için de zor durumda bırakmak istemedim."

Hayranlıkla baktı genç adama. "Bu aralar çok düşüncelisin."

Barzan çatalını kendisine hayranlıkla bakan gözlere doğru salladı. "Kocanızla nasıl konuşacağınızı bilmiyorsunuz küçük hanım."

Kıkırdadı Berçem. "Haklısınız ağam."

"Mardin'de olsaydık gıkını çıkartamazdın."

"Evet, Mardin'de karşı gelebilme lüksümüz olmadığından değil, saygıdan dolayı kocalara ters cevap verilmez." Yutkundu yemeğini. "Ama sen ilk gün..."

Bitkin bir nefes verdi Barzan. Çatalını tabağa bırakan eli bile bitkindi.

"Berçem evliliğimiz yürümezse, bunun sebebi sensin. Biliyorsun, değil mi?"

Hüzünle çevrildi göz bebekleri. "Üzgünüm," dedi. Dudağını büzüştürdü. "Niyetim bizi üzmek değil Barzan. Sadece çok mutluyuz bu aralar..." Acı dolu bir gülümseme geçti dudaklarından. "Çok iyi anlaşıyoruz, gülüyoruz, eğleniyoruz..."

Uzanıp yanağını avuçladı Barzan.

"Biz daha iyi olacağız güzelim."

"İnşallah..."

Yanağını biraz daha sevip yemeğine döndü. "Dayın çocuk meselesini açtı mı?" diye sordu gergince.

"Sordu sadece," diye cevaplayınca kocası kadar gerildi.

"Bu iş kötü olmaya başladı. Kimse ağanın oğlunda sorun var demez. Karısı kısır diyecekler."

"Haklısın. Biz de kulağımızı tıkayacağız," dese de hasedinden çatlayan topluluğun dedikodularından teğet geçemeyeceğini biliyordu ne yazık ki.

"Bir şey yapmalıyız Berçem, çocuk sorununu rafa kaldıracak bir şey." Düşünceli kocasına uzun uzun baktı.

"Buluruz elbet bir şeyler."

Yemeği sıkıntılı havalarından kurtarmak için genç adam başka bir soruyla, yeni muhabbet açmıştı. "Bugün çok gezdin mi?" Sesi hâlâ gerginliğinden kurtulamamıştı. Zira üzerindeki elbise ve karısının güzelliği başını döndürmüşken, dışarıda görenlerin ona nasıl baktığını düşünmek çıldırtmıştı.

Hayalini gerçekleştirmenin sarhoşluğu vardı yüzünde Berçem'in. "Çok, çok gezdik. Yoruldum."

Barzan sert sesiyle, bomba gibi bir soruyu ortaya attı.

"Bu kıyafetlerle mi çıktın?"

Genç kız gücenmiş bir sesle konuştu.

"Dayımın yanında böyle giyinmem."

"Şimdi anladım, kocan için giyindin. Hazır dayın da geç gelecek..." Keyifle sırıttı. Bu hazırlık kocası içindi. Bu güzelliği kocasına sunuyordu. Mutlu bir evlilik yakında görünüyordu. Belki de evi geceleri ince çığlıklarıyla inletecek, kapıdan içeri girdiğinde gülerek karşılayacak, ortalarda dolanacak bir bebek...

Balonu patlatan iğne ucu gibi, o anki hayalini kapıdan gelen zil sesi patlatmıştı. Karısına çevirdi orman yeşilliklerini merakla.

"Birini mi bekliyordun?"

"Hayır."

Ayağa kalkan Barzan, karısının dudağına uzun soluklu bir öpücük bırakmıştı. Olacakları bilmeyen, veda dolu son bir buseydi. Boğazlarından son kez mutluluk geçmişti. Şimdi yerle yeksan oluyordu hayalleri...

Usulca açtı kapıyı. Meraklı gözleri, karşısındaki yıkılmış kadına kilitlenip kaldı. Endişeyle genç kadına sordu.

"Azra, iyi misin?"

Sicim gibi akan yaşlar durmuyordu. Tükenmiş bedenini sürüdü evden içeri. Yemek masasında yalnız başına oturan Berçem'in irileşen gözleri, genç kadının kalbine yıldırım gibi düştü. Karı koca yalnızlığın keyfini çıkarıyorlardı belli ki. Eskiden karısının yüzüne bakmayan adam, şimdi yemeğini paylaşıyordu.

Şoktan uzak, anlamsızca baktı adama.

"Sen... Sana... Sana ne oldu böyle?"

Azra'ya doğru yürüdü Barzan. Kolundan tutmak istemiş, ancak genç kadın cinnet geçiriyormuş gibi bağırmıştı.

"Dokunma bana!"

Kızmaya başlayan genç adam, "Sakin ol," diye ikaz etti kadını.

Bir kadın ancak bu kadar aşağılanmış hissedebilirdi kendini. "İkiniz baş başa yemek yiyorsunuz," derken, dolu dolu gözleri şaşkınlığını saklayamıyordu. "Sana inanamıyorum. Kaç gündür doğru dürüst yüzüme bakmıyorsun. Eve geldiğin gibi telefonları kapatıyorsun. Şirkette bile yüzüme bakmıyorsun Erkut."

Yanlış isimdi, yanlış yerdi, yanlış zamandı. Barzan Hezeroğlu olarak karısıyla akşam yemeğindeydi ve burası onların mutlu yuvalarıydı. Son zamanlarda bülbüllerin şen şakrak öttüğü, mutluluğun mesken tuttuğu, neşenin eksik olmadığı sımsıcak Hezeroğlu yuvası…

Kızgınlık içeriyordu davudi sesi.

"Azra ne yeri, ne de zamanı!"

Hiddetle kafasını salladı genç kadın. "Tam da yeri, tam da zamanı! Onun için, değil mi? Onu seviyorsun. Bunu anlamayacağımı mı sandın aptal adam?" Tiz sesi evi inletiyordu. Bağrışları etraftaki komşuları eve toplayacak kadar yüksek ve korkutucu çıkıyordu.

Emanet gelin usulca kalktı yerinden. Ona göre yanlış bir şey vardı ortada; Barzan karısından hoşlanıyor, karısını beğeniyordu. Kocasının yalancısıydı tabii. Öte yandan Erkut olarak ise Azra'ya âşık bir adamdı. Ancak boşanma olmayacağına ve kadını olmasını istediğine göre Berçem bundan şüpheliydi artık.

Hezeroğlu yaptığı hatanın elbette farkındaydı. Ya Berçem'e evet demeyecekti -ki o zamanlar şartlar bunu gerektirmişti- ya da evlendiği gün, aşiretlerinde boşanmanın olmadığının bilinciyle, sevgilisine evlilik güvencesi vermeyerek yollarını ayıracaktı. Bütün hata bu adamın kendisindeydi ve Allah biliyor ya, yaptığı her şeyden pişmanlık duyuyordu. Her iki kadına çektirdikleri için vicdan azabı duyuyordu.

"Konuşma tarzına dikkat et ve bana bağırmayı kes."

Azra kırmızı ojeli, narin ve titrek parmaklarıyla akan gözyaşlarını sildi. Bir zamanlar Erkut'un inmesine kıyamadığı gözyaşları salıvermişti kendilerini. "Sen beni sev... Seviyordun. Beni görmeden duramazdın. Beni her saat arardın. Ama... Ama... Şimdi ne görmek istiyorsun, ne de arıyorsun. Aramıza giren o iken, sen beni hayatından çıkartıyorsun!" Ağlamaktan sesi boğuk boğuk çıkıyordu.

Sessizce söylenen tek bir cümle yetti: "O benim karım."

Tek cümlesini iki gerçek yıktı.

"Boşanacağın karındı! Belalı emanetindi!" Öfkesinden hıncını alamayan kadın Berçem'e döndü. Çok fevri davranıyordu. "Senin gibi bir şeytan aramıza girdi. Saf, masum rolünle sevdiğim adamı elimden aldın. Biz... Biz... Evlenecektik... Senin gibi bir bela ol.."

"Yeter Azra, gel gidiyoruz! Evine bırakacağım seni. Daha sakin kafayla sonra konuşuruz."

Olası yanlış bir hareket herkesi mahvederdi.

Azra geri çekti tükenmiş bedenini. Üzerindeki kısa elbisesiyle, dağılmış makyajıyla içler acısı görünüyordu. "Dokunma bana.. Ona dokundun mu? Koynuna girdin mi?" diye bağırdı. "Onun, o çok istediği çocuğu yaptınız mı? Seviş..."

Yüzüne atılan tokatla kendisini yerde bulmuştu.

Atılan bu tokat binlerce kırgınlığı, kızgınlığı, öfkeyi içeriyordu. Yanlış seçimler ve düşünülmeden verilen sözler, hayatları mahvediyordu. Barzan'ın hayatı keşmekeş olmuştu. Öfkeden gözleri dönmüştü. Azra'nın Berçem'i ucuz bir kadınmış gibi göstermesine asla müsamaha göstermeyecekti. Karısı hâlâ bakireydi. Güzel kalbiyle bile tertemizdi. El değmemiş gonca gül gibi...

"Sakın dedim sana!"

Azra yediği tokatla feleğini şaşırmıştı. Nevri dönmüş genç kadın, "Hayatımı mahvettin. Bana umut verdin, geleceğim dedin," diyerek tüm olanları hatırlattı.

Acıdan kaskatı kesilmişti. Yerden güçlükle ayağa kalktı. "Sen aşağılık, yalancı, sahtekâr, kalpsiz piçin tekisin. Allah senin belanı versin! Bana ne yaşattınsa sen de onu yaşa!"

Eli yanağında sürüdü ayaklarını dışarı. Çökmüştü ruhen ve bedenen... Tek istediği Erkut idi. Onu da böylesi vahim bir evlilikle kaybetmişti. Tek istediği, âşık olduğu adam idi...

Barzan ikilem arasında kalmış, kırmızı şeridin üstüne basıyordu. Aşağı tükürse sakal yukarı tükürse bıyık misali; şeridin ötesine gitse sevgilisi, gerisine geçse karısını seçecekti. Hataları gün yüzüne çıktıkça acı maddeleşip yaralarını dürtüklüyordu. Ucundan tutup, 'Yeter!' diyemiyordu. Birinci hatası, evlenmekti. İkinci hatası, sevgilisini boşanacağım diye avutmaktı. Üçüncü hatası, ağabeyinin sevdiği diye Berçem'i kendisinden uzak tutmaktı. Yetimin hakkını böyle yemişti ya, Allah da kulunun hakkından böyle gelmişti. Vebaline girdiği kadının ahlarını bir bir çekiyordu şimdi. İki kadın arasında kalmıştı ve elleri kolları bağlanmış bir şekilde ortada duruyordu. Her bir adım onu daha beterine sürüklüyordu.

Yıllardır sevdiği kadındı Azra. Yanından bir an olsun ayırmadığı, evlilik hayali kurduğu kadını öylece yüzüstü bırakmayacaktı. Madrabazlık yapmayacak, sessizce yollarını ayırmayacaktı. Olması gereken hayatı şimdi yaşıyordu ve bunun açıklamasını yapacaktı.

Şeridin ötesine geçti Barzan Hezeroğlu. Karısını evde bir başına bırakıp, Azra Bolatlı'nın peşine düştü. Her şey bitmeye hazırdı. Yeni başlangıcı tek bir kadınla olacaktı. Ayrılık bir yâre düşecek, kavuşmak bir yâre nasip olacaktı. Gerisi mutlulukla yazılacaktı...

***

Bölüm 15

Elden Giden Hayatların, Tutabilirsen Ucundan Tut...

Parlaklığını kaybetmiş ay, sirayet etmişti zümrüdî harelere. Yıldızlar aya küsmüş, kalbi kaderine gücenmiş, gece vahim bir karaya bürünmüştü. Bakanın içini yakıyordu.

Ayın cılız huzmesi kırgın dudaklarına vuruyordu. 'Ne bedbaht kızsın be Berçem. Bir umut, kocan seni sever, bırakmaz sandın ama olan oldu. Gitti işte sevdiği kadına.' Kırılgan iç sesi konuşuyordu kendince. 'Misafir olduğunu, kalıcı olanın Azra olduğunu söylemiştin. Lafına geliyorsun emanet gelin...'

Baraj kapakları bahane arıyormuşçasına patlamıştı. Gözü yaşa büründü. Barzan sevdiği kadının peşinden koşmuştu. Daha yemekte onu düşünüp bebek sorununa çare isteyen adam, Azra'nın peşinden koşmuştu. Zaten bu evde kendisinin hiç yeri olmamıştı ki. Bu eve ayak bastığı gün, kaderi küsmüştü.

'Ne kundakta beyaz bebek kıyafetin, ne ilk beyaz elbisen, ne beyaz gelinliğin, ne beyaz geceliğin, ne beyaz kefenin... Sen beyazın lanetlenmiş siyahını giymişsin Berçem gelin!'

Kendine acımaya başlıyordu artık. Kocasına duyduğu saf aşk hâlâ kalp denilen organın içinde, atardamarlarında vahşice akıyordu. Barzan'a âşıktı; ancak suistimal edilmişti sevgisi ve her şey gerçek anlamda bitmişti!

İrkildi kız, düşünceleri arasında acıyla debelenirken. Kapının vahşice vurulması, Berçem'i korkutmuştu. Kimdi böyle alacaklı gibi kapıyı vuran? Barzan'ın olma ihtimali, sıfırın yüzdelerini ezip geçiyordu. Belki de Azra'ydı gelen. Hıncını alamamış olan kadın, biraz daha içini dökmeye gelmiş olmalıydı. Öğrenmek için koşar adım kapıya ulaştı. Kolunu indirdiği kapıyı kendine doğru çekti.

Öfkesini kumaş misali bir elbise gibi üzerine geçirmiş olan adam, karşısında duruyordu. Ağlamaktan şişmiş göz bebekleri, anlamsızca adama baktı baktı durdu.

Adam elini kapı pervazına gürültüyle indirdi. Şaplak sesi, Berçem'i ancak kendine getirebilmişti. "Bu evde ne dolap dönüyorsa anlat bana. Ben seni öldürmeden!"

Hayatın yüzüne gülmediği insanlar vardır ya hani, Berçem gelin bahtsızlıkta o insanların başında gelen bir kızdı. Her şey üst üste geliyordu adeta.

Afran, genç kızın kızarmış gözlerini fark etti. Yeğeni bu lanet olası evde, lanet olası kocasıyla saçma bir evliliğe razı kalarak gözyaşlarını akıtıyor ve bu zulme kimse dur demiyordu!

Adamın paldır küldür hareketleri, yeğenini korkutuyordu. "D-dayı iy…" sözleri çarpılan kapıyla kesilmişti. Afran üzerine doğru geldikçe genç kız içgüdülerine göre hareket ederek geriye kaçıyordu adım adım.

"İyi değilim Berçem. Öğrendiğim saçmalıklardan sonra… Yeğenimin bu sefalet içinde yaşadığını öğrendikten sonra, hiç iyi değilim!" Derinden gelen gür sesi, kızın kalbine işliyordu.

"N-ne öğrendin?" Dili konuşmaya cüret edemiyordu dayısının bu öfkesi karşısında.

"Senin bu evde, kocanın metresiyle yaşadığını öğrendim. Senin bu evde kocanın sevgilisini kabul ettiğini öğrendim. Senin bu evde bir hiç olduğunu öğrendim Berçem." Geri giden adımları sonrasında koltuğa çarpıp duran yeğenine baktı. "Daha ne öğreneyim?"

'Azra'nın peşinden koşup beni bu evde tek bıraktığını...' İç sesi açıkladı bir gerçeği daha.

Afran koltuğu gösterip oturmasını istedi. Akşam yemeğinde keyifli geçirdiği anları, akla sığamayacak gerçeklerle zehir zemberek olmuştu. "Anlat dinliyorum."

Berçem neyi anlatacağını bilmiyordu. Öncelikle dayısı bunları nereden öğrenmiş, ona bunları kim söylemişti? Başı önüne düştü, bakmaya utanıyordu.

"Na-nasıl öğ-öğren..." Bir soruyu dahi soramazken, berbat ötesi evlilik hayatını nasıl anlatacaktı? Neyi söyleyecekti ve dile getirmeyi nasıl başaracaktı?

Homurdandı genç adam. Asıl nasıl öğrendiği delirtiyordu ya adamı!

"Kocanın şirketinde çalışan arkadaşlarım söyledi. Patronunun Azra denilen kadınla sevgili olduğunu ve yakında evleneceklerini de söylediler. Patronuyla benim yeğenimin evlendiğinden habersizce..." diye tısladı tehlikeyle. "Daha ne söylediler duymak ister misin?"

Kafasını salladı genç kız. Kulağını elleriyle kapamış, duyacaklarını engellemeye çalışmıştı. Dahasını duymaya yüreği el vermezdi.

Azrail gibi genç kızın önünde dikildi Afran. Küçücük bir toz yığını gibi görüyordu yeğenini. Akılsızca, zulümlere boyun eğen çaresiz küçük bir kadın...

"Anlat, ikiletme beni bir daha!"

Adamın derin sesindeki tehdit, Berçem'e geçmişti. Ancak genç kız, hâlâ nereden başlayacağını, dahası anlatırsa ne olacağını bilmiyordu.

"Her şeyi öğrenmişsin..."

Genç kızın kaçışı, adamı öfkelendirmekten öteye geçmemişti. "Adam akıllı anlat!" Kızgın bir kaplan gibi kükremişti sanki.

Koltuğa sindi iyice Berçem. Saf korkusu, dilinden her şeyi bir bir döktürmüştü. Bu eve ayak basmadan önce Barzan'ın Mardin'de ailesi ile kavgasından biraz önceki kavgaya kadar...

"Ve sen gitmesine izin verdin..." Şuurunu kaybetmişti adam, yeğeninin aylardır çektiklerini öğrenince. Katı bir soğukluk bedeninden geçip dilinin ucuna geldi.

"Ve sen tüm bunlara göz yumdun! Neden?"

"Onların arasına ben girdim. Barzan beni istemedi, ben de onu istemedim. Azra ile birbirlerini seviyorlar!" Sesi çektiği acıları anlatmak için derman bulunca, gücünü yitirmişti.

Afran, Berçem'i böyle yetiştirmemişti. Hayal kırıklığına uğratsın diye ellere vermemişti onu. "Ben sana hiçbir şeyi öğretememiş miyim? Ben sana haksızlık karşısında, dilsiz şeytan olmayı mı öğrettim? İzleyip susmanı mı öğrettim? Ben bu kadar aciz bir adam mıyım? Seni hiç mi iyi yetiştirememişim?"

Kendisinden şüphe edecek raddeye getirmişti dayısını. Acı dolu bir inleme koyuverdi. "Da-dayı... Lütfen..." Reddetmek istiyordu bütün sorularını... 'Ben senin yetiştirme tarzına, bu bedenin içindeki kalple hakaret ettim!' Dayısını yanıtlayan iç sesini bastırdı kızgınlıkla. Afran Sözeri, mükemmel bir adamdı ve onu mükemmel yetiştirmişti. Ancak Berçem Hezeroğlu olunca, belalı emanet olunca işler ters gitmişti.

"Ben susmadım. Sonuna kadar savaştım. Boşanma davası bile açtım. Dayı, Barzan o kadına âşıkken ben kalamazdım. Ama

Barzan izin vermedi. Biz boşanmayacağız, seni bırakmayacağım dedi. Dilekçeyi yırttı ve bu evlilik mutlulukla sürecek, dedi."

Ne dediğini bilmiyordu genç kız. Kimi korusa ucunda hep bir şeyler ters gitmiş, yine gerçekleri anlatmak zorunda kalmıştı. Elinin tersiyle sildi göz pınarlarından akan tuzlu yaşları. Her biri dudaklarına selam edercesine tadını bırakarak çenesinden süzülüyordu. "Sen mükemmel bir adamsın dayı. Beni çok iyi yetiştirdin…"

Dayısının dudağının kenarı seyirdi küçümsercesine. "Sen hiç iyi yetişmemişsin. Ya ben hiç bilmemişim, ya sen…"

Sesi nefret doluydu. Bu evden nefret ediyordu. Yeğenini süründüren herkesten de...

"Başka kimler biliyor? Newroz Hanım, Hezal Hanım, Alaz?"

Ortada suçlanacak kimse yoktu. Genç kızın kahpe feleğinden başka... "Bir tek, Newroz Anne biliyor. O hep yanımdaydı. O hep kızdı Barzan'a. Kimseyi suçlama dayı. Yalvarırım kimseyi suçlama."

Berçem'in açıklama yapması çare olmamıştı. Afran Sözeri, gazapla yüklenmişti bir kere. Balın iştah açıcı parlaklığını kaybetmiş gözleri, kurumuş sonbahar yaprağına dönmüştü. Hayal kırıklığının bini bir paraydı adamın gözlerinde.

"Kimseyi suçlamıyorum zaten. Tek suçlu; seni yetiştirdiğini zanneden ben ve akıllı davranıp, tam bir aptal olan sen... Suçlu kimse değil yeğenim. Suçlu biz ikimiz!"

Dayak vücuda hakaretti, söz ise kalbe! Dibine kadar kırılmıştı dayısının sözleriyle. Afran'ı kırdığı için bu hakaret dolu cümleye maruz kaldığını biliyordu. Ancak dayısının kendine hakaret edişini, bu konuda kendini suçlayışını bir türlü kabullenemiyordu.

"Hayır oğlum, suçlu benim."

Bu davudi, otoriter ses sadece bir adama aitti. Öfkeden kasılan genç adam, ağlamaktan harap olmuş genç kız şaşkınlıkla kapıya bakmıştı. “Oğluma güvenip, kızımın hayatını mahvettim.” Bir eli kalbinde, duvara tutunan yaşlı adama şaşkınlığını üzerinden atarak ilk ulaşan Afran olmuştu.

Berçem koltuğa mıhlanmıştı şaşkınlıktan ve de utançtan! Raber Ağa, her şeyi duymuştu. Rezil rüsva yaşamının yüz kızartan gerçeklerini bir bir öğrenmişti. Bir kalp krizi de Berçem gelin geçirse ve bu rezilliklerden kurtulsa… Nasıl olurdu?

Raber Ağa hayal kırıklığının ötesinde, adını konduramadığı bir duyguyu yaşıyordu. Ancak suçluluk hissi, alevden gömlek olup üzerine geçirilmişti. “Berçem kızımı bu hâle getiren benim,” diyebildi sadece.

Afran bundan emin olamamıştı ne yazık ki. Saçları kırlaşmış, iri cüsseli adamı koltuğa doğru götürdü. Berçem’se hareket kabiliyetini kaybetmiş, kemiklerini zorlukla oynatarak yerinden kalkmıştı. Genç kız saç diplerinden tırnak uçlarına kadar ağrı hissediyordu. Rezillik nüksetmişti suretine. Raber Ağa’yı baştan aşağı süzdü. Üç gün öncesinde kapıdan uğurladığı adam, bugün geri gelmişti. Gizlice…

Yaşlı adamın ağarmış saçları, neler yaşadığını gösteren en büyük kanıttı. Kara gözlerinin etrafındaki kırışmış çizgileri, yaşadığı hayatın tecrübelerini, hatalarını, mutluluk ve üzüntülerini taşıyordu. Bir çizgi de kocası bırakmıştı. Belki de bir boşluk... Doldurulması imkânsız olan...

Raber Ağa her şeyi duymuştu. Kapı önünde Afran’ın bağrışlarını duyduğunda Okan’dan aldığı anahtarla içeri girmişti. Ancak dayı yeğen öyle hummalı bir sohbete dalmıştı ki geldiğini bırak duymayı, görmemişlerdi bile. Kapı önünde dinlemişti her şeyi. Oğlunun rezilliğini, şerefsizliğini…

“Oğlum şerefsizlik yaptı diye, sen neden susarsın gelin? Sen neden boyun eğersin?” Suçlayıcı ses tınısı, davudi sesiyle birleşince keskin çıkıyordu. Oğlunu kontrol etmeye gelmişti. Şirkette duydukları ve gördükleri, oğlunun kahvaltı masasında yaptığı her şey, şüpheyle ayaklarını bu memlekete, bu eve sürüklemişti. Ancak hiç beklemediklerini duymuştu. Kızı olarak bildiği Berçem'e oğlunun yaptıkları…

Berçem boyun eğdi bir kez daha. Gözyaşları usulca aktı. Hiçbir şeye değil, sadece Raber Ağa'nın bunları öğrenmesine ağlıyordu. Hayatı zehir zıkkım olmuştu. Yolları Barzan ile ayrılıyordu bu saatten sonra. Artık Hezeroğlu soyadına mensup olmayacaktı. Eskiden istediği gibi…

Raber Ağa, gelinini baştan aşağı süzdü. Yanında durup öfkeli hareketleriyle kendi nabzını kontrol etmekte olan doktor Afran'ı da... Kızgınlığını, öfkesini, telaşını anlıyordu. Kim yeğeni böyle bir hayata maruz kalsın isterdi ki?

Berçem'e "Ne ihtiyacın varsa al, gidiyoruz," diyen Afran, sonrasında yaşlı adama döndü. "Boşanacaklar ve ben yeğenimi götüreceğim Raber Ağa. Berçem artık sizin himayeniz altında kalmayacak."

Yaşlı adam yan bir bakış attı Afran'a. Âlicenap tavrıyla, "Oğlum hiddetlenme. Hele bir gidelim buradan. Kızımı mecbur bıraktığım rezillikten kurtarayım," diyerek soludu, kendini mahcup hisseden Raber Ağa. Azra'nın oğlunun sevgilisi olduğunu biliyordu. Ancak evlilikten sonra bu biter sanıyordu. Lakin bitmek yerine bir filiz gibi yeşermişti. Telefonu çalınca cebine yöneldi. Kimin olduğunu az çok tahmin ediyordu. Hezal Hanım varıp varmadığını öğrenmek için arıyor olmalıydı. Ancak ekrana baktığında gördüğü isim, dışarıdaki korumalardan biriydi. Açarak telefonu kulağına götürdü.

"Barzan Bey geldi efendim."

Telefonu kapattı Raber Ağa. Ağır ağır kalktı yerinden.

"Barzan efendi geldi," diye mırıldandı. Ona görünmeyecekti önce. Ne yapacağını merak ediyordu. Sevgilisinin peşinden giden oğlu, nasıl bir karar vermişti?

Salonun bir ucuna doğru yürüdü.

"Gelin sen otur, oğlum sen yanıma gel."

Hüküm verir gibi emreden sese biri öfkeyle, biri korkuyla itaat etmişti. Berçem koltuğa oturmuş, kısa eteğinin uçlarını avuçları arasında toplamıştı. Göz pınarları hâlâ kurumamıştı ki, kurumayacaktı da. Kapı kilidinin sesini duydu kulakları. Ayrılık tez vakitte gelirdi aşka. Sevdiği adamla yolları ayrılacaktı, kalbi ayrılmasa bile. Gözyaşları aktı için için.

Barzan, takati kalmamış bedenini koltuğa sürükledi. Yalnız başına bırakıp gittiği küçük kadın, koltukta yüzünü avuçlarına gömmüş, hıçkırıklarla ağlıyordu. Barzan yanına koştu.

"Berçem, güzelim!"

Kolları arasına aldı karısını. Geri gelmişti işte. Azra'nın yanında kalmamıştı. Sırma saçlarını öptü uzun uzun. Gül kokusunu içine çekerken, hissettiği şey huzurdu. "Özür dilerim, seni bırakıp gittim ama bir delilik yapar diye…" Açıklaması tatmin edici olsa da bu, Berçem gelini bağıra bağıra ağlatmıştı.

Kaşlarını çattı genç adam. Berçem'in yüzünü avuçladı. "Güzelim bak bana. Neyin var senin? Geldim, kalmadım Azra'nın yanında."

Kızın sesli ağlayışı yürekleri burkuyordu. Azra'nın yanında kalmayışı kurtarmayacaktı ki. "Ba-Barzan…" diyen kız, kocasına sarılmak istediyse de cesaret edememişti. Adam bu ağlayışa anlam verememişti.

"Berçem güzelim kocan geldi. Senin yanındayım artık."

Ses tınısı da, anlam veremediği duruma uygunmuşçasına tedirgindi.

"Seni seviyorum." diyebildi sadece genç kız. Barzan duysaydı eğer, güzel olurdu. Bu sevgi, engeli olurdu terk edişinin. Ancak Raber Ağa'nın sesi bastırdı kalp fısıltılarını.

"Geldin, hoş geldin de…" Otoriter bir ses yankılandı büyük salonda. "Boşa geldin oğlum."

Barzan'ın başı, sesin sahibine çevrildi hızla. Ağır aksana sahip, her sesi dindiren kalın sesin tınısı kulağına ağır ağır dolmuş, kara haber çanlarını çalmaya başlamıştı. Yerinden kalktı usulca.

"Baba?" Soran sesi hayretler içerisindeydi. Ta ki Afran Sözeri'nin bakışlarını görene kadar… Bildiği, tanıdık bal rengi gözler öfke ve nefretle yoğrulmuş, paslı kahvelere dönüşmüştü. Bir çan daha çalındı.

Raber Ağa, gelinine baktı. Oturduğu yerde ağlamaya devam ediyordu. Yüreği sızladı yaşlı adamın. Yetim ve öksüz, gencecik bir kızdı. Üstelik evlendiği gün, kocasını kaybetmişti. Tanıdığı onlarca kız içinden ailesine yaraşır tek kız Berçem'di. Afran'ın yetiştirdiği, terbiyeli ve merhametli yeğeni... Kocasının elinde ve evinde karısı olarak çektikleri bir nebze kendisi yüzündendi. Ancak olayların böyle bir hâl alacağını hiç tahmin etmemişti. Kızını bu elim hayattan kurtaracak, feraha erdirecekti.

"Berçem, kızım kalk hadi."

Sesinin hükmü emrivaki yüklüydü. Rızasını almadan kızını götürecekti.

"Ne oluyor baba, ne yapıyorsun?" diyen Barzan'sa olayı anlamlandıramadığını gösteren bakışlarıyla babasına bakıyordu. Anlamsızlıklar sinsi olup, genç adamın beynini doluşturdu.

Afran, saygısızlık etmek istemese de tüm olanlara susup bekleyecek gücü kendinde bulamıyordu. Konuşacak ve yeğeninin çektiklerinin hesabını soracaktı. Hınç dolu sesi, tıslayarak döktü kelimeleri.

"Metresinle aynı evde tuttuğun, boşanmak için türlü taklalar attığın, istemediğin karını alıyorum. Yeğenim artık benim yanımda olacak!"

Söylenenler kati ve kesindi. Afalladı Barzan. Bakışları yaşadığı belirsizliği belli edercesine anlamsızdı ve o bakışlar karısına döndü. Sordu orman yeşili gözleri: Ne oluyor?

Bir cevap veremedi genç kızın yeşil hareleri. Kederle harmanlanmış yüzü, önüne düştü. Aheste aheste kalktı yerinden. Barzan Hezeroğlu'nun hayatından çıkıyor, sevdiği adamı bir başına bırakıyordu.

Sersemleştiği anlarda kendine gelmesi pek zamanını almıyordu genç adamın, ancak bugün ne yapacağını bilmiyordu. Ne yaptığını da... Şuurunu geri kazandığında yaptığı ayarsızca hareket; geçip giden karısının elinden tutup, hızla sert gövdesine çekmekti.

"Benim karım hiçbir yere gitmeyecek!"

Heybetli vücuduyla oğluna adım adım yürüdü Raber Ağa. Gözlerinden akan ifade hayal kırıklığı doluydu. Uslanacağını sandığı oğlu, neler neler yapmıştı.

"Sen benim kızımı hak etmiyorsun." Nefret dolu kelimeleri döküldü dudaklarından. "Şimdi kızımı bırak, yoluna devam et."

"O senin karın değil artık," diyen Afran, yeğenine doğru emin adımlarla ilerledi. Genç kızı kocasının kolundan çektiği gibi arkasına saklamış, "Berçem benimle gelecek. Sen de istediğini yapacaksın," derken, savaşmaya hazır hınç dolu sesiyle tıslamıştı.

Bir savaş vardı ki bazen vazgeçiş, bazen ise kaybedişti. Barzan Hezeroğlu bu savaşta ne vazgeçmeye ne kaybetmeye tahammül edebilirdi. Kazanmak niyetindeydi.

"Sıkıyorsa götür!"

"Sıkıyorsa engelle!"

İlân edilen savaşı Afran Sözeri küçümsedi sert bakışlarıyla. Önüne dağ engeli olsa, tırmanıp aşacak kararlığa sahipti. Yeğenini götürecekti!

Barzan karısının hıçkırıklarını duyuyordu. Her şeyi onun anlatmış olduğuna inanmıyordu. Babası hangi ara buraya gelmişti, asıl merak ettiği buydu.

Babası oğlunun düşüncelerini okumuş gibi metanet dolu nefesini bıraktı. "Berçem, Mardin'e dönecek. Boşanma davanız gerçekleştikten sonra, sen de Azra denen kadınla evleneceksin."

Afran'ın nefret dolu sesi de son darbeyi vurmuştu. "Nasılsa şirketin Azra ile evliliğini bekliyor!"

Afran öfkeyle homurdanırken, Berçem acı dolu bir inleme daha koyuverdi. Ancak Barzan Ağa son sözlerin tesirinde kalmıştı. Yıkılmışçasına çökmüştü omuzları. Şirketin hepsi evliliğini bilmezken, Azra ile ilişkilerinin evlilikle yürüyeceğini sanmıştı. Lakin ne Azra ile evliliği söz konusuydu, ne de Berçem ile evliliği devam edecek gibiydi. Pişmanlıkla depreşen gözleri karısının üzerinde gezindi. Karısının omuzları ağlamaktan sarsılıyordu.

"Karımı bırakmam." Kati sesiyle Afran'a döndü. "Sen yeğenini bana verdikten sonra söz hakkın kalmaz üzerinde. Karım benim iznim olmadan bir adım öteye gidemez!"

Fırtına gecesi rüzgârın korkunç uğultusunu taşıyan Afran'ın kalın gür sesi, kulakları arşınladı, "İzle de gör!"

Meydan okumalar, yaşanan hiçbir şeyin yarasını sarmaz, bilakis kanatırdı. Raber Ağa vakur edasıyla oğluna doğru yürüdü.

"İstediğin buydu, özgürlüğüne kavuşuyorsun."

"Bu evlilik bozulmayacak. Anlamanız ve bilmeniz gereken tek şey, bu boşanmanın olmayacağı!"

Raber Ağa ihtiyatla tebessüm etti.

"Sen bizim adetlerimizi yeni öğrenmiş yahut unutmuş değilsin oğlum. Sen adetlerini hep bilmişsin." Yaşlı adamın gereklilikleri hatırlatan ses tonu katılaştı. "Bilmene rağmen boşanmayı istemekten geri durmamışsın!" Gerçeği kızgınlıkla oğlunun yüzüne vurdu. Bir tokat kadar hızlı ve baş döndürücüydü.

Afran yeğenine kısa bir bakış attı. Kızın kedere bürünmüş yeşil gözleri, Barzan olacak adamın yüzünde asılı kalmıştı. Yeğeninin bu adama sevdalı olduğunu anlayalı çok olmamıştı. Bu ayrılıkla üzüleceğini biliyordu. Ancak Barzan'ın yaptıkları Afran'ın göz yumacağı hafif suçlar değildi. Hiçbir kadının hak etmeyeceği hayatı yaşatmıştı yeğenine. Şimdi hak ettiği hayatı, Barzan'ın kendisi yaşayacaktı. Kısasa kısas!

Pişmanlık, gelecekte hataların önünü keserdi ancak geçmişin yaralarını kapatmazdı. Bugün pişmanlığı geçmişini yaşatıyor, geleceğini öldürüyordu.

"Bilemedim baba, yaptıklarımı göremedim." Barzan'ın acıyla kısılan sesi boğuk çıkmıştı.

Raber Ağa, oğlunun üzerine gitmeye devam etti. "Berçem karın olup Mardin'de kalacak, Azra senin imam nikâhlı karın olacaktı. Kuma gelecekti benim kızı…"

Barzan gözlerini sımsıkı kapattı sözlerini keserken. "Olmayacak hiçbiri. Berçem tek karım kalacak!"

Gayriihtiyarî gülümsedi genç adam.

"Sen böyle düşünmemiş miydin?"

Afran ve Berçem, baba oğlu hayretle dinliyordu. Berçem'i Barzan'a verirken ne planlar kurulmuştu arkasından. Afran'ın kini katlandı, Berçem'in kanı dondu.

Barzan'ın boyun eğişi kabullenişti. "Biliyorum baba. Berçem'i hayatıma planlar dâhilinde aldım. Bir düzen kurdum kendimce, uyacağımı sandım." Genç adamın çatıldı gür kara kaşları.

"Kabul etmeyecektin oğlum." Yaşlı adamın inanamayan bakışları, oğlunun çatık kaşlarına odaklandı. "Beni zor durumda bıraktın. Söylediklerin yoluma taş koydu, kabul etmeseydim." Sonrasında olacak olanları sıralamaya koyulmuştu adam. "Berçem'i kabul etmeseydin, Miran gelip alacaktı. Ya da kızım isteseydi dayısının yanına gönderecektim. Oğlumun katiline kız vermeyecektim. Sen beni kandırdın Barzan. Bana boşanacağını söylemedin. Gizlice boşanıp, dul kızımı bana gönderecektin!"

Afran, yeğeni düşüp bayılmadan önce kollarının arasına almıştı. Aralarında kurdukları planları bilmeyen adam, güvenip emanet etmişti yeğenini. Ne ironiydi yaşadıkları hayat. Kurda kuzuyu değil, cehennemin iblisine cennetin meleğini emanet etmişti.

Zihnini, arkasından yapılan planlar sarmıştı. İhanet, bir çift söz olmuş kesmişti şah damarından. Barzan'ın, yeğenini istemediği konaktaki bağrışlarından belli etmişti kendini. Ancak işin perde arkası sergilenince, ihtişamın kirli çamaşırlardan ibaret olduğu ortaya çıkmıştı.

"Senin yapamayacağını, kızıma bakamayacağını anlayınca vazgeçtim. Tamam, evlenmiyorsunuz dedim. İnadıma kolundan tutup İstanbul'a sürükledin. Yine tamam dedim, belki adam olur karısına bakar, şimdi sevmese de saygı duyar dedim. Ağabeyi Ciwan'ın hatırına zarar vermez." Konuştukça, oğluna karşı duyduğu hayal kırıklığıyla nefreti büyüyordu. Metanetle durdu ayakta. Barzan'ın acı çeken yüzüne dehşet eklendi. "Ciwan kılına zarar gelsin istemezdi. Ama sen, kızıma ölüm emri vermişsin. Şimdi ben de senin emrini veriyorum!" Son cümle Barzan'ın fermanının haykırışıydı.

"Boşanıyorsunuz Barzan. Berçem artık dayısının yanında kalacak!"

Ferman, Raber Ağa'nın dilinde son bulduğunda, Afran kollarına yığılmış bedeni kapıya çevirmişti. İki adımında önleri Barzan tarafından kesilmişti. Genç adam Berçem'i atik bir hareketle kollarının arasına çekmiş, uzaklaşmıştı gerisin geri. Savaşacaktı. İzleyicilerini önemsemeden kızı ikna etmeye koyulmuştu. "Seni bırakmam Berçem." Kararlı gözleri yeşil harelere kenetlenmişti. Ne çok benziyorlardı birbirlerine. "Seni bırakmam güzelim. O dilekçeyi yırtarken ben kararlıydım, hâlâ da kararlıyım. Seninle huzurlu bir geleceğimiz var." Adamın titreyen dudakları, kızın alnına busesini kondurdu.

Zümrüt hareleri, masum bakışları, ürkek edası, upuzun dili, bazen herkesten daha güçlü bedeniyle baştan çıkarmıştı bu adamı. Barzan kalbini farkında olmadan kaptırmıştı kadına. Zaman işleyen saat gibi işlemişti zayıf kalbini. Şimdi bu kadını seviyordu. Ölümüne…

Bu yüzden arkasına sakladı karısını. Raber Ağa ve Afran Sözeri için son cümlelerini döktü. "Ben karımı bırakmayacağım. Berçem benim yanımda kalacak. Yaptığım hataydı ve fark ettim. Bundan sonrası kendimi karıma affettirmeme bakar, sizlerin bizi boşamasına değil!"

Çenesi seğiren Afran'ın öne attığı adımı, Raber Ağa'nın elini karın boşluğuna bastırması durdurmuştu. Kısa bir an bakıştılar. Karar o an verilmişti. İstedikleri her şey, bir bir gerçekleşecekti. Otoriter edasını ağır aksanıyla konuşturdu Raber Ağa.

"Ben kızımı senden alırım. Sesini bile çıkaramazsın!"

Dişleri ağzına dökülmeden önce, Afran kati sesiyle konuştu. "Henüz adam olmamışsın Barzan. Berçem'i hak etmiyorsun. Ben yeğenimi sana bırakmam!"

Genç adamın öfkesi kaynatılmış suyun kabarcıkları gibi büyüyüp patladı. "Sen karışma." Sonrasında içinde yeşermek üzere olan bir tomurcuğu babasına feda etti. "Sen de karışma baba. Madem kızını bana verdin, evlen dedin, evlendim, gerisi seni ilgilendirmez. Bu hayat bizim. Benim ve karım Berçem'in!"

İki adamın öfkesi bir olunca kızılca kıyametler kopmuştu. Afran genç adamın üzerine yürüdü. "Özrün kabahatinden büyük! Saygısızlığın haddini aşmış." Tısladığı kelimeleri yüz kızartıcıydı. Oradan buraya savrulan yeğenini kollarına bir daha hiç bırakmamak üzere almıştı. Barzan'a bakan bal rengi gözleri, küçümseme doluydu. "Kendini bilmeyen karşındakini de bilmezmiş. Büyü de gel Barzan!"

Sessizliğe gömülmüş savunmasız küçük kadını, kucağından indirerek elinden tutmuş ve yürütmeye başlamıştı. Kızın hıçkırıkları birkaç dakika öncesinde sesi olmuş her şeyi anlatırken, şimdi suskunluğu anlatır olmuştu. İçi yanmıştı Afran'ın. Yeğeninin çektiklerini bilmeden göz yummuştu. Genç kızı dışarıda bekleyen arabaya bindirdi. Arkasından peşi sıra gelen Raber Ağa ve oğlu birbirlerine öfkeyle bakıyorlardı. Barzan, arka kapının camına yapıştı çaresizce. Ellerini kucağında birleştirmiş, boynu bükük gelinine baktı.

"Sen gitmek istiyor musun Berçem? Kocanın yanında kalmayacak mısın? Seni götürmelerine izin mi vereceksin? Biz seninle mutluluğu yakalamışken..."

Bu denli yıkılmış görmemişti kendini Barzan. Virane evlere döndü yüreği. Berçem'siz rutubet tutmuş, pis kokmuş, korkunç bir beden olmuştu şimdi. Berçem'in gidişi yitirirdi genç adamı.

Boynu bükük gelininin dudaklarından cılız, tek bir kelime dökülmüştü. "Gideceğim!"

Gelincik yüzüne bakmadan mecburiyetle kesmişti gidiş biletini. Gidiyordu zümrüt hareleri. Gidiyordu ölümüne bir gün sebep olacak dili. Gidiyordu sevdiği küçük kadını... Korkunun etkisinde hızla çarpan yüreği, işlevi bozulmuş saat gibi tik taklıyordu. Berçem geline feda olmuş kalbi, ne denli kaldırabilirdi bunu? Babasının sözlerini zor işitti kulağı.

"Sana yakışmadı. Beni utandırdın, mahcup ettin, üzdün. En çok kendine kötülük ettin Barzan. Şimdi senin canın yansın, mumun çok yandı. Yalanların ayakta çok durdu!" Yaşlı adamın heybetli vücudu aheste aheste bindi arabanın şoför mahalline.

Arabanın camları kapanırken Barzan gür sesiyle inletti etrafı. "Seni alacağım Gelincik!" Kararlıydı, alacaktı gül goncası gülüşüyle kalbine filizler ekip huzuru yetiştiren gelinini.

Karanlığa gömülmüş arabanın içi, derin bir sessizliğe gömülmüştü. Kimseden kırılan dalın çıtırtısı gelmiyordu. Afran olayların şokunu yeni yeni atlatırken, Raber Ağa utancını yaşıyordu. Oğlu yetim ve öksüz kızı ne hâle getirmişti. Üstelik kimse değil, ağabeyinin emanetiydi.

Genç kızın dışı sükûta bürünmüş, içi kıyametin yellerini estiriyordu. Hakkında yapılmış planları duymak, ateşten kor bıçakları kalbine saplamıştı. Yanlıştı Hezeroğlu'nu sevmek. Yanlıştı yolundan dönmek. İlk günkü Berçem'i koruyup âşık olmasaydı, bugün rezil bir hâle düşmezdi. Geçmişti ya iş işten, ne yapsa kâr etmiyordu yüreğine.

Küçük kadın için cehennem ateşiyle tutuşturulmuş bir saça oturmuştu sanki Afran. Yeğeninin çektiklerini taşıyamıyordu yüreği. Aklı, fikri, zikri inatla reddediyordu.

Gelincik, uzun soluklu nefesini verdi. Sevenlere ayrılık tez vakitte düşerdi. Vuslat acısı bir ömür çekileceğe benziyordu. Berçem gelin, rızasıyla kabuldü. Kabullenişi dayısının sözleriyle bükmüştü boynunu. İyiydin canını yaktılar!

***

Bölüm 16

Ziyandır Bazı Sevmeler...

Gün yeni yeni ağarıyor, gri yüklü bulutları güneş sarı ışıklarıyla dağıtıyor, beyaz pamuğa sarıyordu. Sabahın tatlı kokusunu içine çekti üşüyen bedenine kollarını sararken. Bugün havanın dondurucu soğuğunu dağın tepesinde sırıtan güneş kırmıştı. Ancak rüzgâr terk etmemişti.

Konağın damından Mardin'i hayranlıkla seyre daldı. Geleli bir hafta olmuştu. Bir haftadır her gün aynı saatte damdaki yerini alıyordu. Sarı kalker taşlarından evleri, içinde yaşayan insanları seyre dalıyor, zaman zaman gülümsüyordu. Evlerin çatılarından tüten dumanlar, havayı kaplayan tandır ve yufka ekmeklerinin kokusu iştahları kabartıyor, kahvaltı zamanının çatacağını haber ediyordu.

Bir çatıda örtülü başı ve üzeri unla kaplanmış yaşlı nene tandırda ekmek pişirirken, bir bahçede genç bir kız saçta yufka ekmeğini dikkatle seriyordu. Dar sokakları çocukların küçük suretleri süslerken, caddeleri iş başına geçen insanlar dolduruyordu. Kepenkler açılıyor, esnaf sabahın hayırlarını tebessümüyle diliyordu. Mavi önlükleriyle, beyaz gömlekleriyle çocuklar okul yolunu tutuyordu.

Küçüklüğünü yaşadığı memleketi hâlâ aynıydı. Hayat aynı, ancak insanlar aynı değildi. Herkes bir güne değişiyordu. Değişiyor ve dünyayı kirletiyordu. Ama Berçem umudunu kesmiyordu hayattan. Dudaklarında tebessümüyle Mardin'i izlemeye devam etti. Konağın çatısında, evlerin avlusunu temizleyen anneleri, eyvanlardan elinde kasalarla çıkan baba oğulları, yer minderinde sırtını halı yastıklarına dayayan yaşlı teyzeleri izlemekten bıkmadı. Her sabah aynı manzarayı tekrar tekrar görmekten keyif duydu.

'Burası benim evim...'

Camide çeşmelerden kutulara su doldurup koşan çocuklar, özgürlüğün simgesi gibiydiler. Bir çocuğu takip eden yeşil hareleri, sokakta koşturan bir kadına takılmıştı. Kaşları çatıldı genç kızın. Hayra alamet olmayan bir telaş vardı izlediği kadının üzerinde. Uzaktan uzağa gördüğü buydu. Kadın önüne çıkan, iki yaşına yakın bir cimcimeyi saçlarından yakaladığında, Berçem ne olduğunu anlamıştı. Genç anne, kızı için endişelenmişti ya da kardeşi. Ya da yeğeni...

İzlediği kadın küçük kızın poposuna ardı ardına indirdiği şaplaklarla beraber onu kucağına almış, öperek sarılmıştı. İçi burkuldu Berçem gelinin. Bir gün, o da böyle telaşlı bir anne olacak ve kızının peşinden koşacak mıydı?

Düşüncelerini esen rüzgâr bölmüştü. Eteğini arsızca uçurmuş, esmer tenini gökyüzüne resmetmişti. Kızdı çapkın rüzgâra kız. "Yapma," diye mırıldanırken tebessümü dudaklarında oynadı. "Burada olsaydı kızardı," diyebildi güçsüzce. Bir gözyaşı kuru yanağını ıslatırken ekledi. "Ya da kıskanırdı!"

Kocasını özlediğini uçağa bindiği anda kendine itiraf etmişti. Ve delicesine özleyeceğini... Konakta adı bir kere olsun geçmiyor, Berçem'den habersiz yapılan anlaşma üzerine kimse adamın hâlini anlatmıyordu. Bertaraf edilmişti Barzan Hezeroğlu!

Afran, yaşadığı ihanet sonrası yeğeninin toparlanmasını bekleyeceğini söyleyerek geri dönmüştü Amerika'ya. Döndüğünde boşanma tek celsede gerçekleşecek ve Gelincik'in bu evden bağları katiyen koparılacaktı.

Genç kızın Mardin'e dönüşü Hezal Hanım'ı üzmüş, Raber Ağa'dan öğrendikleriyse yaşlı kadını utandırmıştı. Kızını eski odasına alıp şefkatle sevmişti. Barzan'ın adını yasaklamış, telefonlarını reddetmişti.

Yengesinin gelişine en çok üzülense Alaz olmuştu. Barzan ile sorunların çözüleceğini düşünmüş, birbirlerine duydukları derin hislerin gün yüzüne çıkacağını söylemişti. Berçem duyduklarına gülmüş, tek bir kelime etmemişti.

Barzan derin duygular beslemişti, ancak geç kalmıştı. Hem de çok geç...

Acıdan mütevellit uykusuz geçirdiği gecelerini, yapışık ikizi Alaz kurtarıyordu. Küçüklük anıları odanın içinde canlanıyordu; küçük Alaz kaçıyor, Berçem peşinden koşuyordu.

Dudaklarının kenarı kıvrıldı özlemle. Küçüklüğünü, anne babasını, ağabeylerini, sokağını özlemişti. Her şeyi özlüyordu yüreği. Ve şimdi Barzan özlemi sarmıştı her yanını. Berçem bundan kurtuluşunun olmayacağını biliyordu.

Aşağıya inme vakti gelmişti. Genç kız son bir kez daha gözleri önüne serilen yokuş aşağı inen sıralı sarı evleri, koşturan insanları, cami minaresinde uçan güvercinleri izledi.

Evini seviyordu.

Merdivenlere yöneldi genç kız. Siyah tırabzanlara tutunarak indi basamakları ağır ağır. Evde hareketlenmeler başlamıştı. Evin mutfağından sorumlu tıknaz boyu, ağarmış saçlarının yarısını örtmüş tülbendiyle Velat Hanım, temizliğinden sorumlu iki kızı Havva ve Esma evde dağılmışlardı.

Berçem ön avluyu geçip ikinci katın merdivenlerini indi. Hezal Anne ve Raber Ağa hâlâ uyanmamıştı. Alaz'ın ortalıklarda görünmemesi genç kızı şüphelendiriyordu. Yine neyin peşindeydi, kim bilir?

Merdivenlerin sonunda, yaşlı kadını mutfağa girmeden yakalamıştı. Yalnız başına bulduğu an, ensesine korkusunu üflüyordu.

"Hay beli kırılası düşman!" Nefesi kesilen Velat Hanım, güçlükle konuşmuştu. Bedduasını okurken, kimin korkuttuğunu bildiğinden arkasına bakmadan bağırdı huysuz huysuz. "Berçem bir gün kalbime indireceksin. Benim kalbim zayıftır kızım, niyetin beni öldürmek mi?"

Gözleri büyüyen genç kız, aynı cümleleri duydukça gülüyordu. "Wii," tepkisi sahte kırgınlığıyla doluydu.

"Seni niye öldürmek isteyim Velat Abla? Kırıyorsun beni."

"Sen de beni korkutuyorsun!" diyerek aksi aksi cevapladı kadın.

Genç kız, onun gönlünü nasıl alacağını biliyordu. Kollarını bırakmadığı kadının kulağına fısıldadı.

"Canım bir şey çekti. Bana yapacak mısın?"

Ses tınısı giz içeriyordu.

Hezal Hanım, yemek yemeyen gelininden mustaripti günlerdir. Genç kız, iki lokmayı zor yutup sofradan kalkıyordu. Bugün iştahının kabardığını duymak, bayram sevinci yaşatmıştı.

"Nedir kızım? Yaparım hemen."

Berçem yumuşadığını görünce güldü. "Pekmezli yumurtanı yap. İstanbul'a gitmeden önce bana hep yapıyordun."

Uzaklardan tanıdık ses atladı araya bilmişlikle.

"Bana yapıyordu, sahiplenme hemen."

Velat Ablanın kaşları çatılmış, mutfaktan karışan kıza aksi sesiyle kızmıştı, "Sen sus eşek sıpası!"

Kız erkek fark görmeksizin 'eşek sıpası' derdi. Berçem kıkırdadı sessizce. Alaz da nasibini almıştı yine.

Mutfakta sabah kahvaltısı hızlı ellerle hazırlanmıştı. Erkek misafir odasına Raber Ağa için tek kişilik sofra kurulmuş, kadınların odasına kalabalık yer sofrası düzenlenmişti. Evin çalışan kadınları Hezal Hanım ile beraber yiyordu. Bu düzen yıllardır sürüyordu, bir kez olsun bozmamışlardı. Bu zamandan sonra da bozulmayacaktı.

Kahvaltı sonrası öğle yemeğine gelecek erkek misafirler için hazırlık başlarken, Berçem gelin keseye doldurduğu buğdaylarla merdivenleri çıkıp avluya dönmüştü. Elindeki buğday tanelerini yere serpiştirdi azar azar. Bu eve ayak bastığı ilk günden, rahmetli kocasının ölümüne kadar gördüğü buydu. Ciwan Hezeroğlu, sabah kahvaltısından sonra güvercinlere yemini atmadan işe gitmezdi.

"Sahibiniz gittiğinden beri aç mı kaldınız?" diye sordu sessizce. Buruk yanı, Ciwan'ın yokluğunu yaşıyordu. Aşk ve benzeri duygular beslemese de alışmıştı o adamın varlığına.

Kaynanası ve Newroz Anne tarafından izlendiğinden habersiz, yerdeki yemleri eşeleyip kaçan güvercinleri izlemeye devam etti. Pamuk beyazı tüylerine dokunma isteğiyle tutuştu. Siyah kuyruklarındaki tüyleriyle sallana sallana yürümeleri, genç kızı güldürüyordu.

"Ne güzelsiniz siz ya, Allah'ım ne güzel yaratmış sizleri."

Buğdayları azar azar veren genç kız keseyi boşalttığında, yine görüşeceklerini söyleyerek mutfağa inmişti. Hemen telaşa girmiş kadınların arasına sıvıştı.

Ocağın üstündeki dövme alüminyumdan yapılmış tencerenin içinde pişen etin kokusu mutfağı sarmıştı. Havva bir köşeye geçip oturmuş domates, biber, patlıcan ve soğanları doğrarken,

Esma kaynattığı suyu annesine uzatıyordu. Alaz, dolabın önünde malzeme çıkartmaya devam ediyordu.

Berçem gelin, yapacağı bir iş aradı. Velat Hanım, genç kızı fark edince, "Berçem ezê kurbana tê bivim kıymayı çek, bak makinesi orada," diyerek yeni bir görevi, istekli olan kızın eline tutuşturmuştu.

Ezê kurbana tê bivim[6], annelerin en çok sevdiği hitaptı. Kendi çocuklarıyla beraber sevdikleri bütün çocuklara bu hitabı söylerlerdi. Berçem, büyük haz duymuştu bunu duymaktan.

Etleri küçük kıyma makinesine koyup çekmeye başladı. Çektiği her kıymayı Velat Hanım'ın ellerine tutuşturuyordu. İşi bittiğinde soğanları ince ince doğradı elleriyle. İçli köfte için iç harcı hazırlıyordu. Kıyma pişerken, Berçem soğan ve maydanozu hazır etmişti. İçli köftenin hamuru için Velat Hanım yarma ve köftelik bulguru birbirine karıştırmış, eklediği tuz ve su ile yoğurmaya başlamıştı. Misafirler için yapılan bu telaşta gecikme ve tadının beğenilmeme korkusu olsa bile, ötesi tatlı bir yorgunluktu.

"Hadi Havva, bize bir şarkı söyle," dedi Alaz. İşinin arasında en çok sevdiği şey, Havva'nın yanık sesiyle türkü tutturmasıydı. Alaz, istekli kahverengi harelerini yerde oturan kıza dikti.

"İsteğiniz var mı?" diye sordu Havva şiveli sesiyle.

Alaz dudaklarını yaladı. Kurnaz bakışları yılanın sinsiliğini taşıyordu. Berçem'e kısa bir bakış atıp, "*Kewê – Ji Te Têr Nebum*[7] istek parçam. O kadını dinlemeyi çok seviyorum. Sen de kendi yorumunla söyle de kulağımıza, gönlümüze, özleyenlerimize şenlik ver."

Gözlerini devirdi Berçem. Barzan'ı özlediğini her defasında yüzüne vuran şeytan görümcesi, verdiği acının farkında değildi.

---

6. Sana kurban olurum.
7. Sana doyamadım.

Çok özlemişti kocasını. Dile getirmese de adı geçtiği an, yüreği ateş üzerinde kavruluyormuş hissiyle iki büklüm oluyordu.

Havva gülümseyerek türküyü tutturmuştu. Uzun havayı tutturan genç kızın sesi, Berçem'i derinden etkilenmişti. Çıplak sesiyle bu denli yanık söylemesi, yüreğini yakmıştı. Her bir kelime içine işliyor, Barzan diye haykırıyordu. İki satırı Berçem gelini derbeder etmişti. İşte sen diyordu:

Wele min go soz û qederê dınyayê nema wey me ji hevdanî[8],
Min porkura Xwedê bextê reşo lo li ser me danî...[9]

Titredi alt dudağı. Ocağa döndü Gelincik. Gözünden akacak yaşları engellemek istiyordu. Barzan'ı unutmayacaktı. Adamın verdiği mutluluk sözünü unutmayacak, son günlerin mutluluğunu hep yaşatacaktı. Zihni, kalbi Barzan'a bulanmışken, unutmak ne mümkündü?

Newroz Hanım'ın sesini duyması incitmişti genç kızı. Havva şarkıyı bitireli çok olmuştu.

"Havva kızım çok mu seviyorsun nişanlın Cudi'yi?"

"Hem de nasıl seviyor yadê. Duymadın mı, nasıl içli içli söyledi?" diye cevaplayan Alaz, Velat Hanım'ın orada olmasına rağmen nişanlı kıza yüklenmişti.

"Uğraşmayın benim ablamla, yoksa Cudi'ye söyler, o da gelir bize kızar!" demişti Esma.

Berçem, aralıksız Havva'ya yapılan bombardımanı sessizce dinlerken, yanında oluşan kıpırdanmayla kafasını ister istemez çevirmişti. Dolu gözleri Velat Hanım'ın eğilip terliğine uzandığını gördüğünde parlamış, engel olamadığı kahkahası mutfağı doldurmuştu.

Alaz ve Esma terliği yemeden mutfağı koşarak terk ederken, Newroz Hanım katıla katıla gülmüştü. Havva'nın başını

---

8. Vallahi söz ve yemin kalmadı ki birbirimize vermediğimiz,
9. Ben Allah'ın zavallısı ki, bahtımız kara yazıldı...

eğip utanması, Berçem geline eski hâlini anımsatmıştı. Berçem Ciwan ile nişanlıyken, Alaz ne çok uğraşırdı. Elbet görümcesinin de sırası gelecek ve onunla uğraşacağı koz eline geçecekti.

"Bu iki eşek sıpası beni çok üzüyor, Havva'mı çok üzüyorlar."

Newroz Hanım gülmeye devam etti. "Ee bizde adet böyledir. Hangi kızı köşeye sıkıştırmadılar ki Havva'yı es geçsinler. Sen şimdi bırak onları da yemekler ne durumda, ondan haber et Velat. Kalabalığız bugün." Bir gözü, kızı Berçem'deydi. Kızın gözünden akan yaşı fark etmişti.

Newroz Hanım genç kızın gelişinin ikinci gününde, yanına oturup her şeyi öğrendiğinde kederlenmiş, iyice hüzne batmıştı. Berçem'in bir kere olsun gülmesini ne çok istiyordu oysaki. Şüphesiz Barzan bunu başarmıştı son zamanlarda. Ancak kader yine oyununu oynamıştı.

"Her şey hazır, telaşlanmayın siz. Kıyma hazır olsun, soğusun. Ben doldurmaya başlarım," demişti Velat Hanım.

"Ben de sana yardım ederim. Hadi Berçem kızım, çağır şu iki deli kızı. Ellerini çabuk tutsunlar."

Berçem kafasını salladı sadece. Yemeğin hazırlanışı saatleri almıştı. Öğle ezanı okunurken misafirler kapıdan içeri neşeyle alınmıştı. Bahçeyi dolduran büyük küçük çocuklar büyük konağa canlılık getirmişti. Berçem gelinin o an anladığı, bu evin çocuklara ihtiyacı olduğuydu. Küçük bir bebeğe bile…

Evi dolduran kadınlar, kocasının halaları, teyzeleri ve yengeleriydi. Gelincik, aile fertleri tarafından sevgiyle kucaklanmıştı. Küçüklüğünden beri bu evin parçası olan kıza duydukları sevgi, hâlâ yerinde ve özeldi. Berçem'in ahlakı ve terbiyesiyle, Raber Ağa'nın evine yakıştığını düşünüyorlardı.

Küçük çocukların Gelincik'in boğazına yapışmaları, anneleri güldürmüştü. Berçem'i en çok çocuklar özlemişti.

"Hadi siz oynayın bahçede. Ben size top getireceğim, Alaz ve Esma kaleciniz olur!"

Topu çocukların sevinç çığlıkları içinde iki genç kıza bırakmıştı. Berçem intikamını almaktan geri durmazken, Esma'yı eklemekten çekinmemişti.

Kadın misafirler büyük salona almışlardı. Hevidar Hala, sert mizaca sahip, toplu gövdesi ve vakur edasıyla oturduğu yerde hükmünden ödün vermiyordu. Raber Ağa'dan sonra gelen evlattı, bu yüzden sözü ağabeyden sonra geçiyordu.

"Alaz seni kızdırmış gelin, kaleci yaptığına göre." Ağır tok sesiyle Hevidar Hala, varlığını çokça hissettiriyordu. Sırmalı kahverengi gözlerinde hafif bir muziplik vardı. Berçem'i sevdiği aşikârdı. Ancak kırışık alnının altında her zaman keskin bakan bir çift göze sahipti ki insanı karşısında hazır ol konumuna sokardı. Tebessüm edince inci gibi sıralanmış dişlerinin arasında altın sarısı diş göz kırpıyordu bakan gözlere.

"Uğraşmadığı bir gün mü var kızımla Hevidar?" diye sordu hanım ağa vasfıyla büyük görümcesinin yanında oturan Hezal.

Berçem bütün gözlerin üzerinde olmasından rahatsız, kafasını önüne eğmişti. Kaynanası haklıydı. Alaz'ın onunla uğraşmadığı bir an bile yoktu ki. İşin aslı 'yapışık ikizi' olmasaydı, bu evde durmaya katlanamazdı. Tek başına bu utangaçlığı yüzünden adımını güçlükle atardı. Kendini iyi biliyordu.

Hevidar Hala hak verircesine kafasını salladı. "Doğru," diyerek sevdiği geline döndü. "İstanbul'a alışabildin mi kızım?" Soran üslubu dikkatli ve keskindi. Berçem tebessüm etti. "Evet, çabuk alıştım." Çok çekinirdi büyük haladan.

"Evlilik nasıl, Barzan sıpası seni üzmüyor, değil mi?"

Emanet tebessümünü sergilemeye devam etti. 'Son günlerde mutluyduk ve boşanıyoruz. Artık bu evde beni göremeyeceksiniz.' Gerçekleri demekten son anda alıkoydu kendini.

"Hayır Hevidar Hala, biz mutluyuz çok şükür."

Kızaran yanakları söylediği yalan yüzündendi. Kafasını tekrar eğdi önüne. Yer sedirinin üstünde oturuyor, gözlerini kırmızı kahvenin yoğun desenlerini süsleyen renklerde gezdiriyordu.

Alaz lafa çirkef bir tavırla karışmıştı.

"Tabii ki de iyi davranıyor Hevidar Hala. Ağabeyim karısını çok seviyor, çok iyi anlaşıyorlar!"

Ağızlarına laf vermek istemiyordu. Dün gece, Berçem'i iyice uyarmıştı Alaz. Sözlerine dikkat edecek, en ufak bir pot kırmayacaktı. Dedikodu çabuk yayıldığından, daha akıbeti belli değilken Barzan ile kötü olduklarını belli etmemesini söylemişti. Ancak kötü bakışları üzerine almıştı. Büyükler dururken, küçüklerin lafa karışması saygısızlıktan daha öte bir davranış değildi.

"Ee Berçem kızım, anlat bakalım. Kocanı nasıl tek başına bırakıp buralara geldin?" diye sordu Makbule Yengesi.

İşte yalanları sıralamanın vakti gelmişti.

"Barzan yurtdışına çıktı iş için. Ben de memleketimi özlediğim için geldim."

Berçem kendini sıkmaktan bir hâl olmuştu. Bu topluluğun, bu kalabalığın içinde rahatça yalan konuşmak, pek kolay değildi. Zira pür dikkat izleniyor ve dinleniyordu.

"Haklısın Berçem'im, gâvurun memleketinde ne yapacaksın?"

"Evet, Vesile Teyze..."

Sohbeti yarıda bırakan genç kız, Alaz ve Newroz Anne ile sofrayı kurmak için mutfağa dönmüştü.

Yemek sofrası kurulmuş, başköşeye Hevidar Hanım ile beraber Hezal Hanım oturmuştu. Küçük çocukların aralarına katıldığı yemek, Berçem için mutluluk tablosuydu. Bakır tabakların içine pilavlar, içli köfteler, sulu yemekler, salata ve mezeler doldurulmuştu. İstanbul'da iken en çok özlediği bu kalabalıktı. Köşeye sıkıştıran sorular dışında tabii...

Elinden geldiğince bir patlak vermek istemiyordu. Günün en çok sorulan sorusu 'Neden bebek yapmıyorsunuz?' ile genç kız bin bir türlü yalan uydurmuştu.

'Kocam erken diyor.'

'İstiyoruz ama Barzan biraz hayatını yaşamak istiyor.'

'Doktor daha erken diyor.'

'Barzan işlerini biraz hafiflettirip Mardin'e dönmek istediği için şimdi istemedi.'

Birbirini tutmayan cevaplar genç kadınların aklını karıştırmıştı. Felaketi eve sürüp, füzeyi salonun ortasında patlatan son cevap olmuştu.

'Biz bu kirli dünyaya bebek getirmek istemiyoruz.'

Berçem, deli olduğunu düşünen ışıltılar görmüştü bakışlarda. Hak vermek de lazımdı; bir değil, iki değil, kaç kere maruz kalmıştı bu soruya. Serseme dönmüş küçük kadını, Newroz Anne 'mutfağa bakın' diyerek kurtarmıştı. Ancak bu, şimdilik bir kurtarış yoluydu.

Dram dolu hayatını bir de Hezeroğlu konağındaki geniş aileye film niyetine anlatıp seyrettirecek değildi. 'Kocam beni sevmedi, beni istemedi. Ben aslında hâlâ bakireyim, kocam bana dokunacaktı da dayım ve Raber Ağa her şeyi öğrenince, beni buraya getirerek boşanma hükmümüzü verdiler,' diyemezdi. Zaten hayat yeterince acımasız ve vicdansızdı. Bir de hayatı vicdansızlaştıran insanlara anlatıp, acınacak gözleri üzerine alamazdı.

Kadınlara yemek sonrası çay eşliğinde çerez ikram edilmişti. Berçem'in en çok sevdiği ise çocuklarla bahçede sedirle kaplı odundan tahta oturup mavimsi badem şekerini, şekerli nohutları ve kavun çekirdeklerini aşermekti. Çocukların tabağından alıp, aldıklarını tahtın altında güçlükle saklanan Alaz'ın eline tutuşturmak ve badem şekeri için ağlayan çocuklara, yine görümcesini hedef göstermek…

Ancak artık ne bunları yapacak bir çocuktu ne de çocuk ruhluydu. Yakında boşanacak olan evli bir kızdı. Gelincik'in dalından kopmasına sayılı günler kalmıştı.

"Vallahi Hezal, ben Barzan'ı özlüyorum. Rahmetli Ciwan'ımı bu evde gördüğüm her seferde şükrediyordum. İyi ki başınızda, oğlunu da getir artık. Raber ona özgürlük veriyor ama oğlun artık burada olmalı."

Hezal Hanım'ın eltisi, Raber Ağa'nın bir küçük kardeşinin karısı Evîn Hanım'dı isteğini belirten.

Bütün kadınların birbirlerine benziyor olması Berçem'in hoşuna gidiyordu. Kadife fistanlarıyla, başlarına geçirdikleri tülbentleri, sürmeli gözleri, saygılarını göstererek konuşmaları, bir tartışma içinde sakince anlaşmaya varmaları benzerliklerini gösteren en belirgin işaretlerdi.

Rahmetli kocasının adı geçince ürperiyordu Berçem. Bütün bakışlar üzerine çekiliyor ve suçlu oymuş gibi bakıyor oldukları düşüncesi, kanını donduruyordu. Miran hayatına bulaşmasaydı, şimdi kocasıyla mesut bir evlilikleri olacaktı. Kara bahtı işte, siyah kalemle karalamıştı beyaz kâğıdını.

Hezal Hanım'ın hareleri doldu. Oğlunun hasretinden uyuyamıyordu çoğu geceleri. En mutlu gününde bir silah kurşununa kurban gitmiş ve terk etmişti onları. Allah'tan sabır dilediği her an, yüreği biraz olsun ferahlıyor, ancak özlemi giderek büyüyordu. "İsterse gelir Evîn, zorlayamam ki oğlumu. O gelmezse biz gideriz yanına." Metanetini koruyan bir edayla derin bir nefes verdi.

Meryemxan Hanım ablasına baktı. Büyük yeğeni Ciwan, her zaman kendisine eğlencesine takılır, çocuklarıyla uğraşır, en küçük oğlu Âdem'i havaya zıplatarak oynardı. Barzan bunu yapacak mıydı, bilmiyordu. Küçük yeğenini düğünden önce biraz tanıma şansı yakalamıştı. Yakışıklı, akıllı ve ağabeyi gibi babasına benzeyen, çatık kaşlı, sert bir adamdı. Berçem, bu adamın karısıydı.

"Gelinin sizin gelmenizi kabul eder mi? Kocasıyla baş başa yaşamak ister belki."

Kadınlar arasında eğlenceye mahal veren sorular sorulur, alınan şaka dolu cevaplar güldürürdü. Ancak bu soru gerçeği altında barındıran şakaydı. Gerçek manada soruyor, şakaya vuruyordu. İnsanoğlunun en çok sevdiği taktik!

Berçem sımsıcak, kocaman gülümsemesini kaynanasına sundu. "Başımın gözümün üstünde yerleri var. Bizim yanımızda olmalarını, benden daha çok kimse istemiyordur."

Kaynanası tebessüm etti ağır ağır. "Bundan hiç şüphem yok kızım." Bir nebze olsun Berçem'in rahatsızlık duymayacağını biliyordu Hezal Hanım.

"Hem Berçem bu evin kızı, gelini değil ki," diyerek destek çıkan Newroz Hanım'a bir dolu gülümsedi Berçem. Hep bu evin kızı olarak görülmüştü.

"Bir kere ben gelirsem bayram olur. Zil takıp oynar, evde halay çekeriz." Kadınların kahkahası bir kez daha duyulmuştu. Yaman Alaz, varlığının tatlılığını bir kez daha göstermişti.

Akşam yemeğine kalmadan gitmişti misafirler. En kısa sürede Barzan'ı görmek istediklerini söyleyerek, ayrılmışlardı evden. Salonda hâlâ oturmaktan olan ev ahalisi, günün değerlendirmesini yapıyorlardı.

"Hevidar Hala, fildişi altın setini getirdi yadê 22 ayar. Yanında Irak'tan getirdiği fistan, seccade, bir tane tülbent, bir de namazlık var," diyerek elindekileri bir bir annesine gösterdi Alaz.

Adet gereği her şey kontrol ediliyordu. Kim ne getirmiş, ne seçmişti?

Vakur edasıyla tebessüm etti Hezal Hanım.

"Gördüm kızım, hepsi de çok güzel."

"Vesile Teyzem Trabzon seti getirdi. Fistan, bir de seccade. Meryemxan Teyzem düğünde altın takmıştı. Sadece baştan aşağı kıyafet getirmiş. Seccade de var üzerinde."

"Hiç gerek yoktu Hezal anne." Mahcup ve gergindi Berçem.

"Kızım bunlar zaten gelecekti. Düğününüz olmadı, sessizce kapıdan içeri aldık seni. Bir mevlit okuttuk sadece. Bunlar senin için." Yaşlı kadının kabul etmez sesi, biraz olsun yumuşaktı.

"Evîn Yengem Cumhuriyet altını getirdi. Biliyorsun düğünden önce Berçem'in çeyiz sandığını o göndermişti. Bir de bilezik göndermişlerdi," diye devam etmişti Alaz.

Newroz Hanım hepsini katlamış, yarısını Alaz'ın bir diğer yarısını Berçem'in eline tutuşturmuştu. "Al bakalım bunları odana götür güzel kızım, güle güle kullan."

Genç kız utana sıkıla kalktı yerinden. Görümcesi ile altınları beraberinde götürerek salondan çıktı. Kendi odasına öncelikle hediyeleri yerleştirmiş, ardından altınları Raber Ağa ve Hezal Annenin odasındaki kasaya koymak için onların odasına geçmişlerdi.

Kilidi açtıkları kasaya Berçem'in altınlarını koyarken, Alaz'ın eteğinin cebindeki telefon çalmaya başlamıştı. İşine ara vererek annesinin telefonuna baktı. Dudakları gördüğü isimle hafif tebessüm etmişti. "Kocan arıyor," diyerek yengesine baktı.

Berçem günlerdir arayan ama bir türlü cevap alamayan kocasının fotoğrafını telefonun ekranında görünce gerilmesine engel olamadı. Ne çok özlemişti yeşil harelerine bakmaya doyamadığı adamı? Yine kaşları çatık, yine bakışları sert ve yine çok yakışıklıydı.

Gözlerini kaçırdı sinsi görümcesinden. Her anını Barzan diye dolduran kızın niyeti neydi, anlamıyordu. Ama nasılsa dayısı götürecekti onu.

"Buyur Barzan Ağa?"

Alaz'ın alıngan sesini duymasıyla, kafasını genç kıza çevirdi. Alaz hislerini yansıtmaktan çekinmeyen, realist bir yapıya sahipti. Barzan ile aralarındaki uçurumlardan hoşlanmadığı su götürmez bir gerçekti. Ancak saklamaktan çekinmeyişini takdir etmişti. Belki Barzan olacak zalim kocasının aklı başına gelirdi.

Karşı taraftan nasıl bir tepki aldıysa Alaz'ın yüzü düşmüştü. Telefonu yengesine dikkatle uzattı.

"Barzan Ağa seninle konuşmak istiyormuş."

Berçem yutkundu seslice. Konuşmaya hazır değildi henüz. Sesinden nefret ettiği adamın sesini tekrar duyup, yeniden âşık olmaya hazır değildi. "Hayır!" dedi nereden geldiğini bilemediği kararlılığıyla.

Alaz'ın karanlık bakışları ısrarcıydı. "Al Berçem, azarı işitmeyelim. Suçlu da olsa güçlü olmayı hak buluyor kendinde kocan." Telefonun elinde olması avantajını kullanarak, ağabeyine lafını çakmıştı. Arar aramaz nasıl olduğunu sormadan telefonu Berçem'e vermesini istemesi açıkça zoruna gitmişti. Ne katı bir mesafelikti bu?

Berçem'in zümrüt hareleri kırgınlıkla oynaştı. Alaz'ın gözlerinde gördüğü tanıdık titreşimlerle elini telefona uzatmıştı ister istemez. Şimdi hiçbir şeyi değil, kız kardeşini üzdüğü için kavgasını bu adamla edebilirdi.

Telefonu kulağına götürdü. Verdiği uzun soluklu nefesi, Barzan'ın konuşmasına yetmişti.

"Seni özledim."

Adamın derin sesini duyunca, baştan aşağı bir titreme sarmıştı genç kızı. Yeniden demişti, yeniden âşık olmamak için bu sesi duymak istemiyordu.

"Seni özledim Gelincik."

Adamın zayıf sesi, bir kez daha itiraf etti.

Berçem güçlükle ağzını açıp kelimelerini savurdu. "Ne-neden aradın?" Dalından kopmuş gelincik zayıf düşmüştü.

"Bana kırgın olduğunu biliyorum. Sen de biliyorsun ki en başında ikimiz de birbirimizden nefret ediyorduk. Boşanmanın derdine düşmüştük ve ben planımı seni tanımadan önce kurmuştum. Şimdi bana uzak davranma. Birbirimize olan duygularımız alenen ortada!"

Alenen ortada olan tek şey, planların suya düştüğü, verilen sözlerin artık geçersiz olduğuydu.

Alaydan bozma gülüşü gayriihtiyarî yayıldı dudaklarına. "Hiçbir şey olmamış gibi davranmamı bekleyemezsin ki. Ben..."

"Beklemiyorum güzelim. Seni yıprattığımın farkındayım. Sadece sana kuma olayını kafana takma diyorum. Biliyorum zor, biliyorum güç. Ama artık ben seni istiyorum, sadece seni."

Ne diyebilirdi ki Berçem? Dayım beni almaya geliyor dese, Barzan ne yapabilirdi ki? Bu evden uzaklaştırılmıştı genç adam uzun bir süreliğine. Belki boşandıktan sonra da böyle kalacaklardı ama sonra Hezeroğlu Ailesi oğlunu affedecekti.

"Acımız eşit güzelim. Sen ne çekiyorsan, bu kahrolası beden daha beterini çekiyor. Bu kalp sana çoktan bağlandı." Genç kızın kesik kesik gelen sesi, gül goncası yanaklarını solduruyordu. "Acı çekme Berçem," diye fısıldadı adam.

Acı çekmek, mücadele etmekten daha zordu bu hayatta. Her şeye resti çeken beden, bir acıya karşı duramıyordu. Acı çekecekti kuşkusuz.

"Annem telefonu istiyor, kapat," diyen Alaz'ın nefes nefese sesini duyduğunda irkilmişti Berçem. Alaz hangi ara dışarı çıkmış, hangi ara geri gelmişti bilmiyordu.

"Hezal Anne telefonu istiyor," dedi bu kez Berçem. Sesi hâlâ kırgınlığını koruyordu. Ancak doyamamıştı adamın sesini duymaya. Ne kadar kırgınsa yüreği, bir o kadar da muhtaçtı adamın huzur dolu varlığına.

"Geleceğim Berçem, merak etme. Tamam mı? Beni bekle, en kısa zamanda yanında olacağım. Seni alacağım,"

"Berçem telefonu ver, annem anlayacak."

Israrcı görümcesinin kızgın sesi, kocasının son sözlerini sarf etmesine neden olmuş, ancak Berçem adamın sözlerini cevapsız bırakmıştı.

"Seni seviyorum…"

Alaz'ın telefonu alması saniyeleri, Berçem'in son itirafı idrak etmesi dakikaları almıştı. 'Seni seviyorum' demişti zalim Hezeroğlu. Geleceğim ve seni alacağım demişti.

Bu adamı biraz olsun tanıyorsa… Yapardı!

Gelecekti, mecburdu. Adamdan aldığı bu sözle, kalbini kandırmıştı bir kez daha. Geçen zamanlara, vurulan zincirlere, kapanan kapılara inat, vazgeçmeyecek ve bekleyecekti.

Ya gelmezse zalim Hezeroğlu? Ya o orman yeşili gözlerinde pırıldayan hınzır gülüşünü görmezse?

'Onsuz yapamayacağımı biliyor. Gelecek, gelmek zorunda. Yoksa onsuz ne nefes alabilirim, ne de bu hayata katlanabilirim. Hissediyorum işte, geleceksin Barzan!'

***

Geçen günler, Berçem gelini huzursuzlaştırmaya başlamıştı. Adamın geleceğine dair verdiği söz, tutulmasına tutulurdu, ancak adamın bu eve girişi, sandığı kadar kolay olmayacaktı. Hele Raber Ağa'nın öfkesi, gün geçtikçe katlanıyor, oğlunu hangi cezalarla süründüreceğini düşünüyorken, Barzan'ın elini kolunu sallaya sallaya bu eve gelmesi, imkânsızdan öte değildi.

Şefkatli eller saçlarını okşadı. Eğer Newroz Annenin bir kızı olsaydı, şefkatinden melekleri andıracak bir evlat yetiştirirdi şüphesiz. Berçem, onun kızı olmaktan çekinmedi. İlk gün gördüğü şefkat her geçen gün katlanırken, annesine olan sevgisi büyümüştü. Müşfik bir kadındı Newroz Anne...

"Barzan bu saçları özlemiştir şimdi," diyen Newroz Anne, genç kızın boynundaki altınları çıkarmaya yardım ediyordu. Dalgın genç kız belirsiz bir tebessüm sundu.

"Özlese ne olacak Newroz Anne?"

"Seni almaya gelecek."

İhtiyat dolu edası, aynadan kadına çevrildi.

"Bu kolay mı sence?"

Güldü yaşlı kadın. Altın kolyeyi tuvalet masasına bırakırken konuştu. Gizli bir ton vardı sesinde.

"Hayır, mermiyi beyninin ortasına yer."

İçi ürperdi Gelincik'in. Barzan'ın vurulmasına dayanamaz, o mermiyle kendi yüreğini dağlardı.

Newroz Hanım, genç kızın korkusunu hissedince ona sıkıca sarılmıştı. "Yapmayacağım kocana bir şey. Raber Ağa beni beynimden vurur önce."

Berçem kimseye bir şey olsun istemiyordu. Yeterince kayıp vermişti zaten. "Bitti mi altın çıkarma merasimi?" Konuyu değiştirme çabası, annesini güldürmüştü.

"Bitti kızım, bitti. Hadi üzerini değiştir, güzel bir uyku çek. Sabah seni yine gülerken görmek istiyorum."

Berçem, kadının isteğine uyacağını belirten bir bakış attı. Odasında tek başına kaldığında üzerini değiştirmişti. Barzan, bugün de kapılarını çalmamıştı. Bugün de gelmemişti.

Metanetli davranacaktı genç kız. Adam sözünde durmazsa her şey bitecekti. Bu yalan aşkın zerresini, kalbinde beslemeyecekti. Bir geceyi daha Barzan olmadan geçirecekti. Koltukta uyuyakaldıkları zamanın anıları zihnindeyken uyumaya çalıştı. Adamın mest eden kokusunu nasıl da özlemişti.

Sıkıca yorganına sarıldı. Soğuk havalar gelirken, Berçem'i ısıtacak tek şey kocasının huzur veren güvenli kolları yerine yorganı olacaktı. Yay gibi gerilen vücudunu gevşetmeye çalıştı. Uyumalı ve yarın mutlu Berçem oyununu oynamalıydı. Yarını, adamın verdiği sözü tutmasını bekleyerek geçirecekti.

Yatağında hissettiği ağır hareketlilik, genç kızı korkutmuştu. Gözlerini açmaya fırsat bulamadan ağır bir şeyin altında vücudu ezilmiş, atacağı çığlık ağzına kapanan pençelerle engellenmişti.

"Gelincik!"

O tanıdık, derin sesi kulağıyla değil kalbiyle dinlemişti. Gözleri usulca açılmıştı. Korkusu yerini hayrete bırakırken, Berçem gelin karşısında cehennemden çıkma zalim kocasının orman yeşili gözlerini hayranlıkla izledi.

Perdeleri çekilmiş pencereden süzülen ayın huzmeleri, adamın yüzünün bir tarafını aydınlatıyordu. Zalim yanı, karanlığa bürünmüştü. Ancak hayran bırakan güzelliği, her zamanki yerindeydi.

Barzan, ağırlığını vermediği karısının üzerinden kalkmadan gece lambasını açmıştı. Pençesini karısının ağzından çekip, özlemini duyduğu yüzüne baktı doymayacağını bilse de.

Zümrüt harelerinde pırıldayan ışıklar hayranlık doluydu. Bir haftadan daha uzun süredir görmediği cam bilyelere aşkla baktı.

Göz kapaklarına birer öpücük bıraktı. Ne dudakları öpmeye, ne gözleri izlemeye doyamayacaktı.

Kıpırtısız kendisini izleyen küçük kadınını, dudağının kenarını saran sevgiyle süzdü. Sızlanan dudakları, öpmeye teşvik ediyordu. Çekinmedi genç adam. Zarif bir buse kondurdu gülün güzelliğini taşıyan dolgun dudaklara.

Vuslatın sözü kılıçtan keskindi. Gelmişti Hezeroğlu. 'Geleceğim, seni alacağım.' demişti ve sözünde durarak gelmişti.

"Bar.. Barzan," derken sesini yutmuştu. Boğuk sesinin naralarını atması gerekiyordu. Ancak hâlâ şuurunu kazanamamıştı.

Dudaklarını öpücüklerinden mahrum bırakmayan genç adam mırıldandı "Hmm..."

"Ge-ge-geldin..." Kızın sesinin şaşkınlığı altındaki zafer tınısı kutlama yapıyordu.

"Geldim Berçem'im, geldim işte." Öpücükleri dur durak bilmeden kızın yüzünün her yerine imzasını atıyordu.

Berçem tatlı öpücüklerden kaçabilirse konuşma yetisini kazanacak ve soracaktı.

"Ne-ne zaman gel-geldin?"

Geri çekilip karısına baktı. Alabildiğine güzellik donatılmış yüzü doyumsuzdu. "Bir saat oldu Màrdin'e varalı."

Gece lambasının cılız ışığı altında, kısık sesleriyle odaya aşkın aurasını taşıyan karı koca dünyadan kopmuş gibiydi. Dünyevi sorular şuuru kazanmak için bahaneydi.

"Baban biliyor mu?" Gözleri sorduğu soruyla ardına kadar açılmıştı. Raber Ağa, Barzan'ı yakalarsa düşündüğü bütün cezaları uygulayacak, son olarak boşanma emrini verecekti.

Karısının aksine Barzan Ağa keyifliydi. Müstehzi bakışları karısının üzerinde gezindi. Giydiği geceliği fark etmesi, susuz dal parçasına çevirmişti adamı.

"Hayır karıcığım." Boğuk sesi derinleşmişti. Gözlerini kızın diri göğüslerinden ve esmer teninden çekip güzel gözlerine dikti. "Seni kaçıracağım!"

"NE?!" Küçük çığlığı odasına dolmuştu. "Kaçırmak mı?!"

Eliyle ağzını kapatması bir işe yaramasa da her ihtimale karşı Barzan'ın pençeleri, kızın güzel dudaklarına inmişti. Berçem, adamın elini çekti hızla.

"Sen delirdin mi? Beni nasıl kaçıracaksın?"

Adamın gözleri zifiri karanlığa gömüldü o an.

"Delirttiler lan beni. Karımı bırakmayacağımı söylemiştim. Sana seni almaya geleceğimi söylemiştim. Kuşku mu duydun bundan, aptal kadın?"

Ortaya çıkan tek gerçek Barzan'a sarılıp öpme isteğiydi. Delilik sana yakıştı, demek istedi. Ancak frenini çekip, gaza basmak için uygun zamanı bekledi. Daha sıkıca sarılacaktı, huzurlu kollarında can bulacaktı.

Hani kırgındı bu adama? Olaylar, arkasından çevrilen planlar, hayatını altüst eden gerçekler… Hani bütün bunların parçaladığı kırgın Berçem?

"Gelemem…" dedi donuk bakışları. Kaçmayacaktı kendi rızasıyla. Kaçırmasına müsamaha göstermeyecekti. Afran Sözeri'ne bir ihanet daha, yeğenini defterden sildirirdi.

Genç adamın beklemediği bu tepki canını sıkmıştı. Ancak karısına belli etmedi. Kimse onu fark etmeden bu kırgın kadını kaçırmalıydı. Her şeyin özrünü dileyecek ve affetmesi için elinden geleni yapacaktı. Ancak önce bu lanet olası hapishaneden kurtulmaları gerekti. Özgürlüğüne kavuşmadıkça hiçbir şeyi yapamazdı.

"Neden?"

Gergin havasını saklamaya çalışsa da başaramamıştı.

Berçem, titreyen ellerini adamın göğsüne koydu. Gergin kasların sıcaklığı ve hükmü altında ezilmiş hissetti kendini. Ancak açık etmedi. "Dayımı kaybetmek istemiyorum. Seninle gelirsem, beni siler!"

Gerginliği ansızın silinmiş, rahat nefesini koyuvermişti. "İşte bu yüzden seni uykunda zorla kaçırıyorum. Silah zoruyla, bıçakla, tehditle. Sen bana direndin, istemedin," diyerek alnına uzun soluklu öpücüğünü bıraktı.

"Tabii bunlar yalan. Şimdi bana zorluk çıkartma güzelim. Kahrımdan yeterince öldüm. Karımı ellere bırakacak değilim."

Kızın üzerinden güçlükle kalktı. Birbirlerine yapışmış bedenlerin ayrılması zor olmuştu. Lakin bir an önce gitmeleri gerekti.

"Barzan bunu yapma."

"Ben karımı burada bırakmam."

"Bana çok kızacaklar."

"Kimin umurunda?.."

Kızın hayıflanmasını kabul etmedi. Karısının dayısı yüzünden gönülsüzlüğünü görünce, onu kendi elleriyle giydirmişti. Sandığı kadar kolay olmamıştı. Hiç dokunmadığı tenini şimdi görünce arzu kaplamıştı her yanını.

Fütursuz davranışları, kendine hâkim olması içindi. Karısının üzerinde uzun kumaş eteğini ve uzun kollu gömleğini görünce, kendine hâkim olmayı ne kadar iyi becerdiğini bir kez daha anlamıştı.

Elinden sıkıca tutarak kapı kolunu indirdi. Sessiz ve temkinli hareketleri zorlasa da yakalanmadan çıkacaklarını biliyordu. Karanlığa bürünmüş konağın bahçesi aydınlıktı. Ev ahalisinin uyuyor olması en büyük avantajıydı genç adamın.

Ezbere bildiği yolu geride bırakarak, ön avludan merdivenlere geçti. Titreyen karısının suskunluğu, Barzan'ı rahatsız ediyordu. Güvenini sunan sımsıcak bir tebessüm etti.

"Hazır mısın Berçem, yeni bir hayat bizi bekliyor!"

Suskunluğunu bozdu olumsuz bakışlarıyla.

"Ben... Bilmiyorum..."

Arka kapıya ilerledi genç adam. Arka kapıdan kaçacaklardı. Ön kapı koruma altında tutulurken kaçmaları imkânsızdı.

Kapıyı kararlılıkla açtı. Bu kadar kolay olacağını düşünmemişti. Kurtulacaklarını biliyordu, ancak sezgileri son anda bir engel çıkacağını söylemişti. Şimdi hiçbir engel olmadan bu kapıdan çıkıp, mutlu çekirdek ailesini kuracaktı.

Berçem'in eline öpücüğünü bıraktı. Af için yaptığı ilk hareketti bu."Hadi gidelim."

Berçem korkuyordu. Apaçık korkusunu gösterse de kocası inatla reddediyordu. Bu kadar bencil olmasını istemiyordu. Korkusunu anlamasını istiyordu. Berçem gelin, Afran'ı kaybederse yaşayamazdı ki.

Karısının adımını atmaması, Barzan'ın asıl korkusuydu. Buraya kadar geldikten sonra vazgeçmesini kabullenemezdi.

"Berçem güzelim…"

İkna seansları, yabancı bir sesin karışmasıyla kesilmişti. Hiç olmayacak zamanda basılmışlardı. Yolun sonunda, kırmızı çizgide, bir adım atsa özgürlük… Lakin Newroz Annenin öfke dolu sesi, mıh gibi yerlerine çakmıştı onları.

"Siz nereye kaçtığınızı sanarsınız?"

Barzan usulca arkasını döndü. Newroz Annesinin elinde tüfek, yanında Alaz ve arkasında babasının sağ kolu Rıza Ağabey vardı.

Ne şanssız adamsın Barzan!

Ne bahtsız kadınsın Berçem!

Yollarına taşı, karı kocanın çöpçatanlığını yapan Newroz Anne koymuştu. Büyük ihanet yaşamışlardı. Büyük ihanet!

***

Bölüm 17

Yeni Başlangıçlar Mutluluk Getirir...

Vuslata eren iki aşığın çektiği çile, destansı bir aşka götürebilirdi onları. Adları kavuşamayan âşıkların listesinde gözle görülür bir fark yaratabilirdi. Zira en büyük ihaneti yemişlerdi. Kimse değil de şimdi Newroz Anne bu kavuşmaya mahal vermiyordu.

Barzan Ağa metanetli davrandı. Elinden sıkıca tuttuğu karısını arkasına sakladı. Yeni tanımışken duyguları Berçem'de düğümlenirken vazgeçmeyecekti.

"Beni vuracak mısın Newroz Anne?"

Yaşlı kadının çatık kaşları derinleşti. İçi boş tüfeği oğluna doğru nişan alırken, "Kızımı bırakmazsan bir an bile acımam sana. Sen kızıma acımadın," dedi. Şiveli sesinin tınısı kısık olsa da, Barzan Ağa'yı korkutuyordu.

Babasının uykusu hafifti bildiği kadarıyla. Bir ses duyarsa muhakkak gelirdi. Raber Ağa'nın diken üstünde olduğunu, tuttuğu adamdan öğrenmişti. Evdeki köstebek her gün raporu vermişti. Babasının adımlarını sıkıca takip ettirmişti. Karısını kaçırmaktan başka şansı olmadığını anlamıştı.

"Neden yaptığımı biliyorsun," derken eski anılarını hatır-lamasıyla gerilmişti iyice.

"Hayır, bilmiyorum. Bana anlatmadın hiçbir şeyi, karışmamamı istedin. Kızımı korumama bile karşı çıktın," derken hatırlatan ifadesi kızgınlık doluydu.

"Haklı nedenleri vardır Yadê Newroz. Nasılsa hep Barzan Ağa doğrucu!" Alaz'ın ağabeyine olan kızgınlığı, öğrendiği gerçeklerle katlanmıştı. Berçem'in her şeyi anlatmadığını Mardin'e döndüğünde anlamıştı. Yadê Newroz'un çabası ağabeyi tarafından boş görülmüş ve engellenmişti. Berçem'i daha çok rahmetli ağabeyine yakıştırıyordu. Ciwan bu kızı taşıyan yegâne adamdı.

Kız kardeşini henüz kazanamamıştı. Aralarında buzdan örtülü duvarlar vardı. Ne yapsa kız kardeşine kendini kabullendiremeyecekti. "Alaz'ım seninle sonra görüşebiliriz, İstanbul'a geldiğinde!" derkenki tehditkâr ve bir o kadar da rüşvet içeren sesi üzerine bir de göz kırpması, kız kardeşini çıldırtmıştı.

"Bence babam Berçem'i kaçırdığını bilmeli. Benim de İstanbul'a gelmeme gerek kalmaz. Orada beni bağlayan bir şey kalmadı nasılsa."

Aldığı tehditle sımsıcak gülümsemişti. "Bizi ispiyonlamazsan, gelmen için seni bağlayacak bir şey olacak," derken gözleriyle arkasında duran karısını işaret etmişti.

Newroz Hanım büyüttüğü oğlunu ne denli özlediğini konuştukça daha çok hissediyordu. Karısını istemeyen, boşanmanın peşinden koşan haylaz oğlu şimdi bir türlü yanaşmıyordu. Fakat çok hatası vardı ve bunun bedelini ödeyecekti.

İçi boş av tüfeğini kalbine doğru nişan aldı. En azından Yadê Newroz öyle zannediyordu. Kocasının arkasına saklanan küçük kadının omzunu nişan almıştı. Yeşil hareleri tüfeğin ucuna takılmış, milim kıpırdamıyordu. Barzan nereye tuttuğunun farkındaydı. Karısını arkasına doğru itti nazik bir hareketle. "Namluyu karıma nişan almışsın Newroz, ben onu sen öldür diye kaçırmadım."

Gülmek istediyse de içinde tutmaya devam etti. Oğlunun vereceği hesap vardı sırada.

"Sen Berçem'i istemezdin, onu sofrana oturtmazdın, yüzünü görmek istemezdin."

Ensesini kaşıdı mahcup bir tavırla. Anlaşılan Newroz Hanım canını biraz sıkacak, dersini verecekti. Berçem gelmekte tereddütlüyken, bunları konuşmak iyice yolundan çevirirdi karısını.

"Değişti her şey."

"Kör gözlerini açmayı kızım başarmış," derken gurur hâkimdi yaşlı yüzüne. Oğlunun sürüneceği günleri görmek istemişti ve görmüştü.

Barzan açmıştı gözlerini nihayet. Ki karısı gözleriyle sınırlı kalmamış, kalbini de eline almış tüm duygularını süzgeçten geçirmişti. "Onu kaçıracak kadar gözüm döndüğüne göre, tabii ki başarmış. O yüzden bırak o tüfeği. Bizi görmediniz, duymadınız, bilmiyorsunuz oyununu oynayın. Oğlunun aşkına engel olmak istemezsin herhalde."

"Bizim oyun yaşımız çoktan geçti Barzan Ağa."

Barzan gözlerini baydı. Oyun yaşı geçmemiş, hâlâ alıngan bir kız çocuğuydu Alaz.

"Alaz'ım ağabeyine yardım etmen gerekmez mi?"

Tüm bu kargaşayı yaşatan adam ağasının oğluydu. Ancak aldığı emir büyük yerdendi. "Berçem kızı gönderemeyiz Barzan oğlum. Emir demiri keser, bilirsin."

Barzan istihza dolu bakışlarını, babasının sağ kolu olan, her işine koşan, yanından ayrılmayan, bir nevi ağabeyi gibi gördüğü orta yaştaki adama çevirdi.

"Ben şimdi kesilen demir mi oluyorum Kasım Ağabey?"

Kafasını salladı. "Evet oğlum öyle oluyorsun."

Avucunun içini dolduran sıcak eller birden geri çekilmişti. Barzan omzunun üzerinden karısına baktı. Zifiri karanlığı taşıyan yeşillikleri ürkek harelere takılı kaldı. Berçem gerçekten korkuyordu.

Kaçamıyorlardı, paçalarını kurtaramıyorlardı. Üstelik Yadê Newroz tüfeği kocasına doğrultmuş, bir an bile vazgeçmiyordu. Elleri beline doğru indi. Gömleğini sıktı avuçları içerisinde. Kocasına sarılamadığı için yapabildiği tek şey sığınmaktı.

Limanına demir atan kadına rıhtım olmaktan bir an bile caymayacaktı. O demir yerine saplanmıştı bir kere. "Korkma güzelim, kaçacağız. Engel olanı ben öldüreceğim!" Tehditkâr tınısı sessiz gecenin uluyan tehlikesi gibiydi. Berçem kolay kurtulacaklarını sanmıyordu.

"Neyle öldüreceksin Barzan oğlum? Elinde ne var?"

Barzan uzayan bu muhabbetten sıkılmaya başlamıştı. Gelinciğini alıp götürmek istiyordu. Biraz daha uzarsa, konak aydınlanacak, babasının heybeti üzerine çökecekti ve karısını bir daha istese de rüyasında bile göremeyecekti.

"Berçem var," diye kestirip attı.

"Onu alacağız Barzan oğlum. Berçem'in bu evden çıkmasını baban yasakladı."

"İzin vermem Kasım Ağabey. Babamın yasakları umurumda değil."

"Bizim umurumuzdadır oğlum. Bu yüzden buradayız."

Kaçış planları suya düşmüş, gemisiyle beraber batmıştı. Berçem arada kalmanın verdiği yükle susup kalmıştı. Çenesini kocasının omzuna yasladı. Titreyen dudaklarını gömleğine bastırıp, engel olmaya çalıştı ağlamasına. Barzan Hezeroğlu'na kavuşmak neden bu kadar imkânsızdı.

Bir olmuş üçlü ile atışmasına ara verip, başını omzunun sıcaklığına gömen karısına çevirdi gözlerini. Küçük kadını, gözyaşlarını sessizce akıtıyordu. Uzanıp yanağına teselli öpücüğünü verdi. Sımsıcak ve güven vericiydi. Cesaretini alabilirdi bu öpücükten.

"Kaçacağız buradan güzelim. Ben karımı bırakmam kimseye!"

Sevgi savaşının verdiği tablo resmedilmeye değerdi. Newroz Hanım İstanbul'da kaldıkları haftalar boyunca bu tabloyu görmeyi istemişti hep. Ancak göremeden gelmiş ve bir haftaya kalmadan Berçem dönmüştü kötü haberlerle…

"Ben izin vermediğim sürece hiçbir yere gidemezsiniz."

Kararlı kadının kati sesi kulağına dolduğunda karısından güçlükle gözlerini ayırmıştı. Newroz Annenin tüfeği kaçışına en büyük darbe idi. Bu kadın çıldırmış olmalıydı.

"Newroz Hanım oğlunun mutlu olmasını istemiyor musun?" diye sorarken ses tonunun katılığına engel olamadı. Çatık kaşlarının altında, gölgesi yanaklarına düşmüş kirpiklerinin arasında hiddetle dönen yeşil hareleri annesini hedef almıştı.

Yadê Newroz derin bir iç çekti. Tüfeği tutmaktan yorulan kolları, zayıflamaya başlamıştı. "Ben senin mutlu olmanı istediğim için Berçem'e yaptıklarına katlandım. Eninde sonunda karına döneceğini anladım. Sen çok zalim davrandın oğlum. Karını üzdün, kırdın, küçük düşürdün. Azra kötü değildi, hatta mükemmel bir kadındı. Ama sen bu evliliği kabul ettin bir kere. Boşanamayacağınızı defalarca söyledim size, yine beni dinlemediniz. Şimdi kendinizi getirdiğiniz hâl, evliliğinizin ilk günü gibi. Tam da istediğiniz gibi."

Yaşattığı ilk günleri anımsatmasının lüzumu yoktu Barzan'a. Nefes aldığı her an, kötü hatıralar boynuna sarılan şeffaf bir halat olup sıkıyor, acımadan boğuyordu.

"*Birindar bi birina xwe zane*[10] Yadê Newroz," diyebildi derin nefesini verirken.

Yadê Newroz'un buna şüphesi yoktu. En çok yaralarından mesuldü insanoğlu. Barzan oğlunun yaralarını iyi bilirdi. Ancak bu başka bedenleri yaralayıp kanatacağı anlamına gelmiyordu.

"Sen Berçem'in yarasını bilmedin."

Sözleri beyninden bir kurşun yemiş etkisi yaratmıştı. Newroz Hanım oğlunu öldürmekten bir an bile çekinmiyordu. Etine batırılan tırnakları hissetti. Gelincik acı çekiyordu. "Hadi anne indir şu tüfeği, yolumuza taş koyma. Karımı kaçıracağım."

Newroz Anne sesli bir kahkaha atınca genç adamın tepkisi sert olmuştu. "Babam uyanacak Newroz!"

Sinirlendiği zaman hitaplarını unutuyor, adını söylüyordu sadece. Newroz Anne yine damarına basmaya ant içmişti anlaşılan.

"Uyansın, biz de onu istiyoruz zaten."

Barzan kız kardeşine ters bir bakış attı. "Alaz, karşında ağabeyin var. Bugün sizin yüzünüzden yakalanırsam, yarın ne yapacağımı tahmin edebiliyor musun?" diye sordu tek kaşı havaya dikilirken. Bir yandan gözü konağa takılıp kalıyordu. Koca konaktan bir an babasının ortalığı gümbür gümbür inleten sesini duyacakmış gibi hissediyordu. Kabul ediyordu ki babasından korkuyordu!

"Bak, Berçem kızımın hali perişan. Gece gece uykusuz bırakmışsın..." diye tespitini yapan Kasım Ağabey genç kız için üzülüyordu. Yaşlı gözlerini görünce, kızları Havva ve Esma ağlamış gibi içi yanmıştı. Berçem, kızları ile büyümüştü bu evde.

Barzan farkındaydı. İçli içli ağlayışını duymak zaten genç adamı kızdırıyordu. Hınç dolu bakışlarını attı. "İşte bizi rahat bırakırsanız, karıma uyuyacak rahat bir koltuk sağlayacağım!"

---

10. Yaralı yarasını bilir.

Uzatmanın peşindeydiler. Barzan Ağa'yı sürüm sürüm süründüreceklerdi. Üstelik Raber Ağa kaçışlarına izin verdiklerini öğrenirse, hiç düşünmeden hepsini evden kovardı.

"Berçem bu evde kalacak. Babanın kararı kesin."

"Seni son kez uyarıyorum Newroz." İstediği destek uzaktan selam çaktığında Barzan güç kazanmanın verdiği rahatlıkla son uyarısını yapmıştı. Öbür türlü kaçış yolu mümkün değildi.

Gülümsedi sessizce Yadê Newroz. "Vazgeç oğlum bu sevdadan. Berçem gelmeyecek seninle." Tüfeğin namlusunu oğluna çevirince, karısından acı dolu bir inleme kopmuştu.

Barzan hırıltılı nefesini verdi. Beline tırnaklarını geçirmiş kızın elinden sıkıca tuttu. Kaçmaya hazır duruyordu. Okan'ın elinde tuttuğu silahla Newroz Annenin başına dayaması, adama kaçış yolunu sunmuştu.

"Ben seni uyarmıştım Newroz," diyerek arka kapıyı hızlıca açtı.

Neye uğradığını şaşıran kadın dut yemiş bülbüle dönmüştü. Şakağında hissettiği soğuk metal ile tanışırken, oğlu "Babama selam söyle!" diyerek kapıdan sevdiği kızla kaçmıştı.

Asıl oyunu Barzan oynamıştı. Raber Ağa Mardin'de kıyamet koparacaktı... Hiç beklemeden Berçem'i arabaya bindirmiş, yola koyulmuştu. Sürati dar yolları zorluyor, taşlar yerinden sökülmeye can atıyordu.

Barzan "Berçem, güzelim iyi misin?" diye sorarken karısına dönüp baktı kısaca. Berçem'in bakışları hâlâ donuktu. Uzanıp elini sımsıkı tuttu. "Geçti güzelim, kaçmayı başardık." Ancak Berçem'i de susturan sebep buydu. Yeni yeni idrakine vardığı gerçek; Barzan Hezeroğlu'nun karısını evinden kaçırmasıydı!

Kocasına çevrilen bakışları hayret doluydu.

"Sen beni kaçırdın!"

Yakışıklı yüzünün gerginliği uçup gitmiş, şen kahkahası arabayı doldurmuştu. "Evet, kocan seni kaçırdı. Biraz zor oldu ama yanımdasın şimdi."

Gül goncası yanakları geceye inat ilkbahar çiçeği gibi açılıvermişti. "Okan olmasaydı nasıl kaçıracaktın?"

Düşünür gibi yaptı genç adam, "Kafama koydum bir kere. Okan olmasaydı bile, seni kaçırırdım," dedikten sonra göz kırpıp devam etti. "Bu fikir için Orhan'a gittiğimizde teşekkür edeceğiz."

Kocası sözlerini bitirdiğinde yola dönmüş, Berçem de sözlerini düşünürken, iki soru aklını esir almıştı. "Orhan mı? Nereye gidiyoruz şimdi?"

"Evet, Orhan güzelim. Seni kaçırmamı o söyledi." Dostuna minnet borçluydu. Yine her zaman ki gibi yanında olmuştu.

Dudaklarını birbirine bastırdı Berçem. Yüzünü saran sıcaklık utanmaya başladığının habercisiydi.

"Ömür çok dalga geçecek bizimle."

Barzan kafasını hafifçe salladı. Yanındaki adamın profili Berçem'i susatmıştı. Lanet olası zalim Hezeroğlu, tehlikesiyle çok yakışıklı bir adamdı.

"Onun da icabına bakarız."

"İkinci sorum?" Cevap beklediğini açık bir dille anlatmıştı. Nereye gideceklerdi şimdi? Aynı eve giderlerse Hezeroğlu Ailesi anında başlarına çökerlerdi zebani gibi. Yeşil hareleri karısına kısa bir bakış attı. Sinsilik dudaklarını kıvırtmıştı.

"Bir yere gitmiyoruz. Mardin'de kalacağız!"

Berçem'in şaşkınlığına bir katman daha ekleyip yoluna sessizce devam etti. Keyifli anına bir şarkı eklemişti hatta. Karısının gidişinden beri dinlediği tek parçaydı.

'Turnam gidersen Mardin'e, turnam yâre selam söyle.

Karlı dağların ardına, turnam yâre selam söyle.'

"Sen yokken beni teselli eden tek şarkıydı. Turnama bırakmadan, selamımı kendim getirmek istedim."

Sözleri romantik adamın bakışlarındaki sertlikle tezat oluşturuyordu. Berçem'in takınacağı ruh halini zorlaştırıyordu, "Hoş geldin," diye titrek çıkan sesiyle zoraki soludu.

Gayriihtiyarî dudaklarını yalamıştı. Bir haftadır hasretini çektiği küçük kadınına kavuşmuştu ve şimdi şarkı dinliyor, onları takip edeceklerini önemsemeden gülüyordu. Arabayı çiftliğe doğru sürdü.

Gidecekleri asıl mekân, çiftlik köyüydü. Arabayı büyük çiftliğin açıklığına sürdü. Tek katlı evi, karanlıkta duvarlarına dayalı ışıklar aydınlatıyor, sarı kalker taşların rengi parlıyordu.

"Bir süreliğine burada kalacağız güzelim. Babam bizi İstanbul'da sanırken biz çiftlikte keyfimizi çıkaracağız."

"Ama bizi bulabilirler." En büyük endişesi buydu. Buldukları an dayısı şüphesiz boşanmayı beklemeden yanında götürürdü. Tehlikeli sırıtışı yeniden yüzünde yerini aldı, "O kadar kolay değil!" Barzan'ın planlarına her şey dâhildi. Tembelce gülümsedi. Tek umduğu buydu.

Evin önüne park ettiği arabadan indiler. Gecenin bir yarısı, hâlâ uyanık olan işçileri karşılamıştı ağasını ve hanımını.

"Hoş geldiniz Barzan Ağa."

"Hoş gördük Recep," dedi arabanının kapısını kapatırken, tebessümlü dudakları karısı tarafından izleniyordu. Bagajdan bavulunu almış, karısıyla çiftlik evin içine girmişti.

Daha iki gün öncesine kadar ev ahalisiyle gelen kız, bugün kocasıyla gizli gizli gelmişti.

"Odanız hazır. Bizim hanım hazırlamış, bir ihtiyacınız olursa sesleniverin."

Berçem minnetle tebessüm ederken, kocası kabul etmemişti. "Gerek yok Recep, siz gidin uyuyun. Başka bir ihtiyacımız kalmadı, sağ olasınız."

"*Şev xweş*[11]," diyen genç adam kapıyı kapatarak evden ayrılmıştı. Evin hemen yan tarafındaki kulübede yaşıyorlardı. Çiftlikten sorumluydu ve ekme biçme işini yapıyordu. Bağ bahçelerinden çıkmıyor, ekinleri kontrol ediyordu.

Odalarına sessizce geçmişlerdi. Barzan Hezeroğlu'nun duyduğu bir heyecan vardı ki o da karısıyla bu gece geçireceği özel andı. Bavulu odanın bir köşesine koyan genç adam, yorgun bedenini yatağa bırakmıştı. Ağırlığına bir başka ağırlığı daha katmak için, karısının kolundan tuttuğu gibi çığlıkları eşliğinde üzerine yatırmıştı.

Gül kokusuna bulanmış sırma saçları yüzüne dökülmüş, rüzgârın yüzünü yaladığı gibi saçları yüzünü taramıştı. Uzun uzun içine çekti kokusunu.

Berçem saçlarını önünden çekerken, o aceleyle tülbendi başına geçirmediğini fark etmiş, boğuk bir inilti koparmıştı. Saçları parmaklarına dolandı, "Tülbendim?"

Dehşet dolu ifadesine genç adam gülümsemişti. Karısını giydirirken yaşadığı zorluk yüzünden tülbentini başına geçirmeyi unutmuştu. Recep ve Kasım Ağabey görmüştü. Berçem'in utanması bu yüzdendi.

Barzan "Nasıl bir halde olduğumuzu biliyorlar, kimse fark etmemiştir," diyerek alnını öptü karısının. Asıl konuşmak istediği bu değildi. Berçem bu gece kadını olacaktı ve Barzan Ağa bunun için sabırsızlanıyordu. Karısına gerçek anlamda sahip olacaktı.

"Uykun var mı güzelim?"

---

11. İyi geceler.

Genç kız utancını atacak kadar şuurluydu. Kendisi bile fark etmemişti ki tüfeği eline alan Newroz Anne ve yandaşları nasıl fark etsin?

"Ha-ha-yır..." dedi farkında olmadan. Ne için sorduğunu bilmiyordu, ancak kocasının bakışlarını fark etmesi kıvranmasına sebep olmuştu. Karısına sahip olmak istediği yer kendi yatak odalarıydı. Ancak şimdi olması gerekiyordu. Uzun bir süre burada kalacaklardı, tabii yakalanmadıkları sürece, karısıyla aynı yatağa baş koyacaklardı ve kardeş kardeş uyumayı kabul edemezdi.

Barzan yanağını öptü nemli dudaklarıyla. "Yanağını öpüyorsam sana ihtiyacım vardır. Ki şu an var," diyerek burnunun ucundan öpmüştü. "Burnunu öpüyorsam, seni şirin bulmuşumdur. Ki şu an çok şirinsin."

Öpeceği her noktanın anlamını açıklayacaktı güzel karısına. En sonu vuruş olacaktı. Saçlarını öpüyorsam, sensiz yaşayamam demektir. Ki ben artık sensiz yapamam."

Gözleri karısının gül yüzünde geziniyordu. Erkeksi sesinin derinliği, üstünde yatan kadının kalbini tekliyordu. Sıcak nefesi yüzüne vurdukça Berçem nefes almayı unutuyordu. Öpücüklerinin tesirinde kalmış, aralanmış dudaklarıyla genç adamın öpmesine davet çıkarıyordu.

Barzan çekinmeden ısırdı dudaklarını. "Dudaklarını ısırıyorsam, seni kıskanıyorumdur. Ki bunu son zamanlarda çok iyi gördün!"

Açıklamalarıydı Berçem'i mest eden. Kocası, sert yapısının altında romantik bir kalastı ve Allah biliyor, Gelincik bu kalaslığına bile hayrandı. Isırdığı dudağını uzun uzun öptü. "Seni seviyorum Berçem. Benim güzel emanet gelinim, seni seviyorum."

Karşılığını veremeyen genç kız itirafına takılıp kalmıştı. Aşka düşmüştü ayakları. Barzan Hezeroğlu onu seviyordu. Bu itirafa dudaklarıyla beraber canını bile verebilirdi. Karısını yatağın diğer tarafına devirip üstüne çıktı. Barzan vakit kaybetmeden boynuna uzandı. Uzun ve etkili öpücüğünü sıcak nefesleriyle boynuna bıraktığında, arzu artık karşı konulamaz olmuştu.

"Boynundan öpüyorsam seni istiyorumdur!" Yeşil harelerine baktı. Hızlanan nefesi yüzünden, portakalları inip kalkıyor, Barzan'a tatlı bir işkence çektiriyordu.

"Senin bana gelmeni beklerdim güzelim ama dayanamıyorum artık. Adımız kısıra çıkmadan bebek haberini Mardin'e vermeliyiz."

Genç kızın dili lal olsa da içini saran çığlıklar duygu yüklüydü. Bu genç adamın bakışlarının sebebini açıklıyordu. Barzan Ağa bakire karısına sahip olmak istiyordu. Berçem hazır mıydı? Bunun muhakemesini yapacak vakti yoktu. Kocasının bakışları cevap istiyordu. Bir an önce!

"B-ben..."

Barzan anlayışla gülümsedi. "Utanma güzelim. Eninde sonunda olacak bir şey. Ben senin kocanım!"

Haklı olsa bile bu utangaçlığını, her şeyden çok korkusunu engelleyemiyordu. Barzan Ağa korkusunu yatıştıracak cümleleri söylerken, sevdiği kızın güzel yüzüne öpücüklerini bırakmıştı. Tadını almayı o kadar çok istiyordu ki sabırsız hareketleri canının acısını bastırmak içindi. Ancak bakire karısı için nazik ve şefkatli davranacaktı. Canını yakmadan...

Öpücükleri ve dokunuşları işkenceleri arşınlayıp, ürkek karısına zevki yaşattı. Can acısını, onu bedeninden ayırmadan giderdi. Sabaha doğru kadınıyla uykunun kollarına bıraktı kendini. Berçem Hezeroğlu kelimenin tam anlamıyla kadınıydı artık.

***

Eskilerden beri devam eden gelenek ve görenekleri vardı. Yıllar boyu süregelen adetleriydi. Çarşaftaki bakire kanı, gerdek gecesinin sabahı kocanın odadan çıkmasıyla görevlendirilen bir kadının göz hapsinden geçer, zılgıtlar kulaklara dolduğunda kadının temizliği aileye gururu yaşatırdı. Bu kadının en büyük çeyiziydi. Berçem gelin çeyizini kocasına vermişti işte. Newroz Anne yanında olsaydı göstereceği kadın o olurdu ve çarşaf katlanıp saklanırdı. Berçem kocası uyandığında çarşafı katlayıp saklayacaktı.

Düşüncelerinden sıyrılarak banyoya girdi. Bacağının arasındaki sızıyı hissetmemek mümkün değildi. Ancak Barzan'a belli etmeyecek, elinden geldiğince düzgün yürüyecekti. Bacak arası pişik olmuş bebek gibiydi, yürüyeceğini bilse de katlanacaktı.

Banyoda lif ile temizlenmişti güzelce. Sıcak suyun ağrıyan kaslarını gevşetmesi az da olsa içini rahatlatmıştı. Kocasının kadını olmuştu artık. Keyifli banyosunu bitirdiğinde üzerini giyinmek için odaya dönmüştü.

Zalim Hezeroğlu, uykuluyken bile yakışıklılığını sergilemekten çekinmiyordu. Duru bir deniz gibiydi yüzü. Hoyrat okyanus dalgalarını, gözlerini açtığında karısına sergileyecekti. Berçem gelin yanağına nazik bir öpücük bırakıp giyinmişti. Çiftlikte iki üç parçadan ibaret kıyafetleri kalmıştı daha önceden. Bırakmasını isteyen Alaz'a teşekkür ve minnet etmişti, yanında olmasa da.

Mutfakta kocası için hazırladı kahvaltıyı. Türlü türlü otlu peynir, ev yoğurdu, bal ve tereyağı, köy yumurtası, sacta pişirilen ekmeği masaya dizmişti. Barzan ile keyifli bir kahvaltı yapacaktı. Demini tutan çayın kokusu burnuna dolunca tebessüm etti. Kahvaltı hazırdı, kocasını uyandırma vakti gelmişti.

Kelebeklerin kalbinde uçuştuğunu hissetti. Karısı olarak kocasını uyandıracaktı ilk defa. İlklerini yaşamak genç kadını heyecanlandırıyordu. Kapıdan çıkmadan, burnunu çarptığı sert bedenle bir acı hissetmişti. Yüzü buruşan genç kadın geri çekildiğinde ıslak saçları dört bir yana dağılmış kocasını, haylaz dolu gülüşüyle karşısında görünce acısını unutturmuştu. Derin bir iç çekti farkında olmaksızın.

"Gün... Günaydın..." Kesilen soluğu konuşmasını zorlaştırdı.

"Günaydın güzelim," diyerek alnını öpmüştü kocası. Berçem bunun anlamını çok iyi biliyordu, sadakat duyuyordu kocası. Güven dolu bir bağlılıktı anlamı. Öpücüğünün etkisinden çabuk çıkmıştı. "Aç mısın?"

Karısının belinden tutup masaya doğru götürdü.

"Kurt gibi hem de."

"Çayını doldurayım mı?"

"Doldur bakalım."

Kocasının çayını dolduran Berçem, "Afiyet olsun," diyerek kahvaltısına dönmüştü. Barzan Ağa itiyadından vazgeçmemişti. Yine karısının kahvaltı tabağını kendisi doldurmuştu. Berçem teşekkür dolu bakışlarını sunup, ekmeğine koyduğu bir parça peyniri ağzına atmıştı.

"Bir daha bunu yapma."

Duyduğu sert sesle kafasını doğrultmuştu. Bu haşin bakışların sebebi yaptığı bir hatadan mı kaynaklanıyordu?

Afallayan kadın sordu belirsiz çıkan sesiyle.

"Ne yaptım ki?"

"Bir daha ben uyanmadan yataktan çıkma. Ben seni kollarımın arasında görmek istiyorum."

"Açsın diye hemen uyandım. Bilseydim çıkmazdım."

"Öğrendin Gelincik." Tebessümlü dudaklarına eklenen bir de göz kırpma yüzünden Berçem kahvaltısına kısa bir ara vermişti. Bu adam sonu olacaktı bir gün! Genç kadın dün gece uyumadan önce beynini zorlayan gerçekle kasılmıştı bir süre. Kocası burada ise Azra neredeydi? O kadına ne olmuştu?

Gayriihtiyarî yaladı dudaklarını. Kahvaltıya gömülen kocasının keyfi kaçacaktı ancak sormazsa ve cevabı şimdi almazsa içi rahatlamayacaktı. "Barzan," diye seslendi gergin çıkan sesiyle.

Gerginliğini fark eden genç adam karısını süzdü.

"Efendim?"

Çatılmış kaşları bile huzursuzlaşmıştı. Bu gerginlik de nerden çıkmıştı şimdi?

"Azra'ya ne oldu, ayrıldınız mı?" diyerek bekleme yapmadan sormuştu sorusunu.

Barzan huzursuzluğunun nedenini anlamıştı. Kahvaltısına ara veren genç adam ağzındaki lokmaları güçlükle yuttu.

"Bitti Berçem." Tek cümlelikti ayrılığın özeti. Bitti!

"Nasıl?" Sormadan edememişti. Bu ilişkinin bitiyor olmasına bir tarafı sevinse de bir tarafı daha çok üzülüyordu. Azra'nın sarf ettiği son kelimeler haksızlık doluydu. Ancak Berçem bile isteye hayatlarına dâhil olmamıştı.

"Ben senin yanındayım. Benim karım sadece sensin. Ve benim kadınım. Ötesi mırın kırın!" Konuyu kapatan genç adam iştahlı olmasa da kahvaltısına dönmüştü. Berçem'in asılan suratını görmeyi istemiyordu.

Azra ile o geceki tartışmadan sonra bir daha buluşmamışlardı ve ayrılık haberini Ömür'den almıştı. Ne çok öfkelenmişti genç adam. Berçem'in gidişine sebep olmuştu. Söylediği onca hakaret üstüne bir de ilişkiyi bitirmesi gülünç gelmişti. İlişkileri zaten bitmişti. Berçem konuyu dağıtmak istedi. Barzan'ın bozulan surat ifadesini görmek istemiyordu. "Seni arayan oldu mu?"

Sorusu üzerine genç adamın haşin delici bakışlarını tehlikeli bir gülüş almıştı. Kendisiyle övünen ifadesi karşısında karısı istem dışı gülmüştü.

"Ne oldu?"

"Raber Ağa son bir yılın arama rekorunu kırmış bende. Arayıp tebrik edesim geldi." Keyifle kahkaha atmıştı. Babasının Berçem'i alıp boşanacakları hükmünü vermesi acımasızlaştırmıştı adamı.

Berçem bu çılgın sevinişine gülümsemişti. "Baban delirmiştir şimdi." Sona doğru sesi kızar tonda çıkmıştı.

"Dayın da öyle güzelim. O babamın sayısını üçe katlamış ama olsun. Bize acı çektirenlere acı vermek boynumuzun borcudur."

"Dayım beni affetmeyecek," derken kırılgan çıkmıştı sesi. Affedilmezse dayanamazdı Berçem.

Karısının çenesini parmağıyla sevdi nazikçe. "Unutma seni zorla kaçıran benim," diyerek göz kırptı. "Gerekirse beni bayılttı de. Gözlerimi açtığımda çıplak bir şekilde kocamın kolları arasındaydım. Dün gece çok ateşli bir sevişmem…"

Berçem elleriyle uzanıp kocasının ağzını kapatmıştı. "Barzan!"

Dudağındaki parmaklara öpücük bırakıp, geriye yaslandı Barzan. "Şaka yapıyorum Gelincik. Ben seni zorla kaçırdım. Unutma Okan bile Newroz Annenin başına silah dayadı," diyerek göz kırptı.

Berçem'in korkusu geçmek bilmeyince, "Merak etme kocan her şeyi düzeltecek," diye devam etti. Kararlı ve güçlü duruşu Berçem'e güven vermişti.

"Yaparsın biliyorum…"

Kahvaltı sefası keyifle bitmişti. Berçem bulaşıkları kaldırırken, Barzan Ağa sağ kolu Okan ile telefon görüşmesini yapmıştı. Arabasını dün gece çiftlikten almış, yeni bir araba bırakmıştı. Babasının sabaha kalmadan olayları duyup, konağı ayağa kaldırdığını öğrendiğinde epey gülmüştü. Berçem ile boşanmayı kabul etmemişti.

Hazırladığı iki kahveyi kapı önünde verandada oturan kocasına götürdü Berçem. Sallanan sandalyeye oturmadan önce bol köpüklü kahvesini ikram etti. Barzan Ağa, karısının kahvesini beğeniyordu. "Hmm," derken gözleri beğeniyle süzdü karısını. Kahveden ziyade hoşuna giden karısıydı.

Berçem kahvesini eline aldı. Nereye oturacağını seçemediğini fark eden kocası yan tarafını göstermişti. "Were vede jınamın."

Jınamın; kadınım deyişi genç kadını mest etmişti. Berçem yanına geçip oturdu. İtaat etmekten başka şansı yoktu. Hem bu kadar güzel çağıran bir adamı reddedecek değildi. Kahvesini yudumlarken Barzan'ın bakışları üzerinde geziniyordu. Gülüyor olması Berçem'i şüphelendirdi. "Ne oldu?"

Barzan gülümsedi sessizce. Huzurlu saatlerine yeniden kavuşturan kadın kollarının arasındaydı ve Barzan Ağa'yı mutlu eden buydu. Niye şüpheleniyordu ki? "Mutluyuz Gelincik," diyerek kahvesini cam masaya bırakıp karısını kolları arasına aldı, "Huzurluyuz rıhemın.[12]" Boğazından çıkan derin sesi etkili bir ölüm sebebiydi.

Delice bir istek duydu dudaklarını öpmek için. Ancak yapabildiği sadece saçlarını parmakları arasına dolayıp, kafasını göğsüne hapsetmekti. Dolgun dudaklarını saçlarına bastırdı. Buram buram huzur kokuyordu kadını.

Berçem gelin sevgi dolu dakikaların son bulması gerektiğini biliyordu. Recep veya karısı ya da diğer çiftlik çalışanları her an yanlarından geçebilirdi.

Etrafı kolaçan eden temkinli gözlerini kocasına çevirdi. "Ben de mutluyum ama buna son vermen gerek. Birileri bizi görebilir."

Aldırmadı. "Görsünler ne olacak?"

Ancak karısı aldırıyordu. "Ayıp Barzan!"

---

12. Ruhum.

"Kusura bakma Berçem, uzun süredir Mardin'e gelmemişim. hâlâ kadınlar ve kocalar ortam içerisinde uzak mı oturuyorlar? Sarılmak yok mu?"

Alaylı sorusuna karısı da aynı yoldan gitti. Sonuçta Barzan ile bir yolu yürüyorlardı. Elini tutup eşlik etmekten hiç rahatsızlık duymazdı.

"Ben sana diyorum, sen orayı unutmuşsun diye. Sonra da kızıyorsun. Evet, bizde bir ortam içerisinde karı koca samimi hareketlerde bulunmaz, yatak odası boşuna mı?"

Barzan saçlarını okşadığı kadına öyle içten gülümsemişti ki göremediğine küfretmeliydi Berçem. "Kadınlar kocalarına karşı uzun dilli olabiliyorlarsa, demek ki kocalar da ortam içerisinde sarılabilirmiş!"

Berçem kollarından çıkıp, kocasıyla yüz yüze geldi. Teessüf eder gibi kocasına bakıp "Ben sana ortam içinde ne zaman uzun dilli oldum?" diye sordu.

Barzan tek kaşını kaldırarak kadınına baktı. Bu kadın unutkandı galiba.

"Ömür ve Orhan'ın yanında söylediklerini unutma."

Boğuk çıkan sert sesine, hatırlatan kızgın ifadesine cevapsız kalmıştı Berçem. Ancak Barzan sütten çıkma ak kaşık değildi.

"Yaptıklarını unutma Barzan Ağa. Benden daha çok hatalıydın. Beni sevmediğini, istemediğini onlara bile söylemişsin ki ben küçücü..."

Barzan'ın işaret parmağı karısının dudaklarına kapandı. Bu konuda kendi suçu yoktu. Zira onların evinde Günay'ın yanında evliliğini istemediğini hiçbir şekilde dile getirmemişti. Bunu yapan Azra idi.

Savunması yahut af dilemesi olanları telafi edemezdi ne yazık ki. Ancak bundan sonra aynı hataları yapmayacak kadar açılmıştı gözleri. Elini cebine attı. Berçem'in konuşmasına hâlâ izin vermezken bordo kadife kutuyu karısına gösterdi. Parmağını ağzından çekip kadife kutuyu ağır ağır açtı.

Tektaş yüzük göz kırpmıştı genç kadına. Ağzından beğeni dolu inilti koparken, gözünü kamaştıran parlaklığı ve güzelliği değil, kocasının jestiydi. Narin elinden tuttu sıkıca. Yüzüğü parmağına geçirirken, derin bakışları karısının yeşil harelerine kenetlenmişti. İkisi de heyecanlıydı. "Bundan sonra seni benden almaya kimsenin gücü yetmez. Bu yüzük de bir simge ama benim kadınım olduğunu idrak ederler bundan sonra."

Dilini yutmuş kadın konuşma yetisini bir süre kazanamayacağını anlayınca kocasına sıkıca sarılmıştı. Kimlerin göreceğini takmadan, sarmaşık gibi dolamıştı kolunu boynuna. Barzan Hezeroğlu değişmişti. Dün belalı emanet diyen adam, bugün kadınım diyordu. Sevgisini açıkça gösteriyordu. Korkusunu alan adama bağımlı gibi kalmıştı. Uyuşturucuya bağımlı gibi Barzan'a bağımlıydı. Komaya girmesi yakındı bu gidişle.

Kulağına sıcak nefesini üfledi. "Boynuma değil dudaklarıma asılmalısın jiyanamın. Çünkü seni tam anlamıyla hissettiğim ilk yer orası."

Ürperen genç kadın tazelenen anılarının içine gömüldü. Kolları boğacak kadar sıkmıştı. Barzan onu öperek savaşı başlatmıştı aralarında. Esen aşk rüzgârlarına kapılıp savrulmuşlardı dört bir tarafa. Bugün bir çınar olup rüzgâra inat yeşermek istiyorlardı. İlk dalını bebeğiyle verecekti Hezeroğlu Çınarı.

"Êz jê te pir hezdıkım delalamin."

"Êz jê te pir hezdıkım rıhemin."

Güzeli olacak ve ruhuna bağlı kalacaktı. Barzan'ı sevmekten bir an olsun vazgeçmeyecekti. Kara bahtı yan çizmişti. Aşk, kara bahtına sözünü geçirmiş, mutluluğu ellerine vermişti. Berçem gelin teşekkür etti.

Genç adamın telefonu çalınca Berçem kollarını çözdü. Mutlu anlarına çomak sokacak kişiye küfür etmek istediyse de terbiyesini güçlükle korudu. Cebinden çıkardığı telefonun ekranına baktığında çomakla beraber zehrini sokacak ismi görmüştü. "Afran Efendi arıyor," diyerek derin bir nefes verdi dudaklarının arasından.

Endişeli hareleri kocasının gözlerinde gezindi. Afran Dayısının ne yapacağını çözmek pek mümkün değildi. Yaptıklarını ve kaçırıldığını öğrenmesi, elbette genç adamın gazabını körüklemişti.

"Ne yapacaksın?"

Alnına öpücük bırakan genç adam telefona cevap verdi Berçem'i bir an olsun yanından ayırmadan.

Barzan "Söyle dayıcım," diyerek gamsızca dalgasını geçti. Çektiğini çektirmeye ant içmişti.

"Barzan böyle yaparak senden daha çok nefret etmemi sağlıyorsun."

Karşı ahizeden gelen ses fitili çekilmiş bombanın kulakları sağır edici etkisini barındırıyordu. Gazap yüklü homurtusu Barzan'ı güldürüyor, yeğenini korkutuyordu.

"İnanır mısın Afran, hiç üzülmedim," diyerek dalgasına son verdi. "Sana onu kaçırırım demiştim," derken kızmaya başlamıştı genç adam.

"Metresinle efsane aşkını sonlandırıp, aptal yeğenime geleceğini düşünmemiştim. Seni ciddiye alamıyorum."

"Artık alırsın Afran."

"Zor görünüyor. Berçem'i almaya geleceğim Barzan. İptal ettiğin boşanma davası yeniden açılacak ve sen hak etmediğin kadından boşanacaksın."

"Benim karımı," diyerek inadına karısının yanağına sulu sesli bir öpücük bırakmıştı. "Alamazsın Afran, unut bunu."

Telefondan bir süre ses gelmemişti. Afran ne yaptığını anlıyordu. Öptüğünü fark etmiş olmalıydı.

"Hazır olun, canınızı almaya geliyorum!"

Telefon yüzüne kapanmıştı. Neye uğradığını şaşıran genç adam keyifle kahkahasını patlatmıştı. Afran ondan bir yaş büyük olabilirdi. Ama bu üstünlüğü kabul etmeyecekti. Barzan Ağa, Afran'ın üstünlüğünü kabul etmiyordu, etmeyecekti.

Karısına müjdeyi vermek için yan tarafına çevirdi kafasını. Berçem ona nazaran üzgündü. "Hayırlı olsun, Afran'ı da delirttik. Babam ile birlik olup, yakında iştirak ederler."

Gözleri büyüyen karısı, "Ne-nereye?" diye sordu korkuyla.

Barzan göz kapaklarını öptü dudağında tebessümle. "Kaldığımızı düşündükleri ilk yere. Burası akıllarının ucundan bile geçmez," derken hınzır dolu bakışları açık havada gezindi.

"Şimdi onları bırak kocana dön. Mın beriya te kîriye."

Karısının üzerine doğru uzandı. Berçem'in debelenmesini keyifle izledi. "Bar-Barzan.. yap-ma… Yap-ma biri gör..."

Karısının bir an olsun konuşmasına izin vermeyen genç adam sallanan salıncakta üzerine uzanmış, altına kıstırmıştı. "Unuttun mu, kocan buraların adetlerini unutmuş. Ne ayıp ne değil takmıyor. Sadece karısının güzel dudaklarını öpmek istiyor."

"Barzan!"

Yüksek sesli bağrışı bir ayıbı daha yaptırmıştı. Barzan katıla katıla gülmüştü. Ah Berçem Hezeroğlu, bu zayıf kalbin sonun olacaktı. Bir gün…

***

Bölüm 18

Aşk Yamanlıkta Sınır Tanımaz, Âşık Kadın İçin…

Alın yazısına Barzan Hezeroğlu yazılmıştı. Yazıyordu ki kollarında olup güldüğü, sevgisini çekinmeden paylaştığı, sorularını rahatlıkla sorduğu, tanımaya can attığı adamın yanındaydı ve Barzan kendini açıkça göstermekten geri durmuyordu.

Ev ahalisinin harıl harıl aradığı karı koca iki gündür gözler önündeydi. Barzan babasına haberini göndermişti. Barzan Ağa babasına 'Çiftlikte misafirlerim var,' diye haber yollamıştı. Bir hafta burada kalacaklardı ve babası Raber Ağa oğlunun beklediği tepkiyi vermişti. 'Ben o eşek oğlu eşeğin misafirlerine bakmam!'

Bakmayacağını bildiği için bir haftayı karısıyla geçirmeye karar vermişti Barzan Ağa. Babasının enselerine yapışacağı haberini alır almaz, memleketini terk edecekti. Afran'ın arama operasyonuna katılması, Barzan Ağa için tam bir eğlence zamanı olmuştu. Ne halde olduklarını görmese de tahmin ediyordu.

Perişan hallerini düşündükçe, içi daha bir huzura eriyordu. Kadınına güldü fütursuzca. "Oğlum bana benzerse Berçem, bakmaya doyamazsın."

Berçem başını yasladığı göğüsten geri çekti. Ukalaca tavırlarına iki gündür son vermeyen adam, aksine bu halini son sürat devam ettiriyordu.

"Bir kere kızımız bana benzerse Barzan Ağa, bırak bakmaya doymamayı bir kere bile bizi yalnız bırakamazsın."

"Nedenmiş?"

"Çünkü navadılêmın,[13]" diyerek işaret parmağını gömleğinin üzerinde gezdirdi. Sert göğsüne dokunuşu parmağının ucunu yakıyordu. "O kadar güzel olacağız ki bizi korumak için yanımızdan ayrılamayacaksın."

Kendisini ukala gören karısı, şımarıkça davranmayı ihmal etmeden saldırısını sürdürüyordu. Ancak son cümlesinde haklıydı. Berçem'i korumak bir tarafa, kızı ona benzerse koruma güdüsü hayli katlanacak, kıskançlığı büyüyecek ve Barzan ikisine yetemeyecekti.

"Oğlum bana benzeyecek Berçem. Baba oğul beraber dışarı çıkacağız. Kadınların yüreğini hoplatacağız. Sen hiçbir şey yapamayacaksın."

"Hovardalık yapacaksınız yani?"

Aralarındaki çekişme soluk almaksızın büyüyordu. Galibi kim olursa olsun, yenilen tarafın kaybı büyük olacaktı. Berçem kocasının altında kalmak istemiyor, Barzan da karısına o üstünlüğü kazandırmak istemiyordu.

Müstehzi bakışları yeşil harelerini süsledi. "İşimiz hovardalıkta değil güzelim. Baba oğul takılacağız."

Bakışlarına karşılık verirken "Diyorsun ki sadece anne olacak bizim için," diyerek gururla sırma saçlarını savurdu kocasına. Yalnız kaldıkları anlarda tülbenti başına geçirmiyor, uzun saçlarını kocasının parmaklarına bırakıyordu.

---

13. Cennetim.

Sessizce güldü Barzan Ağa. "Ömrümün geri kalanında sadece sen olacaksın Berçem. Başka kadın haramdır bana!" derken gülen yüzüne istinaden sesi ve gözleri katilik içeriyordu. Derinden çıkan davudi sesi ve haşin bakışları genç kadını yakmıştı.

Yana yana kül olacaktı. Uzanıp dudaklarına öpücüğünü verdi, Barzan Ağa'nın onu hissettiği ilk yere, en güzel noktaya. Ardından yeşil harelerine baktı. Orman yeşilliğini taşıyan göz bebekleri huzur kokuyordu.

"Seni seviyorum Barzan."

Hayatında hiç yaşamadığı duyguları, en heyecanlı hallerini yaşatan bu adama âşıktı. Ona kalırsa duyduğu sevgi azdı bile. Çektikleri onca çileden sonra kocası yanındaydı ve onu seviyordu. Daha fazlasını verecek kalbi bütünüyle bu adama aitti.

"Başka şansın mı var Berçem?" Ukalaca tavrı, ettiği itiraf üstüne tuz biber olmuştu ki kadın o biberle ağzını yakmaya yemin etti.

Kocasından usulca uzaklaştı. Dikleştirdiği omuzlarıyla esas duruşa geçti. Gayriihtiyarî dudaklarını yalarken, sırma saçlarını eline alıp uçlarıyla oynamaya koyuldu. "Tabii ki sonuçta..." Umursamaz gözleri cevapsız kalışıyla düşüncelere boğuldu. Tavana dikilen gözleri yuvalarında dönüp dururken, kocası bu anı zevkle izliyordu.

Sonuçta ne etse ne dese de bu adamı alt etseydi? Düşünmeye devam etti.

Diğer taraftan Barzan bu anı bozmamak için sessizce karısını seyre daldı. Düşünen ve bir cevap bulamayan haşin zümrütlerine gülüyordu içinden. Düşünürken bile tatlığını sergileyen bu kadını izlemekten bıkmıyordu. *'Bir günah gibisin Berçem. Yanarsam, senin cehenneminde...'* diye geçirdi içinden Barzan Ağa.

Elde avuçta ne bir cevap, ne bir kelime vardı. Bütün kararlılığı yerle bir olmuştu Berçem'in. Dudaklarını büzerek kocasına baktı. "Bulamadım bir şey..."

Aksini beklemeyen genç adam, kilim yastığa sırtını yaslarken gevşemişti. Karısına attığı küçümseyici bakışları genç kadını çılgına çevirse bile, zerre kadar umursamamıştı.

"Bir kere bana âşık olmasaydın ne yapacaktın?"

Barzan'ın özgüvenli halleri Berçem'i susmaya davet ediyor, Berçem davete icabeti reddediyordu.

"Gidecektim!"

Gerçeği söylemekten çekinmeyen dili yine yapmıştı yapacağını. Barzan'ın bakışları sertleşmiş, çenesi seğirmişti. Dişleri balyoz yemişçesine ağzının dört bir tarafına dağılabilirdi.

"Bu kötülüğü yapan kadına ben ne yapardım o zaman?"

Gür sesi kalın ve kızgın çıkmıştı.

Berçem cevabının pekiyi olmadığını bilse de gerçeği söyleyen bir dile sahipti. Dudaklarını ısırdı mahcubiyetle. "Ne yapardın?" diye pişkince sormuştu.

Hiç duraksamadan cevapladı Barzan. "Öldürürdüm!"

Göz kapaklarının arasından çıkmaya meyleden yeşil harelelriyle, "Zalimsin Barzan Ağa!" dedi.

Gözleri kısılırken bakışları sertliğini koruyordu. "Sen ne oluyorsun Hanımağa?" derken kınayan ifadesini sürdürdü. Berçem'in gitme ihtimalini bile sevmemişti ki hiçbir zaman, gitmesine izin versin.

"Ez jiyanatemê Barzan!"

Sert çenesi kaynar su dökülmüşçesine çözülmüş, ağzı kulaklarına varmıştı istemsizce. Lanet olası gelincik sinirlerini aldırmayı iyi başarmıştı.

"Aklın ve aptallığının yanı sıra, senin yaman olduğunu söylemiş miydim jînamin?"

"Şimdi söyledin."

"Yaman kadınsın vesselam."

"Senin kadının olunca…"

Soktuğu laf karşısında yaptığı tek hareket, Berçem'e vahşice saldırmak olmuştu. Uzandığı yerden çığlık atarak kaçmaya çalışan genç kadının üzerine çıkmış, yer ile kendi arasında sıkıştırmıştı.

Avcının yemi olmuş keklik gibi kalakalmıştı ellerinde Berçem. Savunmasız, cezasını bekledi. Vereceği en tatlı işkencelere hazır etti kendini.

"Dilini çıkar!"

Tehdit dolu emrine itaat eden kadın, dilini sessizce çıkarttı. Beklediği tatlı işkence gecikmeden gelmişti. Barzan Ağa öpülesi dudaklarıyla dilinin üstünü öpmüştü. Ancak sonrası tatlığından çıkmış, eziyete dönmüştü.

"Bu dilini keserim Berçem!"

Ağzını sımsıkı kapattı kadın. Sanki kapatırsa kocasının tehdidi boşa çıkar ve kesmesine engel olurdu. Eliyle ağzını kapadı sıkıca.

"Bunlar bana yaramaz güzelim."

Kahretsin ki yaramayacağını biliyordu. Barzan Hezeroğlu istediğini alan bir adamdı. Hiçbir el engel olamazdı niyetine. Elini usulca çekti dudaklarından. Mühürlenen dudakları kıpırdandı aheste aheste.

"Ben senin güzelinim değil mi?" derken heyecanla tuttuğu nefesini verdi. Aksi bir cevap beklemiyordu ki, Barzan bu iki gündür güzel sözcüklerini eksik etmiyordu dilinden.

Barzan beklenti dolu gözlerine acımasızlıkla baktı. Biraz hayal kırıklığına uğratmakta fayda vardı ki bu dili biraz olsun kesebilsin. "Benimsin de, o kadar güzel değilsin."

Seziyordu kocasının intikam duygularını. Ancak yaman karısı isteğini verecek değildi. "Kalıbımı basarım ki dilêmin, benden daha güzelini bulamazsın."

Genç adamın haşin bakışları karısının üzerinde hoyratça gezindi. Ormanın güzelliğini taşıyan göz bebekleri zifiriye boğuldu. Berçem istediğini vermemekle beraber takas etmişti oyunu. Dudağına eğilip sıcak nefesini üfledi.

"Bulurum!"

"Bulamazsın!"

Çemkiren ifadeleri sürdü.

"Kızım senden daha güzel olacak."

"Oğlum senden daha yakışıklı olacak."

"Bütün kadınlar bize bakacak."

"Biz kimseye bakmayacağız!"

Soğuk Sibirya rüzgârlarının taşıdığı buz kütlesi sesleri, güneyden esen sıcak rüzgârla kırılmıştı. Barzan Ağa tehlikeli bir biçimde sırıttı.

"Bakarsanız gözlerinizi oyarım."

Savaşı kazanmanın zaferiyle kasıldı genç adam. Karısının üzerinden kalkıp kilim yastığına geri uzandı. Karısını kollarına almayı ihmal etmemiş, sıkıca sarılmıştı. Berçem'in sadakatinden ve sevgisinden şüphesi yoktu. Ters bakışını attı ustalıkla. Sıkı sıkıya sarılsa da, henüz savaşını kaybetmeye niyetli değildi. Ortada bir savaş varsa tabii.

"Yedi çocuk istiyorum Berçem. Dördü kız, üçü erkek."

Çatıldı kaşlarının ortası genç kadının. İki çizginin ortasında oluşan boğum derinleşti. "Neden kız daha fazla?" diye merakla sordu.

Barzan, karısının kaşının ortasına parmağını bastırıp düzeltti.

"Çünkü sevgilim, kız çocuklarını daha çok seviyorum."

Gül goncası yanakları açılıverdi genç kadının. Barzan'ın kız çocuklarını daha çok seveceğini düşünmemişti hiçbir vakit. Ancak şimdi kendisinden işitmek nefesine nefes katmıştı.

"Ben daha çok erkek evlat istersin diye bekledim," diye beklentisini dile getirdi.

"Neden bu kanıya vardın?"

"Sürekli oğlunla kadınların kızların dikkatini çekeceğini söylüyorsun ya ondan." Sesinin kızgınlığını kabul etse de kıskanç çıkmasını kabul edememişti.

İçten içe bir kıskançlık hissetmişti. Berçem'in bu kadar kıskanacağı aklının ucundan geçmezken, karısının farkında olmadan bunu sergiliyor olması beklemediği bir gerçekti. Kıskançlığı bile taşıyan bir güzelliğe sahipti karısı.

"Sana çok kıskanç olduğunu söylemiş miydim?"

Delici bakışları Berçem'i yakıp geçti. Sorusundan ziyade bakışlarına takılı kalmıştı. Hoşnut ifadesi sert hatlarında muazzam duruyor, dudaklarını şehvetle kıvrandırıyor, gözlerini yuvalarında dansa meylettiriyordu ki, gelinciğe de bunun zevkini izlemek kalıyordu.

Böylesi gözlere sahip kadının hayranlıkla bakıyor olması Barzan Ağa'ya mutluluktan ötesini yaşatmıyordu. Yaşatıyorsa da sözlükte bunu taşıyacak güçte kelam yoktu. Hiçbir kelam bu hatıraları adlandıramazdı. Mutluluk dese az gelir, sevgi dese yetersiz kalır, aşk derse aciz olurdu.

"Söylememiştin."

"Bil o zaman, çok kıskançsın!"

Yine bir laf sokma haline girmişti ki dilinin ucunu ısırarak susmayı tercih etti.

"Kocamı seviyor olunca, kıskançlık ister istemez oluyor. Sanki sen beni kıskanmıyorsun!"

Diliyle dudaklarını yaladı aheste aheste Barzan. Dudağının kenarı kıvrılıp çarpıklığıyla baş döndürdü.

"Hayır dersem inanır mısın?"

Berçem seslice kısa bir gülücük attı.

"Beni istememene rağmen yaptıklarını hatırlıyorum da şimdi, hayır inanmıyorum. Sen çok kıskançsın!"

Düşünceli bir ifadeye büründü Barzan. "Hangi yaptıklarım?"

Berçem alayla güldü. "O Ernest denen adamın geldiği günü hatırla. Bana nasıl kızmıştın." Alaylı gülüşü dudaklarından silinmiş, yüzü renkten renge girmişti. Çok da mükemmel bir kıskançlık krizi olmadığı barizdi. Keza yaşadığı olaylar o gün canına kast etmesine kadar götürmüştü. Ne çok nefret etmişti Barzan'dan.

"Sen Ernest denen piçin senden nasıl bahsettiğini duydun mu ki? Benim karıma göz dikecek şerefsiz daha anasının karnından doğmamıştır."

"O zaman o doğan adama yapsaydın gelip bana zarar vermek yerine."

"Ne çektiysem, ne çektirdiysem sırf dilinden biliyor musun?"

"Bilmiyorum."

Geceyi bulan saatlerde çiftin muhabbeti devam ediyordu. Şöminede yanan odunların çıtırtıları, sıcak evin mis gibi kokusu sohbete davetiye çıkarıyordu. Esnedi gelincik yorgunlukla. "Bilmelisin o zaman," diyen kocasına sevimlice sırıttı. "Aklımda tutarım," diyerek kafasını boynuna gömdü.

Kokusunu içine çeke çeke uyuyakalacaktı. Barzan uyanık zannedip konuşmaya devam edecek, sabahına da 'Niye uyuduğunu haber vermiyorsun,' diye kızacaktı. İki sabahtır aynı muameleyi görmek genç kadını keyiflendiriyordu.

"Tutarsan kaçar. O sevdiğim aptal aklına kazı!" diye tısladı son kelimeyi. Karısının boynuna vuran sıcak nefesi doğru düzgün düşünmesini engelliyordu.

Mırıltılı gülüşüyle beraber boğuk sesiyle konuşmuştu Berçem. "Biraz romantik, biraz odunca bir istekte bulundun. Daha çözemedim mêrêmin, bana biraz yardımcı olur musun?"

Romantikliği es geçerek odunluğun dibine vurdu Barzan da. "Yok yavrum!"

Berçem erkeksi sesinden çıkan yavrum kelimesinden cesaret alarak boynunun çukuruna tatlı bir buse kondurdu. Kafasını kaldırmadan bile kocasının yüz ifadesini tahmin edebiliyordu.

Bu geceyi uykusuz geçireceklerine kanaat getirdi Barzan. Hiç beklemeden karısıyla beraber yerinden doğrulmuştu.

"Niyetin kocanı çıldırtmaksa sana söyleyeyim, iyi beceriyorsun Berçem!"

Masumca baktı kirpiklerinin arasından genç kadın.

"Bir şey yapmadım ki!"

"Yaptın yavrum, yaptın," derken suçlarcasına konuşuyordu Barzan ancak şikâyetçi olduğu söylenemezdi. Dinmek bilmeyen arzusu karısını arıyordu ve inatla istiyordu. Kucakladı kadınını dikkatle. Kollarını boynuna sarıp burnunu yine mekânına gömmüştü. Bu da kızarmış yüzünü saklamak içindi. Zira kocasının suçlayıcı bakışlarının altında kızışan hınzır hareleri, utandırmaktan ötesine götürmüyordu. Daha atamamıştı üzerinden bu utangaçlığı. Emindi ki hiç atamayacaktı. Hücrelerine yapışıp kalmıştı bir virüs gibi. Ancak Berçem utanmayı seviyordu. Ne de olsa hâlâ kızaracak bir yüzü vardı ki, hepsi kocasının tatlı işkenceleri yüzündendi.

Yatağına ve kocasının kollarına düşmesi saniyelerini almıştı. Tempolu bir gece geçirecek olsalar bile huzur ve aşk aralarında olacaktı. Bir nebze bile şüphesi olmayan kadın arzuyla sığındı kocasına. Zevki yaşarken bile aşkı yaşamak ne muazzam bir duyguydu.

Çıplak sırtına bir öpücük daha kondurdu Barzan. Kahretsin ki bu kadına doymak mümkün değildi. Gecesine aşk katmakla beraber neşe katan kadını hiç rahat bırakmamıştı bütün gece. Huşu içinde nefesini bıraktı adam.

Gelincik nasıl yaptıysa kalbine iyi kapak atmıştı. Önceleri gözünün görmek istemediği suret, duymasını istemediği ses, almasını istemediği nefes şimdilerde kahrolası kalbinin istediği her şeydi. Berçem'i istiyordu hem de çok fena. Ağabeyi için yanaşmadığı, acı çektirdiği karısına deli divane olmuş, akıttığı zehir takıntısı olmuştu. Ve önceleri uyumadan önce fısıldadığı kelimeler, sonraları uyandığında değişmişti.

'Özür dilerim ağabey, emanetimi sevmiyorum.'

***

'Özür dilerim ağabey, karımı seviyorum.'

Tükenmeyecek bir sevgi olduğuna kalbini basardı. En büyük imzayı bu kadın haftalar önce atmıştı. Kalbine kazınanı silmek imkânsızdı. Berçem'den vazgeçmesi o kadar kolay olmayacaktı.

Kıpırdandığını görünce, hızla gözlerini kapattı Barzan. Uyuduğunu zannettiğinde ne yapacağını merak etmişti. Ondan önce uyanıp, öpücükleriyle uyandırarak bu zevkten kendini mahrum bırakmıştı. Ancak bu sabah öpmemişti.

Göğsünde hissettiği sürtünme, Berçem'in kafasını yukarı doğru kaldırıp onu kontrol ettiği düşüncesi veriyordu ki doğru olduğuna adı gibi emindi. Karısının beline sardığı kollar gevşeyince genç adam kaşlarını çatmaktan son anda vazgeçmişti. Berçem'in yataktan çıkacağını sanmıştı ancak karısı çıkmak yerine yukarı doğru kaykılmıştı. Merakı gittikçe büyüyor, nefesini tutarak kendine işkenceyi ustaca çektiriyordu. Alnında hissettiği sıcaklıkla kaşları istemsizce çatılmıştı. Yüzüne düşen saçlar, tuttuğu bütün nefesini hırıltıyla vermesine sebep olmuştu. Karısı alnını alnına yaslanmış, boğuk kadifemsi sesinden kısık seste gülüşmeleri duyulmaya başlamıştı ve gittikçe derinleşen, sabah kuşlarının ötüşü gibi gelen sesi yükseldi. Barzan gözlerini açmak istediyse de içindeki ses onu durdurmuştu.

"Uyanık olduğunu biliyorum. Bana numara yapma!"

İşte o an tüm bunları yapmasının sebebini anlamıştı Barzan.

"Yaman olduğunu söylemiştim."

"Söylediğine göre davranıyorum diyelim," diye muzipçe sırıttı gözleri kapalı adama.

Gözlerini ağır ağır açtı Barzan. Kadın dağınık saçları ve yüzüne düşen dokunulası tutamlarıyla harika görünüyordu. Yorgun olduğu ise bakınca anlaşılıyordu. "Sen tam bir dişisin Berçem!"

Cevabı gülmek olmuş, hiç hesapta yokken kocasının kollarından çıkmıştı Berçem. Daha doğrulamadan sert kollar tarafından yakalanmış, acımasızca duvar gibi göğsüne yatırılmıştı. Kaslı ve geniş kolları güç vaat ediyordu. Ancak karısının canı yanmıştı.

"Ah!" Acı dolu inlemesi etki etmemişti adama. Bilhassa bu oyunbaz tavırları için iyi ders olmuştu. Ancak karısının şakağı, sert kaslarından yediği darbe ile acımıştı. Acıyan yeri avuç içiyle ovuştururken "Çok acımasızsın," dedi kocasına.

"Öyleyimdir," diye tersledi Barzan karısını.

Genç kadın bu sert havadan kurtulmak istiyordu. Karnı acıktığı için ve biraz sonra kırmızı çanları çalıp 'Beni doyur!' diye bağıracağından yataktan çıkmaya yeltenmişti. Ancak yanlış zamanlama...

"Kahvaltıyı hazırlasam ve biz yesek?" diye dudaklarını büzerek sormuştu Berçem. Eğer kocası izin verirse ışık hızı mutfağa uçacaktı.

Barzan ise delice bir istek duydu karısının büzdüğü dudaklarını öpmeye. Kendine hâkim olmayı teskin ederek, "Hayır, miden biraz daha bekleyebilir!" deyip resti çekmişti.

Elem içinde kıvranan kadın, "Çok açım Barzan," demiş ve kocasının insaf etmesini beklerken masumca bakmaya devam etmişti.

Barzan hiçbir vakit kayıtsız kalamazdı bu masum güzelliğe. "Ben seni doyuruyorum işte."

Mahcubiyetle kasıldı genç kadın. "Öyle değil. Benim midemi doyuracak bir şey," derken çekingenliği baş göstermişti yine.

Barzan'ın dudakları, kulaklarına sinsice vardı. Sert hatlarını örten karısının yumuşak hatlarına minik dokunuşlarda bulundu. "Onu da doyururuz hatun, zor değil."

Dokunuşlarını bilinçaltı reddetse de hassas vücudu reddedemiyordu. Dudaklarının iç kısmını dişleri arasına aldı Berçem ve "O zaman beni bırak," dedi.

İstekten, emirden uzak belirsiz tınısı, istediği mesajı vermişti. Kocası da alnına busesini kondurup yataktan çıkmasına izin verdi. Vücuduna çarşafı dolamasını sevmediğini söylese bile utangaç karısı bunu yapmaya devam edecekti. Üstelemedi, kendi halinde bıraktı.

Berçem gülmekten ağrıyan çene kaslarını düzeltmeye çalışsa da, mutluluğu gül demeye devam ediyordu. Kabullenişiydi huzur. Şikâyetçi olmadan sürdürecekti.

Hızlı ve sıcak bir banyonun ardından mutfakta her zamanki halini almıştı. Kahvaltı sofrasını süratle hazırlayan elleri, mutfakta kendisine eşlik eden müziğinin sesleri, Şivan Perwer'in Hozanım Hozan şarkısından Raperîn'in Nebû şarkısına atlayan parçaları... Ardından Mem Ararat'ın Were Delal şarkısıyla hüzünleniyor, kocasıyla paylaştığı parçalarla devam ediyordu.

Mutfakta iken en sevdiği anlardan biriydi müziğin kulağını doldurması. Barzan dalga geçtikçe dinleme zevki katlanıyordu. Bile isteye takılacağı fırsatları veriyor, kendisi de altında kalmadan cevabını veriyordu.

Gün içinde karısı, gününü Emine ile geçiriyordu. Yüzünü peçeleyip çiftlikte rahatlıkla dolaşıyordu. Yeşil gözlerinin çarpıcılığı, peçenin arasından bile uzaklarda birilerinin dikkatini çekmişti. Günlerdir izlendiğini fark etmeden bahçede kadına yardım ediyor, bağ bahçesini temizliyor, keçilere kendi eliyle sütünü veriyordu Berçem. Kavga eden horoz, tavuk ve hindilerden kaçıyor; beyaz kaz ve ördeklerin yanına ulaşıyordu.

Ali babanın çiftliğinden ziyade Raber Ağa'nın çiftliğiydi. Hepsinden uzakta koca bahçenin içinde, kümesinde debelenen güvercinlerin yanına yürüyordu Berçem. Paçalı güvercinlerin yürüyüşüne gülümserken, posta güvercinlerinin renginde kendini kaybediyordu. Pamuk beyazı rengiyle büyüleniyor, bazen bir saate yakın onları izlemekle kalıyordu. Yemlerini keyifle yediriyordu.

Koyundan sağdıkları sütü yoğurt yapıyor, kuzuların kesilirkenki halini izlemekten kaçınarak mutfağa koşuyordu. Bütün günü eğlenceli ve dolu geçse de, Alaz ile vakit geçirmeye alışık olduğundan büyük boşluk hissediyordu Berçem.

Dayısı tarafından suçlanacağı ve nefret edileceği korkusu günlerdir ensesine hamal gibi yüklenmişti. İçi acıyordu bu gerçekle. Afran'ın nefretini istemiyor, kanından kalan tek adamı da kaybetmek istemiyordu Berçem. Allah'tan dilediği tek duasıydı. 'Kaderime razıyım, kaderim benden razı olsun…'

Ardında bıraktığı günleri bir haftasını tamamlamıştı. Şimdiye kadar yakalanmamaları genç kadını şüpheye götürüyordu. Sanki her an Raber Ağa ve Afran Sözeri ordusu buraya gelecek ve onları enseleyecekti.

Barzan'ın duygularından da gün geçtikçe emin oluyordu Berçem. Sadakatinden şüphe etmeyeceğini bilse de, Azra kısmı korkutuyordu. O kadın hırslanıp kocasının peşine düşerse eğer, bunu kaldıramazdı. İlişkilerinin bitmesi, Azra'nın kocasına olan aşkının bittiği anlamına gelmiyordu. İlişkiyi her ne kadar Azra bitirmiş olursa olsun, korku yüreğini kaplayınca elinden bir şey gelmiyordu. Hissettikleriyle kalbi sıkışıyor, içi acıyordu.

Barzan Ağa'nın dışarıya çıkıp işini halledeceği gün bütün zamanını yine bahçede geçiyordu Berçem. Elinde telefonu olsaydı Alaz ile konuşacak, Ömür ile dertleşecekti. İkisine olan özlemi yüzüne vuran güneşin yakıcı sıcaklığını taşıyor, kalbini kavuruyordu. Bir konuşma rüzgâr esintisini verir, ferahlatırdı.

"Emine ben biraz gezeceğim, haberin olsun. Barzan Ağa ararsa yaylada geziyor dersin," diye seslendi naif sesiyle, o anda çocuğunun ağzına lokmasını tıkıştıran küçük anneye.

"Olur hanımım, söylerim."

İri zeytin tanesi gözleriyle gülümseyen kadın, tıknaz boyu ve zayıf bedeniyle küçük duruyordu. Minyon tipi, beline kadar uzayan simsiyah kıvırcık saçlarıyla ve inadıyla, beslediği keçiye benziyordu. Keçiye koyduğu Reşo adını, kadına daha çok yakıştırmıştı.

Dudağında beliren tebessümü, terk edilmemek üzere oturmuştu yerine. Kurumuş çimlerin üzerine basa basa ilerledi. Bir adım attıkça bahçede, özgürlüğünü kazanıyor gibiydi. Evlenmeden önce burası en büyük özgürlük yeriydi. Rahatlıkla gezip dolaşabildiği tek yer burasıydı. Ancak bugün yakalanma korkusu ve peçeli gezmesi bu özgürlüğünü kısıtlayan en büyük etkenlerdi.

"Berçem Hezeroğlu!"

Şivesi ağır, sesi gür, tınısı belirsizlik içeren sesi duyan kadın, özgürlük düşüncesini bir kenara bırakarak usulca arkasına döndü. Aralarında çitlerin bulunduğu iki toprak birbirinden ayrılmış ve hemen arkasında uzun boylu ve iri cüsseli adamın eli cebinde, alaycı üslubuyla öylece duruyordu.

Peçesinin açılmayacağını bilmenin rahatlığını hissetmekle beraber, bu yabancıdan gelen hoşnutsuzluk, huzursuzluğu üstüne sofra örtüsü gibi seriyordu. Dahası gelecek gibi hissetti.

"Buyurun," diyen sesi yabancı ve bir o kadar soğuk çıkmıştı. Tanımadıklarıyla hep bir mesafe içerisindeydi. Ancak onu süzen kömür karası gözler tanıdık geliyordu.

Sınırları çizilmiş komşu toprakların Hesar Aşireti'ne ait olduğunu biliyordu Berçem ve Hesar Aşireti'ne mensup diğer bütün akrabaları da. Küçükken bu çitleri bozmaya çalışıp, az oyun oynamamışlardı.

Fütursuzca üzerinde gezinmeye devam etti kömür karası gözler. Kimseye aldırmadan sadece kadını pençeleri altına alan meşkle bakan tanıdık gözler, "Beni tanımadın galiba?" diye sordu. Zümrüdî hareleri ucu tutuşmuş oduna benzedi. Bir tutuşmaya başladı ki o an hepsi yandı ve öfkeyle genç adamı izledi. Miran Kara'dan başka kimse değildi bu adam, "Hayır," diye tısladı okkalı bir küfür savurur gibi.

Miran diye bildiği adam, haşin bakışlarının altında çarpık bir tebessüm sundu. "Beni unutmamışsın," derken durumdan gayet memnun kalmış gibi çite doğru iki adım attı. Ancak Berçem'in tepkisi gerisin geri yürümek olmuştu. Zümrüdî hareleri ateşten iki top olmuş, mancınıktan fırlatılır gibi fırlıyordu kömür karası gözlere.

Bu ne hadsizlikti! "Utanmadan hâlâ karşıma çıkacak yüzü buluyor musun?" Kocasının ölümüne göz göre göre sebep olan adam, onun peşini bırakmayan, evine gelip korkutan adam… Ah hayır, yanlış düşüncelerin esiri olmuştu. Adam olan bunları yapmaz, bunu yapana engel olurdu. Ciwan, adam gibi adamdı. Ve hiç şüphesi yoktu ki kocası da öyle.

Kaşları derin bir şekilde çatıldı genç adamın. Alaycı üslubu yok olmuş, korkutucu ve tehlikeli sert ifadesi yüzüne oturmuştu.

"Ben hep karşındaydım Berçem. Ben hep yanındaydım, sen beni görmedin."

Bin bir türlü mananın içerdiği bir cümle idi bu. Ancak hiçbir manayı değil almak, bu soysuz adamı görmek bile istemiyordu Berçem. Katiyen son vermeliydi bu saçmalığa. Tehlikenin ortasında kendine cehennemi kuruyordu adeta.

"Ben seni görmedim, görmek istemiyorum. Biri görüp laf söz çıkarmadan uzaklaş toprağımdan."

Kin gütmek bile bu adama bir duygu hissetmesi anlamına geliyordu. Berçem kin gütmeyi dahi fazla görmüştü bu adama. Ancak kızgınlığı ve öfkesi geçmek bilmiyordu. Kocasının yaşamına son veren bu piç kurusu adam, yaşamayı hak etmiyordu. Elini kolunu sallaya sallaya bu memlekette geziyor olması alenen savaş ilanıydı.

Kürtçe konuşan kadının bakışları 'bu toprağın kadını' bakışlarıydı. Sert, sürmeli ve kapkara bir dünyanın ötesinde parıldıyordu ve o dünyayı aydınlatan yegâne ışığa sahipti o zümrüt renkli gözler. Berçem ahu gözleriyle beşikten başlamamış mıydı çıra misali erkeklerin kalbini yakmaya... Ve gamsızca devam etmiyor muydu hâlâ!

Miran Ağa kafasını salladı usulca. Dört bir yana dağılan kızgınlığı, Berçem'in yabancı bakan gözlerindeydi. Oysa ne çok dilemişti aşkla bakmalarını. Ne çok hayal etmişti sevgi dolu bakmalarını.

"Bu toprak hepimizin, ahu gözlerine yandığım kadın."

Duyduğu cümle ile neredeyse çitleri yerinden sökecek öfkeye sahip oldu kadın. 'Eyarêbênamûsafirehe![14]' diye geçirdi içinden. Başka türlü açıklaması yoktu bu adamın.

Genç kadın geriye doğru attığı adımlarıyla uzaklaştı çitten. Aralarına uzak mesafeleri bıraktı. Miran'ın çetin bakışları gözlerinden bir an olsun ayrılmıyordu. Berçem bu kadar uzattığına inanamıyordu. Hayatını zehir eden adam ile paylaştığı tek bir kelime bile mezardaki kocasına ihanetti.

Dudakları tiksintiyle oynatıp, "Bu toprakları namusuyla kazanmışlara, namussuzlar fidan ekmesin," diyerek yoluna devam etmişti.

Miran Ağa gün be gün âşık olduğu kadının cesaretine hayran kaldı. Evet, Berçem onun gelini olacaktı. Güzel cesaretiyle elinden sıkıca tutacak yanına sonsuza dek oturtacaktı. Bundan gayrı niyeti yoktu ve Miran Ağa niyetinden taviz vermezdi…

***

14. Namussuzun postu geniş olur.

Bölüm 19

Hüznüne Engeldir Dost Edindiklerin.

Gördüğü kâbustan uyanmak isteyen, ancak asla bir uykuya yenik düşüp berbat bir kâbus görmediğini bilen kadın çaresizce geziniyordu. Sevdiği toprağa çıplak ayaklarıyla basıyor, kötü enerjisinin bedeninden arınmasını isteyerek adımlarını bastırıyordu. Yavaş yavaş…

Ne kulağını arşınlayan hayvan sesleri, ne gözlerini dolduran çiftliğin yağmura karışmış ıslak görüntüleri bir çare ediyordu uyanmasına. Huzuru, yarım saat önce kayıplara karışmıştı. 'Kayıp Huzur Aranıyor!' ilanını yüreğine astı. Bu gidişle kendini asacaktı kadın.

Topraktan umduğu medet boşa çıkmıştı. İçindeki serzeniş korkuları yüzündendi ve tabii peşini bırakmak bilmeyen Miran Kara yüzünden! Birilerinin görüp konuşmasından ziyade, Emine'nin kocasına söyleyeceği korkusu yaşıyordu. Eğer Barzan, Miran'la konuştuğunu öğrenirse canına okur, bu toprağın altına hiç düşünmeden gömerdi.

Kurumuş dudaklarını ısırdı Berçem. Elinden gelen hiçbir şeyin olmadığını bilmek sıkıntısını büyütüyordu. İkinci evliliğine rağmen, o namussuz peşini bırakmak bilmiyordu. Zincirlenmiş de bundan memnunmuşçasına dolanıyordu.

Berçem sürüdü bezgin bedenini eve. Kendini yatağına atıp uyumak istiyordu. Belki de bu bir kâbustu ve uyandığında yaşadığı her şey önemini yitirmiş, huzur yanı başında onu gülümsetmek için duruyor olacaktı.

Küçük keçi kadını, oğlunu beşikte sallarken bulunca zoraki tebessüm etti. "Ben odamda biraz uyuyacağım. Barzan ararsa ya da gelirse beni uyandırırsın Emine," diye kısık sesiyle tane tane konuşmuştu. Kafasını sallamakla yetinen kadına son bir tebessüm sunup, yatak odasına ilerledi. Anlatma cesaretini kazanırsa kocasına bir bir dökülecekti. Ondan önce kimse yetiştirmezse tabii!

Miran'ın bu eve olan düşmanlığı bu memleketin insanları tarafından bilinen, bilinmeyene duyurulan haberi idi. Ciwan'ın ölümüne sebep olmakla beraber Berçem'in de diri diri ölmesine neden olmuştu bir vakit. Ne var ki şimdi yeniden ölüyordu Berçem. Kestiremediği akıbeti yüzünden ilmik gibi boynunu saran korku, nefesini daraltıyordu. Yatağa uzanıp yorganın altına sığındı. Tutunacağı tek bir dal vardı, uyumak…

Aklından çıkamayan tek şey ise 'Ahu gözlerine yandığım kadın!' sözleri idi. Kelimenin tam anlamıyla tiksindiriciydi. Bu gözleri yerinden oyup, dağın bir yamacına fırlatmak istedi. 'Bana bir tek yanan, benim de bir tek yanacağım Barzan olacak,' diye geçirdi içinden. Kendisini ne ile teskin edeceğini henüz bulmazken, sırra kadem basan huzurunu istedi tekrar. Kabul edilmeyeceği başından belliydi. Kara bahtı bağlanmıştı bir kere mutsuzluk moduna.

Çarşafı kafasına kadar çekti. Nefessiz kalmak istercesine, bu dünyanın oksijeninden kendini mahrum bırakmak istercesine burnuna bastırdı. Sessiz bir ölüm, rezil bir hayattan daha istikrarlıydı Berçem için. Uykuya yenik düşen gözleri değil, yorgunluktan işlevini kaybetmiş beyni idi. Düşünüp durmaktan artık yolunu şaşırmıştı. Ancak verdiği karar kocasına anlatmaktı. Hiçbir şeyi saklayamazdı ya!

Vücudunda hissettiği sıcaklık uyanma vakti geldiğini haber ediyordu. Hassas bedeni ve aşina olduğu koku burnunu doldurunca, kadın çareyi gözlerini açmakta bulmuştu.

"Delalamin!"

Duyduğu davudi ses, nefesini kesmekle beraber gözünü sımsıkı kapamasına neden olmuştu. Göğsüne uzandığı adama sıkıca sarıldı uyku mahmuru kadın. Sesini çıkarmadan varlığına su gibi ihtiyaç duyduğu adama sığındı. Köşe bucak kaçtığı korkuları yerini tekrar almadan sakinleşmek istiyordu bir süre. O zaman anlatabilir ve belki korktuğu başına gelmezse ferahlayabilirdi. Huysuzluğunu hisseden adam, sessizliği bozmadan sardı kollarını narin vücuduna. Bir kâbus görmüş olduğu ihtimaline başvurarak anlayışla cevabını bekledi. Konuşmak isteyen kadın ne diyeceğini bilmiyordu. Sesi kötü çıkarsa, titrerse Barzan şüphelenecek ve belki korkutacaktı. Bütün bunların üzerine 'Miran geldi, konuştuk,' dese ipler kopacak, kocası kopan iplerle onu boğmaktan hayli zevk duyacaktı.

Öbür yandan içerideki sürpriz misafirleri bekletmek istemiyordu adam. Berçem için büyük sürpriz olacak ve görür görmez mutluluktan havalara uçacaktı. En çok ihtiyaç duyduğu insanlar gelmişti.

"İyi misin güzelim?"

Dudaklarını ısırdı. İyi değilim dese neler olacaktı? Bunu göze alamadı. Kafasını usulca salladı. Hem şimdi biraz daha iyiydi. Sonuç olarak kocası yanındaydı -hâlâ bir şeyleri bilmese de- ve sağlam duruyordu.

"Bi-bir kâbustu sadece..." diyebildi zayıf düşmüş sesiyle. Oysa bir kâbus değildi. Yaşadığı her şeyin gerçekliği beyninde soluk alıyordu. Miran gelmişti ve huzurunu almıştı.

Başvurusu kabul görmüştü. Ancak kocasının güzel sürprizi kötü hiçbir şey bırakmayacaktı.

"Ben şimdi bütün kâbuslarını yok edeceğim."

Berçem gözlerini açmayı akıl etmeden sesi canlı çıkan adamın ne yapacağını düşünedururken, kocası saniyelerini kaçırmadan ayaklanmış, omzuna çuval atar gibi karısını yüklemişti. Düşünceleri boşa çıkmış kadın, kopardığı çığlıkla kocasının pantolonuna takılmış siyah kemere asılmıştı.

"Barzan!"

Berçem'in korkusuna istinaden Barzan keyifle kahkaha atmıştı. Yanağına değen kadının kalçasına ilk şaplağını atmıştı.

"Bağırma kadın! Milleti başımıza toplayacaksın."

Elinin ağzını kapatması saniyesini almıştı. Yatak odalarından hole doğru çıkarken, "Emine görecek Barzan ayıp," diye güçlükle hatırlatmada bulundu Berçem.

Müstehzi ifadesi yerini çapkın bakışlara bırakıp kaçan adam, "Rahat olalım diye onu gönderdim. Karı koca, baş başa kalacağız. Yapacaklarımız var," dedi.

Berçem görmediği halde kocasının bakışlarını tahmin ediyordu. O hınzır ve delici gözlerin içinde boğulmadığına şükretti. Geri çekilerek dişlerini omzuna geçirmişti. Bu kadar açık konuşmasına hâlâ alışamamıştı. Ancak kocası bunu bile fırsat bilmiş, lehine çevirmişti.

"Bunu gece, yatakta yapmanı tercih ederim güzelim."

Ve lehine çevirdiği isteği, karısıyla beraber sürpriz misafirleri de duymuştu. Omzundaki kadını dikkatle indirip, arkasını dönmesini engelleyerek omuzlarından tutmuştu. Ancak kızaran yüzünü ve kaçırdığı yeşil harelerini görünce tüm tutumu yok olmuş, evi inleten gür kahkahası odayı doldurmuştu.

Berçem uğraşmayacağını bildiği için göğsüne yumruğunu indirerek arkasını dönmüştü. Döner dönmez gözlerini ansızın dolduran iki suret, sürpriz yumurtadan çıkar gibi karşısına dikilmişti. Hayır, bu sürpriz değil şakaydı. Kocasının mahrem dolu cümlesi odalarına yabancı iki insan tarafından duyulmuş olacak ki kadın şaşkın, adam kızgındı. Kocasının tişörtüne asıldı düşmemek için. Kafasını önüne eğmiş olması bu utançtan kurtulacağı anlamına gelmiyordu.

Kızgın adamın sesi bakışlarından daha keskindi.

"Bizim olduğumuzu bilmene rağmen, bu konuşmayı yapman hangi fıtrata sığar sevgili ağam?"

Berçem arkasını dönüp, kafasını kocasının göğsüne gömdü. Barzan ise utanmanın bir gramını bile taşımadan fütursuzca gülmeye devam etti. Kollarını karısının beline dolarken, çok sevdiği sırma saçlarına öpücüğünü bıraktı.

"Fıtratımı sorgulamak sana mı düştü Orhan Efendi?"

"Tabii ki!" diye çıkıştı. Aslında kızgınlığı Berçem'i utandırmasınaydı. O kadın utandığı zaman konuşamaz, seri hareketlerde bulunamazdı.

"Senin yatak odası muhabbetini çekmek zorunda değiliz."

Berçem'den acı dolu bir inleme çıkınca Ömür kocasının karnına dirseğini geçirdi ve "Orhan!" diye payladı kısık sesiyle. Zamanında kendisine bunu az yapmamıştı. Şimdi ne demeye Barzan'a kızma hakkını buluyordu kendinde!

"Sen bana az yapmıyordun!"

Burnunun ucuna öpücüğünü bıraktı Orhan. Karısının sevimliliği bir tarafa, şimdi neden Barzan'ın o zamanlarda kızdığını anlamıştı; Ömür'ü utandırıyordu. Ancak o zaman karısıyla uğraşmayı sevdiğinden gözü pek görmemişti. Yüzünün aydınlandığını gören Barzan tek kaşını kaldırarak dostuna uzun uzun baktı. Ömür'ün çektiklerini kendisi görmüş, bu yüzden Orhan'ı her defasında uyarmıştı. Lakin dostu dinlemek bir tarafa, duymamıştı bile.

Orhan teslim olurcasına kollarını kaldırıp, "Tamam tamam, uğraşamam ikinizle," deyince yenilmiş sesiyle, Ömür kocasını bir tarafa bırakmış, "Berçem!" diye ciyaklamıştı.

Deve kuşu kafasını çıkarmıştı gömdüğü yerden Berçem. Yeni olmasına rağmen kırk yıllık dostluk hissini veren kadın, kendisine doğru uçar adımlarıyla geliyordu. Kollarını ahtapot gibi yanlarına açmış, avını yakalayan timsah gibi ağzını kocaman açmış, tazı gibi koşan kadına gülerek bakmıştı.

"Ömür!"

Dostuna nazaran Berçem keyifle seslenmişti. İki kadın sıkıca sarılıp sarmalandı hasret bağına. Sesli sarılmaları, özlem feryatları iki adam tarafından hayretlikle izleniyordu.

"Her zaman böyle misiniz?"

"Kırkı geç, yetmiş yıllık dost gibi!"

"Beni bile yurt dışından geldiğimde böyle karşılamadın... Hiçbir zaman!"

"Boşanma davasında avukat tutunca!"

İki adamın ortasında iki kadın sert vuruşlara maruz kalmışlardı. İki kadın birbirine bakıp gülümsedi sadece. Biri kıskançlık yapmış, biri kızmıştı.

Ömür çarpıcı bakışlarıyla kocasına dönüp "Sen gelir gelmez Günay diye bağırırsan ve beni çok sonra görürsen, elbette bu karşılamayı bulamazsın. Hiçbir zaman!" derken son cümlesinde cilveli bir bakış atmıştı. Berçem'in gördüğünü çok şükür ki kocası görmemişti.

Orhan, bu gerçeğin yüzüne vurulmasıyla elini kalbine götürmüştü. "Buradan vurdun kocanı Ömrüm!" diyen yakışıklı kocasına bakıp "Sen her gelişinde vuruyorsun," dedi.

Galibin kim olacağını kestiren Barzan dostuna kısa bir bakış atmıştı. Bu konu şimdi kapanmazsa Ömür şampiyonluğunu ilan edecekti. Orhan dostunun bakışlarını alınca dönüp onu izleyen Berçem'e şefkatle gülümseyip "Hâlâ kaçırılıyor musun?" diye sordu. Yeşil gözlerin mahcubiyetle kendini saklamasına seslice gülmüştü. Bir nevi karısının savaşından bir ayağını çekmişti. Kazanmayacağının sinyallerini almıştı.

"Yok, durulmuşuz bu ara," diyerek sevecen sesiyle cevapladı ağabeyi gibi gördüğü adamı. "Hoş geldin Orhan," diye ekledi.

"Hoş bulduk, hoş bulduk. Yemek yapmamışsın galiba, ben senin yemeklerini özledim."

Göz ucuyla kendisine bakan kocasına şüpheci bir bakış attı. "Senin benimle derdin ne?" derken sesinin narin tınısı memnun çıkmıştı. Ömür dostunun elinden tutarak koltuğa doğru yürüdü. Ayakta kalmaya devam edeceklerdi bu gidişle. Hak veren genç adam dostunu köşeye sıkıştırmak için yoluna direksiyon çevirdi. Ufak bir adrenalin yaşayabilirlerdi. Gözünü güzel karısından zorlukla çekerek Ömür'e döndü.

"Herhalde canını sıkmak istiyor. Bilirsin Orhan, birileri onun canını sıkınca altında kalmaz."

Küçük bir kaza haberi beyninde yankılandı o an. Dostu ihanetin en büyüğünü yapmıştı çekinmeden.

"Sen var ya Barzan…"

Sözleri çalan kapıyla yarıda kesilirken, Barzan müstehzi bakışını fırlatmıştı, "Sözlerini unutma geliyorum şimdi," deyip arkasını dönüp holü geçerek kapıya ulaştı. Recep olmalıydı gelen. Bekledikleri bir misafirleri de yoktu.

Yüzünde engelleyemediği keyifli gülümsemesiyle kapı kolunu indirmişti. Seri davranışları odaya bir an önce geri dönmek ve kaldıkları yerden devam etmek içindi. Orhan'ın köşeye sıkıştığı anlar çok nadirdi ki, Barzan Hezeroğlu bunu kesinlikle kaçırmak istemiyordu. Ancak kapıda duran iki siluet bu nadir anın büyüsünü yok etmişti. Gülüşü yüzünde donan genç adam bir süre öylece dikildi.

"Yakalandın," deyiverdi ağır aksanıyla. "Ha oğlum?"

Evet yakalanmıştı. Bodoslama çarpmıştı Raber Ağa kayasına. Küçük bir sıyrık dahi kurtaramazdı onu. Hükmüyle ezdiren babası, yanında hınç dolu bakışlarıyla cehennem iblisini aratmayan Afran ile yan yana duruyordu. Barzan şuurunu geri kazandığında en yakışıklı gülümsemesini sundu.

"Baba, dayıcım!"

Kapıyı ardına kadar açmayı ihmal etmeden, içeri buyur etmişti tek bir el hareketiyle. Ancak ne Raber Ağa ne de Afran genç adam kadar sakin ve rahattı. İçeriye girmeleri alacaklıdan ziyade öldürecek gibiydi. Barzan arkalarından sessizce ilerledi. Berçem'in yaşayacağı korku duygusu tek endişesiydi. Onun ötesinde her şeye hazırdı.

Raber Ağa yalnız sandığı oğlu ve gelininin yanında beklenmedik misafirleri görünce kaşlarını kaldırmıştı.

"Demek sizler de buradasınız."

Kümesine tünen kuş misali koltuğa gömülüp öylece seyre daldı manzarayı Berçem. Korkunç ötesi bir sürprizdi bu. Afran Sözeri gazabını yüklenmiş, saldırmak için gelmişti. Berçem gözlerini dayısından ayıramıyordu.

Oturduğu yerden ihtiyatla doğruldu Ömür. En olmayacak zamana ayak basmışlardı. Kocasına doğru ilerledi yavaşça. Ancak Orhan gayet rahat ve keyifli görünüyordu.

"Bilseydim beni böyle karşılayacağını, daha erken gelirdim Raber Ağa," dedi alaydan uzak, biraz sonra çıkabilecek herhangi bir tartışmayı yok edecek sinerjiyi yaymaya çalışarak.

Raber Ağa ne keyifliydi ne de rahattı. Bilhassa gerginliği üstünde trafoları patlatacak kötü enerjiye sahipti.

"Buraya gelmememizin nedeni sen değilsin, bunu iyi biliyorsun. Şimdi kendini yakmadan oğlum, ötede bekle."

Ömür çok nadir denk geldiği adamdan çekindiği ve utandığı kadar korkuyordu da. Raber Ağa bakışları sır içeren tehlikeli gözlere sahipti. Otoriter tavrı ve konuştuğu zamanki vakur duruşu, her daim hayran bırakıyordu. Adetlerini bilmese kocasının koluna girip sığınacaktı. Ancak Raber Ağa'nın hükmünü veren varlığında, Berçem'in benzediği kızgın Afran'ın bakışlarında bu imkânsızdı.

Barzan Ağa gözlerini karısından ayırmadan, önünde arkası dönük iki adama doğru ciddi tavrıyla konuştu.

"Geleceğinizi haber verseydiniz ona göre hazırlık yapardık."

Afran arkasına bakmadan gözüne kestirdiği küçük kadına ölümcül bakışlarını fırlatmıştı. "Yeğenimi tekrar kaçırman için mi?" Bıçağın keskinliğini taşıyan çeliksi sesi öfke doluydu.

Berçem yutkundu seslice. Afran Dayısı kızgınlığını gözüne batırıyor hatta belki ondan nefret ediyordu. Suçlamasını esefle bekledi.

Orman yeşili hareleri zifiri karanlığı taşımaktan geri durmazken, gecenin en sinsi vaktine gömüldü. Sesi bakışlarından daha keskindi. "Kaçmak değil de dayıcım, karımla daha iyi karşılardık sizleri."

Raber Ağa omzunun üzerinden oğluna tek bir bakış attı. Buna inanmayan küçümseyici bakışları oğlunun ciddiyetini bozmuştu. Kısa bir gülüş sundu Barzan babasına, ardından da "İnanmıyor musun bana baba?" diye sordu.

Oğluna cevap vermek yerine koltukta sessizce oturan kızına döndü. Evin kalabalığına rağmen sağır edici bir sessizlik hüküm sürüyordu depreşen ölümcül bakışlar haricinde.

"Kızım, hadi kalk gidiyoruz!"

Sözlerini ne denli çarpıttığının bilinciyle kızını izlemeye devam etti. Yerinden kalkarken enkaz altında kalmış yüz ifadesiyle sadece kendisini izleyen kızının bakışlarını ömrü boyunca unutmayacaktı. Berçem gelmek istemiyordu. Kafasını suçlu gibi önüne eğmiş, ellerini önünde birleştirmişti. İdam cezası almaya hazır mahkûm gibi dikilmişti kral hazretlerinin karşısına. Raber Ağa bu çaresizlikte oradan buraya yaprak gibi savrulan kızına bakarken, içi bir kez daha acımıştı. Ah Barzan'a ne ceza verirse oğlunun aklı başına gelecekti?

Ömür o an adetleri unutmuş, kocasının kollarına tutunmuştu. Berçem'i almaya gelmişlerdi. Barzan'a cehennem ateşini yeniden yaşatmaya, karısını susturmaya geri gelmişlerdi. Gözleri dolu dolu olmuş, arkadaşını izliyordu esefle.

Berçem söyleyeceği sözler ile nasıl bir tepki alacağını bilmiyordu. Dayısından ret cevabı alacağının korkusu, Raber Ağa'nın küçümseyici bakışlarına maruz kaldığında yaşayacağı utancı ile Barzan'ın destek çıkacağı düşüncesiyle söylemeye kanaat getirdi.

"Bizde boşanma yoktur."

İnanılmaz derecede sesi sakin ve düz çıkmıştı. Aksine şu an titriyor olması, hatta ağlıyor olması gerekti. Nereden geldiğini bilemediği güce sıkıca tutundu ve sözlerine devam etti. "Ben ne sizin adınızı lekelerim, ne ailemin adını kötüye çıkarırım. Mutlu olmasam bile. Ki mutluyum. Yine de boşanmam, kara leke getirmem. Sözünüz üstüne sözüm yoktur. Ama boşanamam."

Gurur duydu kadınıyla. Göğsünü gere gere 'Bu kadın, bu adamın kocası! Onu bırakmam,' demeye gerek kalmadan Berçem istediğini vermişti. Hatta istediğinden çok daha fazlasını…

Ancak Afran gurur duymamıştı. Boşanmanın olmadığı gerçeği elini kolunu bağlasa da, yeğeninin çektiği onca zulümden sonra hâlâ bu adamın yanında kalma isteği onu kızdırmakla beraber üzmüştü de.

Bu toprakların kadınları her türlü zulme ve acıya göğüs geren, sonucunda da kazanan kadınlardı. Belki çok azı kaybeden olurdu. Şüphe yoktu ki kadınlar güçlüydü. Gerçekten güçlü ve dimdikti. Bir kadının adamı yıktığı gibi, bir başka adam yıkamıyordu. Barzan yıktığını zannedip, kendisi yıkılmıştı. İçini bir nebze huzura erdiren bu gerçekti. Yeğeni kocasının körebe oyunundan sıyrılmasını sağlamış ve kör gözlerini açmıştı. Hiçbir şey söylemedi yine de adam. Yeğenine doğru tekinsiz adımları, karanlık bakışlarıyla yürüdü usulca. Dibine ayak bastığında yeğeni kafasını kaldırmamıştı. Tülbendinin nerede olduğunu düşünerek, saçlarına öpücüğünü bırakmıştı. Sessizliğini bozmadan Raber Ağa'dan önce evden ayrılmıştı.

Raber Ağa oğluna kısa bir bakış attı. Afran bu durumdan hoşnut kalmamıştı. Ancak yapabilecekleri hiçbir şey yoktu. Oğlunun yanı sıra Berçem de boşanmayı kabul etmemişti. Sebepler ne olursa olsun sonuç değişmezdi. Bu bağnazlık son bulmuştu. Artık boşanma olmayacak, kaçmalarına gerek kalmayacaktı.

"Seninle yarın görüşeceğiz Barzan Efendi," diyerek sıkı sıkıya gerilmiş yaydan farkı olmayan sesi, odada ağır bir tehdit bıraktı. Ardından da Raber Ağa başka bir söz söylemeden devasa bedenini ve salonu dolduran hükmünü alarak odadan çıkmıştı.

Sertçe çarpılan kapının sesi herkesi kendine getirmişti. O ana kadar hiç konuşmayan Orhan dostuna ifadesiz yüzüyle baktı. "Ne olacak şimdi?" diye sordu. Ömür ise kocasının koluna zamk gibi yapışmış, çıkmayı düşünmüyordu. "Raber Ağa bir gün bana kalp krizi yaşatacak, hiç şüphem yok," derken eli kalbinin üstündeydi ve nefes nefese konuşmuştu.

Barzan ise dostlarını duymuyor, karısına doğru yürüyordu. Hiçbir tehdit biraz önce yaşadığı gururu silemezdi. Tarihe geçilesi bir andı. Yanına vardığında omuzlarından tutarak kadını göğsüne hapsetti. Güven veren sımsıcak kollarını beline doladı. Bakışlarında tarif edilemez bir mutluluk vardı. Cennetten en güzel köşe ayrılmıştı zümrüdî harelerinde. Barzan o köşeye geçip oturmak istiyordu. Bunun için çenesinden tutup kendisine bakmasını sağladı. Ancak cennete hüzün yağmurları yağıyordu. Karısının gözünden akan yaşlar yanaklarında ince çizgiler bırakarak ardı ardına iniyordu.

"Berçem, hebunamin…"

"Barzan ben…" Islak kirpikleri arasından cennetini kocasına vaat etti Berçem.

"Sen benim kadınımsın. Sen benim namusumsun."

Dili dönmedi kadının. Dayısının gidişi ağır olmuştu. Kocasının aldığı tehdit ağır olmuştu ve belki hâlâ boşanma konusu devam edecekti. Aidiyet duyguları çıtasını aşmış kadının savunmasıydı az öncekiler. Kocasına bağlığının bu denli güçlendiğini bilememişti.

Berçem'i gördüğü ilk günden bu yana, Azra'ya rağmen dostuna pek yakıştırmıştı. Azra ve Berçem'in güzelliği birbiriyle kıyaslanabilir ve yarışabilirdi. Barzan'ın savaşı ise güzellik değil evlilikti ve kazananı şimdi hakkını veriyordu. En başından verdiği gibi…

"Kaçmayacaksınız artık. Hislerinizi alayım?"

Spiker edasında takılan dostuna yan bir bakış attı Barzan. "Susmanı tavsiye eder, karımla bu güzel anın tadını çıkarmama olanak vermeni isterim."

Orhan isteğini alınca görünmeyen mikrofonunu bırakmış, çiftin bu anın tadını çıkarmasını sessizce izlemişti. Ömür bu hareketini alkışlamak istedi. Ancak Berçem pek iyi görünmüyordu. Yaşadıklarını kolay sindiremeyen, güçsüz ve cılız görünen lakin ötesinde çok güçlü duran bir kadındı. Bugün bu gücü olmasa, dayısı elinden tuttuğu gibi götürecekti onu.

"İyisin değil mi Berçem?"

Ömür'ün sorusuna bezgin bir gülümseme sundu Berçem. "İyiyim," diye cevaplasa da genç kadının gözlerini gören üçlü seslice gülmüştü. İyiden ziyade berbattı.

Ne için güldüklerini merak etti Berçem. Söylediği şeyin nesi komikti ki bu bakışlara maruz kalıyordu! Kocasına çevirdi meraklı gözlerini. Sormak için ağzını açması, Barzan Ağa'nın kahkahasına bir tutam daha şenlik verdi. "Bir şey mi var?" diye sordu, artık merakı yok olmuş, yerini sabırsızlığa bırakırken. Gözlerinin etrafını oluşturan derin çizgiler bir an olsun düzelmedi. Berçem soran gözlerini Ömür'e çevirdi. "Ne var Ömür?"

Berçem'in sabırsızlığını görünce gülmesine son veren Ömür, kolunu uzattı. "Gel ben sana göstereyim tatlım." Bu yalnız kalmaları için güzel bir fırsat olacaktı. Yanına gelmesi ile odadan sessizce ayrılmışlardı.

"Sürmen yüzüne bulaşmış, onu temizleyelim önce."

Berçem merakının giderilmesi üzerine gözlerini bayarak "Bunun için miydi yani?" diye sordu.

Berçem odasında makyajını temizledikten sonra saçlarına bir tülbent geçirmiş ardından da iki kadın, adamların yanına dönmüşlerdi. Yemeği yapmayacağını söyleyecekti, ancak Emine'nin mutfakta pişirdiği yemekleri görünce mahcup olmuştu. Her şey hazır iken o sadece uyumuştu. Kendi elleriyle bir hazırlık bile yapamamıştı.

Hazırladıkları sofraya oturan çiftler karşılıklı atışmalarla zamanı geçirmişti. Barzan'ın yarım kaldığı Orhan'a saldırma görevi, Günay'ın uyanmasıyla son bulmuştu.

Berçem o gece ilk ve son defa gördüğü oğlanın kendisine bugün tebessüm ediyor olduğunu görünce hayli şaşırmış, eskileri anımsayınca yine hüzün gemisiyle batmıştı. Yeşil harelerinde çocuksu kırgınlıklar tepindi. Ömür özür dilemeye bile utanmıştı o vakit.

"Günay, tabağını bitirirsen atları görmeye gideceksin. Sever misin atları?" diye sordu şefkate sarılmış sesiyle. Aralarında bir bağ kurmak adına ilk adımını atmıştı. Yanakları balon gibi şişmiş çocuğun ensesinde biten saçları savruldu kafasını sallayınca. Berçem bakışlarında o kini görmeyince rahat bir nefes almıştı. Kocasına yan bir bakış atarak onu süzdü. "O zaman ben sana Rojbin atımı vereyim. Sen ona bin, çok uysaldır kızım."

Başlattığı savaşı sürdürmek farz olmuştu Barzan Ağa'ya.

"Evvela benden izin alman gerek Günay. Atlar benim, Berçem Ablan sahiplenmiş hemen."

Sabote edilince savaşçı kadın kılığına girmesi zor olmamıştı Berçem'in. İnatçı perdeleri gözlerine çekip, yeşil hareleriyle ilk topu atacakken Günay'ın cevabı kıkırdamasına sebep olmuştu.

"Abla değil, teyze o!"

Anne ve babası, oğullarının Berçem'i benimsemesi için elinden geleni yapmıştı. O gece yaşadıkları utancı hâlâ taşıyorlardı. Beyaz kâğıda sürdükleri kara lekeyi silemeseler de, izahını yapacaklardı. Mümkün mertebede tabii…

Barzan dudaklarını yaladı. Bu süreçte ivme kazandı bir cevap vermek adına. Ancak Berçem'den aşağı kalır yanı olmayan küçük çocuk cevabı net bir şekilde vermişti. "Haklısın oğlum aferin sana," diyerek geçiştirdi. Onun savaşı küçük oğlanla değil, küçük kadınıylaydı.

"Nerede kalmıştık güzelim? Sen atlarımı sahipleniyordun."

Günler önce bahçede gezip ahırlara geçtiklerinde ettikleri kavga Rojbin atı yüzündendi. Berçem bu eve adım attığı ilk günden beri Rojbin'i sahiplenmişti ve beraber büyümüşlerdi. Ciwan vermişti bu adı. Gün doğuşu anlamına gelen ismi, Berçem'e yeni günleri verecek bir dostu olduğu için takmıştı. Berçem rahmetli kocasına teşekkür etmişti o zaman ve ismini bu denli güzel taşıyan beyaz renkteki güzel atına hep sevgiyle bakmıştı.

"On beş yaşımda bu eve geldiğimde Rojbin benim oldu. Ciwan da, Raber Ağa da kabul etti. Sen o zaman yoktun. Şimdi konamazsın benim kızıma."

"Bunları biliyorum güzelim, geç bunları. Bu çiftlik benim olduğuna göre ve bu hayvanlar benim olduğuna göre, senin olmuyor."

"Bunlar babanın, senin değil."

Gergin bir nefes veren Barzan, "Şimdilik," dedi karısına.

Zaferle gülümseyen Berçem, "O zaman Rojbin hâlâ benim," diyerek yemek yiyen oğlana döndü tekrar.

"Rojbin'e istediğin zaman binebilirsin."

Ömür destekleyici bakışlarını kadına fırlattı. Barzan'ın altında kalmayışı, savaşı kazanışı, en önemlisi Günay'ı kazanmaya çalışması yüreğine ferahlık tomurcuklarını serpmişti. Berçem'in vicdanına, merhametine, iyi yüreğine hep imrenmiş ve içten içe teşekkür etmişti. Böylesi bir dost kazandırdığı için evliliklerinde emeği geçen herkese de.

Sohbetin devamı yarın çiftlikte ne yapacaklarıyla ilgiliydi. Ömür'e verecekleri işi konuşmuşlar, Barzan da Orhan ile Mardin'i gezmeyi planlamıştı. Berçem'e de misafirlerini keyifle ağırlamak kalıyordu.

Uyku vakti gelip çattığında yatakları yapmak için Berçem ve Ömür, erkeklerin yanlarından ayrılmıştı. Ciwan'ın odasına almıştı misafirlerini Berçem. Büyük yatağın bulunduğu odada kocasından geriye hiçbir şey kalmamıştı. Şahit olan duvarlar, penceresine konan kuşlar ve bu odada onunla vakit geçiren insanlardan başka. Onun ötesinde her şey değişmişti, duvarların rengi bile…

"Gergin görünüyorsun Berçem. Bir sorun mu var?" diye ilk izlenimlerini dile getirmişti Ömür. En az genç kadın kadar gerilmişti.

Dudaklarını yaladı ihtiyatla Berçem. Miran sorunu dışında, bir de saatler öncesi dayısının gidişi vardı aklında. "Dayımı düşünüyorum Ömür. Hiçbir şey söylemedi ve gitti. Kararından caymamış olabilir, beni affetmeyebilir," dedi oflayarak.

Çarşafı sermeye çalışan kadına yardım etmek için bir ucundan tutup düzelten Ömür, onun kadar endişeli değildi. Ancak Afran'ın sessiz gidişine o da üzülmüştü. Ne var ki ortada cayılmayacak bir karar kalmamıştı. "Sen boşanmayı istemediğini söyledikten sonra her şey biter güzelim," diyerek kararın artık geçersiz sayılacağını belirtti.

Aksini düşünen kadın ise çaresizlik içinde yatağı sermeye devam etti.

"Barzan ile birlikte oldunuz, değil mi?"

Beklemediği soru karşısında az daha yatağa düşüyordu genç kadın. Kollarından destek alarak tutundu. Gözleri ölü sazan gibi dışarı doğru irileşirken, dili kekelemeye mahkûm olmuştu.

"B-biz- be-be..."

Ömür anlayışla gülümsedi.

"Utanma tatlım, sana çözüm üreteceğim sadece."

"Evet," diye kaçamak bir edayla cevapladı Berçem.

"Belli oluyor, birbirinizi yiyecek gibi bakıyorsunuz. İlk ne zaman birlikte oldunuz?"

Yanaklarını tatlı bir alev kaplamıştı Berçem'in.

"Beni kaçırdığında, buraya ilk geldiğimizde..."

Ömür hayal kırıklığı içinde kadına baktı.

"Tüh ya, daha kaç günlüksünüz! Ne zaman regl olacaksın?"

Genç kız düşünmeye gerek duymadı. Barzan Ağa kaçırma girişiminde bulunmadan önce regli bitmişti. "Yeni bitti."

Yüzü bir kez daha düşmüştü Ömür'ün.

"Hamile kalsaydın, sıyırırdın Berçem."

Ömür'ün umutsuzluğu iyice harap etmişti Berçem'i. "Başka çözüm yok değil mi?" diye sordu.

"Tekrar kaçın diyeceğim de olmayacak artık," diyerek kıkırdadı Ömür. Ardından aklına ilk kaçma fikrinin ortaya atıldığı gün geldiğinde kıkırdaması kahkahaya dönmüştü. "Orhan kaçma fikrini ilk Barzan'a sunduğunda çok gülmüştüm, bir ağa karısını nasıl kaçırır diye. Barzan kabul etmez sandım ama," derken kahkahası yok olmuş, yüz ifadesi hayranlığı üzerine vazife almıştı. "Balıklama atladı fikre. O zaman anladım; seni çok seviyor."

Ne yapacağını bilemez bir halde yatağa oturdu Berçem. En merak ettiği sorunun cevabını öğrenebileceği tek isim vardı karşısında. Ömür!

"Peki, ben gittikten sonra ne yaptı?"

Üzüntüyle kadının yanına kuruldu Ömür. "Perişan oldu. O bildiğim adam gitmişti yani. Barzan değildi bana göre."

Kaşlarını çatan Berçem, "Nasıl?" diye sordu.

Derin bir iç çekti Ömür. "Seninle evlenip, Azra'yı kaybettiğinde bile böyle olmamıştı. Ne bileyim ben Erkut ve Azra ilişkisine çok inanmıştım. Bu adam bırakmaz, ikisi asla ayrılamazlar demiştim. Sonra sen geldin, onun hayatına dâhil oldun ve bir anda çıktın." Doğru kelimeleri arayan sıkıntılı ifadesi sürdü. "Ve bildiğim Erkut'un aslında hiç öyle olmadığını gördüm. Bütünüyle bir Barzan, bütünüyle bir adamdı."

Suçlanmadığını biliyordu ancak Berçem hâlâ kendini bir konuda suçluyordu. "Onlar evlenecekken ben hayatlarına girdim. Bir bomba gibi dü…" diyemeden Ömür gülümseyen yüzüyle sözünü kesti Berçem'in. "Hayır, sen bir umuttun. Çiçek açtın o evde Barzan için. Yeniden has adama dönüştürdün."

Berçem güldü acıyla.

"O bir zalimdi. O bir caniydi. Ben onu insan yaptım."

Ömür bu ukalalığa içten bir kahkaha atmıştı.

"Büyük fedakârlık yapmışsın."

Berçem kendinden emin, şuh bir bakış fırlattı.

"Yapmaya devam edeceğim!"

O an yemin etti kadın. Hayatına Barzan Hezeroğlu böylesi bir aşkla girmişse büyük fedakârlıklar yapacaktı. Ömrünü buna adayacak, aşkına derin bir bağ ile bağlanacaktı. Şüphesiz...

***

BÖLÜM 20

Hiçbir Şey Ulaşılmaz Değildir, Eğer İstersen!

Varlığına alışmak bir tarafa, bedenine ve kalbine biçilen adamı bu saatten sonra kaybetmeye niyetli değildi Berçem. Barzan Hezeroğlu'nun hayatının her köşesinde yer edinmeye hakkı vardı. Berçem bunu canı gönülden kabul etmişti. Yeşil gözlerinin zifiri karanlığına, kızdığı zamanlarda haşin bakışlarının yoğunluğuna, güzel dudaklarının öpülesi tadına, sarılırken huzuru zirvede yaşamasına, hissettiği güvenle ömrünün sonuna kadar korunacağı bu adamın her bir zerresine âşık, her bir zerresine hayrandı. Bütünüyle Barzan Hezeroğlu'nun kadını olmuştu.

Berçem zümrüdî hareleriyle, masum bakışlarıyla, ürkek edasıyla, upuzun diliyle, bazen herkesten daha güçlü bedeniyle baştan çıkarmıştı bu adamı. Kalbini, farkında olmadan kaptırmıştı kadına Barzan. Zamanla işleyen saat gibi işlemişti zayıf kalbine. Şimdi bu kadını seviyordu. Ölümüne… Bütünüyle Berçem Hezeroğlu'na âşık olmuştu.

Bir günah gibi örtülen sırma saçlar âşığının parmaklarında can veriyordu. Gülen yüzüne aldanan gözlerinin parıltıları, güneşin kavurucu sıcaklığını taşırcasına vücuduna yayılarak güzelliğini dışa vuruyordu.

"Akşam erken mi geleceksiniz?" diye sorarken yoğun bakan yeşil gözlerin etkisinde kaldığından sesi boğuk çıkmıştı.

Naif sesi sabahın seherinde kulaklara dolan bülbülün mırıltıları gibi tatlı ve eşsizdi. Barzan sırf daha fazla konuşması için bile sorularını cevapsız bırakabilirdi.

"Gün bize neler gösterir bilmiyorum. Bir şirkete uğrayıp babamın işleri nasıl, kontrol etmek istiyorum." Yanağına düşen kirpiğini parmağıyla silktikten sonra "Neden?" dedi.

Berçem yüzüne dokunan elleri tutup çenesinin altına götürdü. "Ona göre bugün hazırlık yapacağım. Dün gece de yemek yapamadım, ayıp olur."

"Akşam yemeğine yetişiriz dılemin. Sen hazırlığını yine yap."

"Tamam, yaparım."

Yataktan çıkmaları hayli zor olmuştu. Kahvaltı sonrası ayrılık vakitleri çat kapı geliyordu. Dostları yanında olacak, ancak saatleri uzatan ayrılık peşlerini bırakmayacaktı. Barzan daha odalarından çıkmadan karısına doya doya sarılıp öpmüştü. Telefonunu İstanbul'dan getiren Ömür sayesinde sürekli iletişimde kalacaklardı.

"İstersen dayını ara, konuş."

"Hazır değilim Barzan."

"Sen bilirsin güzelim. Hazır olduğunda konuşursun," dedikten sonra alnını şefkatle öpüp, odalarından çıkmıştı.

Misafirler uyanmadan kahvaltıyı hazırlamak istiyordu Berçem. Barzan'ın yeniden mutfakta kendisiyle uğraşıyor olması elini çabuk tutmasını engelliyordu. Dolap kapaklarını açık zannederken döndüğü gibi kapalı kapaklarla buluşması bir oluyor, hiddetle kocasına dönüp "Barzan!" diye kızıyordu. Defalarca ikaz ettiği kocası her seferinde elini zorluyor, karısını çileden çıkarıyordu. Zümrüdî hareleri kızgınlıkla parıldıyor, çaresizce yerinde sayıyordu. Masada düzelttiği tabakların karman çorman olduğunu, çatal bıçakların yerlerinde olmadığını görünce dalından düşmüş zeytine dönmüştü Berçem. Bayıldı bayılacaktı kadın. Tezgâha tutunup aleve sarılmış harelerini, karşısında yanmaya hazır adama dikip, "Neden yapıyorsun bunu?" diye kısık sesiyle ateş püskürdü.

Umursamazca omuz silkti Barzan. Haşin bakışlarından geçen saniyelik hınzırlığı, sorusuna en net cevaptı.

Dudaklarını yaladı amansızca. Bir şey söylemeden mutfaktaki masayı yeniden düzenledi. Sessiz geçen dakikalara, Berçem işini bitirdiğinde yaptığı uyarıyla son vermişti.

"Sakın dokunma!" diye tehdit dolu son bir bakış atıp işine tekrar döndü. Dakikalardır dikizlendiklerinden habersiz çocuk gibi didişiyorlardı.

"Emrin olur gülüm."

Bugün gülden ziyade dikendi Berçem Hezeroğlu. Bir diken daha batırmak istemediği için konuşmamıştı. Lakin Barzan Ağa rahat değildi. Tehdidine inat, can damarına basmak ve o güzel gözlerinin kızgınlığında boğulmak isteğiyle tutuşuyordu. Masaya doğru tuttu hedefini. Güzel karısının vücudunu izlemeyi kestiğinde hedefine yönelmek için adımlarını atacaktı. Uzun eteğiyle, saçlarını örten oymalı beyaz tülbendiyle adeta eşi benzeri yoktu kadınının. O sırma saçları açıkken daha çok severken, adetler gereği örtüyordu saçlarını. İstanbul'a döndüklerinde yine böyle giyinmesini isteyecekti.

Masayı dağıtmak yerine karısını dağıtmayı tercih etti Barzan. Kendisinin çok toplu olduğu söylenemezdi. Zira kadını hep paramparça ediyordu. Tezgâhın önünde ne yaptığını bilmediği kadının yanına varınca kollarını vücuduna sardı. Dudaklarını köprücük kemiğine bastırdı. Kollarında sıkıca sarıldığı beden gerilmişti. Barzan inadına öpücüklerini sürdürdü. Dudaklarını hafif hafif değdiriyor, karısını huylandırıyordu.

"Ba-Barzan görecekler..." derken tatlı bülbül sesi karanlığa gömülmüş, boğuk boğuk inlemişti.

"Görmezler."

Berçem elindeki hamuru yoğurmak yerine yumrukları arasında eziyordu. Kocasını, yaptıkları yüzünden ellerinde yoğurup gözleme niyetine sac üzerinde pişirebilirdi.

"Hamurumu yoğurmama izin ver. Kahvaltıya gecikecek," diye azarladı cılız sesiyle.

Misafirlerinin içeride olmasından zerre kadar etkilenmiyor, kahvaltının gecikmesini umursamıyordu Barzan. Köprücük kemiklerini öperken duyduğu hazzın zevkini çıkardı. "Mühim değil, yarına yaparsın," dedi.

Hiçbir şeyi takmayışına anlam veremiyordu Berçem. Umursamadığı zamanlarda konuyu geçiştirdi direkt. Merakına yenik düşen dili, sorusunu savurdu.

"Niye hiçbir şey senin için mühim değil?"

"Çünkü bana mühim olan sadece sensin!"

Gül goncası yanakları açılıverdi aniden duyduklarıyla. Kulaklarında atan kalbinin ritimleri şakaklarına vuruyordu.

"Bu biraz şiirsel oldu. İçinde keşfedilmemiş şairlik var Barzan Ağa."

"Hmm..." diye keyifle mırıldandı öpücükleriyle şereflendirirken kızarmış yanaklarını. "Daha da keşfedilmemiş kalabilir," diye devam etti.

Berçem hamuru yoğurmaya ara verip, kocasına döndü. "Bence kalmasın. Mısralarında kendimi kaybedeceğime eminim."

"Ben hiç emin değilim Berçem."

Odaya dolan yabancı ses ile ikili hızla kapıya dönmüştü. Alışılmışın dışındaydı, günlerdir duydukları sesten farklıydı.

"Alaz!"

Karı kocanın ağzından aynı ses, ancak farklı tepkilerle çıkmıştı. Barzan Ağa kızgın iken, Berçem kocasının aksine keyifle ciyaklamıştı.

"Evet ben," diye tebessümle soludu Alaz. Nihayetinde görmek istediği tablo, duvara asılı olmasından ziyade karşısında capcanlı duruyordu.

Berçem, Alaz'a sarılmak için kocasının kollarından çıkmaya çalışmıştı, ancak girişimi başarısız oldu. Bir çift zifiri gözün uyarılarına maruz kalmıştı.

Kız kardeşine olan kızgınlığı dinmemişti Barzan'ın, "Sen hangi yüzle buraya geldin?" diye söylendi.

Mutfağın kapısında sessizce Hezeroğlu ailesini izleyen Orhan ve Ömür olanlardan gayet memnun, bir başka kavgayı izliyordu. Newroz Anne ve Alaz'a kızgın olduğunu dün gece söylemişti Barzan. Alaz ise aldığı ani tepki ile bir adım gerilerken, gözleri sorarcasına yengesine takılmıştı. Gözlerini bayan Berçem bıkkın nefesini verirken, "Kızgınmış sana. Kaçmamıza ortak olmadığın için," dedi.

Genç kız omzunu silkti. "Ben yapmam gerekeni yaptım."

Tek kaşını kaldıran genç adam, kız kardeşini baştan aşağı süzdü. Daha dün küçücük cadı bir kız çocuğu iken bugün büyümüştü ama hâlâ cadılığını bırakmamıştı.

"Git gözümün önünden!"

Çelik gibi sesiyle ortalığı doldurmuştu.

"Alaz en iyisini yaptı. Sen onun küçüklük arkadaşını üzmüşsün."

Dostuna bakmadan gerekli uyarıyı gönderdi Barzan, "Sen karışma Orhan," diyerek. Ellerini teslim olurcasına kaldıran Orhan, "Emrin başım üstüne Barzan Ağa," dedi.

Alaz üzerindeki eteği çekiştirdi mahsus takındığı üzüntüsüyle. Bu hususta yapması gereken çekip gitmek değildi elbette. Barzan için gelmemişti sonuçta.

"Babam sana çok kızgın ağabey. Sizin burada olduğunuzu öğrenince kahvaltı yapmadan geldim. Ben geldiğim için yadê bana kızdı. Küsmüş bana."

Çarpık gülüşüne engel olamadı adam. Yüz kaslarının gerginliği aniden yok oluvermişti. "Az bile yapmış."

"Bunu sana yapması gerekmiyor muydu Barzan?"

Kapıda dikilen kadının istihza dolu bakışlarına, karısının hamurunu yapıştırmak istedi. Ancak emeği ziyan olacaktı. "Hayır!" diyen çelik sesiyle bir rüzgâr gibi geçip gitti.

Alaz yengesine döndü, "Yardım edeceğim bir şey var mı?" diyerek konunun uzatılmasına engel oldu. Gelmişti artık ve bu saatten sonra geri dönemezdi.

Berçem kanadını kurtaran küçük kuşun eline yemi verdi.

"Sacta gözleme yapacağım. Bir el atarsın."

Yemi almanın keyfiyle öttü küçük kuş.

"Memnuniyetle."

Ömür de sohbete katılmıştı "Ben de yapmak istiyorum," diyerek.

Göz göze gelen iki adam kendilerinin burada fazlalık olduğunu anlayınca, hiç beklemeden çıktılar. Kahvaltı hazır olana kadar bekleyeceklerdi. Görünen o ki uzun bir bekleyiş olacaktı.

Kadınlar da mutfaktan bahçeye çıkıp, sacı hazırlamışlardı. Gözlemeyi Berçem ve Alaz her zamanki gibi beraber yapmışlardı.

"Şimdi sizin peynirli gözlemeleriniz daha güzeldir." Sacın üzerinde çevirdiği gözlemeye bakan Alaz, "Evet, sirikli olanı çok güzeldir," dedi.

Ömür hangisinin sirikli olduğunu biliyordu. İstanbul'da iken kahvaltıya çağrıldıklarında ilk sorduğu peynirleri oluyordu. İşaret parmağıyla tabakta dolu dolu duran yeşil otlu peyniri gösterdi.

"Çok seviyorum tadını. Orhan en çok salamurayı seviyor. Onun için sabahları poğaça yapıyorum."

Alaz'ın gözlerinde titreşen hüzün dalgaları, karaya vurmuş gemisinin güvertesini kaybetmesinden dolayıydı. Anılar ve kayıplar zihninde çiçek açtı.

"Bizim küçüklüğümüzde Ömür Abla, sabahları çok kavga olurdu. Amcalarım daha konakta bizimle yaşarken," derken yağmur taneleri birikti gözlerinde. "Annem ve yengemler ekmekleri kendileri yaparlardı. Biz damda uyurduk, onlar sabahın altısında ekmekleri pişirirken. Sonra güneş yüzümüze doğunca rahatsız olur eve inerdik. Bazıları tekrar uyurdu ama ben hiç uyumazdım. Annemi odasında bulamayınca da bahçeye inerdim. Zaten ekmek kokusu beni uyutmazdı."

Yüzlerinde gördüğü özlem dolu hüzün Ömür'ü üzmüştü. Küçüklüğü mahalle kenarlarında evcilik oynayarak geçmişti. Ne zaman küçüklüğünü anımsasa yeni nesle üzülürdü. Yeni nesil geçmişin güzelliğinden bihaberdi ve değişen hiçbir şey, eskinin tadını vermezdi.

"Biz ekmekler piştikten sonra kalan hamurun gözleme olmasını dört gözle beklerdik ve bütün kuzenler tartışmasını yapardık, 'En büyüğü benim olacak, ilki benim olacak, peynirlisi benim olacak, sadesi benim olacak!' diye. Hiç bitmezdi tartışmamız. Kahvaltıyı beklememizi isterlerdi ama biz sacın başında hemen bitirirdik. Hakkımız bittiği için de bir daha isteyemezdik. Çünkü hamur az kalmış olurdu. Ekmeklerimizi kıtır kıtır pişirmelerini ister, kahvaltıya otururduk. Zaten oyunlarımız yemeği doğru düzgün yememize izin vermezdi." Pişirdiği gözlemeden bir parça koparıp Ömür'ün eline bıraktı. Yanan ellerine aldırış bile etmemişti. "Kaybolan çocukluğumuzdan bir parça…"

Ömür kurduğu cümle ile anlamsızlık içinde kadına baktı. Kopardığı parçayı eline aldı ve boş gözlerle sordu, "Çocukluğunuzu mu yiyeyim Berçem?" diye.

Duyduğu soruyla düştüğü girdaptan ışık hızı ile kurtulmuştu Alaz, çıkardığı sonuca katıla katıla gülerken, Berçem saca gözleme niyetine yatırılmış ve kızarmıştı.

Afallayan kadın yaşadığı hasretin üzüntüsünde kendisini kaybettiği için ne dediğini bilememişti.

"Fena kadınsın Ömür. Düşündüğün şeye bak."

Kahvaltı yapmadan geldiği için kendini tebrik etti içten içe. Bu eğlenceli anı kaçırmadığı için şanslı sayıyordu kendini. İlk defa tanıştığı kadın ile yengesinin arasında hoş bir bağ vardı. Berçem'in yalnız olmayacağını bilmek içini ferahlatıyordu.

Savunması hazır olan kadın müstehzi bakışlarını kadının üzerine kenetledi. Zümrüdî gözlerin utancı yanaklarına can veriyordu.

"Suç senin Berçem. Yaptığınla hemen arkasından söylediğini hatırlasana!"

"Unutmam artık."

Alaz sinsice sırıttı. "Unutturmam artık."

İki kadın yanacaklarını bildiği için susmuşlardı. Kesinlikle unutturmayacaktı.

Kahvaltı Barzan'ın kız kardeşine attığı ölümcül bakışlar haricinde keyifli geçmişti. Alaz'ın gelişine elbette ki sevinmişti genç adam. Ancak çanak tutması gerekirken o gece karşı tarafta durması onu kızdırmıştı. Haşin bakışlarıyla her defasında kahvaltısını boğazına dizmiş, en güzel cezasını vermişti. Kahvaltı sonrasında dostu ile evden ayrıldığında bile haşin bakışları kız kardeşinin üzerinden çekilmemişti. Alaz'ın her şeye inat karşısında dik durması tüm hışmını silip götürüyordu.

Yeni bir dönem başlıyordu herkes için. Kabullenmiş hayatlara kabullenecek yeni hayatlar eklenecekti şüphesiz...

Kahvesini üfleyerek yudumlayan Alaz, iki kadını da güldürmüştü. Bu da Alaz Hezeroğlu'nun küçüklüğünden beri kazandığı bir alışkanlıktı. Küçüklüğüne dair itiyatlarından vazgeçmesi ihanet gibi geldiğinden vazgeçemiyordu.

"Kahveye üflenir mi Alaz?"

Ömür'ün sorusu ile tatlı tatlı gülümsedi Alaz. "Küçükken bize sütlü kahve yaptıklarında hemen içemezdim. Büyüyüp sade kahve yaptıklarında bile öyle içtim. Şimdi alışkanlığımı bırakamıyorum," deyip omuz silkti usulca.

Ömür yirmili yaşlarında güzel gözleriyle, karşısında sevimli bir pelüş oyuncağı anımsatan dolgun yanaklarıyla oturan kızın Ciwan'a ne çok benzediğini fark etti. Barzan'ı anımsatsa da rahmetli ağabeyine daha çok benziyordu. Eğlenceli, delidolu yapısı insanın en çok ihtiyaç duyduğuydu. Zor zamanında orada olacağını belirten ve gülümseten bir etkiye sahipti. Hiperaktif hallerinin sadece gençlerin yanında olduğunu öğrenmişti. Yoksa bu deli halleriyle değil evlenmek, hiçbir ortama giremezdi ve susmak bilmeyen çenesiyle anılarını tazeleyen kız, yengesiyle yan yana oturup attığı bakışlarıyla kadını güldürüyordu. İmrenerek izlediği tabloya en sonunda yorumunu katmıştı.

"İki kız kardeş gibisiniz."

Alaz kaşlarını kaldırarak reddedince, kadının imrenen bakışları yok olmuştu.

"Yanlış söyledin," diyerek elindeki kahveyi sehpaya bırakıp yengesinin tam dibine oturdu. Kanca takar gibi koluna girmiş, kendilerini işaret etmişti.

"Biz yapışık ikizleriz," deyip alnını yengesinin şakağına dayadı. Bu hoş hitap rahmetli ağabeyine aitti. Birbirlerine olan bağlılıklarına en uygun lakabı bu olmuştu. Her konuda benzerlikleri bir tarafa, sürekli yan yana olmalarını teşvik etmişti. Acı dolu bir gülümseme dudaklarına gelip oturdu. Ciwan bir ara böyle söylediğine bile pişman olmuştu. Zira aralarındaki kardeşlik bağını iyiden iyiye depreştirmişti.

Yapışık ikizler lakabını iyi taşıyorlardı. Eski hallerini görmemişti ancak Berçem ile ilk tanıştığı zamanlarda hakkında öğrendikleri arasında ilki Alaz ile sevgisiydi. Onu çok sevdiğini ve özlediğini, İstanbul'a gelerek aralarına düşen mesafeden şikâyetçi olduğunu söylemişti. Şimdi yan yana yapışık gibi oturuyorlardı.

"Ne güzel lakap bulmuşsunuz kendinize."

Nükseden ağrı gibi kalbinde harlanmıştı acı yeniden. Ağabeyi bulmuştu onu, "Biz bulmadık," derken titreyen sesine engel olmaya çalıştı. "Ciwan Ağabeyim bulmuştu..."

Suyundan mahrum kalmış çiçeğin soluşu gibi söndü yanakları gülüşünden. Acı hatıralara can vermek değildi niyeti. Üzüntüsü kanat açıp uçmadı. Ancak kahroluşunu belli etmek istemiyordu yüzünde. Rahmetli kocasını kaybetmesi ağır olmuştu. Ciwan Hezeroğlu'nun varlığını özlemişti. Kayıp bir itiraftı bu, günler önce bulduğu... Kederini silemedi ancak üzerini örttü. Kese kâğıdından bir maske yaptı kendine. Gülen çocuk maskesi gibi taktı gelişigüzel yüzüne.

"Sen bizi küçükken görecektin Ömür. Şimdi Berçem evlendi, uzak kaldık. Küçükken az olaylarımız olmadı."

İki kadın gönülsüzce maskeleri taktı yüzüne. Birbirlerini üzmeye meyletmiyorlardı, keza Alaz konuyu değiştirerek bunu kanıtlamıştı.

Naif sesi, tınısını yutmuş gibi boğuk çıkmıştı.

"Neler yapardınız mesela?"

Berçem sorusuna ilk örneğini kısık sesiyle verdi.

"Küçükken Alaz yüzünden çok ceza yerdim!"

Abartıyla baymıştı gözlerini Alaz.

"Berçem sen istemeseydin bana uymazdın."

"Ağabeyini bildiği halde onun inadına yaramazlık yapan bendim zaten."

"Ciwan sana deli olurdu o zaman."

Ağabeyinin aşkına o kadar çok şahit olmuş, onun sevdasına o kadar içten inanmıştı ki Alaz, Barzan'ın ağabeyi kadar sevemeyeceğini düşünüyordu. "Ağabeyim çok sertti. Ama Berçem'i gördüğü an tüm siniri geçerdi."

Ömür'ün merakı katlandı. Gözleri kıpkırmızı kesilmiş kadının üzerine gitti, "Sen ne yapardın Berçem?" diyerek.

Gözlerini dostundan kaçırdı hızla Berçem.

"Ben ondan hep kaçardım."

Dudaklarını ısırdı Ömür. 'Vay canına!' repliği alacak bir küçüklük yaşamıştı. Hatta bir küçüklük aşkına tabi tutulmuştu. Ciwan yaşıyor olsaydı, nasıl bir hayat yaşayacaklarını merak etmemiş değildi. Barzan'ın karısı değil de yengesi olarak kalsaydı ve tanışsalardı nasıl bir kadını görecekti? Bazı kadınlar yapıları bir tarafa, kocasını da yansıtırdı. Ciwan'ı, Berçem nasıl taşır ve yansıtırdı? Bunun cevabını hiçbir zaman alamayacaktı. Onun yerine cevabını alacağı soruları yöneltti.

“Ciwan sana gelir miydi? Adım attı mı yani?”

Bardağından bir yudum su alıp kuruyan boğazına serinlik verdi Berçem. Ömür’ün sorduğu soruya ise ciddileşen naif sesiyle cevap vermişti. “Bizde sevgili olmak, flört etmek, buluşmak yoktur. Seviyorsa babasına gidecek ve kızı isteyecektir canım.”

Gözlerini kırpıştırdı Ömür, “Onu biliyorum tatlım. Hani sen bu evdeydin ya; bir mektup, bir çocukla sana haber verme yahut Alaz’a anlatma. Böyle şeyler yani,” dedi.

“Hayır, canım sadece Mahsum Ağabey bilirdi.”

Ve Miran! Ve bu yüzden öldürülen ağabeyi...

Soru yağmuruna tutacağı surete döndü keyifle Ömür.

“Peki, sen ne yapardın Alaz?”

“Ben ne yaparsam Berçem de onu yapardı,” deyip minnetle yengesine baktı. Alnı yeniden şakağına dayanmış, borcunu sevgisini göstererek ödemişti.

“Biliyorsun, biz kızlar burada elimizi kolumuzu sallaya sallaya dışarı çıkamayız. Nereye gitsek arabayla giderdik. Fakat arabayla gitmeyenler kara çarşaf giyerek çıkardı.”

Ömür’ün en çok merak ettiği şey kara çarşaftı. Nasıl giyiyorlardı, giyiyorlarsa önlerini nasıl görebiliyorlardı?

“Siz giyer miydiniz?”

“Evet, bir kere giydik ve son giyişimiz oldu zaten.”

Yeşil harelerde pişmanlık gördü ve “Aa neden?” diye sordu.

“Biz o gün ağabeyimden gizli çıktık evden. Kuyumcuda ikimizin adını taşıyan altın kolye yaptıracaktık. Tam kuyumcuya girecekken Ciwan yanımızda beliriverdi.” Anlatırken gözleri yuvalarından dışarı akın etti. Ömür anlatmasına mı gülsün, yakalandıklarına mı üzülsün bilememişti. İki duyguyu yaşayarak dinlemeye devam etti. “Ve bize bakmadan ‘Hemen eve gidin!’ demişti. Düşün yani siyah çarşafın içinde tanımıştı bizi.”

"Nasıl tanıdı sizi?"

O zamanlar keskin gözünden bıkmıştı ve bıkkınlığı sesine yansımıştı. "Çok keskin gözleri vardı onun."

"Daha sonra ne yaptı? Cezasız bırakmadığına eminim."

Alaz sırtını koltuğa yasladı. Ekşiyen yüzü, sorudan pek memnun kalmadığını beyan ediyordu.

"Onu ne sen sor ne de ben cevaplayayım Ömür, ağabeyim ceza konusunda çok fenaydı. Çok çektik ellerinden."

Yapışık ikizlerin hoşnutsuzluğu yüzlerine vurunca, Ömür verilen cezaların merakına düştü. Verilen cezaları bile özlediklerine emindi ki neden anlatamadıklarını görebiliyordu. İkisi de anlatamazdı.

Alaz elindeki altın künyeyle uğraşırken uzaklara dalmış gibiydi. Gözleri bir noktaya dalmış, Ciwan'ın kızdığı anlar bir bir gözünün önünden geçmişti.

"Bizim şarkılarımıza bile karışırdı." Dirseğiyle yengesini dürtüp devam etti. "Hatırlıyor musun Berçem, geçen yıl ne yaptı bize?"

Hasret incileri sıra sıra dizilip boğazına takıldı. Konuşmak güçtü ancak iyi hatırladığı anları söylemeden geçemezdi. Ciwan gitmişti ama hâlâ var gibiydi. Dama çıkmalarına izin vermediğinde, arabasını yıkattığında, şarkı dinlemeye yasak getirdiğinde... Her yerde vardı ve her daim nefes alacaktı.

Öğretmeninden gelecek bilgiyi can kulağıyla dinleyen öğrenci gibi çenesini avucuna koymuş bekliyordu Ömür.

Berçem de beklemesin diye söze girdi. "Şarkılarımıza yasak koydu. Kaç ay boyunca konakta şarkı sesi duymadık."

Ağzı bir karış açılmıştı Ömür'ün. "Niye, ne yaptınız?"

Ömür, Alaz'ın takındığı masum ifadesini görünce rahat durmadığını anlamıştı, "Ne yaptın Alaz?" diye sordu tekrar.

"Zaten Berçem'i hiç suçlu bulmazsınız. Bütün şarkıları o buluyordu, beni alıştırıyordu. O sessiz dinlemeyi seviyordu, ben evde bağıra bağıra söylemeyi."

Diz kapağına şaplağını indirmişti Berçem. "Benim suçum sana Raperîn'i sevdirmek mi?" diye sordu kızgınlıkla.

Alaz elinin üstüne vurdu öcünü alırcasına. "Sadece o mu?" diyen Alaz sıraladı hayranlıkla isimleri. "Raperîn, Seyda Perinçek, Koma Sê Bîra, Hozan Beşir, Şahe Bedo hepsinin şarkılarını her gün dinlerdik Ömür. Odamızda sesleri haykırırdı." Büyülenmişçesine konuşan Alaz, havada süzülüp yok olmaya yakındı. Berçem'in gözlerinde aynı hayranlığı görünce gülümsemeden edemedi.

"Hâlâ dinliyor musunuz?"

İkili kıkırdadı. "Yasak sadece Ciwan evdeyken geçerliydi. Sabah çıkıyordu, akşam geliyordu. Ama kaç kere dinlerken bastı bizi."

"Niye yasak koydu ki? Dinlemenizde ne var ki, seviyorsunuz sonuç olarak he..."

"Alaz Hanım yüksek sesle dinlediğinden bazen Ciwan onu çağırırdı, duymazdık. Yadê Hezal seslenirdi duymazdık. O yüzden kızdı, yasakladı dinlememizi."

"Merak ettim şimdi," dedikten sonra soğumuş fincanı usulca bıraktı yan tarafına Ömür. Sedir oturağın üzerinde bağdaş kurarak, "Çalsanıza birkaç parça. Kocişkom geldiğinde söyleyeyim," diye eğlencelerine katılmıştı. Cümlesini bitirdiğinde alacağı tepki gecikmemişti. Yüzünü buruşturan Alaz, "Kocişkom mu? Böyle söylediğini buradakiler duysa, boynunu gövdenden ayırırlar," dedi. Söylediklerine hak verircesine kafasını salladı.

Metanetle nefesini alıp verdi Ömür. "Tatlım Orhan ona kocişkom dediğimi duyarsa, buradakilere bırakmadan kafamı gövdemden ayırır. O biraz ağır ağabeydir de."

Şarkı arşivini telefonuna yükleyen kadın, en son dinlediği parçayı oynatmıştı. "Bak bu Raperîn'in Çi Bikim şarkısı. Seslendirdiği her şarkı içimize işliyor."

Ömür'ün şarkıyı hevesle dinlemesi Alaz'ı güldürmüştü. "Sen dinle sana çevirisini yaparım," diyerek yardımcı da olmuştu.

Kafasını salladı Ömür. Slow şarkının nakaratında hareketlenmesi hoşuna gitmişti. "Kulağa hoş geliyor. Şarkıların çevirisini okuduktan sonra dilinizi bilmesem de olur. Hem belki böyle kaparım birkaç kelime." Karşısında oturduğu ikiliden uzak kaldığını fark edince, yerinden kalkarak onlara doğru yürümüş, ortalarına geçip oturmuştu. Paylaşımcı olmaları ve zevklerine saygı göstermeleri işlerini daha da kolaylaştırıyordu. Sıradaki parça geldiğinde Alaz'ın sevinç naraları odaya doluşmuştu.

"Benim şarkım ya, benim ruhum ya."

Ömür hayretle genç kıza baktı.

"Deli misin kızım? Neden bağırıyorsun?"

İstihza dolu bakışlarını genç kızın üzerinde gezdirdi. "Bu şarkıyı ilk bulduğumda hiç sevmemişti. Ben dinledikçe sevmeye başladı."

"Peki, kim bu?"

"Bu şarkı Kemalê Amedin Ez Bımrım şarkısı. Ve Koma Sê Bîranın vokallerinden Barış söylüyor."

"Anlamları ne?"

"Ez Bımrım ben öleyim anlamına geliyor. Koma Se Bıra ise grup üç kardeş oluyor. Bıra erkek kardeş demek."

Alaz'ın açıklamalarını aklında tutacağını teskin etti kendine Ömür. Duygulandığını içten içe hissediyordu. Hissiyat; dil, din, ırk tanımaksızın anlatılmak istenin duygularıyla sezilmesiydi. Sözlerini anlamasa da hissediyordu duyguları. Her bir kelimenin yaşanmışlıklarını, ruhu kaplayan ezgilerini…

Ömür yüzünü kaplayan hüzünden habersiz dinliyordu. Kürtçe şarkıları kocası dinlerken efkârlanıyordu. Hep Barzan alıştırdı diyen şikâyetçi tınısının altında teşekkür eden bir mana olduğunu biliyordu.

"Herkes bir tarafa ben en çok Ahmet Kaya'yı seviyorum." Yerdeki kilimin desenlerinden gözünü güçlükle çekip ortasında oturduğu ikiliye baktı. "Yani o adamın bendeki yeri ayrıdır."

Ortalarında oturan kadına gururla baktı Berçem ve Alaz Hezeroğlu. Titreşen yeşil harelerde, pelüş oyuncakların tatlı yanaklarını taşıyan güzel gülüşünde aynı ifade vardı. Kararlı ve esaslı cümleler döküldü dillerinden.

"Ahmet Kaya ölümsüzdür!"

Gerçek buydu ve bu gerçek hiçbir zaman değişmeyecekti. Savaşını elinden bırakmamış adamın savaştığını bilen hiç kimse unutamayacaktı ve onu anarak, unutmayarak bu savaşı sürdüreceklerdi.

Şarkı muhabbetleri seyrini değiştirmeden devam etmişti. Bütün müzik arşivlerini bir günde paylaşamasalar da zamanın yettiği kadar şarkılarını duyurmuşlardı. Muhabbetleri zılgıt ve halaya geldiğinde Alaz misafirine öğretme isteğiyle tutuşmuştu.

"Bence öğrenmelisin. Sık sık buraya gelirsiniz artık. Bakarsın düğün falan olur. Sen de oynarsın, kocana öğretirsin. Hatta yan yana oynarsınız. Hatta raks yaparsın."

Ömür cilveli bakışını küçük kıza atarken, çenesini küçük çocuğun çenesini sever gibi sevdi.

"Yapmadığımı nereden biliyorsun güzellik?"

Fırça darbeleriyle kâğıdını resmeden ressamın sakarlığıyla bütün kırmızı boyayı kâğıda dökmesi gibi renk değiştirdi Alaz'ın yüzü.

"Ömür ya..."

Kıkırdayan Berçem arkadaşına uyaran bakışlar atmıştı. Alaz bir kere konuşursa ardından hep uğraşırdı. Yeni evlenen kadınlarla az uğraşmıyordu.

Narinliğinden eser kalmayan kadının iç ferahlatan kahkahası Alaz'ı iyice utandırmıştı. "Çok fenasın. Orhan Ağabeyi nasıl çıldırttığını..." derken sözleri koşa koşa gelen oğlu Günay'ı görmesiyle yarıda kesilmişti.

Yüzünden kan çekilmiş çocuğun nefes nefese kalışı, oturan üç kadını da yerinden fırlatmıştı. Günay, Berçem'e korkuyla bakıyordu.

"Ne oldu oğlum iyi misin? Bu halin ne annecim?"

Oğlundan daha bir telaşlanan Ömür elini sıkıca tutup kendisine bakmasını sağladı. Ancak çocuk annesini duymuyor gibiydi. Gözleri Berçem'den bir an olsun ayrılmıyor, az önce gördüğü manzara hâlâ göz bebeklerinde sahneleniyordu.

Berçem bakışları üzerinde asılı görünce çocuğun başını okşadı şefkatle. "Günay, canım iyi misin?"

Kafasını salladı çocuk. Nutku tutulmuş gibiydi. "Barzan Amca," dedi soluk soluğa.

Genç kadın o an anlamıştı. Kocasına bir şey olmuştu, kötü bir şey! "Ne oldu Barzan Amcana?" diye hiç beklemeden sormuştu.

Günay'ın yerine soruyu dışarıdan gelen sesler cevaplamıştı.

"Barzan Ağa... Barzan Ağa..."

Kapıya kadar koşmak bile bir asırdı genç kadın için. Kocasına ne olduğunu öğrenmek için yeşil harelerinin onu arayışı ve suretinin dolması yılları almış gibiydi. Kimin kapıyı açtığını bilmeden koşmuştu bahçeye. Koca çiftliğin içinde bir düzine adamın hızla hedef seçtikleri yere yürüyor oluşu, Berçem'in gözleriyle takip etmesini ve bulmasını sağlamıştı. Uzaktan uzağa görebildiği, kocasının alnına dayanan ve güneşin vurmasıyla parıldayan gümüş silahtı. Bağrına kor bir ateş düşmüş, volkanları patlamış yanardağ gibi haykırmıştı kadın, "Barzaan!" diye.

Kocasını çitin diğer tarafında duran adam öldürecekti. Bir kez daha! Bir kez daha kaybını verecekti, ruhunu verecekti toprağa. Gözü ne yanındakileri görmüştü, ne de çiftliğe akın eden erkek kalabalığını. Tek istediği kocasına yetişmekti. Ancak engel olmuştu birileri. Yaka paça kadını içeri götürürken, görmesini engellemişlerdi.

Barzan Hezeroğlu, Miran Kara ile ölümcül bir paslaşmaya girmişti. Şüphesiz birileri ölecekti. Birilerine mezar olacaktı bu çiftlik. Ya sınırın gerisi ya ilerisi…

***

Final

Sonun Başlangıcı

Aşk Kurşunu Çekilmiş Silah Gibidir
Kalp Çoktan Vurulmuştur!

Ahşap taburede dostlarıyla oturup mırrasını yudumlarken, memleketinin insanlarını seyre dalmıştı. Kimi tavla oynayıp alt etme yarışı tutturmuş gençler, kimi koyu muhabbete girmiş ihtiyarlardı. Sigaralarını bir tarafta kendi elleriyle yapan yaşlıların ettiği tartışma, memleketin türlü çilesiydi. Genç bir delikanlı iken rahmetli ağabeyi ile babasının peşine düşer, kahveye geldiğinde sohbetleri can kulağıyla dinlerdi.

Bugün gençlerin daha rahat, babası yanlarında olmadan kahveye girip çıkmaları genç adama tat vermiyordu. Eski memleketini özlediğini bugün itiraf etmişti kendine. Gidişiyle neleri kaçırdığını, kendini nelerden mahrum bıraktığını da… Ancak bugün keyifliydi. Özgürce Mardin'in sokaklarında geziyor, ajan kılığından soyunarak her vatandaş gibi gizlenmeden gezebiliyordu. Berçem'in alınmasını engellemek adına burada kalmış, ancak yakalanmamak için kırk takla atmıştı. Lakin her kim söylediyse babası ve Afran onları bulmuştu. Karısının gelmeyeceğini söylemesi ise boşanma mevzubahsini bir daha açılmamak üzere kapatmıştı. Berçem, Hezeroğlu olduğunu bir kez daha kanıtlamıştı.

Babasının yanına gitmeden önce, tanıdıklarına selam verip iki kelam etmek istemişti adam. Afran'ı kahvehaneye gelmeden önce gördüğünde zafer dolu gülümsemesiyle selam vermiş, aldığı ölümcül bakışlara kahkaha atarak devam etmişti. 'Dayıcım!' diyerek Afran'ın can damarına basmış, adamı kendi içinde kangrene kadar götürmüştü. Artık dayısı sayılan adamdan intikamını aldığına göre bir sorun kalmamıştı. Tek sorun karısının üzülmesiydi. Gül yanaklarının solduğunu görmek istemediği için bunun da tez vakitte sonlanmasını istiyordu.

"Biz bebek haberini ne zaman alacağız?"

Tok sesi ahşap masanın etrafında oturan iki adama ulaştı.

İşittiği soru üzerine belirsizce gülümsemedi.

"Allah ne zaman kısmet etmişse Mahsum Ağabey."

Kıdemli dostlardan en büyüğüydü Mahsum Güder. Ağabeyinin en has dostları Miran ve karşısında oturan adamdı. Ancak dostlukları bozulmuştu. Bir kız için, küçük kadını, gelinciği için.

Uzun kirli sakallarıyla güldüğü zaman gözlerinin etrafı kırışan adamın saçlarına yılların tecrübesi ak diye düşmüştü. Kahverengi gözlerinde herkesin aradığı ancak herkesin bulamadığı, çok nadir insanların gördüğü samimiyet vardı. Dostu Ciwan gideli beri, o gözlerden pek eser kalmamıştı.

"Nasıl da gülüyor! Seni de göreceğiz kucağında çocuk fırlatırken."

Orhan ikilinin muhabbetine bilerek katılmamıştı. Hepsinden daha çok, o görecekti Barzan'ın hallerini. Günay'ın haberini aldıkları ilk zamanlarda dostu heyecanıyla çok dalga geçmişti. Hep bu günü beklediği için sessiz kalmıştı. Yakın zamanda o da bunun acısını çıkartacaktı.

İhtiyatla baktı gözleri Barzan'ın. "Her baba gibi..."

İçten içe yaşadığı sıkıntısı yüzünden oturduğu yerde sayıyordu. Sağ kolu Okan'dan Miran'ın nerede olduğunu öğrenmesini bekliyordu. Haber geldiği an deprem gibi üzerine çökecek, geriye enkaz yığınından toz zerresi bırakmayacaktı. Hezeroğlu Aşireti'ni devam ettirecek tek adam, o kalmıştı. Hiçbir vukuatın olmasını istemiyordu. Hâlâ Ciwan'ın acısı taze iken bir de Barzan'ın acısını anne babası yaşasın istemiyordu. Üstelik Berçem bir kez daha dul kalamaz, bir kez daha bir adamı kaybetmeyi kaldıramazdı. Kardeşi gibi gördüğü adamı uyarmaktan çekinmeyecek, bu pervasızlığa son vermesini isteyecekti.

"Miran senin burada olduğunu biliyor. Uğraşır, rahat durmaz o. Boş konuşur nasılsa, kulak ardı et."

Homurdandı adam kızgınlıkla. Orman yeşili gözleri zifiri karanlığa gömüldü. Bu tehlike güneşin vurduğu sıcak meydanda fazlaydı. "Onu öldüreceğim Mahsum." Öfke katlanınca takındığı sıfatlarda yerini kaybediyordu. "Karımdan uzak duracak!"

O adamın burada olduğunu bilmek, şeytanla aynı masada kumar oynamak gibi bir şeydi. Şeytanı alt edecekti, buna söz vermişti.

"Onu öldürmen eline bir şey vermez. Ciwan bu uğurda canından oldu, sen de mi karını ve aileni bir başlarına bırakıp gideceksin?" diye sıkıntıyla sordu. Gergin sesi, gözü dönmüş adamın kararınaydı.

Barzan alırsa cevabını bu adamdan alırdı, biliyordu. O yüzden "Berçem'i ilk kim gördü? İlk kim benim karımı sevdi?" diye sordu.

"İkisi de seviyordu. İkisi de âşık olmuştu o kadına."

Burnundan uzun soluklu nefes verdi Barzan. "Lanet olsun ikisinin de sevdiğini biliyorum. Bana ilk kimin karımı gördüğünü, âşık olduğunu söyle. İlk kim fark etti Berçem'i?" Bunları düşünmek bile kanının çekilmesine sebep oluyordu.

Bazı gerçekler sırlara mezar olunca, geride kalanlara hayatı yaşamasına olanak veriyordu. İfşa edilemeyecek kadar kötüydü gerçek haliyle, "Birbirlerinden habersiz aynı anda sevdiler Berçem'i!" diye elle tutulur somut bir cevap verdi.

"Bu kavga nasıl başladı?"

Kafa kafaya vermiş üç adam kısık sesiyle konuşuyordu. Etraflarında oturan hiç kimsenin bu mesele hakkında tek bir kelime duyup dedikodu yapmasını istemezdi. Sonrası gelecek sorular ve konuşmalar huzursuzluktan başka bir şey vermezdi.

Mahsum Güder'in uzun soluklu sıkkın nefesi, iki adamın gerginliğini zirveye çıkardı. İnmeden önce her şeyi öğrenmek istiyorlardı.

"Uzun meseleler Barzan. Çok kavga geçti aralarında," dedikten sonra acı kahveden bir yudum aldı. Ağzına yapışan acı tada hayrandı. "Yemin ettiler Barzan. Berçem, Ciwan'ın olursa ölecekti. Miran da Berçem'i alırsa ölecekti."

Orhan çatık kaşlarıyla ilk tespitini dile getirdi, "Bir tür düelloya girdiler yani," diyerek.

Barzan hırladı içinde büyüyen kiniyle. Okan bulana kadar her şeyi öğrenecek ve karısını çiftlikte rahatsız eden adamın ruhunu o toprağa gömmeye gidecekti.

Mahsum tek kaşını kaldırdı. "Sayılır. Farklı bir düello oldu."

Orhan gergin çenesini kaldırarak, "Düello, onurları için savaşmaktır. Miran onursuzluk yaptı," dedi. Doğruydu sözleri aslında ama 'Düelloyu kimse kazanmadı,' diyen iç sesiyle acısı deşildi yine. Dostunu kaybetmek direncini kırmıştı.

"Ama ağabeyimi kaybettim!" Burun kemerini sıktı Barzan. "Düelloyu ben sonlandıracağım. Ağabeyimin kanı yerde kalmayacak. Karıma niyet eden adamı da yaşatmam!"

Orta yaştaki adamın gözleri şüpheyle kısılmıştı. "Sen neyi sonlandırıyorsun kardeşim," diyen sesinde kızgın bir alay vardı. "Yaşamını mı? Anne babanı kahrından öldürmeyi mi?"

Sert çehresi ağabeyinin alaylı tavırlarında gezindi. "Öleceğimi nereden çıkardın ağabey?" Genç adama doğru eğilip tehlikeyle tısladı. "Miran geberecek!" O anda da telefonu çalmıştı. Masanın üzerindeki telefona baktı, ekranda seçtiği isimle hışımla telefonu cevaplayıp kulağına götürdü.

"Evet Okan!"

"Tarlasında ekinleri kontrol ediyor. Sabahtan beri orada, öğrendiğime göre bir iki saat daha orada duracakmış."

"Geliyorum," diyerek yerinden ok gibi fırlamıştı Barzan. Bu yaptığı hareketle kahvede oturan herkesin dikkatini çekmişti. Güç belâ takındığı dostane gülüşüyle "Raber Ağa'yı beklettik. Fırçayı yemeyelim," diyerek şüpheleri yok etmeye çalışmıştı. İnanmış olacaklardı ki hepsi gülmüş, aralarından bir ses "O seni meydanda koşturmadan sen koş Barzan," demişti. Kahkahaya katılan herkese selam gönderip, iki adama bir şey söylemeyi unutarak arabasına yürümüştü Barzan. Orhan ve Mahsum'un anlamsız bakışları, adamın arabasına atlayıp gidişinde bile devam etmişti.

Okan ne söylemişti? Bu adam nereye gidiyordu?

Arabası son sürat varmıştı çiftliğe. Yan yana iki topraktan düşman tarafına geçecekti. Sakaları görmezden gelerek arabasından atlayıp bahçeye doğru emin adım yürüdü. Gazapla yüklenmiş, zifiri karanlığa gömülmüş orman yeşili gözlerine bakanı put gibi yerine diken adam, üzüm salkımları arasında gezen sureti görünce hırladı. Ondan geriye üzüm tanesi kadar parça kalmayacaktı. Cellâdı olmaya ant içmiş adam haykırdı öfkeyle.

"Miran!"

Arkası dönük halde, ayağındaki siyah çizmeyle bir şeylere vuran adam davetsiz misafirinin sesiyle dönmüş, istihza dolu edasıyla gülmüştü. "Ooo Barzan Ağa, teşrif ettin en sonunda. Haber etseydin hazırlık yapardım. Mangal keyfi yapardık beraber."

Misafir buyurdu dudaklarına çarpık gülüşünü. Küçümseyici bakışları çembere aldırdığı adamların üzerinde gezindi. Yeşilçam dizilerini aratmayan bir an yaşıyorlardı Miran'ın etrafını saran fedailer.

Karşısındaki adamın küçümseyici bakışlarına müsamaha göstermeyecek, kendini zayıf düşürmeyecekti Barzan. Ciwan gibi kıdemli dostunu bu dünyadan silmiş bir adamdı o. Tek bir hareket fedailerini yok etmiş, oksijenin hava sahalarına girmelerine sonunda müsaade etmişlerdi. Yumruk şeklini alan elleri yüzüne füze gibi girmeden önce, Barzan Ağa güçlükle kendine engel oluyordu.

"Ağabeyimi öldürdün, utanmadın. Yetmedi, gurur duydun bundan. Seni uyardım! Karımdan uzak dur dedim, durmadın!" Sert çehresi adama diklenmişti. "Utanmadan piçliğini konuşturur gibi gittin çiftlikte karımla konuştun!" Son kelimeler gecenin kopan gök gürültüleri gibi korkunç ve uslanmaz çıkmıştı.

Miran Ağa elindeki dal parçasını çıtırdattı tek bir hareketle. "Ben vaktinde senin ağabeyini çok uyardım. Olanları tekrar anlatmama gerek yok. Berçem'i baban benden ayırdı." İhtiyatla güldü. "Ben, benim olanı bırakmam Barzan Ağa! Elinden geleni ardına koma!"

"Sen artık karıma el uzatamayacaksın Miran."

"Niye, beni öldürecek misin? O kadar cesur musun Barzan Ağa?"

Bu cesurluğun ötesini almış bir haldi artık. Gözü dönmüş bir insan cesurluk kavramını geçer, delirme noktasında çivi çakardı. Akabinde ilk çiviler kurşun olup çakılmaya yeltendi. Bellerdeki silahı aynı anda, aynı saniyede çekmelerine sebep olmuştu. Miran'ın silahı Barzan'ın kalbine, Barzan'ın silahı Miran'ın alnının ortasına yapışmıştı, tetikler çekilmek üzereydi.

Kararlılıkla hırladı Barzan.

"Öleceğimi bile bilsem bu tetiğe basarım Miran!"

"Beni vurduğun an buradan sağ salim çıkamayacaksın!"

Etrafı Miran'ın silahlı adamlarıyla kuşanmıştı. Ellerindeki silahlar tek bir noktayı hedef almıştı ki düelloda yine haksız bir rövanş vardı. Ancak Barzan özgüvenle tavrını sürdürdü.

"En azından karımı senin gibi bir piçe bırakmayacağım. İçim rahat gideceğim bu dünyadan."

Kararından caymayan uslanmaz adam, pervasızca sürdürdü tutumunu. "Merak etme, sen daha hiçbir şey yapamadan gideceksin ve Berçem bana kalacak, o benim karım olacak!"

Barzan, gözü kara adam cesurca güldü. Gözünü kırpmadan tek bir saniyede leşini serecekti toprağa. Kadını, uğruna canını vereceği karısı bu adamın kadını olacaktı öyle mi? İmkânsızlık tabiri bile gülünç kalırdı bunun yanında. Miran ölecekti!

"Gittiğin yerde rahat uyu Miran. Karımla mezarına gelmeyi ihmal etmeyiz!"

Barzan'ın gidişiyle peşine düşseydi Orhan, şimdi dostunun kalbine hedef alınmış gümüş tabancanın parıltısıyla gözleri yanıyor olmazdı. Okan etrafının kuşandığını haber etmeseydi nerede olduğunu bilmeyecekti. Aldığı haberle meydanda bağırışı herkes tarafından duyulmuştu. Mardin bu yüzleşmeyle çalkalanıyordu şimdi. Biraz sonra Raber Ağa çökerdi başlarına. Yanında gelen adamlarla koca çiftliği telaşlı bir kalabalık ve korumakla yükümlü gözü kara adamlar sarmıştı. Adım atsalar, namlular Miran ve cephesinin beyninde patlatılacaktı.

"Barzan!" diye küfredercesine bağırdı Orhan.

Gözlerini biraz olsun kendisine bakan kara gözlerden ayıramadı Barzan. "Yanlış zamanlama Orhan, bu şerefsizin leşini alacaktım, öyle gelecektiniz!"

Çaresi olmayan adamın aklını bozduğuna kanaat getirdi. Ne ceza verilse, ne yapılsa uslanmayacak bir Miran Ağa sorunu vardı karşısında. İki adamın tam dibinde durdu. Mahsum Güder davudi sesiyle ağır ağır konuştu.

"Gözümün üstünde değil bundan sonra ayağımın altında yerin var." Bu sevda değil, düpedüz kibirdi. "Benim kardeşimi bir kadın uğruna öldürdün. O kadın yine evlendi, yine peşindesin. Nerede kaldı senin adamlığın? Bırak o silahı!"

Yan bir bakış attı Miran. Yıllardır süre gelen dostluk ölümle ayrılmıştı. Toprak altında yatanın küskünlüğü varken, toprak üstünde yaşayanın kini vardı.

"Mahsum Efendi, tarafını belirlemişsin amma velâkin sen de bilirsin. Ben önce o kadına vuruldum. Onu ilk ben gördüm. O benim, yar etmem artık kimseye. Eninde sonunda benim olacak."

Barzan seslice güldü. "Komik olma Miran. Sen daha yaşayacağını mı sanıyorsun?" derken soğuk metali alnına bastırdı acımasızca. Bu davada öleceğini bilse bile geri adım atmayacaktı Barzan. Ölmeden kurtulacak, akşam söz verdiği karısına kavuşacaktı. Geriye başını ağrıtacak hiçbir şey kalmayacaktı.

Dostunu kaybedecek kadar gözü dönmüş bir adamı kim durdurabilir, ne vazgeçirebilirdi? Miran geri adım atmazdı. Barzan için ise bundan şüpheliydi.

"Sen beni öldürecek kadar cesaretli değilsin. Sen o tetiğe basamazsın. Davrandığın an kalbini parça parça ederim Barzan

Ağa.." Son kelimeleri sert bir vuruşla söylemişti Miran. "Ciwan onu öldüreceğimi bile bile evlendi. Onun canını aldığımda bir an bile gözümü kırpmadım Barzan."

"Seni tüm pisliklerinle buraya gömerim, gıkın çıkmaz!"

Miran Ağa silahı kalbine bastırdı sertçe. Ölümü ilan edilecekti bugün, geri dönüşü yoktu.

Barzan alnının ortasına bastırdı. Tetikte duran elleri bir geri itme hareketine bakardı ve gözünü kırpmadan bunu yapardı.

"Karıma göz dikenin, gözü sağlam kalmaz benim dünyamda. Ebediyen kapatıyorsun gözlerini Miran Ağa!"

Bütün bir kalabalığın içinde oğlunun kendilerini izlediğini Orhan görseydi, bu korkunç manzarayı izlemesine ve sonrasında eve koşa koşa gitmesine izin vermezdi. Ancak gözü ne oğlu Günay'ı görmüştü, ne başka bir şeyi. Tek isteği Barzan'ın bir zarar vermeden, öncelikle bir zarar almadan bu saçmalığa son vermesiydi.

Tetiği geriye iten parmaklara engel gelmişti gecikmeden.

"Barzan!"

"Miran!"

İki ses, iki güç, iki ağa, iki soy ve engelleri... Biri Raber Ağa idi; Hezeroğlu Aşireti. Bir diğeri Behram Ağa idi; Zerza Aşireti.

Bugün tek sözleri yeterken her şeye, hükümleri itaat etmeye mecbur bırakırken şimdi hiçbiri kar etmiyor, silahlar indirilmiyordu. Tabiri caizse isimler bir kulaktan girmiş diğer kulaktan çıkmıştı.

"Dinime imanıma bu silahı indiren senin gibi piç olsun!" Gözü kara adam aklına koyduğunu yapmaya yeminliydi. Hiçbir engel Barzan'ı yolundan alıkoyamayacaktı. Ne babası ne başkası bu namlu beyninde patlamadan silahı elinden almayacaktı.

"O silahlar indirilsin!" Ağır aksanıyla konuştu Raber Ağa. Pürüzlü sesiyle rengi atmış adam, kendini ele vermemeye çalışarak konuşmuştu. Oğlunun kalbi üzerinde gördüğü silah ölüme adım adım yaklaştırıyordu.

"Sen karışma Raber Ağa, bir oğlunu daha kaybetmeye hazır ol. Benim sevdiğimi elimden alan yaşamaz bu dünyada!"

Behram Ağa kaşlarını çattı. Bu kendini beğenmişlik, bu büyüklük taslamalar yaşlı adamın gazabını körüklemişti. "Sen kendini ne sanarsın Miran? İstediğinin canını almak sana mı kaldı? Ya o silahı şimdi indirirsin ya ben senin canını alırım. Sözüme karşı gelirsen, o zaman yapacaklarımdan kork!"

Miran silahı indirmeyecekti. İlk pes edecek olan o olmayacaktı. Barzan bugün onun toprağında kanlara bürünecekti.

"Ben sevdiğim kadını benden al.."

"Utan babandan. Bir ağasın sen. Bugüne bugün Kara Aşireti'ni sen yönetiyorsun. Berçem evli bir kadın. O senin değil, hiçbir zaman senin olmayacak. Haddini bil, yerini bil, yurdunu bil, adını bil! Sen bu aileye yeterince düşmanlık kazandırdın. Bugün bu sevdadan vazgeçmezsen, yarın kendinden vazgeçeceksin. Bizim gönlümüzdeki sevda başka ellere gitmişse, azad ederiz. Berçem, Barzan'ın hanımı, kadınıdır. Sen onu alamazsın. Bir daha o benim dersen, rahmetli babana duyduğum hürmeti bir kenara bırakır, seni öldürürüm!"

Miran dayısına kısa bir bakış attı. "Ben sevdiğimden vazgeçmem Behram Dayı. Kusura kalma!"

Son raddelerde yüzen sabrı tsunami etkisine kapılmış gibi taşmıştı adamın. "Sen benden bir oğlumu aldın. Aranızdaki husumeti bildim, sustum!" Yüksek çıkan sesi çiftlikteki bütün sesleri susturmuştu. "Kanıma vereceğin zarar banadır. Beni karşına alırsan bugün Mardin ile beraber Diyarbakır, Şırnak, Van, Batman, Urfa, Siirt her yeri karşına alırsın. Aşiretler senin bu üstünlüğünü kabul etmez. Sen kimsin?" Son sorusunda alelade bir üstünlük, tartışılmaz bir alay vardı.

Orhan unuttuğu ismi söylemişti kararlılıkla.

"İstanbul'u da karşına aldı."

Kimsenin olaya dâhil olmasını istemeyen adam, hesabını bugün kapatacaktı. Şeytan ile yüzleşme bahsi toprak altında son bulacaktı.

Kalabalığı ortadan ikiye yaran adamı gören Mahsum, gergin nefesini havaya üfledi. Gelirken öfkenin bütün evrelerini üzerine alarak gelmişti. Azametiyle aralarına katıldığında gözünden alev topları saçılıyordu. Balın rengine tezat bir renk hâkimdi gözlerinde. Bakanı yakan, yakanı bir daha kendine getiremeyen bir Afran Sözeri karşılarında duruyordu.

Miran'a çevirdi gözlerini. "Sen nasıl bir soysuzsun ki benim yeğenime göz dikiyorsun. Hiçbir zaman yeğenimi sana yakıştırmadım. Ciwan gelip istemeseydi ve sen ondan önce davransaydın, yine sana vermezdim. Benim sana verecek yeğenim yok. Şimdi elini çektin, çekmedin..." diyerek Barzan'ın alnının ortasına çaktığı silahın üzerine elini koymuş, yumrukları arasında sıkarak kalbine kadar sürüklemişti. "Buradan çıranı yakarım senin Miran Efendi. Beni bu işlere sokma!"

Duyduğu gerçeklerle içten içe yıkılmıştı Miran Kara! "Seni öldürmeye gelecek olan adamların yolunu kestiğim halde bana yeğenini vermeyecektin öyle mi?" diye bağırdı öfkeyle.

O tetiklerin çekilmemesi için olabilecek her şeyi yapıyorlardı. Ancak yolundan dönmeyecek kadar gözü dönmüş iki adam karşı karşıyaydı ve vurulma olasılığı yüzdeleri ezip geçiyordu.

"Ben seninle olan hesabımı Berçem ile kapatmam Miran," diye tısladı Afran öfkeyle. Yeğenini bu oyunlara alet etmeyecekti. "Yeğenimden uzak dur. Evli ve Raber Ağa'nın gelini o. Vazgeç bu sevdadan, yeğenimi sana vermem!"

Müstehzi bakışları sevdiği kadının dayısına çevrildi Miran'ın. İşittiği hiçbir söz Afran'ın ağzından çıkan tek kelime kadar yıkmamıştı onu. Dağ gelse yıkamayacak kadar güçlü Miran Ağa, yediği ağır sözlerin altında kalmıştı. "Sen hep Raber Ağa'nın kıymetlisi oldun. Berçem'i bana verseydi.."

"Afran sana verseydi bile ben aileye gelin diye Berçem'i kabul etmezdim Miran!" Bu ağır aksanı ve tarazlı sesiyle konuşan Behram Ağa idi. Miran'ın öz be öz dayısı. Hangi yüzle Berçem'i gelin alacaklardı ailelerine? Ciwan gibi bir adamı öldüren yeğenine; dul bıraktığı, perişan ettiği, hayatını en mutlu gününü zehir zemberek ettiği kadını mı alacaktı? "Sen bizde o yüzü bırakmadın oğlum. Ciwan gibi bir adamı bu uğurda öldürerek başımızı öne eğdin. Şimdi düşmanlığı daha da körüklemeden indir o silahı. Yoksa seni ben öldüreceğim!"

Soğuk ve kibirli havası Miran'ın gözlerine sabitlendi. "Hangi adam evli bir kadına göz diker, peşine düşer? Bunu hangi aşiretin adamı kabul eder? Söyle Behram Ağa, böylelerini öldürmemiz gerekmez mi?"

Raber Ağa'nın kesik sesi kızgın oğlunun kulağı dibinde duyuldu. "Öldürmeyeceğiz, biz insanların canını almayız. Bizi var eden alır canımızı. Kimse öldürmekle kahraman olmuyor oğlum. Anneni ve karını düşün. Bırak şimdi o silahı! Gelinimi kahretme bir kez daha."

Kahrolacak asıl kadın gelmişti topluluğun arasına. Kahverengi kadife fistanı rüzgârda uçuşuyor, gazabından başındaki tülbent kaçacağı sığınağı arıyordu. Sürmeli kara gözlerinde acıyla debelenen ve elemini saklayıp kuvvetli durmaya çalışan anne figürü vardı. Her anne değil miydi acı çeken, ancak evladı için ayakta duran. Kadın değil miydi güç? Kadındı tabii, ta ki oğlunun kalbini hedef alan silahı görene kadar!

O an ne silahın patlayarak çıkardığı ses, ne göğü inleten gök gürültüsü, ne şiddetli depremler, ne ev yıkıntısı. O an bir annenin bağrından kopan çığlıkla hiçbiri kıyaslanamadı. Koca çiftlikte akan dere durdu. Kuşlar gökyüzünü usulca terk etti. Rüzgâr yaprakları sallandırmaya veda etti ve Barzan Ağa'nın kalbi acıyla sancılandı. Annesinin feryadı bir oğul daha kaybetmesine dayanamayacağıydı.

"Ben oğullarımı sen öldür diye mi doğurdum Miran? Bir evladımı daha sana kurban mı edeyim?"

Annesine bakamadı genç adam. Ona bu acıyı yaşattığı için silahına hedef aldığı adamı hemen bu saniyede öldürebilirdi. Zifiri gözlerinden akan gazabın arkasında annesini düşürdüğü acı ve pişmanlık damarlarında kol geziyordu. Gazabından hiddetle elindeki silahla üzerine doğru yürüdü. Öne atılan hiçbir adam engel olamamıştı. Yanlış bir hareket tetiğin çekilmesine neden olabilirdi.

"Barzan!" Hep bir ağızdan dökülmüştü bu isim. Aldırış etmedi. Karşısında korkusuzca duran Miran Ağa'nın kalbine bastırdı namluyu. "Seni belanla s*kerim Miran Ağa. Karıma uzattığın eli seninle beraber yere gömerim!"

Diğer tarafta bu acıyı kaldıramayan kadın yere düşmüş, kocasının sağ salim gelişini bekliyordu. Duyacağı bir silah sesi canını alabilirdi. Barzan Hezeroğlu giderken karısını da yanında götürürdü. Buğulu gözlerini dolduran erkek kalabalığı, kocasını görmesini engelliyordu. O silahın kalbine saplandığı anı görmesini engellemelerine minnet mi duysun, yoksa kocasını görmediği ve elemiyle feryatlarını koparan Yadê Hezal ile kocasını görmediğine mi yansın, ikilem arasında sıkışıp kalmıştı. Kalbi düzenli ritimlerinden çıkmış, dörtnala koşan atın hızına yaraşır atıyordu.

Ömür ağlıyor, hangi birini yatıştıracağını bilmiyordu. Çiftliğin yardımcısı Emine, Alaz'ı sakinleştirmeye çalışırken, Ömür yere çökmüş kadını kendinde tutmaya çalışıyordu.

"Barzan'a bir şey olursa ölürüm ben. Ruhumu teslim ederim." Bir solukta ölüm fermanını vermişti boğuk sesiyle. Elleri kucağına düşmüştü çaresizlikten. Ruhu vücudundan ayrılmış gibi kaskatı kesmişti bedenini.

Ömür sarıldı kadına sıkıca. Güç vermek istedi, metanetli olmasını istedi. Onun bildiği Barzan gelecek ve karısına sarılacaktı. Yılmayacak ve yıkılmayacak bir adamdı şüphesiz. Nitekim öyle de olmuştu. Kalabalık ortadan bir kez daha yarıldı. Berçem çitlerin arkasında neler dönüyordu bilmiyordu. Ancak hareketlenme çivi gibi çakıldığı yerinden çekiç gibi çıkarmıştı. Yerinden fırladı kadın. Ani kalkışıyla başlar ona çevrilmişti. Silah sesi duymamıştı ancak kalabalıktan çıkan uğultular pek hayra alamet değildi. Berçem kötü bir haberi kaldıramayacak kadar berbattı. Hummalı eleminde kasılıp kalmıştı. Kocasını karşısında sapsağlam görmeden kendine gelemezdi. Çiftliğin büyük kapısına doğru koştu. Başından çıkan tülbentten, rüzgârda savrulan sırma saçlarından bihaber kalabalığın önünde liderlik vasfıyla gelen baba oğlu, arkalarında güçlerine ve varlıklarına eşsizlik katan Yadê Hezal ve Yadê Newroz'u bastıramadığı hıçkırıklarıyla izliyordu.

Kocasının gözlerinde tekinsiz bir sinir vardı. Berçem sağ salim gelişine şükretti. Yeşil hareleri doyumsuz bir aşkla sevdiği adama bakıyordu. Kalabalığın kendisine dikkat kesildiğinin farkında olmaksızın kocasının gelişini izliyordu. Ayıp olmasaydı sarılacaktı sıkıca. Ağaların önünde bırak sarılmayı bu berbat haliyle durması bile sakıncalıydı. Lakin kimse bu durumda Berçem 'Bu halin ne kızım?' demezdi.

Barzan Hezeroğlu ne niyetle gitmiş, nasıl bir kısmetle dönmüştü. Hâlâ olanlara inanamıyordu. Babasının desteği olmasa şimdi öfkesinden yığılacaktı bir yerlere. Arkasında yakın bir zaman sonra katılacak bir damat vardı. Ve böyle bir hengâme içerisinde ilan edildiğine akıl sır erdiremiyordu. Planlanmış gibi...

Karısının derbeder hali hançere vurulmuş kalbini neşterle parçalamıştı. Annesine yaşattığı acıyı karısına da yaşatmıştı. Berçem Hezeroğlu güzelliğiyle başını döndüren, rüzgârda uçuşan sırma saçlarıyla nefesini kesen kadın, kıpkırmızı gözleriyle karşısında dikiliyordu.

"Karını da üzdün. Değer mi Miran piçi yüzünden benim kızımı bu hale getirmeye?"

Babasının ağzından duyduğu küfürle kaş çattı. Babası ki en öfkeli anda, en aklın başta kalmadığı zamanlarda bile otoritesini bozmayan, metanetini koruyan, diline hâkim olan adam, şimdi Berçem için Miran'a küfrediyordu. Bundan bile anlaması gerekiyordu; Berçem'i herkesten daha çok seviyordu.

"Miran'ı öldürseydim inan değecekti baba!"

Raber Ağa oğluna ihtiyatla baktı. Arkasındaki kalabalığı bir baş hareketiyle işaret etti. "Arkandaki kalabalığı görüyor musun oğlum?" diye sordu sert sesiyle.

Çatık kaşlı oğlu bakmasa da görüyordu. "Evet, baba," demesiyle Raber Ağa kabul görmez bir gerçeği yüzüne sertçe vurmuştu. "Hepsi Berçem'i isteyen ama cesaret edemeyen babalar ve oğullar. Yollarını hep kapattım. Nasıl Alaz'ı istiyorlarsa Berçem'i hep istediler. Kızımı vermem dedim. O kurşuna sen de kurban gitseydin, Berçem'i bende bırakmazlardı."

Barzan müstehzi ifadesiyle babasına baktı uzun uzun. Kim karısını istemeye cüret ediyordu?

"Affedersin baba ama s*kerim ben böyle işi!

Raber Ağa'nın tepkisi ölümcül bakışlarını atmak olmuştu.

Barzan karısının yanında ondan aşağı kalır yanı olmayan kız kardeşine bakmıştı. Alaz... Beter halde olduğunu görmese onu, şimdi gözünün önünden def edecekti. Daha kız kardeşine doyamadan onunla vakit geçiremeden ellere verecekti. El ki ne el, en yakınından yemişti darbeyi. Hâlâ inanamıyordu. Babasının gösterdiği yolla karısının yanına gitmek yerine, çiftliğin büyük çardağına doğru yürümüşlerdi. Aşiret büyükleri ve oğulları konaklayacaktı.

Dayê Hezal, gelini ve kızına doğru yürüdü. Daha bu şoku atlatamadan ikinci haberi nasıl verecekti bilmiyordu. Dayê Newroz da bu konuda düşünceliydi.

"Silkelenin kendinize gelin, kötü bir şey olmadı." Ağlamaktan kara gözleri kırmızıya bürünmüş Dayê Hezal'ın şiveli sesi, yeni yeni kendine getirmişti hepsini.

Berçem hüngür hüngür ağlamaktan perişan düşmüştü, burnunu çekti uzun uzun. Dayê Newroz bu şekilde dikileceğini anlamıştı onun. "Kendini toparla, işinin başına dön!" Ses tonu bugüne kadar kullanılmamış sertlikteydi ve Berçem'i mahcup etmişti.

"Ta-tamam..." diyerek arkasını dönmüş, paytak adımlarıyla eve doğru yürümüştü. Her bir adımında Barzan'ın sağ salim dönüşüne şükürler yağdırıyordu. Ömür'ün elindeki tülbendi alıp topladığı saçlarına örtmüştü kabaca. Hiç duraksamadan mutfağa atmıştı kendini. Ne konuşulanları, ne seslenenleri, ne yapılanları görüyordu cehennem azabında harlanan yeşil hareleri. Bir tarafa oturmuş, şokunu atlatmaya çalışıyordu.

Eğer Barzan'ı kaybetseydi... Düşüncesi bile iki büklüm etmişti kadını. İki büklüm kalbi, huzurunun kollarında doyasıya gözlerine bakmadan, güven veren varlığını hissetmeden düzelmeyecekti.

Kahve ve çay ikramında bile Berçem kendine gelememişti. Ömür'ün ve her şeyden bihaber Alaz'ın tesellileri kadını kendine getiremiyordu. Barzan Hezeroğlu gözlerinin içine bakıp gülmediği süre boyunca Berçem acının girdabına daha çok çekilecekti. Allah biliyor ya kendini çekecek gücü de bulamıyordu.

Mutfakta hummalı bir telaş vardı. Akşam yemeği için toplanan kadınlar kollarını sıvamıştı. Berçem aralarına gönülsüzce katılmıştı. El attığı her iş titreyen ellerinde patlak veriyordu. Elinden düşüp gürültüyle yere kapaklanan tencereler, ondan kaçmaya yüz bulup ezilen sebzeler, yeri kayganlaştıran yağ tenekeleri...

Sabrı taşmak üzere olan Dayê Newroz, kızının yanına yaklaştı. Barzan'ı görmeden rahat etmeyeceğini bildiğinden, "Hadi kızım odana çekil de biraz dinlen," diyerek müşfik tavrıyla okşamıştı sırtını.

Gözleri ağır ağır kapanan kadın reddetti tek bir hareketle, "Olmaz, yemeği yetiştirmeliyiz," dedi.

Newroz Hanım titreyen ellerini avuç içlerinde sımsıkı tuttu. "Hadi kızım, bak hepimiz buradayız. Belki Barzan da gelir yanına. Sen git uzan, sıkışırsak seni çağırırım."

İnatçı anneyi yenemeyeceğini bildiğinden, mutfağı emanet ederek ayrılmıştı Berçem. Gözleri kalabalık arasında kocasının yakışıklı suretini taradı hızla. Ancak onu ne görebildi, ne de sesini duyabildi. Gücenmiş edasıyla odasına girdi usulca. Kapattığı kapının ardından arkasını döner dönmez, ansızın karşısına çıkan suretle çığlığını koyvermiş, hemen ardından çıldırmış vaziyette genç adamın vücuduna yapışmıştı.

"Barzan!"

İçinde ukde kalmış hıçkırıklar, sokakta oynayan çocuklar gibi fink atmıştı sesinde. Sesini çıkarmayan kocasının kollarında içini dökene kadar ağlarken, Barzan'ın kolları ve öpücükleri mayıştırmaya yetmişti. Miskin bir kediye dönüşmesini sağlayana kadar bırakmamıştı kocası. Ağlamasına son verdiğinde sesini duymaya hasret kaldığı adamın yeşil harelerine baktı. Tek görebildiği pişmanlıktı...

"Seni böyle üzen Barzan ölsün Berçem."

Parmağıyla susturdu kocasını. "Bugün bizi bir kez öldürdün," diye azarlayan sesi sert, kaşları çatık, yeşil hareleri çakmak çakmaktı. "Bir daha öldürme!"

En yakışıklı gülümsemesini karısına sundu delici bakışlarıyla. "Emredersin Hanımağam."

Berçem omzuna yumruğunu indirmişti. "Dalga geçme Barzan. Ben seni kaybetmenin korkusuyla öldüm. Benim yüzümden ölüme kadar gittin. O pislik adamın silahını sen..."

Kelimeler dilinden çıkmaya cesaret edememişti. Acı öyle bir şeydi ki dili kenetler, boğazı düğümler, kalbi kan kustururdu. Berçem kusmayı bile becerememişti.

Barzan alnını öptü karısının. Dudakları istifini bozmadı hiç. Alabildiğine öpmüştü güzel yüzünün her bir noktasını. Verdiği sözü tutmuştu yine.

"Unut o anları. Bu sefer unut Berçem. Kocan yanında ve hayatında..."

Gelincik teşekkür eden sevgi dolu ifadesiyle kocasına baktı. "Unutmayacağım. Ve hayatımın son anına kadar da bana bu korkuyu yaşattığın için sana kızgın olacağım. Ve seni sevmekten asla vazgeçmeyeceğim. Ben sana ruhum dedim bir kere!"

Barzan Hezeroğlu, ruhuna kendini adamıştı. Bugün bir an bile korkmamıştı ölmekten. Ancak karısını yalnız bırakma düşüncesi, annesine ikinci ve artık dindirilemeyecek evlat acısı yaşatma düşüncesi, bildiği adamı unutturmuştu. Ağaların verdiği hüküm ile düello yüz değiştirmiş, olay sapkınlıkla kız istemeye varmıştı. Aşkla bakan gözleri lavlar üzerinde erimiş ve kızışmış bir demire dönüşmüştü. Alaz'ı, küçük kız kardeşini Afran Sözeri'ye verecekti. Şaka gibi...

"Hepsi senin başının altından çıktı değil mi?" Alenen suçlamıştı sözleriyle karısını. "Sen o dayın olacak adamın aklına soktun!"

Anlamsızca baktı yeşil hareleri Berçim'in. Bir anda bu öfke neyin sebebiydi?

"Ne yaptım ki ben Barzan?" diye şaşkınca sordu. "Dayımın aklına ne sokmuşum?"

Öfkeyle ve kabul edemeyerek hırladı adam. "Alaz'ı istemesini!"

Zümrüdî gözleri meyletti yine yuvalarından taşmaya. İşittiklerini idrak etmesi zor gibi görünüyordu genç kadının. Gereksizce "Ne?" diye sordu.

Bu numaraları yutmayacağını teskin etti kendine Barzan.

"Bilmezlikten gelme. Sen dayının aklına soktun bu fikirleri."

Yer yerinden oynayacaktı bu gazapla. Lakin ne böyle bir fikre kapılmıştı Berçem, ne dayısına bu konuyu açmıştı.

"Ben gerçekten bilmiyordum Barzan. Ama bu harika bir haber…"

Müstehzi bakışları karısının üzerinde gezindi.

"Fark etmez. Dayın Alaz'ı vereceğimi sanıyorsa yanılıyor."

Genç kadının kaşları çatılmıştı duyduklarıyla.

"Ne demek yanılıyor? Niye vermeyecekmişsin Alaz'ı?"

"Vermeyeceğim," diye diretti zifiri gözleri tehlikeyle titreşirken. "Kız kardeşimi Afran'a vermeyeceğim."

Gül yanakları kocasının alayına karşılık çiçek açmıştı.

"Dayımdan daha iyisini mi bulacaksın?"

Güldü genç adam kendinden emin ukalaca bir tavırla.

"Daha iyisini bulacağım için vermeyeceğim aptal kadın!"

Yeşil gözleri kısıldı paslaşmaya hazır meydan okuyan edasıyla. "Sen ister kabul et, ister kabul etme," dedi kısık sesiyle, kocasının dolgun dudaklarının dibinde durup "Alaz, Afran'ın karısı o-la-cak!" dedi.

Adım adım gelen öfkesi bir anda tuzla buz olmuştu. Karısının çenesinden sıkıca tutarak kendisine çekmiş, büzüşen dudaklarına sert bir öpücük bırakmıştı.

"Öyle bir şey olmayacak. Şimdi bırak onları kocanla ilgilen kadın. Hiçbir şey bizden daha mühim değil."

Berçem boynuna sıkıca kollarını sarmış adama baktı keyifle. Hiçbir şey aşklarından daha mühim değildi. Eğilip boynuna kışkırtıcı öpücüğünü bıraktı. Arzuyla yüklenen adamın kararmış bakışları ise karısına asılıp kaldı.

"Sen benim belamsın. Sen benim emanetimsin. Sen benim gelinimsin!"

Ve hiçbir bela onun kadar eşsiz değildi.

Alfabede yirmi dokuz harfin bir araya getirip anlam yüklediği hiçbir kelime bu gözlerdeki duyguyu anlatmaya yetmezdi. Bu yüce duygu sadece bu adamın verdiği sevgiydi.

"Sen, zalim Hezeroğlu… Sen benim en acımasız aşkımsın!"

Ve zalimlik anca bu adama yakışırdı. Şüphesiz…

-SON-

Zoraki evliliğinde canını yakıp yakmayacağı ya da sevip sevmeyeceği muamma olan Miran Kara'nın, teyzesinin kızı Helin ile aşksız evliliği...

İçinde aniden alevlenen aşkla, hayatını onunla geçirme kararı veren Doktor Afran Sözeri'nin Alaz Hezeroğlu ile hesapsız evliliği...

Ve sessizce hayatlarından çıkan Azra'nın vahşice geri dönüşü...

Bakalım bizi ikinci kitapta neler bekliyor? Bize sorarsanız; kemerlerinizi sıkı sıkı bağlayın ve dönüşümüzü heyecanla bekleyin deriz.

Ah Bizi Tutabilene Aşk Olsun!

İKİNCİ KİTAPTA GÖRÜŞMEK ÜZERE...

BİR DİRENİŞTİR AŞK
ŞEHNAZ & GÜLŞEN
DOKUZ
3. BASKI

KUMA
BİR DİRENİŞTİR AŞK
II
ŞEHNAZ & GÜLŞEN
2. BASKI

ŞEHNAZ GÜLŞEN
Emanet Gelin
Adetler yerinde güzeldir.
DOKUZ
7.BASKI

ŞEHNAZ & GÜLŞEN
Ateş avlusunda yanmaktır aşk.
Emanet
Gelin
II
2. BASKI